Hans Wollschläger · *Herzgewächse*

ΜΗΔΕΙΣ ΑΨΥΧΟΛΟΓΙΚΟΣ ΕΙΣΙΤΩ

Vorwort des Herausgebers

Die Tagesaufzeichnungen aus dem Jahre 1950 gehören zu den wichtigsten privaten und selbstbezogenen Zeugnissen, die Michael Adams hinterlassen hat. Ihre Unzugänglichkeit ist in der Sekundärliteratur immer wieder bedauert worden, um so mehr, als über kaum einen Schriftsteller des Jahrhunderts so wenig biographisches Material überliefert ist wie über ihn; kaum einer der Interpreten, die sich Anfang der 50er Jahre des Spätwerks annahmen, hat die großformatigen blauen Hefte damals genauer einsehen können, bevor sie der Forschung für ein Vierteljahrhundert unzugänglich gemacht wurden. Auf die begreiflichen Gründe dieser Sekretierung soll hier nicht eingegangen werden, nachdem E. Rittberger, die dieserhalb mehrfach angegriffene Besitzerin des Nachlasses, nun von ihrem seinerzeitigen Entschluß zurückgetreten ist; nur soviel darf auch der Herausgeber heute bekennen, daß seine Bedenken, die Selbstzeugnisse eines Lebens, das zuletzt der Obsorge der Psychiatrie überlassen werden mußte, ohne weiteren Schutz der Öffentlichkeit preiszugeben, vom reinen biographischen Interesse nicht allein besiegt worden wären. Vielmehr gab den Ausschlag die Überlegung, daß die Veröffentlichung unerläßlich sei, wenn auf eine erneute und verständnisvollere Beschäftigung mit dem Spätwerk gerechnet werden wollte. In der Tat ist ja kaum ein Werk der Emigrantengeneration mit soviel irrationaler Erregung aufgenommen, so schnell aber zugleich auch wieder vergessen worden wie der ›Abschied von der Humanität‹. Dies erscheint, unabhängig von den irritierenden publizistischen und prozessualen Umständen seiner ersten Wirkung damals, heute als um so erstaunlicher, als selbst seinen grellsten Prognosen inzwischen eine Erfüllung zuteil geworden ist, wie sie philosophische Bücher nicht häufig erfahren. Vielleicht vermag die Erhellung seines Hintergrundes eine neue, besonnenere Rezeption einzuleiten.

C. Fischer ist in einer einsichtsreichen Untersuchung der ›Abschieds‹-Sprache zu dem Begriff der »extra-kommunikativen Motivschranke« gelangt und hat die Beobachtung geäußert, das Werk sei gerade »in seiner angestrengten formalen Vollendung« fragmentarisch; es verhalte sich in seinen »Mitteilungsgesten« wie ein Kommentar zu einem »unsichtbaren Grundtext«: seine wesentlichen Sätze seien »abgewandt vom Leser« gesprochen, ein »theatralisches Beiseite, das erst durch seine völlige Unhörbarkeit strukturbildend wirkt.« Diese Bemerkungen treffen gewiß zu. Ebenso deutlich ist aber auch, daß die Notizen der hier vorgelegten ›Herzgewächse‹, die den von der Interpretation intuitiv vermuteten Grundtext sichtbar machen, zum ›Abschied‹ wiederum selber kommentierend stehen und für ihr Verständnis seiner als Grundtexts bedürfen. Die schwierige funktionelle Verschränkung zweier so verschiedenartiger Sprachwerke läßt aber, richtig erkannt, vielleicht weniger befremdlich erscheinen, daß unsere Ausgabe auf alle editorischen Erläuterungen verzichtet hat. Zum einen glaubte sich der Herausgeber ganz allgemein verpflichtet, den Begriff der »Privatsprache« zu achten, den Adams ja für alle seine Texte in Anspruch nahm und der von Apparat und Annotation in einem Wesentlichen beschädigt worden wäre; zum anderen aber hatte eben jener Form-Dialog unbeeinträchtigt zu bleiben, der Lebenszeugnis und Lebenswerk verbindet. Nicht zuletzt wurde hierbei auch Adams' eigene Einsicht als Hinweis und Weisung verstanden, daß »die Werke selbst in der Nachzeit ihren absoluten Schein widerrufen und zurückkehren in das Schicksal, aus dem sie sich mit der äußersten Anstrengung hervorgelöst haben« und daß sie »aus ihm erst . . . ihre eigentliche Stringenz und Dauer gewinnen . . .« (›Über das Altern der Kunstwerke‹, S. 28).

Die Herausgabe der sieben erhalten gebliebenen Aufzeichnungshefte mit der von Adams selbst stammenden Aufschrift ›Herzgewächse‹ erfolgt insofern zu einem ungünstigen Zeitpunkt, als die korrespondierenden Arbeiten aus der Zeit der Rückkehr nach Deutschland, vor allem der ›Abschied‹, seit Jahren im Buchhandel vergriffen sind und auch gegenwärtig keine Aussicht auf einen Neudruck haben. Der so gegebene fragmentarische Charakter der Publikation verstärkt sich noch dadurch, daß die fehlenden Hefte (IV, VIII, IX und XI) wohl als unwiederbringlich verloren gelten müssen. Sie haben vermutlich größere ausformulierte Texte zur im Frühjahr 1950 begonnenen Selbstbiographie enthalten und das Schicksal erfahren, das die Eintragung vom 8. 7. 50 (Heft VI) andeutet. Die seinerzeit mehrfach geäußerte und vom Herausgeber anfangs im Bedauern über den Verlust auch geteilte Vermutung, sie seien erst aus dem Besitz der Erbin abhanden gekommen, muß jedenfalls aufgegeben werden. Die vorliegende Edition enthält also das vollständige Textmaterial, soweit es erhalten blieb; einige kleinere Striche, zu denen die Rücksicht auf Lebende nötigte, sind durch Auslassungszeichen [. . .] kenntlich gemacht. Das Manuskript ist vom Herausgeber an anderer Stelle bereits ausführlich beschrieben worden (›Perspektiven‹ 4/1952, S. 68–92). Da auch die neuerliche Durchsicht des ihm erst vor zwei Jahren wieder zugänglich gewordenen Originals keine neuen Gesichtspunkte erbracht hat, darf hier hinsichtlich aller philologischen Fragen auf die damaligen Mitteilungen verwiesen werden. Im Sinne der dort niedergelegten Auffassung von der »Phasenverschiebung des Sprachbewußtseins« (Fischer) ist nunmehr beim Druck verfahren worden: alle in Kurzschrift notierten Partien des Manuskripts erscheinen als Kursive, während die Größenunterschiede der Normalschrift im Druckbild direkt nachgeahmt werden konnten. So mag der Eindruck des Originals in einer Lesbarkeit gewahrt sein, auf die eine Faksimile-Ausgabe fraglos hätte verzichten müssen.

Zum Schluß sei dem Herausgeber eine persönliche Bemerkung gestattet. Die Differenzen zwischen ihm und E. Rittberger, die vor allem anläßlich des Prozesses eine unbeabsichtigte und von der reinen Rechtsfrage ablenkende Publizität erfuhren, haben die ihnen zugeschriebene private Natur, die ihren Ausgang gebildet haben mag, schon seit zwei Jahrzehnten nicht mehr besessen; alle Verdächtigungen, wie sie auch heute noch gelegentlich bei sicher wohlmeinenden Freunden Adams' auftauchen, sind völlig gegenstandslos und sollten einer besser wägenden Beurteilung weichen. Wer ihr die unglückliche Rolle verübelt, die sie in Adams' später Lebenszeit gespielt hat und die in den ›Herzgewächsen‹ jetzt gewiß gerechter erkennbar wird als im schroffen, zur spekulativen Deutung leider unmäßig herausfordernden Frauen-Kapitel des ›Abschieds‹, möge sich von der Selbstlosigkeit beschämen lassen, mit der sie jetzt auf die Wahrung ihrer Persönlichkeitsrechte verzichtet hat. Der Herausgeber steht darum nicht an, Frau Rittberger gerade an dieser Stelle seinen achtungsvollen Dank dafür auszusprechen, daß sie trotz des für sie günstigen Ausgangs des Verfahrens, in dem ihr die Freigabe des Adams-Nachlasses abgezwungen werden sollte, aus dem Schutz unseres beklagenswerten Urhebergesetzes herausgetreten ist, dem nur gerichtlich besiegten Recht Genüge getan und in die Veröffentlichung der ›Herzgewächse‹ eingewilligt hat. Dank gebührt ihr sowie den Herren P. Pichenbach (Erlangen) und R. Kruse (Bonn) schließlich auch für ihre Hilfe bei der ungewöhnlich schwierigen Entzifferung des Textes, namentlich der Hefte X und XII, eine Hilfe, die wesentlich dazu beigetragen hat, den von Michael Adams hinterlassenen Aufzeichnungen eine authentische Druckgestalt zu sichern.

Bamberg, im Frühjahr 1982 H. W.

I/II

. . sich wie Tableaux einer Exposition
ausnehmen, deren Durchführung selbst
älter ist als das, was sie entwirft . . .

Ussul – eins von den ersten Worten, die einmal die letzten sein werden, aus toten Glocken geläutet, hölzern klöppelnd in

– und ist zuletzt die Theorie richtig, daß unter solchem Schallfall alles zu Schweigen komme, so wäre die äußerste Schwierigkeit gesetzt, ihm etwas voraus zu haben, und sei es ein rascher Satz : wo Anfang und Ende in sich zurücklaufen – machen wir einen Wettlauf mit der Stille : wo Außen und Innen zusammenfließen – setzen wir gegen alles Veräußerte das Erinnern : Hindernis genug – und absurd genug : um keine Absurdität mehr hindern zu lassen : jeder Sprung von Gedanken – ist davor erlaubt : sofern sie Laut genug sind – und Stille genug : sich zu erzählen – was Sich zu erzählen hat : geheim noch unter Grimassen – eingerechnet die von Deklamation

oder Pathos, weiß nicht mehr – ich : habe den ramponierten Karton gleich wieder zugemacht : nach fünfzehn Jahren über fünfzehn Jahren : muß zwanzig gewesen sein damals, nein, noch jünger : sehr alte Zeit – ist über die Jahre gekommen : in konzisem Gekritzel : fünfzehn vielleicht sogar – es : könnte am Einzugstag selber notiert sein – oder jedenfalls kurz danach, weiß nicht mehr – es : hat einen Sog wie

auf Windseen an fremde Gestade : grau und lautlos – und unbekannt : die dritte Metempsychose : incipit tragoedia : mit aller Übereile von Idealkoloratur – man : müßte klarer – in Künftiges klarer sehen : und schwärzer – in : sah länger ins reinlich stöbernde Geschleier : märchenhaft schneeweißchenhaft : in das ein Stadtlicher brutale Makulate – wie in jede Legende de virgine intacta –

oder so ähnlich – und so länger fort : die Metaphorik schwieriger Jahre : – etwas später hätte ich aber doch wohl schon schlicht ›Ortswechsel‹ gesagt – wie jetzt, wo's der elfte ist –: Makulatur : mit sowas kommt man nun über den Ruin der Zeiten : eselsohrig, knittrig, leicht vergilbt, verstaubt – sehr kurios : grad dies Blatt obenauf – ich : muß das alles noch wieder ansehen : Kisten – alle da : mir zu erzählen, was mich zu erzählen hat : geheim noch unter

Grimassen von Sumpf – über jedem Schritt schlumpfend schlüpfrig zusammen : man hat viel Kindlichkeit nötig, um sorglos hindurch zu stapfen : über Brücken (Luitpold– : wohl der Regent) und Straßen – Dämme (Heinrichs– : wohl der –) : vorbei an marionettener Repräsentation des Öffentlichen : die Bamberger Polizei grüßt wieder durch Anlegen der Rechte an den Mützenrand : Nr. 10

durchschwemmend, verschwommen – ich : habe eigentlich nur einen Blick drauf geworfen – und jetzt färbt's alle Sätze ein : saugt unter sich, was lange drüber weg war : sehr heikel doch, diese Unverläßlichkeit des Vergessens : man läßt sich auf riskante Sachen ein, wenn man anfängt, sein Gedächtnis mitreden zu lassen : ich spüre noch jetzt den, keuchte auch, den Druck auf der Brust : nach fünfzehn Stunden : nur ein kurzsichtender Blick auf –: die vier Treppen : Stille : die

aber das gehört zum Plan der Wiederkehr, auch die erwartete Konfrontation – die : ganz absurde Ähnlichkeit : dazu heißt E tatsächlich Elisabeth : Simon – so um 53 – Witwe – 2 Söhne – Enkel : wohnt aber allein da : ein Runzeln des gutmütigen Gesichts – ließ einen Moment lang trübe Familiarien erkennen : sie wischte es weg : fast frostig – kalt der und der Wind fuhr beendend an aller Statt herein : durch farbfrisch offene Fenster in : die wüste Staketerie der nächsten nochmals neuen Zukunft : geweißt – geweißt – gerichtet –: also ich werd's nicht los heute mehr – die : kuriosen Tonfälle – fallen ältlich immer wieder ein : tief drüben tönend eine Sonntagsorgel : alt Neues Lied : und kälter wieder Wind : beengend – Zug wie : damals, wo ich ja ich hatte eine Angina damals, mit beginnender Otitis, war empfindlich auf allen Sinnen, verzog immerzu das Gesicht – ver : zog das Gesicht – wie

und kaum wohl Vox Coelestis im Wirrwarr von Klöppelklang-Hallgegenwart – wird : hier pausenlos geläutet? : und sie umlächelte sich einen scheinheiligen Heiligenschein : es sei Sonntag : mein Junge – es ist –: blickte streng – ich : Farben alle trocken : Unser Erlöser hing bedrohlich an der Wand, von Kreideweiß umgeben : also morgen – werden wir alle kommen : über hübschem Nebel über dem Fluß – in Spiel und Widersp

sprach nur ganz wenig erst mit ihr, wenig über die bloßen Mietvereinbarungen hinaus : aber heiter leicht in aller Befremdlichkeit – und kindlich fast (einmal, als ich die Tochter Zion im Flur wiedersah – vergilbt über die Zeiten –) : eine gescheite Person – ein

Fleckchen Sonne, als ich zum Bahnhof zurückging : die Umklammerung von Schmerz : ließ nach ließ : alles gelöster – deutlicher verzeichenbar : erscheinen – schien : nach

muß das alles noch wieder ansehen : klarer und schwärzer – der Schein : warf mir schattene Paragramme vor die Füße – pentagonal verzackt

absurd genug – die Ähnlichkeit –

die endlose Treppenmühsal –: das ist auch so etwas Lebenslängliches, wenn man nicht parterre bleibt : wenn man's genau nimmt, habe ich noch keinen einzigen ruhigen Atemzug in meinem ganzen

mußte immer keuchend jede einzelne der altmodisch hohen Stufen für sich nehmen – und war immer weit zurück hinter den andern, die mit ein paar Sprüngen von Absatz zu Absatz kamen : lachend und lustvoll geschwätzig : während mir jeder Laut vom gehetzten Pochen im Hals zerschlagen wurde : – einmal sind sie dann von Tante E sehr streng ermahnt worden : und gingen ein paar Wochen lang sehr gemessen neben mir her : brachten jeden nur denkbaren kindlichen Eifer an den Tag, mir Behutsamkeit zu zeigen : erkundigten sich tagtäglich, wie es Meinem Herzen ginge – ich : muß sie sehr gehaßt haben : die Lustigen : Leichten : ließ sie nicht teilhaben an mir, weil ich an ihnen nicht teilhaben konnte : ließ sie meist warten, wenn sie kamen, manchmal eine ganze Stunde : dann saßen sie trübe und unruhig herum, während ich endlose Czerny-Etüden übte : gingen auch manchmal wieder – und Tante E schimpfte ihnen noch tagelang nach, wenn sie mein von Vergeblichkeit und Wut zerheultes Gesicht gesehen hatte : das ich sie immer lauernd sehen ließ, seit ich wußte, daß sie für nichts als mich mehr Blicke hatte :– bis in die hinterste Verästelung Folgen eines kleinen physischen Defekts : man hat zumeist gar keinen Begriff davon, was Kinderkrankheiten alles

ein wahrer Kreuzgang dumpfmuffiger Flure : lehmiges Mauerwerk in roh-eiligem Überputz : verstaubtes Balkengewinkel, spindeldürr verdorrt : die ganze ächzende Enge abstellräumiger Verkommenheit : »Mütterlichkeit – Frau Simon –« sagte ich taub zwischen geduckten Schritten »hat sehr viele Torheiten auf dem Gewissen : und gehört zuletzt, wenn nicht überhaupt, zu den Torheiten, auf die man im Alter kein Recht mehr hat : wenn man so alt ist wie Sie – macht man sich eine Freude daraus zurecht, allein zu sein –« : jede einzelne der altmodisch hohen Stufen für sich : » – warum noch so herrschsüchtig –? : das ist die erste Anstandsregel des Alterns – daß man keine Macht mehr übt : wenigstens nicht über Menschen – die ›Dinge‹ genügen – es : ist nicht anständig – im Alter noch an der Macht zu sein :– lachen Sie nur – dahin zu kommen, braucht weit mehr ›Erfahrung‹, als Sie glauben –« : Stufe um Stufe – altmodisch hoch – für mich : spielen wir Theater –? : wen will man wissen lassen, was man ›für sich‹ sagt –? : eine alte Frau – mit steif steigender Hüfte : wartete gedrungen über mir : und der Atem hüpfte ihr hastig unter der rotgroben Stickerei – die Augen träg und breitverbrütet – hüpften ihr hass – sie : blinzelte mir halblaut zu : »Was reden Sie mir denn da für Tugenden ein –: wollen Sie einer alten Frau –: und dazu noch so schiefe –?« : ich setzte die kleine Kiste ab : »Zu schlechter Letzt – « sagte ich taub » – ist jede Tugend aus Nöten gemacht – und irgendwo schief –« : hantierte abgewandt an Schloß und Schlüsseln : »Sie sollten sich keine Gedanken mehr darüber machen : lassen Sie Ihren Söhnen ihr eigenes bißchen Leben – und ihre eigenen Torheiten : es kommt genug zusammen – wenn man so jung ist wie –« : aber das war schon wieder zuviel – sie : hatte zuviel erzählt – und ich zuviel geantwortet : »Wenn man

die Nordfenster morgens halbschräg einhakte, warfen die Scheiben eine Stunde lang Licht ins Zimmer : später dann blieb nur der Reflex von den steilgelben Häuserwänden gegenüber : auf der anderen Seite der Regnitz : und erst am Abend ließ sich die Sonne wieder mit den rechten Scheiben einfangen : im Winter war das ein Problem – Licht oder Wärme : Kälte oder Grau : die andern wollten es warm haben – ich wollte Licht : also hatten wir Licht :– aber meist hatte ich es allein : höchstens daß Gering mit dablieb – er : zeichnete viel und mühsam – und schließlich alles aus der Landschaft herein, was seine Augen zu fassen bekamen – er : hatte den schweren Blick und die schwere Hand des Träumers, der mit wenigen Stunden Wachsein auskommt : ist dann Bankbeamter geworden und in der Wirtschaft verschollen : schade eigentlich – mir ganz aus den Augen – ich : könnte heute –: aber noch während der Lehrzeit war er viel da : als die Bodenkammer mit den beiden Südfensterlöchern freigeräumt worden war : man hatte einen Blick bis zum Hain hinüber – und er bemalte damit die ganze Rückwand des Raums : später dann auch noch die Seiten : für jedes Jahr ein größeres Bild – galt als Miettribut für das ›Atelier‹, das ich ihm feierlich zur Verfügung stellte : Maecenas. . . dulce decus meum –: zuletzt ein Tummelplatz buntgeblähter Torheiten – und sehr vergänglich : gesetzt, daß alles

so alt wird wie wir – Herr Adams –« sie schloß das winzige Fenster, nahm nichts übel »– hat man fast schon wieder ein Recht auf Torheiten – zumindest eine Neigung dazu – nicht –?« : nahm nichts ernst : und ›wir‹ –? sind so alt wie –: während ich abwesend über die verkalkten Wände strich : plauderte sie gutmütig weiter : »– ist doch ganz schön geworden wieder – finden Sie nicht –? : ein bißchen schief wohl – auch ein bißchen dunkel – aber ganz still – Sie : werden da viel Ruhe zum Arbeiten haben : finden Sie nicht – Sie : wollten doch – es : wollten es doch so –« : und ein leiser Schein von Ironie – verschmitzte ihr Gesicht : ein bißchen schief : man stellt in Frage – wo man Fragen stellt – Madame –: ich stand langsam am Fenster herum : Skelette von Wald – schwankend in weiterer Entfernung – in blassem Schlich hinter den platten Steinlasten : »Man – hat ja viel gebaut – seither –« schwer hängend an jedem Blick »es war wohl viel – zerstört –« : keine Frage – wenn man so –: »Ach – das kann man eigentlich nicht sagen –« nach längerer Weile : während wir wieder hinübergingen »– ein paar einzelne Gebäude bloß – die Erlöserkirche drüben – das war ein schwerer Angriff – am 22. Februar 1945 : im ganzen Haus hier sind die Scheiben herausgeflogen –« : »Also gar keine Schäden weiter –« sagte ich kurz : ich schob die Kiste unter das Fenster und setzte mich langsam : in halbes Dunkel – Augen : wurden stumpf : »Sie – wird jetzt wieder aufgebaut da – sehn Sie –« Finger »– man : hat viel gesammelt dafür – sogar ich : habe –« das Scherflein der armen Witwe »– obwohl es ja nur eine evangelische –:– aber das erzählen Sie keinem weiter – nicht? man : soll das hier lieber nicht –« : und ich winkte ihr müde überdrüssig ab : »Für solche Sachen – Frau Simon : habe ich noch nie Zeit gehabt –« nicht? : wahr – vor längerer Weile – war ich und das Hämmern drängte sich zudringlich herüber, großtrommelnd prall die, grell, die grellen Flüche –

tobten zwischen den Gerüsten aus Tusche und Lineal : die ganze Brüchigkeit des Unternehmens war mit aufs Papier gekommen : in breit pompöser Allegorie : als sie das Ding bauten – und die Leute ein Jahr lang Gesichter machten, als wäre jeden Tag Pfingsten :– ganz unsinnig steif verernstet stand die Landschaft drumrum : um den rockigen Grundblock : biedermannhaft und deutsch : auch Militär war einmal mit da, zur Einweihung wohl – die : Glaubenszuversicht als Habachtstellung : er brachte das alles ganz präzis zustande – und ganz wider Willen : in eine schauderhafte Groteske von Wahrheit : Blatt für Blatt : jede zweite Woche das neue Stadium des Baus in eine neue Skizze : eine ganze Mappe war schließlich voll davon, wurde schließlich –: während ich über den Texten brütete, die ich ihm dazu machen sollte und die viel besser paßten, als der Unglücksmensch sah : im gedunsen summenden Ton jener Jahre : er hielt's nur mit Mühe bis zum letzten Blatt durch : wehrte sich tapfer gegen sein Restchen Kunst, das alles zur Karikatur gemacht hatte : das klotzige Oktogon – mit dem naseweisen Turmfinger daneben : und die Sonnenstrahlen hatten sich aureölig drüber gebündelt : monströs monstranzig um die blaue Taube : Friedenszweigstelle : Besuch vom Domberg : und anderes mehr – ihn quälend : weil er – nein, er sah's als Kritik an seinem Talent, daß ich den Kitsch erkennbar machte, nicht als Kritik am Kitsch der Sache – im Bündnis mit seinem Talent : zu schwierig für damals – das : konnte er nicht er – konnte nie auf gegen sich : unterst archaische Macht :– aber das Geflügel sah wirklich so aus : blasiert wie ein Bauherr, der sein neues Haus besichtigt –: wurde schließlich zum Anlaß für Krach und Bruch – ich : habe einem kleinen Menschen wehgetan : Tränen aus Zorn und Ohnmacht – über den dürr geschütterten Schultern : ich habe einen Menschen nicht genügend gekannt, um ihm die Erk – konnte nicht auf gegen m : ich war zu : um ihm die erkannte Erkenntnis seiner selbst zu ersparen : zu jung : klein – er : war zu klein : – und auch die kleine Rache, daß er dann zu Tante E nach unten lief und mich bitter verklagte –

sie horchte eine Weile besorgt : mit verrunzelten Augen : »Sie – sind wohl nicht sehr gläubig –?« : inquisitöricht : ich sah sie beschwichtigend an : »Ach wissen Sie Frau Simon – wenn man so –« : ein kleiner Mensch – ich : kenne sie zu wenig : zuckte nur die Schultern : »Es ist alles sehr unsicher –« sagte ich schließlich : nach längerer Pause : »– lassen Sie das mal –« : und noch mehr wischende Wendungen : »– jedem sein eigenes bißchen Leben – wollten wir doch : Frau Simon – das : gilt auch für mich –« : aber irgend eine Unruhe war ihr blind durchs Gesicht getappt : krümmte es mißtrauernd – gramträchtig – taub ver : trieb alle Güte aus ihrem Blick –

ihre Schritte : gingen gröber vor mir auf und ab : ein

lachhaft düster heftiges Verhör – mit streng auf mich einschlagenden Wirrwarrworten : »Man muß doch etwas glauben, Michael, mein Junge –« sie wie er – und ich ihrer wie seiner wie aller –»– jeder Mensch muß doch etwas glauben, was soll denn noch Bestand haben in dieser Welt, wenn nicht unser Glaube, was soll denn noch gut sein, wenn nicht unser Glaube an das Gute, darüber darf man nicht spotten, man muß – mein Junge –« : und ich schämte mich – es : beleidigte mich – daß sie so verzweifelt schwafelte : bis in die Endkadenz : »Wenn das deine Mutter hätte erleben müssen!« : der Unglücksmensch, die ohnmächtige Möchtegern-Mama mit den steinernen Hüften – sie : und sie weinte sich denn auch stellvertretend die Augen rot : bis die Vergeblichkeit wieder in Zorn umsprang : sie wie er – bei ihm wie ihr : sie beide Kinder wieder ihrer –: »Kind!« zuletzt – am Ende der letzten Drohung : »Wenn das dein Vater –!« : mit raffiniertem Nebenton von Angst : weil sie ja wußte, wie er auf mich einschlug, wenn sie nur ein Wort – Wink – weiß nicht, ob sie damals – es : könnte schon im Krieg gewesen sein : ob er mich damals noch –: der Hunne in des Kaisers Rock : der sich nur selber in mir anfiel – mich : das kleingedrillte Stückchen Geist von seinem Geiste –: denn er glaubte ja selber schlechthin an gar nichts, verlangte bloß den Schönen Schein, so grob brutal, wie er von ihm selber ver –: Unser Vater, nunmehr auch im Himmel : dead : Daddy : Dad : das hatte Miss Mary eingeführt, daß wir ihn so nennen mußten : das strenge Hürchen aus der Kaschemme, das er uns anschleppte : in Aden noch – ein Jahr vor Mamas Tod : Unsere Englische Erzieherin : aber sie hatte schließlich ebenso Angst vor ihm wie alle : wenn er abends durch den Garten kam, der Rowdy in der Königin Rock, das Maul voll Kommandos, salutierend vor der eigenen Fuselfahne : der Brüller von Aden – haben sie ihn genannt, hat Tante E einmal – die ebenso Angst vor ihm wie –: »Und ich sage dir, Elisabeth, der Bengel geht!« mit gegen sie erhobener Hand – wie gegen alle : das war aber ein andermal – wohl als ich den sonntäglichen Dauerlauf endgültig verweigerte : der Bengel – mein Junge – Kind : ging nicht – ich : sah ihnen nur abwartend zu, bis der Zorn wieder in Vergeblichkeit umsprang – und brüllend kapitulierte : er – vor sich in mir : das war aber er war auch bei der Einweihung – uniformiert wie immer eh und je – das : war der letzte seiner seltenen Erziehungsbesuche überhaupt – August 14 : der unerbittliche Konvertit : hochzugeknöpft in Grau – hier – hier – ich : »– sage dir, Elisabeth, der Bengel –« : ging nicht – ging : und natürlich nur der Laufbahn wegen, daß er kon – war schon bei den Engländern kon : vertierter Driller – Brüller : darum der christliche Schliff : aber da – hier – hatte er schon andere Glaubenssorgen : ging direkt an die Front dann – ja : ein Mensch, der unter ›Aufklärung‹ eine Betätigung der Kavallerie begriff : ein Mensch, der sich den Säbel christlich segnen ließ – und dann doch noch zum Rebben lief damit, der Spekulant : und von da direkt in die –: B'roche l'watole : Deaddy : Dead – das hatte –: aber ich habe sie eigentlich gar nicht genügend gekannt – Miss Mary : klein – sie : ich war klein : am Rand des vierten Jahrs – sie : sprach ganz leise immer : höre sie kaum noch mehr : im Schatten des untersten Gebrülls – des ar –: nur in einigen englischen Grundlauten manchmal – immerhin von ihr gelernt : ein

Echoschemen – trillernd : des arabischen Gartens : Klang von ihrem Klang : Who killed Cock Robin –: weh – tut weh – sie : hat einem kleinen Menschen –: weiß nicht mehr – nicht : festhaltbar – der gedunsen summende Ton : sehr alt gewordenen Lebens : ich

hörte kaum noch mehr : »– wenn man so alt ist wie wir – Herr Adams –« erspart man sich am Ende selbst den Triumph : über solche seligarmseligen denkundenkbarbarischen Redereien : oder »– hat man ja so wenig, an das man sich halten kann – an dem man sich festhalt –« : das ist hier die Frage : und gibt man sich darum mit wenig was heißt wenig zufrieden – weil man mehr nicht hat – Madame –? mit geringen Gründen – zufrieden ach was heißt zufrieden zu : letzt ein Vorwand für Lebensfaulheit – Religion – eine schlechte Sorte Allotria : sagte – ich : wollte kaum noch mehr sagen : »Wenn man so alt ist wie Sie –« verwischend »– wird's langsam Zeit, sich auch vom ewigen Festhalten ein bißchen auszuruhen : finden Sie nicht –« : »Mit Gott –« sagte sie »– ist man nie allein –« : wirrwörtlich – wahr sie : war fast streng geworden – ihre Augen : suchten düster auf meinem Gesicht : zuviel – sie : erzählt zuviel – und ich – »Schlimm genug – Frau Simon – wir wollten doch –« und ich hob lose die Hand den hob den Finger gegen sie : erzähle zuviel – wirr »– wollten uns doch eine Freude daraus zurecht machen – allein zu sein – nicht –?« : ihr Blick irrte ab – ging : über mich weg – über Wände und Einwände – weiß ge : spie gellte Flächen – ein : leises Schillern weiß ein : schallhaftes Lächeln spiegelte sich leise schillernd darin – ge : knittert – Kalk – ge : wand sich alt ge : kalktert – wehrend – ich : den Kopf gegen die wandte den während ich whostend den Kopf gegen die Fenster – ich : wer – ich : öffnete hustend den rechten Flügel : hakte halbschräg ein : und es fing Licht in eine Licht in

eine Lichtwelt : doch und doch : hoch über allem Gewerch dumpfschlächtigen Gassenwahns : hoch über unterstem Brüllen – es : und es ist – war : war noch etwas dazwischen, weiß nicht, seh's nicht, kaum noch mehr, ich : hab's nur ganz kurz wahrge : war genug – um alles Unglück zu widerlegen : anders aber – waren andere : summend entkommene Worte : länger – bis in : Freiheit und Freiheit – und keine anderen Götter neben Mir : dieu sur les toits du

doch ganz feinunsinniges Zeug – die gedunsen summenden Töne : strichen sehr weit von mir an den Ohren vorbei : Bilder und Unbillder : an den Augen vorbei : »Das da –« mit leichtem Wink »– nehmen Sie aber bitte wieder weg –« : den ausgemergelten Cruzifix – den verstaubten Rahmen : Non Confundar in Aeternum – ein billig beteuerndes Stück Fraktur : vergilbt auf Kreideweiß – sie : knittrig – eselsohrig : nahm – weit weg : ich – »will niemand hier sehen nächsterzeit –« wandte mich ab : sah wieder hinaus »– ich will ein paar eigene Bilder aufhängen – verstehn Sie das bitte – ich –« : erzähle zuviel – von drüben : Stille plötzlich – Feier-Abend : still hinter mir auch : hohler Widerhall – ich : drehte mich langsam wieder um – sah taub in den aufgewürfelten Hausrat : alles ja doch wenig komfortabel – und schlechter als überall bisher : Armut – »ein großer Glanz aus Innen – hat einmal ein Mensch öffentlich behauptet –« : der Stundenbuchstabierer – der feinunsinnige Narr : bewegte vage die Hand : »Es kommt viel darauf an, daß man seine eigenen Sachen um sich hat – Frau Simon : gegen die Fremde – muß jedes Mittel recht sein – gegen –« die Stille – für die noch in der kleinsten Hütte – »– das verstehn Sie doch – Sie –« : verstand nicht : schlimmer noch als jede Einöde – die Zweiöde – die – »Dinge genügen : haben Sie vorhin gesagt – vor –« sagte sie vorsichtig vor sich nichtig hin »– aber natürlich – wenn Sie Ihre eigenen –« : die Insignien

du monde –: und ja doch keine Zwänglichkeit in nüchterne Attizismen vor solchen Stunden erster Übersicht : Macht – Macht –: und noch vieles dazwischen : steinbrüchig : über Stadt und Land – ich : habe da ganz unsinnige Sachen wieder hochkommen lassen : alle Gegenwart wie Sinter davon durchsogen : darf gar nichts machen nächsterzeit – es : färbt mir sonst noch alle Arbeit ein : macht alle Sicht über Nacht – über : nicht – nicht –: noch vieles aus der unterst arch –: blödblinzelnd gewürmig – und kleinlich gebläht zum Geschrei dächerner Ziegelbrände –: versteh's nicht mehr : wieso denn ›Attizismen‹? – vor

Summen und Summen : und ein flacher Husten schüttelte mir wieder hin und her den Kopf : während die Dämmerung uns enger umzog : »Ein kleiner Dünkel : Madame : muß erlaubt sein –« mit frostig tippendem Finger : über die Kisten »– ja – jedenfalls vielen Dank – für Ihre Hilfe : dies – war das letzte Stück – ich –« zerrte mir eine Grimasse über die Augen »– eigentlich besitzt man ja noch immer viel zu viel zu viel –« nicht wahr –? : und wieder muß fast die Hälfte der Bücher auf den Boden – daran hängt die Tortur der nächsten Tage : Ordnung par force – man mißt, wenn man –: »– man müßte, was man an Wissen braucht, halt auswendig wissen –« par cœur – aufsummend an – inwändig eher »– aber –« an der Wand : Mein Herz – ich »– mein Gedächtnis – ist schon fatal dabei, zu verkalken – ich : werde über kurz schon gezwungen sein, meinen Fundus in Quadratmetern« wand – mich »zu messen – verstehn Sie – sie –« : verstand nichts : »Sie sind krank – Herr Adams –« sagte sie gekrümmt : schief stehend – sie »– sollten für die nächste Zeit –« stand : gar nichts – gar nichts machen – geht von selbst vor : ihren Augen – schwimmend – trüb beschlagen : »Für die nächste Zeit : Madame : habe ich nur mit Aufräumen zu tun –« mit allen nur möglichen Möglichkeiten der Wiederherstellung »– falls jemand kommt – lassen Sie ihn ja nicht herauf – ich : will niemand hier sehen –« : schiefer – gröber vor mir hin und her – sie : ging zum Fenster – schloß mit Nachdruck – grau : »Sie werden sich hinlegen, Herr Adams : Sie haben sich ein bißchen überanstrengt : wenn man so alt ist wie wir –« kategorisch »– ist mit sowas nicht zu spaßen – ich –« imperativ »– werde schon für Sie sorgen : seien Sie nur ganz ruhig : ich bin –« und noch mehr der alten Späße : »Ich« ich »bin immer krank – wenn Winter ist – Frau Simon –« sagte ich langsam – um »– das hat –« nichts zu sagen »– nichts zu sagen : und im übrigen – wollten wir doch die Torheiten –« : viel zu viel zu viel : erzählt – sie : ich geantwortet – ich : kenne sie gar nicht genügend : »– ja – jedenfalls vielen Dank – für Ihre Hilfe –« schärfer : nickte ihr zu ich : gab ihr auch die Hand die

die verhallenden Schritte : schleppten sie langsam nach unten : treppab – ripptappend : Schmerz um Schmerz – wurde ihr angetan : mit vollendeter Leichtigkeit – ich : war grausam – wenn es grau um mich war : ich war krank – wenn es Winter war : und ich war wohl immer sehr allein krank – darum war ich es mit Konsequenz – ich : wollte niemanden sehen : kann sein – ich wollte mich niemanden sehen lassen : verschloß jeden Zugang zu mir : und sah dann – wie sie selbst darüber krank –: es fällt schwerer zur Last, drückt schwärzer aufs drückt auf die Seele, daß –: auch – daß es mit so vollendeter

müde – ich : habe mir ein paar alte Augenblicke hochgeholt : grau keuchend – kinderkrank : mit Sprüngen von Absatz zu Absatz : war nie lustig – leicht – war : immer eh und je : so : hohl

alt modisch hoch – und kaum mehr festhaltbar : quillt alles noch zwischen den Worten durch : wird alles zu was

ich weiß eigentlicht gar nichts genau mehr, was er gesagt hat : nicht einen seiner Sätze – auch die Stimme nicht, wie ich sie damals, ganz früh, ge : höre sie kaum noch mehr – er : hat einmal, ganz früh, ge

tönern porös gefäßig : hält nichts fest : – bis in die hinterste Verästelung Folge eines kleinen physischen Defekts – ich : habe in meinem ganzen Leben – noch keinen einzigen ruhigen Satz

vom Pochen im Hals zer : was er – wie zwischen müden Fingern : schlägt zwölf – er : müdet det – er

hat mit der Handkante ge

7–1–50

drei Tage verzettelt : und immer noch auf Kisten : ich muß einen Keil in das Zimmer treiben und weiß noch nicht wo : nimmt jedenfalls viel Licht weg – und macht alles anders : aber mindestens vierzig Meter Gewinn – also zweitausend Bände mehr : die Medizin könnte endlich griffbereit werden – und die Biologie : die Mikroskope auf den Längstisch hinten, neben den Ausguß : vielleicht mit einem Vorhang abgeteilt : dann wäre auch das Waschbecken nicht so albern präsent :– WRs Bionenversuche – muß mir unbedingt besorgen, was er seither gemacht hat –

aber der Apochromat 150 hat gelitten, Feuchtigkeit vielleicht, nicht sichtbar, aber bei Dunkelfeld zu trüb : brachte die 4000-fache nicht zustande : hab's aber auch nicht ernstlich genug versucht : spielerisch nur – altgierig – fahrig fingernd zwischen Packpapier : als die alten Präparate und Aufzeichnungen –

aber das muß nun doch weiter beiseite –: die vergilbten Zettel, vorgestern von W zur Durchsicht, ganzes Paket : ich war wieder Stunden davon eingenommen : auch vom Enthusiasmus, mit dem er die Entdeckung erläutert : schön eigentlich – diese Aufregungen kleiner fünfzehn Jahre : wenn man sich das erhalten –

aber ich war da schon älter – 27 oder : 1927 – und ausgerechnet in Oxford : als ich mit Carter bei Hill den Brief an Bernstein entdeckte, in der EA der Selbstbiographie : eine lange Ergriffenheit hat da begonnen : ist mir durch zwei Jahrzehnte gefolgt und quer durch Europa : Papier – bewegt, bewegend – es : ist verrückt, wie so ein Rest von Leben noch dauernd den Planeten überkriecht –

Briefe und Notizen aus der späten Zeit : das meiste nur als biographisches Detail wichtig – fürs bloße Datengerüst :– aber das muß nun ausschließlich seine Sache sein – ich : bringe die Analyse nie zu Ende, wenn nicht alles herausbleibt, was nicht eng zum Stoff von Löwe und Mir gehört : das Thema ist endlos genug : und wenn schon dies eine Arbeit von Jahren war, braucht die Biographie vielleicht Jahrzehnte hinter sich : zuletzt läuft's alles auf einen höchst wackligen Altruismus hinaus : daß man das eigene Leben aufgibt, um das andere zu erhalten : Teile jedenfalls – und große womöglich für kleine : seit mehr als zwei Jahrzehnten weiß ich über diese Sachen mehr als irgendwer – und doch noch immer weniger als wenig : mit Sicherheit nur stellt sich ein Begriff davon ein – wieviel zu wissen wäre – und wie wenig noch alles bisher Erfahrene darin ausmacht : verrückt – nur : vor der Dauer einiger Erkenntnisse – wiegen auch Jahrzehnte des Erkennens noch gering –

aber er ist zu jung, um das wissen zu dürfen – wenn auch jung genug, um nicht davor erschrecken zu müssen : ich habe jetzt jede nur erdenkliche Teilnahme an ihm nötig, um ihn nicht zu verlieren – er : ist mein Schüler : war

und er hat's natürlich als Wertpaket geschickt – mit unsinnig hohem Porto : dabei wäre die Post ja nun noch der geringste Zufall, dem sowas auf Erden ausgesetzt ist : schön eigentlich – diese Aufregung : er war

eigentlich immer mein Schüler – seit der ersten Stunde, die uns zusammenbrachte – in Scheiners Weinstube : Heinz Wurdak :– der immer hochrote Kopf – wenn wir später die Treppe zum Domberg hinaufliefen – er immer mir voran : ich habe das nie richtig ernst genommen – physisch : immer nur spirituell : auch etwas von den Sachen, die man spät erst lernt : und eher komisch – oft belustigend : wie ihm die Backen dick über dem flatternden Körperchen tanzten :– sprudelte alles vor mich hin, was er von dem Dresdener Besuch mitgebracht hatte – ich : gab nichts als kühl hemmende Wendungen hinein : Ablehnungen aus Ironie und Skepsis – gegen Enthusiasmus und Aufregung : ich – der Lehrer :– aber wahrscheinlich haben ja solche Jahre gar nichts nötiger an ›Lehre‹ als solche Regulation :– bis er – kleinleise und nüchtern – nur noch von Material sprach – und ich es auf einmal war, der ihn daran festhalten mußte : ich – der Lehrer par excellence :– ›Oberbodengroßmutter war reich : Rente. 75 Pfg monatlich Armengeld. Ferner besaß sie einen Schatz an Gold. 2 Pfg 1777. Einen Schafhäuselsechser. / Die Mäusle. / Wärmflasche. Kistchen mit Sägespänen.‹ : ein überflatterter Zettel – ein : »Narr, wer da lacht –« sagte ich scharf »– von solchen Blättern – läßt sich die ganze Psychologie der Selbstbiographien ablesen –: das tiefgedrückte Gebücktsein übers urälteste Detail : das süchtige Hinabspähen ins Dunkelfeld der lange trüb gewordenen vorhistorischen Zeit : der zittrige Griff nach der Vergrößerung auch : inmitten der Vergeblichkeit der Worte vor dem vegetativen Leben –« und vieles mehr noch – tief gebückt, gedrückt – über dem vergilbten Präparat – er : nickte irritiert : »Aber wenn man die Fakten kennt – sicher, die Entstellungen – Übertreibungen – auch der humorige Ton, der das Ganze dann doch wieder bloß beschönigt – und von der Wahrheit wegbringt – sicher, man könnte natürlich sagen, daß gerade solche irrealen Zeichen –« irr realen Zeichen : »Nur Zeichen, wie finster die Wahrheit jener Armut wirklich aussah –« sagte ich scharf »– man macht sich ja gar keine Vorstellung davon, wieviel so ein alter Mensch nötig gehabt hat, lebenslang, um es am Ende auch nur zu ein paar Fältchen um die Augen zu bringen – zu einem leicht krausen Lächeln – ja meinetwegen auch zu diesem fatalen Schmunzeln, das ihm der Bürger abverlangt, – zumal in dieser späten Situation –« : 1907 vielleicht –

vielleicht schon 1905 – nach dem ersten Wiederhochkommen der diversen Vergangenheiten : das Blatt gehörte wohl zu den ersten Notizen : »Sicher, ein instruktives Bild ist es wohl –« irritiert – weil er ergriffen gewesen und mir zuliebe skeptisch geworden war – und nun die Skepsis verwiesen bekam – »– aber es bleibt doch ein bloßes Bild – starr – metaphorisch – unbelebend momenthaft – winzig wenigdeutig – kahl – ein –« : blind um sich greifende Vokabeln : ein Standphoto vom Sterben, das den Tod nicht zeigt –: »Aber mehr – Heinz – gibt es gar nicht für die Erinnerung – als solche Bilder –« sagte ich »– immer sind es nur winzige Momentaufnahmen, die sich aus der verronnenen Zeit herüberretten lassen : Stilleben – selten Porträts : ›Dinge‹ – selten Menschen : und alle so sehr Stil und still, wie nur Bilder es sind :– wenn du in einer Selbstbiographie einen Menschen wörtlich reden siehst, kannst du sicher sein, daß auf die Wahrheit der Stelle wenig zu geben ist –« : oder jenes sehr Viele unterhalb, auf das gerade die Notwendigkeit der überpräzisierenden Entstellung verweist – er : nickte irritiert : »Aber dieses Bild – ist objektiv falsch – wie viele ähnliche, mit denen das Buch ergreifen will – das wissen wir doch beide –« : »Wir wissen –« ich »– imgrunde noch weniger als nur wenig : und ›objektiv‹ kann gar nichts sein in solchen und ähnlichen Bildern – weder richtig noch falsch : in jeder letzten Maskierung –« Retuschierung auch »– bleiben sie Sekrete des Ich-Subjekts, das sich in ihnen ausdrückt –« sich sich »– mitteilt –« : und das Unterste, Früheste ist zuletzt darum so schwer in ihnen zu hören und zu sehen – weil vor ihm selber einmal Hören und Sehen verging : und die Vergeblichkeit der späten Worte – weil jenes Früheste ja vor den Worten lag – in der vorsprachlichen –: und mehr noch übers Mehrnichtmeer der Erinnerung – es »– tappt da tief unter den Silben ein Doppelsinn mit, der das Geheimste wahr enthält – es –« mehr nicht mehr – es : ist ganz fürchterlich riskant – da hinunterzuhorchen : alle Selbstbiographien – sind Leistungen viel mehr gegen als für die Selbsterhaltung »– und jenes ›Streben‹ im Titel mag am Ende ein bloßer Verschreiber sein – ein irreales Zeichen –« das den Tod nicht zeigt : »– nein, nein, es ist schon ein durchaus sehr großes Buch geworden, auch wenn die Form nach der Hälfte zerbrach, ja vielleicht grad weil sie ihm so an der Wahrheit zerbrochen ist, grad weil er sie so gefügig, Leistung gegen sein Selbst, an seiner Wahrheit hat zerbrechen lassen –« : und wir saßen schweigsamer – tiefer gebückt – in die sichtende Arbeit verbissen : schön – es war –: die er dann doch nicht zu Ende brachte – es : ist ein schauderhafter Unsinn – daß der Lehrer den Schüler überlebt : und einen solchen Schüler : Kopf – über dem flatternden – über dem überflatterten –: und ein Moment Papier ist alles, was übrig bleibt : starr metaphorisch – wenigdeutig – kahl –: wie er die Treppe zum Domberg hinaufläuft – steht – er : stellte sich : stand – photogen –: und gar nicht einmal typisch – hat er so dünnes Haar gehabt? – ich

aber das wird nun ausschließlich seine Sache – Ws : mit allen Verpflichtungen, die lange darauf liegen :– sehr merkwürdig – wie unser aller Physiognomie in den Stoff einwächst : riskante Wirkungen – herüber wie hinüber – man : geht nicht lange mit Werken des Alters um – ohne selbst alt darüber zu werden : über Nacht – kommt die Zeit über uns – wo wir in allem, was wir machen, nur noch Selbstbildnisse malen – geisterhaft fluoreszierend : nur aus Stille und Stil – ich :– manchmal wünschte ich, es wäre mir nichts davon je vor vom Mir wäre nichts mir je mir nichts davon je vor die Augen ge

ein Narr, der da lachte : »Also daß der so gekrakelt hat! – fast genialisch – ich : hab mir eigentlich immer so einen Wilhelm im Bratenrock dabei vorgestellt : und die Hand entsprechend – so Sütterlin mit Linien drunter : na!« : die Achtelbildung der Pressenovizen : als ich, mühsam genug, wenigstens angab, von wem die Handschrift –: »– immerhin – ja fast –« : und dann glaubte der Bengel ein munteres Geschwätz lang, ich sammelte Autographen : sah sich auch frech kritisch überall um – und dauernd zur Decke, als wäre er's gewohnt, daß sich sofort die Balken bogen, wo er den Mund auftat : versprach aber 50 Mark für das Calderon-MS, das ich dann vom Boden

zum 240. Todestag : El Mágico Prodigioso : sehr großer Stoff – noch immer : und sogar die Nebennotizen sind noch da :– zuviel Enthusiasmus – Aufregungen kleiner Jahre : die Kritik gegen Lope schlecht – das müßte doch anders –: aber für die Zeitung reicht's

Kommerz : und anderes Lärmen, unten vorbei : bierflach – studentenliederlich : schreiende Steine – schmissig durchs Dünngewebe erster Arbeit : die Kerls müssen auf ihn gewartet haben – man : wohnt doch immer noch nicht hoch genug : die dauernden Glocken auch – haben mich doch früher nicht so gestört :– Gehring schickte ihn her – mit langweiliger Dringlichkeit – und einer Karte zur Bruckner-Messe : eine kleine Zerstörung – aber selbst die kleinste Zerr –: starrte immer wieder die alten Zettel an : Worte – vergeblich –

und auch das Thema gibt nichts Neues mehr her : zum 350. Geburtstag : alt und abstoßend : wird nur Variante, praktisch Kopie – für die Zeitung genug –: 2.818,– hat der Bankauszug : das reicht noch über dieses Jahr – und weiter keinen Schritt –: horchte immer wieder hinunter : tappend unter Silben : das Geheimste – nicht – nicht erkennbar –: in

Sand in bretterumzackte Vertiefungen in : grabmäulige Kahlschläge : fraßgierige Lochmolöcher : lächzendes Nächtegemächte

Missa in Commemoratione Omnium Fidelium Defunctorum

schreiben wir in Stein –? : im reißenden Schleierschrei von Keinsamkeit – totenumtänzelt – schrei : ben wir in : Papierpapier – in brüchig

öde trödelnde Allotria : Zeitdungkel : Papier – die brüchigen Assignaten auf die Unsterblichkeit : Thema und Anathema – über Nacht : kommt die Zeit über uns, wo wir nur noch – und alle Träume nur noch negativ definieren : ein Zustand, wo dieses und jenes *nicht* mehr ist – Dieser und Jener nicht mehr

aber kaum ein größeres Finster – wir : wissen's nur tiefer und finsterer

zu benennen – auch nicht – nicht nichts von den alten Notizen ist mehr verwendbar – Geräusch – verschüttet : eher störend nur : aber mag es sein – der Tag würde sonst ganz vergessen :– die dauernden Glocken auch – haben mich früher nicht so – nichts –: ja, war denn das Begräbnis nachts –? : ganz dunkel – Wind, in Nebeln – heiß, von Ost : Lahedsch, Scheikh Osman – aber Norden doch – ich : muß mir die Karte noch wieder –: wieso Nebel denn? – es : läutete – Klang wie aus Brettern –: Sand – Sandnebel : heiß stiebend – Saida – ich

ich bin ja wirklich weit herumgestoben worden in diesem Halbjahrhundert – und unfreiwillig meist : verzettelte Zeit – auch Geld : wenn ich das alles jetzt – was das gekostet –: einmal ja sogar Bombay – sieben Tage Fahrt : aber da war ich noch jünger – 2 erst : 1902 – weiß nichts – Meer : Berge :– aber schön der Sommer in Oxford, als wir den Brief – nein, nicht bei Hill : J. Thornton & Son – in der Broad Street : fuhren mit Rädern über :– der Kirchturm von Sunningwell – hoch über Land : wenn man sich das er – er : hielt gar nichts weiter davon : las nicht, was ich las : trotzdem – wenn wir noch einmal über :– das zweite Reichert-Z vielleicht verkaufen – kann sein, man kriegt ein ganzes Jahresleben dafür –

dünn Zweischlag, halbe Zeit – es : werde sich bessern, gab der Bursche an : Kaltlufteinbruch Nordost – Frost – wieder Schnee und w : welch ein Gedanke! – Instauratio Magna : tief tappend unter den Silben :– F – nein – A : dann G : A bing don – g

vergilbt bezettelt noch – das alte Präparat : ›G. Adams / Ca. mam. / Hist. pos.‹ : das letzte, was von Mama noch materiell – mit mir den Planeten überkriechend –: war das – es : war nachts – die

die ausblinkende Nachtstadt : blakend umfackelter Makrokatafalk : finster bekreuzigt zu Häupten – Füßen – : und die Nebelfinger rührten sich schmutziger um die Bahrtuchzipfel : Mond grinsend hoch : in wieder brüchig öde trödelnde All

noch einen Ausstrich gemacht : Abwehr bis auf Leukopenie herunter : schlecht – muß Bewegung –: Pulsfrequenz um 100 –

weiß gar nicht mehr, was auf der Platte stand : ist wohl längst weg auch – höchstens das Photo noch, mit der unscharfen Inschrift : Sand auf –: Stein – Papier –

8–1–50

am Morgen alles weiß, und dicht und pelzig, und heiß : nach durchfrorener Wachnacht Rumorens : durch einen ganzen Schuhkarton alter Bilder – alter Briefe auch –: reliquiar umfaßte Bruchteile – das meiste : kommt jetzt endgültig weg – in Grenzen : Fieber genug – um alles endgültig in

und zwievielspältig genug – das immer wieder eingreifende Zögern : es wird noch Monate brauchen, um alles hinter mich zu bringen, groß zu erneuern, durch Worte zu ersetzen : bisher nur lauter Lücken – unser täglich

unter fadem Zwang Frühstücke : das Brot ganz schlecht hier, lümmelt sich übel im Magen :– tägliches Geschäft jetzt – Schritt für Schritt nach Rückwärts : marcia funebre – veteran : endgültig in – die Erinnährung entgültig end in

Grenzen zu legen : mit immer kaum nur kurzer Ruhe auf der Flucht : im Rundfunk Schrekers Kammersinfonie – schwermütig tastend, schmerzensreich und schön :– aber dann quoll irgendeine Closetti-Serenade hinterher, daß ich wie rasend den

vor dem selbstgebauten kleinen Kasten : sehr typisch, wie er den Hals schräg – den Arm – er : ließ den Knopf keinen Augenblick los beim Hören – schräg in der Hocke davor, die Knie geöffnet, als wollte er die Musik mit der ganzen Leibfläche auffangen – und drehte wie rasend, wenn der Empfang unter Störungen geriet, der Sender wegging, überschnitten wurde : lächerlich gebündelte Strapazen das : dieser UKW jetzt ist schon eine Entdeckung – für Momente : söhnt man sich wieder aus mit dem ganzen hektisch hüpfenden –: »– nein, Micha, nein : den ›Fortschritt‹, den du meinst, den kann es höchstens noch eine kurze Weile ›technisch‹ geben, im Zu-Ende-Denken einiger Verfahrensweisen bloßer Komposition : aber der ›Geist‹ der Musik ist längst am Ende seiner Zeit angelangt – und aller Zeiten –« : sehr leise wie immer – aber auch bestimmter als je : nach dem Spaziergang auf dem Kärntner Ring mit Wiesengrund, der ihm zu Schreker riet, nach Berlin : ich hatte irgendetwas Unpassendes eingeworfen – weiß nicht mehr, ein : irgendeine Geistreichelei : ›Zuspätromantik‹ –? – weiß nicht : mehr bei Schönberg damals – hinter ihm zurück : »– bei Mahler ist das ganze Jahrhundert antizipiert –« : mir sehr voraus – wir : sind auch auf der Hohen Warte gewesen zusammen – und auf dem Friedhof in Grinzing : muß aber später gewesen sein – nach 1924 : das Zsolnay-Faksimile der Zehnten war bereits –: »– wenn die Neue Musik ihren Endzeitcharakter vergißt – das Vergehen der Tonalität als Gnadenfeld letzter großer Personalstile – wird sie in nichts enden als frech rotierendem Kitsch –« : das ging gegen das Wiener Schulverständnis, gegen Schönberg auch – und war vielleicht doch weniger ungerecht, als ich dachte :– schlecht – daß nichts wurde aus Berlin : es muß Kreneks Studienzeit gewesen sein – auch Haba :– alles schon von der Krankheit erdrückt – zum Fragment bestimmt – er selber : wie das Bild – mit den abgeschnittenen Füßen : selbstausgelöst – zuviel Bewegung – verwackeltes Gesicht – ich : habe nichts davon gesehen damals – was sich verspätet jetzt sehen läßt – ich : habe ihn nicht genügend gekannt – habe viel zu spät zu –: die langsam von unten heraufkriechende Kälte des Schierlings : hat alles in ihm zu früh zu hat zuletzt ihn selbst : ausgelöscht – auch die Musik vielleicht – die er vielleicht

›Gemeinsamer Kirchgang des Fünften Infanterie-Regiments‹ –: gleich darunter – und mit der höchsteigenen Beschriftung hinten drauf : ›Da warst du 5!‹ : der kleine Mann am Rand der Gaffer – mit der Tambourtrommel – ich : schlug das Blatt so wütend in den Karton zurück, daß der Rand platzend den schlug die Hand platt auf den haarscharfen Schnappschuß – auf die zwei Tintenkreuze über uns – je mir und ihm –: nein, alter Mann – nicht – nicht –: nicht über mir – noch nicht : schlug zu – den Deckel : später – alles später

haßtete leer vor dem Haus auf und ab : Bewegung gegen die sinkende Abwehr – die steigende Kälte : über ein Meer von Schnee – unter Maaren schneiender Steine : bis der Frost mir die Augen beschlug und ich blinder auf alles Unbegangene trat :– und es verschuldete nur –? was bewußt verschuldete –? : trübe zurück – schwerer (marcia funebre) und leerer (plus sourd que les cerveaux d'enfants) : auf dem Gehweg nur Schuhscharten hinter mir – und nur endlos meine eigenen

heute abend die Bruckner-Messe im Zentralsaal : f-moll – die beste der drei : Symphoniker unter Georg Bauer – Liederkanz – Franz Kelch, Baß :– aber ich weiß nicht recht : Liederkanz – Liederkanz – das : wird mit Sicherheit provinziell

Makameh –: »– nahezu eine halbe Million Arbeitslose in Bayern – denken Sie – allein in Bayern –« : und sie sah mich irgendwie strafend über den Zeitungsrand an, als sich mir die Aufregung so gar nicht mitteilte, die angelesene, für einen dünnen Denkmoment erworbene –: »Ach, die Leute verstehen nur was ganz Falsches unter Arbeit« sagte ich unwirsch »– aber lesen Sie nur – steht noch was drin?« : ein bißchen begütigend – weil sie das nicht verstand : die Antwort so wenig wie das Beantwortete –: »Hier – unser Bundespräsident verdient im Jahr 50 000 Mark – und hat dazu noch eine ›Aufwandsentschädigung‹ von 100 000 und einen ›Dispositionsfonds‹ von 60 000 –: haben Sie das gewußt –?« : nicht, nein – dafür anderes : »Steht noch was dabei ?« : und das war nun wieder der reine Irrsinn – die Miene, mit der sie in ihr Orakel sah : »Nur noch was über seine ›Dienstwohnung‹ – und daß uns das Kabinett rund eine Million im Jahr kostet –« : zögernd – ersichtlich hin und her gerissen – aber erst durch meine zweifelhafte Miene : »Da sehn Sie, wie billig uns, Frau Simon, uns die Demokratie zu stehen kommt – und wie teuer die Zeitung sie Ihnen machen will –« das Neue Volksblatt – immer noch das alte »– sich für knapp anderthalb Pfennig ein ganzes Jahr regieren zu lassen – das kann sich doch wirklich jeder leisten –« : *und wie hilflos sie wieder vor der albernen Rechnung wurde, grad vorher noch folgsam zu jeder Entrüstung bereit : »Trotzdem, mein Junge, ich weiß nicht – dieser Herr Ebert –: das sind doch alles Leute aus einfachen Verhältnissen jetzt – brauchen die denn wirklich soviel –?« : und dann las sie in der Kölnischen Zeitung die Memoiren des Kaisers, der soviel mehr gebraucht hatte und von Harper Brothers für den Konkursbericht noch ein paar hunderttausend Dollar Tantieme bezog, und wußte seither unbeirrbar aus erster Hand, was er alles nicht gewollt hatte : »Zeitunglesen verblödet, Tante –« sagte ich kurz – nein, länger damals, mit vielen längsten Sätzen : »– zuletzt ganz einfach weil das Zeitungmachen generell von Leuten betrieben wird, denen man privat, so passabel sie da immer sein mögen, in auch nur mittelernsten Angelegenheiten ja kaum einen Rat abkaufen würde –« : und noch einiges mehr über Bismarcks Kaste des Verfehlten Berufs : steif und unnötig wütend – wieso war ich denn –: und auch »– unser Hegel, Micha, unser Hegel!« – triumphierend wie das leibhaftige Fremdenverkehrsbureau – daß der hier in Bamberg mal die Bamberger Zeitung redigiert hatte : war wohl »– kaum ein sehr erschütternder Einwand –« : wütend – weil es doch so ganz nicht stimmte –? : aber seine politischen, meinetwegen staatstheoretischen, meinetwegen geschichtsphilosophischen Ideen nehmen sich ja wirklich so aus, als stammten sie von August Scherl* »– oder von wem Sie wollen –: noch was drin –?« : begütigend – weil sie das alles nicht verstand – sie : machte eine begütigende Bewegung – weil ich das alles – so viel – ich : hatte ich soviel geredet –? : »Hier – ein Schriftsteller hat was gesagt – der : Schriftsteller Oleschtschuk hat in der letzten Ausgabe der Moskauer Zeitschrift – müßte man den kennen –?« : nicht, nein – dafür andere : »Jedenfalls kennt das Blatt ihn selber nicht, Madame : hat's bloß von einer Agentur gekauft – und verkauft's mit Aufschlag an Sie weiter : und weil sich's an Sie verkaufen läßt – hält's der Schmock, der seinen Beruf nicht weniger ernst nimmt als jeder Händler, für eine Wichtigkeit –: was hat er denn –?« : »– in der letzten Ausgabe der Moskauer Zeitschrift ›Wissenschaft und Leben‹ erklärt, Religion sei –« : »Sehn Sie –

Wichtigkeit : und direkt von der kna, die ihn auch nicht kennt : nur zu – sei was –?« : »– sei eine unwissenschaftlich reaktionäre Ideologie und ein Hindernis auf dem Wege zum Kommunismus –: also soll man das glauben?« : »Aber gewiß doch soll man das glauben – Frau Simon – und den Kommunismus entsprechend gräßlich finden : meint die kna – und das Neue Volksblatt – und meinen folglich auch Sie –« : mit zweifelhafter Miene – daß sie ganz hin und her – »Und – Sie meinen, das ist einfach erfunden – das ist : gar nicht wahr –?« : »Aber wo denken Sie hin – alles wahr und goldrichtig : der Kommunismus ist gräßlich – und die Religion behindert seine üble Ausbreitung, weil sie so schön unwissenschaftlich und reaktionär ist –« : »Aber das ist doch grade die Verleumdung dieses Kommunisten, daß er sie so nennt –« : »Wenn sie's nicht ist, kann sie den Kommunismus nicht behindern, Frau Simon –« : »Aber das soll sie doch – ich meine – also jetzt kenn ich mich gar nicht mehr aus –« : »Ganz einfach : die Nachricht soll den Kommunismus behindern, indem sie zeigt, wie verleumderisch der über die Religion redet, die ihn eben dadurch behindert, daß sie so ist, wie die Verleumdung behauptet –: sowas passiert der kna allewege, wenn sie zuviel auf einmal verkaufen will, Madame – was aber nichts macht, da die Käufer es ja nicht merken –« : hin und her – die wirr hüpfenden Gedanken auf ihrem Gesicht : eine schwierige Güterabwägung fand statt : »Aber –« schließlich – die Entscheidung »– dann hätte dieser russische Mensch ja doch recht, auch wenn er aus seiner Sicht –« und sichtbar erleichtert – das geringere Übel – »– ich meine, mit dem Hindernis – das ist unsere Kirche ja wirklich –: oder glauben Sie, daß dieser russische –« : und wieder zögernd – durch meine zweifelhafte Miene : »Wir haben hier, Frau Simon, den bemerkenswert seltenen Fall einer allgemeinen Einigkeit in der Betrachtung Unserer Religion –« sagte ich feierlich »– indem nämlich ich einmal unbesehen das glaube, was die kna glaubt, die ihrerseits unbesehen glaubt, was der Schriftsteller Oleschtschuk glaubt, der seinerseits – wohl auch unbesehen – glaubt, was der Papst glaubt, der wiederum – garantiert unbesehen – glaubt, was ich glaube –« : »Und –« atemlos »– was glaubt –« mit wenigstens ein wenig Ironie? »– der Papst –?« : nicht, nein – Autoritätsabwägung nur – Entscheidung leicht : »Der Papst« ich – kirchenväterlich »Frau Simon, glaubt : Religion sei eine unwissenschaftlich reaktionäre Ideologie und ein Hindernis auf dem Wege zum Kommunismus :– aber das beweise ich Ihnen jetzt nicht – das würde ein ganzes Geschichtskolleg : ein andermal –« in – viel zu lang schon – längeren, *längsten Sätzen :*

wütend und unnötig steif »– jedenfalls habe ich dir hoffentlich ein bißchen zur Anschauung gebracht, wie schwierig es ist, eine unwissenschaftlich reaktionäre Zeitung zu also gut eine Zeitung zu lesen, auch wenn sie bloß eine Nachricht bringt, die sogar wahr ist –« : gegen ihre unerbittliche Hilflosigkeit – die sie jedesmal hervorkehrte, wenn ich ihr starres bißchen Standpunkt ins Wanken zu bringen suchte : die Schwache Frau – das Unwissende Weib – das dann auf einmal doch gar nicht mitreden konnte und doch immerzu mitredete : »Aber warum hat die Zeitung das dann so kurz gebracht – wenn man sich doch soviel dabei denken muß –?« : »Ganz einfach : weil es nicht Leserart ist, sich soviel dabei zu denken – und weil grad so sich jeder bloß sein Teil dabei denkt –« und noch mehr über das, was sich wiederum die Zeitung dabei gedacht hatte, die Standpunktlieferantin der Schwachen Frauen und Unwissenden Weiber : wer wenig bringt, wird vielen alles bringen – »Und eben darum bleibe ich dabei –« mitredend »– daß wir Zentrum wählen müssen, Micha, wenn wir nicht den Kommunismus haben wollen – das hat unser Dr. Kaas ganz richtig –« : der behende Behinderer dessen, was wir tatsächlich dann nicht hatten – zugunsten jenes anderen Ismus, den zu behindern er dann rasch vergaß : ah, wenn sie das noch erlebt hätte, im März 33, wie der ganz richtige Prälat da an der Behebung der Not von Volk und Reich mitwirkte –: aber sie hätte ihm ja fraglos steif und fest die Treue gehalten, die Mitrednerin, die sich immer bloß ihr winziges Teil dabei dachte : steiermarkig bis in die Stiefel, die sie unentwegt trug –: und wie geil sie erst auf den Beheber selbst gewesen wäre : Tante E : wie all die alten steinkalten Jungfern : böhmisch gefreit hat noch nimmer gereut : wenn sie gehört hätte, wie er im Reichstag versprach, u.a. auch ›eine durchgreifende moralische Sanierung an unserem Volkskörper vorzunehmen‹ : es stand in allen Blättern, das irre Orakeln, und sie alle glaubten, was auch der Papst glaubte, der wiederum glaubte, was alle glaubten –: wütend – viel zu lang schon – atemlos erschöpft : »– nein – Zeitunglesen verblödet, Frau Simon –« sagte ich »– es wird erst reizvoll, wenn aus dem ganzen Druckpapier dann Dokumente geworden sind und sich der Unsinn historisch betrachten läßt – was er freilich in der Regel erst ermöglicht, nachdem er auch seine Folgen ermöglicht hat : nein, lesen Sie nur lieber gleich die Dokumente – doch, doch, im Ernst – da – greifen Sie hinein – die Augen rechts – die Nase leicht nach oben – und noch vier fünf sechs sieben Bände weiter –: das sind die Stenographischen Berichte des Reichstags – schlagen Sie nur auf : die 2. Sitzung – vom 23. März 1933 : da finden Sie was über das Zentrum, das Sie damals immer gewählt haben – das damalige Hindernis auf dem Wege zum Kommunismus : nein, weiter hinten – die angestrichene Stelle, wo der Prälat Kaas die Ehre hat, vor diesem Hohen Hause folgende Erklärung abzugeben : es geht da um eine Angelegenheit, die technisch Drucksache Nr. 6 hieß oder 2. Gegenstand der Tagesordnung, zu der man – aber was heißt ›man‹ – anschließend nie mehr ganz beruhigt übergehen konnte : ein sich so nennendes ›Gesetz zur Behebung der Not von Volk und Reich‹ – Ihnen vielleicht weniger unbekannt unter der Bezeichnung ›Ermächtigungsgesetz‹ : die überwältigend mehrheitlich akklamierte Machtausstattung eines in seinen Berufszielen bereits hinlänglich erkennbaren Banditen –: nehmen Sie's mit und lesen Sie's, Frau Simon, um sich zu erinnern, was Sie damals schon in der Zeitung gelesen haben, ohne sich aber mehr als Ihr Teil dabei zu denken : es war ein großer Tag, dieser Donnerstag : es war der hinlänglich erkennbare Beginn eines Weges, an dessen Ende zwar nicht der Kommunismus stand, dafür aber ein Heer von 55 Millionen Toten : es war ein Tag, an dem Die Deutsche Zentrumspartei, folglich kein Hindernis, ›alle kleinen und engen Erwägungen schweigen‹ und ›selbst solche Bedenken in den Hintergrund treten‹ ließ, ›die in normalen Zeiten pflichtmäßig und kaum überwindbar wären‹ : ja murmeln Sie nur ruhig laut, Madame : die Namen, die ich angestrichen habe – Sie kennen sie vielleicht aus Ihrer Zeitung? : die Deutsche Staatspartei, die Deutsche Bauernpartei, der Volksdienst, die Deutsche Volkspartei, die Bayerische Volkspartei –« Volk, Volk und Volksblattvolk »– sie alle Ja-Stimmer, Zustimmer, Ermächtiger und Nichtbehinderer : der Dr. Krone, der Lemmer, der Dr. Maier, der Dr. –« : und da brach sie mir nun doch hinein : »Was – ist das etwa ein Verwandter unseres Bundespräsidenten –?« : gut – schon gut – ich : habe schon viel zu – »Zum Verwechseln nah verwandt, Frau Simon – mit dem mit der Aufwandsentschädigung, die Sie für zu hoch hielten –« der ›Dr. Heuß (Berlin)‹ »– aber Sie müssen da halt den Aufwand ermessen, den der Mann gehabt hat, um die Befähigung zu erwerben, das heutige Nachkriegs-Deutschland charakteristisch zu vertreten : hier – nehmen Sie das Schriftchen da gleich mit : es handelt von einem völlig deutschen Gegenstand, nämlich vom ›Faust in der Dachstube‹ – zu einem Zeitpunkt uns gedeutet freilich, wo der die erwähnten 55 Millionen noch vor sich hatte, die der Verfasser mitsamt ihm heute glücklich hinter sich hat : ›Hitlers Weg – Eine historisch-politische Studie‹, 1932 in mehreren Auflagen erschienen und als Hindernis auf dem Wege des darin Studierten von geringer Eignung, dafür aber wissenschaftlich und ganz unreaktionär –« und so weiter und so wütend weiter : viel zu wütend – viel zu viel zu – »– billig, Frau Simon, schlicht und einfach billig : eine Anderthalb-Pfennig-Regierung –« : aber was soll's – er : ist ein alter lange alter Mann, und ersichtlich auch weise geworden inzwischen, gut, ja, sicher, und irgendwann irren wir alle, ist ja recht, wenn auch, Frau Simon, mit unterschiedlicher Häufigkeit, ja »gut – schon gut – ich : habe schon viel zu viel geredet – und wir wollten ja auch ein bißchen was tun –« : vor noch immer tausenden von Bänden : noch vor noch – Zeit – noch : viel zu vieler Zeit : »– nein – lieb von Ihnen – aber ich erspare mir die Zeitungen wirklich nicht aus Ersparnisgründen – ich : schaue dem Weltlauf anderswo aufs Maul : und warte, bis der Schaum zum Dokument eingetrocknet ist : das sehe ich mir dann an : so Protokolle wie diese da – oder gelegentlich auch einmal eine historisch-politische Studie –« zu viel zu – und nur begütigend noch »– wie? – nein : die konnte sich jeder beschaffen, Frau Simon : einfach bestellen – beim Verlag der Reichsdruckerei, Berlin SW 68, Alte Jakobstraße 106 – und sozusagen durchaus unverzüglich : die da sind zum Beispiel am 13. April 33 ausgegeben worden –« : Selbstdarstellungen eines Liederkranzes : der teuerste Gesangsverein der Welt – witzelten die Darsteller selber : und das Ganze endete mit dem Absingen des Horst-Wessel-Liedes –: genug jetzt – ich : bin heute ganz unerträglich gereizt : vor –

vor dem kleinen Pantheon über dem Schreibtisch – sie : hat immer viel hier gesessen – leise und sehr lauschend : vor all dem, was sie nun und nie verstand – und vielleicht doch gern ja verstanden hätte – vielleicht : ja hätte sogar verstehen können, wenn ich anders – aber ich habe nie anders auf sie einwirken wollen als durch Bekräftigung der Distanz, durch immer neue Abweisung ihrer Schwäche und Unwissenheit, durch nie zufriedene Absage – an sie an –: »Ach, wenn das dein Vater, mein Bruder –« : das kam ja eben doch zu oft von ihr : als immer neue Zuflucht : und hat's denn immer neu bewirkt vielleicht : kann sein, ich hab in ihr nur immer ihn –: mit Schmerz um Schmerz – wie Auge um Auge : man kann nicht schuldfrei bleiben, wenn man nicht ohne Nebenmenschen bleibt : hab ich sie, schuldig, deshalb los sein wollen – und mit soviel System –? : »Du liebst die Menschheit nicht, Michael –« : fast strafend über den Zeitungsrand, als sich mir die Aufregung so gar nicht mitteilte : zu oft von ihr : »Du liebst deine Nächsten nicht –« : und immer vor diesen Bildern – meinen Nächsten : das eine Mal – der Sonntagmorgen früh : schon später aber : 1927 – als ich sie, schuldig, mit der Zukunft einer Illusion quälte : ausbrechend – sinnlos scharf : »Ja, du denn etwa? Wie machst du das? Los – komm – heraus damit! Was gibst du ab von dir – außer deinen ewig miesen Einmischungen? Was haben sie von dir – außer deinen Dummheiten – und außer deiner Teilnahme an ihren Dummheiten? Jaja, du liebst sie – aber wie dich selbst – und nur, wenn sie sind wie du selbst – und nur –« und so noch, schuldig, viel zu vieles mehr : vor diesen Bildern : bis sie wütend – nein, nur unerbittlich hilflos : »Aber das da –« hilflos »– sind doch nur Fremde für dich –« und sah dabei nur immer auf das eine Bild in der Mitte, mit dem sie nie fertig wurde – ich : schwieg, bis sie gegangen war : ihrer Zuflucht zu, der alten immer neuen : ans andere Ufer – die Morgennebel : warfen bombastische Trennwände auf zwischen uns : hochwallend vor dem Turm, aus dem es brüllend läutete : und ein Rudel Menschheit stob feierlich darauf zu – und verschwand im Dunst : Sonntagelöhner – taub : stumm weg – ich : hatte Angst – wie sie so stumm da – rief ihr nach : hinunter – sie – wie sie : alle wie sie selbst : taub : weg

nach wieder nur erst ein paar hundert Bänden – vor den Bilderkartons, in die sie gleich mit beiden Augen griff, während ich an den Wechselrahmen wischte : »Ein kleines Pantheon sozusagen, Frau Simon – sozusagen meine nächsten Angehörigen –« : und wie deprimierend wieder – dies jähe Auffunkeln ihrer Neugier – und die Enttäuschung, als ich's ihr kurz erläuterte : den Mahler aus dem Specht, vom Dezember 1910, New York : das Pfemfert-Photo von KK : und viele von Papier aufgenommene Momente : mit Bürck am Prinzregentenplatz – mit Berg am Ring – mit Kruse vorm Westturm auf Wangerooge –: »– von Carter –?« Rückseiten lesend – sie »– da haben Sie ja sogar Adel in der Familie –« und verstummte denn doch von selbst und starrte in das ungeheure alte Gesicht – bis ihr kicherndes Ich ganz klein und ängstlich geworden war : »Nein – das ist –« Wirkung unter Worten »– Sigmund Freud – Frau Simon : aufgenommen bei seiner Ankunft in London am 5. 6. 1938 : ein großer Augenblick in meinem damals sehr schwierig gewordenen Leben – obwohl ich selber gar nicht – nein, ich –« nein – ich habe ihr gar nichts erläutert – ich : sah nicht einmal auf zu ihr – nur nach der Seite einmal – ihre still die Hand die ihre todtraurig gewordene Hand – »– wir – haben alle viel reisen müssen seinerzeit –« wischend – weg – »– und man freute sich sozusagen über jeden, der es sich leisten konnte –« und so leichthin weiter – nur noch die Rückseiten streifend – »– von einem Freund gemacht, die Aufnahme – ich glaube, für die Times – ja : Carter – ja –« der gestern das Paket –? »– auch das – ja : Carter – ich : habe viele Reisen mit ihm gemacht : quer durch die Zeiten : *Hast – du hast du : haßt du denn jeden, der mit mir – mit ihm – er : weg – verwischt : durch bleiern staubgraue Augenblicke : hoch über Land : auf surrenden Rädern : spiralig durch Raum – ich : habe ihr gar nichts erläutert : ihren eifernd süchtigen Fingern – nichts an die Hand gegeben* – wie –? nein – das : ist –« war : F. A. »– Herr Friedrich Adams – den Sie hoffentlich nicht gekannt haben, Madame : die peinlichste von meinen Verwandtschaften – die ich selber glücklicherweise kaum – nur selten –: eine ungehörige Angehörigkeit : gebürtig aus Graz, wo noch heute die unwiderstehlichsten Lumpen zuhause sind –«

und weiter so : sporadisch durch die Zeiten : wirr unter Worten – brüllendem Geläut, das wieder eindrang – immerwährend – wer ? »– nein – ich bin in –« während ihre Augen zwischen uns hin und her stoben »– nein – machen Sie sich nur gar nicht erst viel Mühe mit der Kollation : wir hatten nie viel Ähnlichkeit –« ich nicht mit ihm : mit ihr *– er : nicht mit mir : der unwiderstehliche Lump mit der Bullenfigur und dem Kaiser-Wilhelm-Gedächtnis-Schnurrbart : ein gelbes Bleichgesicht, das durch ein paar günstig plazierte Schmutzflecken sympathisch belebt wurde : ein mit Voll-Macht ausgestatteter Erziehungsberechtigter, dessen konfuser Wissensfundus beim Buchstaben F aufhörte, weil er den mit Recht so genannten Großen Meyer nach Lektüre des ›Fahnen‹-Artikels wütend wieder abbestellt hatte : ›ein durch Farbe oder Bild kenntliches Stück Zeug an einer Stange . . .‹ : der Zeugträger, durch Farbe oder Bild noch immer nicht genügend kenntlich : ein Befehls-Haber mit Unterschriftsbefugnis, der den Querstrich im A immer so rasend ausführte, daß er seinen ganzen Namen mit durchstrich : und der sich dann selber durchstrich – schließlich – endlich –* »– wie –? nein – das : war schon im ersten Krieg, Madame : im Frühjahr 1915 in Frankreich : eine sehr rasche Sache – was : habe ich denn – ich –« war ganz unerträglich gereizt »– was habe ich denn gesagt – ich –« *nach der Seite – weg : von ihrer todtraurigen Hand : eine sehr rasche Sache : hatte ich ge – nur gemurrt – gemurmelt : in ihr abscheuliches Winseln : »Ach, Micha, dein Vater, mein Bruder –« : mein Vater, dein Bruder : Zuflucht zum letztenmal : Unser geliebter Bruder und Vater : im 50. Lebensjahr : für Kaiser und Reich : ach, Tante E – ich hab doch nur gemeint –* gemurrt – ich »– meinte nur – es muß sehr schnell gegangen sein –« begütigend – weg über das Stück Papier, das ihr entfallen war »– im Nahkampf : Mann gegen Mann : nach heißem Ringen *– schreibt der General –? – um was denn –?« eine Höhe – einen Graben – um irgendetwas : schrieb der General : und sie hob sich das Blatt heilig auf mit dem Irgendetwas, das der General » der General persönlich, Tante E –?« geschrieben hatte : »Ach, Micha, wie kannst du nur so reden –« : hilflos, voll Wut – ihr ewig Ach und Ach : aus keinem Punkte zu kurieren – was : hatte ich denn ge – irgendetwas, was : und wie sie sich, sehr schnell, dann ihre Sorgen machte, ob er »– du meinst – sehr schnell –?« ob er dabei auch noch genügend Muße gefunden hatte, in aller Form auf das Verdienst seines Erlöseres zu verscheiden :* »Also das weiß ich nun wirklich nicht, Frau Simon : aber ich könnte mir denken, daß es sehr hastig zugeht, wenn zwei Horden Vaterlandskranke mit dem Bajonett aufeinander losstürzen –« : gereizt – begütigend : weg über ihre raschelnde Hand : – und es ist peinlich –? so über einen Menschen zu reden –? der einem nahestand –? : »– es ist, Madame, peinlich – daß einem ein Mensch nahestand, über den man so reden muß –« : und länger geduldiges Behorchen ihrer Erschrockenheit : aus Schmerz um – »Schmerz –? nein – Überraschung, Frau Simon, Überraschung eigentlich nur : darüber, daß ein für mich so – ja, wie soll ich sagen – so mächtiger, so über mich ermächtigter Mensch auf einmal weg sein sollte – so ganz ohne Aufhebens erledigt – einfach unter die Erde geschaufelt wie die letzte Überflüssigkeit –« : Sand – Sand – ich : habe es nicht gesehen : »– ich habe es gar nicht geglaubt im Anfang – und auch lange danach noch nicht – ich : bin dann extra hingefahren – gleich nach dem Krieg : mit einem Freund, den Sie schon kennen –« : *die allerverrückteste Reise : hoch über Land : wir – nicht mehr er : nicht über uns mehr er : und doch noch allgegenwärtig – tief unter jedem Wort im Boden mit : so irr präsent, daß alle Notizen unterwegs sich wie von selber um das Thema der letzten Strafarbeit gruppierten, die er über mich verhängt hatte : ›Sehen und Glauben. Was ist uns unsere Religion?‹ : das fiel dann allerdings anders aus – nach den vier Jahren –: »Hast du ihn gesehen –?« : irrsinnig gierig fragend – sie : dann später zu Hause : die leichter Gläubige, die's auch nicht glauben konnte : »Sein Grab, Tante E – so wie's der General –« : am Rand eines kleinen Waldes östlich von Selouse : »– ja, sicher, Tante, sicher – so wie du's –« : wie sie's mir aufgeschrieben hatte für den Grabstein : Wisset, daß eure Namen im Himmel geschrieben sind! : sicher – nein : ich log : ich habe ihr eine Wahrheit erspart – was : habe ich denn ge – irgendetwas, was : aber tief geheim vor allen : es war – aber es war bloß ein Bretterkreuz, mit zerlaufenen Teerbuchstaben – der Name gekürzt, das Regiment, das Datum – ich : habe etwas schmerzhaft Gemeines ge : habe etwas darunter ge – wie? : wie er dort liegt –? : »Ja, wie soll ich sagen, Tante E –« mit Überraschung »– ja, er liegt – dort – ja, ganz still –« : nur die zwei Worte – die er immer unter die Strafarbeiten setzte : ›Gesehen. Adams.‹ – mit dem Strich quer durch : mit Blei – in Holz – ich : habe etwas Ge : und hab's noch immer nicht geglaubt : und auch in Wirklichkeit noch immer nicht gesehen : nichts sicher* – »– nein – er ist dann irgendwann später umgebettet worden : auf einen Massenfriedhof in der Nähe : unter ein ganzes Heer von seinesgleichen –« : aber da lebte sie schon nicht mehr – und ich bin nicht mehr hingefahren : nein – auch kein Bild : von seinem nicht wie ihrem : nur Worte – Kleinschrift – nicht in Stein – nur : Sand – ich : müßte an den Chief Commissioner schreiben – oder ist es ein Governor jetzt –? : Tell el Kebir – so hieß das hieß das nicht so –? wo er immer seine Schießübungen machte –: weiß nicht – weg, verwischt : auch längst genug : und ich strich die Blätter geräumiger beiseite : Platz für die leichtere Spreu : und reichte ihr gleich eine ganze Handvoll hin : in ihr schüttern gesenktes Gesicht : »Nur alte Freunde – lauter alte Freunde – wenn Sie das interessiert –« : und sie folgte folgsam – mit meidenden Augen über Chiffren hin : »– und Freundinnen –« : ich – unter Chiffren her : über verdunkelten Gesichtern : unendlos alter Zeit – ich »– nein – einer aus der Zeit nach dem –« mitten unter ihnen – un : in ihrer Mitte : »Mit seiner Freundin –? oder ist das gar Ihre –?« kokett und – was denn? : eifrig – süchtig fast : und komisch : »Wie –?« : die alte Frau – ich : zuckte : die Achseln – wie »– wie man es nimmt – Frau Simon – ganz wie man es nimmt –: das war übrigens eine kostspielige Seltenheit damals – Farbphotographie –« und leichter weiter – gleich leicht mütig weiter »– ist hübsch – nicht –?« : munter : bis sie wieder gemächlicher blickte : »Ja – wirklich hübsch –« das schmale rote Kleid »– das könnte fast wieder modern werden heute – wenn auch die Rüschen – auch die vielen Borten – das : wäre ja unerschwinglich : heute –« : ganz wie man es nimmt : »Ach wissen Sie, der Abstand zwischen den Zeiten ist oft viel geringer, als man so meint, Madame –« zwischen den Zeilen »– Posamenten nannte man das damals – müßten Sie noch kennen –« das Wort – unter Chiffren : ihre Mundwinkel krümmten sich nachdenkerisch : »H.W. – das ist – ah, das ist sicher der Herr Wollschläger, von dem Sie gestern das Wertpaket – aus Nürnberg – stimmt's –?« : jetzt zwinkernd nur noch – öde – Makameh : »Ich – werde mir einen eigenen Briefkasten anschaffen müssen, Frau Simon –« mit einem komisch erhobenen Finger gegen sie – die : was denn? – die – »– und eine eigene Klingel –: nein – er hieß Wurdak – Heinz – ist lange tot –« : nur komisch – ihre Mundwinkel : welk – die alte Frau : was habe ich denn da – in Chiffren –: »E. R. –?« : und dann schlug mir das – *wie mir damals das Rot grellend über den Augen zusammenschlug : schmal tanzend – schwindelnd – schwindend : schwand – in ein grau verfaltetes Gesicht : alt – alt – und süchtig lauernd : sie – und sie war sie wäre jetzt dreiundfünfzig – war drei Jahre älter – sie : war sechsundzwanzig Jahre : alt –? viel Zeit dafür – und viel Jugend für die Zeit dafür – wurde vertan : auf eine dann doch nie erfüllte Begierde – ein : Schatten Schönheit alt ein : schmales Stück Erregung – papieren in die Jahre gekommen : E. R. – und sie hieß – »aber nein, Tante, Elisabeth – sie : heißt Elisabeth – wie du wie –« boshaft – gegen sie : in ihre hilflose Verdränglichkeit – sie hieß : auch Lys – auch Lis – wie : man es nimmt* – »Madame –?« : ja, ich – der kleine Mann mit der Trommel : mir von ihm selbst gemacht – und irgendwie nach seinem Bilde : der knallende Klang unter der Tiefe – das dumpf gegerbte Fell – ich : habe immer und immer wieder darauf eingeschlagen – mit allen kleinsten Kräften – ich : »– ja, ich –« : roh gellend über den Ohren : der haarscharf schnappende Schuß – hat »– da etwa jemand geschossen –?« : auffahrend in ihr Gaffen : und sie horchte neben mir hinunter : komisch dicht – kokett : was denn? : »Im Garten vielleicht –« : nicht sichtbar – unter der Tiefe – ich : schlug das Fenster scharf wieder vor den Augen zu : den wirrtaktig klöppelnden Schall – wieder vor den Ohren weg : »Sie – versäumen Ihren Kirchgang, Frau Simon –« : und begütigend, als sie unschlüssig stand : »– ich möchte mich etwas hinlegen – ich : fühle mich nicht gut : das Frühstück – zuviel Kaffee – vielleicht : können wir heute nachmittag noch wieder ein bißchen –« : auf einmal nur fremd und im Wege : taub – stumm : weg –: und die Zimmerdecke wirbelte in weißen Flecken auf mich nieder, kaum daß sie sich weggezaudert hatte, in kreischend absurder Metrik, klappernd Hall nach Hall – ein : Alibi für alles Vorleben –

Herz – höherer Schlag : in der engstlich erwarteten Aufklärung : im Mittag mattiger Azurglasur : mit Berg am Ring – über die Wunderhornlieder : Wo die schönen Trompeten blasen – 173–177 – in nie wieder tieferen Worten : er wie ich – ich : weiß nicht mehr – sind wieder Musik geworden : nach flüchtigem Durchgang durch ein trüberes Medium zurückgekrümmt in ihren Ursprung : der blaß schneidende Tanzton der Holzbläser – unter Aufruhr geduckt – in jede Unauffälligkeit hinabgedämpft – bis zum jähen Halt vor der Dunkelchiffre der Sechsten : – da ist mein Haus – mein Haus von grünem –: im Spuk der gemütvoll lustigen Totenhörner, zwischen denen das Parlando der Menschenstimme zerfällt :– es packt einen an wie ein Erinnerungsrest aus der eigensten Vorzeit –: aber die Aufführung dann war matt und dutzendtatzig mäßig : ganz ohne Finger für nuances : taub überspielt : man tut gut daran, auch diese Musik nur noch zu lesen :– unscharfe Inschrift – Waldrand : Sand – Papier : warum hatte ich sie eigentlich mitgenommen –? : sehr außerkunsthaftes Motiv – das vor der Kunst kapitulierte : ihre klopfend sich windende Haut, die nur meinen Händen nachgab und nie meinen Worten : »Du – bist so ganz anders als die andern –« sie – Lys – andere selbst : auf grünem Rasen : unter Sommergeräusch : unter leibeigenen Lauten : vor all dem, was sie nun und nie verstand und vielleicht doch gern ja ver : leise und sehr lauschend – nein, ver : stand sie verstand nichts – matt und taub : ihr Gesicht über den Noten : »Nein, ich –« anders als die andern »– habe nur versucht –« : viel Zeit dafür – vertan : sie an mir teilnehmen zu lassen – statt einfach nur an ihr teilzunehmen, mit vollen Händen zu nehmen, was meiner Hände war – ich : hatte eine Wahl und entschied prinzipiell : fing an zu schweigen : und gab auf – den Versuch und mit ihm sie selbst : »– laß nur – ich : habe nur –« : und ›geliebt‹ hat eigentlich immer nur ein winzig kleiner Teil in mir, der vor dem größeren dann kapitulierte, unfrei, aus irgendeinem dunklen Schuldgefühl : »– laß nur – ich –« ich »– schon gut –« : begütigend – unwirsch zuletzt – gegen ihr immer traurigeres Fragen – es : war mein Recht – und Rache zugleich : Getümmel des Innern – Gedümmel des Äußeren – es : ist schon kurios – dies immer gleiche Schicksal meiner Freuden- und Leiden-

mädchen : »– laß – laß nur –« : gegen mich selbst – ich : bin die Sucht nach ihr nie losgeworden : hab immer gegen m ich : habe immer gegen

Makameh II :– habe sie noch einmal heraufgeholt, um den Rest zu erledigen – von wieder nur erst ein paar hundert Bänden : die Politik komplett, soweit noch nötig : was übrig ist, beiseite – auf den Boden – auch in den Abfall : der Bedarf an Rumpelkammern und Müllkübeln – wächst im gleichen Verhältnis, wie die Jahre abnehmen, die man noch hat – ich : habe schon jetzt mehr davon nötig als Wohnraum – und werde einmal, nicht so fern mehr, Alles dafür nötig haben, außer dem bißchen Volumen meiner selbst : man muß beizeiten anfangen, wieder loszuwerden, was man gesammelt hat : Papier, Papier – in ihren Händen – »– hier : Lesen Sie die Toto-Illustrierte / dann sind Sie stets gut unterrichtet! –« das dreckdrucksächliche Geziefer : frech schäbig schabenhaft : aus allen Ritzen kriechend : »Lag das bei –?« : der Zeitung : und in ihrem Gesicht stritt sich ein bißchen Verlegenheit : »Ach nein – ich hatte das bloß herausgenommen gestern, aus Ihrer Post : ich hatte gedacht –« : aber das verstand ich erst ganz falsch – was sie gedacht hatte : »Sicher, Frau Simon – wenn Sie das interessiert –« mit den Augen flüchtig zwischen dem Gezettel »– es ist ja auch eher für Sie gedacht –« gedacht : für die Moderne Hausfrau : ein Mitmensch, der sich Der Billig-Preis-Macher nennt und die ganze Woche Gültigkeit hat : »– und –? wofür haben Sie sich entschieden –? : für Tiroler Apfelstrudel oder für eine verzinkte Mülltonne mit staubfreier Entleerung –? die beruhigenderweise nur in Ingolstadt nicht erhältlich ist – wohl weil die Verbreitung dieser Warenzettel da noch nicht den gewünschten Umfang erreicht hat und der Bedarf selbst dadurch geschmälert ist –: ja, nun blicken Sie mal gar nicht so verlegen, Madame, so schüchtern und züchtig : das sind Einladungen an Sie : das nennt man Kommunikation : um Rückantwort wird gebeten : man umwirbt Sie wieder : wollen Sie etwa abseits stehen – bei der großen Umschlingung der Millionen durch die Krempelindustrie –? : hier – lauter Nächste, die sich in Sie verliebt haben wie in sich selbst : der da will Sie in Zukunft betreuen, ein Kleiderschneider, der da, ein Schnapshändler, Ihr guter Freund sein : warten Sie – hier hofft noch jemand, der an Sie persönlich schreibt, daß Sie in seinem Preisausschreiben gewinnen – ein Mechanisches Rührwerk : schöner Schwindel das – ein simpler Schneebesen wird's sein : der Rechtsweg ist ausgeschlossen – also wenigstens etwas : und gemeinsam haben sie alle den gemütsergreifenden Ton, die Dringlichkeit des Anliegens : Herzlich Ihr

Käse-Kräck :– Frau Simon!« : und immer noch gegen Verlegenheit : in ihrem sich streitenden Ge – »Ich hatte das bloß herausge – ich : hatte ge – « dacht gedacht – ich : aber immer noch ganz falsch – und wahrhaft unausstehlich –: »Dies alles, Frau Simon –« begütigend »– ist nur der allererste Anfang – ein kleiner dilettantischer Versuch, mit dem Fortschritt Fortschritt zu halten :– ich bin letztes Jahr mal in Amerika gewesen, wo uns die Zukunft der Menschheit vorgemacht wird, für jedermann anschaulich zu – das heißt, für jedermann ja leider auch wieder nicht, was aber nichts macht, weil der Effekt ja so oder so null oder nichtig – gut – also anschaulich zu besichtigen –: und ich sage Ihnen – dieses ganze Aufwärts-Wirtschaften wird einen Begriff von Gesindel heraufbringen, für den es in der ganzen Geschichte noch keine Parallele gibt –« : fingernd zwischen dem Gezettel : die Große Erneuerung – findet auf der niedrigsten Ebene statt : »– wissen möchte ich ja nur – wo die Kerls meine Adresse herhaben – ich : hatte bisher immer ge – also ich hatte mir so vorgestellt, daß die sich das aus den Adreßbüchern zusammenklauben : aber da bin ich ja noch nicht drin – bliebe also nur : das Einwohner-Melde-Amt –?« : aber wieso eigentlich nicht? – daß Beamte als unbestechlich gelten, ist ja sicher ein bloßer Aberglaube – und Mißerfolge belegen vorab nichts weiter, als daß die Versuche sich in zu mäßigem Rahmen abgespielt haben : *»Kaufen – einfach kaufen muß man die Kerls!« hat er damals gebrüllt – auf stampfenden Stiefeln kreuz und quer durchs Zimmer – als er die Übernahme ins deutsche Heer nach Hause brachte – »Da siehst du mal, Elisabeth, wie einfach das geht, was habe ich dir gesagt, ich kaufe mir die, ja, jawohl, euch kaufe ich mir noch, hab ich zu denen gesagt, na und, was hab ich gemacht –?« während sie immer ängstlicher vor ihm auf und ab zeterte, vor seinem wölfischen Lachen – »Friedrich! – der Junge – leise –!« : aber ich hatte natürlich gar nichts begriffen in dem ganzen Lärm – seines unablässigen Schenkelschlagens – seiner sich und uns überschlagenden Stimme : »Was denn! – Michael! – hierher! – also was ist –?« : und ich fragte – ich : wollte nur fragen, Dad, ob du mir dann jetzt vielleicht das Hirschreiter-Buch –: in sein – »Also hast du das gehört – ein Buch! – der Bengel! – und sowas ist mein Sohn! – Elisabeth!« in Stößen von Fuseldunst in mein Gesicht : leicht schwankend, als er mich beiseite schlug – ihr vor die Füße : »Aber klar kaufe ich dir den Krempel – alles was du willst! – ich kaufe dir einen ganzen Zentner davon – und deinen Lehrer dazu, von dem du die Flausen hast, ach was, die ganze Schule kaufe ich dir, mit dem kompletten Lehrkörper, oder überhaupt gleich am besten das ganze Ministerium obendrauf, alles ist käuflich, was habe ich gesagt, Elisabeth!, man muß nur, he, hierher!, nur Geld muß man genug haben, stimmt's oder hab* *ich recht, ich habe, hoho!, nur Geld, nichts weiter als Geld muß man, Bengel, merk dir das, und wenn ich noch mehr davon hätte, würde ich dir den ganzen Reichstag, jawohl, den ganzen Reichstag würde ich dir kaufen, was sag ich denn, ich kaufe dir sogar den Ka ufe dir den, ja, jawohl, sogar den kaufe ich, wenn ich mal mehr, hoch S. M., Elisabeth!, merk dir das, jawohl, jaw –« : und weiter so und weiter – wohl eine Stunde lang – bis er erschöpft war – »– kaufen – einfach kaufen – den ganzen –« und da kam dann auch das mit dem Gesangsverein – grölend, daß über uns im Eckschrank die Gläser – grollend schließlich – bis er – »– den ganzen Ramsch den – ganzen Saftladen –« und er in der Sofaecke einschnarchte – »ja – jaw –« :– welch ein Gedanke! – dieser Haßschall aus dem untersten Versteck – es : war dann nie wieder davon die Rede : und am nächsten Tag war er ja er war fast etwas verlegen – verträglich – trank fast nichts, bis er wieder abfuhr – am Abend am : Montag – an einem Montag im Januar : 1907 – ? : und er befahl Tante E auch, mir das Buch zu kaufen : einen der Bände der ›Landjugend‹ – ich : könnte es nachsehen – habe das Datum hineingeschrieben – mit meiner ersten Schrift : ist da – ist : aber noch verpackt – unter tausenden von* tausenden von Bänden – ich : bin ganz unerträglich gereizt heute : zuviel Kaffee vielleicht : die Finger in alten Zeiten : am Boden des – und doch noch immer nicht am Boden des untersten Verstecks : nur auf der niedrigsten Ebene : zwischen Gezettel – Abfall – Müll –: »Sie – lieben die Menschheit nicht, Herr Adams –« : sie – leise und sehr lauschend : was habe ich denn ge : habe ich geredet –? : in ihr alt lehnendes Gesicht – vor dem kleinen – über dem – »Die Menschheit – Frau Simon –?« nie zufriedene Absage »– dieses pauschale Unding an sich –? diese totale Gattung mit ihren sämtlichen Arten und Affarten –? *dieses krachschlagende Große Ganze aus Hunz und Kinds –? dieses um sich fressende Kollektiv von Raubtieren, deren Gesichtern man nichts anderes ansieht, als daß sie pausenlos verdauen, und deren Züge als Außenstation ihres Darmtrakts hinreichend gewürdigt sind –? meinst du das –? das –?« : hastender Schall aus dem untersten v erstickten Dickicht : der immer neuen Abweisung : ihrer Schwäche und Unwissenheit : »Ach, Micha – du redest wie –« ich? – wie? : sie – wie denn? : habe ich denn ge –:* hallende Stille jäh : um raschelnde Finger : »Diese Menschheit da – Frau Simon – die aussieht wie ein verzinkter Apfelstrudel mit leider nur staubfreier Entleerung –: meinen Sie die –?« : nur matt noch – Echo : müde begütigend – »– nein, nicht – die : liebe ich wohl nicht –« : auf und ab – vor – über : aber gar nicht entsetzt – sie : vor der Entsetzlichkeit –? : »Nur – die andern – ich meine, die einen brauchen –« : *vor all dem, was sie nun und nie verstand : Moral – gegen ihre Moral : »Das, Tante E, was ich ihnen geben möchte –« sagte ich einmal »– eben das brauchen sie nicht und wollen sie auch nicht : und das übrige, andere, was sie zu brauchen meinen –« undeutlich – verzerrt – »– das enthalte ich ihnen nicht vor, indem ich mich über ihre Bedürftigkeit selber nicht erhebe – ich : verzichte auf die Möglichkeit, etwas zu haben, was sie brauchen könnten : ich achte sorgfältig darauf, daß sie nie Opfer meiner Verfahrensweise sind, ihr Opfer nie zu sein : kurz, ich –« : nicht* – Stille : länger – lange Zeit : vor einem zusammengekümmerten Menschen : »Ihre Leiden –« sagte ich einmal »– sind mir näher als ihre Freuden –« undeutlich – gräßlich wahr »– vielleicht – werfe ich ihnen vor, daß sie mich an sich mitleiden lassen – und mit meinen Nerven eine Gemeinschaft halten, die ihnen sonst nirgends gelingt –: aber ich wünsche es einfach nicht, von ihnen gebraucht zu werden – mißbraucht zu werden –« : *für ihre albernen Bedürfnisse und ihre albernen Begeisterungen : für ihre immerzu rüstig das Kriminelle riskierenden Unternehmungen : für ihr Blabla und Trara, mit dem sie immerzu in meine Stille einbrechen : und für das schmalzige Ethos, mit dem sie ihre Einbrüche rechtfertigen : »Aber wir gehören doch auch zu ihnen – !« aber wir sind doch* ihresgleichen –? »Aber wir können doch nur als Gemeinschaft – müssen doch als Gemein –« schaft – als Gesellschaft – als auf altdeutsch Volksgenossenschaft : meinen Sie das –? : dieses gesetzlich geschützte Warenzeichen einer Menschheit, deren Moral noch nie über Verkehrsregeln für die allgemeine mutuelle Ausplünderung hinausgekommen ist – und die keinen Verstoß so streng ahndet wie die Weigerung, bei ihrer Wegelagerei als Opfer mitzuspielen –? : diese *in Reihen fest geschlossene Sorte Artverwandtschaft, in der ein Jeder auf der Lauer liegt, den Anderen, was er selber billig gekriegt hat, teuer zu stehen kommen zu lassen –? : Du bist nichts / Dein Volk ist alles! – stand hier im Rathaus an der Wand, in Gold gerahmt : ein Aphorismus, der dem Verfasser den Beifall aller Nichtse eintrug und auch heute, bei aller inzwischen genügend erbrachten Augenfälligkeit seiner praktischen Auswirkungen, unverändert wieder Eignung hat, zu Ehren zu kommen : es war das letzte, was ich von der hiesigen Menschheit sah, als ich ihr den Rücken kehrte, am 17. 3. 1935, einem auch in anderer Hinsicht nicht unbemerkenswerten Datum – :* »Frau Simon –?« : jäh – in Stille : ich : habe nichts gesagt : »Ich – habe eines Tages« sagte ich einmal »plötzlich einmal gespürt –« erkannt – undeutlich – gräßlich wahr genommen »– daß ich anders bin als die andern –« : als die ganze mich munter umlärmende Art : als einige erst – als viele dann : als schließlich all die all die allermeisten alle : »– ich – habe einmal – ganz früh schon –« *in einem Garten – grün in : grünem Rasen : mein Haus – unter dem Dach der durch mich hingewölbten Bläue : am Boden des untersten Verstecks : habe ich ge lau – ich : rasch schelnd : habe ich die leisen*

*Laute der Anderen Welt ge – der ich ange : hörig horchend – ich : habe seither nie mehr anderen Lauten ge nachge lau : sch t..t,*t..aub – sie : und nichts verstehend : ihr nur zusammengekümmertes Gesicht : »– sch! – nicht doch – nicht – nicht : lassen Sie nur – das –« : und eine rasche Bewegung : gegen ihr immer trauriger ihr immer stummeres Fragen : »– das ist übrigens eine Sache, bezüglich derer jener schon erwähnte Aphoristiker durchaus mit mir einig gewesen wäre, wie Sie wissen, wenn auch unter etwas anderen Vorstellungen –« was sag ich – war! – einig war! – wie Sie wissen – »– ich – habe mich zum Glück nur nie mit ihm und seiner Art darüber austauschen müssen –« können »– obwohl er, wie Sie auch vielleicht noch wissen, Ehrenbürger dieser unserer Stadt war –« im Rathaus – an der Wand : das letzte, was ich von der hiesigen Menschheit – »– ach kommen Sie, Frau Simon, schauen Sie sich lieber noch ein paar Bilder an – wir wollen mal ein bißchen auf unsere Nerven aufpassen – daß wir uns nicht noch –« und Sie waren etwa nicht einig mit ihm – und gegen meine Art –? »– und uns nicht noch den ganzen Nachmittag verkitschen – ich –« : gegen mich selbst : unter Chiffren – lange toten : taub – sie : und nicht stumm –? : »Es waren –« sie »– nicht alle –« sie – nicht »– schlecht –« : erst einige – dann viele – dann die allermeisten : »– es sind –« : nicht alle –? : »Krank – Frau Simon – krank! : *durchseucht von bösen Antrieben : durchsickert von Tod : ein immer größerer Haufen wüst aus der Art wuchernder Zellen : unheilbar nach dem Stand unserer Erkenntnis :– und wenn du dir einbildest, ich würde aus bloßer Solidarität die Metastase spielen, dann hast du dich geschnitten, alte Frau : und deine Nächstenliebe, die von mir verlangt, mich anstecken zu lassen, um nicht aus eurer Rolle zu fallen, ist schlechthin hirnrissig : und die Teilnahme, die du meinst –« : und wütend weiter – endlos wütend weiter : die immer neue Abweisung : ihrer Schwäche und Unw –: »–* für, *Tante E – nicht* an – *nicht* an *der Krankheit –: du mußt ein bißchen grammatischer denken –« unwirsch – nur grollend schließlich : bis ich – »– und die Erhaltung, die du meinst –« weil du doch auch, ich meine, dich doch selbst, du selber dich, auch, sie in dir, in ihnen – sie – du – »– ist eben keine Selbsterhaltung – nein : und wer das –« anders als die andern »– mit fünfzig immer noch nicht weiß, der weiß nicht genug – der : weiß einfach nicht genug –« nach endlos wütenden Geschichtskollegs »– du mußt ein bißchen historischer –« : mit fünf gewußt – ich : klein am Rand der Gaffer : da war sie – war : plus sourd que les cer –* »– nein : die Menschheit, die Sie meinen, Madame –« ist – nicht : anders als sie : war – sie »– ist moralisch überhaupt nicht zu zensieren : nur psychiatrisch – und meinetwegen medizinisch, wenn Sie so wollen –« und alle – nicht nur manche – nicht nur viele: nicht nur unsere hiesigen, mit Wahrscheinlichkeit unverbesserlichen, mit Sicherheit unverbesserten Heilschreier – mit ihrem schizophrenetischen Beifall für jede Ausgeburt ihres untersten Gebrülls – »– was meinen Sie denn, warum immer – hier, dort und überall – ein objektiver Wahnsinn herauskommt, sobald sich das Kollektiv in einem einzelnen Subjekt artikuliert –? warum immer Lebens-Gefahr entsteht, Vernichtsung, Katastrophe, sobald Das Volk sich auf jemanden einigt, der seinesgleichen ist – und in dem sich die Ganze Art erkennt – und den sie, immer, ja nur deshalb feiert, weil sie sich darin erkennt –: welche Rückschlüsse, meinen Sie, müßte das auf die Beschaffenheit dieser Ganzen Art zulassen –« : schrill – hallend : Haß – ich : machte glättende Bewegungen – mit schwankendem Finger : »– nein, wirklich, Frau Simon –« leicht – nur noch parlando »– das ist, jenseits aller Moralfragen, eine schlichte Fraglosigkeit : daß Die Menschheit, die Sorte, die Art, in der wir leben, in hohem Grade irrsinnig ist –« und immer leichter – leiser – allargando »– ihre Lebensziele sind verrückt, und die Unermüdlichkeit, mit der sie, in voller ungeistiger Frische, immer neue Tollhäuslereinfälle produziert, müßte eigentlich das Herz jedes Anstaltsleiters höher schlagen lassen – wäre das Ganze nicht seit tausenden« von tausenden »von Jahren so sehr die Norm, daß man die Abweichung vom möglichen Normalen darin nicht mehr wahrnimmt –« und vor noch immer hunderten von – »– nein – aber nein : gar nicht von mir : von vielen von : so vielen –« gedacht – gesagt »– daß man sich fast schon geniert, es immer noch –« und immer wieder noch einmal : ganz unerträglich gereizt – »– aber nun lassen Sie das mal – wir wollen uns nicht den ganzen Nachmittag ver –« : Abend fast : verdunkelt : unter Chiffren – ich : »Sie –« sie »– sind doch aber auch – ich meine – Sie selber sind – in ihnen – sie – Sie –« leise – morendo »– müssen sehr einsam –« : jäh : verkitscht : »Ach was : man macht sich Freunde, wo man kann, Madame –« mit großer Geste um mich her »– und Freundinnen –« begütigend »– man : was denn?« in Stille – jäh »– nein – es gibt manchmal – selten – doch ein paar Menschen, mit denen zu leben das Glück der Gemeinschaft, das die Millionen verweigern –« : anders als die andern : aufwiegend – abwägend : eine Handvoll : in ihr schüttern gesenktes Gesicht : Spreu – nur noch Splitter : »Und das ist –« sie »– haben Sie vorhin –: unheilbar –?« : habe ich vorhin ge : was denn? habe ich gesagt – die : eine Bewegung der Hand über ihre todtraurige Hand :– und sie griff gleich so süchtig nach meinen Fingern, daß ich die – was denn? : lassen – lassen Sie –: erleidend

– krank : zu Tode : krank – die : *vorletzte Aufnahme : Die Uralte Frau : ganz winzig zwischen Kissen : unter faulig glänzender Schweißschicht : von Fieber verfleckt : um das immermatte Lächeln – man : kann nur wünschen, daß es schnell geht – hatte er gemurrt ge : murmelt – der Weißkittel : nein – man : kann nichts weiter tun : N.T.B.R. : und hat dann doch noch gräßlich viel getan : man : man : die vollautomatische Anonymität der Fleischschneider : ut aliquid fiat : wie das so geht vor dem Tod – vortodeslang : manche Menschen werden eigentlich von Kindheit an nur so am Leben gehalten : viele : die allermeisten :– nur daß etwas geschieht – ich : soll jetzt nur ein bißchen weg, daß etwas – Micha : sagte sie verzerrt – unter dem jäh dem angestrengten Schein von Heiterkeit : als die Träger mit der Bahre die enge Stiege hinunter –: bald nur noch ein Befund – ein : Bündel Verstümmelung : eine begrenzte Anzahl Atemzüge, an deren letztem noch die Automaten hängen :– Gott wird es geben – sagte sie sehr fest : mit Gottes Hilfe wollen wir –: die alte Geschichte – gegen die alte Ge : sch! – ich : t..t,t..aub – ich* »– wie denn –?« habe nicht gehört – ich »– was –?« ge – habe ich denn ge : wer –? »– ist F.A.G. –?« : halb aufge : zuckte : Achseln – »Ach – wir : kannten uns eigentlich gar nicht weiter – wir –« sahen uns dann nie mehr danach : »– kann sein – ein –« er – den ich er : wartete kühl – er : war – ein »– Freund vor –« allen anderen Freunden vor »– längerer Zeit –« : vortodeslanger Z : *vor dem trödelnden Gezeter : »Man : macht sich Freunde, wo man kann – Tante E –« ich : ich »– vielleicht – kann ich's viel leichter, als du meinst –« : mit böser Genauigkeit – und immer wieder neu : »– ach was, das ist ganz einfach eine Chance für mich – ich : bekomme ein paar wichtige Sachen gedruckt durch ihn : was geht mich da an, was er sonst macht : du selber hast mir doch immer in den Ohren gelegen, daß ich w –« : wirr – wahr – wir : kannten uns wirklich nicht wirklich : nicht – wir :* »– wie –?« : nach längerer Zeit : nachtodeslanger – »– wir – ? Sie meinen –« meinte – was ich : hatte nicht gehört – sie : was sie – was : was hatte sie denn ge : »– uns – die wir so schreiben – meinen Sie –? : ach wissen Sie, Frau Simon, das ist auch nur so ein Aberglaube der lieben Laien und Nicht-Denker auf Erden : daß wir Andern wirken könnten – auf Erden –« gar müßten – wollten – wollen müßten : wirr »– ein Irrtum –« irr »– ja, sicher – Schüler – ja : die hat man manchmal : aber das sind nur Fortpflanzungen der immer gleichen winzigen Minderheit, die sich so grad nur mühsam als Art erhält –« und noch längeres weiteres mehr – meine Bücher »– sind nie über eine Verbreitung hinausgekommen, die mehr als 0,05 Promille Menschen in diesem Land erreicht hätte : und ich bin, bei der Beschaffenheit der Menschen in diesem Land, gar nicht sicher, *ob ich das anders haben wollte –« gar müßte – könnte –*

können wollen sollte – »– oder meinst du, ich hätte Lust, mich um einer schönen Illusion willen dem ganzen unflätigen und unrätigen Haß auszusetzen, der jedem noch so kleinen Versuch, den Irrsinn zu verändern, aus den Irrsinnigen entgegenschlägt –?« und mehr noch weiter – immer wieder neu – ich : gar nicht sicher »– sicher – die Geschichte –« hist. pos. »– verneint zwar nicht – nicht ganz – daß Fortschritt –« technisch : nur noch Splitter : Spreu – »– aber früher hat Die Menschheit nur die Lebensdauer von Einzelnen begrenzt – von Völkern manchmal –: heute hat sie die Möglichkeit, die des Planeten selber zu begrenzen –: die Zeit, die ihm noch bleibt, reicht für den entscheidenden Fortschritt, das zu verhindern, nicht aus –« : vortodeskurz : Spreu : nur noch ein Befund : »– man kann, human, nur wünschen, daß es schnell geht : man –« *not to be resuscitated – man : man kann nichts weiter tun : »– man muß das Ende –« der Zeit der Art der Zeiten aller Arten so hinnehmen wie das seiner selbst – und seinem Bewußtsein den Luxus der Tabuierung austreiben, die es undenkbar macht wie das seiner selbst – vielleicht : könnte der Menschheit die Einsicht in die Endlichkeit dessen, auf das sie unablässig loswüstet, sogar ein bißchen mehr –: nein, auch nur eine Illusion – es : würde ihr auch nur wieder eine neue Illusion eintragen : nein – man muß das Ende »– zuletzt als Ende von Elend begreifen – und hinnehmen –« man* »– muß, Madame, das Ende zuletzt als Ende –« wirr – irr : von Irrsinn von : in Stille – Spreu : »– und sollte der Menschheit nicht in den Arm fallen, wenn sie sich auf die ihr einzig mögliche Irrsinnsweise denn doch zu ihrem Besseren verhilft –: man sollte –« wir – ihr : sollten wir sollten ihr – nicht : ihr nicht – nicht – »– aber nein – ich : nein, ich tue gar nichts gegen sie –« ich – gegen sie »– ich überlasse sie einfach nur ihren eigenen Idealen und sehe zu, was die ihr dann bescheren : und da ich das vorher schon alles weiß, ist nicht einmal die Mühe –« Splitter – »– nicht einmal die Qual –« der Wahl : ob man nicht doch – »– ach nicht doch :– das hat übrigens schon der schon erwähnte Sigmund Freud vermutet, Frau Simon : daß es sich bei der Therapiewütigkeit der Ärzte um einen Abkömmling des Sadismus handele –« und mehr : in Leere : *ihres nun und nie verstehenden Gesichts – ich : habe viel zu viel zu ihr ge : auf sie ein ge : redet – wirr : kt – sie : redet – wirkt : noch immer auf mich ein – und nie anders als durch immer neue Bekräftigung der Distanz : »Die Summe der Leiden –« sagte ich einmal »– war immer größer als die Summe des Glücks auf Erden –« : Abweisung – ich : Abkömmling des G : des kümmerlich lückenhaften Gedächtnisses – auf Erden : Sand* – ich : unter Chiffren m ich : endsinnend : mors sch! – nicht – nicht –: »Aber Sie – Sie –« sie – der ganzen Menschheit Abgeordnete »– wenn Sie doch soviel –« :

sann : Abkümmerling des Sandes : »Ich –« nein, verkitscht – ich : kälter »– bin, Frau Simon, nur der Beobachter eines Weltlaufs, der seine Alternativen zwischen dem sagenwir Kommunismus und 55 Millionen Toten aufteilt : ich kann –« Sand – anders als »– nur zusehen, wie die Andern sich entscheiden : es festhalten manchmal, ausdrücken : in bloßen Protokollen für mich selbst – oder gelegentlich auch einmal einer historisch-politischen Studie –« zu viel zu : viel zu viel schon : »Aber wenn Sie –« sie – auf mich ein –»– so viele Freunde hatten –« sich heftend – heftiger : inständiger – verzagt »– die so wie Sie –« verzackt »– ich meine – ich : verstehe nicht, wie Sie dann jetzt so –« : unter Chiffren : und ich legte scharf den Finger auf den Mund : »Wir sterben zu leicht aus, Madame – zwei Kriege –« scharf »– Sie vergessen, daß seither zwei –« kälter : »– ich fürchte, ich habe die allermeisten meinesgleichen schon jetzt überlebt –« : Namen, auf Erden geschrieben – ihr verdunkelter Blick – tappend an mir herab : »Und aber Sie« sie »selbst : Sie waren nicht im –?« : krank – zu Tode krank : »Wie man es nimmt, Frau Simon –« sagte ich halblaut »– ich war sehr viel auf Reisen seinerzeit – wir –« anders als die Andern »– haben alle – viel reisen müssen –« seiner Zeit *: des Untiers : des unwiderstehlichen Lumpen : des durchgreifenden moralischen Sanierers und Volksnotbehebers : des Bruders Hitler, wie TM ihn im Rundfunk nannte : der peinlichsten von meinen Verwandtschaften : ihres – nicht meines : Bruders Zeit* – quer durch die Zeiten : glättende Bewegung : »Wie –?« : und leichter weiter – schneller – kalt »– ja, wie : gesagt –« Amerika »– aber nur ganz kurz – ich : habe nach dem Krieg ganz kurz mal für die UNESCO gearbeitet und wurde darum eingeladen : nach Aspen in Colorado : zur Goethe-Feier im August – ich : hatte die sehr große Freude, einen sehr großen Mann zu sehen –« *und zu sprechen : das ungeheure alte Gesicht : AE : mit dem gutmütigen Pessimismus gegen alle und sich selbst : »– ach wissen Sie – selbst die Werte –« sein vage schwankender Finger »– kann man nicht einfach so ohne weiteres addieren –« mit dem leicht spöttischen Lauern, ob ich die Anspielung auch verstünde »– angenommen z. B. wir wären überzeugt, daß die Glückssumme bei den Ameisen günstiger liegt als bei den Menschen : wäre es dann vom ethischen Standpunkt aus richtig, wenn die Menschen den Ameisen das Feld räumten –?« : und er sprach ganz schlicht von »Gesindel«* – und hat sich doch bereitwillig mit jedem Trottel zusammengestellt, der sich mit ihm per Photo sehen lassen wollte : »– nein – ich habe –« darum eben auch »– wohl keins von ihm –« und habe ihn auch gar nicht wirklich gekannt – er : kennen können : wollen auch – »– er – Einstein – hat übrigens schon mit 16 Jahren dem Deutschen Reich die Zugehörigkeit aufgekündigt : ich habe länger als doppelt so lange gebraucht –« *und würde mit Sicherheit über 140 brauchen, um auch nur annähernd zu begreifen, was er parlando so über eine Asymmetrische Feldtheorie vor sich hinsprach –: die Torheit meiner Fragen – und wie er dabei ganz gräßlich gütig wurde : sehr schlimm – das Defizit : an Verständnis für abstrakte Physik – das : hole ich wohl nun und nie mehr »–* wie –?« mehr auf – »– nein, mehr auf Amerikanisch – die Feier – fast ein bißchen Zirkus : aber dort noch immer berechtigter aufgehoben als in Deutschland : Frau Simon –« wie –? schon gut – nein, gar nicht gut : »– Frau Simon –!« Splitter : viel zu viel zu : wütend »– zweihundert Jahre – Ihnen nicht bekannt –? : am 28. August 49 –« : und wir standen in längerer Stille : verdunkelt – Abend – ich : riß an der Lampenschnur : rückte am Schirm herum : rührte mich nicht : bis ihre Augen sich wieder abgelenkt hatten : »Das – wer das –« ich – *das eine Bild in der Mitte, mit dem sie nie fertig wurde : »Das war –« ist! ist! – nein, war »– doch schon* vor *deiner Geburt, Micha –« : fast vorwurfsvoll : als wäre damit ein Recht widerlegt – eine Rache gelungen : schief unter Chiffren – bloß symbolisch blaß : Padang – 1899 : und ich wurde jedesmal schrill und keifend gegen sie : »– wer sagt dir denn, daß ich nicht schon mit drauf bin –! daß ich nicht schon –« mit ihren Augen schaue – fühle mit ihrer Haut – »– vielleicht : ist es zuletzt ein Bild von mir –« : Abkömmling des Glücks : war! war! – ich : Bild von ihr : sie* aber sie meinte gar nicht Mama : »– wer das – nein, weiß ich selbst nicht – wer das war – ist –« war : der ältere Mann neben ihr, im Tropenanzug, weiß, mit Tropenhelm : halb abgewandt, gebückt, nach einem braunen Kind : Rand eines Schnurrbarts »– was –? Herr Padang –? aber nein : das ist eine Ortschaft auf Sumatra – Frau Simon –« wo sie – mit wem? – wo sie vor langer Zeit vor : mir mit mir : vielleicht mit mir schon – »– wo das Bild aufgenommen wurde –« : in Stille jäh – sie : aber sie fragte nicht weiter sie : hatte schon nach dem nächsten Blatt gegriffen : »Und das : ist Ihre Mutter – nicht wahr –?« nicht – war! : nicht wahr : »Das –« kühl abwehrend »– nein, das war eine Tante von mir – das : war meine Tante Elisabeth –« ich – kahl abwirrend – »geboren 1879 – gestorben 1932 – in diesem Haus – wo ich seit 1905 bei ihr aufgewachsen bin – in diesen Zimmern – wo ich seit –« und weiter – ich : weiß nicht mehr, wie weit noch weit noch weiter : ich nahm m ich nahm die Blätter wieder zusammen »– ich – hatte Ihnen ja schon angedeutet, warum ich soviel Wert auf diese Wohnung – auf diese Zimmer – Frau Simon –« : und gar kein Laut mehr : nicht von ihr – von mir : sie – hatte sie die Ähnlichkeit –? : sie nahm – nicht wahr – sie : hatte die Ähnlichkeit nicht – nicht –

»– nein – ich bin in –« nahm die Zettel herüber, die ich immer noch – ich ihr : Gesicht im Schatten : abgewandt, gebückt : »– ich – nein, ich bin –« : nach fast nach fünfzig Jahren : ihnen nicht bekannt : allein in Bayern – »– denken Sie –« – *allein : gegen das dreckdrucksächliche Geziefer – in : bin – ich : der ich war! war! : Nichts in diesem Alles : behindert – nicht behindernd : ihr – nicht ihr : Abkömmling grauer Chiffren : Elisabeth – wie sie : wie sie wie : Sie –* »– wie –?« : nahm die Hefte herüber, die sie immer noch – sie mir : im Schatten : »Dieses Datum –« sagte sie unsicher »– das wenigstens werde ich jetzt nicht mehr vergessen –« : der 23. März 33 : der 13. April : was – oder mein Geburtstag –? : was denn –? ihre Hand – ich : wischte darüber weg : »Ach was – man : muß sich nicht alles merken, Frau Simon : und für mich war's nur privat ein merkenswerter Tag – weil ich am selben Abend noch an die Botschaft in Berlin geschrieben habe, um einen englischen Paß zu beantragen – ich : habe – unverdient leicht – entschlüpfen können : ich –« : *fast mit Stolz : mit Haß : die Aufkündigung der Zugehörigkeit : »Eine Ratte –« das arische Spitzgesicht auf dem Einwohnermeldeamt dann »– findet doch immer ein Schlupfloch –« : Haß – ich : habe immer viel zu viel zu viel : geredet – »Um das sinkende Schiff zu verlassen – ja –« ich zu ihm – dem Nichts : zu viel zu wütend : ich bin immer* noch immer ganz unerträglich gereizt – ich : bin – »– nein, ich bin in Aden geboren –« unter versengtem Himmel : *schwerfüßig in Sand – ich : kroch ich : bin durch Sand ins Leben gekrochen : kleinhügelan : durch verdorrtes Gestrüpp : wo ich immer die kleinen Tauben fliegen ließ – aus Zeitungspapier – die : Times – die hatten wir denn die –* : Zeit vor Zeiten : »– ach das war ganz einfach – nach englischem Recht : ist Jeder englischer Staatsbürger, der auf englischem Boden geboren wird : das gilt sogar für Schiffe, wenn ich nicht irre : jedenfalls –« und weiter : heiter : leicht – nur noch parlando – »– es hat dann trotzdem noch fast zwei Jahre gedauert – bis ich –« in Leere : was denn – »– lassen Sie – ich : nein, ich war –« : *bin! bin! – ich : »Du –« sie : leise »– mußt sehr –« leise: verkitscht – sie : unter meinen Händen : Mensch aus Ton : aus Tönen Menschen : gar kein Laut mehr – Stille : jäh »– du –« : ich – horchend : nichts mehr : »Ich –« ich »– bin –« sagte ich einmal »– nur einer von den Angstlosen, die im Finstern pfeifen – auf das Finstere –« : in Leere : was –? bis in – ich :* »– bis ich – nun, sagen wir – glücklich imstande war, mit der hiesigen Menschheit nur noch postalisch verkehren zu müssen –« : und schneller – kaum noch horchend : nur noch Spreu – wie –? : »Sie –« sie »– müssen –« : »Gar nichts muß ich mehr – ich : muß nicht einmal das mehr heute –« Spreu : und immer schneller – über das Finstere weg »– aber das haben Sie ganz falsch verstanden – das mit dem Briefkasten, Madame : im Gegenteil – ich : übertrage Ihnen hiermit feierlich meine Postzensur : ich ermächtige Sie zur nachhaltigen Behinderung meiner Lektüre : und wenn mir dieser Lümmel Josef Mohrs aus Koblenz noch einmal mit seinem albernen Blatt ins Haus bricht – oder irgendwer sonst, der mich Lieber Totofreund nennt – oder überhaupt – mich Freund nennt –« Kunde : Sehr geehrter Stromabnehmer »– gar Gnädige Frau – und mir den Herzenswunsch einreden will, in Zukunft Zwiebeln ohne Tränen zu schneiden –« Schlag in die Zettel »– also : dann nehmen Sie das alles gleich heraus – dann : unterdrücken Sie das einfach – so daß ich stets gut ununterrichtet bin –« und immer leichter – laut – stringent – crescent »– ich –« horchend – über ihr Horchen weg : Musik – ich muß *Musik : weg – sie muß weg : ihre immer ausgenutzte Verletzlichkeit : ihr unendendes Erliegen : »Manchmal –« sagte ich einmal »– selten – doch ein paar Menschen –« bei deren Anblick man Bedauern fühlt, daß man dies elende Leben nicht doch verändern kann – : ja, gut – schon gut : »– ich lade ihn ein – zu dir – ganz wie du willst – auf einen Gemeinsamen Nachmittag –« mit seiner Freundin – oder war das – »– wie –?« :* wie man es nimmt : wer – F.A.G. : war was –? war : wehrend : »– nein, den jungen Mann – aus Nürnberg –« wirtlich – sie »– Sie müssen Jugend um sich –« : gut, schon gut : »Wen –?« wirklich – ihn : den ich bewirkte –? »– nun –« wie man ihn nimmt »– vielleicht kann ich's viel leichter, als Sie meinen –« was – wen : herauf : *hierher! »– nein, nimm nur, Tante E –« die Karte* von Gehring »– die hab ich selber geschenkt bekommen –« in commemoratione – *»– wird dir sicher –« der leichter Glaubenden »– gefallen – eine Messe : wird dir –« wie –? :* Musik – weg : sie muß »– wenn wir nicht den was –?« Wahl ohne Qual : den Kommunismus »– haben wollen – sicher –« : und schneller – Stretta – schnell : *Von Nutzen und Nachteil der Historie für das Leben : »Dann bring mir halt : in Gottes Namen –« was –? Die Vernunft –? :* »– macht Fortschritt – aber sicher : Madame –« und ich darf sagen, ich bin lange dabei gewesen : von Zeit zu Zeit *zu Zeiten »– deine Zeitung : damit ich stets gut –« ich – begütigend* : »– ja aber sicher doch –« ich – die Vernunft – begütigend –»man kann –« sie – die Vernunft »– sie wachsen hören – sehen – wie das Gras –« das selbst dann, wenn keiner drauf herumtrampelt, über eine bestimmte Länge nicht hinauskommt : dafür sorgt schon »– ja, sorgt schon die Natur : der Menschenart –« nur fremd noch und im Wege – weg : sie muß –: Musik – nicht – nicht : hört nicht mu s : taub : hinunter : »Sie müssen jetzt –« hinunter »– müssen jetzt –« nichthorchend : alle wie sie selbst : Staub : weg –

in Stille jäh – noch lange : vor dem kleinen Kasten –: der knallende Klang unter der Tiefe – Marschierend – In einem fort –: Ich muß meine Trommel wohl rühren / Sonst werd ich mich verlieren –: seit fünfzig Jahren redet die oberste Musik nur noch von ihrem Ende – und alles außerhalb davon ist wirklich nur noch frech rotierender Kitsch : bloß Komposition : bloß Technik der Gehörlosen –: aber die Aufführung ganz mäßig – Vanguard-Platte – ich : habe dann nur noch gelesen : bis in die Nacht gepackt : wie wieder und wieder – seit fünfzig Jahren –: auch die Verspätung dann, die seither Das Irdische Leben heißt : Archetypus des Mahlerschen Scherzos – das noch das Schwerste auf leichte Füße stellt und zum Tanzen bringt : das ganze mittlere und späte Werk ist schattenhaft darin vorausentworfen – ich : muß darüber arbeiten : die Funktion der Katastrophe – mit dem nachfolgenden Zusammenstürzen der pausenlosen Figuration : noch die Purgatorio-Skizze am Ende horcht darauf zurück : für diese eine Struktur – gibt man die ganze Liedkunst der Romantik – vielleicht die ganze

aber man muß sie zuletzt doch alle dazunehmen : die Kleineren, nur zu Momenten Fähigen –: auch Schreker : doch, auch Strauss – der damals noch nicht ganz zu sehen war : einmal, ein paarmal, am Schluß, ist er seiner selbst und des Ganzen voll inne geworden –: die Metamorphosen etwa : es wirkt da, unterhalb allen Plans, ein Energiestrom mit, der der kompositorischen Verfügung des Bewußtseins entzogen bleibt und ihr von innen zuwächst – wie die erinnerte Trauer der Eroika in den Endtakten, über deren Dunkelheit die Ich-Sprache der Musik verwest – vielleicht der ganzen –: vielleicht die letzte Schöpfung des Humanismus, dessen Schöpfung die ganze Musik ja war : mit ihm zu Ende – sie mit er mit ihr – es : ist da etwas endgültig gestorben : vielleicht die ganze

die ganze Nacht fast noch – unsagbar müde

seit drei Tagen lästig krank seit : drei Jahrzehnten zum erstenmal wieder : lahm zwischen klammen Kissen, mit dumpfem Kopf, die Finger zwischen Zetteln : bettlesend lägrig, wirr hantierend : Tand : daß man in

las daß jemand in einem Tagebuch las daß jemand in einem Tagebuch las daß je man d..d,d..

man darf das aber doch nicht so gering nehmen, wie sich's ausnimmt : so nichtig, wichtig flach – es : redet immer noch auf das Sensorium ein : weit unterhalb der Worte : und nur die Worte sind leer geworden – haben losgelassen, was sie einmal umfaßten : konnten's nicht umfassen – nie vielleicht um : fusselnd, faselnd, falsch in je d..d,d..

in der fünften Verwandlung nicht – nicht mehr leer – ein : Lispeln – ganz fremder Laute : am untersten Grund : ein frömmelndes Grummeln – kaum vernehmbar – summend : D..d,d.. d..d,d.. : versehrt – verdorrt – bis zur Unkenntlichkeit verrunzelt : wirr wartend – widerwehrhaft : böse – nicht

doch nicht in jedem Fall : nicht leer – nur ungenau un : untergenau : und auf einmal wieder erinnerlich – ich : habe das mehrfach geträumt damals – so um die 20 : aber falsch gefaßt : das Lispeln – war eher ein Zungenanstoßen : ganz unten tappend, dumpfer, mehr dental : kann es – ich : konnte es momentlang wieder hören : viel härter – T..t,t.. – ich : hab es auch im Wachen schon gehört, schon mehrfach, muß es –

hab's – ich : habe es nachgeblättert : hatte es notiert : vor 7 Jahren – *London 43 : in einem Cab – irrend unter Beschuß : T..d,d.. T..d,d.. – ich : sah in den Lauf eines Gewehrs :* Gewehrs – aber wieso denn Gewehrs –? : es waren Bomben – Angriff früh ganz früh – vielleicht auch jene V 1, das Hauptprodukt der großdeutschen Wissenschaft – ich : weiß nicht mehr : bin ohne Daten für die ganze Zeit : und irgendwo bleibt Alles Eins und Gegenwart im Lauf der : D..t,t.. –? nicht – der : *Lauf eines G* : ja hat er denn auf mich ge – nein, nein, man auf ihn – ein : Mann hat einmal auf ihn geschossen : Tod,d.. Tod,d.. – auch nicht : untergenau – ein : englischer Matrose : kann es – ich : konnte es momentlang aber wie : der Laufbursche aus der Kaschemme, der immer die – der : wieder – auch im Wachen schon ge aber wie denn das – das : müßte ja vor aller Erinnerung gewesen sein, im dritten Jahr, in

in London die Aufführung der Sechsten unter Horenstein, in der Royal Albert Hall : auch davon nichts mehr, keine einzige Notiz der : – falsch – der nein der Neunt..t,t..

der haarscharf schnappende Schuß – es : hat wirklich jemand geschossen – vor Tagen : nicht sichtbar unter der T..t,t.. : im Garten – es : schießt da irgend ein dummer Lümmel auf Spatzen, irgend so ein armseliger pubertärer todversessener Halbmensch, dem ich noch das Handwerk

früh – ganz früh – von dem knallenden Krach ans Fenster getrieben : der Morgen warf – hierher! – schielendes Giftlicht durch das verfleckte Glas : aber die Eisformationen weg fast – nur grauer Dunstbeschlag – es wird wärmer :– wischte einen augengroßen Ausblick hinein : braunfaulend ältliches Dächerweiß – der Himmel verhängt – Schlick, Schlamm :– wer – mehr nicht : huschte davon – ein : jüngerer Mann in Lederjacke – Affenpelz – gaffte nur kurz herauf, als ich aufriß – brüllte : ich – habe ich ge : GAF t..t,t.. nur : Dunstbeschlag – ich : konnte nichts mehr sehen – lief zu tief – er : doch nicht er :– vom Hof her gellend hahnenhaft – zum drittenmal – der : Schrei der kleine Endschrei der Kreatur – ich kann doch kaum noch etwas mehr vertragen – ich höre alles übergenau – ich

werde alt –: hierher! – ich

widerlich Schmutz auf Gesicht und Händen –: stand länger mit geschrumpfter Kältehaut nackt vor dem Waschspiegel : gnothi s'auton – auch so : strich mit zwei Fingerspitzen die vertalgte Haut entlang : um die verklebten Augen – den verstoppelten Kinnzacken : die Brust entlang die : Hüften (sind breiter geworden die : knochigen Ecken stehn ärger hervor als je : ich muß mich sorgfältiger ernähren ich : werde –) entlang : ich werde

alt, alt –

früh an Glas –: der Morgen warf schallendes Gafflicht durch : und die ekle Folie grinste mir schief aus der Spiegellache über die Schulter : widerlich Schmutz auf Gesicht und Hände : kahlkalkig geisterhaft – die bleichern getünchte Haut –: ich riß an der Lichtschnur – und es vergilbte sich gleich : raschelnde Schemen sprangen von Höhlung zu Höhlung : wenn man sich vorbeugt, schließt sich ein krummes Gatter über den Rippen : aus Schattenstangen : mors ch und

alt – nun ja – das : hat mich also auch damals schon gepeinigt : vor drei Jahrzehnten zum erstenmal : und wieder und so weiter wieder wirr :– aber wenigstens nicht ganz so inkommensurabel – wenn auch ein bißchen sonderbar : befremdlich – nein, es hat auch das noch etwas hinter sich – was nicht

aus der Spiegellache über die Schulter : ein fremdes Gesicht – sieht : wessen Ge –

sieht : sieht kalt und abschätzend daraus an :– Sich selbst mit den Augen Anderer zu sehen : wäre zuletzt die weitaus kleinere Eitelkeit : ganz ruhig – spähend nach Verwandtschaft :– aber nichts – gesteht sich mehr ein : gesetzt, es ist ein Delikt : und keine Klage wird erhoben wider –:– und wieder absurd genug – die Ähnlichkeit : mit allem, was so greulich widersteht : aber ärgerlich auch – weg – er G er : lauscht – er : lischt :– stieß einen Überdruck kalter Luft in die Lungen – schlug mit der Faust auf das G Fäß – es : schallte dumpf – und zwang sofort aufs lächerlichste zu husten : und die Muskelstränge spannten sich krampfhaft über den Knochenecken : albern armselig wie jede heroische Grimasse :– ließ wieder zusammensacken – bin zu T..t,tode müde –

aber es darf nichts davon weg – es : muß alles dechiffriert werden :– zog über den ganzen Tag hin immer wieder an – sog immer weiter ein : das endlose Gekritzel früher Zeiten :– es könnte ja direkt mit der Krankheit zusammenhängen : daß man in reduzierten Zuständen dem Ubw näher kommt – ließe sich verstehen : vielleicht ist auch die seelische Abwehr durch Viren zu erschöpfen :– nichts weg – es : ist nur alles in sich selbst verkrochen : die Schachtelfülle kleinen alten Krams : die

ersten Übungen im Schrift-Zeichnen auf dem Franz-Ludwig : in Untertertia : gravitätisch gemachte Fraktur-Sprüche : die kleinen Besuchskarten auch – die

Besuchskarten auch – des gelegentlichen Besuchers : es mußte eben alles gleich ins Praktische hinunter : non scholae sed patri – die Angewandte Wissenschaft : eilig, eilig, eilig ist der Herr F.A.G. – nicht, was denn : F.A. – wieso G –? Herr

Friedrich G. Adams – Hauptmann der Reserve

das hab ich ihm – Mamas G : habe ich ihm das so einfach zwischen die Namen geschoben –? : sie zwischen mich und ihn – die

Tochter Zion, freue dich – für Tante E

nicht, was denn : wieso sie –?

auch Du Gott siehest mich : auch Non Confundar in Aeternum

die frömmelnde Schwatzwachtel mit den knallroten Backentaschen – Zuversicht hamsternd für fraglos schwere Zeiten – sie : zwischen mir und ihm – ich : hab ja kein eben geniales Talent gehabt : Du G sie

also nun sieh dir das – hierher, Elisabeth! – sieh dir das an : und für sowas läßt man den Bengel nun aufs nun auf dieses ver

gilbt ver :

raschelnde Zeichenschemen – recht, schon recht : ich habe es nie gekonnt – sonst wäre er auch gezeichnet da – der : ohne Punkt und Kommata – muß irgendwo im Pentateuch –: der gesträubte Bart, in dem immerzu ein Vorrat Tabakskrümel hing : Hauptmann der Reserve – weg : nichts weg davon – es muß alles

und es ist praktisch alles noch da – zwischen Lücken zwischen der Müdigkeit : sein durchaus eminentes Buch von 1929 mit seiner multiplen Psychologie : hat mir zum erstenmal die Möglichkeit großer Privatsprache vor Augen gebracht : anziehend – einsaugend – wenn auch kaum wohl ganz verstanden : die Randbemerkungen sind eher ratlos : *Sultane und Bonzen – Wieland?* : Erinnerung eher an die kleine griechische Scharade, die wir zu Dads Geburtstag aufführten, ganz kurz vor dem Krieg : pathetische Allegorie, in strikten alten Versmaßen : man liest zuletzt auch in den Büchern anderer nur seine eigenen Eintragungen – und auch die nicht einmal mit gesichertem Verständnis : *inkonzinn* – mehrmals : mit albern strengen Rufzeichen – das : ist doch sehr unangenehm zu sehen – diese Unfehlbarkeit, mit der man sich in diesen jünglichen Jahren die ganze Welt zurechtzensiert – ich : habe jedenfalls das Wichtigste übersehen : und deshalb blieb's wohl auch das einzige Gespräch zwischen uns : Gelegenheitsbesuch – und ohne Wiederholungszwang : fast ausschließlich auf Nebensachen bezogen : seine kreuzdumme Schiller-Polemik, die er mit immer größerer Bosheiterkeit ver – ja, er hat sie wohl deshalb nur so süffisant verteidigt, um sich an meiner immer größeren Betroffenheit zu weiden – ich : habe kaum etwas verstanden damals : und wir fangen das nun alles noch einmal von vorne an, unter besseren Auspizien : meine Augen waren schlecht : ›Michael Adams mit den besten Wünschen zu nachhaltiger Belustigung‹ : klingt fremd klang : befremdlich – auch redet sein Brief ohne alles Gedächtnis an frühere Zeiten : ganz recht so – nur die letzten Arbeiten : scheinen den Grund zu geben, daß er mich für seinen Plan zu gewi ch – ich ihn : für meinen Plan : zu gewinnen sucht..t,t.. – ich : suchte noch länger wieder zwischen den Zetteln – aber kaum ein Anhalt : nur die Widmung jetzt – sehr wunderlich : auch daß es fast die und es sind die fast die gleichen Worte wie in dem alten Exemplar : alt – greulich, ärgerlich – vom Zufall zusammengeworfen :– aber daraus machen wir eine Konjunktion : sofern zuletzt alle Würfel als Worte fallen, sind Würfel gefallen – und dieses Jahr entschädigt für jede nur denkbare Zeit, die versäumt wurde : in trüben Räumen verbracht ward – in G ge : t..t,t..rübten T..t,t..räumen : verkrochen war : kaum noch erinnerlich : mißklingend : detoniert – bis in die kleinste Form die : nomina de nemine :– sofern sich's lesen läßt, ohne Gedächtnis an Gegenwart – las ich noch nie so lange Zeit aus so gekürzten Zeilen : Stunden aus noch Sekunden – die : Optik aller künftigen :– kann sein, jede nur denkbare Stunde entscheidet sich t..t,t.. bare Sekunde entschied sich für mich : hat mich für sich für : uns für uns : entschieden : hora pro nobis – und die Entzifferung ist das einzige Pro und ist ausschließlich ein Problem von Form :– auch redet sein Brief – und am Ende selbst das Buch – von gar nichts anderem : dem einzigen, was es überdauern ließ : diese Gesellschaft – in diesem Land : und der alte Staub von Politik – schlägt nur noch blaß daraus auf : fällt ab ist : davon abgefallen : ver gilbt ver : altert – albert : ältlich älblich alt – ist : detoniert :– am Ende selbst der Name : zu Fes.As.Gesalland – ist de sich selbst mit den Augen anderer – ich : blinzelte mir länger trüber ins Gesicht : alt – meine Augen schlecht : kann sein, es gibt überhaupt keine schlechteren Augen für mich als diese – und das Wagnis würde gering : kann sein, es gibt überhaupt kein geringeres Wagnis – als dieses Ge – :– *Woge von Rot – schlug grellend zusammen : schwand in ein grau verfaltetes Gesicht – v er : aber er verschwand nicht – sie wer sie ver : schwanden nicht – blieben dicht hintereinander – mir auf den Fersen : sofern auch Optik Füße hat – leichte und schwere – wir : wirr – inkonzinn – sie : Er und E.R. – hatten nie etwas miteinander zu tun: meine Augen sind – wie? sind*

wie man es nimmt – mein Lieber –« verlachend – kurz und kalt »mir sitzt die halbe Welt Modell : ja glauben Sie da, ich kann mir die Namen merken –? : man muß die bekannten Ähnlichkeiten mit lebenden Personen so hinkriegen, daß sie rein zufällig wirken, und das ist schwierig genug : was meinen Sie, was ich da jedesmal an den Umrissen herumwischen muß –« mit fuchtelnden Fingern – fast obszön »– äh – ist sie blond –? nicht – so : nun – ist ja recht : also lassen wir das mal : das da – ist wesentlich interessanter : auch wichtiger – wenn Sie schon von Wägen und Wirken anfangen – damit : klopfe ich mit einem Schlag auf mehrere Millionen Finger – ein : schönes Gefühl – möchte ich mal sagen –« : warf die Broschüre lässig vor mich hin – rieb sich die Hände »– was?« : »Es – ist eine Jugendschrift –« sagte ich »– sagten Sie –?« : »Eine Schrift gegen einen Jugendschriftsteller –« breit gefällig : setzte sich zurecht »– ein Idealist von förmlich atemberaubender Waghalsigkeit : der Ahnvater eines ganzen Jahrhunderts voller Dummheiten : ›Moraltrompeter von Säckingen‹ hat ihn ein Bekannter von mir genannt : ganz recht – viel Blech und Schall : im Zeitalter der Schlagzeilen wäre er ein gemachter Mann : der Großhändler auf dem Geflügelmarkt der Worte : denken Sie nur an seine behende Verwendbarkeit für Reifeprüfungsansprachen aller Art : selbst die Industrie- und Handelskammer bedient sich seiner zur Entlassung ihrer Kaufmännchen –« und weiter, länger – funkelnd schadenfroh »– dabei war er ganz einfach ein bißchen schwach auf der Brust –« gemütliche Brauen runzelnd »– seine Deklamation die des typischen Lungenkranken : atemlos langatmig – und heftig : taub für Nuancen – und entsprechend alles übertäubend, was Nuance zu sein hätte : er muß ganz peinlich große Ohren gehabt haben – ich bitte um Betrachtung hier der meinen : ich darf für mich in Anspruch nehmen, sein Antipode zu sein : nein, wirklich, lieber Herr – es ist doch alles heillos überdreht : diese ganzen Kabalen und Liebschaften : die Balladen haben den Ehrgeiz kompletter Abenteuerromane : auch jene fesch verschnörkelte Kriminalität, mit der man das Bürgertum unfehlbar bei der Parabel kriegt : Es ist unmöglich, von Friedrich Schiller nicht gefesselt zu sein :– aber ja, aber ja – das können Sie alles auch mit fetteren Worten benennen: tragisch –

traragisch : vor allem, daß er – mit seinem Werk – das Jugendalter – mit seinen Affekten – nicht überlebte : und darum grundsätzlich nur für Jugend brauchbar ist : als stämmiger Spielgefährte für enthusiastische Zeiten – die eben darum, seinetwegen, bei vielen nie ein Ende nehmen :– der hat den Weltlauf doch generell bloß auf pathetische Gelegenheiten hin durchmustert! : das wirkliche –« sich schneuzend – grell trompeterhaft »– wie sag ich das mal gleich : hä – ›Elend‹ : hat er doch nie –« : so und so weiter, lang – das einzige Gespräch zwischen uns : zerrann – unter immer munterERrinnenden Nichtigkeiten : ist lange her : »Es – ist eine Jugendarbeit : sagten Sie –?« – er : blinzelte mir länger trüber ins Gesicht – (matthererinnert) – antipodisch amüsiert : »Wie man es nimmt – nunja – wenn Sie so wollen –« : stand auf : wenn ich was – (matter hierh er) wollte – ich : stand jäh auf : und der Abschied verzog sich in jede Kälte, die Konvention hergibt : in immer munterer – (matt hierherinner) -nde : verrann

schüttelnder Frost – mit schlimmer Zittrigkeit : und die Kälte kriecht unaufhaltsam mit herauf : zwischen den Lücken der müd der matt verkrochenen Gedächtnisse : mein Gesicht ist knallrot – erspart das Messen : Bauchdecke wie ein Brett

Bett, Bett – und mit jedem Inbegriff von ›fieberhafter Tätigkeit‹ : nach immer wieder flachen Stunden Schlafs : taub lauschend abwärts : kritzelnd kratzend krank : die Tage buchend – ich : vertrage nicht s ich : übertrage Tage über : höre sehe : nicht alles – überge

Kram, Schachteln, Schichten : alles ganz skurril – ich : habe da, vor Zeiten, sehr skurrile Sachen aufgeschrieben : gar keiner Ahnung mehr ähnlich : aber es redet etwas aus dem Untersten daraus herauf – was die Wortlaute nur be unbe ungenau umschrei

im Fortlaufen noch ge : hört ich hörte noch im Fortlaufen sein gräßliches Schreien er : hatte ihn in den Bauch geschossen – nicht, nein : er – er ihn : es war es : aber es war nicht der Anlaß seiner Entlassung es : wurde Notwehr draus gemacht – und alles vertuscht v er

vertauscht nur – nur verwechselt : London – der Beschuß : in einem *cab – irr* irrend unter be : Wust der Assonanzen – das : war natürlich Tell el *Kebir* – wo er immer seine Schießübungen machte : unter der Schwelle heraufgekommen – es : darf nichts davon weg – muß alles herauf : ist

die Frakturen der Worte – raschelnd schemenhaft – unter tertiären Schichten : es ist alles dechiffrierbar – und ausschließlich ein Problem von Form : non confundatur in

und das Finale wird einmal die große Rede auf das Jahrhundert sein, ihm früh vorausgehalten : auch da –

gerade da – wo es hinter die Dinge hört : und die Musik selbst in Frage stellt, was sie befragt, und selbst noch widerlegt, was sie wie nie bewiesen : der Choral der, nein, d *diktiert sich selbst in die Nähe eines Trauermarsches :–* nein, der Sechsten : in London – kurz irgendwann danach

an Jascha H. : an Sascha M. und Ludwig in L.A., die allerliebsten Menschen : überhaupt Nachrichten jetzt : Besuchskarten – neue Adresse : und den Brief aller Briefe

stößt alles beiseite : auch die Kinderei der Jugendarbeit – auch die der Widmung :– und er hätte das wirkliche Elend nie wirklich –?

die Widmung – und alles beiseite :

›Meinem Prinzipal dem T..d,d..

untergenau – viel härt..t,t..er – unten tappend : T..t,t.. : lis pelnd er

wieso denn er –? : sie – *sie* :– ja, aber hat sie denn mit der Zunge ange

13–1–50

nicht besser – nur immer halbhelle Momente unter der dünn zerschlissenen Betäubung –: der Fleck auf dem Zungenhintergrund kleiner – aber nicht weg : Strept.virid. mikroskopisch nicht mehr sichtbar – dafür Pilzwucherungen (Candida?) : eine ganz verfluchte Bescherung : dazu das Zahnfleisch schroh – taub fauliger Geschmack – Oesophagus empfindlich : Schluß mit dem Terramycin – Dreckszeug : und viel zu hoch dosiert – das : müssen ja Ochsen sein, für die sie das als unterste Normdosis –: der Arzt in Aspen hat's kiloweise verfüttert – bot's uns mit einer Miene an, als hätte er das Ewige Leben auf Schachteln abgezogen : der

aber

nicht – nein : nicht – auch wenn man's könnte : nicht einmal eine Verlängerung über das biologische Maß hinaus : und nicht einmal bei sich selbst : nur – höchstens – wenn man die Früheren wieder heraufholen – diesen und jenen noch einmal –: Lazarus – hierher! : nein, auch nicht – nichts : es

zuletzt wird eine sehr philosophische Frage draus : um was denn die nun wirklich betrogen wurden, die um ihr Leben betrogen wurden : es – gibt ganz gräßliche Sachen, die man nicht zu Ende denken kann, ohne auf die Seite der Betrüger selbst zu geraten : der nachtwandelnd Mordsüchtigen der

Carlo – nein, spanisch, Spanier : hieß Carlos – Lalos – Tok in meinem Mund : etwas mit tok : der Laufbursche aus der Kaschemme : Lo – Latok : Latok – spielend mit mir im Sand : sein Lachen – mit mir in der Sonne : er hat sie geliebt – Miss Mary – er : konnte nicht glauben, daß sie freiwillig mit Dad – oder war sie gar nicht frei : willig mit Dad – daß

daß er Marien verlassen – war der Grund –? : »Man lebt nur« einmal – höhnisch »einmal in der –« : Dunkelheit der Heiterkeiten in der : hintersten Gartenecke der : Laube in der : Hand in seiner Hand : Kind – Carlos, dessen Freund : irgendwo – in der Welt – wurde gelebt : einmal vor

nicht einmal

einmal – sagte KK :– und über das Leben der Meisten wäre auch nach dem spätesten Ende nichts weiter auszusagen, als daß sie sehr lange nicht gestorben sind :– viele sehr kurz nur – nicht ge : irgendwo – wird unablässig ge nicht ge

nicht – auch wenn man's könnte – es : wäre unausstehlich, wenn das Pack ewig lebte : »– diese mißlungene Sorte : dies Mißgeschick von Art –« : das Krämer- und Schiebergesindel – das Diebs- und Quälergesocks –

die Brüller, Driller – alle – meisten – viele

und er hat ja – er, nicht er : hat ja in Aden die Finger in allen dreckigen Geschäften gehabt, die sich nur denken ließen : das Spielkasino, in dem die halbe Löhnung der Mannschaften hängen blieb : Prostitution auch : permanenter Handel mit

der brüllende, drillende Killer – in den Bauch – er : hat ihn in den –: aber es war nicht der Grund der : Anlaß seiner Entlassung – war ein Vielerlei von viel er

er – nicht er : von Leidenschaft um alle Besinnung gebracht schließlich : schoß er blind in sein Unglück : und wurde – Notwehr – in den –: seine Haut in der Sonne – Geflecht aus Wärme und Licht : dessen Freund – ich : habe lauschend an seiner Haut gelegen – während er über mir sang – pfiff : Laute vor aller Zeit vor

Carmen, Troubadour – weiß nicht, was sonst noch : war vor allen Worten – vor Vorvorzeiten : noch einmal herauf –: Daß noch einmal, noch einmal sie erschiene –: ihn – nicht sie : obwohl er natürlich immer Miss Mary meinte – und gar nicht Ma : oder hat er vielleicht – Mama ge

nie wieder gehört – gesehen : lange Dunkelheit : nach nur sehr kurzen –: aber ich würde sie schon gern noch einmal herauf, hierher –: diesen und jenen – viele – alle : s e h e n : hoch oberhalb der Worte, die nichts mehr umfassen, die überhaupt nie gar nichts mehr und wieder : umfa G

Gesichter – Freunde : Acheiropita : und deren Feind – hierher! :– auch wie er vor dem Gesangsverein stand – mit zackig fuchtelnden Fingern : C'est de contrebandiers – nicht, nicht : nicht auszudenken – Lider in seinem Mund : der sie zugleich verspottete : hä! – grell trompeterhaft – hämisch verulkte : das rot gedunsene Gesicht – die Eisen Grauen

und der permanente Handel mit Waffen : jahrelang an die verschiedenen Stämme, die sich damit umbrachten : die letzte Konterbande sechs Kisten Gewehre :– war aber ebenfalls nicht der Anlaß seiner – daß er

ich muß ins Bett zurück – bin ganz absurd geschwächt –: nachtwandelnd Mond – in halbhell sichtigen Momenten : kahl lauernd das gedunsene Ge –: »Seht ihr den Mond dort stehen? er ist nur halb zu sehen – und unser kranker Nachbar auch – hä!« : ewiger Ulk : um alles – vieles –: Nichts – nichts weg davon : herauf

Kram – diebisch, quälend : aber zum Greifen nahe – hinter den Dächern : leicht – mir nächst : liegend unter den –:

aber vielleicht kann ich's viel leicht kann ich's viel leichter, als ich selber meine : sogar die Stimme – hä! – die eisengrauen Au g

die Gier nach Geld hinter allem : Waffe gegen das Leben : Betrug gegen Betrug gegen sich selbst zuletzt : war der An der Ablaß seiner :– auch nicht :– cum infamia releg

Frau Simon – La Dame Habonde – mit immer neuen Konsumtibilien : Kraft-Brühen – Eier – braungebackene Äpfel : legte auch Zeitungen dazu – nach einem kurzen prüfenden Blick auf meine Geduld : am Bettrand sitzend – falls ich : »Falls Sie doch – noch etwas –« vorgebeugt – und raffte dann jäh den : »Aber das ist kaum ein geeignetes Mittel, die Seele im Diesseits festzuhalten, Madame –« ich »– falls Sie das –« : den Morgenrock zusammen : vor meinem wieder komisch gegen sie erhobenen Finger den : was denn? hatte sie gedacht, ich hätte sie – gedacht, ich hätte ihr an den : in den sorgsam drapierten Ausschnitt – hatte ich wohl einen kurzen prüfenden : Gedanken? – was denn –: süchtig fast – ihr Blick : und es war ja nun auch schlecht anders möglich, nachdem sie sich derart über mich beugte, um das Kissen hinter meinem Kopf glatt zu ziehen : nein – »Danke, Frau Simon – lieb von Ihnen – aber –« : ihr Innehalten dann – ohne zu rück zu : zuckte nach einer längeren Weile erst zusammen : wich zurück : ihr Blick ganz albern verlegen : »Nein, auch die Nächstenliebe muß ihre kleinen Grenzen haben – Sie : werden sich noch anstecken –« : nah –

ihr nächst : mein nackter Körper – liegend unter den ölig streichenden Händen : »Was machst du denn – nun : halt doch still – was –« hatte ich denn gemacht? : doch höchstens Abwehr – wußte sicher nichts : im Winter 14 – unerwacht er wachsen : Oleum Pini silvestris – Kampfer und Menthol : ihr schwimmender Blick zur Seite : »– reizt die Augen so –« : und die Finger zitterten ihr wie einer Ladendiebin beim Debut : ganz komisch damals – auch ihr verschwommenes Reden : »Davon wirst du gesund –« – unschuldig aus dem Untersten herauf : und jeden Abend – gut drei Wochen lang : »Und du wirst krank, Tante E – du : steckst dich bestimmt noch an –« ich – ganz wie sie : nichtwissend redend »– laß nur – laß – das : kann ich doch selber viel besser –« : aber auch sie wußte nichts – blieb immer unerwachsen : »– da bin ich kitzlig – laß –« : nur komisch : »Wie –?« die alte Frau »– ach was – das macht nichts : dann –« wenn sie »– kannst du –« wie ich – ich m ich »– ja m i c h einreiben, Micha –« : heiser forsch – zwischen immer heftigeren Strichen : »– siehst du : schon fertig!« : sah ich – sah s ich : wußte sicher nichts : die ruinierte Kreatur – ich : habe sie – ganz sicher oft – ganz ohne Wissen

nein, auch wissentlich : einmal – war später – Sommer : Sommer 18 : ich kam vom Baden – stand, mich waschend – nackt : als sie hereinkam : »Micha, ich wollte nur –«

sie – ganz wie ich »– was –? : Micha –« : wie angewurzelt erst – dann schwimmend näher : den Blick zur Seite : Wäsche greifend – nah : »Schön« heiser »schaut das aus –« was –? »– schaust du aus –« : mit der jähen Dialektfärbung, in die sie ganz selten geriet : wenn sie mit i h m sprach –? – lange nicht : gesprochen hatte – hatte lange nicht : mehr so gesprochen – »– mach – was : machst du denn –« : mir nächst : sie – mit demselben Fingerzittern : hielt sie mein Glied gepackt – verkrampft unzärtlich : ganz starr – »– schön – fühlst du dich –« ich »– an –« sie m ich – ich »– Micha –« fühlte nichts – an mir : als nur ihr süchtiges Entsetzen in dem tot traurigen Griff : nein – nicht nur nichts – ich : war von Sonne heiß – nicht ganz bei Sinnen : mit-fühlend – vielerlei – ich habe ihr : ihr einfach das Kattunkleid von den Schultern – den Panzer von BH, den Schlüpfer, alles – und ihr die Brüste, Haut – ich : habe auch in ihr Haar geküßt in : ihren Nabel : fern ihr – nur bei Sinnen : bei m

ir bei nicht bei ihr : mir fern – ganz weit vor Zeiten : meine Seele in Seelenarmen – mein Fühlen im Haus von Haut : Bett warm aus Bläue – herzzart – atemweich : auf meinen Augen Nässe – Nacht aus : nicht aus mir –: aus einem rinnenden Summen – aus einem rinnenden Summen – hab ich –: windseensalzig – Meer –: nie mehr

mir nächst : ihr nackter Körper – stehend unter den eilig streichenden Händen : wand sich wie angewurzelt – stand wie aus brüchigem Stein : bis ihr der Same über die Hände sprang und sie ganz langsam zerfiel : in Strenge und Geschamigkeit – in vielerlei Angst : »Hast du dir –« ich mir – sie zu mir »– dir weh – getan –?« : tat weh – ich : wollte wohltun – tat ihr weh : mit-fühlend – dies wie das – ich : und ich streichelte weiter an ihr entlang, langsamer, weicher auch, und verbarg mein Frieren und strich und strich – langsam in sie zurück, was doch in ihr gefangen war und blieb – ich : weiß nicht mehr – zuletzt nur noch die Arme : auch ihr Gesicht : mechanisch : immer kälter : Vornahme längst – unsüchtiger Berührung : »Das dürfen wir das : darfst du niemals wieder –« endsetzend »– Micha –« : was –? sie nun und nie gedurft : und wahrscheinlich hat sie's dann auch korrekt zur Beichte getragen – was doch in ihr : entsetzlich irr – gefangen –: das fett verquollene Fleisch – schon leichensteif im Leben : greis-weißlich – runzlig schlaff : das strenge »– niemals –« – was –? : nicht einmal einmal : sie nie – und sie roch schlecht auf einmal, kalt, wie kellermuffig – wie nie mir nächst – ich : hob ihr dann schließlich das Kleid auf, streifte es ihr über : ich wollte noch bei ihr sitzen, bloß ein bißchen reden, die Angst vertreiben – ihr durch m ir durch sie – ich : nackt – vor ihrem bunten Fetzen Schutz : wollte nur »– was –? : Micha –« nur ein bißchen Unbefangenheit wie : nie wie niemals später wieder : wiederherstellen – sie wieder her – hierher – sie : aber sie

unwissend willentlich – floh immer, lebenslang : bedürftig – niemals dürfend : und nie ›fertig‹ : »– siehst du : schon –« leichensteif : den Augen reizlos : ihr nackter Körper unter den gedruckten Blumen des hochgestauten Stoffs : sah mich sah : sich in mir : um alles Leben betrogen : schon alt um Mitte 30 – angesteckt vom Tod : ein wächsern sich häutendes Wesen : »– fertig!« – streng : und strich die Reste Öl an meinen trockenen Schenkeln ab : aber mechanisch schon – hob schließlich die Decke auf und streifte sie mir über – ganz eilig : »Gute Nacht!« : und tappte dann bejahrt die Treppe hinunter – weg in ihr eigenes schlechtes Nachtleben : das hochbetagte Mädchen – komisch damals nur : und um Mitte 20 schon las sie betrügende Schriftchen über das Vergehen allen Fleisches : wie Heu – des Grases Blume – alle Herrlichkeit –: nun, nicht viel Herrlichkeit : die Brüste kalt – die Haut wie – was –? wie : »– niemals –« : weiß wie Kellerkeim :– und auch nie wieder, glaub ich – jedenfalls : ist sie als Jungfer gestorben – oder hat sie – hatte : kurz einmal einen Verlobten – unter vielerlei schreienden Umständen : Stedlinger? – nicht : Stadlicher : dumm brutales Vieh – Altpapierhändler oder irgendwas : und sie träumte länger noch von Schleier und Kranz :– nicht einmal einmal – nicht einmal von m

ihr fern :– und es gehört ja entschieden zu den Sachen, die man nun wirklich nicht aus karitativen Gründen tun sollte : »Ach was – das macht nichts : dann –« was –? »– können Sie : ja mich ein bißchen pflegen –« : komisch dicht – kokett : was denn? – die »›Wie –?« : die alte Frau vor mir – ist immerhin 53 : das ja doch nun nicht : »Ich meine – man muß sich helfen –« : sicher – »Sicher –« : aber nicht so – nicht : »– aber –« niemals »– so –?« : ein grotesker Gedanke – als gesetzter Quatierant mit unzertrennlicher Wirtin in den Lebensabend zu wandeln : obwohl sie ja nur 3 Jahre älter ist – und ganz verträglich – nett : aber man kann nicht jedes Unrecht der Natur –: auch ist's eins von den kleineren : »Man muß – Frau Simon, lernen – den Primat des Selbstlebens ebenso anzuerkennen wie in Anspruch zu nehmen : sonst –« ja, wie sagt man das – ich : sagte »– sonst : ist man nicht weltfähig –« sozusagen »– und tut sich weh –« mitfühlend »– wirklich –« weh : »– nein, wirklich lieb von Ihnen : aber bleiben Sie lieber vor der Tür – so lange ich so huste – Fieber habe –« : Anfälle Ungefühls – Ausfälle Mitgefühls : Unfälle An- und Ausfalls : habe – habe : ich's ihr genügend deutlich –? : schwimmendes Gesicht – den Blick zur Seite – abge : bunt gewandet – verwundert : »Albert Schweitzer –« sie und ihr Papier »– wird – ist : schon 75 – sehn Sie, hier –« : das Neue Volksblatt wieder – mit 7,5 Zeilen Text und einem minimalen Bild : »Ja, sehn Sie –« wieder – willig : noch und noch einmal »– aber selbst wenn er unser größter Zeitgenosse wäre, brächte ihm das hier keine größere Würdigung ein, solange er nicht katholisch ist –« : endgültig abgewendet – »– was –?« : und Vielerlei : ihr Pfeifen über mir : »Frau Simon –?« – was –? : wie kam sie auf »– Fidelio – nicht wahr –?« : man lernt doch bei Frauen nie aus – das hüpfende Sich-Knüpfen ihrer Einfälle : »– wie kommen Sie denn auf –« den Gouverneur : oder ist es ein Chief Commissioner jetzt – ich : müßte an ihn schreiben – auch an ihn an : viele, alle – all die allermeisten –: O welche Lust – O namenlose Freude – O wär' ich schon mit dir ver : einmal einmal – ich : »Ach, ich hab hier nur grad gesehen, daß heute wieder Konzert –« : Beethoven, Leonore III und Es-Konzert, die

Schumann IV. : Symphoniker unter van Hoogstraten : »– wie schade, daß Sie nicht –« sie : Elly Ney – nicht : »Und wie gut, daß Sie –« Ellysabeth III. – als Stellvertretung : »– nein, nehmen Sie nur, Frau Simon – ich bekomme sie –« die Karte von Gehring »– von einem freundlichen Menschen hier – selber geschenkt jedesmal : und kann ja selber heute nun wirklich nicht –« : muß fühlen, denken – lesen, schreiben – es »– ist – Sie : sind – ein guter Ersatz –« für mich – ist »– was denn –?« Griff nach meinen Fingern – ist : was denn? »– lassen – lassen Sie –« : wohltuend Wehtat – und ich kann : ja selber nun wirklich nicht – heut nicht und niemals : fühlend, denkend – mit : schrei schreibend – ist es ist : des – was? »– ist schön –« des Schreibens – was? »– daß Sie wenigstens schon wieder Briefe schreiben : davon –« Ersatz – es »– werden Sie gesund –« ist »– werden –« ist des Schreibens : kein Ende – ich und mein Papier : »– und daß Sie auch so viele bekommen, von so berühmten Leuten dabei, sogar von gestern –« von einem immer freundlichen Menschen »– gestern von Thomas Mann –« : daß Sie sich nun im Alten wieder neu eingerichtet – Genugtuung – Ihr so verdammt gescheites Buch – gleich gestern wieder lang darin – recht herzlich – Laune und Energie –: mitfühlend Ungefühl : es ist – »Was –?« ist »– ach was, das kriegen viele von ihm – er : ist so eine Art pater familias von uns allen geworden –« und nimmt die Pflicht beschwerlich freundlich ernst : als Stellvertretung – Gott Apoll im Cut – wie kürzlich in der Zeitung : macht – aber er macht damit zuletzt doch gar keine unehrwürdige Figur, und der Tölpel Thiess, der triste Molo – sogar Döblin, der regelrecht Schaum vor dem Mund bekam, wenn er von ihm redete : ist – sind – »– was?« : »– ist er das –?« TM – nein, Albert Schweitzer : ist – wäre »– unser größter Zeitgenosse –?« und sind allesamt nicht groß genug, ihm auch nur die Schnürsenkel zu binden : »Nun – nun, ich weiß nicht recht – man : könnte es manchmal meinen : obwohl mich der Umstand bedenklich stimmt, daß so viele unserer kleinen Zeitgenossen ihn dafür halten : Frau Simon –« : und er wird auch schon 75 dieses Jahr – TM : die Zeiten altern an mir vorbei – und ich laufe rückwärts gegen sie an – schreibe ruckworts gegen den Strom der Zeilen – »– an : ihn –?« nein, Schweitzer »– nein, an ihn habe ich nicht ge –« hustend auf einmal – ich »– kenne ihn nur ganz flüchtig – auch von Aspen her, vom letzten Jahr – ich : nein, ich schreibe eigentlich – im Moment – nur an –« einem einzigen Brief – und bringe ihn nicht zustande : nur Zwischenzeilen – Ersatz für einen Entschluß : man kann nicht jedes Recht der Natur in An – was –? : »F.A.G. – an einen Freund –« : kurz, Achselzucken nur – vor ihrem wieder jäh zusammengerafften Rock : »Aber Sie müssen sich jetzt –« sowieso »– anziehen, Madame : falls Sie noch –« rechtzeitig – in ihr eigenes Nachtleben : Schlag Viertel schon : »– nein – lassen : lassen Sie das mal –« ihr schwimmendes Gesicht »– an sich schon recht –« daß ich an sich nichts zu verschenken hätte – unschuldig aus dem Untersten herauf »– aber Sie werden mich ja nicht zum Händler machen wollen –« : das ja doch nun nicht : »– nein –« danke »– lieb von Ihnen – aber das –« kann ich doch selbst viel : leicht viel leichter als Sie : besser »– kann ich wirklich selbst –« : mich waschen – kurz : Schluß – so wie so : hinunter

Geld, Geld – hinter allem : er hat einen Scheck gefälscht – das war's das : war der Anlaß – vor ihrem Tode noch : zu ihrem Tode –? : er hatte ihre Unterschrift gefälscht, und der Bankier kam mit dem Zettel direkt zu ihr ins Haus, um sie zu –: aber dann hätte ja sie die Anzeige – die Deckung verweigert –: nicht, nicht – alles dunkel – sie : hätte niemals

halbhell Momente – Tappens in der Nacht : sie unten – ganz wie er, wenn ich –: und sie war krank zu Tode – sie, nicht sie – seither : ging wie ein Schatten nur noch – stand an –: wenn ich krank – nein, nicht an meinem Bett – er : stampfte unten durch die Stube – endlos auf und ab : »Wann wird denn der Bengel nun wieder –: Elisabeth – hierher! : steh nicht so rum – mach was mit ihm –« : Befehle – grell trompeterhaft : »Herz –? hä!« : Handgriffe drillend – hat sie deshalb immer : was denn –? mit – wenn ich krank – soviel mit mir ge

nur wie ein Schatten – sie – an meinem Bett –: es ist zuletzt alles jenseits aller Beschreibung – und auch die Worte, hätte man sie, leisten nichts : nur Randbemerkungen – und eher ratlos : Sultane, Bonzen, Wieland – ich : weiß nichts von mir – kann nichts beweisen : sogar die Stimme – nicht mehr nicht herauf – klingt heute falsch hat : immer schon fälschend geklungen :– wie er sie wegrief – sie – von meinem – »Weg da! – bist du gescheit? – hierher! – saudämlich das – du : steckst dich doch bloß an – »: beweist nichts mehr – kein Dokument – ich höre : nichts – nichts mehr unten : Stille – nichts mehr : n ich

blaßgrauer Augenblick – nur einmal kurz – und wieder ins Unterste hinunter –: in einem Gärtlein, darinnen ich hin und wieder lief : an Händen – schlief an Haut –: es hat alles keinen Zweck – und man macht bloße Worte zur Stellvertretung von Leben und Sterben : löscht Schritt für Schritt damit aus, bis alles unleserlich ist – man : will vielleicht – zuletzt – unleserlich machen : und häuft eben darum erst wie ein Verfluchter Schall auf Schall auf

falsch – auf sehr raffinierte Weise – er : hat tatsächlich ›so verdammt‹ geschrieben : TM : unser pater familias –: das äußerste Wort seiner Sprachspähre – schiebt das Buch selbst damit an deren äußersten Rand –: äußerst gescheit das selber – ich : muß mir auch seine früheren Briefe noch wieder ansehen – mir neu leserlich machen : es ist noch alles da – verwahrt : ist

Archivarius des Königs – ich : bin selber schuld, daß ich von mir nichts – kaum noch Dokumente – ich : hab das alles viel zu spät – herauf –: aus Schall auf Schall – der Bankier : war schon ein älterer Mann – Luke Thomas? : und ist mit Sicherheit nicht mehr am Leben :– aber er hat dann – Dad – ja trotzdem das ganze Vermögen übererbt bekommen – und es in einen Zentner Skoda-Aktien verwandelt, die dann im Krieg – in Folge dessen – weg

nicht weg – sie : sind sogar lange noch dagewesen – seine Nichtswert-Papiere : länger als er selbst – der schlaue Händler, Jobber, Spekulant –: auch seine Briefe – sind vielleicht noch da : das ganze unsägliche Geschreibsel aus den ersten Monaten der Großen Zeit – mit seiner sehr speziellen Orthographie –: aber selbst Schönberg war im Anfang gern Soldat – bekannte es ein – es : ist nicht – nein, es : ist eine Scheidelinie, über die hinweg es keine Gemeinschaft – gibt es keine G

Preußens Donner und Doria – marschierend in einem fort : ›Sie hören Kurznachrichten – anschließend Marschmusik –‹ : ein Tollhäuslervolk – ich : habe mich überschätzt : ich kann die ganze Art nicht mehr vertragen : und muß hier wieder weg – TM hat recht : es ist alles beim Alten geblieben und bleibt dabei, bis man sich endlich entschließt, diese ganze Nation unter diese ganze Nation der Driller Brüller Killer endgültig unter Kuratel zu

und der neue Staat wird über kurz schon die ganze Babinische Republik ausstechen – es : ist ja zuletzt eine bloße Einfältigkeit, sich diesem Getriebe noch wieder einmal in die Speichen zu werfen : sein Plan – läuft ja doch auf wenig mehr als eine pazifistische Vereinigung hinaus : und ist damit bereits ein bloßer historischer Enthusiasmus : auch wenn er auf konkrete Machtausübung – am Ende gar so etwas wie ein Europäisches Parlament –: weiß nicht – er : hat etwas in der Hand, was nicht zu sehen ist – zu lesen – ist zuletzt

»Der billigste Gesangsverein der Welt!« brüllte er später noch oft, wenn er sich wieder in seine Erinnerungen gesoffen hatte : mit funkelnd verschlagenen Augen : und verstummte jedesmal mit einem Schlag auf das eigene Maul : »Friedrich – der Junge!« sie – und ich wurde dann jedesmal unter irgendeinem Vorwand hinausgeschickt : sehr dunkel alles – was er damals da unten – er : hatte etwas in der an – der auf : das eigene

Brief aller Briefe – nicht, noch nicht zustande : nur Zwischenzeilen – müssen weiter hinhalten : solange nicht zu sehen – hören – nichts –: auch wenn er jetzt schon dringlich, fast beschwörend – und mißtrauisch gegen diese Art von : und es muß ja wirklich den Anschein von Ausflucht : ist vielleicht wirklich eine bloße Aus – ich : kenne ihn zu wenig – kenne ihn : nur flüchtig – auch von : nicht von Aden her – was für ein Unsinn – nicht : von – nur ganz flüchtig

Contrebandiers – in allen dreckigen Geschäften : auch Offiziere dabei – er : hatte sie alle in der Hand – unter seinen alles dirigierenden Fingern – seinem zackig fuchtelnden Spott : und sie parierten jedem Ulk des pfiffgespitzten Mauls – sogar der, sagte E, der Gouverneur : tanzte nach seinem Pfeifen –: das ›Ständchen‹ einmal, das sie Miss Mary brachten – die ganze besoffene Horde, ihre sämtlichen Bespringer, die – was denn? war das – das : das Mittel seiner Macht über – sogar den –: wäre möglich – die sämtlich verheirateten Offiziere : aber nicht alles – ein : Vielerlei von viel er – leiernd, juxend : ein einziges grölendes Hä! – vor ihrem Fenster ihren : weinenden Augen –: Fidelio – nein, Car – nein : grölend krakeelende Schläger schlager – die ganze

Schall auf Schall – auslöschend : aufzulösen – und ich habe : die ganze Zeit – niemals : daran gedacht – daß noch einmal, noch einmal sie er – er, nicht er : daß er gar nicht Miss Mary gemeint haben könnte, sondern sie ge :– mein Gedächtnis schwimmend – sieht nur mich : lauschend an seiner Haut, während er über mir – ihr : einmal auch über ihr, während sie mit mir im Sand spielte : gehört nur – nicht ge : »Latok –« sie – ganz weich : und sie strich mir : hat ihm mit der Hand über die nackte Brust gestrichen sie : hat mir er ihr üb er ihr – während er über uns pfiff : hier an dem Herzen treu ge – nicht gesehen : gehört nur – »Latok –« – sie :– aber doch höchstens Abwehr gegen : ihn – nein, ihn : auch ihn – nicht : alles dunkel – nicht, er – sie : sie hätte niemals

doch besser – wenn auch noch geschwächt – sehr müde : die Sedierung schlägt an – Tachykardie zurück –: die alte Beobachtung auch wieder : etwas in mir sieht den Krankheiten in aller Kälte zu – abwartend, ob sie's schaffen –: wieder nicht – noch einmal wieder nicht

die Augen reizend – Dunkel – rinnend summend : Oleum Pini pumilionis – mischt sich scharf in den muffigen Geruch der Bücher – des kalten Rauchs : alle Toxika weg und Schweitzer war der einzige, der's zurückwies : saß hustend – mit dickem Schal – in der Colorado-Sonne, die ihm

alles, was ich denke und fühle, ist lange her

mit sehr viel Gewalt aus der Stagnation – in schwächlich tappenden Schritten : aber zugleich wieder leicht auch – in Ansicht, daß jetzt kaum noch Schritte getan werden, die anderes als Gewalttat sind : und anderes als ein Austritt – aus jeder Art von steinerner Ab und dann endlose Abstraktionen des Stadtplans : Obstmarkt – Promenade : die Lange Straße – Schönleinsplatz – der Hain : nicht reversibel – leer – kann alles weg : unleserlich, unkenntlich – nur beweisend, wie die Selbsterhaltung, der alle Worte gefährlich sind, die Worte selbst von Anfang gleich so dirigiert, daß sie schon bald nicht mehr gefährlich werden können – die Zeitlosigkeit des Ubw : berücksichtigt in der Ursache bereits die Wirkung : eine Unfreiheit, in die man sich schicken lernen muß : und es wäre am Ende ja auch schlechthin unerträglich, sich mit 50 noch so zu kennen, wie man sich mit 15 gekannt hat – es : genügt, daß man sich, einmal, mit 15 ge – und Permission bekam, sich zu entfernen : sich abzulegen – wie auch immer gewaltsam – in wie immer erzwungenen Worten : man *und man hält sich geheim, sofern man die Sohlen dafür hat – ein Rest von Anstand : auch gegen sich selbst – ist man zuletzt diskret : aber eben das macht die Ironie aus : macht das Gewissen zu der Ironie auf alle Gewißheit : und jeder tappende Schritt – ertappt zugleich : sich selbst : auf frischer Gewalttat : gegen – kann sein, auch gegen sich selbst* und gegen selbstesgleichen : unkenntlicher Sinn – kenntlicher Unsinn : 15 – möglich 17 : zu frühes Alter – in frühen Worten abgelegt : kann weg – Nichtswertpapier – es : kommt da insgesamt ein Trödel an den Tag, der sich in keiner Währung mehr beleihen läßt, und selbst was einmal großes Gefühl war, bleibt nur als scheppernder Silbenhaufen, abstrakt, gelöst, gelöscht, mit höchstens dem Gefühl, daß einmal großes, dem schwächlichen, daß ein, vielleicht nicht einmal

zur Langen Straße : Messerschmitt – die Banken : der graue Taumel bürgerlicher Beflissenheit –: taubstumme Lemuren an den Haltestellen – auch seidig kleiderne Geschäftshalbwelt : Mitbruder Pausenlos stieg aus und ein und aus – die peinlichste aller Verwandtschaften : stolperte geduckt in die quirlende Maschinerie : war weg und wieder da und wieder weg und da : man kann sie sich nur noch mit den Augen aus den Augen halten – die unerschöpfbar ersetzliche Art – die unerschöpft ersetzte : und das Gräßlichste an dieser ganzen Bourgeoisie ist zuletzt, wie damals, wieder dies – daß alles unverändert ist daran und unverendet : fünftausend Tage wie der eine Tag, der nie vergangen ist : es erleichtert einem ja doch das schlechte Gewissen – das man immer noch bei dem guten Gewissen hat, mit dem man sich absondert : entfernt – aus all den bloß von Kleidern gemachten Leuten : den Mittelständlern, Zwischenhändlern, Handelsspannern – der Freien Wirtschaft liebsten Kindsköpfen : den unverwandelten Schwindlern : kein Zweifel, daß sie in kürzester Bälde als Fett des Kontinents wieder obenauf schwimmen werden : die Gesichter schon jetzt wie die leibhaftigen Einkaufstaschen – von unsichtbaren Händen hingeschleppt, geballten, krallenden : manchmal fanden sich zwei zusammen – pendelten halbkreisig aus – hielten an : und tuschelten sich dunstig ineinander : »Ich habe –:– haben Sie?« : die Konversation langer Jahre – aber klingt schon falsch : was einmal Sorge ums Notwendige war, ist zwanglos in Gier nach dem Überflüssigen aufgegangen : ganz wie von selbst, mechanisch, unerkannt : und am Ende wird die karge Zeit diesen Köpfen nur eine neue Variante des Grapschens beigebracht haben : schon jetzt hat die Gesellschaft sich ein Lebendgewicht zugelegt, als müßte sie die Toten buchstäblich aufwiegen, die sie gekostet hat : wo sie die Fenster aufmacht, dringt Fraßgeruch heraus, um das geringste zu sagen : man glaubt ja manchmal fast, die Häuser selbst verdauten in ihrem Innern langsam, was sich ihnen einquartiert hat, und wundert sich über den Weltgeist, der sie's aushalten läßt : rechts ein verstopfter Mitmensch in einer Kabine voll Wurst : Herr Albert Mustergrau, von Gottes Gnaden : die Taschen trieb's zu ihm hinein : feisthautige Gesichter rückten sich näher – machten sich miteinander zu schaffen : und ich hielt mich vor dem Fenster, bis sie wieder herauskamen : vor speckigen Auslagen – blutleckerer Fleischigkeit : der einzige Unterschied in der Selbstdarstellung der Metzger bleibt am Ende, daß jetzt wieder echt ist, was eine Zeitlang bloß aus Pappe war und ›Dekoration‹ hieß : beschlagen unter Glas – die Augen auch : matt huschend über praller kauenden Backen : kai sarx egeneto logos : Worte aus Wurst – wurden zu schmierigen Flüsterfahnen : und murmelten innerhalb von Sekunden den tollsten Dunst zusammen : schon daß wir atmen, vernebelt die ganze Welt : aber nicht zu verstehen – obwohl ich mich unauffällig noch ein paar Schritte näher schob : und schärfer horchte – kälter in der Kälte : zuletzt ja doch erfreulich, daß die Geheimhaltung ihrer Redensarten den Leuten noch derart in den Knochen sitzt : aber nicht lange mehr, und der Unsinn schallt wieder ungehemmt herum : irgendwo ist die Befreiung der Meinungen eine Rohheit gegen die Ohren – und wird nur aufgrund der allgemeinen Rohheit der Ohren unter die Freiheiten gerechnet : man darf sich selber da auch gar nicht ausnehmen – unsere letzte Humanität : besteht vielleicht darin, daß wir das Letzte nicht sagen, das wir wissen : »– und wie geht's sonst?« : Schluß – schließlich : »Och, man lebt!« : nicht : nun und nimmerdar : nicht : »Morgen –:– Morgen« : irgendwo unablässig : und unablässig mit dem tristen Beiklang der Vertröstung : jetzt wie eh und je : und die Taschen wackelten redlich davon – weiter hinter ihren unerkannten Wünschen her : durch zertretenen Schnee – und wurden wieder Teil der Maschinerie : und das Leben schritt fort – diebisch wie in der Nacht – vertröstet auf seine unerschöpfliche Ersetzbarkeit : schon wieder da – die mampfenden Backentaschen : andere jetzt : weg – da – und wieder weg : ein Rudel Mädchen wippte beschwingt heran : stiebende Schöpfe über kichernden Gesichtern : 15 – möglich 17 : manche bereits schön : und manche noch : lernten chorisch an etwas herum, was klang wie Luthers vielsilbiges Was-ist-das zum Dekalog oder sonst eine Antiquität : »Wir wollen G fürchten und lieben, daß wir die Predigt und sein Wort« – nicht verachten noch erzürnen, haben wir's damals immer vermengt – und über das Falsche dabei gelacht, wenn uns zum Lachen wurde : daß mich G geschaffen hat – Vernunft und alle Sinne gegeben hat und noch erhält – dazu Weib und Kind, Haus und Hof, Acker, Vieh und alle Güter – mit aller Notdurft und Nahrung dieses Leibes und Lebens reichlich und täglich versorget – wider alle Fährlichkeit – vor allem Übel behütet – und das alles aus lauter väterlicher : aus lauter väterlicher göttlicher Güte und Barmherzigkeit : der Mittelstands-Katechismus mit kleinen logischen Hindernissen : meine Vorstellung damals, wie Einem wohl zumute sein müßte, der das alles nicht nur sähe – nein, hörte auch : den ganzen hohlen Schall der Sprechblasen – an über unter vor und zwischen Vernunft und allen Sinnen : MTs Gebet der Kohlenhändler um einen strengen Winter – haben die Töchter nun auch schon 40 Jahre erfolgreich sekretiert : weiß gar nicht, von wem ich die Abschrift der Letters hatte damals ich : riß mich heraus – fuhr herum ich : war schon über die Redaktion hinausgelaufen – getrieben worden : von schwarzem Haar von : Fleischtriumph – aus vollen Brüsten : am Ende müßte alles, was auf dem Planeten herumläuft, das Schild ›Dekoration‹ tragen – damit man auch in größten Hungerzeiten nicht aus Versehen doch noch danach greift : ich war

»Ach ich bin nur bei schlechter Laune« und Energie »lieber Herr Gehring, entschuldigen Sie bitte –« auch krank noch »– auch ein bißchen krank –« wenn auch nicht so, wie man's eigentlich längst sein müßte – energischer : »– ich wollte mich eigentlich nur bedanken bei Ihnen – und Sie nun endlich wiedersehen : nach so langer Zeit – die ersten zwei Wochen hier : sind mir über banalem Kramen dahingegangen : es ist ja alles nicht ganz einfach –« nach so langer Zeit – wie vor ganz kurzer »– nun, zu sehen – wie –?« und ich war irgendwie ganz anderswo – verlor mich in Pausen, die er unsicher verstreichen ließ – wir : warteten beide auf das Wiedererkennen, das nicht gelingen wollte : »– nun, wie alles hier – so gleich geblieben ist –« : unleserlich – gekannt vor : 15 – möglich 17 : vor längeren Jahren : unkenntlich und entfernt : ganz fremd – auch er : »Ich –« er »– verstehe schon, was Sie meinen, Herr Adams : Sie haben inzwischen so viel erleben müssen – viel mehr vielleicht als wir – daß Sie –« : mit Vorsicht – wie beschwichtigend : »Nein – gar nicht – das : ist es gar nicht einmal – und erleben : muß ich nun ohnehin und generell immer ein bißchen mehr als sie – nein, nicht als Sie : Sie – haben : doch, ich weiß ich : kann mir schon vorstellen – vergegenwärtigen – was Sie hier : nein, als sie –« die Damen und Herren von der hiesigen Mitmenschheit – die »– aber das hatten wir ja nun schon : und es betrübt mich wirklich, daß ich Ihnen heute gleich mit soviel übellaunigen Sottisen ins Haus gefallen bin : ich weiß selber gar nicht, warum – ich –« wußte's selber nicht : die Fremdheit wohl – Unfähigkeit : ihn von den andern Fremden abzusondern: »Ach nein – nein – reden Sie nur : es tut mir gut – ich : tue mir sozusagen eine Güte, wenn ich Ihnen zuhöre – ich –« tat ihm weh : und er hatte sich längst hinter den Redakteursschreibtisch zurückgezogen : saß eingesunken da : ganz müde, alt – er : ist tatsächlich ganz furchtbar alt geworden : wie ich wohl auch – für ihn – wir : wir für uns : hatten uns auffällig lange das Gegenteil beteuert : »Nun –« ich – nach Pausen »– meine Mit – ich meine –« für mich »– daß diese Menschheit hier so unverändert geblieben ist, obwohl das Untier inzwischen zum Verenden gebracht werden konnte – *das* erst zwingt einen zu den wirklich gräßlichen Schlüssen –: ihre Art –« nicht Ihre – seine : ihre »– ist am Ende gar kein Produkt der Veränderung durch Ihn gewesen : er vielmehr nur ein Auswurf ihrer Art –« : und länger noch so weiter : hockend : im trüben Schneelicht seiner Hinterstube : »Wir sind –« sagte er einmal – abwesend, ganz anderswo »– damals einmal verboten worden – weil ich die Leichenrede des Rabbiners Dr. Katten anläßlich der Beerdigung des in Dachau verstorbenen Referendars Aron gebracht hatte –« : gewundener Satz, noch länger – grau in sich verschachtelt : ja lieber Herr, was glauben Sie denn, warum Sie der erste sind, zu dem ich gegangen bin – ich : »Weiß ich, weiß ich wohl –« ich – weiß vor jäher Übelkeit »– am 23. Mai 33 – wir : haben danach im Scheiner zusammen gesessen – bis tief noch in die Nacht : und Sie hatten –« er : Sie – nicht sie : hatten zum erstenmal Angst zu überwinden, mit mir gesehen zu werden : »– der kleine Aron – *Wilhelm, 27 Jahre, Schutzhäftling – ist im* war in Dachau am 19. Mai – ich : habe ein abscheuliches Gedächtnis für solche Daten –« die schlechte Luft vielleicht auch : *im Konzentrationslager Dachau ist der vor* »– auch für Worte – vor einiger Zeit *ist der vor einigen Tagen dorthin gebrachte Schutzhäftling, der 27-jährige Referendar Wilhelm Aron, ge* – ach sagen Sie doch, gibt es eigentlich noch diesen Hanns Pfau, der damals immer die ›Bamberger Stadtchronik‹ verfaßte *und 1932 noch ›unerhörte Straßenkundgebungen der Nationalsozialisten‹ verzeichnete, ›die für Bamberg eine unauslöschliche Schande sind‹, aber im nächsten Jahrgang schon vermutete, ›jeder Kämpfer Adolf Hitlers‹ werde ›beim Lesen dieser Zeilen mit innerer Befriedigung und zugleich stolzer Zuversicht auf die nun Geschichte gewordenen, bedeutenden Ereignisse des Jahres 1933 zurückblicken‹* –: ach nein, lassen Sie nur – ich : will das lieber gar nicht wissen, wo der jetzt sitzt und wie er jetzt zurückblickt – der beflissene Chronist – der traurige Wicht –: auf *Daten und Worte –: 9. März : Eine nationale Revolution beginnt –: 21. März : Große Kundgebung der Reichswehr, gemeinsam mit der Landespolizeivorschule, der SS und SA, sowie den nationalen Verbänden Bambergs mit vorhergehenden Gottesdiensten –: 23. März : Der Bamber-*

ger Stadtrat hat sich selbst aufgelöst und als letzte Amtshandlung die Umbenennung der Langen Straße in ›Adolf-Hitler-Straße‹ beschlossen –: 25. März : Weitere Haussuchungen und Verhaftungen werden vorgenommen –: 1. April : Aktion gegen die jüdische Greuel- und Boykotthetze wird in Bamberg durchgeführt –: 8. April : Anordnung, daß sämtliche jüdischen Rechtsanwälte das Justizgebäude nicht mehr betreten dürfen –: 25. April : Ins Konzentrationslager Dachau verschickt werden die 5 im Bamberger Landgerichtsgefängnis untergebracht gewesenen Schutzhäftlinge Barth, Herrmann, Böhm, Nossel und Moritz, die der früheren kommunistischen Partei angehörten –: 26. April : Der neue Bamberger Stadtrat ist zusammengetreten und hat Hindenburg, Hitler und Schemm zu Ehrenbürgern ernannt –: »Sie sind alle – nun, Opfer irgendwie – gewesen –« sagte er irgendwo und legte den Hörer wieder auf »– Entschuldigung – ich : habe nur rasch Fräulein Rittberger gerufen – wegen der –« : »Eben ja nicht – *so* eben ja doch nicht –« ich –und nun wirklich heftig, lästig laut »– nein, mein lieber Herr Gehring, den Unterschied dürfen wir nicht umkommen lassen : zwischen denen, die physisch umkamen bei dem gräßlichen Spektakel, und all den wie immer schließlich von sich mitbetroffenen Spektaklern, die sich noch im Vollbesitz ihres wie immer schließlich beschaffenen Lebens befinden –« gewunden, grau verschachtelt »– die da draußen : sind bloße Möchtegern-Opfer, die heute schon unwirsch werden, wenn man auch nur ein bißchen mehr von ihnen verlangt als die Auskunft, daß sie halt leider leicht verführbar waren : die geben sie zwar noch – mit notfalls einem kleinen, nicht allzu heftigen Schlag an die eigene Brust – nehmen gleichzeitig aber die künftige Unverführbarkeit strikt für sich in Anspruch : und belegen ihr Recht, wieder mitreden zu dürfen, ganz einfach mit dem Atem, der ihnen nicht ausgegangen ist : geben Sie nur acht – wir werden's beide noch erleben, was für Große Kundgebungen, mit vorhergehenden Gottesdiensten, in diesen Leuten noch stecken –: nein, ›Opfer‹ sind die nicht : verderben Sie mir mal nicht die Worte – mein lieber alter Freund –« : beruhigend – m ich mich – ich : »Ich verderbe sie täglich –« sagte er »– professionell sozusagen –« aber seine Miene war plötzlich irgendwie durchtrieben – behaglich fast : ein Mensch, der seiner Sicherungen sicher war und sich mit Ruhe auf mich gefaßt gemacht hatte : auch nahm die Beleibtheit auf einmal an ihm zu – erst jetzt so, daß sie mir auffiel : Backenfett unter den verknitterten Brillenaugen : »Sie – ach Sie wollen mich ja nur provozieren –« ich – jäh herausgerissen »– zu all den endlosen Geschichten, über denen wir uns schon damals –« aus – was denn? : irgendwie ganz anderswo : aus schwarzem Haar aus :

Fleisch – »– nun, immerzu in den Haaren gelegen haben –« : und wir sahen uns zum erstenmal wieder richtig an und erkannten uns langsam : brachten ein Grinsen zuwege – Mensch Gehring! : »Adams – Mensch! : Sie sind doch noch immer der Alte –« : und lehnten uns befriedigt zurück und betrachteten uns lange mit Gemütlichkeit : besprachen auch, jetzt möglich, seinen Vorschlag : und waren wieder vor ganz kurzer langer Zeit : auch sachliche Sachen – ohne Hast vorüber : »Als Klischeevorlage –« er – mit dem Bild vor Augen »– geht's nicht : eine Spur zu sehr verblaßt – das : dürfte unsere Technik nicht schaffen : aber ich hab mir gedacht, man könnte es nachzeichnen – wenigstens als Strich : schade – der zarte Rötel geht natürlich vollkommen flöten : aber mit ein bißchen Geschick –« brachten wir die bringen wir noch die blassesten Sachen wieder auf die wie? der auf die langen Beine gerichtete Blick : kurzsichtig unter der hochgeschobenen Brille : »– was –?« : wieder auf die Beine – die auf einmal aus seinen Gläsern auf mich zugelaufen kamen – als er den Kopf senkte, um wieder nach dem Telefon zu greifen – »– was haben Sie –?« : vielleicht viel : leichter als man meint : »Ach nichts – mir : kam nur grad so eine Gedankenverbindung : Rittberger –? hatten Sie ge –?« halb überhört vorhin »– ich : habe vor zwei Jahren –« nur flüchtig »– eine Kunststudentin, die so hieß – in Frankfurt –« kaum kennen gelernt : nur eigentlich mit den Augen »– Elisabeth Ritt –« -berger oder -bergen? »– aber das ist natürlich –« : »Aber das ist wirklich –« er – leicht verstört »– das wäre wirklich ein – ja, Zufall – wäre : eigentlich kaum zu – zu – ja, glauben –« stotternd was denn? : leichter als »– Sie meinen – es könnte unsre Photographin sein –? : sie zeichnet auch – das stimmt : sehr schön sogar – und macht uns manchmal Sachen fürs Feuilleton : nur so zur Dekoration – ich meine, auch so Modegeschichten – jedenfalls : aus Frankfurt ist sie – das : weiß ich durch – ja, Zufall – Mensch : das ist –« und er nahm die Rötelzeichnung wieder vor die abgerutschte Brille, zog wichtig die Stirn darüber hoch »– ach was, jetzt sehe ich überhaupt erst, was Sie meinen –: die Initialen – E.R. –: wollen Sie sagen, das ist eine Arbeit von Ihr –?« : nein, das denn doch nun nicht : »Das doch nun nicht –: Gehring! – wo sind Sie? : schauen Sie mal nach dem Datum –« : nur 21 – neunzehn-einundzwanzig : »Was –? ja – also wahrhaftig –« irgendwie anderswo »– aber Sie sind selber schuld : wenn man Sie auf einmal wieder vor sich sitzen hat – kommen einem die ganzen Zeiten durcheinander –: natürlich – aber –« das nun nicht »– da dürfte –« in kümmerlicher Anzüglichkeit »– sie kaum schon auf Erden unter uns ge –« kichernd fast – und ältlich kindisch »– was? Verzeihung –« Klopfen »– auf Erden herumgelaufen sein –« und lief zur Tür

und das Rot schlug mir grellend über den Augen zusammen : schmal tanzend – schwindelnd – schwindend : schwand – in einem Schopf stiebenden Schwarzhaars, auf den ich langsam zutrieb : der grazilen Kälte entgegen – zwei katzenhaft geschmeidigen Augen : »Adams –« in englischer Färbung : und sie musterte mich so lange auf Distanz, bis ich sogar die Andeutung einer Verbeugung hinzufügte – wir : sahen uns kaum an wir

kannten uns nicht – ? wir : haben die Gemeinsamkeit eines Freundes : »Heinz – ?« nur ein Brauenheben »– ja – natürlich –« doch nicht – er »– ja, er hat erzählt –« : irgendwie anderswo : en speesi glaphyroisi : und ich war wie von Sinnen von dem Satz : stand mit klopfenden Adern unter ihrer unbewegten Musterung : »Sicher – am : Sonntag in acht Tagen – ?« sie »– mit ihm –« mit – ganz wie man es nimmt : am Sonntag in

mit Dr. Liebig noch einmal – in der ›Grotte‹ : ihr wärmeres Lachen – unter den Ampeln ihrer Augen : »– was – meine Initialen – ? also das wäre wirklich –« : war eine Sinnentäuschung war : ja, Zufall – des : ja, Durcheinanders der Zeiten : der unveränderten Unendlichkeit : mit Liebig zwischen uns : »Na hören Sie –« anzüglich – kümmerlich »– soviel Vergangenheit : dürfte sie kaum schon hinter sich haben –« : und wir teilten wenigstens einen Blick der Abneigung gegen den fetten

zwischen uns – er : schloß die Tür hinter der Nachricht und kam wieder näher : »Ja – schade – ja, Sie : haben's ja gehört –« halb überhört »– sie ist noch nicht im Haus –« irgendwie anderswo – er : er mit ihr : sie »– aber sie kann ja bei Ihnen vorbeikommen – ich : schicke sie bei Ihnen –« vorbei : nur noch der Nachhall eines Grinsens, das aber nicht mehr ganz zustande kam : ein Bündnis zu erneuern, das nicht mehr – »– nein, bitte aber – das : dürfen Sie mir nicht antun, Adams : daß Sie mein Geschreibsel da lesen –« mit einem verlegenen Griff nach der Zeitung »– plaudern wir noch ein bißchen : Reden tut mir gut : und wir haben so lange nicht – wovon sprachen wir – ?« : sein auf einmal elend betagtes Gesicht : kurzsichtig wieder über dem Rötelblatt : »Die Initialen –« sagte ich – anderswo »– seit wann unterzeichnen Sie denn mit dieser Chiffre?« : und er blickte verdutzt auf und nieder : »Die – was? die : Initialen – aber die haben doch gar nichts damit zu – haben Sie gesagt : mit unserer Zeichnung –« folgte meinem Finger »– ach so – das : -fag – das sind bloß die Schlußbuchstaben meines Namens – mein : also ob Sie das nun glauben oder nicht – mein zweiter Vorname ist Maria : wieso – ?« : »Ach nichts – ich : fänd's nur besser, Sie würden sich ihrer – nun, entschlagen –« sagte ich – anderswo »– es könnte Mißverständnisse geben es : kommt so leicht alles durcheinander –« viel leichter als man denkt »– man könnte sich –« was? FAG »– was Falsches dabei denken –« : »Falsches? : was – wieso? : was ist denn – wer ist –« F.A.G. »– ist –« : irgendwas anderswie – ich : »Wer? – wer weiß – vielleicht über ein Weilchen : nur noch ein Pseudonym von mir –« und ich riß mich aus der verschwebenden Abwesenheit »– nein, nein – ich : mußte nur daran denken, daß es englisch ein ›Webfehler‹ ist – auch ein ›Arbeitspferd‹, ein Jemand, der sich sinnlos plackt und schindet – im Slang schließlich ein ›Glimmstengel‹ : alles so Sachen, die für Sie eigentlich – Verzeihung : es ging mir nur so durch den Kopf –« : mit kleiner Antwort jetzt doch auf sein trübes Grinsen : »An sich ja gar nicht so schlecht – das : alles drei – ich komme mir schon seit geraumer Zeit wie ein Etwas vor, für dessen Bezeichnung immer mehr der Slang zuständig wird – und in Kürze sogar überfordert sein dürfte –« sein Blick geriet ins Murmeln – verlor sich wieder in Pausen, Lücken, leeren Flecken »– Sie – rauchen noch immer ziemlich viel –« : und das klang ganz sonderbar benommen – nicht eigentlich besorgt, auch nicht belästigt – in der schlechten Luft : irgendwie anderswo – in sich verloren : und ich ließ ihn aus den Augen – blies die gefallene Asche von dem Blatt : von grau befallenem Rötel : »Sie – schreiben ihr einen guten Nachruf – ja? : sie ist –« zwischen den Zeiten – *ist im :* vor einiger Zeit – *ist die vor einigen Tagen* »– dorthin ge – was? was rede ich denn da –: sie ist –« *Elisabeth, Schutzhäftling, 37 Jahre : auch Lys – auch Lis – wie man es nimmt* – ist »– schlimm ge umgekommen –« sie – nicht sie : E.R. – sie hatten : aber sie hatten gar nichts miteinander zu tun : »Ich : habe eigentlich kaum mit ihr zu tun gehabt damals – nur flüchtig : kaum kennen gelernt – ich –« der sich plackt und schindet »– habe immer kaum –« ganz anderswo : unkenntlich und entfernt aus : was denn? schwarzem –: grau – ist ergraut : ist tatsächlich ganz furchtbar alt geworden »– mehr als die Aufgabe gehabt, Nachrufe hinterherzuschreiben ich : komme immer zu spät ich : schreibe hinkend hinter allem her, was einmal vor –« mir – lag schon Jahre zurück : all die endlosen Geschichten, über denen wir uns schon damals : vor Jahren mir schon vorvorlamentiert : »Wenn man –« ich einmal – nach Pausen »– jemanden verantwortlich machen könnte für diese ganze Kreation, dann wäre die Aufgabe groß –« abirrend ins Unkenntliche »– aber verantwortlich machen kann man, in letzter Instanz, nur die – nun, diese ›Opfer‹ alle selbst dafür, daß sie – nun, Opfer ihrer selbst geworden sind –« : hockend – im trüben Schneelicht ihrer Hinterstube : Krachschlagender auf dem Gang : Maschinenschall – wurde von einer Tür wieder zugeschlagen : ich stand jäh auf

»– entschuldigen Sie –« lieber Herr Gehring »– ich bin nur –« auch noch krank – wir »– müssen's diesmal unterbrechen –« : und wir standen unschlüssig unter der Tür : gingen durch Gänge : starrten hinaus : »Aber wir werden uns jetzt öfter – wieder –« sehen wieder erkennen – ich : habe ihn wirklich gekannt und kenne ihn noch : »Ich –« ich noch »– habe immer Angst, das Mitleid mit den Leuten könnte einem schlagartig einmal ganz ausgehen –« bei schlechter Laune – Energie – »– aber jedenfalls darf einem über dem Mitleid, dem plagenden und schindenden, die Erkenntnis nicht ausgehen, daß es bloß diese Angst ist, auf deren Kredit hin sie in aller Gemächlichkeit so bleiben, wie sie sind –« und uns zwingen, zu bleiben, was wir waren : die Alten – doch noch immer was? : der Alte – was –? : ja, sicher – öfter jetzt – uns wieder

nicht mehr zu sehen – wieder : andere jetzt – entlang der lang der wieder Langen Straße : gebückte Reisende mit Traglasten : aber in den Mienen, auch den erbärmlichsten noch, ein so rücksichtsloses Entzücken an ihren schwarzen Zielen, daß einem das Erbarmen wirklich doch vergeht – und der Kopf sich eines Tages den Wunsch abschlagen wird, ihnen auch nur mit einem Wort noch beim Tragen zu helfen : zuletzt geht's allem nach Verdienst, was nach Verdienst geht, und die Menschheit quält sich sinnlos weiter mit sich ab, bis sie sich einmal über dem Kopf zusammenschlägt : man muß nur die Physiognomien betrachten, um zu wissen, was in ihnen mächtig ist – und was so unveränderlich ist wie diese Physiognomien selbst – ich : hätte ihm nicht widersprechen sollen : ›Opfer‹ sie alle –? : für einen, der täglich auf ein Publikum einreden muß, das mit dem Finger auf der Zeile liest und bei dem über dem Stammhirn außer dem Hut nur noch die Schädeldecke sitzt, ist diese Illusion die letzte Zuflucht, und man darf sie nicht nehmen – nicht einmal an ihr kratzen, so dünn wie sie ist : und so geht's denn nach alter Weise weiter immer weiter – und der schlechten Masse bleibt wieder eine Erkenntnis erspart, weil man sie dem guten Einzelnen ersparen muß : ein fahles Gespräch – durch Pausen, Lücken, murmelnd leere Flecken – ich : habe dabei habe ich noch mehr gewußt, als ich sagte – und was ich sagte, nicht einmal alles gesagt : aber schließlich auch wieder mit gutem Gewissen nicht gesagt : denn wenn man statistisch nachfragte, ob sich's denn je gelohnt habe, daß einer für die Gehörlosen den Mund auftat, gäb's eine grausam lachhafte Bilanz : nein, schwierig würde es erst, wenn es gesichert Erkenntnis wäre, was man ihnen vorenthält – den Unerkennenden, den unverendet Unveränderbaren : aber es wäre bloß eine dumpfe Aufregung, was man bewirkte, ein dümmliches Getümmel im Chaos ihrer Sinne : es lohnt sich nicht es : lohnt sich nun und nimmer, und eine Humanität, die das Ganze sähe, könnte s ich – ich : riß mich heraus : aus Wortwarr und Gewirr – von wieder schwarzen Haaren : anderen jetzt : da – weg – und wieder da : im Schall der Schalt der Haltestellen – wollte : ich wollte noch – aber der Bus schob sich ausladend dazwischen – schluckte alles ein : und ich stand plötzlich kahl und wie tot auf einem leeren Flecken Pflaster : irgendwie anderswo – man : sollte es vielleicht noch einmal versuchen : vielleicht viel leichter, als man denkt man : sollte sich so ein junges Kichern ins Bett holen und es mit Zartheit und Vorsicht umgeben : man könnte, vielleicht, helfen, daß ein schönes Lachen daraus würde : ein bißchen Zärtlichkeit am Leben erhalten : ein bißchen Freude bewah –: heraus – ich : war noch : nach so langer Zeit – wie vor ganz kurzer : war noch auf dem Paßamt – und hatte vor der Tür auf einmal die ganz kindische Erwartung, vielleicht demselben Wicht zu begegnen wie damals : dem Möchtegern-Rattenfänger des damals schon sinkenden Schiffs : aber nicht – sitzt jetzt wohl längst woanders : befördert aufgrund besonderer Verdienste – vielleicht auch automatisch, unter Nichtachtung seiner besonderen Nichtverdienste : vielleicht auch aus der Welt befördert überhaupt : im Kampf für Großdeutschland – im Kampf gegen den Bolschewismus : im Kampf für gegen irgendein Dies und Das : gab er sein Leben – opferte er sich – starb freudig sive in unerschütterlichem Glauben an, Vertrauen auf, Nicht-Irre-Werden hinter neben in : ich habe ja nie zu sehen bekommen, was die Frauen und Mütter sich diesmal alles haben einfallen lassen : bei Dad war's damals der Kaiser, für den – die Heimat, für die – das Vaterland, für das : vielleicht auch dessen Ehre – Zukunft – Freiheit : jedenfalls Seine Idee – und der Form nach ein Helden-Tod, den Tante E ihn gefunden haben ließ : ein konsequent gemachter Fund

– von ihr freilich nicht ganz logischerweise In tiefer Trauer gemeldet, der sie vor allem durch Anschaffung eines schwarzen Seidenkleides gerecht wurde : den Verlust auszugleichen – die Lücke, die entstanden – die Leere, die wir empfinden : sie trug es wie eine ordenbedeckte Uniform und vereinte in ihrer Leidensmiene mühelos den Ausdruck ostentativer Tragfähigkeit mit dem der Generosität : Ich habe mein Liebstes hergegeben : die listige Witwe, die sich auch diesen Status erschwindeln wollte : den Bruder, meinen – was denn? : ihren Liebsten –? ich : Für den Frieden – hatte ich vorgeschlagen : verschlagen, aus dem Hinterhalt – in unserer Welt : ich zog mir einen Schlag damit zu, der aus ihrem Tiefsten kam : nein – nicht von ihr von – nicht, ich : riß mich heraus – von ihm – er : aber nicht – war längst woanders : ein specksteinernes Gesicht hinter dem Amtstresen : warf mir einen strengen Blick zu, als ich die Hände über den Ofen hielt, und raschelte träge länger in Papier : »Nein – Ihre Zuständigkeit –« sagte ich kurz und warf ihm den Münchner Bescheid hin : des vor Phlegma nicht einmal mehr wiehernden Amtsschimmels in den innenministeriellen Dienstställen : auch unverendet unveränderbar – die alte Zufertigungsfrechheit : Auf Schreiben vom wird mitgeteilt – ohne Anrede und Gruß – und das i.A. eines unleserlichen Esels – er : setzte den Finger an – die Brille auf – die Worte, Silben, Lettern um und um : »Das – ist nicht so ganz einfach, wie Sie denken – Sie –« streng »– Sie müssen verstehen : da Sie 1935 ja nicht ausgebürgert worden sind, sondern sich selber entschlossen hatten, die deutsche Staatsangehörigkeit aufzugeben –« : während das Reich den Andern diesen Entschluß grundsätzlich abnahm : muß ich verstehen – ich : »Verstehe – es : ist offenbar mit Hindernissen verbunden, wieder Bürger dieser Stadt zu werden, nachdem sie so andere Ehrenbürger hatte –: aber Sie werden es schaffen – ich bin ganz zuversichtlich : daß Sie es schaffen werden –« ich – aber ich : schaffte es nicht – den drohenden Unterton nicht – nicht einmal die Schärfe : ich sagte nur noch vage hinterher »– ach sehn Sie doch bitte zu, was sich machen läßt –« und ging : hinaus – heraus : es ist eine – was denn? : eine Verabredung – ist mit mir getroffen worden : und ich habe hier zu sein : her – hier – aus schwarzem –: noch die dickliche Frau – vor dem Aushang mit den Aufgeboten : scharf lauerndes Gesicht wie die leibhaftige Diebische Elster –: das müßte man verhindern können – daß sie so werden : aber man darf die Menschenliebe nicht zu weit treiben – und nicht einmal die Menschenkenntnis ich : weiß schon jetzt schon kenne schon jetzt zu vielzuviel davon : Ruinen Lebens – eines Lächelns Leiche : der Unterschied zwischen den Deutschen und den Menschen besteht zuletzt darin, daß ihnen die Phrasen ihrer Ideen auch beim Tode für ihre Ideen nicht ausgehen – kann sein, ihre Ideen selbst nicht beim Tode ihrer Ideen – ich : und ich sage nicht einmal alles, was ich sage ich : will nicht alles wissen, was ich weiß : still, still – die Sonne : doch noch durchgekommen : aber nur dünn verwittert – hinter Dunstwatten : diesiger Schimmelfleck auf verfilzter Graudecke : moderte sich schaudernd tag end : langentlang noch immer in noch immer stagnierender Hast : der Herzschlag hetzend – stößt mir alles in Stücke : darüber die lähmende Dämpfung einer dumpfen animalischen Angst : nicht kontrollierbar – es : könnte eine Myocarditis sein : schwer abzugrenzen : wenn die Kerls einem nicht den halben Monatsverbrauch dafür abnähmen, müßte man ein EKG –: aber auch nicht sicher

nur Trödelarbeiten inzwischen : Sortieren und Probieren : und das Chaos wächst nur immer, statt abzunehmen : für jeden versinkenden Gedanken steigen zwei neue herauf – für jeden erledigten Zettel zwei neue Blätter Gekritzel : merkwürdig schwebender Zustand – so als tauschten sich langsam zwei Dimensionen aus : schon gut – es wird etwas – es : läßt sich nur abwarten

aber die Leukozytose ist in Gang gekommen : 10 000 – relativ viel : also läßt sich's abwarten : nur – funktionell bleibt alles unklar : hat zuletzt wohl gar nichts mit der Infektion zu tun, was immer die Schulmedizin auf ihre Rechnungen stümpert : eher von außen – weither – zeit- und räumlich fern : wie die Überlastung eines Empfängers durch Frequenzen, die

Pfeifen – ich : hatte gestern den ganzen Tag die alberne Carmen-Melodie im Kopf : wurde sie nicht los, soviel andere Musik ich auch drüberschallen ließ : in alle Sinne eingekrallt – wie eine idée fixe – und nur den banalen Anfangsmodus : eine jaulende Primitivität : durch die endlose Wiederholung zuletzt aesthetisch vollendet ekelerregend – aber nicht nur aest

durch langsam ab durch langsam aus höchsten Schwingungsebenen absinkende Frequenzen – gibt es das –? : buchstäblich wie ein Druck auf der Brust, der jäh einsetzt und in jeweils immer kürzeren Intervallen nachläßt, als passe sich die Materie ihm in verspäteter Trägheit an : auch immer irgendwie anders jedesmal – wie Gradationen : und nur im Grundcharakter etwa gleich

beängstigend auch die Wut die : unendliche Wut : es ist ein Zorn in mir aufgestanden, der sich nicht mehr voll begründen läßt – oder besser : dessen fragloses Begründetsein auf einer anderen Präsenzstufe liegt als er selbst – ihm selbst durch ein zu großes Qualitätsintervall entzogen : ein zeitliches vielleicht : von Gedächtnisinsuffizienz entrückt in

es ist nun wirklich ganz verflucht – und beschämend zugleich : daß mir im Bereich von Physik und Paraphysik alle Abgrenzungskenntnisse fehlen : ich weiß darüber etwas, was ich nicht weiß – nicht sichern kann – zu Wissenschaft machen – ich : kann's nicht wörtlich nehmen, weil die Worte nicht –: vielleicht vor den Worten gewußt : aber nicht zeitlich vor – wie räumlich vor wie außer

und wie Verhöhnung obendrauf die Wutangst selbst : verbietend – zeternd : wiese immerhin die Richtung – und wäre komisch genug, wenn sich's abstrakt betrachten ließe : das Über-Ich untersagt den Grimm gegen etwas, was sein Strukturbestandteil ist! : aber eher zutiefst bedenklich – es : könnte einen auch um wichtigste Erkenntnisse bringen – sobald sie unter das Zensurmu

am Ende werde der Organismus selbst schlicht lahmgelegt, sobald die einfache psychische Verbotsschranke versagt : habe ich immer geglaubt : aber es ist viel komplizierter – es : kriecht etwas von außen auf mich zu – von unten, hinten – dringt in mich hinein : für das der Begriff wie das Befundsbild der Infektion kaum mehr als nur ein materielles Gleichnis

noch immer noch der Alte : das Zensurmuster, unter das jede Ich-Unternehmung gegen ihn fällt :– aber ich kriege ihn zu fassen ich : habe mein Leben nicht eher wieder in der Hand, als bis alles aufgeklärt ist : und werde alles aufklären – müßte ich ihn auch bis auf die riskanteste Nähe hereinlassen : schon gut – es : wird et was es wird : vielleicht ein ganzes Buch für

es ist eine Verabredung mit mir getroffen worden – und ich habe hier zu sein – ich : bin ich deshalb hier –? krank –? hergezogen –? wütend und gelähmt –? : es könnte am Ende alles miteinander zu schaffen haben – verabredet sein zu einer einzigen Funktion, die auch körperlich –: das zwanghafte Horchen auch – nach unten : hell hörig ins Dunkel es : könnte alles

und auch der Ekel : es hat die ganzen Tage im Treppenhaus abscheulich gerochen – wie : wie nach fauler Milch : ganz unsinnig aufregend : als drehte sich nicht nur der Magen – als drehte sich mir das ganze Plasma um : hängt das damit –: die Vorsicht überhaupt – in allen Bewegungen : das greisenhafte Tappen – wie ein Achtzigjähriger : hängt das

die Medizin weiß nichts – nur kann man's ihr schwer beweisen :– wieso wie : ein Achtzigjähriger – wäre er in diesem Jahr geworden : und mit Sicherheit geworden – wenn er nicht In Unbeirrbarem Glauben an Seine Idee –: aber doch auch wohl nicht – er : wäre wohl Opfer der nächsten Idee ge – weil sie ja Seine Idee nun diesmal wirklich nicht mehr hätte werden können : wäre er war nur kurz einmal unten, um die Einladung zu bestätigen : wenn's denn sein soll, soll's denn sein – und wir verpassen wenig : haben Zeit – kreuzquer durch alle Zeiten : Frau Simon steckte im Hof : buntgeschürzt zwischen scharrend gurrenden Eierlegern : ihre Züge ganz fremd – und kaum noch von Ähnlichkeit : es bestürzte mich fast – und kürzte alle Worte : »Ja – Sonntag in acht Tagen : wenn es Ihnen recht ist –« : und sie nickte dicklich dazu : mattlaunisch – matronaten – es : war es ihr auf einmal nicht mehr recht –? : soll sein – Madame, *ich* tue's *Ihnen* zu Ge : fahl – wie kahl : »– wir wollen –« : ist sie krank –? : ihr flaches Lächeln – müde : »Eigentlich –« den Futternapf in drehenden Händen »– sind es ja lauter Fremde für m ich – ich meine, für –« m einen Schüler – eine Studentin vielleicht : fürchtet sie neben mir –? : undefinierbar – ihr scheuendes Wegsehen : und ich mußte wieder längere Sätze machen, um ihr zu ihren Wünschen zuzureden : »Wie man es nimmt, Frau Simon – ganz wie man es nimmt –« und überflüssig gewichtig »– aber fremd – sind am Ende – vielleicht – gar nicht eigentlich so sehr – die –« was denn? Stümpereien »– die Menschen, die man nicht kennt –« : ihr Lauschen näher – Sondern? – konjunktionell : ich bewegte vage die klammen Hände : »Sondern – vielleicht : die Menschen, die man kennenlernt – und als fremd erkennt und kennenlernt : verstehn Sie –?« wich dem Blick aus – sie : ich ihrem Blick : dem unberuhigten – war das der –: aber als ich dann aufsah, stand sie abseits – ein grober Umriß nur noch – vor dem Drahtkäfig : und starrte reglos auf das steif schreitende Bündel Federn : »Lissy –« was – was denn? »– du mußt sterben –« was – war das –: und auf einmal liefen ihr die abscheulichsten Tränen aus den Augen – mir auf die Hand, die : ihre Hand – die : Haut ergraut verrunzelt : alt »– ich : kann's nicht mehr – nicht selber – nicht mehr tun –« und schüttelte krampfhaft den Kopf »– ich weiß nicht, was mit mir los ist : aber ich bin vielleicht zu –« alt zu kaum noch ähnlich : »Aber nein – Frau Simon!« und länger, bis sie wieder ruhig war »– daß Sie sich unterstehen – hörn Sie mal!« ich – und der einzige Grund »– was – unsertwegen –? : das kommt ja gar nicht infrage : nein und nein – Sie : machen uns einen schönen Salat – und vielleicht ein paar Brote –« und das ist alles das : wird alles sein : »– nein – Vegetarier –? : bin ich wahrhaftig nicht : aber daß um meinetwillen –« unsertwegen – so ganz direkt – auch nur ein bißchen Leben »– ein Bißchen kleines Tier –« : das kommt ja gar nicht infrage : »– Frau Simon!« : Schluß – und soviel Vorwurf aufs Gesicht, daß sie sich fügen konnte : folgsam schuldbewußt :– weg – wieder ins Haus : hierher – und bis zum Abend : nur über lichtloser Trödelarbeit – es

und es ist die alte Geschichte wieder – und nicht durchbrechbar : ich kann nicht eher zu arbeiten beginnen, als bis es in mir von selbst zu arbeiten beginnt : aber nicht zeitlich bis – wie räumlich bis wie inner – immer

bis in die Nacht noch : Ws Paket – die ›Freistatt‹ : mit den gequälten Artikeln des Alten gegen den Pater P –: aber das ist nun ausschließlich seine Sache : und ich sehe nur ein bißchen zu dabei – ihm über die Schulter – auf die Hände – Finger –: mein Schüler – noch einmal : und bis ans Ende der Tage : doch schön – und ernst zu nehmen : soll er kommen

Verabredung mit mir selbst zuletzt : für mich getroffen – und nicht eingehalten : läßt sich nur abwarten : schwarz – in schwarzem – was : was lausche ich denn da? : wer – W er? : sie – sie : läßt sich nur

abwärts : Es in Mir – es wird : etwas in mir es : ward – war –: nichts es ist : kein Mensch mehr da

24–1–50

Die Nebelungen –: altepisch äffend nachgemacht : Papier – irr wütenden Wortgefingers – schlierig auf Spiegel und Spiegelung : ganze Silbenheere in Harnisch – und grob gewappnet : zwischen dann wieder konzis munteren Puppenspielen : handfest einöden Märcheneien : schwierig verwischt im (in der an der Wand : wer ist die Schönste im) Spiel und Wider –: und es war vielleicht kaum mehr als ein Widerspiel – es : war eine Jugendarbeit : war eine alt

sehr unklar obenauf : und ich habe nicht die leiseste Ahnung mehr, worauf es sich bezog : der Umschlag leer – um 1921 –? : ein reichlich aufgepumptes Geschreibsel – mit Recht wohl weggetan : obwohl man sich all dieser jünglichen Kapriolen am Ende doch gar nicht genieren müßte, wenn sie

auch bei ihm jetzt – W : ein Humus, aus dem eines Tages vielleicht die schönsten Gewächse –: noch alles von Enthusiasmus gedrungen – von Worten dick – pathetisch forsch – viel wichtig tuend nichtig : auch der bezeichnende Griff nach Bedeutung im Griff nach dem bedeutenden Sujet : das damals auch

bei

ihm bei wie bei mir : eine Entwicklung, die sich wohl nie überspringen läßt : nur hilfreich kürzen – wenn man Lehrer – Schüler –: aber ganz gut – auch der Nachweis, daß Mephisto nur eine Selbstprojektion Faustens sei – und nicht nur Gs – das ohnehin : die zweite – nun, Seele – nun, in seiner

zuletzt hätte man seine Lebensstadien nach Grad und Beschaffenheit ihrer Erregungen zu gliedern – und die Art dessen, was sie werden ließen, als deren Komplemente zu erkennen : ganz als seien die Produktionen viel eher Gegenbewegungen gegen das Bewegte als dessen Entsprechung :– sehr unklar auch das – aber vielleicht in diesem Zusammenhang gedacht : auch die längeren Überlegungen zur Kreisstruktur der Lebensbewegung, die nur bis zu einem sehr endlichen Zenitpunkt aus den Entwicklungsschichten hochtaucht und sich dann abwärts wieder in sie zurückwendet : am Ende bin ich meiner Vorgeschichte einfach durch bloße Zeit noch zu fern – und werde ihr durch bloße Zeit wieder näherkommen –: auch daß zur großen Produktion das Fern- und Kleinwerden der frühen Engramme schlechthin als Bedingung gehört : vielleicht das Schlechte Gedächtnis überhaupt –: wenn Kreativität eine Kraft des Unbewußten ist, wäre erhöhtes Bewußtsein selbst ihr feindlich : schmälernd abträglich : stumpfend – dämpfend –: ganz unheimliche Sachen – und immer noch nicht voll zu greifen so : die Anschauung wird blaß, je mehr man sie in mechanistische Systeme einzutragen versucht –: auch das Erfordernis der Entwicklung selbst – dunkel notwendig dunkel : Abzug vom Urquell –: auch daß den Anfang ein – den Anfang müßte dann : ein ausgesprochenes Alter der Bagatellen bei auch bei mir bei wie bei ihm bei mir : die bohrende Versessenheit, als hinge der ganze Weltlauf davon ab : skandierend wieder vor mir – sein überanstrengtes Gesicht : »– bei der traditionell dümmlichen Verfälschung auf unseren weltbedeutenden Bühnenbrettern –? eine komplette Narr – und das *sagst* du *–?« : ich – oder jemand anders : hatte wohl – den Aufwand eines 100-Seiten-Textes – eine komplette Narretei ge : nun, die Sache nicht – nur gegen den : und etwas auch gegen die jünglich ungenierte Strenge, mit der er die ganze Nachbarschaft für die Sache in Anspruch nahm – und auch imstande war, sie wirklich und wahrhaftig zu überwältigen : für ganze halbe Stunden – und mit ja kraft seiner bloßen Deklamation : »– ja,* wenn *der* Pfarrer ein *Com*mödiant *ist –: das ›di‹ natürlich breit vokalisch und als volle lange Silbe : deutlich im Gegensatz zur Vorzeile, wo der staubige Wagner es blaßstimmig konsonantisch bringt : das mußt du hören – müßt ihr – hören, hören : Com-möää-di-annnt! : noch dem Darsteller selbst – zwingt so die Sprache ihre Charakteristik der Figur in den Mund –« mit niederschlagender Hand – erregt – erschöpft »– bei Textvarianten hat natürlich der Urfaust den Vorzug – der späte G : hat bei den Revisionen alles verdorben – aesthetische Bastelarbeit – schlecht, schlecht – ganz unglaublich –« : he, Wilhelm, he – was sind denn das für Töne –: »– ach laß mich doch in Ruhe mit deiner Devotion! : ist's etwa nicht –?« verdorben – schlecht – zerstört »– das dumpfe Erlahmen des Stimmganges – schon in der nächsten Zeile : wie da der Überdruß Laut wird – die in sich zusammensackende Resignation : Ach,* wenn *man in sein* Mus*eum ge*bannt *ist – mit dem Ton natürlich auf der ersten Silbe des Muuuseums : gleich bildet sich der herrlichste Jammerfall –« erschöpft skandierend »– Muuuseum gebannt ist –: und nun schau nach, wie's jetzt da steht : wie klapprig kümmerlich – wie –« noch einmal »– unglaublich –« : verbohrt, als hinge der ganze –: aber das könnte am Ende sogar noch als Wahrheit zu Ehren kommen : daß der ganze Weltlauf davon abhängt – das ganze Leben : hat am Ende die Struktur eines rhythmischen Problems – und ist, als Schwingung und*

es verleitet gefährlich zu Wertungen : besonders vor der Offensichtlichkeit, daß alles Spätere im Grunde nur Varianten des ersten Anfangs abgibt –: das paßt nun wieder nirgends hin – irrt ab : in irgend eine Nebensächlichkeit : es ist alles nur Schutt, und das Wühlen hat keinen Zweck : gelegentlich nur ein flimmerndes Scherbchen im Staub – Rest einer zerbrochenen Gedankensache, die vielleicht unzerbrochen niemals war : Tand, Tand – in Bergen um mich herum –: das damals schon? : auch die Notiz, man wisse in frühen Zeiten manchmal über die späten genau dasselbe wie in späten über die frühen : über Gedächtnis selbst – wäre neu nachzudenken –: recht – schon recht : ich habe jedenfalls nicht eher die Hände frei, als bis alles abgetragen ist : am Ende das Gedächtnis selbst, das vielleicht selbst nur eine Gegenbewegung ist gegen das ganz unten Bewegte – wieso steht denn da immer ›am Ende‹ –? : auch damals schon – gespürt, gefragt : wieso denn da immer –: dann wieder unklar : Zeit nicht Quantität? : auch die Notiz, wieviel vergröbernde

Dämpfung der Empfindlichkeit von der wachsenden Erfahrung zugefügt werde : die unheimliche Präzision, mit der die Entwicklung nach der Peripetie rückläufig die früheren Felder wieder betritt : nach dem 40. Jahr vielleicht –: ob das nun der Weisheit letzter – und den Schluß macht dann – den Schluß müßte : ein ausgesprochenes Alter der

süchtige Mikromanie – mit halber Seele durch den ganzen Tag – und über gedrückter Brust –: aber es hat mir die Wut vertrieben – die tobende Ungelassenheit : in Staub und dünnem Schall – ungenant jünglich : Torheit macht tolerant : und am Ende bringen noch Scherben – was, wieso denn am

aber mit Pöllmann macht er sich das zu leicht : denn dem ist nicht das Argument ausgegangen, sondern nur die Stimme – weil sein Abt ihm einen Maulkorb vorband –: ganz schlimm und schlecht das auch : das muß er sehen : obwohl P sonst natürlich nur ein Keifer und Eiferer war – mit albernen Prämissen

lahm – überdrüssig : in mein Museum gebannt :– auch von der Strafarbeit nur noch der leere Umschlag : Was ist uns unsere – um 1919? : das hätte ich jetzt ganz gern noch wieder gesehen : auch die Scharade, die wir zu Dads Geburtstag –: Tria Epeishodia : nur Scherben Schalls aus – peritéllomenáis horáis palin –

Licht schwarz im Widerspiel : Negativ Lampenscheins – es : wird eine Jugendarbeit – ward – war : eine Alters

24–1–50

Mikromanie – Quisquiliophilie –: ich male Männchen auf Papier – und nehme mich dabei selbst wohl kaum wesentlich erhabener aus als ein mißlungenes Gekritzel aus dem Ubw : aber es kommt alles an den Tag – die Nacht : und zuletzt erfährt man gar noch, was man nicht – gar nicht man selbst – er : lebt er

weiter mit den Büchern : noch tausende – mit Vorsicht – Band für Band : mit Händen an ihren Platz : wenn ich noch weiter so durch alle Zeilen spähe, nimmt's nie ein Ende :– doch sehr sonderbar – wie auch das tote Druckwerk die Erlebnisse mit eingesogen hat, die man damit – vor Zeiten : und sie konserviert : mitalternd – Tod bewahrend – es ist alles : er

erstorben alles – tot erlebter Tod : Strichmännchen auf Papier :– und imgrunde auch er – Dad : nur ein armes Würstchen : ein Kindskopf – armes Wurm : längst ohne alle Ähnlichkeit mit sich : ihm – auch die Wut, die ich

und

er hat sogar Morgenstern gelesen – nicht nur seinen ewigen Barock : sich drin behaglich mit sich unterhalten : ganz kurios – seine Anmerkungen am Rand : oft gar nicht sein Ton – nur manchmal : im lautlos rachelnden Kichern : Das Mondschaf – hä! – auf weiter Flur –: dafür fehlen seine Briefe immer noch – sind noch nicht aufgetaucht : hab ich die etwa bei der Prominenz –? : das wäre – sähe mir –: auch die TMs, die ich heraussuchen wollte : sind immer noch nicht

nichts – nichts sieht

ihm ähnlich : von allem, was ich nicht – gar nicht ich selbst er : und auch sie – ganz anders : jenseits der Wut nur noch ein armes Wurm : Betrug der Zeiten – falsch, ist alles fa

vom Hof her gellend hahnenhaft – und so wild, daß ich mich auf der Treppe fast überschlagen hätte –: Tante Fs Rücken – über den alten Nagel-Apparat gebückt : es sollte dem morgigen Festbraten an den Kragen gehen – und sie mühte sich mit verkniffenen Augen, das Objekt in den winzigen Glassucher zu bekommen : »Nicht – Micha, nicht – ich hab's gleich : lauf mir nicht –« hinein – ich : nein, ich stand ich : rührte mich nicht mehr : und der vierschrötige Klotz, den sie für die Bluttat engagiert hatte – das ordinäre Rotgesicht – die typische Feldwebelfresse : begab sich eilig in Positur – das kreischende Bündel Federn unter den Arm geklemmt –: aber im letzten Augenblick tat das zu Tode geängstigte Tier einen jähen Sprung – kam frei – stob auf die seelenvoll porträtierende Tante los – und krallte sich schnabelhiebend in ihrer Schürze fest : sie schrie – ich sprang dazu, um den Apparat aufzufangen –: da ließ es aber schon wieder von ihr ab : es stand nun – und ganz gespenstisch lautlos – mißtrauisch ahnungsvoll – zwischen ihr und dem Schlächter : der langsam wieder näher kam – auf eine Art – so, daß selbst sie zurück –: »Er – er heißt Fritz –« sagte sie töricht – als wollte sie dem – wem? den beiden Kreaturen die Annäherung erleichtern : aber da hatte die andere schon hingepackt – faustgrob um Hals und Beine : ich gab die Kamera : sie suchte wieder – und wieder eine wirre Weile lang : drückte dann ab : und nun stand dem endgültigen Ende nichts mehr im Wege –: die Axt – und ein breites Grinsen lief über das Maul des Feldwebels : »Fritze –« sagte er behaglich : und hackte – ein röhrender Aus-Laut – wie eine Sesquialtera unter überhohem Winddruck – durch den Hals in den Klotz hinein : zwei Teile – aber gar keine Frage, welcher der bessere –: und den trug sie weißgeschürzt und eilig dann auch ins Haus, um ihn zu rupfen – selber auszunehmen – ich : habe alles kalt mit angesehen : mit Augen assistiert – zusehends beigestanden –: ihren pickend zupfenden Fingern – der scharrend gekrallten Hand : die sich in das angeschnittene Tier hineinwühlte und nach einigem Zerren mit dem ganzen Innern wieder herauskam : die bebrillte Augurin dann über den Eingeweiden – nach Herz und Leber spähend : »Die kriegst du –« ich : aber ich nahm nichts : und keiner nahm am Sonntag auch nur einen Bissen davon – nach meiner Schilderung : und sie fraß schließlich langsam ganz allein das Tier in sich hinein – ich : sah mit an – ihr zu – herzkrank vor Kälte : wie sie die Tat ihrer Art vollendete : sich ähnlich – ihr, nicht mir – ich : ließ sie – ihre Art ich : habe sie schon damals immerzu das Unabänderliche voll vollenden

nur ruhig, ruhig – ich : habe doch ein EKG machen lassen : und dem Arzt die gewohnte Kränkung zugefügt, indem ich ihm die Streifen einfach aus der Hand nahm und mich nur kurz bedankte – noch ehe er mit seinem feierlichen Mienenspiel beginnen konnte –: gesenkte Mittelstrecke – negatives T in zwei Ableitungen – deutliche Reizleitungsstörung : also ziemlich sicher

mit seiner Bullengesundheit – er : und alles im Bruchteil einer Sekunde wie weggeblasen – von einem Bruchteil Stahl : nur schade – daß er's so gar nicht mehr bedenken konnte – als konsequent erkennen –: ja, hat er sich denn dagegen gefeit gefühlt –? : »Mir passiert nichts – das wäre ja noch besser –!« : Krankheit verhöhnend – Tod verachtend »– hä! « : er hat tatsächlich nicht damit es ist ja doch erstaunlich, wie die Kerls noch immer in nomine patris amtieren – und ihren weißen Kittel tragen wie einen Talar – und sofort wütend werden, wenn der Patient die Mysterien näher befragt –: ein verqueres Gemisch aus Gottesgnadentum und Schamanenmagie : dabei sind sie längst auf dem Weg, bloße Zwischenhändler der Pharma-Industrie zu

eine Art Unvertrauen – als Sicherung gegen die Möglichkeits-Angst, die einem sonst täglich die halbe Lebensluft abwürgen würde : ist aber ein Erkenntnis-Hindernis selbst – macht dumm : und es bleibt fraglich, ob man nicht angstvoll besser lebt als ahnungslos – und besser stirbt – er : hat mit überhaupt nichts je gerechnet – das angstlos fidele Nichts : und ist ganz ahn

Ihnen passiert schon nichts –: das sagen sie zwar kaum noch, schon aus Faulheit : aber die Leute liefern sich ihnen aus, als wär's ihnen ausdrücklich garantiert worden : und machen dann nicht einmal eine verdutzte Miene zum bösen Spiel, wenn sie sich plötzlich auf dem Sterbebett wiederfinden und die ganze Bemühung sich als effektlose Betriebsamkeit herausstellt : ut aliquid fiat –

aber es stimmt nicht – es : ist nicht seine Erbschaft : der knallende Klang unter der Tiefe der : immer mattere Schlag – nicht : nicht von ihm – ich habe nichts von ihm : nicht eine Zelle mehr in mir – ist mehr von ihm –: ihr Herz – Mamas : mir eingeerbt vor Zeiten : nachlassend nachgelassen :– aber wieso jetzt : wo ich mit ihm – von ihm : krank – krank

großtrommelnd prall – sich mit der Faust auf die Brust : »Los – stell dich nicht so an : steh auf – Bewegung!« : zu ihr so wie zu mir? hat er sie etwa : selber behandelt –? : Tante E er – ja, sie hat erzählt, einmal, er hätte einmal Medizin – ja, was : studieren wollen – sollen –? weiß nicht mehr : aber wenn er sie – die von ihm krank – mit seinen rüden Sprüchen

Ueber die Brust wie ein Rind und ein Bart wie ein Löw – und daneben meine Dürftigkeit : wahrhaftig nichts von ihm – nicht eine Zelle –: Wir wollen eine Zucht von Tambour-Majors anlegen – der fesche Trommler : *die* Fortpflanzung hab ich ihm vereitelt – hat sie ihm – sie : hat ihn nicht mehr zu sich gelassen nach mir sie hat : ihn vielleicht überhaupt nie – und ich bin – nicht : gar nicht von

Leib weiß – die Sonne rot : im Bruchteil so : gesehen – nicht ge : sah – ich : sah ihn jäh – mit dem unsagbar dümmlichen Gesicht, das nicht damit gerechnet : mit nichts je – nie : im schlierigen Staub der durchschienenen Luft :– vielleicht gerecht nur – ungerächt ge : recht – daß er nie wußte, wofür die Leute gestorben sind, die fürs Vaterland ge

ist falsch – kann vielfach falsch sein : tiefste Fälschung : von ihr von – nicht von ihm : vielleicht auch Rache – vielfältig hin und her : an ihr – er : sie an ihm : endlos aus Vorvorzeiten : und noch das Versagen der Erinnerung wäre ein Nachhall der ältesten Versagung : fortzeugend böse – auch die Wut, der Haß : Erbschaft von – gar nicht seine : *ihre* Erb

viel wichtiger aber – und müßte die eigentliche Schwärze der Schilderung sein : wofür die Leute *gelebt* haben, die fürs Vaterland gelebt haben :– Macht über Alles – böse noch in mir : die Möchtegern-Mächtigkeit – noch in dem schmächtigen Gehäuse, das ihm entkam : der kranken Kraft in die gesunde Schwäche :– auch nicht – ist falsch : ist ebenfalsch ganz falls ganz – ist ge

falls das Ganze nicht überhaupt weit jenseits aller Individualitäten sich fortschleppt : lange schon – sind alle Frauen herzkrank : und die Kälte kriecht aus ihnen gewürmig durch die Genetik : arm – unentrinnbar – Chaoserbe, Sog :– auch sie zuletzt – Lys – Lissy : immer wie zuletzt :– das kreideweiße Gesicht im schwarzen Haar – in der Blechschatulle aus Dachau : ich habe

Gerechtigkeit – die schwerste aller Schwärzen : Schmerz – schwärend tief – zieht von der Wahrheit ab :– auch ihre Härte – gegen ihn ge *mich?* : auch gegen mich in ihm? : ist alles kaum noch kenntlich – im tief versteinerten Getümmel der Affekte :– auch die Vermögenssache : nahm er's ihr – nein, *mir* : mir, *sie* zu brechen – *ihre* Macht : in mir zu

Rache, Rache – trübt alle Einsicht ein : tief Wünsche, Wut – hab ich nicht – habe mich : kalt abgewandt, wie sie's zu Grabe schafften : Charlottes Sarg unter den Fenstern : ganz als wäre etwas streng Notwendiges vollzogen – genugtuend, befrie :– auch das von ihr – Mama? – auch sie in ihr : in Lissys Kälte? – nein, in meiner – *meiner* : in meiner Lissy-Kälte : ich von

aber wenn nicht von ihm – von wem denn dann –? : Gespenster von Gedanken – führen mir verlotterte Scharaden auf :– Karl – Carlos – meine Haut : bräunlich – schnell schwarz : in Sonne – meine Sucht : nach Sonne, Sonne – aber reicht nicht aus : ist alles Bild bloß – narrend – Wortkostüm : und bringt auch nicht das

Mindeste zu Namen : Strichmännchen auf Papier – Kinds Köpfe – Leitungsstörung

aber es wird etwas – wenn ich alle Genauigkeit zusammenraffe – und die Widerstände kalt in Energie umbrenne – es : ist noch alles da – und alles zu Ehren zu bringen : auch die

es stimmt nicht – Männchen : doch nicht nur : nicht *nur* – die Bilder : machen alles deutlich – und noch aus den Verzeichnungen springt zuletzt die Fälschung entgegen : er

hat er *des*wegen vielleicht den Dienst quittieren müssen –? : es war der zentrale Vorgang – oder, wenn nicht das, doch seine grellste Folge : alles ist daraus ent

gegen so etwas wie eine primitive Bilderangst : Materialisation – und nicht das kleinste Stück von ihr, das möglich : – wenn ich die alten Aktien noch hätte, hätte ich auch ihre

vielleicht auch *ihre* Geschichte : die kalte – unter dem herzdrückenden Verschluß : der Nächste Große Plan vielleicht : – schrieb auf – bei Sternen – bis zum Mor

er hatte vielleicht nur vermutet, sie würde alles *mir* hinterlassen, fürs 21. Jahr – mich ihm entziehen – wie sie sich – ihm – *weil* : sie mir ent – wie sie ihm – entzogen –: oder hat sie tatsächlich alles mir – und er ließ ihren Letzten Willen ver

er – mane mortuum'st – der arme Tropf : der arme Irre – längst zu Grab geschafft : und springt mich doch immer noch an – mir aus mir selbst entgegen : leibweiß ex humo : muß – bevor ich selbst – noch ehe er selbst mich selbst vielleicht ver

schrieb auf – es wird –: und meine Nächste Große Zeit für Zeiten : – wofür die Leute, die

ich weiß es – nicht, ich : weiß ich : sag es nicht..t,t..

26–1–50

seit heute besser, nicht mehr ganz so schwach, Herz ruhig, Fieber weg : überhaupt ein ganz abstruses Hochbrechen von ›Leben‹ – so als wäre das gar nicht selbst reduziert gewesen, ins Defizit gebracht – sondern nur niedergehalten, unterdrückt von fremden, eingedrungenen Kräften, verriegelt gleichsam : ich habe, gleich früh um sechs, wie ein Verrückter arbeiten können : es wird

und es ist jetzt ein präziser Plan geworden – neben dem anderen –: auffällig eigentlich zum erstenmal – daß mir immer zwei ganz verschiedene Projekte zusammenkommen müssen, damit die Quellen sich öffnen – in Parallelität kommen müssen : wenn's eine Krankheit ist, wie oft gesagt, so funktioniert's jedenfalls wie die Krankheit – oder diese wie jenes : es muß ein rasendes Getümmel im Untersten sein, was die Kreativität als bloße Kraft dann freigibt : die Angst in ihr wäre sein Nachhall – das Zermahlende zwischen zwei Ansprüchen –: ich bin ihnen wie aus Instinkt immer beiden zugleich gerecht geworden : Bioi paralleloi und Blausignale, Paragraph und Herbstlust, Century und Sinks of Experience; die vielen Philologika immer gegen Musik, Geschichte gegen Psa. – was schreib ich denn da *gegen* –? : vielleicht auch das – nicht neben-, *gegen*einander : und das Große Gleißen entstünde wie ein Lichtbogen zwischen zwei dauernd konfrontierten, sich manchmal zu nahe kommenden Energiepolen : das einzig Ewige Licht – nun ja, nun ja : wenn man sie definieren könnte, hätte man es selbst vielleicht definiert – und vielleicht geht's über die Seelenstruktur hinaus direkt in die Trägersubstanzen der Physiologie – kann sein, die Hormone –: ganz abgekommen, das jetzt – und nicht mehr zu greifen : ich habe nur einen Moment lang etwas zusammenhängen sehen : aufblitzend im tiefsten Dunkel – nein, eher wie durch ein Schlüsselloch : die Paarung zweier Wahrheiten : und kindisch gleich vertuscht – mir – von sich selbst –: das muß nun liegen bleiben, ist für später – das heißt, vielleicht auch nicht : für schon ganz bald : wenn die – für später-bald

als Erstes jedenfalls die Früh-Lebens-Beschreibung – und linkerhand das Böseste der Bücher :– eben ist mir eine Runzelwelle über die Armhaut gelaufen : ich sah's noch ehe der dünne Schrecken die Gedanken selbst erreichte –: es kann ganz Schauerliches damit gelingen : und wenn's gerät, durch den Großen Regen zurückzufahren, und die ganze Amnesie in Stücke geht, läßt sich vielleicht die Grundmechanik selber sichtbar machen – und es wird eine Biographie der Menschenart überhaupt

aber es geht nur um den Preis der aberwitzigsten Material-Studien, die ich mir je geleistet habe : noch die letzte Wortkrume muß unter das Mikroskop – das letzte Staubkorn Entsinnbarkeit : und wenn am Ende tausend Präparate auch nur einen einzigen Satz ermöglichen, der ins Bedeutend-Allgemeine reicht, so bin ich gut davongekommen : bin dann überhaupt – davon ge

auch den Brief jetzt mit aller Entschiedenheit : Herrn Dr. F. A. Galland :– und das ist wieder irr und wirr genug : meine Hand hat sich, wo das Gedächtnis leer ist, beim Schreiben der Adresse erinnert – hat jene winzige Spur von Mehr-Geläufigkeit gezeigt, mit der sich etwas schon Getanes wiederholt – hat ihn erkannt, den ich nicht kenne – kannte? : ich habe ihm schon geschrieben, das steht fest : soll er denn wieder herauf – und wir sehen, was er leistet : zumindest der Verlag der neuen Sachen wäre dann kein Problem

Problem nur im Material : Dads Briefe sind nicht da : ich habe fast zwei Stunden lang gewühlt und nichts ge –: nein, vernichtet – selber – nichts : schon gar nicht Haßvorlagen –: und auch von Wilhelm nichts mehr – keine Zeilenspur –: wenn man zu Ende denkt, wieviel vergangenes Existieren nur noch in wenigen Köpfen überlebt – in einem, meinem – in schon löchrig werdenden Gedächtnissen – porös entsickernd – flach vergilbend faulend –: der unterste Grund der Angst – das Grauen vor Gewalttat : jede Speicherzelle, die stirbt, verhängt den Tod – weit über sich hinaus –: in meinem Hirn ist Mord – unmerklich verendet darin, allmonatlich vielleicht, ein Mensch – ich : habe einen Kasten für ihn angelegt : als Beinhaus der letzten Reste, die das Vergessen verschont hat –: mir ist jetzt gar nicht gut : Geruch von Exhumierung : Luft – ich muß an die

dies mittags – abends weiter –: war hernach noch unten : die Wohnung kellerkalt – sie blaß, verhöhlt –: die Zeitungen zurück : »Aber natürlich haben Sie recht – auch solchen Sachen muß man den Kopf hinhalten – und nicht bloß die auf schlechterdings Alles abonnierten Eselsohren : Sie haben's auch im Rundfunkt gehört –?« : Bioi paralleloi : der amerikanische Atomphysiker Harold Urey hat sich geäußert, in den USA bestehe ein eigenartiges Vorurteil gegen die Herstellung der Wasserstoffbombe, das von anderen Nationen, Kanada, Großbritannien, Frankreich ›und wahrscheinlich auch‹ der Sowjetunion, nicht geteilt werde : »– nein, das bedarf nun der Bestätigung wirklich nicht : sowas ist wahr, sobald es in diesem Land auch nur erfunden würde, Frau Simon : und die Gründe sind, für die Verbreitung wie notfalls für die Erfindung, die gleichen – welche wohl?« : ihr müde angestrengtes Gesicht, dem nicht zu helfen : Information – das ist inzwischen nur ein Anderer Ausdruck für das, was Sie zwölf Jahre lang mit strahlender Selbstverständlichkeit Propaganda genannt haben : »– wurde sonst noch was gesagt?« : ein Dementi über zu hohe Kosten : nicht 2-4 Milliarden Dollar pro Stück, sondern nur 100 Millionen : »Dafür hat sie aber –« sie, haushälterisch beruhigt »– die 2000fache Wirkung dieser anderen Bombe, die in Japan –« : ein anderer Ton dazu, doppelt beruhigt : wie hinten, weit, in der Türkei : ich stand wie zum Davonlaufen – hörte verflucht : »– ja, sicher – das heißt mit einem Wort jetzt ›Abschreckungs-Friede‹, was Sie da beschreiben –« abkürzend, lauter lahm »– und das Tödliche daran ist gar nicht etwa der Bankrott des Volksvermögens, wenn Sie das meinen : im Gegenteil – da handelt es sich um ein historisch stets erfolgreich eingesetztes, funktionell sehr sinnreiches Verfahren, dem gesamten Bruttosozialprodukt den ›Mehrwert‹ abzuschröpfen und in ein Etwas zu verwandeln, das zuverlässig eine Vorstufe des Schrotts ist –« : schon zu schwierig – und längst an ihr vorbei : »– und eben das gehört zur Notwendigen Dynamik der Wirtschaft, die der eigentliche Krieg aller gegen alle ist –« : schon halblaut nur noch, schnell vermurmelnd, müde : es wäre auch besser zu sagen – hätte besser gesagt : werden : können : »– was –? nun, warum –? –« wird : kann »– nun, weil es schlechterdings nicht geht, Frau Simon : weil die Abschreckung der Demonstration bedarf, die die bloßen Zahlen nicht leisten –« und einiges mehr dazu – es werde – könnte – »– ja, durchaus geradezu bedingen, daß man von Zeit zu Zeit einen begrenzten Krieg anfängt, um den unbegrenzten zu verhindern –« : aber das nun wieder viel zu orakelhaft : gravitätisch bedrohlich in ihr Beruhigtsein : ja, hinten, weit, in den – »– nein, in den USA keineswegs : weit irgend anderswo – auf fast Neutralem Boden –: haben Sie nur Geduld – Sie werden's bald sehen –« und dann wird es der Weltlauf sein, zu dessen buntem Konterfei sich Ursachen, Anlässe, Gründe, Zwecke, Mittel aufs unschuldigste zusammenmischen : man kann dagegen – wird nichts – »– was – der Papst –?« : aber das war wieder so in aller Einfalt gekommen, daß ich – »– doch, sicher – sicher hab ich das –« gelesen : daß der Papst für alle Katholiken, die nicht in der Lage sind, nach Rom zu pilgern, seinen Segen sowie das ›Gebet des Heiligen Jahres‹ auf Schallplatten hat aufnehmen lassen : »Die Geschichte ist arm an humoristischen Einfällen, Frau Simon : darum reißt sie die wenigen Witze, die sie kennt, in jeder Epoche neu –« : und daß so wenig gelacht wird darüber, geschieht leider gar nicht in Würdigung des geringen Anspruchs dieser Witze – und auch nicht etwa, weil man sich ihrer aus der letztverstrichenen Epoche noch erinnerte – und schließlich nicht einmal –: genug, genug – ich : hatte die Klinke nun schon eine halbe Stunde in der Hand : winkte nur noch beschwichtigend : wir sehen uns ja nun bald

zwei Stunden noch über den alten Eintragungen : der Tag wie heute damals – 1921 : das Wetter auch – wegschmelzende Verschneiung : Duplizität und Parallelität : das ist alles noch viel unheimlicher als die bloße Erinnerung – und gibt ein Quantum Prädestination mit preis, vor dem einem grauen kann : das taub benommene Verliebtsein auch – mit seinen Skrupeln – Wilhelm –: nun, das ja nicht – kaum – schwerlich : eine bloße Verabredung ist getroffen worden – und kommt offenbar nicht zustande : nun, das

aber das wurde schon damals vertuscht : versteckte sich hinter dunstigen Wortschwaden : *unschuldig schallende Schminkweißmimik – über verrotteten Hüttenhäufungen –: leer lärmend stieß es überall zutage : nackt grindig die Gemäuerrunden :* und länger noch so fort – auf dem Spaziergang, auf dem ich ihr zu begegnen hoffte –: das ist nun alles unleserlich : steht für Verschwiegenheiten, die sich nicht mehr greifen lassen : und ist der blanke Tand – ich : bohrte die Augen vergeblich zwischen die Silben : spähte hinab daran : in

horchte –

ja, wie denn das? – ich : horche hinunter –: zweimal ein Schellen – sehr entfernt – sehr nah : neben kritzelnden Gedanken : und zweimal ging ihre Tür – der Alten – unten : hab ich ihr überhaupt gesagt – die Ausnahme – für das Besuchsverbot –? : die Zeiten krümmen sich in sich zurück – und saugen sich ineinander :– da muß ich nun wirklich aufpassen : daß mir die komplizierte Beschwörung nicht über dem Kopf zusammenschlägt :– aber doch niemand herauf : kein Schritt – nichts – keine Stimme : herauf

Duplizität – Spaziergang –: war am Spätnachmittag noch auf der Altenburg : trank eine Tasse schlechten Kaffee : schrieb Briefe –: und an TM nun doch entschieden mit Devotion und Distanz, wie er's am liebsten hat : der dauernd um seine Größe zitternde sehr große Mann : auch, weil er fern ist, ruhig ein paar treuherzige Andeutungen über das Neue Werk – das er retour mit ein paar feierlichen Ermunterungen abzusegnen sich nicht nehmen lassen wird : so hält sich die Verbindung – bei sorgfältiger Wahrung der Unverbindlichkeit – und wir spendieren uns beiden das schöne Gefühl der Soziabilität –: bei Dämmerung : stand flüchtig noch am Bärenzwinger herum : unter Kindern und Greisen : und die alte Toni stieg, aus dem Winterschlaf hochgelärmt, tatzig einmal am Baumstrunk auf und nieder – und ließ sich altbackene Sachen einwerfen : für alle das üblich karge Vergnügen : eine Runde Bestien um eine sehr langsam verendende Kreatur :– zuletzt ist der Weltanblick selber noch an Grauen dem Anblick der Weltanblicker unterlegen – und man behält die kleine Möglichkeit, es sich zu mindern :– ging matt und wütend : schwächlich – ein Flug Dohlen : strich finster stadtwärts : *unter blakendem Gewölk : an Hohlwegen an : meuchlings blindlinkisch vermauerten Hellwogen : eisgrau – urältlich – paraballend böse :* haßhäßliches Geräusch – meine Nerven sind schlecht

»– muß wieder weg –« : entschieden – keine Ausnahme : und schon gar nicht für solche Raum- und Zeitgenossen : »Haben Sie ihm wenigstens einen silbernen Teller hingehalten?« : weil sie nun gar zu ehrerbietig blickte : Graf Henckel von Donnersmarck : »Ach wissen Sie, diese Pappscheibchen hab ich schon immer, wenn einer damit ankam, für den Besuch selber genommen – und mich sehr gern damit begnügt –« und sie bei Gelegenheit dann irgend anderswo in einen Briefkasten geworfen – »– das ist sogar nicht einmal unhöflich, sondern im Gegenteil die extra Feine Art : in den allerhöchsten Kreisen gehört sich's längst, sich die Dinger, als Zeichen der Besuchsableistung, an den Türen zuzustecken und sich dann diskret gleich wieder zu trollen –: hat dieser Henkel hier etwa noch ein erwartungsvolles Gesicht gemacht?« : er hatte – donnersmarkig : Namen sind das ja, die man – »– ja, die man eigentlich nur noch in Heeresberichten einigermaßen natürlich finden kann – nein, halt – Moment –« das war doch – war das nicht –Verwandtenlinie Ottilies, mütterlicherseits : verkrümmte Zeiten – ganz verrückt : »–wohl kaum –: wird wohl inzwischen Sektvertreter sein – oder Volksvertreter – oder irgendwas Einträgliches sonst –: ja, sonst – wer sonst noch –?« : Soziabilität : ein korrekt gekleideter Herr – wollte mich herzlich begrüßen im Namen des Landesverbandes Oberfranken : »– sehr lieb, Frau Simon – wie Sie das gemalt haben : aber Sie sehen ja –: das Schild –«

hochbrechend, abstrus – der wie schwebende Zustand heute : Redselig-, Leichtigkeit – lebensgeläufig : war lange nicht

erst

nachts jetzt wieder dunkler – im gelben Lampenschein : die Tischplatte gedrückt vor der Brust :– und der Herzschlag pflanzt sich winzig darin fort : bis ins matte Wippen der Schute : der Lichtkreis dehnt sich, schrumpft – pulsiert, wie das

das Universum unter

meinen Händen : ich bedenke den Staub, und er lebt : schlüpft vor, kriecht aus – und kreist : für ein paar Weilen Bewegung : Nebel von Nebeln von Buchstaben : erlöschen mit mir – durch mich, den

Primo Motore – ich : bin von der merkwürdigsten Unruhe behindert, zur Ruhe zu gehen – zu denken aufzuhören : dabei ist es kalt – der Ofen aus : längst über Mitternacht : und es kommt auch kaum noch etwas dazu jetzt – weiß nicht – nicht : ein Maximum – neun Seiten – Material –

auch das : in der Nachmittagspost neuer Krempel vom Paßamt : der Antrag retour – mit der quer drübergeschmierten Weisung ›Die Vornamen sind sämtlich voll auszuschreiben. I. A.‹ : die sinnlos sein-müssende Ordnung : und natürlich kein neues Formular dabei – das darf man sich extra dort holen – muß

der Übermut der Ämter – : nicht daß diese trostlosen Leute an unserm Leben teilnehmen, ist der Greuel, sondern daß sie uns zwingen, an dem teilzunehmen, was sie aus *ihrem* Leben gemacht haben : an dessen Trost- wie Trauerlosig

Michael F. Adams : Friedrich G. A. : »Sprich doch gefälligst den Namen ordentlich aus –« : wenn sie mich Micha – Tante E : seine platzende Stimme : ich konnte sie imitieren – kann's : nein, kann's nicht mehr : falsch »–orrrdentlich –« : wie Donner – marrrkig – nein : – aber ich hab sie ihr oft – sie zu erschre

ich schreibe nichts aus – ich : *kann* es gar nicht ›voll‹ : ich weiß nicht, was das G in seinem Namen – ja, was – ›bedeutet‹? : hieß – er hieß nie so : nie ausgesprochen – immer nur als Kürzel : und immer nur in Papieren –

Erbe der Diktatur : – darin lebt unverändert fort, was ihr Funktionieren ermöglichte und weiter ermöglichen wird : – der nächste Ausdruck des Deutschen Wesens dürfte ein hypertrophierter Verwaltungsapparat

herauf – nichts aus : nun aber wirklich Schluß : – Neuschnee – am Fenster rauschend – häßlich wie

nein, Schluß

ganz bald schon wieder auf – früh in der Nacht noch –: der Schnee treibt immer noch dicht, klebt knistrig fragil an den Scheiben : das Licht ganz wunderlich fahl davon – kann das sein? : Draußen Nur Nichts : mich anstarrend – Schwärze durch Weiß : ich

bin an den Regalen entlanggetappt, ohne erst eigentlich zu wissen, was ich suchte : vom Schlaf benommen – in die Wolldecke gehüllt : ich hatte etwas geträumt, was mich hochtrieb : weiß aber nicht mehr – bin viel zu haß – als daß sich etwas fest hätte festhalten lassen – zu hastig auf : halt, ›hoch‹ – und was denn, ›trieb‹? : das ist

alberne Scheu, auch das festzuhalten – ich : wollte eben wieder abbrechen – hatte den Stift schon weggelegt –: mein Penis wie ein Stock : ganz langsam dann nur in sich selbst zurückgezogen : noch immer heiß – und fühlbar : durchlaufen von widerspenstig sich trollenden Es-Grillen :– das wird nun mit jedem Jahr zur größeren Lästigkeit – oder – auch nicht? : es könnte für die Affekte auch ein Vehikel sein auf der Großen Rück-Reise – es : hat mir ja fraglos die Traumstoffe dirigiert : die

und die Brücke zu ihr wäre dann seine Eifersucht gewesen – Wilhelms : ja, er war unsichtbar da, und ich bin :– auch meine Schuldgefühle nach der Sonntagsnacht, wo er vor der Tür auf der Matte gehockt – aber nein, wo kommt denn das nun her – das : hat er ja niemals erfahren : war nur in meiner Angst – und meinen – und hat mir die Wiederholungsphantasie jetzt abgerissen, mich aufgeweckt, geblockt – ich –: ja, und ich bin aufgestanden, weil mir einfiel, daß ich seinen Aufsatz gegen TM –: das wütende Pasquill : gegen mich nur – über TM : der späte Ausdruck seiner Verwundung – und in jeder Einzelheit aus dem Sonntagsgespräch gezogen, wo wir uns mit dem eigentlich ganz gleichgültigen Stoff nur hahnenhaft vor ihr produzierten : die Einladung bei Tante E – es : war eine dünne Broschur, in Nürnberg erschienen – im selben Jahr noch : oder erst ein Jahr später – als er Abitur –

es gab ein

Foto jedenfalls – vom Kommers : da hatte er das Heft in der Hand : wie einen Schild vor der Brust – wie ein Plakat – es : gab überhaupt viele Bilder von uns, die alle nicht mehr –: ›Elisabeth am Fenster‹ – das sie dann auch nachgezeichnet hat : ›Lisa am Gabelmann‹ : ›Lissy mit Will‹ : und eins, das einfach nur ›Lys‹ hieß – nackt vor ihrem Spiegel : ich dunkel hinter ihr – mein Blick in ihrem : sah, daß sie *sich* ansah – in sich versunken :– das hat er aber wohl nie ge

nichts gefunden – war alles bei ihr geblieben : und vielleicht hat sich's ja irgendein grinsender Rowdy, als sie ihr die Wohnung demolierten, für seinen Spind eingesteckt – ich : vertrage meine Phantasien nicht mehr, sobald sie der Wahrheitsmöglichkeit zu nahe kommen :– ich müßte

stand frierend, mit schweifenden Augen, vor der Bücherwand –: das muß jetzt zu Ende kommen – Freiheit der Hände : es fehlt noch die ganze Briefliteratur, die ganze Antike

nur der eine Band, dazwischengeraten : ›Deutsche Menschen‹ – das wunderbarste Buch mit dem aberwitzigsten Titel –: wer war das –? : Detlef Holz –

aber zu müde zum Lesen : der Schnee grau durchdämmert :– will noch eine Stunde schlafen.

später mit Muße geheizt, gefrühstückt : den Maxwell mit heißer Milch gebrüht, dazu eine winzige Prise Salz und ein Stück schwarze Schokolade – ist gut und bekömmlich –: dann linkerhand Material für das Ökonomie-Kapitel zusammengegriffen : und weiter an der Disposition : mit Handübungen für die Unfreiheit der Wahlverwandtschaft :– das wird doch eine sehr unheimliche Sache – die Rekonstruktion des Ur-Objekts aus so tausendfach verpuzzelten Quisquilien :– gewetzte Witze auch : die imgrunde mausgrau plumpe Tölpelhaftigkeit des Ubw : – sobald man dem Über-Ich die Verbündung mit Ästhetik und Geschmack vergällt, platzt alles heraus – herauf – her hierher : her zu

und horchte wieder – am späteren Nachmittag : Büroschlußzeit : sich immer vergrößernd lästig – einflüsternd lasterhaft – ins matt verjährende Leben –

das wird nun auch die gräßlichste Pflichtübung : sich den Hunger nach der kleinen zarten Wärme abzugewöhnen – nach den nie wieder so hingebungsvollen Schenkeln – nach der vertrauender Herzensschmiegsamkeit, die ihr Verblühen noch nicht kennt

aber ganz falsch : ihr Bild nur – ihrs, nicht ihrs : *stob blaßblättrig in immer engeren Geleisen einwärts auf mich zu : spann dichtere Netze – aus rötlich höhnenden Zeilenreihen : verstörend – überfröstelnd : Nötigung* –: ganz falsch auch das : Ästhetik und Geschmack :– wenn man nur nachleben

wenn man nur überhaupt noch lesen könnte, was man einmal geschrieben hat, ließe sich mehr noch schreiben, was sich lesen –: ihre gleißende Geilheit – die auf jeden übersprang, der sie auch nur mit den Augen streifte : hurenhaft von Natur – untief naturenhaft heftig –: hab ich das nicht gesehen – nur ge

über den Ausflug von Salzburg nach Steinbach später : *Der See – matt rosig verbrämt* und so weiter – mit der wütenden Beschreibung des Sturms –: das war nun einwandfrei der Matrose (Maat?) aus Bremen, den sie mir dort eingestand, bei der nächtlichen Bootsfahrt, mir buchstäblich malte : der Marine-Athlet – kam daher der Titel *Lethe* –? : pomposenhaft tosender Text : und ein vollendeter Unsinn, diese verklausulierten Poetitüden – ich : habe nie etwas ausgeschrieben – in die Auslesbarkeit überf

nicht auszulesen für Nun und Alle Zeiten, was so ans Unterste rührt –: Lichtenbergs Mädchen – Brief an Amelung : ich habe doch die ganze Edition gehabt – Leitzmann : und auch den kleinen Band von Erich Ebstein, dem Leipziger Mediziner : Empfehlung von KK :– das war das Furchtbarste überhaupt : daß sie ihm wegstarb, noch ehe er ihre Sterblichkeit erfahren hatte – ihr sich erkennendes Verblühen – ihr unwiderrufliches Erkalten – die Leichenstarre im Leben : kurz, daß sie keines Natürlichen Todes gest nie eingestanden – nichts – ich mir von ihr : die alberne Scheu – etwas festzuhalten, dessen Flüchtigkeit man erhofft – als könnte man sie damit erwirken :– ihre barfüßige Schlüpfrigkeit in der Laube unten – wie sie sich den Apfel unter das Kleid schob, zwischen die Brüste : »Na, welchen nun –?« – mit funkelnd hüpfenden Lippen : und meine – was? : nichts – weiß nicht – hab nichts aus : ge schrie sie hat geschrien – oder ich? : es gab jedenfalls einen Aufstand – Turbulenz : und alles lief durcheinander – aber nein, nichts – nicht – ich : weiß wahrhaftig nichts mehr – bin wie verdunkelt –: grinst du mir, Alter Vater, noch immer über das Ich –? : sein Schatten jäh im Eingang – seine Faust : Gerank abreißend – schlang – Schlingknöterich : er schlug er : hat mich geschl

aber das stimmt ja nun wirklich gar nicht – das : war ja längst Jahre nach seinem Natürlichen Tod : läuft alles durcheinander :– hieß er Karl –? : der nächtliche Matrose, den sie einge – nein : war später – jünger –: früher – alt – ist alt : und war auch im Höchsten Sommer – aber dann wann –? : und sie hat er, Dad, ja nun überhaupt nie zu Gesicht bekommen – das kann sich also nicht darauf be –: *Sonnmeer : sich krallend in die lau beschlagene Haut..t,t..* : aber dann welche Laube – welches Schlagen –? : nichts einge ausgeschrieben : Landschaft – und Botanik –: ach lächerlich – nichts als ein wüster Klüngel Expressionistik – Gedankenfusel – billig : Bildge fa

aber das doch – und voll erinnerlich : als ich grad 14 – als er einzog – Abschied : das allerletztemal : *»– und daß du mir –« zu ihr – ihr, Tante E »– verteufelt aufpaßt : daß der Bursche nicht gleich die Nase unter jeden Mädchenrock steckt – ach was, erzähl mir doch nichts – der ist doch längst in dem Alter, wo man die ganze Welt bloß noch aus der Vögelperspektive – hä!« : und wie er ihr grölend um die Brust griff – ehe er, leicht schwankend, treppabwärts stampfte – seiner Beseitigung entgegen : »– jaja, schon gut – halt dich grade –« noch auf mein schüchternes Winken :* ach weg damit

sein Schatten – doch lästig in mir : begrinsend, was ich tue : die Amnesie vielleicht selbst, die alles deckt – von einem Bild ins andere flüchten läßt : läuft immer noch mit mir – einzig ausgenommen : von – von sich selbst? : stampft – abwärts – grölend grell : auf allen Straßen und Ga

»– darf ich –« sie noch beglei »– ich meine, nach Hause bringen –« hab ich gefragt, auf der Straße »– ich meine – ein Stückchen wenigstens –« und täppisch verlegen wie ein Sekundaner : vor ihrer kichernden Glätte : nein »– danke, danke – kann ich schon allein –« : ihrer glitternden Kälte : »– aber Sonntag vielleicht –« würde sie kommen dann – bin ich : mit ihr zu ihr

die lästige Einladung – caritas caritatum : es geht mir jetzt doch über jede Geduld :– und W hat abgeschrieben – kränkelt – dumme Gründe : Hypochondrie – wie, kränkle ich nicht auch? :– aber das kann ich ihr nicht antun – Frau Simon – daß ich ihr nun auch : abschrei absage – abw

erzalbern – Gehrings Vergeßlichkeit – ich : »– schicke sie Ihnen vorbei –« hat er gesagt : und nichts – wird alt wird : Alles neben mir – wird alt und verg *gegen* mich – *und nur* über *TM : und der Ausgangspunkt war mein elfenbeinernes Orakeln über das Kriterium der ›Zeitlosigkeit‹ : aufwendige Produktion vor ihr vor : nicht vor gar nicht vor ihm : vor ihren wippenden Schenkeln – ihrem spitz spöttischen Lauschen : die Zeit zu – welche Zeit? : ihr zu vertreiben? : zuletzt ganz einfach jene, die sie älter – die paar drei Jahre, die ich jünger war : als sie als – drei Paar, die er jünger war als ich : als sie ihn doch zu sehr als kleinen Pennäler behandelte : sie 24 – 1921 : ich 21 – und erst 15 er : und der gravitätische Ton war nur die Pappkulisse der Reifeprüfung : »Seine Größe – hält die vornehmste Distanz zu allem, was heute Größe verhindert : ergo ist er politisch eine Komische Figur, wie du dich auszudrücken beliebst, Wilhelm –« und eben das macht schon ein Stück seiner Größe aus – es : nein, pathetisch – elfenbeinern getürmt : »– es bestimmt heute den Ersten Rang der Vornehmheit : politisch eine Komische Figur zu sein –« : und mehr noch in der Art – sich produzierend : »Die Distanz –« er, heftig »– ist das Problem an sich – egal ganz, gegen wen : ja!« gegen mich – und scheinbar nur gegen nur über unsern Über-Pater familias »– willst du denn ernstlich* für *ihn in Anspruch nehmen, daß er derart von seiner Zeit los ist?« und warf das Büchel wütend auf den Tisch : seins schon –? nein, die Betrachtungen : »– zuletzt ist das dann der Bankrott seiner* ganzen *Schriftstellerei : und alle noch so aparte Artistik wird daneben wie von selbst zur Fossilität –« : erregt und falsch – und vatermörderisch steif : in seinem jünglich braven Guten Anzug, der ihn ganz lächerlich schmächtig machte : die gebügelte Rüstung – aber man muß in solchen Jahren durch solche Battaillen hindurch, durch ihre bizarr rächende Ungerechtigkeit, um jenseits die groß-heidnische Ge – »– lassen Sie nur – das : schaffe ich schon allein –« gegen auch gegen sie – in der Hetze des Gefechts – »– und das Beweismaterial : ist dabei gar nicht mehr das, was einer schreibt –« mit unentwegt anschreienden Augen »– sondern gravierend das, was er* nicht *schreibt : müssen wir das wirklich dis –« das schließlich erschöpft : und wir saßen tiefer ge schärfer gestört – getrennt : von einem leeren perkutanen Blick : von über an in über einem Buch – über ein Buch : das er nur ihren – doch ihr – gegen mich – gewid ge – schenk*

wir lasen das alles als Kinder : nur darüber sind es Kinderbücher geworden – und man muß sich große Mühe machen mit der Abstraktion, um es ganz ernst nehmen zu können – zurück zu können noch einmal durch die bizarr heidnische Gelassenheit, um jenseits die groß-rächenden Battaillen –: eine pädagogische Pflicht – auch die versunkenen Entwicklungen bei seinen Schülern wartend zuzulassen, seien sie der eigenen Erfahrung gleich noch so deutlich nur als eher peinliche Durchgänge –: »– die Arbeit an der Biographie wird davon natürlich nicht berührt –« schreibt er großartig dazu : das müßte ich anerkennen – daß die rechte Hand weiter tut, was die linke nicht weiß : mein Schüler, er – auch so : wenngleich er schwerlich weiß, was das bedeutet : nun, mag's gelingen – gut – ich stimme zu : »– nur aufgeschoben – gar nicht aufgehoben –« : und am Ende gehört's ja zur Allgegenwart der Großen Bücher selbst, daß sie auch ihre Provokation immer neu gegenwärtig entfalten : hier freilich mehr wohl das neue Material als etwa der Zauberberg : weiß gar nicht, woher er die Abschrift der Briefe hat : »Vertraulich!« steht dick über der dicken Mappe : TM an Hans von Hülsen :– und es sind wirklich irrwitzige Sachen dabei : wert durchaus, sich davon in Aufregung bringen zu lassen : mag's sein denn – ehe er's zur Chance des Drucks geschleppt, hat er's auch wieder überwunden : und mit dem ›Zugang über die Person‹ soll er in aller Ruhe Recht behalten, solange ihm die Große Entdeckung noch erspart ist : › . . . Ich selbst bin ein nichtssagender Privatmann . . .‹ – das hieße auf griechisch –

»Nun, nichts – das : hat nicht viel zu besagen : nur eben krank – mehr hat er nicht geschrieben –« und viele Entschuldigungen, daß wir nun leider allein miteinander vorlieb nehmen müßten »– Frau Simon –: denn leider ist auch meine zweite Verabredung – nun –« nichts – nicht viel zu besagen »– nicht zu Stande gekommen : und wir müssen –« leider – immer leider »– allein mit –« : caritas caritatum : und wir betrachteten einander mit feierlich angestrengter Festlichkeit : ich immer noch das Eilpaket zwischen den Händen, unschlüssig am Tisch : sie in der Zwischentür, die Fingerspitzen prüfend im riskant toupierten grauen Haar, satt qualmende Geräusche hinter sich : errötende Erfreutheit : »– ja, mir auch – mir ist es auch –« ja, sicher – durchaus recht »– und ich wollte auch nur sagen – wo Sie sich doch soviel Mühe mit den Vorbereitungen –« und was man sonst so sagt : »– es war imgrunde auch nur eine Sentimentalität –: wir haben hier einmal – in diesen Räumen – bei meiner Tante –« ja, was – gefeiert? »– irgendwas gefeiert : ich war ganz jung noch –« und auch sie war – E – war damals jünger alt »– und eben mit einem Freund – so alt wie der Herr W : und einer –« seiner? – ganz wie man es nimmt »– ja, Freundin – ich : habe manchmal so Anwandlungen, mir all diese Vergangenheiten noch einmal gegenwärtig zu –« und den Rest mit einer Geste weg – sie : lächelte schon mitwissend genug : wollte's auch gar nicht wis – nur – »– was? ach so : nein, das ist eine eher flüchtige

Bekanntschaft : so eine kleine Stu –« gedankenspringend »– das war sie jedenfalls – Studentin : Kunst : als ich sie kennenlernte – vor zwei Jahren in Frankfurt –« : die Laube – nein, die Grotte : abends – spät : »– und wenn ich mir den verführerischen Duft da richtig deute, so gibt's –« was rede ich denn da : es gab doch – gab – »– Bratapfel : sehr bezüglich –« was – was rede – »– ich meine – ja, den gab es da nämlich auch –« abreißend »– jedenfalls –« : und ihr Schatten im Türrahmen wurde auf einmal sehr weiß und beschürzt – unter tätig sich abstreifenden Händen : verlegen auch – Geruch : Öl – ölig – »– was –?« : als sie plötzlich mit einem Aufschrei davonstob : »– aber das macht doch nichts –« das bißchen Angebrannt : und ich würde gern noch warten – mich in Geduld fassen – mit mir selber beschäftigen : »– nein, nur ein Eilpäckchen, das eben grad kam –: für Sie hab ich was andres –« die Geschichten Jaakobs – »– aber machen Sie nur erst in aller Ruhe : wir sehn uns das später an, wenn wir allein –« was – miteinander? : wenn wir – sehn wir's an : und die Geschichten höchstens – ich : könnte ihr auch was lesen : en speessi gla – Unsinn : hat sie deshalb – ist : sie deshalb so er – meint, ich hab mit Absicht : uns unter uns – allein mit – »ganz privat« –?

und nicht mehr auf griechisch : Der Patriot – am 21. 10. 1914 : › . . . Tja, ich bin auch nicht im Kriege, aber mir ist nicht immer ganz wohl dabei. Der einzig ehrenwerte Platz ist jetzt doch eigentlich der im Schützengraben . . .‹ : darauf darf man sich mit Ernst gar nicht mehr einlassen – sonst bringt's ihn einem um jeden Verstand :– irrwirklich witzig – sich vorzustellen, wie sich die gepflegte Gestalt ein halbes Jahr später an den ehrenwerten Plätzen der Westfront ausgenommen hätte : in den Materialschlachten der Woevre-Ebene, der Combres-Höhe : *in den Nahkämpfen der Wälder von Selouse, Ailly, Aprémont : nördlich von Flirey, westlich des Priesterwalds :– aufflatternd in meinem Kopf – das grau verholzte Blatt, das uns der Stiesel von General beigelegt hatte – und das sein Universum umfassend genug beschrieb : ›Letzte Kriegsnachrichten – Lille, Freitag, 9. April 1915 – Nr. 127‹ : ›Neue franzoesische Angriffe auf der ganzen Westfront wiederum mit ausserordentlichen Verlusten fuer den Gegner abgewiesen . . . scheiterten sämtlich . . . mißglückten nächtlich . . . im Gegenangriff vertrieben . . . unter schwersten Verlusten zurueckgeworfen . . . unter sehr starken Ver-*

lusten zusammengebrochen . . . : Der Gesamtverlust der Franzosen auf der ganzen Front war wieder ausserordentlich gross, ohne daß sie auch nur den geringsten Erfolg zu verzeichnen haetten!‹ : und Die Hindenburg=Feldpostkarte war endlich erschienen, gezeichnet von Professor Hans von Hayek : ›Der Verkauf findet in jeder Stueckzahl durch die Bayerische Karten-Felddruckerei, A. O. K. 6, und im Hause des Nachrichtenoffiziers Lille, rue de Pas 9, statt‹ : und die Zweite Kriegsanleihe war auf über neun Milliarden gestiegen : ›Eine glaenzende Aufnahme . . . an und fuer sich schon deshalb zu erwarten, weil die deutsche Finanzwirtschaft sich im ganzen Verlauf des Krieges vorzueglich bewaehrt und allen Anforderungen gewachsen gezeigt hat . . . weil die gewaltigen Erfolge der deutschen Waffen das Vertrauen auch in Deutschlands wirtschaftliche Kraft staerken mussten . . . und endlich, weil die Anleihe an sich eine ausserordentlich guenstige Kapitalanlage darstellt . . .‹ : und ein Soldaten-Kino war in Lille, Rue sowieso 9, das weiß ich jetzt nicht mehr, eröffnet worden – Rue Esquermoise? : ›Spielzeit 4–8.30 Uhr‹ – worauf man wieder die einzig ehrenwerten Plätze einnahm und die missglueckenden naechtlichen Vorstoesse in ihre Rechte traten : und ›die Kaempfe zwischen Maas und Mosel dauern fort‹ : und ›die Kaempfe am Hartmannsweilerkopf dauern noch an‹ : und Tsingtau ist durch 28-Zentimeter-Steilfeuer zu Staub : und der Sultan proklamiert den Heiligen Krieg für alle Muselmaniaks : und die ganze Welt krepiert für ihre Obersten Heeresleitungen und setzt auf 5 Prozent Gewinn : am 12. 11. 1914 – Der Historiker : ›Man möchte ja glauben, daß Deutschlands Sieg in der Consequenz der Geschichte liegt . . .‹ : blasierte Nichtigkeit – und denkerisch die Reine Leere selbst : › . . . Es kann auch sein, daß es erst noch einmal ein großes Unglück giebt . . . Jedenfalls wäre es, pädagogisch genommen, nicht einmal gut für Deutschland, wenn die Sache so leicht ginge, wie es anfangs schien . . .‹ : besser, sie geht, erst noch einmal, ein bißchen schwer – die pädagogisch genommene Sache : also das ist nun wirklich über aller Erträglichkeit : und der Rückzug in die Ratlosigkeit desgleichen : › . . . Es ist zu wünschen, daß der Krieg nicht zwanzig Jahre dauert, wie Merry old England droht. Was werden soll, ist freilich nicht abzusehen und fast unmöglich, sich vorzustellen, wie überhaupt wieder Frieden werden soll . . .‹ : selbst die Grammatik wird mit solchen Positionen schwach –: Der Denker im Gehäus – am 18. 3. 1917 : › . . . Ich verliere diese Jahre, genau, als ob ich eingezogen wäre. Aber eine gewisse Klarheit, Selbstkenntnis, Selbstabgrenzung trägt es doch ein . . .‹ : und die eingezogenen Millionen verloren wirklich nicht mehr als dieser Als-ob-Verlierer, der ›es‹ sich Klarheit eintragen ließ? : Der Abgeklärte schließlich – am

15.10.1918 : ›... Saubere Zeiten sind das. Man wird ja nachher auch leben und schreiben können...‹ : und tatsächlich, im Zuge nun wirklich imponierender Selbstabgrenzung zum ›führenden Repräsentanten der Weimarer Republik‹ werden, wie ihm sogar der Knaur bescheinigt : › . . . Ich habe eben »Herr und Hund, ein Idyll« abgeschlossen. Es sind ganz lustige Dinge darin . . .‹ : eine beängstigende Grimasse der Lustigkeit – eine

»– ach, eigentlich wollte ich Ihnen ja eine ganz andere Seite von ihm zeigen – und dies hier gar nicht –« gegen ihr neugieriges Linsen, als sie aufgetischt hatte : und sie wurde über den paar Stellen auch gleich lästig ernst : »Ich bin so töricht –« sagte sie schüchtern »– ich hätte mir bei diesem Idyll da, mit dem Hund, sicher gar nichts gedacht : und jetzt erst, wo Sie das so betont haben, so merkwürdig beim Lesen – da hab ich's auch auf einmal gespürt, daß sowas –« wie entschuldigend »– vielleicht –« sich? – ihn? »– ja, daß man sowas nicht schreiben darf eigentlich – solange es den Menschen allen so elend geht – im Krieg –: daß das irgendwie – darf man das sagen – unanständig –?« : abwartend fragend – aber nicht ob sie das Richtige – nur ob sie meine Meinung getroffen habe : »Das wäre vielleicht zu einfach – Frau Simon –« et super hanc petram – »– und ich bin gar nicht so sicher – heute –« war : ich's damals? »– es : kommt uns da etwas dazwischen, was bloße Moral ist – die wiederum eine bloße angelernte Attitüde des Fühlens ist –« und dieses selbst entstellt : sehr schwierig – das ihr zu erklären : »– man *darf* vielleicht durchaus – man : sollte's vielleicht sogar wollen : vielleicht – kann ein Künstler gar nichts besseres tun, als sich auf seine Künste zurückzuziehen – wenn ringsherum die überwältigende Mehrheit der Irrsinnigen ausschwärmt und die Realität in die Hand nimmt –« und Strauß hat mitten im Krieg die Alpensinfonie zu Ende geschrieben und die Natur besungen, die jene mit ihren Granaten in Trümmer legten – »– das Problem bei *ihm* ist nur : daß es ihm so gut geraten ist – so mühelos glatt und separiert – so ganz ohne das Beigeräusch des Ächzens und der Vereisung –« : und das ganze Geschreibsel klingt in seiner Unteilhaftigkeit ja wirklich nur nach metaphysischem Biertisch : der Spießer, der sich mit vom puren Zufall ermöglichter Freihändigkeit unter die Gestirne versetzt – es »– ist nur ein Glück, daß er das alles in Briefen hat privat bleiben lassen : unöffentlich – im Gegensatz zu andern, die's heute schandfleckig in ihren Gesammelten Werken stehn haben – wir : wollen uns mit ihm versöhnen, ja?« nachdem in denen doch viel Anderes steht bei ihm »– ich lese Ihnen gleich ein bißchen vor – zum Nachtisch sozusagen – das : wird Ihnen schon gefallen – ist sehr amüsant –« : aber sie hörte kaum – war weiter weg als weit : stach abwesend auf dem Teller herum : »Als damals –« weither »– mein Mann –« und unterbrach sich wie aufwachend – legte die Hände zusammen »– er ist gleich gefallen – ein Dreivierteljahr nach – vor jetzt fast zehn Jahren : in Frankreich – er : hatte sich freiwillig gemeldet –« mit konfusen Augen – die ganz sonderbar durch mich hindurch ins Leere griffen – ich : winkte irritiert : »Der Wille, Frau Simon –« ist was? – ist – »– ist nie frei : auch dieser nicht –« der sich zum Tod anmeldet – »– er ist das Produkt von – von –« von Vielerlei : das jetzt zu erklären ich mich auf einmal behindert – wie gelähmt –: sie hörte kaum : »Als ich –« sie »– damals die Nachricht bekam – von seinem Kommandeur – ich glaube, es war –« sein General – sein oberster Heeresleiter »– jedenfalls – ich : hatte grad große Wäsche und war ganz fix und fertig davon – bei drei solchen Rangen, wissen Sie – die Jungens waren überhaupt jedesmal unleidlich an dem Tag – weil sie dann nichts gemacht kriegten – und es gab bloß Wruckeneintopf zu Mittag – und mein Ältester – jedenfalls –« unterbrach sich – wie aufwachend – »– ich wollte abends ins Kino : und ich bin auch ins Kino gegangen – so als wäre nichts – es : war ein Bergfilm – mit den Alpen – und einer wurde von einer Lawine verschüttet, den sie dann gesucht haben – komisch, ich weiß gar nicht mehr, ob er überhaupt gef –« und immer weiter weit sich wegverlierend : sich von sich schiebend – für sich vor sich her : errötet – oder rosig? : ihr auf einmal ihr Gesicht – fast glatt : belebt – »– oder war es ein Gletscher? – so eine Spalte, in der einen sowieso keiner – jedenfalls, es : war sehr spannend, und ich habe – ja sogar amüsant : weil da so ein lustiger Mensch dabeiwar, der dauernd mit seinem Hund – kann man das sagen : Lawinenhund? – es –« jetzt unhörbar – nur noch murmelnd – länger : und ich wartete bewegungslos, bis es zurückkehrte : »– es : roch im ganzen Haus ganz scheußlich nach Lauge – und mein Ältester –« : noch immer schwebend – wie in Zwischenzeiten – in : media morte in vita – ich : griff nach ihren seifigen Fingern – hielt sie fest : »– mein Ältester ist dann auch –« frei willig »– ganz zum Schluß noch : ge – haben Sie das gewußt?« und längst, auch ohne mein Zutun, viel zu ernst : ihr starr gekrampftes Gegenüber zwischen den leeren Stühlen »– was hatten Sie eben gesagt – was das wäre, wenn man das – sowas – so – so : selber will –?« : zurückgekehrt – mein Zutun – zu –: »Zuletzt : wohl einfach ein Produkt des Zufalls, Frau Simon –« und man stirbt daran, wenn der, wie bei dieser Menschheit hier immer, auf Seiten der stärkeren Bataillone ist –: aber sie hörte kaum : griff ordnend zwischen Tellern und Schüsseln herum : »Das Allerschlimmste eigentlich – hab ich eben denken müssen – das ist doch, wenn man sieht : daß auch ein – so ein –« wieder jetzt TM – »– daß auch solche Leute richtig den Verstand verlieren – und das Gefühl –: da kriegt man fast die Angst, daß es überhaupt nie ein Ende nimmt damit –« et super hanc petram – »– ich – hab eben denken müssen : wenn mein Mann vielleicht etwas von *Ihnen* gelesen hätte – rechtzeitig, meine ich – oder mein Ältester –« : »Auch was man liest, Frau Simon, ist das Produkt von vielerlei Zufällen – und ganz selten einer der produzierenden Zufälle selbst –« zu schwierig für sie – leer zwischen den Stühlen »– und das Problem der Rechtzeitigkeit –« wenn damit denn etwas zu lösen wäre »– ist nun schlechterdings nicht lösbar : weil man das Lesen erst lernt, wenn Ihr Freier Wille schon voll ausgewachsen ist – der fetteste der Schemen –« der satteste aller Schatten der Väter :– und man sollte mit bloßer Literatur etwas ausrichten gegen diese archaisch gefangene Konstitution, die in jedem infantilen Chaos ihr Ur-Milieu wiedererkennt und süchtig sich einsaugen läßt von jeder Okkasion, in die wohlige Schwäche der Untergebenheit zurückzukehren und in – ja, auch in deren phantasiertes Widerbild : in die Sucht nach der Omnipotenz des Vorgesetztseins –? : »– die Vaterländer, Frau Simon –« undeutlich hinterher »– sind mit der Natur selbst im Bunde : und die armen Landes-Kinder und -kindsköpfe, die jedem Trommelschlag parieren, folgen gar nicht der ›Sache‹, für die getrommelt wird – und die so beliebig vollidiotisch sein kann, wie sie will – so fühlbar lebensfeindlich und verrückt, wie sie nur wollen – sondern –« genug – ganz kurz das jetzt – weg : sondern einer bloßen vorgegebenen grundstrukturellen Koinzidenz : und die Macht der Vaterländer, die der pater panton sind, ist immer die Macht zum Krieg : man muß sie – sie – »– aber nun wirklich genug davon, Madame : wir haben –« und hier schon einmal »– viel schon viel zuviel Zeit –« und zurück ins Idyll – »– es wird uns noch alles kalt – was Sie mit soviel Liebe –« gekocht – gebacken – sie : schon einmal hier : und ihre Blässe wich wieder vor dem detaillierten Lob *ihrer* Kunst : »Man schmeckt es gar nicht – nicht?« nicht : das Verbrannte : »Nein, gar nicht –« willig weichend : Leere zwischen den lee

und das windige Pathos, ganz von sich selber abgewandt, geriet ihm nun wirklich so, daß man nur schwer noch bei der Sache selber bleiben konnte : ›Die Armee! Die Armee hätte gezeigt werden müssen! Die Armee war die Basis von allem . . .‹ : und das war dann eine zusätzliche Schwäche seines kleinen Büchleins – daß man den entlarvenden Ton aus den Zitaten doch eben nicht mehr mitlas : die Wucht der Plattheit : das ganze Ad Spectatores der dramatischen Nabelschau : ›. . . die Anlage war falsch, und die Sprache war falsch, und es war ein trockenes und schwungloses Kolleg in Historie, breit, nüchtern und für die Schaubühne verloren . . .‹ das Problem des Wallenstein ›. . . und der Held war kein Held; er war unedel und kalt . . .‹ das Problem Schillers vor dem Wallenstein ›. . . es war also aus. Eine Niederlage. Ein verfehltes Unternehmen. Bankerott . . .‹ das Problem TMs vor Schillers Wallenstein : und das kam nun, erbarmungslos streng gegliedert, alles auf uns zu : »– drei Gesichtspunkte also, die ihr unbedingt voneinander trennen müßt –« den spitz im Text herumfahrenden Finger jäh didaktisch gegen uns erhoben »– einmal der, wie Schiller den historischen Wallenstein sah : dann der, wie TM den historischen Schiller sah : und schließlich der, wie TM zu sehen meinte, wie der historische Schiller den historischen Wallenstein –« : und die ganze alte Geschichte von beider Umgang mit der Geschichte, dessen Fragwürdigkeit ich ihm feierlich zugab : Tell, Jungfrau, Mary, Carlos : nein, gar nicht – was denn – gar nicht feierlich mehr – wir : stritten erbittert sogar – mit Wut zuletzt : und das Thema war – war nur die Historizität – ? : Moral auch irgendwie : die Schaubühne als Moralische Anstalt? : alles sehr undeutlich geworden, kaum noch erinnerlich : »– die Ambition nach dem geschichtlichen Sujet ein Griff nach Beweiskraft – für eine vorgefaßte ›Moral‹, die nach dem Alibi der Realität schon sucht, noch ehe der moralisierte Zuschauer sich mit der Frage danach zur Wehr gesetzt hat –« und strikt – was ist das jetzt? auf einmal wie verschüttet – auf – auf – »– selbst auf den Brettern, die die Welt bedeuten sollen, auf dem Boden der Tatsachen besteht –« : schlecht ausgedrückt jedenfalls, doch irgendwo unterhalb des Ausdrucks geheimnisvoll wahr – obwohl ich's ihm, ganz außer mir, bestritt – : wollte er sagen, daß die Moral, die ihre Utopie als Geschichte ausgiebt, selber ihre Falschheit einbekennt, sobald sie sich mit der Geschichte nur noch durch deren Fälschung verträgt –? : es ging – es »– geht alles auf die Frage seiner –« wessen? »– denkerischen Redlichkeit hinaus –« : und immer heftiger sich exaltierend »– er –« wer? »– hat immer nur Helden hergestellt –:– zwanghafte Idealisierungsarbeit –:– nichts als die Restitution infantiler Vaterbilder –:– daher das ängstliche Pochen auf die historische Wahrheit –:– und daß – und wie – er dazu die Geschichte auf den Kopf stellen mußte –« : nur lauter Lücken noch – ich : habe wohl schon damals nur noch mit halbem Ohr – war anderswo – längst und mit allen Sinnen : vor ihrem undurchdrung –: »– sie –« die Geschichte »– hat Helden überhaupt nie – sondern nur heroisierte Abenteurer : und die buchstäbliche Seelenlust, sie zu heroisieren, ist –« wäre vielleicht wirklich der ganze ›Enthusiasmus, den sie erregt‹ und von dem wieder Goethe meinte, daß er ihr Bestes sei : grob »– ist das einzig Wahre dran –« : sich produzierend – vor ihrem undurchdringlich zuschauenden Blick : hinter dessen kapriziöser Verträumtheit aber die kalte Langeweile lag – hab ich das damals schon gespürt? : und ihn – bewußt und boshaft – durch mein Schweigen einfach in sein Schicksal laufen lassen? das Schicksal, ein immer beredterer Verursacher von Langeweile zu sein? : er kam auch immer weiter ab, entfernte sich – von uns wie seinem Thema : »– er hat –« wer? »– bloß immer Theater gespielt!« : noch Schiller – oder TM? : »– und eben das macht die Komik des Ganzen so bitterernst, weil da auf einmal die Schauspieler –« beide? »– die Regieanweisungen mitsprechen und unfreiwillig ausplaudern, was sie –« beide »– von hinten bewegt–« : das bezog sich nun eindeutig wieder auf die Schwere Stunde : und er kam dann sogar, in umschweifendem Bogen und über riskant sophistische Stege, zur Zeitlosigkeit des Anfangs zurück : auch in den albernen Brustton der Maturität, den ich – bewußt und boshaft? – in ihm provoziert –: aber längst rettungslos verloren, durchgefallen – vor ihrer kalten Undurchdringl – ich : habe ihm dann später – Buße ohne Reue – das alte Buch überlassen, das ich in dem Grazer Winkelantiquariat –: Giuseppe nein Gualdo Priorato, Historia della vita d'Alberto Valstain, duca di Fritland – Lyon 1643 : muß wertvoll gewesen sein : sehr schöner Band – mit Plänen, Karten – das : hätt ich ganz gern noch einmal in der Hand – hier unter aller Augen – da : war Die Armee nun wirklich zu sehen – mitsamt ihren sämtlichen Ehrenwerten Plätzen : unedel und kalt und

aber ich steckte das stockfleckige Zeug gleich wieder zurück in die hölzerne Höhle –: anderthalb Meter Zufälle des Oberlehrers Simon – staubfrei verglast konserviert : das Epitaph seines Todes –: »Es wäre wirklich ein umfangreiches Forschungsunternehmen wert –« und sah mich um : allein – sie : hatte sich wieder ins Küchenidyll zurückgezogen :– wert einmal nachzuschauen, ob es dergleichen in diesem alldurchdringenden Ausmaß noch einmal bei vergleichbaren Völkerschaften gibt –: ›Einem solchen Geschlecht gereicht es zum Segen, wenn ihm das Schicksal einen großen und gerechten Krieg sendet . . . in langer Friedenszeit leicht der Verweichlichung und der Selbstsucht verfallen . . . die hohe erzieherische Bedeutung eines großen Kriegsgeschicks . . .‹ – der Heinrich von Treitschke : und ihm nach der ganze Historiker-Pofel von 1914 : ›Die Zeit der Entfremdung zwischen Kultur und Politik zu Ende... Bündnis, das jetzt die deutsche Kultur mit der deutschen Politik ... erfasse in großer Gesinnung, mit jenem autonomen Ethos, das uns Kant gepredigt, die Hand des Staates und werde Waffe in seiner Hand ...‹ – der Friedrich Meinecke, Berlin : ›Der deutsche Militarismus... allem Ähnlichen in Vergangenheit und Gegenwart überlegen... noch im Zweifel sein, daß er eine höhere Lebensform darstellt?‹ – der Johannes Haller, Tübingen : ›Wenn wir nun von da aus den Blick auf die deutsche Entwicklung... sagen müssen: die ganze Lage überaus glücklich... Die großen Trümpfe, die wir hineinwerfen können in die weltgeschichtliche... Luther und Goethe... Schiller... wenn man ein Dreigestirn haben will : in dritter Stelle Kant, wenn einen starken Zusatz: Beethoven... Alle die Helden, die wir sonst haben – nehmen Sie zum Beispiel die preußischen Könige ...‹ und immer so fort, im aufgerührten Sudeltopf der Hochschullehrerbrägen – der Karl Lamprecht, Leipzig : und zwischen ihnen allen, kriechend um sich fressend, in trübem Esprit konserviert, Unser Hegel – die Abgottschlange der Kathederphilosophie : ›Der Krieg ist der Totengräber dessen, was zu Unrecht über seine Zeit hinaus erhalten werden will‹ : der pater panton selbst – der all der sich an ihrer Regression besaufenden Tintenbuben, die torkelnd auf Kindesbeinen nach ihren Vätern suchen und sie vom Vater-Land frei Haus –: der Moltke auch – natürlicherweise : ›Der ewige Friede... Traum... nicht einmal ein schöner! Der Krieg ist ein Element der von G eingesetzten Weltordnung: die edelsten Tugenden des Menschen entwickeln sich darin... ohne ihn versumpfen... sich in Materialismus verlieren ...‹ : »– etwas gefunden – ich meine, haben Sie : etwas Interessantes–« sie wieder hinter mir, mit den zwei Apfeltellern, lautlos erschienen – ich : hatte mich so weit hineinverloren, daß ich zurückfuhr, aufschrak »Nein – was? : ja – ein : Stückchen Beschreibung von unser aller Todes-Ur-Sache –« sagte ich abwesend : zog den Finger langsam aus der streifenden Musterung : »– anderthalb Meter –« Deutsche Gesinnung – Eine Gabe und ein Gebot großer Zeit – von Diedrich Bischoff »– und doch von Pol zu Pol–« die ganzen ›Tat‹-

Flugschriften : ›Deutscher Glaube‹ : ›Der Kampf‹ : ›Antikes Heldentum‹ : ›Der heilige Krieg‹ : »Ich hab das –« sagte sie »– nie lesen können – es : gab mir nichts : es war mir irgendwie –« beschämt fast, schüchtern »– aber mein Mann, der ja auch eigentlich mehr Philosoph war – von Haus aus –« : ›. . . Versuch, in der Nachfolge von Fichte und Lagarde einen neuen deutschen Idealismus vorzubereiten. . .‹ : »– und am liebsten künstlerisch tätig –« : ›. . . weiteres Unternehmen. . . Herausgabe von Melodien zu den Kriegsliedern der Jetztzeit. . . 20 Kriegsflugblätter für eine Singstimme mit Klavierbegleitung zu je 30 Pfennig. . .‹ : »– er hat sogar noch selbst –« : ›. . . einheitlich zusammengesetztes Bild unseres Fühlens und Wollens. . . Stimmung im Felde. . . im bewußten Gegensatze zu anderen Kriegslyriksammlungen das Volkstummäßige und heroische Gesinnungen zu umfassen. . . Neben unseren ersten Dichternamen, die fast vollzählig vertreten . . . gleichwertig ganz unbekannte. . . auf starkem Papier in Pappband . . .‹ : »– ach ich muß immer denken : wenn mein Mann vielleicht –« rechtzeitig »– mit *Ihnen* etwas – sich – sich unterhalten –« : › . . . in die Hände und zu den Köpfen jener Soldaten, die bereit sind, eine deutsche Weltkultur zu schaffen . . .‹ : »Es wäre kaum sehr unterhaltsam für ihn gewesen, liebe Frau Simon : und auch ich hätte ihm –« seinen Tod nicht ausreden – seine Zufälle nicht entkräften »– wohl nichts zu verstehen geben können – nichts zeigen können – keine –« : nicht einmal die Armee, die Basis von allem – und nicht einmal den Tod, das Ende mit Idealismus und Klavierbegleitung – den, wer wieder Kind wird, kindlich wieder noch-nicht-kennt – nein »– keine Wahrheit –« hätte ich ihm vermitteln können »– die außerhalb der ihm bekannt gewordenen Realitäten –« : und nun doch, vorsichtig vereinfacht, ein bißchen Psa. der archaischen Zeit : Arretierung der frühen Weltwahrnehmung – Verengung der Reaktionen – die primären Identifizierungen als Quellen schwacher Ersatz-Verhaltensmuster : daraus die spätere Befremdung durch große Realitätsanteile – Angstdynamik – Regression : »Wir bekommen das buchstäblich in die Wiege gelegt, was wir einmal –« frei wollen – leben und sterben »– sind und gewesen sind –« : ›Deutsche Heerführer in großer Zeit – Ein Buch vom Werden und Wachsen, von Tat und Arbeit unserer Führer in Deutschlands größter Zeit‹ : ›Das Eiserne Kreuz – von Hanns von Zobeltitz‹ : ›Unsere Flotte‹ : ›Zeppelin‹ : ›Flugzeuge‹ : ›Belgien‹ : und schon wieder ›Deutsche Heerführer‹ – von Otto Hoetzsch, dem verhatschten Hetzer : ›Volksbücher der Geschichte‹ : ›Demnächst erscheint : Das perfide Albion. Von Alfred Geiser‹ : ›Das Neueste zum Weltkrieg bei Velhagen und Klasing‹ : und die sämtlichen Sonderhefte der ›Woche‹ der August Scherl GmbH –: »– alles vorherbestimmt – Sie : meinen, daß alles –?« : vor lange hergewesenen Zeiten : auch ihre Art der Schwäche – Schwäche der Art : und ich holte mich langsam zurück aus dem elenden Irrsinn – schob leise die Glastür zu – schloß ab : Gesehen. Adams. : und machte ein paar verwischende Bewegungen : »– nein – das : so nicht –« : die sich heimlich herbeistehlende Religion in ihren Augen – das Kirchenidyll – die von G eingesetzte Weltordnung : »– nein – nur : wissen wir nicht – ob die Sünden der Väter – bei dieser die Jahrtausende durchhaltenden Tradition – nicht längst in unsere Genetik eingewachsen sind – zu Normkonstanten – die, selbst bei präziser Erkenntnis und konsequenter Beeinflussung, nur in einem utopischen Prozeß von wieder Jahrtausenden rückveränderbar wären –« nicht – sein könnten : auch nicht – denkbar sein können würden –? »– und ob wir nicht – lange schon – mit all unserm frei-willigen Geschichtsverhalten auch nur noch älteste Kollektiv-Geschichte reproduzieren –« undeutlich, dunkel, schwimmend »– und Die Zeit : ist ohnehin nur eine Illusion unseres Sinnensystems – es : könnte durchaus sein – daß Das Ganze – als Teil des nur matt auf und ab atmenden statischen Universums – selbst nur ein statisches Faktum ist – in dem Veränderlichkeit nicht vorgeben ist – und das jedem noch so denkbar-ungeheuren Ausbruch aus seiner ›Natur‹ mit einer unausweichlichen Rück-Dämpfung antwortet – die seine Anfang und Ende identisch umfassende Harmonie wiederherstellt –« – wie jetzt schon dem allerkleinsten konfusen Gedanken mit Müdigkeit, mit lähmender Schwere der Zunge – ich : habe für den Bruchteil eines Augenblicks etwas ge – und wieder verloren : seh's nicht mehr – ich : muß, wie immer notwendig, in meine vier Wände, um es wiederzusehen – ich : und ich habe ihr längst schon zuviel zugemutet : verwirrt verwirrend : nur weiteres Chaos gebracht in ihr Unglück im Winkel : »– nie anders... änderlich... un ab ver... nie –?« : Staubflocken in Luft – absinkend, unversunken : wie einmal schon – wie jetzt – wie in aeternum : ach Sie, Sie liebe Mit-Leidende »– wenn man nicht in astronomischen Zeitbegriffen – oder zumindest biologischen – denken will –« kann : nie – : »– aber nun sehen Sie mich mal nicht so an wie die Hohe Pforte den Unglücksboten –« zurück – heraus »– und forschen Sie in meinen Zügen nicht nach verborgener Genugtuung – ich : bin nur der wohlmeinende Überbringer schlechter Zeitung –« und lose weiter so – bis endlich ihr Lächeln wie wiederkam : »– doch – wörtlich auch – durchaus : der junge Herr W – den das grad alles schüttelt – hat es mir beigelegt – ich : les es Ihnen vor : es ist unter ›Nachrichten aus dem Weltkulturleben‹ erschienen – dem Tätigkeitsfeld jener Soldaten, die bereit sind, eine – jedenfalls : Die Norwegische Akademie der Wissenschaften hat –« und den Ausschnitt nun wirklich hervor wie eine Botschaft : › . . . hat errechnet : Seit dem Jahre 3600 v. Chr. bis heute fanden insgesamt 14 513 Kriege statt. Dabei gab es drei Milliarden 64 Millionen Tote. Nur 292 dieser rund 5600 Jahre waren ohne Krieg. Vom Jahr 650 v. Chr. bis heute gab es 1656 Versuche, durch Wettrüsten den Frieden zu bewahren. Sie führten 1640mal zum Krieg, in den restlichen Fällen zum wirtschaftlichen Ruin der Beteiligten . . .‹ : »– und die Zeitung, die für die Menschheit täglich die Offenbarungseide leistet, hat zur Verdeutlichung noch die Überschrift ›Traurige Bilanz‹ vorangesetzt – um unser Mitgefühl besonders auf die letztgenannten unter den Trauernden zu lenken : jene Beteiligten eben, die in Bilanzen denken und hier in den restlichen Fällen die Pleite einer an sich ausserordentlich guenstigen Kapitalanlage zu beklagen hatten – was ist –?« : ihr gar so flehentliches Blicken : »Wenn – wenn Sie spöttisch sind –« matt »– wird das alles – ja, fast gleich doppelt so schlimm –« : wie was, Frau Simon? : et super hanc petram – : und es wurde Zeit zu vielen Entschuldigungen – es wieder halb so schlimm zu machen – Idyll zurückzubringen – Küchengeruch : – wie spät ist es –? : irgendwo läutete es dunkel – minutenlang schon – ist denn –: Feier-Tag : und auch Kaffeeduft, lauter, scholl heran – ich : nahm ihr die Teller ab und trug sie in den Schatten : »– nein, nur die –« nur noch »– nur die Formen wechseln –« des Idealismus und der Klavierbegleitung »– und auch dieser Wechsel ist statisch als Ganzes – und unveränderlich –« :Zeremoniell : wir haben viel schon zuviel Zeit ver –: in Kerzenschein, den sie über dem – alt modisch schönes Holz – beklöppelt – ist denn *»Form – Form!« er : in sein Schicksal laufend – »– ja, ist denn das eine bloße Benehmensfrage? : braucht man dazu nichts weiter als den Vorsatz, seiner Grammatik den Frack anzuziehen?« und er holte mit fliegenden Händen irgendetwas aus der Luft zusammen : »Novelle, Essay, Studie – oder gar, ganz dezent, Historische Miniatur : das sind doch alles bloß Etikette :– warum nicht gleich wieder einmal ›Idyll‹ –?« und sah mich dabei wie durchbohrend an, fast haßvoll, tödlich ernst : »In Wirklichkeit ist das Geschreibsel doch ein einziger Schwächezustand – und wenn ihr das als gelungene Kongruenz zum Inhalt feiern wollt, dann ist euch eben nicht zu helfen : der ganze ›Aufbau‹ geht ja doch* gegen *den dynamischen Strich der da beschriebenen chaotischen Stunde und ist nur spottplatt an deren mechanischer Gestikulation festgemacht : ›. . . er stand vom Schreibtisch auf. . . er stöhnte, preßte die Hände vor die Augen und ging wie gehetzt durch das Zimmer. . . er stand auf, zog die Dose und schnupfte gierig, warf dann die Hände auf den Rücken und schritt so heftig durch das Zimmer, daß die Flammen der Kerzen im Luftzuge flatterten. . . er hatte den Schnupfen wie gewöhnlich. . . er ging mit hängendem Kopfe in den entgegengesetzten Winkel des Zimmers zum Ofen . . .‹ : alles fadenlos fade gereihte Sätze, staubtrocken wie Regiebemerkungen : es ist alles Theater! – eine Vorstellung der Vorstellung vom ›Klassischen‹ – die man, nachdem sie noch dessen letztes ›verwaschenes Spitzenjabot‹ mit olympischer Syntax plättet, nicht einmal mehr als Entlarvung von hundert Jahren Schwindel lesen kann –: es ist alles Talmi – leer und falsch –: achtet doch bloß einmal auf das dauernde ›wie‹ der Vergleichsbilder : wenn er aufsteht, steht er* wie *ein Verzweifelter auf – wenn er geht, geht er* wie *gehetzt : nichts gerät dem Gegenstand zur Eigenschaft – alles bleibt Eigenart des Autors : ihm ist's nur um den Schönen Schein – und das bißchen Naturalistik steht bloß pappen dazwischen wie eine steif bemalte Kulisse : der Schnupfen etwa – den, ich wette, der große Thomas selber jedesmal kriegt, wenn er etwas Großes zu machen sich anschickt : oder die ganze bürgerlich so anheimelnde Ausstattung : der Ofen, ›der lang und schlank war wie eine Säule‹ – der Schreibtisch, ›die kleine, gebrechliche Schreibkommode‹ –: gebt acht, wie behäbig das alles beigestellt wird, in Relativsätzen und Appositionen, – rein unsinnig kann man werden, wenn man das so in dürren Buchstaben dastehen sieht : nichts wächst zusammen – wird sich einig – eins : nirgends entsteht auch nur ein Vorhall von jener Polyphonie der Worte, in der die Epochen miteinander reden, zwangsläufig reden müssen, wenn sie sich über den Graben eines Jahrhunderts weg* *ein Stelldichein geben : ach, wäre doch nur ein einzigesmal der Tonfall Schillerscher Rede, Schillerschen Denkganges durchgekommen! : aber dieser Mann hat da gar nicht über Schiller geschrieben – er schreibt nur über sich selbst : und so ist alles zum Inventar seiner eigenen steif geheizten Seelenstube geworden – : so also dichtet man – so also dichtet Mann : man hustet, schnupft, trinkt Kaffee – schreitet im Zimmer herum – ringt feierlich mit dem Stoff – und wartet, bis die Glocke ›gütig das Ende einer schweren Stunde‹ anzeigt – : welchen Schreiber könnte man wohl nicht so beschreiben? – und welcher Schreibende ist wohl noch nicht so beschrieben worden? : macht doch einfach den Versuch – ich sage euch : jeden Namen aus der Literaturgeschichte, aus dem Oberstock wie aus dem Parterre, könnte man dieser eckig bewegten Marionette aufheften, ohne daß der Text sich wesentlich ändern müßte : diesem pathetischen Musterknaben ohne Wert – diesem tragisch unfreiwilligen Komödianten : der ›erschöpft und fertig‹ ist – lauscht doch mal diesen Tönen! : und ausgerechnet ich, dem die Schule den Schiller wahrhaftig nach Kräften zum Ekel gemacht hat, muß euch erinnern, daß seine Befassung mit dem Wallenstein doch ganz anderer Würdigungen würdig wäre – : Nee, das ist Journalismus – das ist Markt : da will einer etwas verkaufen, wonach eine Breitere Nachfrage besteht : das ist jene allerunsäglichste Geist-Beschreibung in nuce – der Biographische Roman : der immerzu die gleichen Klischees von Furcht und Mitleid auskocht – und noch dem hinterletzten Keinfaltspinsel die Genugtuung, was sag ich, die Lizenz doch erst verschafft, behaglich ›Er war unser‹ zu sprechen – : habt ihr denn kein Gefühl dafür, was da beleidigt wird – ? : lest das doch mal – steckt einfach die Nase rein : auf Schritt und Trittschritt und Trott die gleichen Falschheiten : das gleiche gesträubte Vokabelgewölle aus Pedanterie und feistem Sentiment : die gleichen pratzigen Plattheiten : die gleiche Rührungsregie : das gleiche Blechmünzen-Geklapper liebeleiernder Tiraden – : nun lest doch einmal – lest – !« : und da stimmte ich denn am Ende doch mit ein – mitgerissen von der Fulminanz seiner Überwindungsarbeit : und wir sprachen gemeinsam in ihre lauernd gelangweilten Augen – unisono und par cœur : »›. . . Mein Weib! Geliebte! Folgtest du meiner Sehnsucht und tratest du zu mir, mein Glück zu sein? Du bist es, sei still! Und schlafe! Schlag jetzt nicht diese süßen, langschattenden Wimpern auf, um mich anzuschauen, so groß und dunkel, wie manchmal, als fragtest und suchtest du mich! Bei Gott, bei Gott, ich liebe dich sehr! . . .‹« : und ihre nun wirklich langschattenden Wimpern wurden für einen Moment von Belustigung aufgeschlagen : über die Inbrunst, mit der wir – und mit der wir vielleicht auch die Gelegenheit, so zu* ihr *zu reden – Du zu sagen – : ein schüchterner Schatten unschuldig tief verwahrter Laszivität – sie : nahm davon viel mehr wahr als wir selber : selbst lockend verlockt von der Möglichkeit einer Lust, die ihr dann doch, zuletzt und jetzt und immer, als Wahrheit unerfahrbar blieb – wie jene Lüste des Geistes, an denen sie nur das gleiche Dunkel anzog : die elende kleine Narzistin – selbst Opfer ihrer selbst, Bestrafte ihrer Taten : kein einziges Geliebtsein hat sie je als Liebe in sich erfahren : wie wir, ihre nächsten Opfer – wie auch : er – W – er – : während Tante E nun aber schlechterdings gar nichts begriff – das eine nicht wie das andre : und nur hastiger die Stricknadeln rührte : »Spottet nicht so – « als unser gemeinsames Gelächter sich legte – » – dein Vater, mein Bruder, hat Schiller immer in Ehren gehalten : daran solltest wenigstens du denken, Micha –« matt – ausgeschlossen auch davon – »– wie hieß es doch, das Bändchen, das uns der Herr General mit seinen Sachen –? : das hat noch bis zuletzt im Schützengraben einen Platz in seinem – ja, Wilhelm, bis zuletzt –« und führte mechanisch den Strumpf an die Augen – brach die Bewegung aber gleich wieder ab, weil ihr eine der sperrig langen Nadeln in die – und sah nun Lisa vorwurfsvoll an, die mit leer spielenden Händen dasaß : »Was kommt denn dabei heraus, wenn man immerzu –« das streng jetzt – Beistand verlangend gegen unsern emphatischen Spott – als Buße gleichsam, daß sie leer – mit leeren – »– nun sagt doch selbst – was – was denn –?«*

Klarheit – Selbstbekenntnis – Selbstabgrenzung – was : »– was ist denn das, Frau Simon – hier –« mich unterbrechend – und hielt ihr doch reichlich verdutzt den schmerzenden Finger hin, auf dem ein dicker Blutstropfen erschien –: die ganze Tischdecke mit Nähnadeln vollgesteckt – eine neben der anderen – von Groß bis Klein : »Ach, das ist nur – daß ich sie immer bei der Hand habe –« : und viel betuliche Bekümmerung – »– ich dachte – wo ich doch sowieso nie Besuch habe –« : und sie saß länger noch stumm, nachdem ich's beruhigt hatte : wie Unglück – leibhaft – alt gedrückt, gedrungen : die Schalenreste des Bratapfels schrumplig vor sich zwischen den starr verschnürten Brüsten – ich : hatte auf einmal, jäh zwischen dürren Sekunden, das gräßliche G wie gelähmte Gefühl, als müßte auf dem Teller Bl ut aliquid fiat – was denn – quellend, schwemmend : in die Erscheinung flutend – und wieder aus ihr hinaus – ich : starrte, für Sekunden halb tot, in die beginnende Verwes – was – wessen? : in das begonnene Verwelken – die langsame Austrocknung des Lebendigen –: wie eine abgeworfene Schlangenhaut, in der die – was, verdorrt – die Milch die – »– was –?« : in wieder zurück in ihr geduldiges Warten : »Am Ende – hatten Sie gesagt – zuletzt –« : was denn dabei heraus kommt – komme – immer kam –: vor ihrem tapfer alt vergilbenden Gesicht, das doch nur *meine* Wahrheit suchte – nicht das Wahre –: »Ja, wenn wir, Frau Simon, das alles mit *einem* Begriff übersehen wollen – in *ein* Wort viele Gefühle stopfen wollen –« und ich wand mich müde noch einmal durch die verschwimmende Flut –: »– wenn eine ganze Nation – eine ganze Kultur-Landschaft – in allen ihren Lebensäußerungen – sich auf dem Langen Marsch dessen befindet, was ich Ihnen als psychische Regression zu erklären versucht habe –« : wenn sie wieder wie die Kinder werden, um ins Reich Gottes zu kommen : wenn sie in die Amnesie zurücktauchen, aus der ihr bißchen Ich einmal mühsam genug hervorwuchs, und ihre Geschichte ihnen unerinnerlich wird : wenn sie auf deren Fakten nur mit infantiler Unschuldsmiene reagieren – und auf Wirklichkeit überhaupt nur mit Wunschvorstellungen : wenn deren Aberwitz niemandem mehr auffällt – und zwischen Wahr und Unwahr kein Gedächtnis, sondern nur noch die Sprach-Regelung entscheidet : wenn deren Wortschatz immer mehr schrumpft – und die Politiker schließlich nur noch mit Bla-Bla und Eiwer-tommt-denn-da antworten, wo ihre kleinen Untertanen etwas fragen : wenn deren Untertänigkeit sich nirgends mehr so wohlig fühlt wie im Schatten von infantilen Vaterbildern : wenn sie einen entsprechenden neuen Idealismus vorbereitet – und nur ein Pappschwert zum Geburtstag braucht, um den Militarismus als höhere Lebensform zu begreifen – – und damit so heiter mörderisch spielen geht, als gebe es keinen Tod – – –: kurz, wenn eine überwältigende Mehrheit von psychisch Gestörten, deren Weltwahrnehmung auf den jeweiligen Augenhorizont und deren Weltinteresse auf den jeweiligen Augenblick begrenzt ist, die Realität in die Hand nimmt – dann –: »– ja dann, Frau Simon, ist das letzte, was man von ihr – in allen ihren Lebensäußerungen – und durchaus längere Zeit noch – rundum sieht –« : und das Wort kam mir so wie von selbst heraus, daß ich selber fast dabei erschrak : »– ja : Kitsch, Frau Simon – Kitsch –« : das allumfassend Letzte vor der Rückkehr ins Nichts :– »– ach nein, das *können* Sie gar nicht verstehen – ich : versteh's ja selber noch nicht –« was ich für den Bruchteil eines Augenblicks ge – und wieder verloren : seh's nicht mehr – in der schwärzeren Stille ihres Gesichts : tief in die in der schwar der Wahrheit des archaischen Unbewußten ruhende Basis des kalt des eisigen Bergs, dessen nur kalte Spitze über den Wassern die Heuchelei –: »– Aber das mit dem Militär – das : haben Sie bestimmt übertrieben –« sie – sich belebend – jäh bedächtig – dünn »– das ist doch – nicht? – bei uns – nicht doch für immer vorbei –?« : sich klein verengend – Augen –

Horizont : »Nichts – nichts ist –« ich »– Frau Simon, in diesem Land jemals für immer vorbei –« dessen Politik schon seit über hundert Jahren so – ja, so kitschig abläuft, daß noch Generationen davon zehren werden : von der zum Wesen gewordenen Un-Wahrheit : »– was sind schon kleine fünf Jahre – eines zudem nicht einmal besonders enthusiastischen Verzichts auf die Ehrenwerten Plätze –: das deutsche Gedächtnis dürfte sie längst ausreichend finden, um gemächlich wieder schwach zu werden : und bald schon, Frau Simon, werden Sie die Ehemaligen wieder schwärmen hören von der schönen Großen Zeit – vorab, behutsam in aller Stille, auch jene Ehemaligen, deren Lebenszweck die ausserordentlich guenstige Kapitalanlage ist – ich : habe manchmal Angst, wenn ich sehe, wie rapide sie –« die alles überlebenden Dauerpächter der Vaterländereien »– wieder die Oberhand im Spiel gewonnen haben – und wie der Gesichtspunkt der günstigen Kapitalanlage in diesem ganzen Volk wieder der oberste Ge –« und wie die ewge Krankheit sich forterbt – aus den alten Kavernen kriechend – – die galoppierende Schwindelsucht – – –: aber nun ist's »– nun ist es wirklich genug – ich : habe Ihnen schon viel zuviel zugemutet –« was sie mit soviel Liebe – »– liebe Freundin –« kalt werdend alles – blaß – ich – »– und ich möchte Ihnen doch auch noch etwas vorlesen – uns mit dem großen Thomas wieder zu versöhnen – wir –« auch ihn selber uns – wir »– haben uns, damals hier, ganz fürchterlich über ihn gestritten – ihn schlimm gezaust –« ihm auf eine wunderlich gemischte Weise Recht und Unrecht getan –: »– es ist ein Stückchen Wiedergutmachung dabei –« für mich für : ihn an ihm :– und das war nun wieder wie irrsinnig : wie sie sich ernsthaft ihre Brille aufsetzte – um mich besser zu hören –: starr wartend dann zwischen den leeren Stühlen – ich : ging – aufschlagend – vor ihr auf und ab : vorbei an dem gläsernen Büchergehäuse – rund um den abgeräumten Mitteltisch : bis der Ton gefunden war – die tiefste Stille der Stimme – der Vorzeit aller Stimmen auch, die – die : vor

aber es war nun, wie viele der frühen Novellen, auch wirklich ein plumper kunstgewerblicher Topf – randvoll von jener unbeirrbar durchgehaltenen Wässrigkeit, die das Tiefe mit dem Stillen verbindet : und er hatte viel Recht – er : hat er das alles – so – tief unten unwahr – damals schon gesehen –? – er : uns voraus vor – auf und ab vor uns : »Ja, mußt du denn –« vor ihrer strickenden Dicke »– andauernd so rumlaufen, Junge – wenn du –« gereizt : »Wenn ich –« aufreizend – er »– bewegt bin, muß ich mich bewegen –« Recht ihr voraus – und patzig – das »– ist ebenfalls ein Zitat – aber nicht von ihm – von Jenem – Iste : sondern von –« von wem? : dem doch viel Ärmeren – der ihm viel näher war : nur aufgeschoben – gar nicht aufgehoben : Notiz des Alten auf einem Kalender – 1905 : und wirklich ja ein viel tiefsinnigerer Satz, als die Oberfläche zeigt, die – oder stand es dann auch im Drama –? : etwas von der Erfahrung der frühen Einheit – des Sich-Bedingens – von seelischer und leiblicher Motilität –: »– gut – also noch –« einige Einzelheiten der Formmittel : »– die Sprache –« angriffslustvoll – der wiedergefundene Ton – »– und ob ihr's glaubt oder nicht : die macht hier –« in diesem gleichen Jahr – in dieser selben schweren Stunde »– folgende Umstände : ›. . . Was er da eben gedacht, war so furchtbar, daß er nicht an der Stelle zu bleiben vermochte, wo ihm der Gedanke gekommen war . . .‹ : das – ist die vielgerühmte psychologische Präzision unseres großen Mannes : eine impulsartige Panik – wird in einem viervielgliedrigen Satzungefüge dargestellt : der Reflexc selbst – und seine sprachliche Reflexion : haben nicht das geringste gemeinsam : dies eine Beispiel – genügt doch eigentlich, um das ganze Stück zum Geschwätz zu machen –« : und seine Augen sträubten sich so schräg gegen mich, daß ich doch –: »Das – finde ich vereinfacht –« sagte ich nun doch – »– ja, sicher reicht das Klischee des Formganzen hier und da auch bis in die Details der darstellenden Sprache –:– aber wichtiger sind – und nun manchmal wirklich grandios – die Brüche, die das Klischee gerade durch einzelne Sprachmittel erfährt –« : »Von einem, der um das Klischee wüßte, – Brüche –? : veralbere mir nicht das große Wort, Micha – hier : gibt es doch keine einzige Silbe, an der das geläufige Gerede in Schauder um seinen Bestand geriete : kein einziges Wort, das vor sich selber erschrecken ließe : keinen Gedanken, der auch nur die kleinsten ›Begeisterungen‹ auszulösen wüßte : kein Bild von jäh aufberstender Suggestion – hier : trödelt überall die gleiche rüstige Kleinkrämerei mit pedantisch gestapelten Schablonen : umständlich und gemütvoll schwerfällig –« : er ging bewegter – federnd : schlug mit der Hand in das Heft – »– du hast vorhin von ›farbiger Situationsbeschreibung‹ gesprochen – machen wir daraus also das System unserer Beispiele : ›. . . Rote Vorhänge hingen über den (?) oberen Rahmen der Fenster, Fähnchen (!) nur, symmetrisch geraffte Kattune; aber (!) sie waren rot, von einem warmen sonoren Rot . . .‹ : hast du wirklich eine Vorstellung? von diesen dreimalroten Fähnchen? die da wie über wen oder was hängen? : sehr schwere Worte für sehr leichte Sachen – in jedem Sinn : ›. . . Sein rotes Haar . . . bedeckte die Ohren in dünnen Locken . . . Gezwungen, durch den Mund zu atmen, öffnete er die dünnen Lippen, und seine Wangen, sommersprossig und von Stubenluft fahl, erschlafften und fielen ein . . .‹ : ja, mein Lieber, sollten die Wangen (mit den roten Sommersprossen) nicht vielleicht bereits erschlafft sein – und eingefallen – wenn Schiller den Schnupfen hatte *–? : und sollten die dünnen Lippen nicht wohl schon offen sein, wenn er durch den Mund zu atmen gezwungen* war *–? : oder mußte das alles erst höchstpersönlich veranstaltet werden, damit unser Mann etwas zu schildern hatte –? : es ist ja geradezu ein Wunder, daß die Wangen nicht auch noch rot waren – vom Fieber etwa oder was weiß ich :– aber jetzt kommen die kunstreichsten Kontraste : ›. . . Sein weißer Hals ragte . . .‹ und hätte er das wenigstens mit ›k‹ geschrieben, so wäre ein nachdenklich bewegungsstarkes Bild entstanden : dies – ist platt-abgegriffen-überlesbar : und die alberne Erläuterung ›. . . lang aus der Binde hervor. . .‹ desgleichen : wo soll der Hals denn sonst wohl noch hervorragen –? : auf deiner Farbigkeits-Palette fehlt jetzt eigentlich nur noch Schwarz – und wir haben eine Ansichtskarten-Koloratur, die sich überall verkaufen läßt : und siehe da – ›. . . wenn man Likör nahm oder schwarzen, starken Kaffee . . .‹ : es wird uns schlechterdings nichts erspart : ›. . . An der Wurzel der großen, gebogenen Nase, die unvermittelt (!) in eine (!) weißliche Spitze endete (!) . . .‹ : schon wieder Weiß : und Nasen pflegen nun einmal unvermittelt zu enden – ist das erwähnenswert –? : man weiß auch, in welcher Weise Schiller häßlich war – sieht man das seinem Werk an –? : Lichtenberg war bucklig, Wieland ein unscheinbares Männchen – sieht man es ihrem Werk an –? : denn um das Werk ging es doch wohl – bzw. meinethalben auch um die Armee, die ›Basis von allem‹ – braucht man dazu Nasenspitzen, an denen sich alles ansehen läßt –? : Mann braucht sie : gleich zwei Seiten später betrachtet er sie wiederum beschaulich : ›. . . Die Flügel seiner großen Nase waren gespannt, sein Blick drohte und schweifte . . .‹ : also diesmal hätten die Flügel nun wirklich ›sich spannen‹ können, weil sie ja dauernd ›gespannt‹ wohl nicht waren – auf wen oder was auch – pfff! : ja, und was Wunder – die Nase ist noch immer ›groß‹ –: diese ausgemergelten Silbenklepper, die da ins Rennen geschickt werden! : diese ausweglose Inflation der Worte! : schon die Sextaner bei uns lernen auf sowas achten –: ja, und jetzt endlich stehen auch die vormals fahlen, dann ausdrücklich erschlafften und eingefallenen Wangen nicht mehr abseits in deiner farbigen Situation : ›. . . eine fliegende Röte war in seine hageren Wangen getreten . . .‹ : schon reingetreten, kann man da nur sagen :– jetzt müßte sich nur noch der schwarze Kaffee verwandeln – und die schwarze Locke, die sich ›über die (!) Wange‹ von Frau Lotte ringelte – und die geweißte Decke – und die weißliche Spitze der Nase – die Brauen – ah, die sind bereits wieder rötlich –: Mensch, werden Sie wesentlich – –« : und ich ließ ihn schallen und lachen, bis sich's langsam legte – und er auf einmal wie gealtert stand – in wieder matter Schmächtigkeit – häßlich* *erschöpft –: war das die Trieb-Feder gewesen, die ihn das alles zu Papier hatte bringen lassen – zum Werkchen hatte machen lassen, dem man ihn und seine Unscheinbarkeit nicht ansehen sollte –? : die Überwindung der Häßlichkeit – neben jener anderen Überwindung –? : der des Anderen überhaupt, für den auch ich nun stellvertretend –: und gescheitert in beidem : vor meinem wartenden, gewähren lassenden Blick – vor ihrem seiner nun endgültig überdrüssig gewordenen Starren –: »Es könnte –« sagte ich später noch – aber ganz gemächlich dann – der anderen Besiegung sicher – »– es könnte ja auch Absicht sein –: das panisch-manische Element allgegenwärtiger Fieberfarbe : ein konsequentes Stilmittel –« : und auch der stumpfe Schweiß auf seinem Handrücken, der sich – ja, wie? ja, wie verklemmt – aus dem Heft zurückzog : auch die Betroffenheit, mit der er darauf niedersah : das Eigentliche, das ihm verschreckend den Kopf schüttelte : die Ahnung seiner – nicht seiner – Nieder –: »– was –?« weglegend – es – und sich : abwesend schon – »– ach was denn – konsequent : ist auch die Schlamperei – das : gebe ich gern klein bei : von all diesen Leuten heute, die mir viel erzählen können, ist Mann der konsequenteste : und daß er dabei viele andere Leute als feuerfeste Tradition hinter sich hat – und neben sich und vor sich –« gegen mich – und nur noch gegen mich – ich –: »Schlamperei –« sagte ich ablenkend »– von wem ist doch der Ausdruck –?« : er beugte sich leichthin vor : »Imgrunde –« flüsternd – war es so geheim? »– im Grunde ist dieser Mann bloß ein Erzähler, der sich auf seinen Anachronismus schon zu Jugendzeiten wie auf ein Altenteil zurückgezogen hat – und dem die ›Stürme des Lebens‹ zu nichts anderem dienen als dazu, seinen Schaukelstuhl in Bewegung zu halten –: ach was – nichts hätte ihn bei all dem konzisen Geplauder hindern können, seine Phantasiegebilde schärfer zu beobachten : aber hier – ist alles graustes Zeitungsmehl : alles lang – der Ofen, der Hals, die Schatten der Wimpern : und alles dünn – die Lippen, die Locken, die Möbelbeine : und alles schwarz und weiß und rot und noch einmal rot : ein Benennungsvermögen von monumentaler Nichtigkeit – –« : und das war dann wohl der Schluß – wir : schwiegen beide : standen ungerührt : ganz als sei die Sache selber nun müde geworden : mit uns – wie unser auch – »– wie spät ist es –?« : längst Nacht : und im selben Moment schlug die Glocke an : uns : an : uns scharf ent zwei end : drei – vier : und die hohl bellende Stundenzählung tappte hinterher : voll hallend aus der Finsternis herein, die wir ver – »– was –?« ver – sie : vergessen – »He! : seid ihr nun endlich fertig – ich bin müde –« : ihr Gähnen – träge laut : und er zog sich in eine unbeschreiblich spöttische Bewegung zurück – das : Ende schwieriger Stunden – »– ist verständlich : und ich bedaure sehr –« es – sie : schon*

Stunden : und »– was, schon elf –?« : auffahrend bei dem Schlag der aus der Höllenfahrt : aus Jaakobs Geschichten –

es – »– es ist ganz herrlich –« : sie – aus der Finsternis : vergessen hinter der Leere, in die ich's mir hineingelesen hatte : »Es ist, liebe Freundin, eine der größten Herrlichkeiten aller Literatur überhaupt – und wird dasein bis ans Ende der –« bis der Menschengeist selbst sich umnachtet am Ende der Zeiten –: und daß er das gekonnt hat, macht nun wirklich alle Peinlichkeiten zum Nichts, die vorausgehen mochten und mußten, bis er das gekonnt hat : und es bleibt die bisher tiefste Belauschung von unser aller Vorleben, die den Worten je möglich war –: »Die Zeiten –« sagte sie unsicher »– sind mir zuletzt ganz durcheinander gekommen – ich : hab ja viele Sachen dann gar nicht mehr verstanden – oder bestimmt nicht richtig : aber ich hatte immer so das Gefühl, wie wenn ich gar nicht mehr da wäre, wo ich bin – und wie wenn das alles, was Sie erzählt haben, auch gar nicht mehr da geblieben wäre, wo es war – ich : weiß nicht –« et super hanc petram –: »Sie werden jedenfalls –« viel Zeit davon »– viel Freude daran – was?« viel Streit viel »– nein : darüber nicht – es : ging da nur um einen frühen Schnickschnack von ihm –« einen eher peinlichen Durchgang : zu längst zum Nichts zum »– damals hier –« : »*Hier*über –« sie »– kann man doch auch gar nicht – finde ich –« ganz fürchterlich streiten –? : »Nun – den Bertolt Brecht –« und ich ertappte mich doch wieder dabei, wie ich dem Namen seinen neutralen Ton erst sehr eigens verschaffen mußte »– hab ich's –« den Joseph »– vor ein paar Jahren mal als ›Enzyklopädie des Bildungsspießers‹ bezeichnen hören –« unter nur mühsamer Dreingabe des Eingeständnisses, keine Zeile je davon gelesen zu haben – was ihm TM mit Gleichem vergalt – »– Sie sehen : man kann durch – könnte durchaus :– aber das ist –« Auch Einer, der sich auf dem Langen Marsch – und schwärmt jetzt vermutlich für den Vater Stalin – »– der ist auch : so einer, der –« und Achselzucken – leer : Neutralität – der was? – »– ach, Nichts –« nun, der : mit wichtigen Anteilen seiner Person und seines Denkens nicht durch die Pubertät hindurch ge –: nichts – er

und auch er – W – später : er hat – »– das müssen Sie verstehn : man fühlt –« ich – schuldbewußt? »– zuerst nur etwas richtig, ohne es noch richtig sagen zu können : das kommt dann –«

später – oder eben nicht? – er hat – »– und aus dem Versuch, seine bloßen Affekte auf sachklare Gründe zu stellen, kommt zuletzt alle große Leistung : sogar Wissenschaft : freilich auch –« wenn er mißlingt : zu Kitsch zu : Regression »– der dann um so größere Irrtum – ich : meine, er ist noch sehr jung : er wird durch –« nein, ganz so fatal kann mein Ton doch nicht gewesen sein, bei den paar Jahren, die ich : meine, er ist : noch sehr – doch : jung – höre's nicht anders : siegend gönnerhaft : mit Großmut gegen die Niederlage, die er doch nicht : vor ihr vor : gar nicht vor mir er : und wir sind dann ja zusammen weg – sind einfach, wie im Traum, allem entglitten – durch den mitternächtlichen Hain – nach Bug noch – dann zu ihr –: »He, sag mal – spinnst du?« spöttisch mir vor die Brust : ihr Spinnenfinger »– das soll doch wohl nicht die ganze Nacht so weiter –« und es war ihr erstes ›du‹ – und schmerzhaft fast, so vom Spott mit eingesponnen – »– wir können doch weg : ich will noch irgendwo sitzen : was trinken – tanzen – kommst du mit –? ach komm schon –« und zog sich, ihr spitzspöttischer Finger, geschmeidig in die flache Hand zurück, die mir über das Hemd – hoch an den Hals – strich sich strich streichend sich legte – wir : sind dann zusammen weg – sind einfach wie im – durch den : und er hat – das : könnte nun wirklich sein, daß er darum *jene Position nie preisgegeben hat – nie aufgab, was ihn einmal zum Aufgeben ge : nicht belehrbar – Zwang : und er hat auch selbst die große Prosa der Vereinigten Niederlande dann nie zur Kenntnis nehmen wollen, die ich – »– Geschichte – ich? von* dem? *: das fehlte noch –« : die ich aber damals auch noch nicht –: groß-rächende Battaille : nie – ist nie : durch*

Nacht, sich spätend – alt : »– noch etwas –?« trinken : Wein – Caritas – Idyll : und das Talgweiß ihrer einschenkenden Arme zwischen uns : auf einmal ekelnd deutlich wieder – duff : vergrauend in Zeit : vergilbend im Gezündel der schon der dritten Kerze : »– das : hatten wir schon einmal – Frau Simon – und zwar –« erschöpfend : das Wirken – Wirken Wollen Können Müssen – »– die ›Kunst, in anderer Leute Köpfe zu denken‹ – hat der vorhin erwähnte Brecht das genannt –« unter dessen Künsten sie glücklicherweise doch die geringere war – so sehr ihm die Ambition danach auch zuweilen die Stimme verstellt hat – »– die meisten Leute, die an diesem Ideal leiden, verwechseln es bloß mit dem, was simples Machtgelüst in ihnen ist – mich –« treibt die Ruhmsucht – jeden Menschen treibt sie : nicht – nicht, mich »– quält das nicht –« und nur noch dünn zerstreuende Reden : quer durch den Dunst den : Rauch – ich : rauche zuviel – »– und der Dunst, Frau –« was denn – Wunsch »– Frau Simon, gekannt zu werden, vergeht mir immer wieder neu vor dem Anblick der Kenner –« selbst der, einmal gekannt worden zu sein – von – von : ver

vor uns der dumpf der Mond – durch Nacht und Nebel : ging mit uns – lief – blieb stehen : sichelnd zwischen den Stämmen : ain al qamar – hab ich – katabtu : ge – vor mir mit dem Stock ge in den Sand geschrieben : auf der Bank an der Regnitz : »– du – aber du kennst mich doch gar nicht – noch – noch gar nicht –« : das Über-Auge –Schwert auch zwischen uns : und sie strich mit der Schuhspitze achtlos durch die krausen Zeichen : »Deshalb will ich dich ja –« auslöschend »– kennen lernen –« und lachte – schwarz und wartend an mir vorbei : sich zu erkennen gebend : »E.T.A. Hoffmann –« ich – schüchtern – nüchtern »– ist hier immer auch – nach Bug in seine Kneipe – hier auf diesem Weg –« mich zu erkennen gebend? – letzte Widerwehr : ehe sie mir mit Haut und Haaren in alle Sinne fuhr : »Ach du Idiot – du Kindskopf – faß mich an –« : und wir faßten uns wie rasend an, machten ein Chaos aus uns, Getümmel aus Fleisch und Worten – uns wiedererkennend – für den Br : bis sie auf einmal abbrach : jäh sich uns entwand : aufstand – ging – weiterlief – und mich wie leer –: ich hatte – für den Bruchteil eines Augen –: achsanu 'mratin – fil bustan as saif – ich : sah's nicht – Meer : aus Finsternis – nicht meer

vergeblich und gleichgültig – ich : hob den – aber es hob mir immer wieder den Kopf aus dem Qualm : zu müden Redseligkeiten – redseligen Müdigkeiten : vor Schatten und Schemen des Zu des Nichtmehr-Hörens :– und schon die Notwendigkeit, mehr als Einem verständlich zu sein, zwänge ja jeden Satz in bleichende Banalität : »– vielleicht –« sagte ich trödelnd noch »– sollte man ein Buch überhaupt – von vornherein – in jedem seiner Ausdrücke – nur für Einen ganz bestimmten Leser schreiben –: wenn man Ihn erreichte, hätte man – vielleicht – ein Maximum er –« und stand auf – ging – lief – »– und jede Ambition darüber hinaus –« wäre wirklich nur ein atavistischer Hunger nach Macht? »– zerstört etwas in der Qualität des Gedachten – die größte Ambition : zerstört schlechthin – auf ein Minimum von Qualität schlechthin :

›best-seller‹ – wie man das in Amerika nennt – und folglich bald auch bei uns nennen wird – sind ein Synonym für Schund –« und Fall des Themas : auch weil sie – lästig aufmerksam – wie halblaut strahlend – sich schon als Anwärterin auf den Stand des Einen Lesers –? : »Mein Sohn –« – was –? wenn mein Mann – mein Ältester – »– würde Sie gerne einmal kennenlernen – er : hat etwas von Ihnen gelesen, was ihn sehr beschäftigt : er ist Lehrer im Norden oben – in Schleswig – und kommt in den Ferien manchmal zu Besuch : ich hab ihm von Ihnen ge –« murmelte – matt sich verlierend – »– er meint, wir müssen kämpfen für ein neues Deutsch –« land ländlich sittlich neu »– auch gegen den – wie Sie ja auch ge – schreibt er, den amerikanischen Einfluß – der uns doch immer mehr – meint er, uns unfrei – macht uns –« das, Frau Simon, »– das hatten wir schon einmal – entschuldigen Sie –« und schüttelte es selber von sich ab : saß überlegend : »Sie : schreiben wohl viel für sich nur – über Sie selbst –?« : nichts, was nicht über mich – und nur für – was, für – was

mir zu erzählen, was mich zu erzählen hat – es : kommt alles wieder herauf, was –: ›. . . den bedraengten deutschen Bruedern zur Erlangung ihres vergewaltigten Rechts . . . für deutsche Ehre Blut zu. . . kaempfen für . . .‹ : Dads Briefe – die Lebens-Zeichen für die : ›Lebenszeichen für seine Lieben im Felde‹, wie Tante E mit unnachahmlicher Syntax auf den Umschlag des Päckchens geschrieben hatte – ›als heiliges Vermächtnis dir von deinem‹ von ihrem meinem Bruder Vater, der : ›. . . die mir in Friedenszeiten unerreichbaren Lorbeeren eines Helden. . . auch schon gedacht, mich nach dem Kriege doch . . . um still im Kreise meiner Familie für. . . mein deutsches Empfinden aber bestimmt mich, für mein deutsches Empfinden aber bestimmt mich, für mein deutsches Empfinden . . .‹ aber die Orthographie klingt ganz intakt – sind das denn die : die ›. . . armen Schleswig-Holsteiner. . . gegen ihre daenischen Zwingherren erhoben. . . der Professor steigt vom Katheder und ergreift mit seinen jungen Zuhoerern das Schwert, der Arbeiter schliesst die Werkstatt, der Fischer zieht den Kahn aufs Land, der Bauer verlaesst den Pflug, alle verlangen die Wehr', um gegen den Daenen zu ziehen. . . sich frei zu machen von den unwürdigen Fesseln . . .‹ : nein – nicht von ihm, muß früher – älterer Schall : irgendetwas Großväterliches aus dieser gräßlichen Familie : Vermächtnis, heilig, ihm von seinem – ihrem –: zigfach von ihr mir vorge – mir erzählt : was ihn zu – bohrend – ins Gedächtnis rufend : ›Bleibt auch ein Drittel von euch, so rief ich, auf dem Schlachtfelde liegen. . . denn Deutschlands Ehre haengt. . . an euerm Opfermute. . . aber nicht nur ein Drittel, sondern die Haelfte der Unseren durfte mit ihrem Blute beweisen, daß ihnen ihre‹ ihm ihr ihre nicht seine ›und ganz

Deutschlands Ehre höher stand als das eigene Leben, das in die Schanze zu schlagen . . .‹ war das 64 – ? nach Düppel – nach dem – ›. . . während einer der daenischen Rotröcke nach dem andern . . . in die Pfanne gehauen . . . ins gruene Gras und faerbte es mit seinem Herzblute dunkelrot . . .‹ : mit seinem – seinem nicht – mit wieder seinem : und quer so irr so fort quer durch die Zeiten – die dunkelrot ge

blaß – wie spät? »Sie sind – dies sicher alles schon satt : und längst schon müde –« der alten Zei der dunkel verzettelten Sachen – meines Grazer Winkelantiquariats : »– nein, glauben Sie's mir : es hat schlicht keinen Zweck – in anderer –« in vieler – dieser aller »– Leute Köpfe zu –« schrei zu denken »– selbst wenn wir es –« brüllend – in taube Ohren – »– und wenn wir so schreiben wollten, daß wir von Allen ›verstanden‹ würden, könnten wir nur noch ›Bahnhof‹ schreiben, Frau Simon : *das* ist die Basis von allem, was unsere Schleswig-Holsteiner . . . an denen dann Deutschlands Ehre . . . die immer irgendwo hängen bleibt . . . : entschuldigen Sie, ich : bin nicht mehr ganz bei der Sache : ich habe heute zu viele Erinnerungen aufgeweckt, und die steigen mir jetzt –« durch Likör und schwarzen Kaffee : die Kunst, sich in anderer Leute Köpfe zu : ›. . . denkbar, sie der Einbildung aufzuzwingen?‹ : alt hallend finsterwärts – ich : bin nicht mehr – »– ich – was, ich – jetzt – ?« Schnitt kühler Luft – am Fenster »– nun – etwas über mich – und nur für mich –« ein Stückchen Re-Vision vergangener Lebens-Zeichen »– nein, wirklich nur für mich – ich : bin –« ganz nüchtern »– was die deutsche Öffentlichkeit betrifft, nur ein nichts mehr sagender Privatmann –« : und beugte mich atmend in die Nacht hinaus – flach horchend nur noch : Mond – ? : unkenntlich hinter den Nebeln : »Aber mir – sagen Sie viel –« zaghaft zuredend – sie : zu viel zu vielzuviel schon »– und Sie können – doch auch so herrlich erzählen –« kann ich »– nicht – ?« : ach liebe Freundin – eben das »– kann ich nicht – schon lange nicht mehr : die Fähigkeit, sich mitzuteilen, nimmt ohnehin mit den Jahren zuverlässig ab – und der Eine Leser, für den ich –« vielzuviel – : ist mir zu häufig weggestorben : zu Tode gekommen in diesem Land : als daß ich noch – in diesem Land – – »– ich glaube – das ist fast schon so etwas wie eine Gesetzmäßigkeit : daß einem, nach einigem Altern, die Sprache schrumpft – wortkarg wird – schließlich stumm –

und mit der Lust auch jene Lust vergeht, sich dreinredend in die Welthändel zu mischen –« und wer als Greis noch rüstig reden kann, der hat sein Leben bloß verschwatzt und ist – ja, unerreicht geblieben von allem, was Leben ist – »– man erinnert sich, mit sehr tätiger, meist sehr verkrampfter Anstrengung, nur noch zuweilen der Zeiten früherer Redefähigkeit – und erzählt –« vom Tode in diesem Land »– dann jemandem in sich selbst, der vieles vergessen hat – und immer älter und vergeßlicher wird –« und dafür braucht man bloß ein paar Stich-, ein paar Randworte noch – die den Andern nicht ausreichen würden : und selbst sich selbst : erzählt man nicht alles mehr – kann man, vergeßlicher, nicht alles mehr er – »– wer –?« : das sei das : Selbst in einem selbst – »– was weiß ich –: also Sie haben wirklich eine Art, die vertracktesten Sachen in eine simple Frage zu fassen, Frau Simon : ich weiß es schlichtweg nicht – ich –« bin grad dabei, es auf eine sehr komplizierte Art in Erfahrung zu bringen – ich : werde es vielleicht – ich – »– weiß es nicht –« sehr bald schon – nicht, es wissen – will es – nicht

ihr lange vergessenes Gesicht – vor mir in der Enge des Buger Kellerlokals – ich : hob verstummt das Glas gegen sie : der Raum begann zu wanken : durch die farblose Flüssigkeit schwammen die schlanken Augen auf mich zu : trieben auf trieben : auseinander – in trübe Lachen von Dunkelheit : von grau gerauschenden Dünsten – ich : sah nicht mehr – ich : hatte den Kopf voll von abirrenden Sachen : meine Rimbaud-Übersetzung –? die kleine Orgelkomposition –? : fis – ais – gis – das : schneidend zwischen uns summende Motiv : Idée fixe : und meine Finger strichen es unablässig aus den Gläserrändern : die einzige, klamm kreisende Bewegung : aus zwei aus : drei –? aus – was denn – drei G –? : leise – zuletzt, als sie : war denn ein Dritter da –? : Lasuren von Schmerz über allem – Schweiß auf Haut :– als sie mit dem fetten Frechling – Mondgesicht – war : Handelsvertreter für – was – irgendwas : seine grapschenden Klauen auf ihrem geil tanzenden Rücken – sie : kannte ihn sie : hat ihn – ihn und ihn – ge : auch das greise Wrack auf dem Klavierschemel – in der abgetragenen Uniform : deutsch ländlich liederlich grölend : seine zackig fuchtelnden Finger über den Wimmertasten – hat sie : fing einen Blick von ihm auf : c'est de cont – nein, nicht – ce sont des – nicht : unkenntlich – hör nichts mehr nichts : seh – sie : hat sie alle : ge

unkenntlich, nicht gekannt, uns kennengelernt – daß wir : ja, hat auch mich – es »– hat mich sehr gefreut, es war sehr schön –« : und immer noch Zögern – Abschied mit Gewalt : ganz still zuletzt – im Aufbruch : »Warum sind –« sie – simpel, kompliziert »– Sie wiedergekommen –?« : und ich machte, müde, noch einmal allerletzte Worte : »Nun, es gibt : da eine deutsche Redensart

– es zieht den Täter –« mit leichter Handbewegung »– immer an –« der Wand lang immer an »– den Tatort zurück –« : das Treppenhaus – und es riecht da nun wirklich ganz unerträglich muffig herauf : wie Kneipe wie : Kaschemme – milchig öd – die : was, die – was denn –: »– was –? ach entschuldigen Sie – ich –« mit Gewalt zurück »– will – wollte vielleicht – nun, ausprobieren, ob ich hier zu Hause –« sein könnte – bin – je war : *die Matte – leer, wo Will : die ganze Nacht : hockend auf – aber ja nicht – das : stimmt ja nicht – das hat er ja nie erfahren : nur meine Schuldgefühle nach der Nacht der Nacht : daß wir nach –* »– aber wir können hier nun nicht noch bis morgen früh stehen, liebe Freundin –« : Redensarten – gegen ihr wartendes Zögern : leicht – nur noch handbewegt : »Der Historiker Schiller –« sprachen wir nicht von ihm? »– war der Ansicht, die deutsche Sprache müsse die ganze Welt beherrschen –: das tut sie nun nicht – zum Glück für die Welt, muß man wohl sagen – zum Unglück freilich für –« *still* : *Seifen – Wasch – ge* »– nun : und da sie es nicht tut, muß unsereins – nun, eben dort sein, wo sie zwar auch nicht herrscht, aber doch notdürftig gesprochen wird – ich : muß sie täglich –« hören – sehen auch : und das Kaulquappen-Englisch, in dem ich ein Jahrdutzend lang – und früher einmal – einst –: ja, kam von kommt von dort der Zwang, es immer nur gebrochen zu schreiben, in Abbreviaturen, Rand- und Stichworten, in kindlicher Begrenztheit, torkelnd, schwach – und nie, bei aller Übung, über die Schwelle der Geläufigkeit zu ge – »– ich – ich weiß nicht einmal : ob es die richtige Sprache ist – in der ich zu Hause –« war – bin – sein könnte : einmal noch wie einst »– es wird mir jedenfalls, so oft ich sie sprechen höre –« und sehe »– wie dem alten Heinrich Heine ganz ›seltsam zumute‹, Frau Simon –« : unkenntlich – al rhumuda : ja, Arabisch auch – vielleicht – nein, nicht : Nur – nur ein paar Lektionen : Kleinworte – Latoks Mund –: »Was Sie jetzt schreiben –« sie – eher fragend – was? : und ich bewegte noch einmal Herz, Mund und Hände : »Das : wird etwas sehr Mühseliges, Frau Simon –« Ermittlungen in unser aller Vorleben – »– eine große Parabel über die Art der Menschenart –« : ein Stückchen Beschreibung von unser aller Todes-Ur-Sache : auf starkem Papier in Pappband – und Für das

Deutsche Haus : »– ich bin jedenfalls sehr gespannt – ich : werde es jedenfalls –« : Anwärterin auf den Stand des Einen Lesers : nein, lassen – lassen Sie nur : »Das hat noch Zeit –« braucht Zeit viel Zeit – zurück – re g – »– und ich weiß nicht – ob ich es überhaupt je zu Ende bringe –« re durch den Großen Re : Schlag zwei – die Uhr : tat einen Sprung in – tiefer in *Nacht und Nebel : und an die Flurscheiben pochte erkaltend der leichte Regen d er : rinnend – summend der : Abschied wie – einst wie einst : unser aller Todesursache : nein, lallend wie – klein – wie kindl : kilal al kalala – ich :* bewegte es weg : »– es ist keine Kleinigkeit –« verschleiernd – Redensart »– sich selbst bei der Parabel zu nehmen –« : Distanz – gegen mich wie sie : Fossilität – »– nein – lassen – lassen Sie nur –« und jäh erschrocken, als sie den jäh den Kopf mir an die Schulter –: ihr nahes Atmen : Wein – Likör – und Alter : Öl streich – mich streifend – *bab ul baiti – was? : al wasi'u maftuchun – nein,* lassen Sie : das denn doch nicht – die : caritas caritatum : Unglück im Winkel – Leere zwischen den leeren –: »– nein, gar nicht – halb so schlimm –« das Angebrannte : das bißchen Angebrannt –: und nur mit leichter Handbewegung noch über ihre Hand – »– war schön – war –« glatt und separiert : kein Beigeräusch mehr – »– danke – vielen Dank –« und noch einmal – Hand über Hand – kalkweiß – talgweißlich – rötlich – schwarz : ut aliquid fiat –: und weg in – sah's nicht mehr – in : Maare aus Fensternis

8–2–50

In Widerlicher Gestalt – mit drohend dem Brief in der Hand : aus seinen Augen Grauen – Grinsen aus seinem Mund – ich : kannte und ich kannte ihn –? nicht –? : gedunsenes summend es : war eine Beschwörung es : ist eine Nötigung ein : Schallen ver – und ich verkannte ihn –? nicht, nicht – ver : scholl –: sein Gesicht kahl weiß – in Fett verwesend – die typische Trinkernase : tanzte allbärne Haarlekinaden auf und nieder : aufplumpend in Raum – die Zeiten verzerrend : großwagende Parade der Nacht zwischen starrenden Starlets : das grölend hallende Gongrondell – ich : sprang ihn schließlich an – die feiste Grimasse zu packen : um ausgeheckte Eckengrenzen : durch Engstmaschen – durch ausgeecktes Heckengrinsen : ins immer kleiner winzig Kleinstlichste : mich matter vermischend – wirr ver – wortverworren : in flirrendem Aquarienbunt in : schielend verwischten Prismenspielereien –: dann zerfusselte sich's in ein Feixen, und ich saß aufrecht und verstört in einem Unsinn von zerwühlten Decken und Papieren, überfröstelt von Schauder auf Schau

Gründämmerung unter dem Weißlicht der Frostluken –: Blumen – der Armen Leute Wintergarten :– pilzig und siech : und in meinem Kopf noch immer aus Schachttiefen verquollene Gongwellen : wuchernd verschlungen : wie schlierendes Algenwerk : im langsam sich rötlichtenden Lidgedämmer der Augen –: bin müde – bin

habe mir empfindlich die Schulter verkühlt : verrutschte Decke wohl – vom ungewohnten Wein zu sehr vertiefter Schlaf : die Schreibhand schmerzend : aber schon etwas besser : viel Wärme – viel

und viel Bewegung – schmerzhaft gegen den Schmerz : es ist überhaupt eine lästige Hast in mir entstanden : zuviel auf einmal, was keinen Aufschub will –: aber das nicht allein – es ist

zerbröckelnde Stunden – so als käme etwas riesig Drückendes auf mich zu, dem die Zeit nachgibt : jeder Augenblick ist die Ruine einer Vergangenheit : jede Vergangenheit der Staub von Aug

bin müde – staubbedrückt –: habe am Montag noch vor dem Frühstück den Abend festgehalten – und schon jetzt ist die ganze Endlosigkeit wieder versunken : nur neuer Staub zum Staub – auch die

und auch die Endlosigkeit selbst – bedrückend bedenklich : daß ich nicht weg – nicht konnte – wollte – was –? : und die sich dauernd selbstbeteuernde Nächstenfreundlichkeit : ich bin horchend nach unten – Schacht – die hallende Stille –: nein, ich bin selbst – nicht sie – schweigmüde, redesüchtig : und meiner Einsamkeit hier oben hoch noch weniger als sie als je ge

wachsend auch taub – gegen alle Gegenwartsstimmen –: sie hat doch – sie, nicht sie – viel mehr gesprochen : erzählt, berichtet – mir – und nicht ich ihr : und ich höre doch nur mich – ich

die Unfähigkeit zu erzählen, die ich ihr eingestand : die wachsende Mitteilungs-Insuffizienz : zum Eingeständnis erst durch ihren An- und Widerspruch bewogen – und selbst erkannt erst dann im Eingeständnis selbst –

große Gefahr : daß ich das Reden schließlich ganz verlerne :– schon die beiden letzten Bücher haben ja, ganz jenseits der Fremden Sprache, eher nur Befremdung bewirkt :– das Wort ›hermetisch‹ – das in so gut wie jeder Rezension –

oder doch Erkenntnis-Konsequenz – und ohne vorsätzlichen Betrug nicht widerrufbar –? : die Tieferen Stimmen nur in ihren Grenzlauten über die Hörbarkeitsschwelle reichen zu lassen – die

Absage an die Illusion, daß ein umfassendes Beschreiben möglich sei –: jedes Bild bleibt imgrunde präziser als sein Widerbild aus Worten, und für die Banal-Literatur sind Foto und Film unweigerlich das Ende

zuletzt appelliert alles Erzählen an ein latentes Vorwissen des Lesers – und bleibt in seinem Gelingen von dessen Fülle abhängig –: Verständnis gleich Wiedererkenntnis : diese nur

ja, eigentlich nur lockbar, weckbar, partibus pro toto – bewirkbar nicht : und wo sie nicht ins Werk das Ihrige selbst einbringt, kann das Totum der Kunst nicht zustande kommen – bleibt der Text fremd wie eine Tafel Linear-B –

Appell an die Erinnerung zuletzt –: auch darum sind die Großen Bücher so einsam – weil in ihnen zum erstenmal steht, was erst nach ihnen erinnert werden könnte – und weil sie überhaupt jenseits der Grenze – der Erinnerungsfähigkeit – des Vorwissenkönnens – Wissens überhaupt –

zu schwer jetzt – lähmend : später – aber mit aller Genauigkeit : ist Zentrum aller Pläne, die über die Hörbarkeitsschwelle – ja, wollen – müssen –? : und nicht anders können – als nur in Grenz – in G

Gehring noch da – mit dem Nachruf : sehr schön und persönlich geschrieben – ich »– wollte's Ihnen doch vorher wenigstens zeigen –« und ich dankte ihm wortreich : nil nisi bene – schönes

Epitaph : obwohl ja doch kaum einer seiner Analphabeten sich ihrer noch entsinnen dürfte – wir : machten auch ein paar Schreibereien aus : nur kleine Hand- und Randarbeiten : Trödel eher – trash : er wird's verschicken – gut – und das nächste Jahr läßt sich sichern –: entschuldigte auch mit Überschwang, keine Karte für Donnerstag geschickt zu haben : »– nicht doch – das ist –« das geringere seiner Versäumnisse : Bahrs ›Konzert‹ von 1909 im Schauspielhaus »– doch eine schmalzige Angelegenheit –« und die Widmung an Strauß heute fast wie eine Bosheit –: ich nutzte sein Schuldgefühl und halste ihm das Paket an W auf : zur Postbestellung – muß dann nicht hinaus : kalt – wieder Schnee – »– die Kohlenversorgung –« : nur frostig achselzuckend – er : war ebenfalls krank : saß wrackhaft und ging hustend aus meiner Kälte : von meiner Kälte weggeschickt :– aber ich habe ihn nicht gefragt, ob er – warum er nicht – nur ausgedrückt : erkaltend – daß er nicht

sie – sie, nicht sie – erst anderntags herauf : schüchtern – nach mir zu sehen : war aber unbefangen, ungekränkt : gut so – und wir vertrödelten eine Stunde : ›heiter bis wolkig, im ganzen trocken‹ :– und aus der Zeitungsüberreichung ist nun fast schon ein tägliches Ritual geworden : das Transportamento der täglichen Schäbigkeit, das ich mit pädagogischen Legato-Bögen überziehe : Saarfrage mit immer lauterem Heim-ins-Reich-Geschrei : »– nun – er wird nicht lange mehr Justizminister bleiben –« : der Dr. Thomas Dehler : die Gruben seien ›nicht wert, daß darüber die deutsch-französische Freundschaft scheitert‹ : »Ich hab ihn –« sie »– sogar persönlich gekannt : wie er noch Rechtsanwalt hier – glaub ich – in der Hain –« : Gegenwartsstimmen – grölend auf Straßen und Gassen : und der Hochkommissar McCloy hat bei der Eröffnung eines Stuttgarter Amerika-Hauses festgestellt, den deutschen Staats-Männern sei zu empfehlen, weniger Agitation über außenpolitische Fragen zu betreiben, sich dafür aber mehr den innenpolitischen Problemen – Arbeitslosigkeit, Flüchtlinge, Jugend – zuzuwenden : »– was unsern staatlichen Deutschmännern, die selber noch nie arbeitslos, geflüchtet, jugendlich –« trash »– nun, er wird –« nicht – und nicht lange mehr

horchend – in den taub vorübergedrehten Brei : »Ein Theologie-Professor –?« in Leipzig – der Vater jenes unlängst verhafteten Klaus Fuchs : gab einem Vertreter des INS gegenüber an, sein Sohn sei lebenslang praktizierender Kommunist gewesen : »– der arme Mann –« murmelte sie mitleidig »– daß er das erleben muß –« und meinte also den

Vater : »– dann ist ja die Schuldfrage klar –« : bis ich muffig parierte : »Nein, eher noch unklarer ist sie dadurch geworden, Frau Simon –« und im englischen Öffentlichkeitsbewußtsein offenbar ohnehin ein Chaos »– denn wenn man Wissenschaftlern schon eine Gewissensverpflichtung unterstellt – was unrealistisch genug ist – dann kommt die ›Weltanschauung‹ immer noch *vor* dem ›Vaterland‹ oder dem dienstherrlichen ›Staat‹ –« : und nur halbherzig weiter noch, diffus – sie : schüttelte jetzt wieder nur den Kopf – frömmlich unangetastet : *die* Bastion, in die nicht einzudringen ist : »– nun –« : soll es sein : und drehte weiter an der Skala entlang : geriet in treuherziges Barocken

und es hat ja fast einen Anflug von Verrücktheit – wie einem das Gerät die ganze Welterscheinung synchronisiert : bis hin zur Gleichzeitigkeit sogar der Zeiten –: »Musik –« versonnen – sie »– alte Musik –« : und ich stand wegschickend um sie herum – mit immer mehr zerbröckelnder Geduld : »Wenn Ihnen ein Wort etwas sagt : die da – wird ›musiziert ‹ –« : das strahlend puristische Fiedeln : voran das blauäugige Puttenwesen Telemanns : »– und ein deutsches Lexikon der Gegenwart hat die Gewogenheit, Bach als den ›bedeutendsten Komponisten des deutschen Barocks‹ zu definieren –« : also deutlicher kann der Holzwurm in diesen Gehirnen gar nicht an der Arbeit sein : Hast – was ? ob er's nicht sei –: »– nun, das ist ähnlich – wie wenn Sie Goethe –« was ja sicher auch schon geschehen ist »– als den ›größten Dichter Frankfurts‹ –« drehte's weg

der leersonore Schall – bierernst krawattitätisch : so täglich immer wieder teigig wichtigtuend –: »Man müßte –« kein Verlaß – auf irgend nur *eine* Quelle »– in diesem Land eben mindestens ein halbes Dutzend Bücher, Zeitungen, Sender zum gleichen Gegenstand befragen, wenn man auch nur halbwegs –« : und der NWDR brachte dann noch die verquetschte Dehler-Äußerung, es gebe zwar ›keine Divergenzen‹, doch ›gewisse Spannungen sachlicher Art‹ – aber ›die Persönlichkeit A's‹ halte ›die 14 Angehörigen‹ des Kabinetts zusammen : »So kann man's auch sagen – wahrhaftig –« : und malte ihr ein Weilchen muffig noch das Idyll vor die Augen : der knüttelhölzerne Patriarch im Kreise seines parierenden Clans, der dauernd sein ernstes, aber glückliches Familienleben beteuern muß : ihm – sich – und all den Allen, die es leider angeht : und die sich dann beruhigt wieder in – »– ach – quasi modo geniti –« sie alle : schon Staub schon : still – schon

Dämmerung – und dieses grauenhafte Wetter! : Wind, Schnee und Regen immer hin und her – der Himmel : entleerte sich obszön und endlos – wie jetzt allabendunabänderlich : das Flußbett schmutzig genäßt – an schon fast allen Stellen des verzogenen Eislakens : und der faulig flaulichtig schallernde Wurm kroch aufgedunsen in die alte Bewegung zurück : jeder Ausblick prallt zurück vor schwarz öligen Schuppenringen :– man sollte

müßte weg aus diesen Wintern : Reisen – ganz unsentimental – offizinell : durch Frankreich und Italien – zuletzt, wer weiß, noch einmal auch in den Orient : Emigration – mit endlich einmal friedlichem Motiv : to travel after a summer sun :– und der Süden gerät mir sudend geriet mir siedend in immer länger süchtige Reden, die sie *verloren belauschte : »– ja – ja, Frankreich –« sagte sie einmal »– das möchte ich wohl noch sehen – bevor ich –« und blickte, wie immer öfter jetzt, ganz widerlich ins Leere : grabnah und ewigkeitssicher – hatte ich denn – »– ja – und die Pyramiden –« die Pyramiden ge –: unwirsch, wie öfter jetzt : »Ich meinte nur : wir könnten –«*

im Sommer vielleicht – war 30 – in die Fränkische Schweiz : mit einem Auto – mieten – weg von hier : aus dieser entsetzlichen Stadt – dieser mißgeschnittenen, maßgeschneiderten Spießerstätte – diesem Mastkurort des Mittelmaßes : und mit allem Material in eine neue, gänzlich entrückte Werkstatt :– aber es wurde nichts draus – ich : habe den Sommer damit verbracht, Arabisch zu lernen : unter triefendem Himmel – süchtig in

den Nachmittag vertrödelt – Briefe – dies –: jetzt angeheizt – will gleich noch etwas gehen –: und der Druck hat beängstigend zugenommen : wie Riesenschichten Staub auf allem Denken : ganz nah ein Etwas, dem die Zeit – die Zeit –: dunstickicht – von Ruß durchtanzt : im wie eingedickten Licht :– ich will nachher noch versuchen, ein Stück mit den Kitsch-Notizen weiterzukommen : die Ökonomie ist beiseite, schon seit Samstag, und kann auch warten : alles Geschichte nur – weit diesseits der Anfänge – ich : ich habe da – im Bruchteil eines

in Bruchteilen eines Abends gesehen : Zusammenhang an der Wurzel –: wenn es gelänge, den ›Kitsch‹ psychologisch zu definieren – als Symptomatik – als umfassende Zeichensprache der Regression : wäre ein entscheidender Sortierungsbegriff der Geschichte ge

muß gleich an den Anfang – vielleicht Kapitel III : vor die Metapsychologische Dynamik der Historischen Bewegungen :– oder deduktiv – erst nach VII – als Abschluß der

›Imitation‹ als Zentrum – besser ›Reproduktion‹ : die Vervielfältigung von in der Erfahrung erstarrten Mustern : Erinnerungsverlust als symptomatische Bedingung : Von der Unschuld des Plagiats – hier auch oder direkt überleiten zur Kritik des Konservativen : Senilität – Demenz : und groß über das Altern der kollektiven Gemeinschaften : das reproduktive Verhalten überhaupt als Signal der Rückkehr in die infantile

Ich-Schrumpfung – immer stärkeres Durchschlagen der alterslosen Es-Kräfte –: was aber geschieht in den Über-Ich-Formationen –? verlieren sie ihre Flexibilität, ohne selbst zu

nein, Schrumpfung nicht – ihre Unkorrigierbarkeit nimmt zu –: wachsen sie funktionell am Ende sogar in die archaische Matrix ein –? : als erkaltete

irrt ab – reißt nur die Grundperspektive weiter auf : daß Individual- und Kollektivleben in nur verschiedenen Dimensionen den gleichen Bewegungs- und Entwicklungsgesetzen folgen – und daß

Geschichtsepochen wie Großpersonen analysierbar –: es läuft alles auf die Aufgabe einer hochexakten Artbeschreibung des hom. sap. hinaus – seiner ›Natur‹ wie seines phylogenetischen Status in der Ge

Natur überhaupt – das müßte der Anfang sein : dann Indizien für die angenommene Ur-Katastrophe der Instanzen-Spaltung – den Beginn der Menschheitspsychose : dann die Strukturbeschreibung der Instanzen selbst als

und auch noch einmal – mit neuem Ansatz – die ganze Moral-Kritik –: das ›Du sollst nicht‹ ursprünglich Abdeckung von riesigen Feldern des Reaktionsversagens? – von diesem erst produziert? – von jen

die, auch die säkularen, Religionen nach Zusammenbrüchen des Kollektivs : Verdrängungssysteme gegen die Versagenserfahrung – gedächtniszerstörend – daher genotypisch immer destruktiv – daher

wäre daher der grundsätzliche Kitsch-Charakter ihrer Produktionen –? : ihre Höchstmacht jedenfalls immer Wendemarke zu regressiven Entwicklungen –: Verbindung zum – zuletzt zur ganzen Väter-Typologie der überschaubaren Ge

zu schwer – gelähmt : abprallend von hinstolpernder Müdigkeit : kalala – riesig drückend – Reaktion : auf sieben Tage wälzender Bewegung – auf über siebzig Seiten sich aus

muß liegenbleiben – ruhen – sich entwickeln : sich selbst ausbrüten gleichsam – wie schon oft –: es wächst da etwas in mir – auf mich – und es ist mir, als wüchsen die beiden Vorhaben selber unaufhaltsam aufeinander zu – zu einer Verschmelzung, die un – unerinnert – wie eine Wiederver

ging – es wird wärmer – schmilzt : alles schlägt um :– und auf den Türmen drehten sich die Wetterfahnen wie rasend – die Nacht zerkreischend – grell trompeterhaft –: was habe ich – lief hastend – hat sich mir : erinn ver – nichts – nichts mehr : Tod aller Gedanken –: und ich lief hastiger – flüchtig : in Lüften süßlich seidenhaft in : rauchiger grauen Nebelhaftigkeiten –: das Tor zum Lichtspielhaus – die fröstelnden Kartenbewerber : stampfbeinig wandentlang – im Tapptakt der

Wartemechanik : grämlich ergraute Ge sicht – das Gesicht – und das Rot schlug mir grellend über den Augen zusammen : schwarz stiebend Schopf Haars – durch die Glastür : in – an der – und schwand war – verschwunden –: und ich trat wieder zurück aus der – von der Reihe, die ich auseinander –: abprallend von sumpfigem Schimpfen, das schmutzige Fahnen – in die Nachtluft – und sich nur langsam beruhigte : zu vermummt gedunsenem Summen – ich : stand blamiert – verlegen – lächerlich : mit mein auch mit auch meinen mechanisch durch alle Taschen greifenden Händen –: ver – nichts, ich hatte gar nichts – nichts dabei

Appell an die – Beschwörung – aber vergeblich : war nicht das Kino, das wir manchmal – oft ? : nein, das sie oft – ich manchmal : hab's eigentlich nie gemocht – diese Ablösung der Banal-Literatur : die schon bei ihrem Aufkommen etwas Heruntergekommenes hatte : weiß wenig mehr – Cabiria – Voß – Fosco –? : und allerlei Meliès – tiefsinnig komisch : Le voyage à travers l'impossible –: aber nicht hier – ist ein neuerer Bau : und wirkt wie Vorstadt mitten in der Stadt : fast schon wie Vorstadtkneipe – nach Geruch und Krach : von drinnen matter Lärm – grau abgespultes Reklamegarn – der revolvernde Wilde Westen : Mief – muß

ich könnte ja – vielleicht – Einladung : sie – nicht sie –: demnächst Der Dritte Mann von Carol Reed : offenbar großes Spektakel – mit Wien im Hintergrund – ich : stand unschlüssig – während die Schlange selbstbewußt zucht- und ordnungsvoll weiterruckte – dem Leuchtfenster näher –: l'art pour l'argent : auch ein Stück Albernheit – und am Ende die aberwitzigste Symbolik – wie man da so lebenslang verschieden bedrucktes Papier austauscht – ich : stand – ich : blieb eigentlich nur zum Ausgleich noch stehen – die Lächerlichkeit meiner Hast betont durch Lässigkeit jetzt auszu – dumm – ich : schlenderte weg – noch flüchtig an den Aushangkästen mit den Standphotos vorbei : das alte Praterrad – Kanalisation – auch Militär – O. Welles als feister Schurke : daneben die Karikatur eines amerikanischen Schriftstellers – die amerikanische Karikatur eines Schrift – ich : kenne das Gesicht – ihn : ihn – nicht ihn : wie er die Treppe – läuft – das Treppenhaus

nach Milch

nach : Seife riechend – matt : die Kneipe Kaschemme – und dort,

nicht dort : die Matte vor

Vorstadt : die Matte, auf der – aber früher – ganz früh

aus Sand aus : Gartensand : faulmilchig kriechender Morgen

Ich – ich, nicht er : bin – lief – auf Kindesbeinen die Treppe im Bruchteil eines – Hast – lief trabend heim : ich habe – im Bruchteil eines Augenblicks – mich selbst gesehen : ganz klein – vor ihrer – seiner? – einer Tür – ich : war hinübergelaufen – her aus einem Gar : aus einem Gat – aus lau beschaulicht – nicht : Nichtlicht – Vergitterung – die Nacht die : hockte – die ganze

verschmelzend – nur ein bißchen : Sonne noch – und ich bringe alles an den Tag –: Bewegung gegen den Schmerz : lief – sprang – der Zufall : erweist mir Reverenz – und das Gedächtnis : lebt auf den größten Füßen – man muß ihm : ihm – ihm, nicht ihm – nur auf die Sprünge helfen –: hell – Hall – ver

in einem Gartenlaubengatter – was? : viel Busse stan – was, Wagen? Militär? : eine ganze Kolonne – mit aufgeblendeten Scheinwerfern : hielt – stand am Heinrichsdamm – erhellte die ganze Straße : Appell an die – ich : lief am Haus vorbei : drückte mich durch die Pforte – ging nach hinten : stand – still! im Ga

ganz still – ganz alt – die Laube : riesig über mir : verrostetes Gitterwerk – verdorrt umschlungen : Ruine Augenblicks – von Schnee vergreist : Gerank – Faust – Griff in Dämmerung in : Dunkel : in Schatten jäh im Eingang – schlang, verschlingend – ver : schlug mir alle Worte – in : er inn

Mond : Du G sie – ich : habe ihn gesehen : Ihn – ihn, nicht ihn –: in Widerlicher Gestalt –: ain Auge – sein : betrunken in Hecken grinsend –: und *seine* Nähe, drückend, Zeit vertreibend, hat an dem Abend alles heraufgebracht – Schiller, den Gang nach Bug, die ganz die ganze : das riesig Drückende – ganz nah n ich – ich t..t,t..

Schlag Finsternis in : Schwärze vor – nicht – Licht! : vor allen Augen – war in allen Fenstern : mit einem Schlag er – Bruchteil – war erloschen : war überall im, war im ganzen, allen – in allen Häusern er – Stromausfall – Kurzschluß

stob panisch ins Haus zurück, die Treppe hinauf, anstoßend, stolpernd : in ihrer Tür die Alte mit einem Licht : kalkweiß mit einer K – Besuch, wer – Kerze : mit einer Karte – F.A.G. – Haupt – »– war nicht : nicht abzuweisen –« sie »– der Mann, der sie –« : mann der Re der Reser – riß weg, hoch, stob – und stürzte mit allen Sinnen ins Fin

III

Einiges Einzelne hieraus für das Zweifache Leben, dem zum Einfachen immer die Hälfte fehlt . . . die eigentlich Bessere Hälfte? – so oder ähnlich –

Wir in effigie : großschattig um mich Er – Ich klein, kindgliedlich, puppenhaft am Boden : unklingend – herzleis winzig – nur das Zimmer, finfinster, pfeift – singt : Dämmern – sinkt pfeifend her aus ihm

Alif Lam Mim

beugt sich jetzt aus dem Stuhl vor, hebt sich ächzend : sinkt kniewärts, sackt

He – was –?

kopfhängend auf mich zu : sein Auge grün? : Helllaub – hallblauend – bläßlicht

Na gottlob, Sie atmen

und atmet tiefer selbst, aus auf mich ein : maulig verschnapst, verraucht – grien widerlinkisch

Der Schreck kann töten – wahr, sehr wahr –: Verzeihung

stößt auf, zur Seite, hebt sich wieder weg : ragt riesig jetzt – verschwimmt : wer bist – sind – sind

Fa Alif Gain

Muqatta'at – durch Lücken : durch raschelnde, mir hingereichte Kissen, die mich – mir? : und wie sind

Fatachtu 'l baba

chatta adchula 'l chudschrata : und schiebt mir unter, setzt mir an – die Fla : den Flaschenmund – roh knospend, heller rötlich : und huscht durch Zeit : stiegt : abtrappt : matter tappend :– ganz matt

sehr später : ein sich langsam in die Stille fressendes Knarren : auf mir liegt eine Decke – meine Hand : wird angehoben, wieder fallen gelassen : ein Nicken streift mich – ein pralles Gesicht : horcht über meinem Mund : und wirft ein Netz von Schwatzen über mich

Ein Schreck in der Dämmerung, ein Schock in der Nacht – ich fühle mich in nicht geringem Grade geschmeichelt : ersuche jedoch um allmählich nun zunehmende Kontenance : meine Zeit ist bemessen : die Flügel der Morgenröte sollen mich bereits –: *heimwärts, hierher : er breitet wie prüfend zwei Arme :–* hin geht die Zeit, her kommt der Tod : ich habe einem Ihrer Alpenveilchen das Leben abgesprochen, die gütige Erlaubnis voraussetzend : ich liebe das Welkende nicht : ich selber blühe und gedeihe : *blüht und gedeiht : seine Haut beginnt rosa zu leuchten : eine schlaffe graue Blüte enfällt seiner Hand :* seitenverkehrt – wenn ich darauf hinweisen darf : der Spiegel entstellt : ich werde nicht wiederzuerkennen sein, wenn Sie erst zu meiner Rechten sitzen : was zugleich das Gewicht der Bemerkung verringern mag, daß ich selber gelegentlich zurückpralle, wenn ich mir unvorbereitet gegenübertrete : *er dreht sich, schlüpft wie schwebend her und hin* : und damit darf ich bitten, auch allen übrigen Besorgnissen Valet zu geben : ich habe von Ihrer Wohnung keinen anderen Gebrauch gemacht als den, darin Platz zu nehmen : dies letztere ohne übertriebene Bequemlichkeitsempfindungen, wie ich doch gleich bekennen will : sind Ihnen die Schöpfungen der Neuzeit so greuelhaft? : ein bequemer Sessel ist das Merkzeichen einer tätigen Vernunft, Beleibtheit deutet auf eine rege Seele : ein Gränlein Luxus bereitet den Anfang jeglicher Wiedergeburt : gut mag gut sein, doch besser ist besser : *und seine Stimme schwillt zur Korpulenz : hallt schwimmend wider : füllt den Raum :* es trifft sich, daß ich mich just in kontemplativer Verfassung befinde –: nein, sagen Sie nichts : Muße umfängt mich, ich bin der geborene Denker : keine Entschuldigung bitte, daß Sie mich warten ließen : ich habe mir erlaubt, unterweil einen Blick in die Sämmtlichen Werke des Wandsbecker Bothen zu tun, deren Besitzes Sie sich erfreuen : eine schöne Antiquität – und sehr scherzhaft : Freund Hain – siehe Seite 81 : es gibt Dinge die Fülle, die das Gemüt vor Melancholie schirmen – man muß sie nur ergreifen : *greift – grapscht schweifend : und bricht jäh in ein wölfisches Gelächter aus, daß sein Backenumriß im Dämmerrahmen des Fensters schüttert und bebt :* ich bin ein Sprüchbeutel und Witzsack, ich fülle meine Taschen mit dem Unsinn der Welt : heda, hedo, scherzen Sie frank, ich bin baß empfänglich : tatsächlich – ja, wahrlich, ich sage Ihnen : die meisten Tragödien sind verkappte Lustspiele : es gibt immer Leute, die zuletzt lachen : Trauer befängt den Geist auf eine durchaus unnötige Weise : wird es denn nun gehen –? : ich darf die Gelegenheit nehmen, mich beispielhaft zu erheben – hier bitte : meine Reverenz!

er macht sich massig, wuchtig, überfüllig – und schrumpft dann kurz zurück in kratzfüßige Devotion : seine Stimme ganz unten – greift nach mir : schwarz und voll schwirrender Ausdrücke : eine Hand umfaßt meinen Leib : und hebt sich – mich – sich über mich, holt aus : schlägt – nicht, schlägt : Licht aus allen Lampen – murmelt : grell Weiß aus Schwarz – und steht groß sprechend im Schein : qala 'llahu li-yakun nurun

Mehr Licht! : *wa kana nurun* : habe ich erwähnt, daß mein Vater die Laternen Seiner Majestät von England zu entzünden die Aufgabe hatte? : ich verstehe mich, in seiner Nachfolge, als den Erleuchter meiner sich erfreulich ausweitenden Umgebung und führe noch heute sein Zeichen im Siegel : hier – wenn Sie freundlichst –: *die Karte – kleiner jetzt, auch seine Hand : F. A. –:* nein, bitte – bitte! nicht Herr Doktor : Galland für Sie – wir wollen überhaupt die Fiorituren jetzt ein wenig hintansetzen : ich liebe die schlichte Form – was? : nun, nun – ›Publizist‹ : wie hier zu lesen : ein Begriff, dem ich umfassendste Bedeutung beizumessen ersuche – verbunden mit einer leisen, doch tätigen Würdigung meines Vertrauens : diese Adresse mitsamt Telefonnummern ist tatsächlich nur meinen engsten Vertrauten, ja Freunden zugänglich – Freund! : *und bemächtigt sich huschend meiner Hand : blickt bohrend durch mich hindurch :*

drückt – weicht dann wieder – wehrt : aber nicht doch – das ist doch : ganz selbstverständlich, daß – *er hergekommen, ich mich freue :* nein – der Name nicht: seine Bekanntheit erfüllt, möchte ich sagen, bereits den wohl halben Erdkreis – und wird in Kürze, über ein kleines Weilchen, den – nun, Sie kennen –: *blickt irritiert : nicht? – nicht :* nun, ich muß einräumen, daß ich ihn auch erst seit wenigen Jahren führe : es gibt wenig Dauerndes im Wechsel der Zeitläufte, und man muß Schritt halten : wie ist – Sie wirken schwankend – das Befinden –? : *stützt mich zum Stuhl – ich habe :* nein – ich habe : von Ihren Fenstern den ausgiebigsten Gebrauch gemacht : die Luft weht rein und kühl : Sie werden rekonvaleszieren – und wir dürfen uns getrauen, auf medizinischen Beistand Verzicht zu leisten : Wer einen Arzt annimmt, hat vom Tode Handgeld genommen, spricht Hippel : und also spreche auch ich : Sie sehen in mir eine Allegorie der Gesundheit, die ihre Güte auf die grundsätzliche Meidung jeglicher Ordinationszimmer zurückführt : *er streicht behaglich an sich nieder, rosig auf schwarzer Seide :* wie, ich selbst? nein, phil – ich bin gelernter Philosoph : und darf bei dieser Gelegenheit doch gleich höflich bitten, die Verdutzung über meine Belesenheit gütigst zu mäßigen : die Druckwerke, auf denen mein Auge sinnend ruhte, sind Legion, und fast möchte ich, bei allem Respekt, hinzufügen, daß ich darin selbst Ihnen nicht nachstehe : *sein Haar lichtet sich, wird rot vor jäher Wut : seine Finger fliegen :* ich habe bereits Ihr Büchergehäuse durchmustert und will uns beiden das Kompliment sehr umfangreicher Beschlagenheit nicht vorenthalten : das heißt – die deutsche Abteilung : auf sie beziehen sich meine Worte : phänomenal – ich staune : in Sonderheit angesichts der vorzüglichen Neigung, die Sie wider Ihr Vaterland haben – wie abermals Hippel –: *er stapft aus dem Stuhl : sein Leib zuckt, ebbt – steht neben über mir : und mäßigt sich nur langsam :* ah, ich – ja : ich darf kurz anmerken, daß mich Ihre Einwürfe irritieren : ich bin gewohnt, monologisch zu sprechen : schonen Sie Ihre Kräfte – und greifen Sie nur frei nach meiner Medizin : ich darf behilflich –? : *setzt mir wieder an : das scharfe Gebräu fährt mir durch alle Sinne :* sehr gut – wir müssen Sie dem Leben wiedergewinnen : Ihr Anblick ist nicht angenehm, Ihre Züge sprechen von ungünstig verbrachten Zeiten : auch hierin wird sich Wandel schaffen lassen – und ich glaube nicht zu weit zu gehen, wenn ich mitteile, daß ich selber diesem von mir persönlich gebrannten Getränk eine hohe körperliche wie geistige Frische verdanke : ja, den Umstand selbst, daß mein, wie schon erwähnt, erst kurzfristig mir zugeordneter Name in den behördlichen Papieren widerspruchsfrei mit dem Alter der besten

Mannesjahre verbunden werden konnte : wie Sie mich vor sich sehen, werde ich noch in diesem Jahr des Herrn mein siebentes Lustrum vollenden : Fülle liegt vor mir, die unbegrenztesten Möglichkeiten eröffnen sich mir gleichsam spielend : und werden auch Ihnen zu Diensten sein – merken Sie auf meine durchaus bedeutungsschwer gesprochenen Worte! : doch ich vergesse mich – wir kennen uns : und wollen nun ein rein gesellschaftliches Intermezzo einlegen –

er sinkt durch Nebel weg, kehrt hemdsärmlig wieder : er rückt einen Tisch, baut auf, läßt Speisen stehen : wir sitzen von Glas umgeben – ist es Sommer? : Franke erscheint, gealtert, und serviert : sein Gesicht ist ganz unbewegt, zeigt keinerlei Erkennen : quittiert die bizarren Sonderwünsche nur mit jenem Ausdruck durchtriebener Dienstfertigkeit, den er schon – wann, wann? : immer schon – die Zeit : läuft durch ein Sieb in immer spätere Stunden

Die Suppe : *murrt* : unmöglich! : ich will gleich meine Seligkeit verwetten, daß sie vor Minuten noch viereckig war : es gibt in diesem Land förmliche Verbrecher am Heerde : *er schlägt mit der Serviette nach einer dicklichen Winterfliege : stößt halblaut auf :* nun gut – ich bin heute vorwiegend pazifistisch gestimmt und will pardonnieren : Ihre ethisch läuternde Nähe : *sein Rock schließt sich hoch, er trägt wieder Schwarz :* Grillen sind das – mir selber wundersam : aber daß Sie den Romanée verschmähen – mein lieber Herr, das ist premier cru : haben Sie dergleichen so häufig? : *lacht dünn, bedächtig :* Milch – originell : Herr Michael Adams trinkt Evaporierte Milch – hä! : Prosit – ich darf auf das geschätzte Wohl – : *und trinkt sich glasig :* nun – wobei mir einkommt, daß uns auch weibliche Bedienung recht wohl angestanden hätte : Sie leben solistisch? : auch da muß Wandel – wenn Sie mir gestatten : es ist nicht gut, daß der Mensch allein sei : auch gar kein ehemaliges Ehegemahl –? : ich könnte nicht sagen, daß dies in meinem Sinne wäre : der Einfluß des Geschlechtsakts auf die geistige Regsamkeit wird sehr gerühmt : ich bitte, sich zu bedenken : Die Stärke der edlen und reinen Liebe – in vierzehn Büchern geschildert von Joh. Jac. Dusch : wenn Sie erlauben, nehme ich die Gelegenheit zu einem passenden Gastgeschenk : ich bitte – Carlsruhe 1780 : *und der Band nimmt unter meinen Händen Gestalt an : schlägt staubend auf : entsinkt mir – das Exlibris :* ja, das ist rar – nicht wahr? : ein gesichert unmittelbarer Vorfahr von Ihnen, wie ich habe ermitteln lassen : Herr Georg Friedrich A. – seit 1790 zu Altona bei Gott – und daselbst zuvor wohl mit jenem befreundet : was sag ich ›wohl‹ – ich weiß es, ich bin sicher : *und funkelt brillengelehrt : vielwissend – trinkt sich zu :* im übrigen ein respektabel belustigender Autor – jener Professor Dusch : dessen Moralische Briefe zur Bildung des Herzens mir immer wieder ein Brunnquell sind : wir können in wenigen Tagen seinen 225. Geburtstag begehen – wie auch, es trifft sich selten, zugleich den Ihres – jenes – sagen Sie : Sie haben zu Ihrer eigenen Fortpflanzung noch nie Anstalten getroffen –? : ich höre es nicht gern – nein, reden Sie jetzt nicht : ah, welch ein Künstler geht in Ihnen – ginge – würde gehen : nicht – gar nicht gern : wir müssen alle einmal vor Unsern Schöpfer treten – und man tut wohl daran, sich selbst zu hinterlassen, wo es nur angeht : *er hebt sich unruhig, schreitet betagt : schlägt dann allerlei listige Figuren in die Luft :* gar keine Verehrerinnen –? die es sich zum Vorzug rechnen würden, Ihrem Stammbaum zu dienen –? : Sie sind doch noch recht wohl gebildet – obschon ich Ihnen zurzeit an leiblicher Fülle voranstehe : wahrhaftig, ja – Sie sehen abstoßend mager aus : ich gelange zu einem ungünstigen Urteil über Ihre ersichtlich nicht nur im gegenwärtigen Augenblick darniederliegende Gesundheit : darf ich bitten, sich sorgfältiger zu ernähren – hier Geld : *Papier – Sand zwischen dicken Fingern : rinnt auf den – raschelt : auf den Tisch :* was? – nein! : Sie besitzen das Geistlich-Edle Herzpulver in drei Theilen – meines guten Bekannten Simon Graf von 1632 –? : ich stehe besiegt, es drängen sich mir leidenschaftliche Ausdrücke auf : eines geeigneten Tages werde ich Sie – erfolgreich, wie ich hoffe – ersuchen, es mir zum Geschenk zu machen : und möchte für jetzt nur anmerken, daß Hippel, welcher eine Messerspitze davon aufsingen läßt, in die Irre ging, als er es für den Grundquell derselben hinstellte, indem dieser bereits zu Freiberg 1620 gesprudelt hat, und auch die Urheberschaft eines in Hamburg wegen Nothzüchtigung eines neunjährigen Mädchens enthaupteten Doktors der Medizin durchaus fälschlich anführt : der Autor jener Messerspitze war vielmehr ein geistlicher Tropf aus dem Sächsischen, der ungeachtet eines unglaublich trostlosen Lebensganges seinem Gotte in vollen Schüsseln Lob gesungen hat : erinnern Sie mich, daß ich Sie bei müßiger Gelegenheit von den überaus curiosen Umständen seines Hinscheidens unterrichte, welches in den Armen seiner der geistlichen Ruthe früh entlaufenen Cousine stattfand, die wiederum im Jahre danach unsern schätzbaren Graf – doch ich schweife ab, mein Wissen übermannt mich : allzu geschwind dreht sich die Welt im Kreis, als daß man jeder ihrer Kapriolen mit unermüdendem Auge folgen könnte – wo waren wir –? : *besinnt sich, reißt sich los : ruckt mit nur flüchtig noch sich heftenden Blicken weiter über die Bücherreihen :* und dabei dachte ich schon, Sie würden gleich busweise verehrend besucht : omnibusenweise sozusagen – hä! : denn just bei meinem Eintreffen trug es sich zu, daß vor Ihrem Hause mehreren der genannten Verkehrsmittel eine schier überwältigende Fülle zierlichster Gestalten entstieg : ein förmlich erhebender, ja liftender Anblick, dem ich mich ohne Grämen ausgesetzt habe : Viele bedeutende Büsten versetzen mich in die alten herrlichen Zeiten : um diesmal Goethen aus Venedig herbeizuzitieren – nochmals hä! : Sie lieben den Barock? : *er zieht plötzlich Luft ein, schnüffelt, kriecht bücherwürmig am Boden* : das Schöne verlangt Humilität : was blüht hier im Verborgnen an der Mauer? : des mir nicht unvertrauten Rostocker Superintendenten Heinrich Müller Evangelisches Präservativ wider den Schaden Josephs in allen dreyen Ständen : ein Werk, dessen artige Schertz-Reden noch heute einem aufstrebenden Kopfe das eigensinnigste Stil-Gefühl mitzuteilen vermögen : nebst desselben Himmlischem Liebes-Kuß oder Uebung des wahren Christenthums, fließend aus der Erfahrung der göttlichen Liebe : mein werter Herr, mir naht der Argwohn, daß Sie die Nase zuzeiten doch recht tief in die Ausflüsse Theologiae begraben haben : ich bestaune die Fülle Ihrer Studien wie Ihres Besitzes, doch rate zugleich, nicht mehr denn eine kapriziöse Zerstreuung davon zu gewinnen – und darf hier, Ihrem Schatze leider mangelnd, Augusti Pfeifferi Antimelancholicus oder Melancholey-Vertreiber empfehlen : eine volle Vorraths-Kammer allerhand Trostes wie ein bewehrtes Mittel wider alle vorfallende Anfechtung : zu Leipzig im Jahre 1694 : wobei ich, meiner Empfehlung nachzudrücken, neidfördernd erwähnen möchte, daß sich in meinem Besitz das Handexemplar des von Ihnen genugsam geschätzten Johann Sebastian Bach aufhält, aus welchem der Höchstseelige selbst sich die Grillen vertrieb und sich zu cantabelstem Dulden gewöhnte : *er funkelt, summt und brummt : auf seinen Brillengläsern erscheint ein schnaufender Nebel, den er vertreibt : er greift und blättert :* die Betrachtung metaphysischer Gegenstände trägt uns in der Tat die angenehmsten Früchte der Kurzweil, und gar eine Seelen-Analysis ihrer früheren Betrachter setzt uns in den Stand, in jedem noch so flachen Paradeisgärtlein die erheiternde Aussicht auf den Hügel Veneris zu gewinnen : ei, dacht ich's nicht – hier haben wir auch unsern Herrn Johann Quirsfeld, zu Pirna Pastor, welcher zeitlebens mit rüstiger Hand am Baum der Erkenntnis gerüttelt hat : Des mit Jesu verlobten Tugendliebenden Frauen-Zimmers allerschönster Seelen-Schmuck – um was mag es sich handeln? : eine mir gar nicht geläufige Editio post humum, die auch Ihrem Vermerk zufolge meinem sonst nicht leicht vergebens um Rat angesuchten Gewährsmann Goedeke verborgen geblieben ist : Leipzig bey J. Eyssel 1733 : ich stehe verdutzt, mich befällt ein Taumel der Sinne – bewahre Gott, daß mich ein Trugbild narrt : es darf nicht wahr sein! Irrtum! Lug- und Abweg! gefälscht, entstellt, erfunden, unnatürlich! unecht und grundlos, gleisnerisch verschoben! ein Fabrikat! ein Hinterhalt und Fallstrick! Falsifikat! – ich schreie : *und er schreit : er brüllt zuletzt und schlägt sich mit Fäusten die Stirn : er blättert wie rasend – riecht am Pergament – nimmt prüfend das Papier zwischen fliegende Finger : und kehrt dann mitten im lärmendsten Wort zu glatter Tranquillität zurück :* Verzeihung – mein Humanum : daß mich eine leichte Unruhe befällt, wenn ich auf dem Gebiete der Liebes-Kunst eine mir unleserlich gebliebene Tätigkeitsspur entdecke : es ist mein Faible, das Verborgene zu wissen – und meine Passion, das sich Verbergende vorausgekannt zu haben : so jetzt auch hier : ums Haar wäre ich schier von Vernunft gekommen – doch dürfen Sie nun in einer lediglich, ja ausschließlich momentanen Trübung meiner Konzentration die Ursache sehen : schon schwebt vor meinem vergleichenden Blick die zweite Auflage herbei, vom Jahre 1682, und meine Hand fällt wieder auf Vertrautes : *hüpft blind blasiert durch Seiten jetzt : Triumph : und sticht den Finger ein :* hier – unvergleichlich! : Gebet einer Bergfrau, wenn ihr ihr Ehemann in den Schacht gefahren : verstatten Sie, daß ich kichere – das ist mein Johann, wie er leibt und liebt : Todjammer, daß er vor so langer Zeit geatmet – wie wollte ich mich heutigen Tags mit ihm delektieren! : ein wahres Roß auf dem Acker des Herrn, das dem göttlichen Säemann so manche Furche eröffnet : wußten Sie, daß er bereits anno 1686 auf des letzteren Verdienst verblichen ist? : an einer Verklemmung der Pfortader, wie ich rasch noch vermerken will, hervorgebracht durch eine unmäßig gestillte Gier nach blähenden Schwarzwurzeln, die ihm den ohnehin schon windreichen Leib bis zur Unbewohnbarkeit verderbten : auf seinem Epitaph, das leider längst verschollen, ward dieser denn auch mit Recht eine morsche Hütte geheißen, durch welche das Unwetter des Lebens zog, jedoch auch der Erwartung Ausdruck gegeben, daß der Allmächtige dieselbe dereinst aus dem Staube wieder auferbauen werde : und zwar auf dem coeleste emporium, um wörtlich zu sein – eine leicht mißgegriffene Vorstellung, die seinem für die Bestattung besorgten, selber dem Tuchhandel hingegebenen ungeistlichen Bruder unterlief : nun, wir werden sehen, wie es sich macht – ja, schon genug : genug – dies sage auch ich : obwohl all diese edlen Possen eine Art haben, die ungeteilte Aufmerksamkeit an sich zu ziehen, daß man sich nicht leicht davon reißen mag : *er reißt sich aber : zerrt an seinen über lederne Rücken streifenden Fingerspitzen :* hoch schlägt der Aberwitz sein Pfauenrad, und namentlich der seinem Schöpfer zustrebende Mensch ist schier unerschöpft im Erfindrischen : ein täglicher Vergnüg-Born und Erquick-Brunnen, der dem Weisen sprudelt : ah, hier – des Abraham a Sancta Clara Huy! und Pfuy! der Welt : eine erlesene Seltenheit – und in der wohlbekupferten Weigelschen Erstausgabe aus dem uns nahen Nürnberg : ja, 1707 – ist es möglich? : auch ein gar mächtiger Blasebalg und Donnerbeutel, mit dem ich mich ums Leben gern einmal beschmausen würde : ich sehe jedenfalls, daß Sie des Studiums der Schöpfungskrone auch an den entlegensten Lokalitäten beflissen sind : recht so – hier treibt das wackere Fabrikat seine wundersamsten Blüten, und man wird nicht müde, dem Geistlichen Harffen-Klang auff Zehen Seyten zu lauschen : Verzeihung – ich schweife noch immer im Landkreise Pirna : reisen wir fort – war das ein Stundenschlag? : es rinnt der Augenblick, die Zeit verklingt : wir müssen von unseren sabbathischen Unterhaltungen scheiden, so sehr sie auch das Werkzeug unserer Belustigung an sich locken : nur hier noch – nein! : Andächtiges Gespräch mit J. Christo wegen seines bittern Leidens – von einer Freundin des gecreutzigten Jesu im 55. Jahre ihres Alters : was fällt mir da nicht alles bei : es reißt mich hin – ich spüre den Kitzel der Neugier wie ihrer aufgrund meiner Wissenschaft stets aussichtsreichen Befriedigung in allen Gliedern aufsteigen : soll ich die Schleier lüften, welche die apokryphe Verfasserin, uns freilich zur begründeten Schonung, verhüllen –? : abermals nein – doch bringt mich dies –: *er brütet : erhebt sich dann geschwind und läßt die Bücherwände mit einigen spitzen Bewegungen in den Hintergrund schrumpfen : sein Leib wird gravitätisch, sitzt zu Tisch :* vielleicht darf, auch um dem ergreifenden Augenblick gerecht zu werden, unser eigenes andachtsvolles Gespräch sich kurz noch einer andern, kaum weniger betagten Freundin des Seelenbräutigams zuwenden, die unserm gegenwärtigen Leiden zugetan ist : flugs und stracks – ich beziehe mich auf jene der Korpulenz leider auf wenig zureichende Weise widerstehende Dame, welche mir die Türe zu Ihren Gemächern verstellte : sprach ich überhaupt schon von dem Empfang, der mir zuteil ward? : *er fuchtelt bunt, grinst halblaut, spricht mit Fingern :* der Spalt, den sie mir öffnete, war von so enger, ja schlechterdings geringfügiger Beschaffenheit, daß er kaum meine Karte durchließ :– ich lächle gewinnend, ihn zu weiten, ziehe mein sonst ja wahrlich alle Kammern entriegelndes Zeichen – und sie nickt nur auf die wegwerfendste Art und will mir mit der größten Zuversicht die Pforte auf das Antlitz schlagen : nun, daß ich's kurz mache – ich brachte sie recht bald dahin, sich mir zu erschließen : und kenne nun, wie billig, ihren gesamten Lebensgang : eine augenscheinlich ungemein einheitliche

Kette von Erleidnissen, die sich, wie sie angab, im Verein mit den allgemeinen Stürmen des Daseins auch auf ihr Äußeres nachteilig ausgewirkt hätten : glücklicher Weise jedoch beziehe sie Trost aus der heiligen Religion : so recht – ich habe die nachdrücklichste Zustimmung gesprochen : in solchem Alter soll man sich getrost dem himmlischen Bräutigam verloben : *er macht einige segnende Gesten, die er dann jäh unterbricht* : was zugleich die Bemühung um einen späten irdischen Schatz zu einer durchaus unnötigen macht : gehe ich sehr fehl, wenn ich ein recht inbrünstiges Bestreben, sich zu Ihnen in engere Beziehung zu stellen, ihr abgemerkt zu haben glaube? : hier sollte von Ihnen keine Ermunterung ausgehen, wenn ich maßgeblich raten darf : die Zukunft dieser unserer Nächsten ist eine sehr eingeschränkte, und auch bei ihr wollen wir die Schleierlüftung aus mannigfachen ästhetischen Gründen unterlassen : oder haben Sie ihr bereits Ursache gegeben, sich für Ihnen teuer zu erachten? : ich frage nur im Zuge unserer angeregten Konversation und dazu rein rhetorisch – kenne ich doch Ihre unbesiegliche Vorliebe für das möglichst jugendliche Alter : und stimme ihr zu : dasselbe bietet uns nicht nur durch ein ungrämliches und tändelndes Gemüt die erwünschteste Zerstreuung, sondern hält unserem Samen überdies ein in der Regel erfreulich geruchsarmes, zuverlässig umschließendes und auch optisch den Kunstsinn zufriedenstellendes Gefäß bereit, ganz zu schweigen von der zierlich schwellenden, doch frisch gefestigten und dem Ebenmaß noch nicht entwichenen Gestalt der Milchdrüsen, die uns in jenem so gut wie neuwertigen Zustand zu Händen kommen, in welchem der Schöpfer sie geformt, und die, ach! bei nur wenig fortschreitender Zeit im indirekt proportionalen Verein mit der Verhornung der Sinne eine Neigung zur Erschlaffung und Verflüchtigung zeigen, wider die man nicht genugsam Klage führen kann, in welchen Zusammenhang übrigens auch die vorzüglich straffe, ebenfalls leider bei verfließenden Jahren nicht währende Wölbung des Hinterfleisches gehört, von dessen Anblick ich speziell, ich darf es gestehen, mir anerkennende, ja verehrende Ausrufungen entlocken zu lassen nicht müde werde, sowie die oft für alle Sinnesorgane anziehende Anlage des Abdomens, die später leicht eine ungemein abstoßende Erscheinung bildet, ein Lug- und Truggewölb, unförmig prall, ein sulzig Gemächte voller Schlieren und Schlauben, einen Aufgang des Übels und Eingang des Ungedeihs, dem sich selbst ohne drängende Absicht zu nähern die anstrengendste Überwindung kostet : ich halte inne – schon beim Gedanken widert's mich, und ich will es bei diesen wenigen mäßigen Andeutungen bewenden lassen : die Ihnen aber – beizeiten noch, wie ich hoffe – lehrreiche Winke erteilen konnten : wohl, wohl – Sie brauchen eine Gehilfin, die um Sie sei : doch wollen wir bei der Wahl äußerst bedacht verfahren : *er beugt sich nachdenklich, tastet flüchtig über mein Lungenfeld, bedrückt mir prüfend die Brust* : es scheint, daß Ihrer Genesung für diesmal nichts im Wege steht – leben Sie nur immer rüstig auf : ah, hatte ich berichtet, wofür mich jene nunmehr in ihre Schranken verwiesene Dame gehalten? : für einen Sektvertreter – oder Volksvertreter – oder irgendetwas Einträgliches sonst : nun, gar nicht schlecht – ich bin dies alles und mehr, das Letztere besonders : doch will ich, den aufkeimenden Unmut Ihrer Stirn zu glätten, rasch beigeben, daß sie eine gleichso unschädliche als gutmütige Person sein mag, die nicht einmal ihrem Manne etwas zu Leide tun könnte – ah, sicher : lebt nicht mehr – nun : *ein Gesicht, als müsse er ein Urteil revidieren : zieht allerhand magische Grimassen : trinkt gesättigt :* Sie nehmen nichts mehr? : dann darf ich doch zumindest noch einmal die Flasche reichen : Männer müssen Pokale haben, wenn sie warm an der Stirne werden sollen – spricht erneut Hippel : auch mögen wir uns nunmehr wieder legen : die Mahlzeit, karg, hat leider so manchen Wunsch offen gelassen – doch werden wir in Kürze besser speisen : wer darbt, der sündigt : nur das genährteste Gehäuse umschließe den nährenden Geist : ich hebe die Tafel bedauernd auf –

er wischt mit der Serviette über erhitzte Hautwellen, rümpft Mundwinkel, schlägt das Tuch dann aus : und die Erscheinung von Tisch und Beitisch verschwindet langsam in ihm – in seiner wieder wachsenden Mächt- und Wuchtigkeit : er hat mich auch wieder gebettet – sieht von hoch herab : unschlüssig – lauerhaft : seinen Augen entschwimmt für längere Weilen der Ausdruck : dann schärft er sich jäh mit der Brille wieder das Gesicht

Und nun wollen wir Tacheles reden – hä! Verzeihung : Fraktur – meine Vorschläge liegen auf Ihrem Tisch : und werden, sobald Sie Ihrer physischen Motilität nur leidlich wieder Herr sind, für sich selber zu Ihnen sprechen : nur kurz noch ruht das Mondlicht auf ihnen – bald werden sie sonnenklar sein : und Ihnen auf eine Weise einleuchten, deren ich so gewiß bin, daß ich mich berechtigt fühle, schon jetzt um Ihren Verzicht auf jegliches philosophische Staunen zu ersuchen : folgen Sie nur stracks Ihren Bedürfnissen, die –: *er schüttelt sich jäh, krümmt, rumpft sich, sträubt die Backen : sein Ton schlägt um – wird hastend : grellt und gellt :* die meinem mannigfach gewappneten, doch mitfühlenden Gemüte selbst nur allzu merklich sind : mich fröstelt – es herrscht in diesem der Bequemlichkeit noch kaum erschlossenen Gelaß eine Kälte, die unserer Situation aufs widernste unangemessen ist : ein Affront unseres Urhebers und Verfügers, eine Unverfrorenheit sozusagen – ein Stilbruch, der leicht einen verrohenden Einfluß auf meine Façon gewinnen könnte : mir entweicht die Geduld – ein Dreck ist das! ein faules Übermaß an Ungemach! ein Dung von Dasein! Mist! Befindenspleite! Kot von Kamelen! Fliegenschmutz! Verrottung! Flohexistenz, kindsköpfisch hirngeschwächt! kralhaft, rotzblöd, beschissen – so zu leben! : *er schlägt wie tobend auf Lüfte ein : seine Schultern fliegen : ein heißer Wind fährt durch ein Gitter von Fingern* : jawohl – dazu im Großen Ganzen einer Weltprovinz, danach geheißen, daß in ihr die Sonne dauernd untergeht : ich spüre die schiere Unerträglichkeit des Abendlands in den Knochen : Schluß mit der Muße – weg die Levität! : wenn ich hier noch länger übernächtige, muß ich mir in der Frühe die Eiszapfen vom Kinn reißen : heizen Sie ein, Mensch, wenn ich wiederkehre : ich sorge ja dafür, daß Ihre Kohlen stimmen : ich sorge überhaupt – ich : ah, so besser –: *er lehnt sich atmend zurück : seine flackernden Züge nehmen wieder Glätte an : seine Stirn rötet sich launig* : so gut – so ist mir warm : der Gedanke meiner Gemeinnützigkeit entflammt mich : ich brenne vor Sorge um das Nächstenwohl – ich bin imstande : ah, hören Sie – ich bin durchaus imstande, Ihnen einen Scheck über 100 000 Deutsche Mark auszufertigen : das heißt – ich könnte, würde wollen, wäre : bereit, Ihnen einen – sofern Sie mir nur einen : *hebt Papier* : nur einen kleinen Namenszug – ich bitte : *raschelt gewinnend* : sicher – Zeit – gewiß : *und winkt begütigend* : wohl – ich verstehe : und will mit meinem liebenswürdig maßvollen Drängen auch keinerlei Kritik an Ihrer Bedürfnisfreiheit verbinden : Es ist nicht so gut mit Geld, wie es schlecht ist ohne – secht de Jid : hä! nochmals – und nochmals Verzeihung : der nahende

Sabbath, den ich freilich irreligiös zu verbringen gedenke, gibt mir vermutlich die mosaische Ausdrucksweise ein : der Mammon wird überschätzt – Sie sagen es überdeutlich : und den Kalbskopf macht auch die reichlichste Vergoldung nicht weniger blökend : doch die Vorteile sind unzählig : ein wahres Freibad der Seelengemächlichkeit : ich sitze daunenweich – ich reise fliegend : ich lebe gewohnheitsmäßig in Saus und Braus : meine Backen beurkunden meinen Wohlstand – ich verweise auf das Zeugnis meines Hausarztes, daß ich den höchsten Begriff der sanierten Korporalität versinnbildliche : Geld, mein Herr! : *gellt :* was betrachten Sie forschend mein Antlitz? : ich weiß, daß es unter dem Einfluß geistiger Getränke zu Rundung und Röte neigt – soll sein, soll sein : *er legt diskret verschmitzt den Finger aufs Gesicht – versteckt sich fast neckisch :* huy und pfuy! – gewiß : doch deutet dies auf das innere Feuer, das mich beseelt und mich zu den erstaunlichsten Tätigkeiten befähigt : Sie werden sehen – heben Sie nur hurtig die Schreibhand : ein Sichtvermerk genügt : nun – nun? ich

und nun ist er auf einmal merklich erschöpft : er zwinkert matt – seiner hoch wartenden Hand entfällt die Großartigkeit – er läßt sie sinken : sie sackt : und seine ganze Gestalt wird glasig – milchig trüb – fast durchscheinbar : durchschaubar schemenhaft – und steht im

Das –? : steht alles im Papier : *im Schatten der längst wieder dunkelnden Lampen :* ich bitte – was sind Namen –? : nun, gemach : mir schwebt, wie nenn' ich's gleich, ein Wesen vor, das wir ›Gesellschaft für Internationale Zusammenarbeit‹ nennen könnten : *und auch die Stimme : gläsern – dunkelnd : lispelnd –? :* sie wird die ausgesuchtesten – will heißen, von mir persönlich erlesnen – Vertreter des Lebens einigen und an meinen schlechthin weitgreifenden Tätigkeiten teilhaben lassen : *stößt an – mit schwerer Zunge : ganz tief unten* : doch erwähnte ich schon, daß mir allzu forschende Fragen ungenehm sind : genießen Sie die heitere Zeit gedankenfreier Entscheidung : allegro con brio – mein mitunter vorausschauender Geist faßt Ihr zuverlässig Bestes ins Auge – ah! : *und sein Gesicht : blitzt rundlich und optisch* : was sehe ich, metaphorisch gelenkt, mit alsbald gefesselten Blicken? : eine breite Spur weltschöpferischer Arbeit : ein Schreibwerk, frisch gedeihend : Abschied von der Humanität : ah ja, ah ja – da darf ich Bravo rufen : so fort und fürder : Eine historisch-politische Studie? : ich bin bestrickt – die Fesseln Ihrer Gedanken umschlagen die meinen : Begeisterung nimmt mich in Besitz – seelische Elevation : wie habe ich mich ahnend übertroffen! : *er triumphiert – doch hinkend : hüpft erlahmt* : ich selber –? : nun, nein : ich schreibe selbst nicht mehr – ich lasse schreiben : bin jedoch am schöpferischen Vorgang darum nicht unbeteiligt : ich fördere und sporne auf die mannigfaltigste Art, um das geringste zu nennen : ich inspiriere verbal wie auch mental : ich leiste Beihilfe zur Anlage pretiösester Wort-Schätze : ja, Einfälle selbst, von nie geschautem Seltenheitswert, treten durch mich in die Erscheinung : ich –: *und er murmelt fort, kurzatmig abseits : wird greisenhaft und heiser – graut : er trinkt : und faßt dann mit den Augen in das Manuskript* : nun, ich nehme ein weniges davon an mich, um mich zu bilden – und Ihnen hernach um so behilflicher zu sein : mich dünkt – mir deucht – mir ahnt und schwant schon jetzt : daß wir auf die rapideste Weise fortschreiten werden : Wirkung, mein Herr! : *ganz leise lauernd jetzt :* kenne ich doch Ihr heimlichstes Begehren – den nagenden, ja fressenden Traum in der Katakombe Ihres untersten Innern : hat Sie nicht gar, vor nur unlanger Frist, beim Anblick von St. Peter mit förmlich denkwürdiger Leichtigkeit der Wunsch berauscht, auch einmal so vor Hunderttausenden von Gläubigen zu sprechen –? : Sie werden es – Sie werden päpstlicher dastehen als der Papst : selbst Gottes Wort, das viel gelesen wird, soll dem Ihren in der Verbreitung nachstehen : schon sehe ich Ihren Lebenslauf alle bekannten Rekorde schlagen : Millionen werden Ihre Meinung sagen – Universitätslehrer sich drängen, Sie auszulegen – Dornen und Disteln vor Ihnen den Stachel wenden : Macht! Macht! : *und macht sich noch einmal mächtig : steht aufgepumpt grandios in grau durchdringenden Wellen : jupittoresk antik – wolkengewandet :* annuis et totum nutu tremefacis Olympum : im Ernst – ich sehe Minister zu Ihren Füßen : Sie werden herrschen über jegliches Viehzeug und Gewürm, das da kreucht : Sie werden den Winden, die uns umbrausen, nach Gusto Wege, Lauf und Bahn geben : ja, die Naturgewalten selbst werden sich nach Ihren Wünschen erkundigen : Sie werden – mein sehr werther Herr – ich seh's : dem Erdkreis präsidieren! – nun –? – na bitte! : *und seine Blicke, stiebend über Dächer, kehren langsam in ihn zurück : Frühlicht – schon? schon? – durchdämmert ihn – er blaßt : er knöpft sich auf, urban : dreht sich – parlando : und das Fensterrechteck weitet sich um den nun kaum noch beiläufigen Umriß seines Redens :* Ein Weltgebäude, höchstlich wundersam, in welches wir gestellt sind – hab ich recht? : sehr unter uns – auch mir ist lange unfaßlich gewesen, wie man dergleichen machen kann – nun, nun : der Schöpfer ist bei seinem Werk, wie man bei allem Wohlwollen doch sagen muß, recht unterschiedlich inspiriert gewesen – es bleibt ein weites Feld, und man kann durchaus noch vielerlei Schnörkel anbringen : wodurch in gewissem Sinne auch wieder begründet erscheint, daß der nämliche sich selbst darüber im Prinzip enthusiastisch geäußert hat : wir werden sehn – noch einen Schluck zum Abschied? : wahrlich, ich sage Ihnen : das ganze Universum ist rein Spaßes halber zu Stande gekommen : ein hochgebautes Scherzhaus und eine Windmühle : man muß nur frisch die göttliche Perspektive gewinnen, um es so recht con amore schätzen zu lernen –: und damit beschließe ich unser Gespräch auf unvergeßliche Weise : mein Kompliment – ich empfehle mich französisch : genehmigen Sie, mein Herr, den Ausdruck meiner distinguiertesten Empfindungen : mit Gott.

Sein Mantel verfließt hinter ihm – er geht über mich weg : nur im Vergleiten noch greifen zwei Finger, fast fleischlos knöchern schon, nach meiner Backe : und kneifen zackig ein : dann schlägt er schlägt

Firaq al gabasch –

klirrend sich auf den Bauch : grinst uniform vermummt – ein Koppelschloß : wirft einen ersten Funken

hätt noch gern : ein Stündchen – Ständchen –

steht – und sinkt dann senkrecht : seidengrau eminent – riecht dumpf herauf : aus Fluren – saif – ? nein, saufbläulich in

– in Hirnsicht – nein, im Hahnblick auf – beträffend –

abweits – und summt verschwimmend, wiegend liederlich : sein Leib aus kleinen Tönen – bebt durchbahrt

– na, halten Sie sich grade –

sackt – durchsichtet nichtet : nicht mehr zu sehn – entwichen von – entwinkt : von schüchtern meiner – nein, von seiner – seiner – ?

– von Ihrer Wähnung keinen albernen –

doch hört man ihn immer noch : murrend und scharrend : Erdwesen – Staub durch

– Jecklein – kleines Gecklein –

geistisch umgischt in haschendem Niedlichteln : dann nur noch kleine gasige Wirbel, wo er war : dann Gras – wächst über ihn : ein Strunk aus seinem Mund : und Wald, der sich ganz langsam in ihm verwurzelt.

noch immer wie gefangen in der Betäubung : Hilflosigkeit aller Bewegung – bis hin zu der des Gehirns : Lähmung der – auch der Sinne : ist das dabei ›normal‹? : sie sagt, es sei ein Arzt dagewesen : das weiß ich gar nicht – ist auch wohl Tage schon her : er habe »etwas gespritzt –« : und was, Frau Simon? : »Das kann ich natürlich nicht sagen –« natürlich – nicht wissen – nicht wissen wollen »– aber er meinte, es hilft : es macht etwas wacher –« : und ihr so ganz bekümmertes Gesicht, noch immer zu Tode erschrocken : also wohl ein Analeptikum – Kardiazol – Coramin : oder Pervitin vielleicht? : das könnte sein – und mein Zustand wäre denn wieder einmal zu guten Teilen iatrogen : die Pumpe tachy auf dauernd 120 – pektanginöser Druck – auch leichter Tremor : überhaupt eine ganz seltsam wetzende, fitzelnde, hetzende Turbulenz im innersten Innern – von der aber nichts zur Materie durchdringt – in die Muskeln nichts und nichts ins Hirn : ich liege gleichsam – aber was heißt schon gleichsam? – lahm um mich selbst herum : wie ein

aber das denn doch nicht – »– ganz so schlimm : ist es denn doch nun nicht –« Madame – als sie mir züchtig schüchtern mit ihrer alten Bettpfanne nahte : »– ich komme mir ja allmählich fast schon wie ein Wickel –« : Kind – wie ein Wiegenkind : »– wie spät ist es denn –?« : und die Zeiten sind längst hoffnungslos durcheinander : nach dem Datum hab ich gleich gar nicht zu fragen gewagt : wir werden wahrscheinlich, schlecht und ungern, in die Wochen kommen

und gefährlich ist das Ganze immer noch – auch so : die Literatur spricht von lokalisierten Schädigungen der regulierenden Hirnzentren als möglicher Nachwirkung : mir alles unbekannt gewesen – mitsamt dem Wirkungsablauf überhaupt : auch da ganz quasi modo geniti : die Affinität zum Hämoglobin ist rund 300mal größer als die des Sauerstoffs : HbCO – aber selbst nur spektroskopisch nachweisbar : kann ich hier nicht – und wäre nun auch wirklich tickhaft und schrullig in meiner – in

sie wollte mir ja schon die Bücher nicht geben – und gar das Mikroskop : und erschrak des Todes, als ich mit der Lanzette in die Fingerkuppe – und das bißchen Tropfen erschien : »Das ist –« hellrot »– ja wie – wie Kirschen rot!« : sah sich den Ausstrich aber dann doch neugierig an : die Erys gedellt – und im Dunkelfeld fast ohne Hof : was den Ärzten nun freilich wieder nichts Namhaftes sagen würde :– aber ich sehe auch nicht gut – ich sehe gar nicht mehr g

ganz weich, wie milchig verschwommen : ihr sorgendes Gesicht über mir : »Hat er mir etwas –« wer und was »– entnommen –?« : undeutlich – bläulich verschleiert : sehr weit weg : und nur mit angestrengtester Konzentration zurück aus dem Schwirren der Nebensinne : der Arzt –

nun, Blut – »– nun, bloß ein Hämatom : das hat nichts zu sagen –« : am rechten Rippenrand, neben einer geringfügigen Aufschürfung : und wohl vom Sturz – der Schreibtisch : »– das hat gar nichts –« : zu – nur um etwas zu sagen – über die Entfernung : nun, eben – in der Armbeuge auch : nur wieder der übliche Pfusch : »– wenn er noch einmal erscheint –« wer, was »– so danken Sie bestens : und bitten, die Bemühung nicht länger fortzusetzen – ja, Frau Simon –?« : wer sonst – der Große Arzt : dem ich die Unnötigkeit womöglich lebenslang abdienen muß, wenn wir ihn nicht beizeiten –: »– das –« versöhnlich »– schaffen wir doch allein – wir beiden – ja –?« : war denn noch jemand sonst – »– war denn noch je –« : bin viel zu müde um zu müde um zu f auch um zu schreiben –: dies hier – das vor Tagen – vor Wochen? kürzlich? unlängst? – weiß es nicht : ist jedenfalls nur – ja, nur wie von selbst zustande gekommen – und außerhalb meiner selbst fast : mechanisch sich fortschreibende Gewohnheit, die über meine Schwäche weg sich selber in die Hand genommen hat – und auf der alten Disziplin besteht, das Unordentliche in Ordnung zu halten : selbständig – abgewandt – getrennt von allen Gedanken : die überhaupt woanders – nirgends – irrend irrgendwo –: das will ich jetzt doch lassen – unterbinden : es ist auch auf eine aberwitzige Weise unleserlich – und müßte erst wieder mühsam entziffert werden, um ins Gedächtnis zurückzukommen –: kann alles später – wenn

der alte Mann unter mir ist tot :– das hat sie mir schon gleich in den ersten Tagen erzählt – und sich ganz fürchterlich behutsam dabei angestellt : so als hätte sie Angst, daß mich der Schreck noch jetzt –: aber es ließ mich ganz unbewegt : ich habe, zu wieder ihrem Erschrecken, wohl kaum die Augen gerührt bei den vielen mitfühlenden Erläuterungen – und kann auch jetzt kaum einen Gedanken darauf einrichten : ich habe ihn nicht gekannt – ihn nie gesehen : ein schlurfendes, murmelndes Etwas im Hinterhaus, längst ohne Schicksal : wer – was – »– noch sonst –?« : es hat ihn im Schlaf erreicht – und sein Bewußtsein ihm aus dem Ende des Elends also kein Elend mehr gemacht : das ist »– ach ja, doch, ja : eine ganz unaufregende Sache – liebe Freundin : und viel sinnvoller, als man –« mit seinem lackierten Weltbild in der Hand »– so meinen möchte –: nicht doch – nicht – Frau Simon!« : während die Moral ihr die Tränen über das Gesicht trieb : »Ich ihn ja auch nicht –« ge ihn nicht gekannt : »– ich meine nur, weil – daß – daß einer so : ganz ohne Vorbereitung – so auf diese Art –« : Gas – wie bei mir : er hatte denselben Kamin – und eine Stubenheizung : während bei mir nur das kleine Warmwassergerät – und nicht der Ofen, den sie auch längst wieder angeheizt hat : sehr opulent, viel Wärme um mich breitend – »– weil der Herr Doktor doch meint, Sie könnten eine Lungenentzündung –« : eine von mehreren Möglichkeiten – und gleichgültig auch die – ich : bin auf eine Weise in mich zurückgezogen, daß gar nichts auch meiner selbst mich fühlbar angeht : und die Teilnahmslosigkeit überdeckt schlechterdings alles, nicht nur das bißchen nahegekommenen Tod : es ist –: und immer wieder »Ach, was für ein Glück –« sie »– daß ich Sie gefunden –« habe – nun hatte : und längst genug : und zweifelhaft genug – »Es war ein Zufall –« : der an mir vorübergegangen ist, um bei jenem anzuhalten : auch daß ich durch den Sturz in die betäubende Sphäre geriet – und nicht erst spät durch den Schlaf : war alles – Schlaf war : alles müde – müde

später, nach wieder Tagen – mehreren von möglichen : auch die Zeit – vor Zeiten nahegekommen – ist an mir vorübergegangen : und das bißchen, was noch in mir denkt, denkt schleppend hinter ihr her : einem Wust von Vergangenheit – im Erleben schon obsolet – ich : habe zuletzt ein Schicksal, führe ein Leben selbst, viel älter, als ich alt bin : oder viel jünger –? : wo man erst ist, da war ich längst – und wo man war, da bin ich – schon und noch zugleich : und das Wir kommt mir mit nichts und niemandem wirklich zustande : ja, selbst was ich sage, wurde – von mir selbst? – schon irgendwann gesagt : und wird – von wem? – erst irgendwann gesagt sein :– aber nicht jetzt – jetzt nichts mehr : später

später –: wir reden eigentlich kaum : ich höre – sie spricht : sieht mich, der sie erinnert – sichtbar nichtsieht : »Kann das beiseite –?« was – gilt gleich – ist alt : das Häufchen Sachen neben meinem Kopf auf dem Lesetisch : umrissig grau – vor dem sich weiß bewegenden Schemen : hat sie sich, zu meiner Pflege, einen Kittel angezogen? : auch Polizei war da – schwarz neben ihr : mir salutierend, Hand am Mützenrand – aber das war – das : war das nicht schon vor meinem Nachhausekommen – längst bevor ich nach –? : nur kurze, eher träge Ermittlungsfragen nach einem Schuldigen, die alsbald fallen gelassen wurden : ein abschließbarer Vorgang : Unfall der Mikrogeschichte, an dem vorüberzugehen ist : ganz kurz nur schlecht – schon gut : »– schon gut – ich? : nein «ich erstatte keine Anzeige – ich : zeige Ruhe an – nur Schlaf – nur Müdigkeit : ich habe, unverdient leicht, entschlüpfen können : noch jemand sonst –? : ob das – »– ein General –?« : der das – wer, was – gebracht hat? *was* ge – *was* : die Sachen außerhalb meines Kopfes – »– zeigen Sie –« : die Flasche – sehr viel Papier : gebündelt Geld – »– viel?« – sehr viel : und schließlich das Buch – mit dem altertümlichen Exlibris : mir vorgefahren – zugekommen – nach : ge Georg Friedrich Adams – Altona : fuhr stechend aus dem Nebel auf mich zu : wer war das – ist das ge : we »– nun, weil –« nun weil? : »– er irgendwie –« sie »– so gebieterisch aussah : und mich so angeherrscht hat – deshalb meinte ich –« : zwei graphisch immerhin elegant gekreuzte Pikeniersdegen – darüber ein Topf, der wie ein Mörser aussieht : also auch da schon die

Quacksalberei als Hinterstübchen im martialischen Erbteil : bin ich tatsächlich der Erste, der dem gräßlichen Stamm die Genetik verdirbt –? : sehr weit ge – »Nein –« G »– nun, nun – ›Publizist‹ –« der das gebracht hat – kürzlich, unlängst, einst : »– ein Beruf, in dem ebenfalls überflüssig gebieterisch dreingeblickt wird : – hat er Sie denn gekränkt –?« : leutselig, so – nett – höflich – aber eben : befehls-, machthaberisch – »– ich hatte irgendwie Angst –« : aber ein schön erhaltener alter Pappband – 432 Seiten – bei Schmieder in Carlsruhe gedruckt : es ist ja schier aberwitzig, daß man so etwas noch in Händen halten kann – nachdem von jenem Dusch selber keine Staubflocke mehr zu greifen sein dürfte : nicht einmal so ein Häufchen Hinterlassenschaft – kein Federkiel, kein Löffel, Tisch, Stuhl, Rock – kein Spürchen Leben selbst : nur das Gedruckte : wirklich das einzige, das bleibt – für einige Weilen : – sonst noch – was noch sonst –? : »Die Kaminkehrer : müssen leider noch einmal stören –« : jetzt überemsig – obwohl alles längst wieder zieht : eine tote Dohle hat in der Seitenmündung gesteckt – und im grausamen Sterben wohl so um sich gezuckt, daß die morschen Deckziegel eingebrochen sind und das Ganze zugeschuttet haben : »Natürlich – gehen Sie nur –« ins Kino »– ich mache denen schon auf –« : auch wenn mir der Schlaf schon wieder über die Sinne zog – und über den Augen noch lag : Hinterlassenschaft des vorübergegangenen Tods – sein streifendes Fluidum vielleicht täglich –? : in trödelndem Dösen – wahr : ist wahr – daß man sich der letzten Kraftlosigkeit wie in Wahrung berechtigter Interessen ergibt : wäre die Körperfreiheit nicht das Ziel des Geistes selbst, er müßte stark genug sein, sein Freikommen vom Körper zu verhindern –: »Ach was –« bloß Trödel – kann beiseite »– für ein –« : Glück – Trödel – Schlaf : gilt gleich – wem mag das Schicksal : jenes Dutzend Schwartze Lederne Stühle des alten Bach später zu besitzen : beschieden gewesen sein? : für einige Weilen – gar nicht auszudenken : daß so eine Gerätschaft, auf der das Cum Sancto Spiritu zu Papier gekommen ist, dann von irgendeinem platten Bürgerhintern zersessen –: vielleicht noch als Ruine irgendwo, ganz anonym, in einem Antiquitätenspeicher –: seine Brille soll ja erhalten sein – war bei den –: was denn – »– bei den Sachen hier –?« : die – wer – der General mir – uns –: kleinrundes Glas – unpassend für meine Augen : nur einige, diffus noch wahrnehmbare Flecken – wie Blu : was – Blumen –? : wer – umrissig rot : vor dem sich schwarz bewegenden Schemen : weich – wie Haut und Haar : »– ist denn noch jemand sonst –« hier – da : dort – außerhalb meiner selbst –: unleserlich – sie

saß – ging – ist ge : ist ins Kino
gegangen : nicht sie – sie : nicht er nicht gekannt : Licht schlecht :
nichts weiter – unles – alles später weiter

noch früher wieder : Anlaß? – wieder nichts : ich horchte – die Treppe hinunter – lief und kam nicht vom Fleck : gelähmt von der allerentsetzlichsten Aufregung : Lichtschacht – rot grellend mir über den Augen zusammen : wie Wasser wie : matte Wellen, in denen ich – hockend? : hausdumpf – die Knie bis hoch ans Gesicht gezogen : in Widerwehr gegen etwas, was mich hochriß – mich auseinander – in dies von mir und das : und nach mir schlug – in

in allen Häusern er – nur er, nicht ich : in denen ich – hochkriechend? – kindesbeinern : lief – kroch – trab tappte : molchig klein – ganz klein : – in denen er mich schlug – vor hinter Türen : auf Sand auf : Ga auf in Frühsonne brennendem Gartensand : bin ich – hab ich im Bruchteil eines Augenblicks etwas mit eigenen Augenblicks etwas mit eige – etwas ge

geschockt aufschreckend – hoch aus halbem Schlaf : im Tiefschlaf selbst – in wieder finstere Stille : Geräusch – ein Riß : im Film wurde entschuldigt : langsam erschien eine Rotdämmerung – von schwächlichem Murmeln durchronnen : Grimassen – regten sich vor uns auf : grunzend – gerunzelt : vielfach vermehrverfältigt viel ver – und verfielen wieder : in wieder blasser überredete Bildereien, die uns in Wellen am Gehör vor

vor längeren Weilen : »Hast – du hast geschlafen?« : von ihrer Hand berührt – von ihr beruhigt : »Ich weiß nicht –« sagte ich wohl : abwesend »– ich – ich war : mit einigen alten Sachen beschäftigt, die m ich –« was –? : und auch noch »– laß –« dann »– laß nur –« : meinen in ihren Mund gesogenen kleinen Finger : »Ach was, du träumst doch bloß – wie –« wieder : Weiß nicht – Rot : unter ihrem unwirsch sich sträubenden Schwarzhaar : »– nun paß doch wenigstens auf –« : und das Grauflimmern schlitterte wieder über das

aber das Spektakel ging wohl schon dem Ende zu : das gevierteilte Nachkriegs-Wien – mit immer wieder momentlang bekannten Kulissen : das alte Praterrad – Kanalisation : und das knallharte Pathos der durch Schußwechsel entschiedenen Moral, mit dem alle amerikanischen Flimmerspiele enden –

aber welch ein Gedanke! – sich so aus der Gesellschaft davonzumachen – mit ein paar scheinhaften Schollen Erde aller behördlichen Zuständigkeit zu entkommen – ins schlechthin Unsicht – Unhör – einen Zustand : der schlechthin

aber der Schluß war dann wieder nur dramatischer Kitsch : zwei Plunderköpfe, die vor den Trümmern ihres

Charakters stehen sollen und nur vor denen ihrer Rolle stehen : die die Fehlbesetzung des Weltlaufs beweisen sollen und nur die des Films beweisen : Ablösung der Banal-Literatur – es ist

die abgewelkte Allee mit dem Friedhof dahinter : wo haben wir das ge sicht ge nicht gesehen –? : ihre Unhörbarkeit – verdunkelter Leiselaute : unterhalb meines Ohrs – an meiner Schulter : ist endlos her – um diese Zeit vor Zeiten –: ein Hintermensch beschwerte sich, daß und wodurch ihm die Aussicht behindert würde –: später dann ihre Hand – kam schlangenhaft : glatt wie ihr Kichern – über was denn das? : ein alter Film – ur-komisch – endlos leer : kam unter – was denn : meinen Mantel – unter

horchte hinunter – sie, nicht sie – an mir : und tastete, was mein Herz schlüge – was mein Herz mir sch –: das sch das einmal blaß aufschallende Geräusch tief unten – wo jemand kam? ging? : zuschlug – eine Tür : und ich saß mit angehaltenem Atmen, das pfei – auch Pfeifen drinnen : schnitt quer durch die Carmen : mit W mit Wasserlauten auch – er : wusch sich : er war – er hat sich – wur es wurde gewaschen : roch überall nach Sommer – war

verwischt – war früher – Sommer? war – ich : fuhr : in einem winzigen Boot über endlose Wasserwüsten : oft stieg die Flut bis an den Himmelsrand, und ich mußte mich mit ganz kleinen schlaffen Kräften dagegen stemmen : atlantisch – nein, ist falsch – das falsche Wort : ich saß geduckt – gehockt – tantalisch quallig? : auch falsch – in Gischt in : al tant..t,t..

Frq l gbsch –: Unsicht un unhörbar : alles verschmilzt – in konsonanten Lauten – in leis in : lyspelnd anstoßendem Züngeln : lustelnd an Lust an –: Leukothea noch : aufwassernd vor mir aus den wellend aus : aus schweren harten Brüsten von Marmor und weißglitternder Haut, nach der mich kindisch verlangte : ich tief im Liefschlaf selbst – Lied – lidschlaff – gelb : sah nichts – ich : hrchte – schlf ich : hrchte – was : ihr Hrz : schl sch l sch l g nein, man kann es nicht zwingen – nicht mit Gewalt durchdringen, was nur wie im Spiel sich manchmal greifbar gibt – und auch seine Greifbarkeit dabei nur spielt – aus flirrenden Zufällen kleine kunterbunte Reigen bildet – Girlanden aus Worten, denen der Sinn wieder entschlüpft ist, noch ehe man sie zu Sätzen verkettet hat –: Geduld – ich halte eben weiter fest, was festzuhalten ist : und irgendwann vielleicht hebt sich der

auch draußen noch immer Nebel – dünn eisig bis über die Dächer : bis Mittag Dämmerung – dazu weißschneidende Luft, die mir den Mantel zum bloßen Fetzen machte :– bin aber doch gleich früh mein Pensum gelaufen : es bringt die gestörte Physik sehr spürbar wieder zu sich – obwohl an Kälte auch in den Räumen hier wahrhaftig kein Mangel ist : ich wohne noch immer um Grade zu dicht an der Außenwelt, und durch die Fenster kommt's glasscharf zugig herein :– lief auch die Kohlenhändler ab, sinnlos geschäftig : »Soso – noch fremd hier –« : die überall selbe sich selbst auskostende Grimasse : erweist sich als Nachteil – der Weg zur »Stammkundschaft« ist albern weit :– aber doch schließlich vier Zentner : das müßte – bei einiger Vorsicht –: kürzlich soll in New York bis minus 38 Grad

aber das hat mich doch ganz albern verstört – ich : war wie von selbst den alten Weg gelaufen : den Damm entlang am Fluß : bis zum Löwensteg vor, wo links an der Ecke die Holz- und Kohlenhandlung vom ›Onkel Anton‹, der uns im Krieg –: nicht mehr da : ist weg – es : ist überhaupt so vieles weg, was

auch die schöne Synagoge am Wilhelmsplatz, bei deren Bau wir zugesehen haben – fasziniert vom großen Maschinenwerk der Architektur –: ich muß wohl 9 gewesen sein oder 10 – im frühen Sommer –: wohl 1938 weggebrannt : die erste Bürgerpflicht der Ehrenbürgerstadt : und direkt vor den Fenstern des Justizpalasts, dem dabei kein Ziegel vom Dach gefallen ist –: weg bis zur schieren Spurlosigkeit : Gras drüber gewachsen – Kastanien drumherum : man darf gar nicht näher nachsehen, was alles an finsterer Geschichte hier der Rasen deckt – und wen – und wen noch alles nicht

»Nicht! Nein!« : erstarrt : »Doch, doch, Herr Franke, doch –« : und ich war so gefühlig geworden von dem trüben Gang, daß ich ihn fast umarmt hätte – und damit aus aller Façon gebracht : »– wie lange ist es her?« : die funkelnde Freude hinter seiner Brille : »Fünfzehn Jahre genau, Herr Adams – fünfzehn Jahre –« und wedelte auf eine Art mit der Serviette über den Stuhl, daß es nicht auszuhalten war – und ich mich beeilte, ins gästliche Zeremoniell zurückzukehren, in dem er sich einzig souverän bewegen konnte : schon immer so – und immer schon irritierend : eine unbeschreibliche Art des – ja, des Überlegenen Bedienens : »Mit der Voss kann ich zu meinem Bedauern nicht mehr aufwarten, mein Herr –« ganz beiläufig – und ohne den geringsten Nebenton des Demonstrierens »– möchten Sie sich für ein anderes Blatt entscheiden?« : alt – er ist alt geworden, sehr – und dünn : »Nein, gegen alle, Franke – gar keins mehr –« : und die undurchdringliche Augenbewegung, mit der er sich den Wunsch Befehl sein ließ – und sich zurückzog, um mich in der Karte stöbern zu lassen – und irgendwo, unsichtbar, den Moment abzuwarten, wo meine Unentschiedenheit in Unlust umschlug – und mir dann stumm, geschwind, mit glatter Hand einen Kaffee hinzustellen : alles wie immer schon : »Haben Sie denn Zeit – mit mir ein bißchen –« nun, zu sitzen, zu reden : und schon wie immer auch : »Das dürfte ich mir –« mein Herr »– unmöglich erlauben – danke verbindlichst –« : wozu bin ich eigentlich hier –? : auch das wie ganz von selbst – wie angezogen, eingesogen – ängst –: ich trank den Kaffee hastig – nur auf eine Zigarettenlänge ausgedehnt : das altgebliebene Haus –? das alte Schild –? : quer über der Fassade – ›J.B.Messerschmitt‹ : früher stand doch noch ›Weinwirtschaft‹ davor – nein, ›Weinwirthschaft‹ : oder wollte ich nur Zeit überbrücken –? die halbe Stunde bis elf, wo sie immer im Volksblatt sein mußte –? : meine Gedanken sind irgendwie ganz anderswo bei mir als hier bei mir – mitsamt allen Ge –: oder mir Gewißheit verschaffen – für das, was irgendwo anderswann ge – nur gefühlt, gehört ge – nicht gesehen –? : im Gehen – zahlend – »Eins noch – sagen Sie –« ganz wie von selbst »– ich : war nicht kürzlich schon –« irgendwann länglich – längst »– schon einmal hier –?« : mit einem – nun, nun – ›Herrn‹ : so mittelgroß – oder auch größer – kleiner : ungefähr wie ich : nein, sehr viel beleibter – auch bebrillt – auch jünger : wir haben hier nicht ge ges – nicht gespeist –? : und ich kam mir im Augenblick ganz dümmlich vor – mit der immer mehr verschwimmenden Beschreibung : einer Nichtexistenz? : »Sie scherzen –« ruhig »– mein Herr – ich hätte mir nie : erlaubt, Sie zu übersehen –« und formvollendet hinterher – Vergeltung und Tadel »– ein Herr, auf den Ihre Angaben passen, saß vorgestern abend hier : mit einer jungen Dame –« auf die jede Angabe paßt »– so mittelgroß : so ungefähr wie –« Sie wie sie wie –: »Danke –« und ich war schon – ich »– meinte auch nur – jedenfalls –« und winkte schon nur noch von der Tür »– ist gut –« ist –: aber gar nicht gut : es ist das wirklich – gar nicht bin dann noch um den Platz getrödelt – mit allerlei konfusen Überlegungen : es wird tatsächlich ein Problem, auch für das Buch – all diese diversen Wirklichkeiten zu sortieren :– aber hier hat sich kaum etwas verändert : gegenüber das Filialbankgebäude, wo früher die Langgaßkaserne stand : ›königlich‹ hieß das damals – zureichender Grund für Dad, seine Gelder dort einzulegen : und daneben das neue Bellevue, das nun auch schon mit mir alt geworden ist : und das Schützenhaus mit seiner Palastfassade : ›Fest-Säle‹ und ›Café-Restaurant‹ – wenn man die platten Händlerschilder entfernte, käme das schöne Dach ganz zur Geltung –: der ganze Komplex mit seiner Ausmündung in die Friedrichstraße ist überhaupt eine große Anlage – und ein Muster für die Kunst, eine Altstadt auch stilistisch bruchlos wachsen zu lassen : noch vor zwanzig Jahren kamen mir diese Gründerbauten leer und abgeschmackt vor, beängstigend auch in ihrer materialen Scheinhaftigkeit : und jetzt haben sie doch die Fähigkeit bewiesen, Historie zu gewinnen : man muß sich umlehren lassen – und sei's einfach von den Augen –: auch die Schönlein-Büste vom Zumbusch steht noch da – ich habe mich einen Moment auf die Bank davor gesetzt : auf dem Kopf hockte ein aufgeplusterter Spatz, der nicht wegflog, als ich nähertrat, nur einmal die Beine streckte –: wieso eigentlich laufen die Tiere vor mir nie weg, die vor jedem Trampel sonst Respekt bezeigen? : ich habe das früher schon einmal überlegt – und durchaus ohne Vergnügen : ob das vielleicht Konstitution ist – diese völlige Unfähigkeit, jemandem zu imponieren – und der Unwille, es zu tun, bloß deren Folge –: ein guter Mann, der alte Schönlein – doch : obwohl seine Leibarzttätigkeit für jene wenig hohen Zollern, die den Fremden immer als Erstes mitgeteilt wurde, sicher sein Letztes war – ich : muß ein paar Hefte seiner Vorträge aus der Charitee gehabt haben – auch Virchows Gedächtnisrede : finde sie aber jetzt nicht – sind nicht mehr da : es ist – auch da – überhaupt so vieles

stand eine Weile vor dem Eingang herum : unter schlurfenden Narren – zwischen schlaff murrenden Atemnebeln : die Luft wie durchzogen von wächsernen Mullfarben –: und kam mir gleich doppelt lächerlich vor : so im Stehn und Spähn und Warten – und wie ich zugleich, Narr selber, in den Glaskasten starrte, in das dümmliche Blatt : mein bißchen Unruhig Glück zu verheimlichen – ja, wem denn eigentlich? : mir selbst zuletzt : einem alternden Einsiedler, der schaudernd der Großen Versuchung harrt – und der sich nicht eingestehen will, daß seine sämtlichen Sinne darauf brennen, sich für ein glattes Lärvchen – für ein bloß schön gebauschtes Laken Haut – ein junges Kichern –: man darf gar nicht darüber nachdenken, sonst verliert's auch noch den letzten Anschein von Natürlichkeit – für ein aber sie ließ sich nicht sehen – kam nicht – oder war schon gekommen : und ich ging mürrisch zu Gehring hinein, der mit rot triefendem Gesicht über Papieren hockte : »Ach, Sie sind wieder auf – na, Gott sei Dank –« und legte so einfältig die Hände ineinander, daß es ihm selber schon mitten in der Bewegung auffiel – und er wie irritiert – »– wie konnte das –« : nun, das – ganz leicht : ganz schlicht und einfach eine Kohlenmonoxydvergiftung : und leicht dann drüber weg : »Sie sind beschäftigt –?« : als wäre er's irgendwann nicht – das ›Arbeitspferd‹ : »Ach, ich muß schnell noch einen kleinen Artikel machen : der Süddeutsche Rundfunk bereitet eine neutestamentliche Hörspielserie vor : ›Zum König geboren‹ – von Dorothy Sayers : 12 Folgen ab Weihnachten – kennen Sie die –?« : »Von der Wiege bis zum Grabe –« sagte ich platt »– da wird man reüssieren : eine englische Kriminal-Romancieuse, die ihre literarischen Perspektiven bei der Tätigkeit in einer Schule und in einer Werbeagentur gewonnen hat : was –« : »Nein, noch weiter : noch bis zur Himmelfahrt –« sagte er stöbernd »– ich habe hier –« und blickte dann so verblödend eifervoll aus seinen Zetteln auf, daß mir ganz armselig zumute wurde : »He, Gehring – sind Sie krank –?« : »Ach – nur ein Schnupfen –« versicherte er – fragend über den Brillenrand zu mir auf : ganz müde und verbraucht : und brauchte erschreckend lange, bis wir uns wirklich sahen – und zusammen in ein sprengendes Gelächter ausbrechen konnten : »Ach Sie –« er atmete tief »– Sie müßte ich hier täglich vor meinem Tisch sitzen haben, lieber Adams : als kleinen Schutz vorm täglichen Versacken –« und belebte sich angestrengt, stand, setzte sich auf die Kante »– ich bin nur noch – ich : merke nicht einmal mehr – wie ich nur noch –« und nahm die Brille ab : für einen Moment sein jungenhaftes Gesicht – unter den gespreizt streichenden Fingern »– haben Sie meinen Leitartikel gelesen – über den Dr. Fischer –?« : Volks-Polizei-Chef von Ost-Berlin : und ich hörte mir an, was der gesagt hatte : auf der 32. Jahres-Tag-Feier der Roten Armee im ›Haus der Sowjetkultur‹ : der ›geniale Führer und Feldherr Stalin‹ habe durch die Kesselschlachten von Stalingrad und Minsk jene von Cannae und Sedan in den Schatten gestellt – er sei ›der Schöpfer der neuen Strategie‹ : wa Fischer rasul – »Ich habe das mit der Erklärung des Atom-Energie-Ausschusses konfrontiert : daß die neue Wasserstoffbombe die etwa 2000-fache Wirkung jener alten Bombe von Hiroshima hat –« und ihren Verwendern Gelegenheit geben wird, ihrerseits Stalingrad und Minsk in den Schatten zu stellen : »Ach lassen Sie das mal, lieber Gehring – ich : bin für den Quatsch der sich mitteilenden Welt im Moment schlecht gerüstet –« und ohnehin für strategische Wettkämpfe nie rüstig genug gewesen »– sagen Sie mir lieber, ob das stimmt, was meine Wirtin in Ihrem Blatt gelesen haben will : daß unser Prälat Meixner den Kultusminister Hundthammer einen ›Repräsentanten christlichen Ordnungsprinzips‹ genannt hat –?« : Trash – Trödel – Tralala : er nieste schielend – und war aber doch mit seinen Gedanken so tief wieder in sein tägliches Geschreibsel geraten, daß es keinen Zweck mehr hatte : ich mache mir auch noch den ganzen Tag zum Quatsch – und stecke mich an, wenn –: das dann zur Begründung : »– ja, ich muß weg – und Sie haben auch keine Zeit : mit mir so –« zu sitzen, zu reden – schon im Gehen »– ach – eins noch – sagen Sie –« ganz wie von selbst : wozu bin ich eigentlich hier? »– Sie haben doch –« mir Zeit zu überbrücken »– haben doch –« Gewißheit zu verschaffen »– ein ganz – nun : ein leidlich leistungsfähiges Archiv –: wenn Sie mir da –« nur ein paar kleine, leidlich zuverlässige Informationen –: und er hatte auch schon »Ja sicher, gerne : Name –?« geschäftig den Stift auf einen seiner Zettel gesetzt : »Galland, F.A. –« : schrieb aber – was? nichts weiter – ich »– weiß nichts weiter : nur F.A. –« : schrieb nicht : hielt nur den Stift nachdenklich zwischen den Fingern : und – »– nun, nun – Publizist : nichts –« weiter – warum schrieb : er nicht – nichts – schrieb nichts – »– München –: nein, auch keine Adresse –« : und er sah auf einmal aschgrau aus in der qualmigen Luft : saß starrend – »Gehring! – sind Sie krank –?« : »Was? – nein : nein, nur ein –« nur der Schnupfen »– das geht schon wieder vorüber –« und raffte sich »– was wollte ich denn noch –?« abwesend »– ein Begriff – dem die umfassendste Bedeutung beizumessen –« beiseite murmelnd : Publizist – »– ah ja –« und wurde wieder souverän geschäftig »– ich sehe's nach – ich : werde's bestimmt nicht vergessen : das haben wir bald : das bekommen wir sicher heraus : wir wer –« den bekommen haben – sicher, bestimmt : die Macht der Presse – und er war nun derart in seinem aufgepumpten Wir aufgegangen, daß es wirklich keinen Zweck mehr hatte :– oder nicht der Presse –? : in seinen Brillenaugen ein ganz wunderlicher Triumph – eine fast grobe Art Selbstgefühl, wie es ihm seine elenden Redaktionskapriolen sonst eigentlich nie verschafft hatten : zum König geboren, zum Führer, Feldherrn, Schöpfer und Repräsentanten : wie alles zugleich – ich : kenne ihn doch nicht mehr : ich habe ihn nur einmal einst ge – »Kann –« abschließend – ich »– ich Ihnen –« nicht ganz ohne Zögern »– noch einen Zettel für Fräulein Rittberger dalassen –?« : und schrieb und faltete schon – und sah erst dann, daß er plötzlich wie aus Wolken wieder in sich zusammengefallen war : »Mensch, Gehring – Sie sind wirklich –« was – nachdem ich? : noch während ich – bevor ich noch bevor : ich's vor seinem Spähen in den Umschlag, der neben mir auf dem Tisch – und zugeklebt –: was war das – war das gewesen? : so nah an seinem Selbstgefühl fast Trauer – fast Ängstlichkeit – ich : muß mich nun aber wirklich zusammennehmen : ich sehe schon überall Ge sp – was denn, ›Spähen‹ –? : sah auf in sein Gesicht, das »– was –« gesenkt – geduckt : über fahrig den Schreibstift drehenden Fingern : »– was wollte ich denn noch –« : also auch er – im Stehn und Warten – er : wie ich wie – straffte sich : »– ah ja – ja, meine Frau –« unruhig »– läßt auch grüßen : und würde gern – das heißt –« wie ich wie »– wir : wir würden uns glücklich schätzen, Sie bei uns –« sie – sie »– bald einmal auch zu Hause –« : und ich dankte – und ging mit Hast : ach lieber Bruder Gehring : das ist nun gar nicht

und das ist nun wirklich gar nicht gut – daß wir uns da ins Gehege kommen – wenn ich nicht doch schon überall Ge –: das Gespräch war noch weit bizarrer, als ich's jetzt festhalten kann : wie mit lauter verschiedenen Personen, die aus ihm redeten – und manchmal wie quer durcheinander – ich : muß mich wirklich zusammennehmen – und bin auch mit meiner Wahrnehmungsfähigkeit noch gar nicht wieder auf der Höhe – ich : horche an den Wirklichkeiten vorbei und lasse das Ungreifbare mit mir spielen : und bin ganz kindisch zufrieden damit – mit der Ungreifbarkeit wie mit dem Spiel : ging trällernd – trödelnd – trallalallend ich : bin nur – was denn, nur zwei Minuten drinnen bei ihm gewesen –? : oder es stand die Uhr – es : stünden dann gleich zwei Uhren : »– nun, wenigstens sind Sie wieder auf –« hatte er noch gesagt : nach zwei vor – hatte er : dazwischen überhaupt – etwas ge : »Übrigens – dies Geschreibsel von der Sayers –« dann ich noch, in der Tür »– das ist schon vor –« zweitausend »– vor zehn Jahren von der BBC –: ich hab's in London –« : Trash – ich : ließ ihn stehen : versackend, sich verzettelnd : Haus der Bayernkultur – wozu war ich eigentlich da –? : nur Zeit zu überbrücken – Rückkehr zu versuchen in die Rolle, aus der wir igendwann einmal unwiderruflich gefallen sind – und die er nun allein –: oder Gewißheit – ihm über mich zu verschaffen – mir über ihn, nicht ihn – uns über sie –? : zwei alternde Gespenster, die sich sahen – vor Zeiten überall, nach Zeiten nirgends : ich habe ihn – nur einmal einst

auch ihn – Gewißheit : daß ich ihn vor Zeiten – ich : habe jetzt wohl schon stundenlang über den Vertragspapieren gesessen und bekomme den Sinn nicht heraus –: die Statuten sind fraglos nur hochfahrender Wind – poliert bombastisch wie die einer Loge : die Zwecke des Ganzen humanitär illusionär – aber dann auch wieder fast wissenschaftliche Zielformeln : dazu die pompösesten Referate – ›Die Wirtschaft‹ allem voran – mit für offenbar später vorgesehenen ›Länder-Sektionen‹ : wenn man die sechzig Seiten in nur einen Anblick zusammenrafft, nimmt's sich fast wie der Grundriß einer Staatsverwaltung aus – und bis zum Ekel deutsch in seiner Beaufsichtigungssucht –: und diesem aufgeblasenen Apparat soll ich präsidieren? : wenn das Gebrösel nicht gar so feierlich daherkäme, ließe sich die Offerte kaum ernst nehmen – wieso denn ausgerechnet ich –? : nur weil die Unbescholtenheit im hiesigen Weltdistrikt so rar geworden ist? und die lebenslange politische Bindungslosigkeit überhaupt eine Rarität? und das große ›J‹ im Signalement jetzt unbesehen der große Kredit schlechthin? : oder weil man – aber wer : er? es? – ein unbeschmiertes Blatt braucht, um dem deutschen Vereinsrecht zu genügen? : die vorgesehenen Pflichten sind in einem Maße lächerlich und nichtig, daß es auf bloße Repräsentation hinausläuft : und das für ein Jahressalär, von dem ich den ganzen Rest meines Lebens sorgenlos bestreiten könnte : die größte Verrücktheit im Ganzen überhaupt – und zugleich der Inbegriff der Wahrscheinlichkeit : der Widersinn von Lohn und Leistung ist, so oder so, die Kennmarke der Realität – und nichts spricht mehr dafür, daß meine Ruhe nicht angetastet wird, als die aberwitzige Bezahlung –: 50 000 als ›Gehalt‹ – dazu eine ›Aufwandsentschädigung‹ von 100 000 und ein ›Dispositionsfonds‹ von 60 000 : die Steuer wird wohl fast die Hälfte wegplündern : aber es bliebe genug, um einen Begriff von Sicherheit in meine Existenz zu bringen, wie ich ihn nie –: und der rechtzeitige Rücktritt vom Amt gehört ja auch zum Usus des lukrativen Regierens : also wäre es wohl riskierbar – ein kurzes Gastspiel bei der Tollheit mit Methode – und denn mit Tollheit selbst – es : wäre wirklich

aber es bleibt noch genug an Unsicherheit –: wer ist denn er – in diesem sich greifbar nur gebenden Spiel? : ›Der Generalsekretär‹ – der Führer, Feldherr, Schöpfer und Repräsentant, der wiederum ich bin – wäre – ich sein würde, wenn –? : es geht da etwas mit mir vor mir vor, und ich sehe es nicht – mein Gedächtnis : ist wie geschrumpft – ist tatsächlich so kurz geworden, daß es nicht einmal mehr bis morgen reicht : – noch fremd hier – oder wieder? : wie nur einmal einst : ich muß selbst diese alte Umwelt ganz neu wieder lernen : Gemäuer, Straßen, Plätze – all das Allerlei, in dem so viel von mir – nun, was? liegt, abgelegt ist – oder zumindest lag : und schlecht bewahrt ist : und so vergangen, daß ich vielleicht gar nicht einmal mehr alt genug werde, um es noch wieder zu erreichen –: aber wozu bin ich sonst hier – wenn nicht um Zeit zu – mir Ge

nicht einmal das ist gewiß : ob er, die Nichtperson, nun wirklich persönlich hier – und wenn bei mir, ob mit mir außer mir : gewesen ist – und wenn, dann wann – er? es? : es war – es : war jedenfalls vor schon undurchdenklichen Zeiten – und das Papier : wirkt außerdem wie vergilbt – und steckt in einem Umschlag mit wenigstens offiziell seit fünf Jahren ungültiger Marke : der Poststempel verwischt – aber München : die Hauptstätte aller Bewegungen – wieso fiel mir das jetzt ein –? : ›Gesellschaft für Internationale Zusammenarbeit‹ : so hat er gesagt – in einem Traum vor Zeiten – und so steht's da : es ist das

nun wirklich gar nicht gut – ich habe mir : den Tag zum Quatsch gemacht – und sitze im Zentrum einer sich immer mehr konzentrierenden Verödung – die aus der Leere immer mehr Leeren zieht – und sich zum Nichts verdichtet, das sich nur – nur wie im Spiel g : manchmal greifbar gibt : und auch seine Greifbarkeit nur sp

dünn ziehende Kälte – um mein Spähn und Warten – ich : habe noch vergeblich wieder in die Arbeit zu kommen versucht : noch Stunden nachts verdacht – und *darum* vergeblich –? : weil meine Sinne, brennend, doch nur für – und für nichts sonst –: einsiedelnd alternd – leer – und selbst mir selbst verheim

›Abschied von der Humanität‹ hat er gesagt – es : hieß nicht so – es : aber es wird so heißen eine Weltprovinz danach geheißen, daß in ihr die Sonne dauernd untergeht – hat er das auch gesagt? : irgendwo kürzlich – und eine Beschönigung noch – man : hat ja manchmal – so an den Abenden – schon ohne jede Schwierigkeit das Gefühl, als wäre's zum letztenmal – endgültig jetzt :– und daß la lumière in diesem Land überhaupt noch gelegentlich kleine Aufgänge hat, gehört ohnehin längst unter die Naturwunder und ist

Kram – ich bin müde, friere – bin zu früh –: ein fürchterlicher Krach auf der Straße, bei Nacht noch, hat mich zu früh geweckt : eine Horde GIs, die von einer MP-Streife gestellt wurde : die beiden Arten der Sorte schlugen aufeinander ein, daß einem beim bloßen Zusehen todängstlich werden konnte – ich : fand keine Ruhe wieder – heizte an, blieb sitzen – und döste vergeblich über den Zetteln, die sich nun und nicht

fügen sich nicht zusammen : Macht – die Macht –: bei keinem Problem so geringe Erfahrungsreflexe wie bei diesem : und die Sucht danach, die elementare, nimmt überdies wohl in dem Maße ab, in dem das Wissen wächst – weil es ja kein durchdringendes Wissen gibt ohne die Einsicht in die Vergeblichkeit seiner verändernden Ausbreitung –: Machtsucht denn ergo eine Illusion – und primitiv – ich : habe wahrhaftig nicht einmal eine Ahnung davon – und sitze da, das Ungeahnte zu beschreiben –: oder als Insuffizienz des Cortex – Krankheit – Deviation –? : Ich-Defizit, durch das die älteste Erbschaft des Es heraufschlägt –? : jedenfalls eine Infantilität – im onto- wie phylogenetischen Sinne : Fortdauer frühen, in früher Unterlegenheit arretierten Kämpfens gegen – ja, gegen das Unterliegende selbst im Selbst im

es geht so nicht – ist alles durch dicklich träge, fast unbewegliche Schichten aus Langeweile von meiner Wahrnehmung getrennt – ist : ist das ein Signal? : ihn selber, der grad dies jetzt von mir will, von mir getrennt zu halten? : überall Lähmung – selbst im Bedenken dieser Bedenklichkeit :– dabei wäre der Verlagsvertrag nun wirklich ohne Zögern unterschreibbar : getrennt von der – was geht es mich da an, was er noch sonst

was ihn – was ich noch sonst : so mache – machen muß –: die Lebensbeschreibung ist jetzt das Primäre – und es bleibt überhaupt wenig Wahl – ich : kann nur festhalten, was zutage tritt – sich aus den Tagen zuträgt : matt heraufgeweckt –

Quisquilien meinetwegen – bloße Adiaphora : bis sich der Untertext in die Sichtbarkeit ablöst und das ganze Material sich formen läßt :– es ist ja wirklich

eine Verabredung, mit mir getroffen – und diesmal mit mir durch mich – ich : horchte nach unten – Katzenberg – die Treppe : und ihre Stimme kam bunt vermummt mit ihr gelaufen : wendig durchs raschelnde Nachmittagsgetriebe : »Sie –« atemlos herauf noch »– aber vergessen – hätt ich's auch ohne Ihre Mahnung nicht : daß wir –« : und Gehring war also entbehrlich – hat sein Zögern : nur *da*vor kapituliert – daß er entbehrlich – wußte, daß er ent –? : »Bäh – was machen : Sie denn für ein Gesicht ?« : und stand wie leuchtend neben *neben ihr : mit den braun spöttischen Augen, die mich vom Haar bis zu den Schuhen musterten : »Du hast mich gar nicht erwartet – stimmt's?« befriedigt : und machte irgendeine magische Bewegung vor meinem Gesicht : »Was starrst du denn – he, komm mal wieder zu dir!« : und zog meine Blicke ab – sog sie sich zu –: was hatte ich – vielleicht das alte Eckhaus : Gemäuer – die Straße – der Platz : »Ich hatte nur –« : und entschuldigte mich wortreich – daß ich gedacht, sie hätte –: »Aber ich habe nicht !« vergessen, daß wir – und »Ich bin da –« hier neben* neben mir : mit magisch bewegenden Händen – »Haben Sie Angst?« : vor ihrem durchhusteten Lachen – »– das grassiert bei uns jetzt : der Gehring schnieft wie ein Museumsfall und hat die halbe Redaktion angesteckt : darum konnt ich auch fort – oder möchten Sie lieber –« : und ich sagte irgendetwas ganz Albernes : ein Vergnügen – mich von ihr anstecken zu lassen – gern jederzeit –: aber brach den riskanten Satz dann gleich mit einer Geste ab : »Nein –« ich »– ich hatte nur so ein bißchen die alten Bauten hier betrachtet –« und bin mir dabei abhanden gekommen »– das : gehört im Moment zu meinen Beschäftigungen –« Gewißheit mir zu verschaffen »– für einen bestimmten Zweck –« : und dergleichen noch mehr – umständlich ausweichend – sie : zuckte gebührend die Schultern : »Sicher, warum auch nicht –: und wenn Sie nicht wieder ins *willst du schon wieder ins Kino –« : gelangweilt die Langeweile auf mich werfend : war immer das Zeichen ihrer Unerweckbarkeit an diesem Tag – und der Beginn ihres wie wütenden*

Kampfes dagegen : der gegen mich – und vor dem ich heillose Angst – und vor dem ich : uns überredend – beide – wie zur Flucht : uns beiden die immer gleiche Erfahrung seiner Vergeblichkeit zu ersparen : dann meist mit ihr ins – oder auf einen ja einen Spaziergang machen : so einfach durch die Stadt –« ja, sicher – können wir : und sie musterte mich wieder – sichtbar belustigt : sich wie sich weidend an meiner wirren Abwesenheit : »– aber ich muß mir dann was anderes anziehen dazu : so ist's mir zu kalt –« und legte den Handrücken prüfend an meine Backe »– Sie könnten auch ruhig ein bißchen mehr glühen zur Feier des Tages : oder macht man das nicht mehr in Ihren Jahren – wenn man –« : spähend – erwartend, daß ich – was? wenn man was –? : »– also kommen Sie schon –« : und mir wurde auf einmal ganz hölzern zumute : wie sie so stand – von Wind und Kälte durchtrieben – und mit mir spielte : unerschöpflich heiß – ich : mußte mich zwingen : griff nach ihrer Haut – zwischen dem roten Kopftuch : und hielt mich buchstäblich fest : »Ist das nun Fieber –« unerschöpflich heiß »– oder die Feier des Tages –?« : angestrengt kokett – daß mir die Zähne dabei klapperten : »Das hängt vielleicht manchmal zusammen –« sagte sie unklar – und ließ mich weiterreden, bis ich die Stümperei selber abbrach : »Das ist aber nun Ihre Schuld : daß Sie von meinen erwähnten Jahren die lächerliche Seite gleich mit voller Wucht kennenlernen –« : noch immer kokett, nur besser verdeckt – als gäbe es –: »Gibt's denn –« sie dann doch gleich – noch eine andere – »– ah : jetzt bin ich frech – verzeihn Sie : dabei wollte ich bloß sagen, wie lieb ich das finde von Ihnen : wie Sie auf meine Faxen eingehn –« : und hakte sich ein – und wir liefen kreuz und quer durch die Straßen, zur Oberen Brücke zurück, durchs Rathaus – Obstmarkt – »Was –?« : *rechts, wo die Blumenhalle – Nelken damals : ihr rotes Kleid vor dem Viereimer-Brunnen : vor all den alten Läden – Kunstmann – die Flaschnerei : und vorn der Brillen-Kröner – Optische Anstalt –: als die Straßenbahn zwischen uns vorbei war, ich wieder herauskam, das Sträußchen in der Hand, war sie weg – sie : hatte sich – nein, bei Mannheim nebenan : versteckt nicht – hatte uns einfach nur vergessen : mich wie sich selbst – in einem Augenblick – vor einem seidenen Fetzen : stand wie fremd – in Spinnenfingern Gewebe – fühlend : fühlend : mit allen Sinnen nur auf Einzig-Eines konzentriert – und dabei ein grelles, wahnsinnliches, buchstäblich verrücktes Glück im – was? : nun, wasser* – »– waterproof – das ist : so eine amerikanische Erfindung –« : ich – Stoff zwischen Fingern : »Aber doch ziemlich dünn –« sie – lange prüfend »– machen Sie wenigstens zu –« und zog mir den Mantelrevers über der Brust zusammen, daß mir beengt – be : bänglich – mied *ihren Blick : die Pupillen wie Stecknadelköpfe – gibt es denn das? : bei halber Dämmerung – so stechend verengt wie sonst nur vor hell vor den hellsten* nicht *Quellen* – nichts – »Nichts –« hatte – ich : hatte uns einfach nur vergessen »– ich hatte –« nur so ein bißchen die alten – »– das ist alles –« ist weg ist »– weg : und scheint der einzige Stadtkomplex zu sein, in dem Bomben gefallen sind : das müßte ich Ihnen –« und muß ich mir – über mich »– einmal genau beschreiben : wie das hier ausgesehen hat –« in meinen Jahren : und auch die Untere Brücke ist ruiniert, was sie freilich schon immer war : und die alte Maut – mit dem Schuhladen Frank – die Altane : »– ah, das ist –« alles weit weg »– was –?« : »Finden Sie auch : daß das verbrecherisch war – diese ganze Bombardierung der Städte bei uns –?« sie – und ganz ernsthaft jetzt : politischer Schnack? oder »– nun, oder berechtigt – als Mittel zum Zweck –?« : ihr Blick – ging aber so grundkühl trauernd über die Trümmer, daß sie mir plötzlich ganz nah war : anders als vorher : die Kunststudentin – befähigt, hinter dem bloßen Todesunfug die tiefere Tödlichkeit zu spüren : das Sterben des Geistes im eigenen Leben selbst : »Verbrecherisch – ja –« sagte ich »– im umfassendsten Sinne : und nicht nur weil schlechterdings alles, was der Begriff Krieg an Mitteln wie Zwecken umschließt, verbrecherisch ist –« und redete vielerlei weiter – immer weiter entlang an dem dünnen Faden, den ich auf einmal zu ihr hatte : hörte sie zu –? : nickte einmal nachdenkend, als ich auch – »– eine deutsch-amerikanische Gemeinschaftsveranstaltung –« der noch viele deutsch-amerikanische Gemeinschaftsveranstaltungen folgen werden – es ist »– noch gar nicht abzusehen –« : stolpernd – weil wir jetzt schneller : »– zuletzt war es –« zuletzt – abschließend : Regen »– auch innerhalb des hier maßgebenden, traditionell begrenzten Begriffs- und Sinnensystems zu allem Überfluß noch dies: unlogisch –« : weil – hörte sie noch zu? – nur noch für mich : eben weil das Generalspack aus der Bedenkenlosigkeit, mit der es sich zur Bombardierung der Kulturgeschichte entschloß, den Schluß hätte ziehen können, daß auch den Bombardierten der Verlust der Kulturgeschichte nicht zum Bedenken gereichen würde: »– es war entsprechend –« was? – wie : rede ich denn? : *ihr Kopfgeschüttel, Lachen – »– also nein : wie redest du denn da –?« : mit strafender Strenge : als wollte ich – als müßte – »– wolltest du –« was? »– dauernd, mit jedem Satz, ein Problem zu den Akten legen –« endgültig erledigen, loswerden für alle Zeit : grotesk – und ist ja wahr – es : war entsprechend* »– denn auch ganz ohne Effekt : und hat dem dummen Volk nur die Propaganda anschaulich gemacht, daß es auf seine Vernichtung abgesehen sei –« : was ja im Bewußtsein dieses Volkes bei der Beschaffenheit dieses Volkes auch durchaus als berechtigtes Anliegen der umliegenden Völker empfunden werden konnte : – weiter in mich hinein – bis unter die Haut, auf die der Regen jetzt – wie? : wie ich rede? : »– ja, sicher, auch mit Haß –« : aus einer unheilbaren, beständig neues Unheil auseiternden Verletzung heraus : mit dem Problem nur eben, daß es eine Klagadresse nur für deren Unheilbarkeit und Beständigkeit, für ihre unterste Verursachung aber nicht mehr gibt – wie für die –: »Wie? – das hab ich nun nicht mehr verstanden –« und ist mir auch selbst nicht verständlich : sich fortmurmelnd ins Abstrakte, fortmurrend jenseits der Worte, im Wahren wirr, im Wirren ahnbar wahr : »– ja, auch mit Wut –« : die eben darum, weil sie ihren letzten Gegenstand nicht findet, immer wieder ohnmächtig machtvoll in das bißchen Ich zurückkehrt, von dem sie ausgegangen ist, und dort Getümmel, Chaos, Depression –: »– nein, lassen – lassen Sie nur : ich wollte nur sagen –« : was eigentlich? – weit weg von diesen Trümmern : wie lange standen wir denn – hatten wir hier gestanden –? : »Jetzt wird's mit dem Spaziergang aber nichts –« sagte sie irgendwann – am Rand meines längst erstarrten Starrens : und die Nässe lief ihr wie spöttisch durchs Haar und über das sich schüttelnde Gesicht : »– was wollten Sie noch –« wollte ich – als müßte –: »Ach, es geht das weit über das hier hinaus – und über diese spezielle, freilich besonders grelle Variante der Bereitschaft, die Ergebnisse von Jahrhunderten den Zwecken eines Moments zu opfern – es : ist das ein Problem, das mich in ganz anderem Zusammenhang zurzeit sehr beschäftigt –« : mit kältesteifen Gesten gegen sie – die sonderbar glühend dastand, im Rauschen über uns, im Rascheln zu unsern Füßen : »Nein, reden Sie nur weiter – wirklich – ich –« und riß sich das verschobene Kopftuch ganz herunter und drehte es wringend zwischen geballten Fingern »– ich höre zu – ich : wundere mich nur, daß grade Sie –« : und wieder zurück – zum Zweck der Beseitigung des Monstrums : »Aber für den war's –« wie sehr vieles andere »– eine ganz nutzlose Vergeudung – wie überhaupt unter dem Aspekt der Wertebewahrung, oder wie man's vereinfachend nennen will, die wünschenswerte Austilgung von Tyrannen *durchaus zweitrangig –? habe ich damals gesagt : nein, irgendwie wütender – noch kälter – haßvoll kalt : zu Major Woodcourt von der RAF, der mich ums Haar noch 44 auf die bloße Ironie hin internieren lassen wollte : a less – was? pressing task :* eine weniger vordringliche Aufgabe – war – ist – sein könnte –« wahr – ist – könnte wahr sein »– eine freilich herzabdrückende Erwägung : die aber um so notwendiger ist, als beim Auftauchen von Motiven wie ›Befreiung‹, von irgendwas oder -wem, überhaupt beim Paroleschall von ›Freiheit‹ und anderen Moralitäten die vernünftige Güterabwägung wie nie sonst außer Kraft gerät –« : und die moralisch geführten Kriege sind belegbar die grausamsten – weil? : nun, vielleicht, ja sicher – weil die unfehlbar mächtige Motivation auch noch die letzten rationalischen, ja auch bloß animalischen Hemmungen blendet : und die Kritik müßte sich gegen die Ur-Sachen selbst – gegen die Moralen selbst –: verschwimmend – Sintflut : »– nein, die ›Opfer‹ nicht –« die im Großen Chaos der Destruktion meist auch nur die verunglückten Verursacher sind »– die sind da der Maßstab nicht : die ersetzt uns die Natur mit einer Tod-Sicherheit, daß ihr Verlust noch nie in einem Generalsgehirn auch nur die geringste Rolle gespielt hat – und, da das Generalsgehirn ein durchaus repräsentativer Auszug des Menschengehirns schlechthin ist, noch nie auch in einem –« und weiter im strömenden Reden – bis auf die Haut : »Klingt nicht besonders human –« sagte sie irgendwo – am Rand meines erstarr –: ja, stand ich darum da – wie eingewurzelt, angebannt – die Tür? : die schief gestellte, von einer Schußgarbe quer durchsiebte alte Tür über dem Sandhaufen der Baustelle – von Latten gestützt – von Tell *von Tellerscheiben : von Tellerscherben umsplittert – habe ich : zwischen Gebirgen von Sand : schon einmal gesehen : ein* – »Was –?« *ein Kinderspielplatz* Wasser *ein* wegschwemmend »– was sagten Sie –?« : Verschlagstück – Bretterzaun : »Na ja – Sie müssen zugeben, es klingt sogar ziemlich garstig – nicht? oder nicht?« sie – hustend : hatten wir – wie lange? : »Was? – ja, sicher : inhuman – nach den Begriffen jener Moral, auf die die Humanität bei uns heruntergekommen ist –« und weiter – nie erledigt, loszuwerden »– es könnte zuletzt –« und nie zuletzt – abschließend : Reden – Reden – »– doch, wirklich – es : könnte zuletzt humaner sein, bei den Großkundgebungen der sich selber feiernden Sterblichkeit – nur auf das auf die Erhaltung des – – des bißchen Unsterblichen zu sehen, das – – – mit Mühe durch die Zeiten – – daß es durch die Zeiten –: nun sagen Sie aber mal –« wie regne – rede ich denn »– rede ich sehr wirr –?« warr – wahr verworren : »Aber gar nicht – nein : ich hör Ihnen zu – versteh auch so dies und jenes : bloß – schaun Sie mich doch mal an –!« : ihr Lachen – Spott? – weither von anderswo : sich wie noch immer weidend an meiner Abweisendheit –: und jetzt sah ich denn erst endlich, wie rettungslos absurd ich uns separiert hatte : sie wie zerflossen schon in den triefend klebenden Sachen – mich selbst in einer Lache, die mir buchstäblich bis an den Hals –: »Also Ihnen fehlt jedenfalls bloß noch die Gabel –!« rief sie und zeigte wirbelnd zum Brunnen hinüber : und ich quälte mich mit konfusen Entschuldigungen aus meiner Lächerlichkeit heraus : nun wirklich meine Schuld, daß sie von meinen – die lächerliche Seite gleich mit voller Wucht – »– und Sie sind sowieso schon erkältet – während ich die gerechte Strafe noch zu erwarten habe –« : »Aber doch gar nicht –« noch einmal »– und nun machen Sie sich mal nicht schon wieder betagter, als Sie sind – können Sie laufen?« : und dann rannten wir auf einmal wie zwei Verrückte los, durch spritzende Pfützen, vorbei an St. Martin, am Grünen Markt, bis wir im Trockenen standen, unter ihrer Haustür, und uns *und uns – wie zwei Verrückte – ineinander fließen ließen :*

gepackt von Schabernack – von tiefster Kinderei : umfaßt anfassend – was? »– *laß* – lassen Sie –« : ich – kindisch keuchend – Halsschlag – atemlos : und ließ mich dann doch wieder von ihr an sich reißen : »Bloß keine Bange – das muß jetzt so sein : sonst setzen wir oben mein ganzes Zimmer unter Wasser –« : und so wrangen wir uns weiter gegenseitig aus, mit tausend Erfindungen der Erwärmung, und lustvoll lange, länger, immer länger, bis uns die Gesichter erschöpft zusammenstießen und wir uns nur noch wankend halten konnten : »Und sehn Sie – doch zu dünn –« Stoff zwischen Fingern : Wachs »– eben nicht –« nicht – waterproof : in Händen : und dabei grell, wahnsinnlich – nein, nicht Glück : Vergnügtheit – Kopftriumph – eine lässige, loslassende Genugtuung eher : die mich im Augenblick – ja, schlaghaft mit dem Blick, mit dem ich's sah – vor mir selber in Sicherheit brachte : in Seelen- und Sinnenruhe – was ist das gewesen –? : ihre Sinnen- und Seelenruhe, die mich in Sicherheit – in Sachlich – was? : aber was für Signale doch wieder –: »– dabei wollte ich Sie –« sie – doch nicht losgelassen selbst »– eigentlich später erst in mein kleines Chaos bitten – ich : hab grad meine unordentliche Zeit – und müßte – stört Sie das –? : ach was –« und lachte wieder »– ist egal – das wird sich schon alles finden : kommen Sie schon –« : und wir liefen, wieder an den Händen, in den untermietigen Geruch *hinauf – es : wurde gewaschen –? Seife – nein, Rübenkochdunst : drang gashaft wie von allen Seiten durch Risse und Ritzen : dazu Geschrei – klein tollender Kinderlärm – in den dann, gräßlich groß, eine befehlshabende Stimme bellte : und das Bullenwesen prügelte erzieherisch in das Lebensgetöse, bis es schließlich winselstill und nur noch das Rundfunkjaulen darüber –: war, als – und es* blieb gedämpft auch noch, als wir die Zimmertür oben hinter uns zugemacht hatten : das »– wird erst am späteren Abend besser –« sagte sie dampfend »– puh – wenigstens noch einigermaßen warm :– man kann sich's nicht aussuchen –« und kramte sich in den altmodischen Schrank neben dem Waschbecken, warf mir zwei Handtücher zu »– Sie kriegen meinen Bademantel, bis das Zeug trocken ist, – als Ersatz für das Bad, das ich leider nicht habe – das Klo ist auf dem Gang und entsprechend schrecklich : wenn Sie prüde sind, müssen Sie sich umdrehn –« und drehte sich selber um und war wie mit einer Bewegung aus ihren sämtlichen Sachen, im Halbdunkel glitzernd und glatt, vom kleinen Handtuch umflogen, und rieb und rubbelte – strich schließlich mit langen Händen – an Schenkeln abwärts, Haut an – warf die Haare –: »Na? – und, was ist?« Blick über die Schulter, durch Strähnen »– Sie wolln doch nicht Wurzeln schlagen? : ›Welt-Hölzer-Welt‹ – hab ich das da genannt –« das Graphikblatt vom Tisch, in das ich starrte, die Augen abzulenken »– war bloß so eine Laune – und ist nichts : ich hab schon Besseres ge – also was? : wenn Sie noch länger auf der Kante hocken, geht mir der Stuhl kaputt : haben Sie's nicht gefunden? : jaja, mein Durcheinander – warten Sie –« und dann kam sie mit hüpfenden Brüsten auf mich zu und zwängte sich an mir vorbei durch die Enge, daß mir der Herzschlag ganz albern in die Höhe fuhr – daß ihre Haut mein Gesicht, ihr Haar meine klammen Hände – ich : habe das alles zu lange nicht mehr gesehen – und alles hat kinderleichtes Spiel mit mir : so junge Glätte, weich – der Duft auch – Öl? : Pini silvestris – Kampfer und Menthol : in überreizten Augen, die fahrig wieder auf der Graphik um sich griffen, ohne doch das geringste zu sehen –: nach einer Weile nur noch Blau – die Bläue : des mir – wie lange? – hingehaltenen Frotteemantels –: und dann stand ich hölzern da und versuchte mich linkisch aus den triefnassen Sachen zu bringen – Pullover und Hemd zuerst, dann unter dem Bademantel das Untere – es : saß alles wie angeklebt, und ich zog und zerrte verrenkt daran herum, daß sie – belustigt musternd wieder – Große Inquisition – – und mir schließlich nichts übrig blieb, als in ihren Spott einzustimmen, mich selbst mit ihr gemeinsam zu verlachen –: da warf ich denn alles ab, wie sie's gemacht hatte, und schlug mich trocken : und mit jedem Flattern des Tuchs verflog tatsächlich ein weiterer Schwaden Anstrengung aus meiner Unbefangenheit –: höchstens noch, wie ich stand – zu wenig jetzt fröstelnd – am Fenster : »Sieht man die Sonne hier?« ganz trocken »– das ist doch wohl Osten –« : was aber, sicher, natürlich, in dieser Gegend mehr verspricht als hält : und so ließ ich auch diese Kapriolen sein und drehte mich wieder nach ihr um : fast unwiss *nein, auch wissentlich – war Sommer :*

ich kam vom Baden – stand, mich waschend – nein : *sie – sie kam schwimmend näher – greifend – nah : »Schön« heiter »schaut das aus –«* nein »– sehn Sie aus –« *nein, war bei mir – ich : war von Sonne heiß – nicht ganz bei doch, nun ganz und gar bei* nicht mehr bei Sinnen – ganz wie man es nimmt : »Nun, damit mußten Sie rechnen –« Unordnung – stört Sie das? »– und anders wäre es ja auch irgendwie –« hölzern – ganz trocken – irgendwie? »– unhöflich –?« : mit ihrem Spähn und Warten – spielend – jetzt ich : nein, eher mit ihrem Lauern – Mustern – sie : war irgendwie anderswo, von sich selber längst losgelassen, ja wie mit einer fremden Aufgabe beschäftigt – mich zu betrachten : wie Betrug wie – »Doch : es sieht doch schön aus – das : hab ich ganz ehrlich gemeint –« sich selbst betrachtend? sich mit mir durch mich? »– Sie überhaupt – Sie sehn ja noch aus wie ein Junge –: find ich nicht schlecht –« : das alles ganz binsensachlich, sicher, seelenruhig – und längst wieder sinnenkalt : »Tatsächlich –?« ich – wie ein Kind : und grinste dann aber auch gleich geschmeidig darüber weg – über die kleine Kinderei der Erfreutheit »– was Sie nicht sagen – ich werde : mein liebes Fräulein : im kommenden August mein erstes Halbjahrhundert hinter mich gebracht haben –« : was sie ja aber wohl wußte – und was denn auch wieder zu grob und tatsächlich war, als daß man noch weiter kokett darüber hätte hinausschwatzen können :– ließen wir also auch das – und sahen ihr beide nur zu, wie sie sich vor dem Ofen zu schaffen machte : »Jetzt –« ganz zuletzt noch »– heiz ich uns aber ein –« : und der Glühschein sprang ihr über die Schulter und um den hingeknieten langen Rücken, während sie wie wild an der Zunge des eisernen Kastens rüttelte : dann schüttete sie die Röte zu, und wir hockten uns dunkel und grau auf die davor ausgebreitete Decke : »Kein Licht – nein –« : oder eine Kerze? : weil ich doch wieder nach ihren Blättern gegriffen hatte, sie mit herübergebracht : »Darf ich's nicht sehen –?« : »Ach, alles Kram : so Übezeug und Zettel –« : aber doch fertig so : mit den automatenhaft schwebenden Leerflecken zwischen der Strichmännchen-Staketerie : darüber schmierig zufällig der Aschenschatten : ganz gut – auch dann der ›Maschinensaal‹ : die wuchtige Betriebsamkeit der sich in sich umwälzenden Welt : und noch so ein Maschinen-Ding – ›das Maß aller Menschen‹ : eine Spur zu pathetisch – »– und wie heißt nun das –?« : die unvermeidliche Pornographik schließlich : quallige Weibs-Bilder, die sich strotzender Schwänze bemächtigten : »Kram : muß man machen, um finanziell über die Runden zu kommen – das : soll für so einen Privatdruck sein, wie ihn sich Fabrikanten gerne kaufen :– ›Babi Seadet‹ – was, glaub ich, soviel wie ›Tor der Glückseligkeiten‹ heißt : hab ich mal irgendwo aufgeschnappt –« : das Dritte Tor des Serail – das nun aber etwas ganz Anderes war : »– so? – war's das? : naja – ist egal – und sowieso bloß Schnickschnack für den schönen Schein der Seriosität –: oder –« probierte noch einmal ein Funkeln »– regt Sie das etwa an –?« : das nicht – das wenig – oder »– höchstens eine kleine Minderheit meiner Nerven –« : und der Rest ekelt sich hoffnungslos vor der ordinären Banalität, in der's für die Mehrheitsmenschheit abläuft : »– eine fremde Aufgabe – das zu betrachten –« erledigend »– aber die Technik ist nicht schlecht –« : mich zu betrachten? wie Betrug wie : »Nicht doch –: und überhaupt – das sollten Sie alles gar nicht zu sehn bekommen – ich : blamier mich doch bloß – genier mich –« und räumte die Blätter unwirsch weg : ganz steif jetzt – ängstlich fast – hab ich das richtig gesehen? : auch in Gedanken abseits – irgendwie anderswo –: und irgendwann später erst lachten wir dann auf einmal torhaft glucksend los über unsere Situation, die längst etwas ganz Anderes war, und über uns selbst : wie wir da saßen – zwei nackte Sachlichkeiten auf Decken vor einem Ofen : Leiberben beide des innersten Seelenfrosts : eine Tasse Tee zwischen uns – einen sich langsam aufzehrenden Kerzenstumpf – eine wandernde Zigarette, an der wir gemeinsam rauchten –: und alles krümmte sich nun in unaufhaltbaren Zeitschritten in den Anfang zurück : mein Reden – Reden – »– nun, so als wollten Sie –« sehr wirr? »– als müßten Sie dauernd – mit jedem Satz : ein Problem –« das mich sehr beschäftigt – *»– laß nur – laß –« : die Zeiten zwischen uns – immer ein Halbjahrhundert – das mich von ihr, von ihnen – trennte, schied : vom Jenseits des Frosts – meiner kältesteifen Gesten gegen sie alle :* »Vielleicht : ja, schützt mich das nur – ja –« gegen sie alle : *und das verschobene Kopftuch – zwischen geballten*

Fingern : war einmal schon – »Nein, red weiter – wirklich – ich –« : im Rauschen außer uns, im Rascheln neben –: »Scheint tatsächlich schon trocken zu sein –« das Zeug – die Sachen : Stoff zwischen Fingern – prüfend »– nein, wirklich – ich : hör Ihnen da wirklich gerne zu, wenn Sie so erzählen – ich : hab da nämlich was angefangen – was ich Ihnen aber noch gar nicht zeigen kann : so Ansichten von der Stadt hier – aber in verschiedenen Zeitschichten übereinander – das heißt, auf demselben Blatt : die ganze ältere Geschichte –« und wirr beredt weiter, wörterreich verwahrt – ich : hörte nur zu, störte sie nicht durch Fragen – wie da auf einmal, was doch Mein war, das Ihre wurde : »– im Frühjahr 44 gab es eine Weisung – von diesem Goebbels, glaub ich – daß die besten Photographen alle noch erhaltenen Kunstdenkmäler und Bauten aufnehmen sollten – mein : nun mein Bruder war mit dabei – er : ist etwas älter als ich –« und verlor sich, zurück gekrümmt, in allerlei fahrigen – in wohl Gedächtnislücken? : etwas ganz Anderes – wieder und jetzt wieder –: jedenfalls war sie ihm, obwohl erst 17 damals, zur Hand gegangen : die Schlösser im Süddeutschen Raum : »– und ich hab damals schon diesen Gedanken gehabt – ich : wollte das eigentlich für ganz Deutschland machen – aber das geht ja nicht : das ginge – bei diesen wahnsinnigen Ruinenhaufen – über alle Ufer –: und so mach ich's eben nur für die Gegend hier, die ich kenne –« und noch vielerlei weiter – entlang an dem dünnen Faden, den sie auf einmal zu mir hatte »– das ist ja wirklich eine schwierige Frage : ob man an diesen alten winkligen Straßen so hängt, weil sie tatsächlich – ja, einfach menschlicher sind und wärmer – oder bloß weil unsere ganz frühen Erinnerungen daran –« : *tollend darin herum – wie angesogen : glückselig vor Toren und Türen, hinter denen das Große Geheimnis lag : erspähbar durch Risse und Ritzen – ich : bin schon als kleinstes Kind – nein, nicht als : Kind – an fremden Händen erst – dann auf eigenen Beinen : dann schließlich mit Augen und sämtlichen Sinnen darin ge – bin darin –: ihr rotes Kleid im Fenster der Hofhaltung – der alten Residenz mit ihrer acherontischen Geschichte : die Mauern der alten Domherrenhöfe überhaupt – hinter denen dann aber : erspäht – das Letzte doch nie : immer etwas ganz Anderes –:* »– vielleicht das Glück überhaupt –« stolpernd –

zuletzt – abschließend »– aber das klingt nun schon wieder kitschig – und so mein ich's auch nicht – ich : meine eigentlich was ganz Sachliches –« : und in dem Moment ging beiläufig und geräuschlos das kleine Licht zwischen uns aus, und wir waren selber zu Ende : »– jetzt, wo ich Sie kenne –« sagte sie noch »– wird das alles noch viel interessanter – als Aufgabe, meine ich –« fremd – irgendwo im Dreivierteldunkel »– Sie müssen mir genau beschreiben, wie es hier ausgesehen hat – in Ihren Jahren : ja, vielleicht überhaupt auch was schreiben dazu – machen Sie das –?« : gesichert, ja – ich : bin schon dabei, es zu machen : und auch sie war längst mit allen Gedanken wieder mit sich allein : raschelnd in Sachen – fließend gekrümmt – zurück : und dann standen wir da und sahen uns beim Anziehen zu – ihr, wie sie huschend in schlankem Schwarz verschwand – mir, wie ich zog und zerrte – immer noch klamm : und auch ein bißchen Belustigung kam noch wieder – und schließlich Koketterie : »Haben Sie eigentlich in der Nacht was geträumt neulich –? : man sagt doch – wenn man sich wiedersieht –« dies und das : und ich erzählte ihr wenigstens noch den letzten Teil – und häufte die Wasserworte so magisch, daß ihr vor Lachen fast der Atem ausging –: und eben auch, daß ich der Leuchtgöttin begegnet war : »– die müssen Sie aber noch beschreiben –!« und machte ein sehr zweifelhaftes Gesicht, als ich ein greisiges Weib mit Faltenhaut und Zottelhaar angab : »– nicht wenigstens Circe – die alle Männer in Schweine –? : oder doch die Sirenen – schmeicheln Sie mal ein bißchen –« summend – aus dem dritten Nocturne »– aber ist schon gut – das : wär mir auch gar nicht so recht – singende Frauen : sind doch das Allerletzte : ich hab das sogar mal studieren sollen – Gesang – und bin mir noch nie so zum Kreischen dämlich vorgekommen : ha-hä-he-hi-he-hä-ha –« und lachte ein grelles Arpeggio : alles schon unter der Tür – an der Treppe – nach unten horchend : »– es hat auch aufgehört –« das Regnen – mein Reden »– also – versprochen? : daß Sie mir was machen –?« : und ich versprach's – ich : hätte ihr alles versprochen : »– wir sehn uns ganz bald, ja? – wieder –« sagte sie noch »– Sie sind –« und was für Signale! »– sind – nun, sind : auf einmal ein wichtiges Ingrediens in meinem Leben ge –« Worte für

Sinne wie Sachen – und küßte mich leicht : beiläufig, flüchtig – und ich floh – ich : lief – egredient – die Treppe hinunter – zurück : vermummt durchs Abendgetriebe – Markt, Martin – den ganzen Umweg : bis ich – stand atmend wo ich bis ich stand wo ich

Quisquilien : schlafe jetzt – ich – : – habe zwei Stunden geschlafen – und mich leidlich in Ordnung gebracht : danach noch , mit diffuser Konzentration, an der ›Macht‹ – und die ältere Hypothese durchprobiert : Widerbild der Kreativität – aber ohne die angenommene Pervertierung des einen durch das andere, des einen im andern : die Aufhebung des Gut und Böse ist auch hier das Schwierigste – und hat natürlich den ganzen Widerstand der betrachtenden Struktur gegen sich – sperrt sich gegen die Begrenzung durch deren Grenzen –: auch ›Dualismus‹ also noch schlecht – auch ›energetische Bipolarität‹ : aber das sind nur die Worte – und die sind

und nach Mitternacht dann kam noch ein ganzer Bilderschwall aus den zwanziger Jahren – den ich, schon tief in der Erschöpfung –: schräg ihr gegenüber – im Haus von Möbel-Friedrich : Kaiser's Kaffee-Geschäft : das strahlend dralle Mädchen in der Konditorei – mit hübschen Streichelhänden Kuchen packend –: war aber früher – muß viel früher gewesen sein : als es noch Krieger? : Conditorei & Wiener-Feinbäckerei – mit dem idiotischen Bindestrich : Krüger – G. Krüger : wo es noch alles gab – vom Lumpenzucker bis zur Fein-Raffinade, wie bei Jean Paul –: aber ist ohne Verknüpfung mit ihr – ihr – oder? : ich kann das Eckhaus gesehen haben heute – als ich bei ihr am Fenster stand : weiß aber nicht, was da jetzt ist – hab das nicht

Unordnung – doch – durchdringend wiederkehrend : ich rede vor mich hin mit mir von ihr – ja, von denn eigentlich wem? – von

leuchtend – spöttisch –: Deine Augen, Mädchen, sind braun wie ein Celloton – schrieb die Frau Rath an Bettina –: ich habe nicht einmal das ge wirklich gesehen – und weiß von ihr nichts außer dem, was war : Schwall aus den zwan – und davon auch nur, was mit *mir* war : nur Worte – sind –: braun? bräunlich – grau –grün – sind : gräunlich – sind wie – wie

schallend wie Donner von ferne – aber es regnet fort : kalt durch die Finsternis : und kann ja auch gar nicht – um diese Ja

aus älteren Jahres-Zeiten : ich bin alt : verrückt : ich laufe mit einer

Realität herum und warte, daß sie Erinnerung wird : das ist nun wirklich die verkehrte Welt

und auch die Worte : sind verkehrt, verrückt : fein raffiniertes Gelump – und ohne Verknüpfung mit dem Empfundenen : sind – was man ausspricht, aufschreibt – alles, was

nur die Stilblüten der verborgenen Empfindung, die nun – sind

die nun und nie aus – sind wie

nun wie nie

21–3–50

Wolken und Wolken –: treiben wie graue schmutzige Laken unter dem Himmel hin – und hängen so tief, daß die ganze Welt mit geduckten Köpfen geht –: ist das denn allgemein so – diese seelenverdunkelnde Bedrückung? : Art – nicht nur Meine Art? : Der Mensch und sein Milljöh – das Ganze zusammen Die Schöpfung – es : fehlt wirklich an Ausdrücken, um das weislich geordnete Ding angemessen zu

aber es geht mir auf einmal alles auf eine Weise von der Hand, die zum Staunen ist –: 38 Seiten Macht in den letzten Tagen – dazu ein Meer von Zetteln – und alles ganz tauglich –: ach was, es ist gut geworden, sehr gut sogar : ein groß schallender Text, der zugleich auf den leichtesten Füßen daherkommt – das : habe ich so noch nie gekonnt – und ist Das Neue, das ja nun endlich doch

wie Gebell durch die Decke herauf – das Husten der alten Frau : sehr enervierend – und selbst durch die Wachspfropfen kaum mehr als gedämpft – ich : war mehrmals unten – aber nur immer kurz – für die nötigsten Handreichungen : fühlte mich ausge abgestoßen – öd : »Nun, nun, wie soll –« und konnte kaum Worte machen »– ich Ihnen das rasch beschreiben –« : ihren ins Bodenlose gesackten Blutdruck : »– die Barometernadel treibt sich auf Werten herum, die es eigentlich gar nicht geben dürfte –« und die Ruhe vor dem Sturm rührt daher, daß die göttliche Vorsehung der armen Kreatur wie Blei in den Gliedern liegt : »Ach so – so – das ist der Zusammenhang –« sagte sie matt : aber doch gleich irgendwie zufrieden – und ich verschluckte den ganzen Rest : *»Junge, die Landwirtschaft braucht es : du versündigst dich – !« : strafend und streng noch im hinterletzten Elend, zu dem die Witterung ihr den Kreislauf zusammendrückte : als ich meine ersten kindischen Anstrengungen machte, die Segnungen der Kreation mit kleinen Flüchen zu quittieren :* der Schöpfer hat uns mit Elementen umgeben, auf die unsere Konstitution nicht gerade geschickt abgestimmt ist – und dergleichen mehr : prallte aber alles ab von ihrem »– so – ach so –« – und der Bereitschaft, schlechterdings jede Misere mit gefalteten Händen hinzunehmen, sobald sich als Ursache nur der göttliche Vorsatz erkennen ließ : »– der in diesem Fall die Interessen der Landwirtschaft berücksichtigt –« sagte ich noch schief »– nein, lassen – lassen Sie nur –« und ging grob weg : unduldsam gegen ihr Dulden, das – ja, wie? : *mit Hoffart dalag – eitel – irgendwie auftrumpfend sogar : »Hat alles seinen Sinn, Micha – alles seinen Sinn –« : die Frechheit der Glaubenszuversicht : eingeweiht in den Unerforschlichen Ratschluß : das Besserwisserische des Verzichts auf die Selbsterhaltung :*

etwas Blasiertes fast – diese Ergebenheit ins Leiden, die – ja, die das Leiden selbst vielleicht erst voll zustande kommen läßt – : ging sogar regelrecht wütend – einge angewidert : der muffige Geruch auch Mief auch – wie in einer Sterbestube : und dazu die kalbhafte Miene, mit der sie nach der *nach der Bibel griff : »– und nun will ich mit meinem Gott allein sein –« wenn ich aus dem Zimmer wollte – und immer noch ehe ich aus dem Zimmer konnte »– Im Anfang war das Wort, Micha : vergiß das nicht –« : nimm das mit auf den Weg : beweg das in deinem Herzen –: das ganze letzte Jahr lag sie so da : wichtigtuerisch wartend auf den Tod – der auf sich warten ließ und schließlich überhaupt nur der Erwartung nachkam – ich : ah,* ich bin wirklich verdunkelt – rege mich auf – ich : sehe Wahrheit – und gräme mich meines Zynismus – ich schäme mich ihres Zynismus : ich bin schon bereit, sie selbst – mich schämend, grämend – zu verwerfen : das ist's – das ist die ganze ewige Mechanik

aber doch Vorsicht, Vorsicht – immer noch –: die alte Gefahr – daß die vollendet verklinkten Sätze eine Sinnschlüssigkeit produzieren, die nur im Technischen der Sätze selber liegt und scheinhaft ist : nur eine Schlüssigkeit der grammatischen, syntaktischen, ja der rhetorischen Figuren –: zuletzt – wird auch das Große Denken durch bloße Ästhetik begrenzt – nachhaltig gestört gar – ge

strömt und strömt – es : strähnt an den Scheiben nieder, daß man meinen könnte, die Augen selbst müßten einem übergehen –: und auch der Wind – wie selbst ergraut und schmutzig : schlägt mit hallenden Fäusten nach meinem Gehäus : nach meiner Sicherheit – es : ist fast eine Kuriosität, daß ich unbefallen geblieben bin in diesem Chaos : selbst der Telegrammbote gestern hus- und prustete, daß

doch – mit diesem Text in der Hand läßt sich das Wagnis doch eingehen : und der ganze Rest nimmt nun mit Sicherheit, mit dieser Sicherheit um meine Hände, Gestalt an – wie er, die Nichtperson, selbst : Doktor Effa Galland – hat das italienische Amt getippt : und »hierher« – also nach Rom? wohl schwerlich – »durch meinen Chauffeur« : es wird München gemeint sein –: soll er mich also holen

bloße Ästhetik – auch gegen den Tod : der Eingefriedete Bezirk – il campo santo : ich bin nur flüchtig durch den jüdischen Teil gelaufen, um mich zu vergewissern –: nun, ihr Stein ist noch da – von verdürrtem Efeu umkrochen – und feierlich verwittert : ›Elisxxexx Adaxx – 1879–1932‹ : sehr wenig zwischen all dem pomposenden Figurenwerk vom Ruhen und Harren : *»– schlicht, Micha, ich war immer : nur eine schlichte Frau –« : ganz winzig zwischen*

Kissen : und hat doch gut ein halbes Jahr lang von Aleph bis Taw geblättert, weil ihr das Mächtigste noch zu schwächlich war : manche der Tafeln stehen da – auftrumpfend wie die Siegessäule Mesas : und schroff und hybrid in ihrer geisterhaften Deklamation : und die unvokalisierte Schrift ist mir ohnehin fast unleserlich geworden – mir : wurde ganz sinnlos zumute beim stotternden Buchstabieren, das meine Augen für mich angefangen hatten : ich lief ich : ging eiliger – bis das Runenraunen den vertrauteren Klang bekam : *Ich lebe, und ihr sollt auch leben! : Denn dies Verwesliche muß anziehen die Unverweslichkeit, und dies Unsterbliche muß anziehen die Unsterblichkeit! : Denn gleichwie sie in Adam alle sterben, also werden sie in Christo alle lebendig gemacht werden! :* ja wahrhaft gespenstisch – diese geballte Zuversicht – dieses versteinerte Tuscheln aus dem Nichts : die Matrix des Menschentrugs überhaupt : auf keine Wunschproduktion hat sich die Art so kollektiv geeinigt – in keiner gibt sie ihre konstitutionelle Unfähigkeit zur Wahrheit derart preis : vergessend, was sie erlebt hat – erlebend, was sie vergessen hat – weiter und so weiter usque in aeternum : und die Reaktion auf den Tod ist das exakte Widerbild der Reaktion auf das Leben, der von gleichen Motivkräften reduzierten, und der gellendste Hilfeschrei des anpackenden Ganzen Jammers überhaupt : *»Vergiß mich nicht, wenn ich einmal –« : schon ganz früh – schon als ich noch ein Junge –: Wanderer, bleib stehen! : Gedenket mein! : Zum ewigen Angedenken! :– und ich versuchte bald gar nicht mehr, ihr die Todesbeschäftigung auszureden – ich : wußte nicht, daß es ihr Leben war, das sich ausdrückte : »– ja, Micha, wenn ich einmal nicht mehr bin –« : war sie denn überhaupt je einmal mehr als eine, die nicht mehr ist –? : ich habe sie gar nicht gekannt – ich : habe immer nur die Falschheit gespürt – das lügend Feierliche ihres Ausdrucks – und nicht erkannt, daß sie in einem ganz passiven Sinne verlogen war : durchdrungen von Trug – durchsetzt von Wahrheitsinsuffizienz : ich habe ihr ja zuletzt nicht einmal die Miene des Himmlischen Friedens geglaubt, die sie schon tagelang mit letzten Kräften übte, – bis auch sie, diese Miene, ganz plötzlich von ihrem Gesicht fiel und der wahre Friede der Leere sich darauf ausbreitete :– ah, das ist alles sehr grell und häßlich auszudenken – auch daß ich, selbst durch ihren richtigen Tod, so unversöhnt geblieben bin mit ihrem gefälschten Leben : not to be resuscitated – ich :* drückte mich beiseite, hinter die verbraunten Lebensbäume : zu Fratzen zerfressen alles – Frost wie Rost –: von der Halle kam ein zäher Zug : sich schleppende Leidträger – voran ein Schwarzmann in geläufigem Berufsschritt – er : gewann immer wieder einen leichten Vorsprung vor dem Sargkarren, andante con moto, und zügelte sich würdig allargando erst, wenn der Junge, der den Regenschirm über ihn hielt, ihn am Talarärmel zupfte : er war ungeduldig – die Nässe setzte ihm ersichtlich derart zu, daß sich ihm das Beffchen sträubte : und was ihm jetzt durch den Kopf ging, hätte wohl kaum lautwerden dürfen, ohne die tiefste Erschütterung hervorzubringen – der ganzen Lug- und Trughandlung selbst –: kurz darauf, vor dem Schacht des Scheol angekommen, war die geübte Miene aber wieder bei Kräften – und der Mund ging ihm vollherzig fließend über : Weichet! denn das Mägdlein ist nicht tot, sondern – ach, darum : der kleine Sarg – ein kleingebliebenes Leben : *Unsere Freundin – hat er damals gesagt : sie schläft nur! – und andere fahrlässige Redensarten : Denn wahrlich, ich sage euch, es stehen etliche hier, die werden den Tod nicht schmecken, bis daß sie sehen das Reich Gottes mit Kraft kommen! : sela* – und die Leute nahmen es ungerührt hin : ließen sich trösterisch die Hand reichen : und gingen dann morsch und uneilig – die Gesichter voll fahriger Selbstbeschäftigung : es müßte das Grauen selber sein, wenn man Gedanken lesen könnte – wie Worte hören, sehen wie Gesichter : obwohl – zuweilen haben sie ja, im Verein mit diesen, schon eine Leserlichkeit, die einem die Artgenossenschaft noch unbarmherziger – und im Verein mit all dem *skurrilen Lesestoff um sie herum –: das alte Blechschmidt-Epitaph auf dem Leipziger Johanniskirchhof – in Gestalt eines Wechsels, auf dem sich der unterzeichnete J. Christus verbindlich macht, dem Kauff- und Handelsmann B. die Seligkeit auszuzahlen* : es ergäbe weit mehr als ein bloßes Kuriositäten-Kabinett – all diese rhetorischen Totenmasken der Existenz einmal zusammenzutragen : all diese geriebenen und durchtriebenen Wortglaubereien, mit denen die Menschheit sich in die letzten Züge legt : all diese wetterfesten Wicht- und Wuchtigkeiten : ›Hier ruht in Gott : Carl Pott‹ : das ganze Pokerface der Metaphysik müßte am Schluß dabei herauskommen : und ein Textmonument, an dem wirklich nur noch die – nein, nicht einmal die Grammatik –: *Auf F. A. Blechschmidt bestimbten Sterbetag Anno 1700 d. 21 Oct. gelobe ich Jesus Christus Bürge zu bezahlen diesen meinen Solawechselbrief an demselben dem Werth nach ich selbsten verdient, bin mit seinem Conto und Leben vergnügt, schenke ihm dahero* die ewige Seeligkeit aus Gnaden – was war das? : die uralt hockende Frau : nickte mir unentwegt so felsenfest zu, daß ich ganz ratlos stehen blieb – sie fragend ansah : bis ich dann merkte, daß ich gar nicht angesehen wurde – und daß sie immer noch nickte, als ich weiter war : und immer weiter hocken würde und nicken – und in die Jahre starren, die unter ihr lagen –: der ganze bodenlose Abgrund des Jammers auch, *in noch den sprödesten Silben : das Jungchen auf dem Friedhof der Namenlosen in Wien – inmitten der Dutzende von immer gleichen Dutzendkruzifixen : ›Wilhelm Töth – ertrunken durch fremde Hand am 1. Juni 1904 im 11. Lebensjahr – Unvergessen!‹ – ich :* starrte in den Schacht – auf die zurückgebliebene Schachtel unter mir : halb schon in schwarzem Wasser – schief – verkantet : von einer Baumwurzel, die mir wie ein Wurm – wie eine Schlange – und es scharrte auch : erdwesenlos wie –: daß ich wie panisch floh – ein : Murren hinter mir – war jemand hinter –? : die junge Frau vielleicht – die sich nur zögernd und halb mit dem Zug eben entfernt hatte – ich : stolpernd über nassen Sand – Kies – aufgeschwemmte Schollen : ich – und ich drehte mich dann doch und doch doch um : nein, nicht – ein greisiges Weib : mit Faltenhaut und Zottelhaar in – in der –: die Backen wie verwelkte Plaudertaschen : schlich suppig murrend hin ter –: und war dann – vor mir – plötzlich verschollen : weg : wie aufgeschluckt – annihiliert – nichtseiend : nichts – Nichts : wie – nicht, ich : werde – nicht wie *sie : das kreideweiße Gesicht in der Schatulle –: über ein kleines werde ich alt sein – greisig : und abermals über ein kleines wer – welch ein : Gedanke! – so aus der Ge – danke, so : sich so aus der gesamten Zuständigkeit davonzumachen : dieses gesamten Zustands – aller dieser –: ich werde schrittweis' gehn mit meiner Leiche : vielleicht noch eh' – viel leichter, als man – leicht : mit ein paar Schollen Schein zu – weg : ist weg – ich : hatte einen für den – der Gedanke, den ich für den Bruchteil eines Augenblicks hatte : ist wieder – zu ent –* weg : ist ein einziges Kommen und Gehen : diese im Schlamm gründelnde Betriebsamkeit : ein Dasein fast schon – gleichbleibend unbewegt im Wechsel : ganz wenig Abstand nur – und man könnte meinen, die Leute lebten hier – könnte sie leben sehen : grab-pflegend – träge betätigt – wie in Vorvorgärten –: etwas ganz Anderes – wenn das ihr ganzes Unvergessen! wäre – ich : bin wohl grad noch – und die Materialität der Erinnerns zeigt das Vermodern der Erinnerung nur um so klobiger an : und eine einzige Regenschwemme macht das gesamte Unbild nackt und wahr : erdbreiig – Gottes Acker : ich bin grad noch – und die älteren Steine verschwinden immer mehr : die Plätze ›neu belegt‹ – und weiter und so weiter usque in aeternum – ich : bin wohl wirklich grad noch rechtzeitig gekommen, um diese eine Vergeßlichkeit wenigstens für weitere zwanzig Jahre zu behindern – ich : war dann noch auf dem Amt – bei der Verwaltung : ist alles möglich jetzt, mit all dem – was? : toig oif kapores – alles grell und häßlich

und weiter Notizen – zur wieder sich ein sich vor sich zwischendrängenden Lebensbeschreibung –: aber ich klebe in den späten Jahren fest :

komme nicht vom Fleck – nicht zurück in den durch den jenen einen Großen Regen von 1905, der alles verhängt –: dort liegt der Tod meiner Erinnerung : die Stille : mein eigentliches Leben mit Ihm und Ihr : vielleicht – ja, der Tod überhaupt –? und es wäre

Art – nicht nur Meine Art? : in diesen Sintfluten des Wasser-Stoffs die älteste Tod-Verhängung überhaupt zu spüren? : weit über alle Ontogenetik hinaus? : zurück durch – in das Nichts – die Ungeschaffenheit, die Alle anzieht, einsaugt – und sich Allen erinnert? : im Grau des Grauens – vor dem Vorhang des Voranfangs? : und die Denkverdunkelung dabei – Rückschrumpfung des Bewußtseins – wäre

En Arche – in meiner Sicherheit –: die Bücher stehen jetzt alle – wie Schutzwände um mich herum : im Alten wieder neu eingerichtet – im Neuen wieder alt – in dieser Festung : läßt sich nun wirklich Alles riskieren – sogar das Ja-Wort eines Telegramms – ich : habe Worte um mich, mächtiger als –: aber das ist auch sonderbar genug – daß ich mir meine Arbeitsstätten immer als Höhlen – das : ist ja

»Aber mein Lieber – soviel versteh ja sogar ich noch von Psychologie –!« : nur amüsiert – und selbstbefriedigt leicht : und verstand doch das Falsche – sie : auf einer Stundeninsel abends in der Stadt : und ich ließ mich ermüdet von mir ablenken : »– die Häuser vielleicht überhaupt –? : und unsere sämtlichen Architekten wären die nur besonders ausdrucksfähigen Erfüllungsgehilfen eines – naja, eines weitverbreiteten Bedürfnisses –?« : das schon – aber eines anderen, das tief unter diesem – und von dem dieses nur ein Derivat –: *und der urweibliche Blick, mit dem sie das quirlende Menschengetriebe seinen Behausungen zutreiben sah : zusah, wie's sich mit gesenkten Schirmen durch die Türspalten drückte : darin verschwand – »Ich : geh gern im Regen spazieren – um diese Zeit –« aber ganz anders – unbewußt verkappt – um jene Zeiten »– was hast du ge –«* ich? : was ich ge – nichts : Nichts – lassen : lassen Sie nur –: und sie plauderte sich auskostend weiter – »– für die Türme : müßten dann ja eher Architektinnen zuständig sein :– wieso gibt's die eigentlich soviel weniger –?« : »Vielleicht weil es auch weniger Gelegenheiten zu Türmen gibt –« hörte ich mich faseln »– jedenfalls geben sollte –« vom ringsum einsetzenden Glocken betäubt : das Falsche – hölzern klöppelnd : und wurde geweckt erst wieder durch das mich schüttelnde Glucksen an meinem Arm : »Was Sie nicht sagen : nein – was

Sie nicht sagen!« glitzernd vor Wörterlüsten : »Nun, ich –« ich »– bin ja nur Untermieter – lebenslang gewesen : und vielleicht nicht besonders kompetent für –« was ich nicht sage – für : das Falsche für »– Hoch- und Tiefbaufragen – sagen wir so –« und war, ohnmächtig, nur noch das Echo ihres Spotts »– aber möglicherweise : überschätzen Sie die magische Wirkung dieses uns vorschwebenden Höhlchens –« und seine –: »Und Sie –« sie »– *unter*schätzen sie –« G lockend – und ihre Gelegenheiten : »Mag gerne sein –« und ich sagte dann noch galant »– aber auch nur mit der äußersten Mühe –« : wohl doch zu süchtig nach der schwirrenden Lust ihres Gesichts, das sie mir in den Schal bohrte –: so sah er uns schließlich stehen – der entbehrliche Gehring : wirr und verwühlt, daß der Schirm über uns schwappte : und seine *krampfhaften Versuche, an unserer Belustigung teilzunehmen, die er so gar nicht verstand : hielten unser Gelächter immer weiter am Leben –: so liefen wir dann die Hauptwachstraße entlang : von ihr in unserer Mitte ineinander verhakt – und getrennt zugleich : zwei Masken, die immer mehr in ihren kläglichen Rollen erstarrten, der grienenden und der greinenden : bis wir vor ihrer Haustür standen – und ich sein Unglück sah sein : Spähn und Warten : und er das meine –? sie das unsere –? : ob ich nun gehen würde – ich, ob er –: nein, keines – sie : gleich, ob wir beide – keiner –: und ich blieb doch ganz taub damals gegen sie – blind gegen mein Sehen – gegen seine* grundkümmerlich leidenden Augen, die auch noch grämlich rot erkältet – und eher unecht – was denn? : wie geschminkt – etwas wie Aufgelegtes, über einer tieferen Unkenntlichkeit von Unglück –: »Ja, dann – bis ein andermal –« sagte ich laut : hakte uns auseinander : nahm seinen Arm : und sie stand unterlegen – losgelassen : »Gar nichts mehr weiter heute –? über unsere Architektur –?« nur noch das Echo ihres Spotts – ihr Spott jetzt selbst »– nun – auch gut –« : gleich – und berührte uns beiden flüchtig mit dem Gesicht die Gesichter : »Ein andermal – wir –« nur mit der äußersten Mühe »– haben noch was zu besprechen –« : und gingen dann aber doch ganz sprachlos von ihr fort : abwesend stapfend – jeder mit seinen Gedanken –: es war da irgendetwas – Echo – etwas ganz Anderes : was sich mir mitgeteilt hat unter dem sprühenden Quatsch : aus ihr – aber auch aus ihm : eine – Gedanken? – Verbindung : zu der sie wie Statisten einer ihnen beiden unbekannten Regie zusammengetreten waren : und die ich – jäh : »Was denken Sie?« wir beide – wir : hoben beide jäh, wie auf Befehl, den Kopf und fragten zu gleicher Zeit : und starrten uns momentlang ganz leer und blöde an : was? zwei Statisten – Masken : »Weiß nicht – ich –« : und tatsächlich noch einmal dann : einstimmig mit zwei Stimmen : »– ich weiß nicht – wir –« : aber diesmal doch mit einem auflösenden Grinsen, weg über die tiefere Unkenntlichkeit, die wir – wir : wissen nichts von uns : von ihr von

vordringend – ein – dazwischen – die LB –: aber es ist auch da eine Verbindung vorhanden, die ich nur noch nicht sehe : herüber zu dem ganz Anderen, mir Fremden der Macht-Theorie : der ganze Sog nach rückwärts, der mich gepackt hat – könnte er in ihr eine Entsprechung –? : nein, wichtiger – hat sie in ihm in : mir –? in meinem eigenen Leben –? : eine Ent – aber zu welchem Ende? Ursprung? ich –

es ist, als hätten sich die beiden Vorhaben in mir längst untereinander verständigt – und schöben mich zwischen sich hin und her : mir Worte zu machen – eins für das andere : mich wissen zu lassen, was ich weiß – ich : ›Ich verstehe mich‹ – hat GCL immer seinen Fragmenten in den Sudelbüchern beigefügt : irgendwo ja – ganz unten, innen, tief : aber nicht, wo die Worte – immer noch nicht und nicht

der Tod überhaupt? wäre das Zentrum des Sogs – der Ursprung – die letzte Stille, in die zurück sie beide – Macht wie Kreativität –? : und beide wären energetisch Abhängige derselben Dynamik – der Überwältigung der – Wiederherstellung des – wessen –? : des Veränderten Ursprungs – es : redet das alles schwirrend auf mich ein – und ich gerate immer mehr in Gefahr, daß mir ein bloßer Beziehungswahn

Gehring ist weg – er : ist noch »– bloß so ein bißchen zum Sitzen –« zwei Stunden geblieben : »– lassen Sie sich nicht stören –« : und ich kramte herum, erledigte kriechende Sachen – und gab ihm dann, in einer plötzlichen Anwandlung, die Typoskripte der letzten Woche zu lesen – beide, hintereinander gelegt : »Was ist denn *das – etwas Neues –?« und wie immer noch der kindliche Zug in seiner Freude über das Vertrauen – und der kindische in seiner Neugier nach dem ›Stoff‹ : »Nun – eben ›Leben‹ –« meines und das Aller »– Ästhetik gegen den Tod –« : wie immer auch ich – und machte abwehrende Gesten : »Ach, das – ist* das – etwa eine Autobiographie –?« : und jetzt weiß ich nicht mehr, ob sein Gesicht schon bei dieser Frage so überernst ängstlich war – und den Nachfragen hinterher – ich : hockte in der

Ecke über den Mappen – und sah wohl gar nicht auf : hörte auch halb nur hin – was? : nun, warum? : »Sie kennen doch Schlegels lakonische Liste der Selbstbeschreiber : *die Nervenkranken, die immer an ihr Ich gebannt sind : die derben künstlerischen oder abenteuerlichen Eigenliebhaber : auch die gebornen Geschichtsschreiber, die sich selbst nur ein Stoff historischer Kunst sind : Frauen, die auch mit der Nachwelt kokettieren müssen :* vielleicht gehöre ich zu den ›sorglichen Gemütern, die vor ihrem Tode noch das kleinste Stäubchen in Ordnung bringen möchten und sich selbst nicht ohne Erläuterungen aus der Welt gehen lassen können‹ –?« : aber war das ernst? – so ernst, wie's bei ihm ankam – war das : und wieso denn ›aus der Welt‹? – ich : kramte ich wühlte weiter – während er weiter las – und –: nun, warum? : »Ich weiß es selber nicht – noch nicht – es –« : aber er hatte nur das Nebeneinander gemeint : das in und mit – dazwischen : und gar nicht Schlegel – nun, es »– ist da eine Harmonie vorhanden, die ich nur noch nicht sehe –« höre nur? »– eine mir selber vorgegebene Zusammengehörigkeit –« und beides beschreibt dasselbe – einstimmig mit zwei Stimmen »– vielleicht sehen Sie's eher – erkennen's deutlicher als ich – wissen mehr –« : und nun habe ich den alten Kupferstich tatsächlich noch gefunden – in der Q-Mappe – mit dem Text auch der linken Steinseite : *Capital Conto : Für des Christus unschätzbares Lösegeld und Ranzion – 100 000 rthlr. : Gewinn und Verlust Conto : An glückseeligen Sterbegewinn, wohl gestorben ist der beste Gewinn – 100 000 –: das ist nun wirklich der Gipfel aller barocken Grabes-Kuriositäten : Allhier ruhet in Gott, wie im Leben also im Todt : Herr Felix Adam* Blechschmidt, Kauff- und Handelsmann : »– das müssen Sie sich – hier! – oder kennen Sie 's schon –?« : aber er blieb außerhalb meiner Belustigung – ängstlich fast – überernst : ließ sinken : griff in Taschen : »Da fällt mir ein – ich wollte Ihnen ja –« und welch ein Sprung der Gedanken – herüber von meinem Skript? »– nur ein paar kleine, leidlich zuverlässige Informationen – hatten Sie gesagt : und jetzt stehe ich da – und kann nicht einmal die –« was denn? – ach, Felix Adam : »Nun sagen Sie grad, er heißt –« : aber er schüttelte nur abwesend den Kopf – zog einen Zettel : »Wie? – nein : das weiß ich nicht – ich : weiß überhaupt praktisch nichts : in den europäischen Journalistenverbänden ist er nirgends als Mitglied eingeschrieben : und was an Nachschlagewerken und Kalendern infrage kommt, schweigt sich aus : so etwas ist mir überhaupt noch nicht vorgekommen – es : gibt ihn gar nicht – hätte ich gestern noch gesagt : aber dann habe ich diese Notiz da –« und schob mir den Ausschnitt hin, durch immer mehr sprudelnde Redensarten – ich »– weiß nicht, ob's Ihnen was sagt : ist wenig genug – blamabel : und ja auch *bloß aus der Zeitung : Corriere d'informatione – irgend so ein Nebenblatt von dem della Sera –« was war denn – war denn mit ihm –? : sein fahrig tappender Finger –: L'imprenditore svizzero, Dott. F. A. Galland, arrivato a Roma per un convegno d'affari, come notificato ieri, è stato ricevuto oggi da Sua Santità in udienza privata –: »– gar nicht passend* – und ohne Bezug : oder kann das sein, daß Sie – ich meine, er : daß er mit – Unternehmer? – mit der Industrie –?« : ein Begriff, dem die umfassendste Bedeutung beizu –: »Warum nicht? : bei den umfassenden Aufgaben der Publizistik –« sagte ich wegwerfend : ablenkend – mich von ihm von : ihn von mir –: und er hielt jäh im keuchenden Husten inne – erschrocken »– was? ist das denn? : haben Sie hier ein Echo?« : das Gebell durch die Decke herauf – und murmelte unterdrückend : »– ein toller Hund muß das sein – ricevuto da Sua Santità : sowas kann unsereinem höchstens nach 200 Dienstjahren passieren – ich : bin jetzt selber fast neugierig : werde mich weiter umtun – wer das – was?« F. A.G. *»– ist –« : irgendwas anderswie – ich : »Wer? – wer weiß – vielleicht über ein Weilchen nur noch ein Pseudonym von mir –« : leicht durcheinander – leichter als man denkt : ein Jemand, der sich sinnlos plackt und schindet :– und ich riß mich* aus der verschwebenden Abwesenheit – was hatte er eben gesagt? : konnte das sein? – daß sie – ich meine, er – daß er mit –: Echo – nur ihres Spotts : »Ich bin –« ich – Höhlenbewohner »– eben nur Untermieter : da muß man das in den Kauf –« und über ein Weilchen : werde ich –: überernst, ängstlich – sein wieder gesacktes Gesicht – über dem Telegramm : »Na also wissen Sie – da müht unsereins sich ab –« sich plackend, schindend »– und alles ist für die Katz – nachdem Sie bereits mit ihm direkt in Verbindung –« : und ich holte allerlei Beschwichtigungen zusammen : »– mir trotzdem wertvoll –:– suchen Sie bitte weiter –:– ich wußte selbst nicht mehr –« als was er eben – hatte er eben gesagt? : daß sie bereits mit ihm –? : ich – nun, warum? : »– Geschäfte : ein kleines Projekt –« und abermals über ein Weilchen : etwas ganz Anderes – was ihn noch an der Tür –: auch das beschwichtigt : die tiefere Unkenntlichkeit : »– auch das – ein kleines Projekt –« : Unsere Architektur : und warum wir so gräßlich gelacht hatten : »– nur ein paar alberne Scherze –« und ohne Verbindung mit –: »Ja, sie ist –« ER – nicht er »– eine beneidenswert heitere Natur –« sagte er zögernd »– und es gibt mir jedesmal Auftrieb, wenn sie –« was Sie nicht sagen »– an meine Stalltür –« Arbeitspferd : genug –: aber er stand gebückt und unglückselig : mit faselnden Gedanken : dumm vor Müdigkeit : »– man tut so – sagt so –« sagte er »– so

Sachen –« : etwas ganz Anderes : was er mir mitgeteilt hat unter dem spähenden Klatsch : »– sind Sie – nun, eigentlich ehrgeizig, lieber Adams –?« : è stato ricevuto : Schluß mit ihm : »Vom Papst empfangen zu werden –?« : das ja doch nun nicht –: aber blieb grabesschwer – nach nur ganz kurzem Grienen : ging maskenhaft aus meinem Eingefriedeten Bezirk : und Stille endlich Stille endlich St..t,t..

der Überwältigung : des Riesen-Höllen-Lärms : so vieler verändernd entstehender Worte und Sachen –: die Worte selber Widerbild des Lärms, den sie zu demolieren – zu – ist das : Macht? Macht? – daß man wie ein Verrückter schrei b t..t,t.. be schrei end : und Sachen Silbe um Silbe verenden läßt – Schall Schicht um Schicht : bis in die letzte Lautlosigkeit, in der man nur noch sein eigenes W

und alle andern Worte – Aller Andern : uneigen, fremd – versanden unter mir – und schallen doch unstillbar ferner fort : meine Hell-Hörigkeit –: ihr hustendes Gebell – obwohl das Kodein ja längst gewirkt hat – und auch : ER – sie, nicht er : ihr spindeldürrer Spott – in Regen raschelnd, gerauschend – spielt mit mir – ganz fern : in einem Dunkel, das mit mir in mir zu : rück weich t..t,t.. wei ch

Nacht – wanstig stampfend vor der Vergatterung – glasnaß durch Scharten starrend – en arche –: in meiner Sicherheit – Friede der Leere? : nein, alles da nach – dennoch – unverendbar : Stimmen in Schrille – Schalle, wimmelnd stumm : und doch nicht hör nicht lesbar – unvokalisiert – ich : ›ch vrsth mch‹ : – nein, der Logos des Anfangs : war nicht mein – und auch nicht mein eigenes Wort – es : war ein zarter ganz un-endlich weicher Laut inmitten Gebrülls – nicht wiederzu – nicht nun und nie noch einmal wie – der zu hören – zu

zu letzter Letzt des Tags – ich : bin noch einmal aufgestanden, aus schon dem Schlaf, ganz kurz vor Mitternacht – wie aufgeweckt vom Vergehen des Großen Datums, das mir zuvor nicht bewußt geworden war : und habe dann noch eine Stunde gesessen und in den Canonischen Veränderungen gelesen –: Die allertraurigste Musik, die je in C-Dur auf die Erde gekommen ist, – und eine Strukturgestalt der Antinomie, wie sie auf Erden nie wieder ihresgleichen gehabt hat : nicht allein der höchsten artistischen Bewußtheit gegenüber Luthers herzrührendem ›Kinderlied auf die Weihnacht‹, sondern auch der Wahrheit der unerlösten Seele gegenüber der Frohen Botschaft von der Erlösung –: das ist die eigentliche Veränderung, die der Titel meint : im technischen Verfahren der Umkehrung – und in den klaffenden Intervallen von deren kanonischer Gegenführung – gewinnt sie nur dafür die äußerliche Gestalt : und zwingt sie doch zusammen : die klagende Betrachtung dessen, was – vergangen, vor langer Zeit – einmal die Gute Neue Mär gewesen war : und eine Freude, die keine andere Wirklichkeit mehr hat als die von ihrem Vergangensein redende Musik – und die in dieser doch gerade noch einmal gebrochen ihr Ganzes vollbringt : wahrhaft ›mit Herzenslust den süßen Ton‹ –: zuletzt überlebt das Ich, das ›singen und sagen will‹, nur durch diese Verwandlung in jenem größeren Ich, dessen Signatur sich schattenhaft verdunkelnd in den Glanz des Schlusses mischt : und die Stretta mit ihrer Gleich-Zeitigkeit des Alles-in-Einem führt die Musik aus den Grenzen des drei-dimensionalen Sinnensystems überhaupt hinaus – zurück in den ›Himmel hoch‹ selbst, von dem sie herkommt –: es ist ein Werk voller Wunder – nicht auszuhören : und über alle Beschreibung – sprengend schlechterdings : und nicht nur den Materialstand nicht nur aller Barockmusik –

2–4–50

nur das Nötigste, um wieder aufzunehmen –: ich habe hier lange nichts mehr gesagt – mir nichts zu sagen gehabt – ich : habe mir zwei Wochen lang das Unsagbarste einsagen lassen : und alles ist ›fertig‹ : das Buch – wie das, was Ich ist darin : ist eingesargt – ist unge

Sieg – über meine Denkgrenzen selbst – das : hat eine Unheimlichkeit an sich, daß man's vor anderen nicht einmal halblaut werden lassen dürfte, ohne sich sofort in den Unschein des Irrsinns zu bringen : wie da auf einmal etwas Fremdes, ganz ohne Umweg über den Kopf, direkt in die schreibenden Finger redet – sie lenkt, wie maschinell betreibt, jagt, hetzt : und wie man selber – aber was ist dann man selber? – nur zusieht, immer ohnmächtiger staunend, wie sich's zustande bringt : ein neues befremdendes Selbst – sich selbst unfaßbar – es : hat das gar nichts mit ›Inspiration‹ zu – oder hätte das – wäre eben das in

das Desinteresse auch – das davon gegen alles Andere ausgeht, was Nicht-Ich ist –: aber das wäre eher ein Zeichen, daß es aus dem innersten Ego-Zentrum selber kommt : Erfüllung von Ich-Sucht ist – Findung von Ich-Suche : dann aber Was in Mir – welches verborgene Wissen –? : und wodurch in die Unverborgenheit gebracht –? : ich bin ja eher passiv davor – unfreudig bänglich – ja, ge – habe mich : geängstigt vor dem Text, als ich ihn heute zum erstenmal ganz überlas : mich ihm genähert wie einem Paket Dynamit –: und ist er das nicht auch – es das nicht auch –? : was so gefährdend alles, was ich kaum noch bin –? : weit über 100 Seiten schwarzer Schall – und in manchem Einzelnen mir selbst noch dunkel –: 80 bis 86 – bin das Ich –? der derart redet – mächtig über Macht –? : der tötende Ton hinter den Worten – die brüllende drillende Stimme : wäre mir eingeboren gewesen – mir in die Wiege gelegt –? : nur ein Vergessenes mehr – hätte sich dann vergegenwärtigt : und mein Erschrecken wäre eine bloße Auflehnung der um ihre destruktive Funktion gebrachten Moral : ein bloßer Wundschmerz der Ablösung des Erworbenen vom Ererbten –: dann aber Wer in Mir – hat das ge abgelöst –? : hat eine Bewegung in Bewegung gebracht, wie ich sie so noch nie erfahren habe : und eine Produktion, wie ich sie so – nein, wirklich nie bisher : als Quantität wie auch an Wortgewalt, die weit über das hinausgreift, was sich in der Sprache bisher von mir beherrschen ließ : – nur der LB ist nichts hinzugekommen und – oder doch –? : oder hätte – wäre eben das : das Supplement –? : die auf einmal entstandene Stille –?

– still – ganz still –

und nicht einmal halblaut : keine Spur vor ihr – von nichts von dem, was diese Tage bewegte : und mich immer noch außer Atem hält –: nur daß ich Arbeit – Arbeit – »– ganz wie Sie –« : die mit zwei eminenten Blättern fertig geworden ist – und mir den Wunsch erfüllen will : die Thomas-Schule : nachdem die alte Zeichnung, die ich hatte, wohl endgültig unter den Verlusten ist : »– von Susette Hauptmann : die drin gewohnt hat und sich's wohl zum Andenken malte – es –« war doch vom Todesjahr Moritz' – 1868 –? : »– nein, *die* Zerstörung hat diesmal die Stadtverwaltung auf dem behenden Gewissen : schon 1902 mußte die ehrwürdige Baute, die nicht einmal baufällig war, einer albernen Superintendentur Platz machen : und die gackernde Ironie des Zufalls hat's gewollt, daß eben *die* wiederum vom großen Sprengstoffhagel verschont geblieben ist –« und jene also davon verschont geblieben wäre : die verwinkelte Behausung, in der der Weltgeist selber gewohnt hat : »– oder dann eben doch nicht –?« was – was –? verschont geblieben wäre –? : und die kleine Bemerkung, die sie nur obenhin so eingeworfen hatte, blieb mir noch endlos dann im Ohr – und brachte mir die ganze Beschreibung durcheinander : hat sie das ernst ge – »Haben Sie das ernst –?« gemeint – gesagt : aber wie alles, was sie meint und sagt, auch dies nur ganz nebenbei : gewichtlos spöttisch, plaudernd plunderhaft : »Nicht doch – na also wissen Sie, mein Lieber –« und wischte mir mit einem spitzen Finger über die Stirn »– das müssen Sie sich wirklich abgewöhnen : daß Sie hinter jedem Schnickschnack, den ich rede, immer gleich den schiersten Tiefsinn –« : nun, sicher – ja, es ist – »– nun, sicher eine ausgemachte Schrulle bei mir –« sagte ich kläglich »– die vielleicht *Sie* mir abgewöhnen können –« : daß ich auf selbst das bläßlichste Silbenblitzen hin nach einem fernen Donner lausche –: das war aber alles schon kurz bevor wir uns trennten, und so hatte ich's leicht, für den nächsten Tag alles Mögliche zu versprechen : ein paar Teilstriche weniger Pathos – und hellere Kleidung auch –: und ich redete ihr schließlich derart nach dem Mund, derart nach nur nach Haut und Haaren noch, daß ich mir selber ganz fremd

der schierste Tiefsinn – vielleicht doch und doch? : und durchaus zu meinen wie zu sagen : daß die Verschonung wächst, je größer der Plunder – ja, daß so etwas wie ein automatisch, mechanistisch das Nichts wiederherstellendes Gesetz das Gleichbleiben des Ganzen garantiert – und jenen Zufall steuert, der alles Ausbrechende und Fortschreitende des Weltlaufs immer wieder unter die Räder des Weltlaufs kommen läßt –: haben die Werte selbst ein magnetisches Feld um sich, das auch die Zerstörung anzieht – und dies desto stärker, je stärker es selber ist –? : ich hänge dauernd den aberwitzigsten Spekulationen nach – spielerisch, spöttisch, gleichsam nur auf der Zunge phantasierend : aber mein Spott fängt an, sich zu ängstigen – sich selbst als Zerstörung zu ahnen, die von einer geahnten Wahrheit angezogen wird –? : Die Todes-Affinität der Werte – das : muß ein weiteres Hauptkapitel werden : und zwingt nun allerdings zu der gräßlichen Arbeit, die ich mir gern ersparen wollte – die ganze Hypothese von der Zweiten Triebart noch einmal zu untersuchen – mitsamt der tobenden Rezeption, die sie angezogen – und von der sie ja fast schon endgültig ruiniert – es : ist am Ende noch Fs tiefsinnigster Gedanke – und von einer Tragweite, daß daneben die ganze übrige Psa. wie ein bloßes Vorspiel

aber mit nur wenig beschwingteren Worten dann – am nächsten Tag :– war Dienstag –? oder Donners – nun, ist gleich –: »Nein, hier – der linke Trakt : das war, vor und nach dem Umbau von 1732, die Kantorenwohnung –« vom Kirchhof aus gesehen »– obwohl die Mitteltür da nur eine Art Seiteneingang gewesen sein dürfte : das Haupttor lag an der Südseite, nach dem Thomaspförtchen hin : und unten im Parterre gab es überhaupt nur ein Zimmer mit einem Nebenkämmerchen : wo übrigens die Söhne gewohnt haben –« und zu Hauptmanns Zeiten dann dessen Schwiegermutter, die Frau des Galeriedirektors – Hummel? »– doch, ist gesichert : man hat da, bei jenem Abbruch 1902, in einem vergessenen Wandschrank sogar noch alte Schulhefte Friedemanns gefunden –« und darin wiederum Spuren der sonst fast ganz verschollenen Stimme der Mutter : *Durch tapffre Streiter bleibet das Vaterland in Sicherheit, aber wie viel großmüthige Männer sind ohne Noth dadurch ums Leben komen, das sie sich in den Kämpffen behertzt erwiesen haben! Denn über diesen allerseits tödlichen Eintritt hätten sich ihre Freunde und Anverwandten zu betrüben nicht Uhrsache gehabt, wenn sie sich in Arbeiten, in Vertrauen, und in Wagen mäßig bezeiget hätten –: »– das mußt du einmal ganz aushorchen – und du siehst sie vor dir, die sehr außerordentliche Frau, die* – was noch sonst –? : nun, Kohlenverschlag und Waschhaus : und die Treppen –« unter denen man doch dann, sehr dunkel unheimlich, allerlei Gebein gefunden hat – »– und auf halber Höhe nach oben – nun, die ›Privete‹, wenn Sie's ganz genau wissen wollen –: *und das ist denn auch wieder ein Eckchen vom Aberwitz des Weltlaufs in seiner reinsten*

Gestalt : wie man nach erst zweihundert Jahren schon so verlegen ist um jede noch so kleine Spur selbst der größten Erdentage, daß man eine Quittung über die Entleerung dieser Klogrube begierig mit unter die Dokumente nehmen muß – das : mußt du einmal ganz – du siehst sie – was –? das ist denn auch wieder ein –« aber ich sah sie vor mir und ging drüber weg : beschwingter »– ein – ja, durchaus hochbarockes Stuhlgangsgestühl : mit handgeschnitzten Seitenlehnen und einem bequemen Stützschemelchen für die Füße –: wollen wir uns vorstellen, wie der Schöpfer des Sanctus dort seine täglichen Sitzungen abgehalten hat –? *: den Scherz hat sich der alte Hauptmann übrigens öfter gemacht : daß er wallfahrende Verehrer, die in seinem Haus etwas Authentisches aus der Zeit des großen Vormieters sehen wollten, in jene privateste Kammer wies : eine durchaus vieldeutige Lehrenerteilung, die der Verehrung mit einigem Recht Unrecht tat – hörst du mir eigentlich –?« : aber sie* hörte mir zu : schrieb : skizzelte Notizen : und ich stieg weiter mit ihr durch die verwinkelten Stockwerke und verlor mich in immer längeren Beschreibungen – und immer weiter hinter den Silben : entlang an den beiden Stichen des älteren Krügner, die ich ihr als Vorlage mitgegeben habe, und längst abgelöst doch von dem kümmerlichen Gekritzel : »– sehn Sie's denn vor sich – so ein bißchen wenigstens –?« wegsehend schließlich, auf von mir zu ihr – die immer nur mich vor sich sah »– jaja, ich weiß schon : das ist alles – für unsern Zweck jetzt – gar nicht –« und wand mich angestrengt vor ihrem prüfenden Gesicht : *vor dem – ja, Sog ihres – ja, professionellen – was? : mit dem sie sich nur manchmal, ganz selten, auf mich einließ : »Du redest –« manchmal »– so, als hättest du das alles selber gesehen – und das kann doch gar nicht sein – das : war doch alles –« vor Zeiten – einmal – meinen : und einmal sagte »Ich –« ich »– bin vielleicht –« viel älter, als ich alt bin »– manchmal –« als ich denke : habe ich das gesagt –? : ich hab's vielleicht ja wirklich alles gesehen – und auch schon einmal erzählt – ihr einmal beschrieben –: »– neinnein, mir gar nicht zuviel : ich möcht durchaus – ich* möcht durchaus gern wissen, was so alles auch hinter den Fenstern war, die ich von vorne zeichnen soll – man : muß es ihnen ja irgendwie ansehn, oder? : sonst genügte ja eine platte Photographie –« : und dafür griff ich dann mit beiden Händen nach ihrem Gesicht und küßte in – ja, mitten in ihre Kühle : und in den ganz falschen Moment – es : war überhaupt

es ist überhaupt alles falsch an uns – in allen Momenten : und nichts ist wirklich Wir an ihr und mir – unser Gefühl : ihres wie meines : schwimmt blind in einer Sphäre von Betrug : und nur die eine Seite ist mir ahnbar – und ich tusche sie mir panisch in mir selber zu : verwischend, was ich weiß : verfinsternd, was ich fühle –: unsere Red-Seligkeit : ist künstlich – Schauspiel – Rolle in einem fremden Stück : bin ich – selbst in den Worten selbst – nicht mehr ich selber –? : und wenn – dann : wessen Worte rede ich – und wessen sie –? : teilnehmend – teilgreifend eher – es : hat auch das etwas gänzlich Erkünsteltes – etwas wie Übereiltes – nicht, auch falsch : etwas – doch, Überaltertes – wie längst erledigt : ganz altes Spiel : und in der Ironie, die uns beiden dauernd hineingerät, gestehen wir beide uns eben das ein : daß wir den Ausgang dessen beide kennen, auf das wir eingegangen sind – und immer weiter eingehen –: Kopf – mein Kopf – –: sich kreiselhaft drehende Zweifel – dünn mich dumpf durchsummend –: ich will ja doch sie, die sie ist – und irgendein Irgendwas quält mich mit dem Verbot, sie anders zu wollen als sie, die sie war – und dabei ist sie nicht sie, die sie war – und sie, die war, war nie auch, die sie war : nie Teil der tiefsten Stille der sich totsuchenden Seele – nie Teil des zartesten Lauts, der m – ich : verstehe mich – ich : werfe nur den Schatten meiner Dunkelheit über alles, was mir bei Helligkeit – fremd, unvertraut, unähnlich –: »– liebes Fräulein –« : »– mein liebes Fräulein –« : alles fremd und falsch –: und dann auch sie, Frau Simon, die mir eben dazwischenkam und heute abend partout hier oben die Mondfinsternis sehen möchte : gar keine Ähnlichkeit – und längst erledigt – wo : hab ich denn meinen Kopf ge : habt ge

»– was –? : ja, soll ich denn nun dauernd –« : fröstelnd im Wind – der mir die Stunde fast zu lang machte : obwohl es seit gestern schon wärmer ist : getrocknet, blaues Licht – ich : hatte mir leichtere Sachen herausgekramt : den silbergrauen Anzug, helle Schuhe – und die breite Veilchenkrawatte dazu, über deren ältlich modischen Chic sie dann beifällig lachte : lauter vergilbte Reste einmal kurzen Wohlstands – und jetzt tatsächlich fast 20 Jahre nicht mehr getragen :– aber irgendwo hat sie mir eine kindische Freude mit ihren Schmeicheleien gemacht, und ich ließ mich willig von ihr in Licht und Schatten stellen, zu immer neuen Aufnahmen, und probierte die aberwitzigste Beweglichkeit : mir selbst zuletzt nicht mehr ähnlich – so mit Gewalt verjüngt : »Geben Sie nur acht, daß mir die Sonne nicht zu schief übers Gesicht kommt –« sagte ich verwischend »– sonst kriegen Sie die Falten auch mit der raffiniertesten Retusche nicht mehr weg –« und andere Umständlichkeiten, die sie amüsierten –: »In meiner Dunkelkammer –« sie dann – verwirrend schwirrend »– hab ich noch jede Falte weggebracht –« und wand sich schlangenhaft vor mir am Boden : sprang *rechts*, dann wieder links – schob mich herum : verdrehte mir *den Kopf* – bis ich ihr schließlich : die Kamera aus *der Hand* – *und* selbst hindurch –: am Gabelmann : ihr grellend *rotes Kleid über dem* Mauerrand des Brunnens : beiseite fließend *über dem vorgereckten Leib : die* durchgestützten Arme dahinter – mit *den weiß abgewinkelten, in den Stein* gekrallten Fingern : alles *schon einmal gesehen – und mir beschrieben : wie sie* mich *ansah : für immer erstarrt auf der kleinen Pappscheibe* dann : *die Augen schalkhell schellenhaft über dem Abgrund der Kälte :* »– nun *komm schon – drück schon ab – es ist doch* alles –« schon einmal »– *also weißt du! : acht und ein* Fünfzigstel : das ist *nun wirklich kein Problem, mein Lieber :* oder denken Sie, ich *kann mich hier ewig so –«* auf dem Mauerrand – und ich *machte mich los von* dem verdunkelten Anblick : die alte Leica f *mit dem versenkbaren* Elmar 50 – die ich 47 verkaufen mußte – *ich : ließ* mich weiter schieben und verdrehen : und es ist *dann* alles auch ganz unähnlich geworden – als sie mir heute die Bilder brachte : ihre von mir – wie das eine meine von ihr : »Wieso haben Sie mich eigentlich Lisa genannt eben –?« : gestern jetzt schon – einmal vor längeren Zeiten : auch Lys – auch Lissy – ganz wie man es nimmt –: »Habe ich das – ich –« und ich beugte mich tiefer über die Abzüge : ich – nicht, der ich war –: »– alles ganz schrecklich verkrampft –« sie – noch zu meinen Posen –: und dünner bin ich ja auch geworden – doch : das alte Zeug fast schlotternd : nichts ist mehr nach Maß : »Ja, gute Haltung –« oder Miene – Spiel »– wird in meinen Jahren weitgehend ein Problem für den Schneider –« und selbst die engste Umgebung, die man hatte, will »Ach was – Problem!« will nicht mehr passen : nichts mehr – »– was? nun, ich : hab da versucht, über einen Abgrund von 27 Jahren wegzuspringen, und das ist – nun –« abwesend hantierend : nun auch schon gestern – hab ich : was? »– ja, nun – ja, soll ich denn nun dauernd Fräulein Rittberger –?« : mein liebes Fräulein : fremd – laß : lassen Sie –

nun – jetzt –: Beteuerung gegen das Vergehen – und schon Vergangensein – ich : schreibe's mir hier auf wie ältliche

Historien, die doch zugleich auch wieder noch nicht weit genug entlegen sind, um ihre Bedeutung preiszugeben –: meine Hand ist ganz müde von all der leeren Kritzelei – mein Kopf leer von den müden Gedankenfratzen –: still – nicht, und auch nicht laut – ein graues Summen : aus Tag und Tratsch – Schnickschnack – und nicht einmal blitzend –: nur Brocken von Geräusch zwischen uns, die wir uns zuwerfen – zureichen nur noch, mit erlahmender Bewegung –: weshalb eigentlich halte ich's fest – und eben doch, was sich zwischen den Zeilen schon verflüchtigt, nicht fest – nicht

eben noch – kürzlich : gestern – vorgestern –? : teilgreifend – »– was für Arbeit?« : mit sehr spähendem Gesicht –: aber ich wehrte wieder nur ab : »Allotria –« und schnell verflüchtigte Sätze : über die sie dann auch bald wieder sprudelnd wegsprach – es : ist überhaupt auffällig, wie ihr Reden zunimmt, wenn sie bei sich zuhause ist, und wie meines bei mir –: über der Post dann, als sie überraschend kam : Ws begonnene Dokumentation der Großen Reise des Alten – und auch sein Drängen auf einen Besuch : nun, gut »– das könnten wir vielleicht gemeinsam machen : nach Nürnberg – mögen Sie?« : und sie warf einen – aber dann einen eher trägen Blick auf das Skript : »Sind Sie da mal gereist – im Orient –?« : Port Said – Ismailija – Kairo – Kairo : dann Siut – Luxor – Assuan – Minjeh : und vorerst noch nicht weiter : »Ich – nein –« ich : nicht – bin nicht : war nur – vor vergessenen Zeiten : »– nein – das ist eine Arbeit, die mich selber vor – nun, vor sehr vielen Jahren einmal beschäftigt hat : auch so eine Rekonstruktion – von etwas, was nicht –« was? – die nicht verloren gehen darf : *noch einmal – und bis ans Ende der Tage : »– ist aber jetzt ausschließlich Ihre Sache, mein Junge : ich –« sehe nur ein bißchen zu dabei : ihm über die Schulter – auf die Hände – Finger –: doch schön* und ernst zu nehmen : W – er – »Wer?« : was sage ich »– ein Schüler, ein – von mir : noch ein ganz junger Mensch, von dem ich hoffe –« : [......] : und weiter so noch Brocken – bis ans Ende des Tags

noch – ganz am Ende –: ich bin aufgestanden – und habe einen Entwurf zu JSB gemacht : Sätze mit Macht mit : Pauken und Trompeten : 14 – mit jeweils 41 Worten : über die Gloria Patris, die der Primo Motore in ihm war – das : wird die großglänzende Ouvertüre für die Zeitschrift, die er mir in

Aussicht gestellt hat – Galland : geht unbedingt vor meinem Besuch noch an ihn ab, damit auch nicht der leiseste Zweifel bleibt, was diese Gesellschaft von mir zu erwarten hat – es :– und es ist ganz wie von selbst für wie für *sie* entstanden – *durch* sie vielleicht? oder gar *gegen* sie –? : all diese auf einmal aus mir herausbrechende Arbeit : brüllend aus Stille – aber wenn nicht sie : dann wer in mir – dann durch und gegen wen –? : der Ton des Übertönens – und vorab die ganze Gewalt-Tätigkeit dieser Tage überhaupt : ist mir selber nur fremd – befremdet mich viel tiefer noch als sie, die's leicht mit Spott –: das lehrhaft Lehrerhafte – aus dem ich auch bei ihr nicht fortkomme : ist mir nur

»Mögen Sie ihn eigentlich –?« : irgendwann zwischendurch noch – auf irrend einer unserer Stundeninseln : und die leichteste Form der Erkundigung »– nein, nicht die Barockmusik – ihn –« JSB –: und ich wich weiter vor ihr zurück – mit all meinen untröstlichen Gedanken : ist gut ja ist ja gut – gut, lassen –: »Doch! : und eben die übrige Barockfiedelei gar nicht so sehr daneben –« nach längerem Zögern erst, nach der Verflüchtigung des Übertönens »– ich meine nur immer, daß diese ganze Große Musik zwar sehr viel Jenseits, aber bloß die Hälfte des Diesseits umfaßt –: ich merk so wenig Witz da – so wenig Lachen : und gar keine Ironie, ohne die's doch im Leben nicht geht –: dies allgewaltige Weltgegrummel – das die menschliche Winzigkeit noch winziger macht – und irgend so ein Ding, das schon groß genug ist, noch größer : das find ich drückend – macht mich kläglich – ich –« und ich sagte keine Silbe dazu, damit sie weitersprach : zunehmend – bei sich »– wenn das – naja, sehr falsch ist : auch egal – ich : will mein Lachen auch gar nicht in den Himmel loben : was weiß ich schon – ich : brauch's nur – hier auf der platten Erde – so zum Laufen –« –: und so liefen wir wieder – und befremdeten uns weiter mit Lachen und Ironie mit : ein paar Teilstrichen weniger Pathos : gesichtlos spottisch, plundernd, plauderhaft : und nur ganz wenige

doch – lauter Sprungversuche über jenen Abgrund –: unsere Redseligkeit, deren ich müde bin – ich : bin ich *ihrer* müde schon in ihr –? : den Ausgang kennend? dieses zum abermalsten Mal über uns hinrollenden alten Spiels? :– jene Lehrhaftigkeit auch, deren ich selber überdrüssig bin : will ich in ihr *sie* meiner überdrüssig machen –? : das Väterliche manchmal – einmal »– onkelhaft –!« : rein gräßlich, wenn das stimmte

– ernst gemeint ge :– und müde, überdrüssig schließlich der ganzen Schreiberei, die mir die Nacht zerweckt – und doch nicht festhält, was sie ist – war – wahr : ist nur – daß auch *ihr* Reden falsch – gefälscht : der Ton des Untertönens, dessen ich : nicht habhaft – nicht teilhaftig – wer –: leer – leerhaft

und nur ganz wenige Brocken : im Sog ihres professionellen Erkundigens –: was sich bewahren läßt – fest halten? : »– höchstens Spuren : auf auch nur mittellange Sicht –« : noch wieder Susette H – und der ja wirklich denkbar dürftige Krügner : »– aber zuletzt ist noch der kleinste Vergessene, der so eine tätige Spur von Kunst auf Erden hinterläßt, bedeutender als sämtliche unvergeßlichen Großtäter, die sie Stück für Stück in Trümmer legen –« in lauter in – all diese wahnsinnigen Ruinenhaufen »– und die nur dadurch am Erinnerungs-Leben bleiben :– dies freilich – bei der Trümmersucht der Menschheit, die sich gar nicht tragisch genug aufführen kann – mit allerstabilstem Erfolg :– wie der Cheir-ed-din Barbarossa – der die Burg über Capri zerstörte – die darum nach ihm heißt –« : bei mir – abnehmend – in lauter verflüchtigten Geräuschen :– und der Boulevard Hausman geht da entlang, wo der rührige Mann die Altstadt wegreißen ließ : auch das – es : ist das alles – lauter in

der prall versinkende Mond – schon früh schon : kurz nach 5 – und ohne Spuren der überstandenen Verfinsterung : dies alles in seinem Schein, der mir schief übers Gesicht kam : über die Trümmer meines Schlafs :– oder wären die Zerstörer doch ›in Wirklichkeit‹ der trostlosen Weltbestimmung näher als das Zerstörte und dessen Urheber, die aus ihr ausgebrochen –? : die Zweite Triebart : wenn das stimmt, was ich

gut : »– aber ob es hülfe –?« : noch bei mir : nämlich wenn man das Ratsherrenpack, das dergleichen beschließt, in ehernen Tafeln verewigte : kaum wohl – und läppisch wie die weitere Überlegung : daß – weil ja ersichtlich »– nur die Religionsbauten nicht ganz so rüde beseitigt werden –« und tabuistisch gefeit sind – man den Leuten »– so etwas wie eine säkulare Metaphysik in die Köpfe trimmen müßte : damit sie auch die Zivilbauten nicht gleich jedem expansionssüchtigen Krämer ausliefern –« :– und dann noch – ganz bei mir : das schlechte Ge »– das schlechte Gedächtnis für Geschichte ist's – das ist der Tod –« zumindest der Architektur :– was aber wäre Ge

schon alles einmal gesehen und beschrieben : und sich beschreibend unablässig neu :– wieso macht meine Erschöpfung so halt vor meiner Hand –? : meine Schreibseligkeit – all meine Schreibensarten : zerstören mein Gefühl tief unter noch seiner Tiefe : und sind bestimmt, es – sie – auch das zu ihr : zu zer – ver – zu ver : unsere Redensarten : versinken durch mein Schreiben in Vergangenheit : und sind schon zu Ende, noch während – ehe sie noch ge : falsch – schon alles : zu Ende, ehe es ge – an ge fa

»– nein : das geht nicht –« gemeinsam : meine Fahrt nach München : nichts Wir an ihr und mir bei dieser risk – zu wem? : ein Anflug von Eifersucht – auch das Betrug? : »– nein, einer –« Nicht-Person »– zu einem –« nicht : ein Ge – Geheimnis kommt in fremde Hände : nicht – er und sie : haben nichts miteinander zu

nein, nur die erste Triebart – unter der Tiefe : und nur an ihr retuschiere ich herum, wenn ich an *ihr* – ich will : auf meine ältlichen Tage : an ihr nur einmal noch ein bißchen schöne Wärme für mein Bett : zum abermalsten Mal – so spät wie früher –: und eben nichts an ihr, was nicht wie früher –: und was mich aufhält, ist – daß nichts an ihr : wie

Brocken – nur Spuren noch von –: »Brauchen Sie : mich eigentlich –?« sie – wir bei uns »– ich hab heut nur an Sie –« : laufend mit Lachen : gegen meine Abwehr gegen ihr spähendes ihr spionierendes Ge – nicht –: und ich machte kläglich den alten Scherz : »Ich auch : ich hab heut auch nur –« nur an mich gedacht –: Allotria – wie früher : über der Tiefe – es ist

ganz still –: kalt – dunkelt : ich verderbe mir die Augen : ich habe den finsteren Blick : ich

blakend – schattenwerfend : zusammengekrümmt in meinem Egozentrum : Zerstörung an mich ziehend : bin Ich das –? der derart

aber wieso ›eingesargt‹ –? : zu Tode gebracht mit Macht : es ist das alles

ist alles ein –: fror – unter noch doppelten Decken : un

ein – undeutlich : einge ungesagt : tief abseits unter meiner unlicht

un meiner unabänderlichen

Unzweisamkeit

7-4-50

par les rues et par les chemins : ich bin viel gelaufen –: bis Mittwoch noch schwerer Regen – wie aus einem Guß : dann viele Wechsel – Wind – rauh kopfschmerzhaft : und heute die glimmendste Sonnenluft : glaskühl : schob mir schärfere Lupen über die Augen –: langer Gedankengang durch den Hain – auf Hoffmanns Weg, bis zur Spitze – und mit Gabriels Fähre hinüber : die Erde bricht auf : und es muß doch Frühling werden – werden – ich : war auf einmal so heillos süchtig nach diesem überall auflebenden Krumengeruch, daß ich mich ums Haar auf den Boden geworfen hätte : wie damals GM nach der Rückkehr von Amerika : Toblach – Altschluderbach – allüberall aufs neu –: Die Liebe Erde –

im Karschatten ihrer Kleidung – eines dieser unsagbaren Altweibermäntel : schwarz noch über den Rand hinaus –: die Alte unten an der Tür – zu irgendeinem trübseligen Ausgang gerüstet –: aber ich sagte nichts – nur »– geht es denn nun wieder? : ich hab ja lange nicht –« nach ihr gesehen : nach einer älteren Bekanntschaft, die mir – »– was?« war – klang wie Vorwurf, klagend – hab's vergessen : mir fremd wie –: aber sah leidend aus : die Backen hohl, blaß – wie sie mit einem schwarzen Handschuh das schwarze Halbschleiernetz – sie : ließ es sofort wieder sinken, um an der Hutnadel zu nesteln, und das war wieder ein Anblick, den ich jetzt gar nicht vertragen konnte : ging schroff

sehr viel geschrieben – nicht : ich seh's nicht an : ich erfahre noch früh genug, was ich erfahren habe –: den Abschluß (130) diesmal ganz ohne Freude – und eher noch mehr geängstigt : obwohl dieses Stück Text nun wirklich alles in den Schatten stellt, was ich je gemacht habe :– aber wenn das stimmt – was ich da – Seiten 83 f. : die Regressions-Mechanik – man : *müßte* ja tatsächlich Angst haben vor jedem ausbrechenden Fort-Schritt, den die Inspiration dem zur gleichbleibenden Endlichkeit bestimmten Gefüge abgewinnt, weil er in diesem selbst nur wieder die Kraft und Bestimmung provoziert, ihn zerstörend zurückzunehmen –: den Durchschlag an Dr. G – per Eilpost : mir voraus –

lauter fremde Leute – geraten mir über mein bißchen Ruhe –: als ich zur Post ging, Mittwoch, stieg mir im Flur ein feistes Gesicht entgegen : hochrot erstarrt über dem wie schmiedeeisernen schwarzen Kragen : eine goldschneidige Betgelegenheit in Überrednerhänden unter sich : »Familie Adams?« – ich : war schon halb weg und nickte nur : »Im dritten Stock : ganz oben : zweimal klingeln –« : oder auch dreimal –

viermal – siebenmalsiebzigmal : Routine-Inspektion von Seelsorge wahrscheinlich – die sanfte Bemächtigung –: aber dann verlangten ihm schon die ersten Stufen soviel schnaufendes Elend ab, daß ich ihm doch – und sagte, daß sie nicht da sei, die Familie – ich nicht mehr

laut und fremd : auch Gehring, der arme Tropf – mit seinem immer gleichen Dummen Zeug –: »Haben Sie etwas Neues –?« fragte ich überdrüssig – und hörte dann kaum noch hin, wie er sich eilig mühte, das mißverstanden zu haben : »Der Sarkophag Kants –« sagte er »– im Mausoleum des Königsberger Doms : ist von unbekannten Tätern erbrochen und beraubt worden –« und kramte bedienerisch in seinen Taschen : mied meinen Blick »– dann noch so allerlei – zu Bach : weil Sie doch sagten –« : ich sagte nichts – ich : habe ihm nichts gezeigt : »– haben denn *Sie* was Neues –?« spähend – wie spionierend : mit heimlichen Augen in meinen Papieren stöbernd –: dies Schleichende überhaupt, mit dem sich seine Erkundigungen bewegen : ein Stück in seiner müden Resignation, das von der gelegentlichen Selbstverspottung doch nicht aufgehoben wird : ist mir das immer entgangen – oder ist es neu –? : skurril und schrullenhaft – und doch, kaum wahrnehmbar, mehr : »Nein – ich –« ich »– stecke in Reisevorbereitungen : ich habe am Sonntag etwas sehr Wichtiges zu verhandeln – nur weil Sie –« sagte nichts – er : zeigte keine Regung –: und auch, wie er, kaum daß er im Zimmer steht, immer gleich das Radio anstellt – auf Nachrichten erpicht, die sich zur täglichen Kritzelware machen ließen :– 60 000 Pilger wurden zum Fest in Rom erwartet : und die Sprecher schlüpften durch ölige Betrachtungen : wie die Leute früher, wenn sie dürsteten unterwegs, immer Wasser aus Muscheln getrunken hätten : weil – nun? : »– nun, tutte le strade conducono –« sagte ich beiläufig »was meint denn der Corriere d'informatione dazu –?« : als kleinen Impuls in sein Unbewußtes – aber er mißverstand : »Ach, daß – ja, weil die Muschel das unschuldigste Gefäß zum Trinken ist – ist glaub' ich die Begründung –« und bohrte sich weiter in seinen Tand – ich : brachte es nicht fertig, ihn auszulachen : die lebenslänglich gefangene Kreatur – ich : bringe überhaupt noch kaum noch Spott zustande in letzter Zeit – und für diese letzte Zeit : ist mir das immer – oder ist es – »– was –?« : Adenauer in München – und bezüglich in einem Kino : ›Deutschland verdient das Vertrauen der Welt – jawohl!‹ : dieser unsägliche Nicht-Geist – gerissener Simpel –: wieso ist mir schon der Name so dumpf verhaßt –? : weg – fremd – unähn : ganz un – un und auch sie, die Alte –: wie sie gestapft kam – *mit dem altmodischen Opernglas –:* es sinkt mir das alles mit einer Geschwindigkeit ins Gewesene weg, daß ich mich schon Minuten später kaum noch entsinne : *und dies war schon vor Tagen* – Sonntag noch : so schmal ist alle Gegenwart geworden, daß ich aufpassen muß, noch Teil an ihr zu bekommen –: *vor Jahren? – kurz vor Schluß – März 32 : abends kurz* nach dem Essen – die dickliche Scheibe : hing wie gequollen tief über dem Dächerrand, und wir mußten *uns verrenkt um die Fensterecke beugen : nachdem ich ihr, nur* um mich abzusondern, übertrieben gelehrt die Zeiten ausgerechnet hatte – sie : hängte sich bei mir *ein, langärmelig schwarz – und gebärdete sich alsbald wie die leibhaftige Kassandra : Krieg,* Unheil, Tod und Teufel : »Heißt es nicht – daß immer ein Unglück kommt, *wenn –« – hab's vergessen –: der Papst? – ja »– sicher, Pius –« aber der IX. »– dem sind noch* die Kometen, die bereits Seneca als Naturerscheinungen begreifen konnte, als *Annoncen des göttlichen Zorns erschienen –« : und augenblicklich sah sie aus wie ex cathedra – und wie Zorn* und Unglück selbst : 20.09 – als es am Rand *die erste Bewegung gab : Raster und graue Scharten – später nach Rot : »– vielleicht der Kommunismus –?« probierte sie düster – ich :* hatte mich bereits auf viel Geduld –: *dann 21.30 die Totalität : »– ganz kurz nur, weil die Bahn nur durch die Randgebiete des Kernschattens –« : das völlig verfinsterte Gesicht* – sah wirklich leichenfahl aus – *krank, todleidend –: dann kupfern rot, unruhig, schwefelnd grünlich Dunst : und immer schmutziger – schwärzliches Feldgrau –: »Braun-Au –« sagte ich einmal unverständlich : weil sie auf* – hab's vergessen – *sie : kicherte auf einmal neben mir : »Das sieht ja aus wie – aus wie –« und verstummte züchtig : und starrte wieder düster erhoben in den Gestirnten Himmel über mir : »Doch –« sagte ich »– ganz recht – es ist ja wirklich auch : so eine Art Auswurf der Erde, was sich da oben herumtreibt –« : das Nichtgelächter – Nachtgemächte – Machtgelichter –: jetzt seuchenleuchtend – Hauch von Leichenlicht : beim langsamen Wiedererscheinen aus dem Kern : Kiddusch ha-lebana – kurz ganz kurz vor 10 – »– vor 18 Jahren –« 21.59 »– da hab ich's hier – mit jener Tante, ja –: man nennt das den Saros – haben schon die Chaldäer gekannt – es : ist das sozusagen ein Stück Ewige Wiederkunft des Gleichen –« : und weiter noch so fort – nur um es abzusondern : ungleich, unähnlich – hat sie denn Fieber gehabt –? : fleckig – wie flackernd – ihr über Fingern rechnendes Gesicht : »Das war dann – warten Sie – ja 1932 : und davor wieder 1914 – ach! : wo dann der Krieg –« und also doch ein Unheilsfingerzeig –? des allgütigen Weltdiktators : »Ach nein, meine liebe Frau Simon – das : wäre denn doch zu schön, um wahr zu sein : wenn man die Spezialitäten Seines Heilsplans so immer vorher annonciert bekäme – oder sich mit Zirkel und Lineal ausrechenen könnte : man –« könnte einen Luftschutzkeller aufsuchen »– nein : wenn schon, dann eher eine Unheilsbewirkung –« ein zusätzlicher Schattenwurf über die ohnehin schon genugsam verdunkelte Vernunft der mondsüchtigen Menschenart –: bei wieder Helligkeit – spät – 23.19 : ganz frei vom letzten Rest – und inzwischen hoch nach Süden aufgestiegen : bis Mitternacht noch Spuren vom Halbschatten – aber praktisch nicht mehr zu sehen – ich : zeigte ihr noch den alten Ritter von Oppolzer – nur um mich –: sinkend – ist gewesen : weg*

Bioi paralleloi – das Dumme Zeug –: die Anfälle der beklagenswerten Therese Neumann in Konnersreuth – und wie sich der konkordierende Staat höchst praktisch der Lage anpaßte : ›– selbst die Behörden haben diese übernatürlichen Vorgänge anerkannt, indem sie der Stigmatisierten die Lebensmittelkarte entzogen und dafür eine besondere Seifenkarte zum Reinigen der blutgetränkten Kleider zugestanden –‹ : hat der arme Narr im Neuen Volksblatt – Gehring –:– und jener andere Staat mit seinem Grotewohl – in einer Grußadresse zum Eisenacher Bach-Fest : B habe ›der bürgerlichen Opposition gegenüber der untergehenden Feudalherrschaft auf dem Gebiet der Musik Ausdruck verliehen‹ : Narren und Narren – all diese ewigen Feudalherrschaften auf dem Gebiet der Musik –: und wenn man unsern trostlosen A über B reden ließe, käme erst recht das Grauen heraus – man : müßte wirklich versuchen, dagegen noch einmal – mit Macht mit

in einem Meer des Wahns – das alte Spiel : »Können Sie sich eigentlich vorstellen, daß ich ehrgeizig bin –? daß ich sehr ernstlich mit dem Gedanken umgehe, mich demnächst von Leuten mit ›Herr Präsident‹ anreden zu lassen –?« : Geheimnis in fremde Hände – um mich abzusondern : von ihrem – »Ach tatsächlich? – wieso nicht?« ganz kalt und wahr »– wenn's Geld bringt?« und sie lachte »– wer möchte das wohl nicht – einmal vor Hunderttausenden –« und faßte mich plötzlich bei den Schultern – wirbelte mich herum – stand nah »– ich : wär mit dabei : ich würde Sie –« wie nennen, Lissy? : lockend – und Triumph? »– sogar ›Herr Präsident‹ –« : das war – war auch noch Sonntag : und nicht Vergangenheit? – es : hielt noch bis Mittwoch an : und hat mir etwas ganz Geheimes mitgeteilt, was ich – hab ich's vergessen? mit verdrängt? : in den schwimmenden Inseln ihrer Augen – hothi t'omphalos esti thalasses : dies auf einmal wieder ungeheure physische Selbstbewußtsein, das mich verängstigte : so heidnisch heiter unvorzeitlich nah : wie sie die Brüste bewegt – die Hüften im Gehen –: aber doch steif auch, mit Gewalt und Absicht – zwanghaft mit Zweck – was : war das – mit Triumph? : ich bin ihr für Tage weg – meiner Sucht nicht mehr mächtig : gelaufen – um mich abzu – weg ge

Bioi : viel Briefe : lauter fremde Sachen :– irgendwann kürzlich ist H. Grimm 75 geworden, und Gehring wollte tatsächlich – aber soll ihm gratulieren, wer mag –: und dann wieder W – mit seinem drängenden Enthusiasmus, den ich jetzt gar nicht gebrauchen kann : so jünglich überschwänglich [. . . . .] – war auch ich denn so –? : mein Schüler – in doch sonst so vielen Sachen : und ebenfalls fremd auf einmal? – ist mir das –: die Orientreise – ›– die

Ihnen eine Reise wert sein sollte –‹ : doch, ja – wir werden fahren : damit mir das nicht verloren geht : – aber ich habe in Wirklichkeit kaum einen Gedanken dafür frei und muß mich zwingen : die Vorbereitung für München : zehrt mir – ja, saugt mich *das* von Allem und Allen ab –? : sehr sonderbar – am Abend : Donnerstag – gestern : kam mir jäh der Verdacht, er könnte vom CIA sein – Dr. G : aus unerfindlichen Gründen mich bespitzelnd – es : ist doch alles so widersinnig – diese ganze schon seit Dezember mir zudringende Teilnahme – diese überaufwendige Bemühung – um einen Autor, der an der Privatheit seines Tätigseins nie einen Zweifel gelassen hat : absurd – ich : – zwang mich : saß noch über dem Skript : und brachte mir die versunkene Liebe wieder dünn ins Gedächtnis : – über dem Foto auch, das er mir beigelegt hat – mit den über dem Papier geschlossenen Augen : ist wohl von 1905 – oder 07 –? : Dank sei dem Erwin Raupp, der sich's nicht verdrießen ließ, Stunden mit dem Alten zusammenzusitzen, ihn in Gespräche und Gedanken davonzulenken – bis ein Augenblick das ganz echte Bildnis zustande brachte : *sehr merkwürdig – wie unser aller Physiognomie* – ja, sehe ich denn – ich : werde ihm vielleicht einmal ganz ähnlich sehen : *Selbstbildnis – geisterhaft fluoreszierend : nur aus Stille und Stil* – das : ist mir nie aufgefallen – ist mir – nicht, ich : nicht – die Ähnlichkeit : ist – *manchmal wünschte ich : es wäre mir nichts davon je vor die Augen –* : saß : Zwang : und betrachtete lange das gequälte alte Kind

ganz still – Karfreitag – um die Neunte Stunde : Glockenschall hing in trüben Wolken über der Stadt : kai skotos egeneto eph' holen ten gen – ich : saß, las – die Passion secundum Matthäum – das schöne alte Insel-Faksimile, Tante Es Wunscherfüllung zum Examen : und war noch einmal ganz elend ergriffen von der alten Geschichte vom Leiden des Menschensohns, die wie keine andere Mit-Leiden in die Welt gebracht hat – und diese ihre ganze geschichtliche Geschichte mit in sich aufgenommen – und darum unverjährbaren Anspruch auf Unvergeßlichkeit – nicht nur in dieser ihrer edelsten Gestalt – : schon in Takt 4 – des riesigen Lamentos – wo das dünne hohe h der Geigen wie aus der Transzendenz selber hereindringt : versagte mir auf einmal alle Fassung : erzitternd – Weinkrampf – ich – ich : hörte es innen – wie's selbst mit Menschen- und mit Engelszungen nicht

bläßlicher Abendwind : bin noch gegangen

9-4-50

bin früh schon gegangen, draußen hinter Bug – im Nebel am Wasser – ziellos das eingetaute Gras entlang –: die Erde riecht nach Geburt und ist wie durchsiebt von Traurigkeiten –: ich

aber ich habe keinen Gedanken mehr zustande gebracht, wie auch gestern schon : nur das Skript fertiggemacht : mit abgewandtem Gesicht : die Reise läßt mir nichts mehr freikommen – hat jeden Winkel im Gehirn besetzt : und im Gefühl – ich : fühle nichts mehr als die fröstelnd kalte Notwendigkeit, dieses Risiko einzugehen – durch dieses Irgendwas hindurchzukommen, das ich noch nicht er – oder bin ich doch : dahinter – oder habe ich : doch auch schon das erlebt – er : fa

Victimae paschali laudes –: auch das Ostergeläut am Morgen – hing alt und dunkel hinter mir unter dem Himmel : und unerfahrbar in jeder einmal gekannten Bedeutung – ich : ging unwirsch neben ihr, der Alten, Trottenden : meiner Caritas müde –: schlief dann zu Mittag – die verkürzte Nacht zu Ende –: Nachmittag jetzt – und schon dämmernd : gleich wird der

»Was – tatsächlich –?« ihr Spott beim Abschied »– haben Sie tatsächlich –?« : jünglich und springend – über meine Caritas : und »Ich –« ich machte wieder nur bleierne Redensarten »– ich sehe von Zeit zu Zeit noch einmal in der Kirche nach, was das für Leute sind, die in der Kirche sind –« die in der – waren – wieder, noch einmal : ihr mich verwirrendes Kichern : »Also ich – wenn ich sie singen höre –« sich mir kalt entwindend »– kommen sie mir eigentlich immer wie die Leute vor, die unsern alten Kaiser Wilhelm wiederhaben wollen –« : und mehr noch – stieß mich ab – bis in die »– gute Reise –!« : die ich – »– Herr Präsident –« : der ich – es hat

es hat geschellt – das wird der –: soll noch warten

dumpf zwischen Knien und Stehen – all das schwarz-in-schwarze Verharren –: was an Physiognomie aus diesen Mantelkrägen herausschaut, ist für die Nächstenliebe eher erschwerend –: und sie hatte, Frau Simon, passend zum Blumenkleid, das man nicht sah, ein so blühendes Lächeln aufgesetzt, daß mir ganz ekelhaft zumute wurde –: die Domhalle feuchtig, drückend menschenvoll –: diese elende Inbrunst – die mit dem Wort Freude die Freude erzwingen will –: wenn ich sie singen höre – ja, und auch sprechen : die klamme Winzigstimme der alten Eminenz Joseph Otto Kolb : alles gespenstisch scharadenhaft – wie aus dem Grab der Zeiten –: eine ›Jubelmesse‹ noch, des greisen Vinzenz Goller : Ausklang des Sanctus im Pianissimo dreier Knabenstimmen : Metschnabl mit dem Domchor und ein paar Bläsern : alles wie aus –: und op. 111 – welch eine Zahl –

sitze noch, brütend – war noch : selber wartend – noch wieder herauf – der Chauffeur : ist ein kalter schöner Mensch – und noch sehr jung : in Uniform – eines amerikanischen Nachrichtenoffiziers –? : hat sich nicht vorgestellt – nur seine Mission – mit knapp gezackter Bewegung :– aber war dann ganz sonderbar zudringlich : wollte mir nach, hierher – so daß ich ihn mit Schärfe –: unsympathisch – fast feindlich, fa

habe noch über eine halbe Stunde gesessen jetzt : nach Kräften greifend, mich versenkend – es : wird eine lange Nacht – mit den zwei Fahrten : und dunkelt schon – ich

gehe jetzt hinunter

Nur flott vom Fleck – hierher! : *und er kam hochtauchend aus der Finsternis des Vorgartens auf mich zu, winkte den Fahrer weg und faßte nach mir mit markant drückenden Händen :* Sie sehen mich freudig erregt – und vermerken gewiß die mir sonst gänzlich ungewohnte eigenfüßige Beeilung, mit der ich es mir nicht nehmen lasse, Sie persönlich in mein Haus zu geleiten –: wie habe ich nicht harrend gestanden, während ich Sie nahen wußte! : treten Sie nur dreist unter mein Dach : es ist, dank zahlreicher von mir selbst ersonnenen Vorrichtungen, eines der schirmendsten im Lande : ein wahres Treibhaus des Wohlbefindens und vorbildhaftes Muster allen Strebens nach der Gemütlichkeit : wie ist Ihnen die Reise vergangen? : als wie im Fluge, möchte ich mir denken : denkend und dichtend gar vielleicht : wahrhaftig, die Motorisierung verhilft dem Geiste zu einer Hurtigkeit, welche die ihm zugemessene und oft beklagenswert kurze Lebensspanne nützlich in die Länge zieht : es wäre mir sogar ein Vergnügen gewesen, Ihnen den mir zu Gebote stehenden Helicopter zu senden, eine noch geschwindere Apparatur, die im uns beiden gleicherweise vertrauten England seit neuestem sogar auch dem nichtdenkenden allgemeinen Publikum verfügbar ist, wäre meinem zarten, und stets wachen, Gefühl für Rücksicht nicht Ihre Abneigung gegen die fliegende Fortbewegung erinnerlich geblieben : von welcher ich Sie allerdings noch zu bekehren hoffe : ah und ja : Segnung der Neuzeit : wir erblicken den Fortschritt tätig am Werk und wollen mit ihm schreiten : darf ich – hier –: *er ging hoch vor mir, mit geschäftig weisenden Händen : und nur bemüht ein bißchen vorgebückt, den Unterschied zu vermindern – er : ist gut einen Kopf größer als ich : und ich mußte mich mit Gewalt gegen den Sog seiner bloßen Erscheinung stemmen, um stehen zu bleiben – langsam zu betrachten :* nein, hier – wie? : nun, das ist hier lediglich die Halle : und der ihr anhängende Wandschmuck, der offenbar Ihr Augenmerk gewonnen hat, dient nur dem Zweck, dem Wartenden das Gemüt zu ermuntern : er durchschreitet auf scherzhaft erleichterte, doch die würdige Thematik nicht verlassende Weise die gesamte Kulturgeschichte, ehe er zu meinen Gemächern gelangt, die in gewissem Sinne die Krönung der letzteren versinnbildlichen sollen : was stimmt Sie nachdenkend? : der Philosoph F. Nietzsche mit seiner Frau Mutter beim Kirchgang – 1892 : eine äußerst rare Liebhaberphotographie, der Forschung unbekannt : ich darf am Rande rasch bemerken, daß sie von einem eigens angereisten Studenten der Theologie aus dem fernen Burgenland aufgenommen wurde, dem sie bis zur Erreichung seines späteren, nicht unprominenten Amtes zur Beschwichtigung gewisser, ihm durch unliebsame Zufälle des Reallebens eingekommener Zweifel an der Reichweite des göttlichen Waltens diente : ich könnte ihn namhaft machen – ja, ihn selbst im Bilde vorstellen : doch würde uns dies auf abführende Wege lenken : und ich darf Ihnen lieber die unweit hängende Momentaufnahme des Komponisten R. Wagner empfehlen : ein ebenfalls äußerst seltenes Stück, Verdienst eines Gartenarbeiters beim Hause Wahnfried namens Stork, der sich – obschon hier Stark steht – nun, ich will nicht kleinlich –: wo war ich doch? : beachten Sie die Haltung : akimbo – mit herausgestreckter Zunge : eine Gemütsregung, die einem leider bereits über den Bildrand entwichenen und der Überlieferung darum entkommenen sehr hohen Besucher gilt : den ich natürlich ebenfalls sicher benennen könnte, wäre uns heute mehr Zeit zugemessen, als meine kurzgefaßten Erläuterungen in Anspruch nehmen : nur soviel will ich, da wir eben von den rein geistlichen Genugtuungen sprachen, noch anmerken : daß mir seit erst wenigen Tagen die Aussicht winkt, ein unbekanntes, doch nachgeprüft originales Lichtbild zu erwerben, das den nämlichen Wagner mitsamt seiner Gattin beim Empfang des heiligen Abendmahles zeigt : ein Genuß, der ihn, wie Ihnen bekannt, auch zu lobenden Schilderungen gegenüber jenem dem Kirchgang erst spät zugeführten Nietzsche vermocht hat : *er bückte sich eine Spur tiefer vor sich hin – als wollte er vor etwas über ihm ausweichen : vor seiner eigenen Massigkeit? : sein Kopf wie eingezogen in die kološhafte Kraft des Leibs : die, an mir selber ziehend, behender jetzt, eilender an den –:* hier – hier entlang, wenn ich ersuchen darf : wir werden an diesen kurzweilig illustrierten Wänden noch öfter hinschreiten und der Belustigung die Fülle haben : ich schätze am Leben vornehmlich das spaßhafte Element : und aus den Künsten gar soll uns die möglichste Unterhaltung blühen : welch letzteres ich übrigens nicht ohne Akzent und Betonung gerade Ihnen gesagt wissen möchte – will mir doch scheinen, daß Ihr von mir genugsam verehrtes Werk schon seit geraumer Zeit eine Graulichkeit, ja Trüb-Seligkeit angenommen hat, die es mit Vorteil entbehren würde und die in schierem Gegensatz zur Verschmitztheit und Gelenkigkeit der darin sich tummelnden Gedanken steht : undenkbar im Moment, Sie nochmals in jener beschwingten Gestimmtheit zu erblicken, welche das hier folgende, Sie in volkstümlich leichter Bekleidung beim Erzeugen von Seifenblasen zeigende Bildnis atmet : nicht wahr, Sie staunen – recht so – immer recht : ich bin ein Sammelsack des Augenblicks und ein Kollektenbeutel aller munteren Momente : ist Ihnen gar entkommen, bei welcher freudenreichen Gelegenheit dieses wahrhafte Licht-Bild seine Aufnahme fand? : ich seh's, es dämmert Ihnen : warm – schon heiß : jawohl – die auch in späteren Jahren noch überaus reizvolle und attrahierende Bildnerin gehörte der französischen Nation an : und die Gedächtnistrübung, von der Sie kurzfristig befallen wurden, hatte gewiß ihre Ursache in dem Umstand, daß Sie kurz nach der hier festgehaltenen Erzeugung flüchtig gewölbter Luftgebilde mit der weit schöner, wennschon im weiteren Sinne ebenfalls flüchtig gewölbten Begleitperson zu einer anderen, diese hier in den Schatten stellenden Erzeugung geschritten sind, die leider nicht im Bilde zu besitzen mich grämt : nein, nicht doch – nicht doch – keine Verlegenheit : wir werden alle einmal von der Kraft des Gedächtnisses verlassen, und nur das meine ist – nun, muß ich's sagen? wie – wie –? : *und er spähte gierig – wie um die Ecke – um mein konfuses Gesicht : eine pralle Backenmasse, hüpfend um knopfschwarz winzige, glanzkalte Augen : die aber unablässig – wieselhaft flink in – an der –:* hier – na, sehen Sie – gut, sehr gut : schon ist Ihr Antlitz launig gerötet – eine Veränderung, die ich mir durch mein beispielhaft heiteres Wesen bewirkt denken darf : wir werden Sie gemeinsam elevieren, und bereits jetzt sehe ich Sie im Geiste in einer Gestalt vor mir, welche leicht die Krönung meines kulturgeschichtlichen Pantheons hier bilden könnte : obgleich, ich schränke ein, die Übertrumpfung meiner von Ihnen noch nicht gewürdigten Haupttrophäen kein Kleines sein wird : Sie mögen sie hernach beim Abgang noch bestaunen – aufgrund der trägen menschlichen Erfindungskraft, welche die Photographierkunst bedauerlich verspätet gewann, nur im gezeichneten Bilde : den Verfasser des gerühmten Messias beim Schlittschuhlauf – sowie jenen der Selina beim Blindekuhspiel : Geduld, Geduld – ich sagte schon – hernach : wir wollen uns jetzt leiblicher ergötzen : was, hier? – nun, sei es noch, zu bester Letzt : Ich Selbst : am Strande von Copacabana, wo ich mir für belustigende Tage und wohlverdiente Pausen in meinem Wirken ein Häuschen erobert habe : ich sehe, nota bene, nicht ganz so erhaben aus, wie ich könnte, doch mag Ihr Auge Entschädigung an meinem Beinkleid finden, von dem ich abschließend mitteilen möchte, daß es vor erst wenigen Jahren die Glieder W. Churchills umschlossen hat, Ersten Ministers Seiner Englischen Majestät, welcher bereits mein Vater –: doch genug : die Stunde flieht – der Augenblick ist da : wir wollen nun selber nach Kräften Geschichte machen : folgen Sie mir – was sagen Sie? – nun – nun –?

im Glanz der Zimmer, Kammern, schließlich Säle – nachdem die tresorhaft mächtige Stahltür hinter uns unter leisem Summen zugeglitten war : spiegelglatte Parkettmeere – darüber fausthoch bunt der ganze Orient – darüber Kissen, Polsterpacken, Pfühle : und über allem eine teils kristallisch gebrochene, teils den milchgläsernen Wänden selbst entströmende Flut von Licht : das sich bei jedem Betreten eines neuen Raums, stufenlos aus dem Dämmerton in höchste Kraft gleitend, von selbst entfachte – ich : ging sehr langsam, winzig, halb benommen : und er beobachtete unablässig mein mit allen Künsten gleichgültiges Gesicht –

Sie stehen überwältigt – wie? nicht wahr? : wenngleich auch nicht wie angewurzelt, möchte ich sagen : ein Anblick, der mir sonst bei Besuchern unschwer zuteil wird : recht so – die hier von Ihnen bewiesene Gelassenheit wird Sie in den Stand setzen, auch späteren Überraschungen gefaßt zu begegnen : nehmen Sie Platz – und freuen Sie sich der Aussicht : nur kurze Zeit noch wird sich diese meine Behausung als Antithese zu der Ihren betrachten lassen : dann wird Sie selber Glorie umgeben – die anmutige Wärme des Wohlstands – die

Weite der höchsten Wirtlichkeit : ein Samtrock soll um Ihre Schultern prahlen, und gar Ihr Haupt – wie, was denn? – mein Gewand? : Ihnen zu Ehren – nur zu Ihrem Empfang – und angemessen in Schwarz : meine Lieblingsfarbe, seit Herr Mas – nein, nein, ich scherze nicht, er heißt so – Masmann : mein mit schier göttlicher Nadelführung begnadeter Leibschneider : mir ihre Kleidsamkeit auf das Wirkendste bewiesen hat : ich will hier, ohne jedoch auf meine Garderobe in angemessen würdigender Weise näher einzugehen, nur noch vermerken, daß dieser Rock, dessen geistlicher Schnitt Sie verwundert, eine durchaus weltliche, ja weltmännische Geschichte hat : indem er nämlich ein halbes Dezennium lang den mir zu meinem Bedauern vor zwei Jahren verstorbenen Kritiker A. Kerr bekleidete : Historie umgibt mich – an meiner Person vereinen sich die Zeiten : haben Sie den Skarabäus beachtet, welcher mein Halstuch ziert? : er schmückte noch in diesem Saeculum dasjenige eines Ihnen nicht nur geistig, sondern auch leiblich nahestehenden sächsischen Dichters, dessen Namen und Geschick ich füglich verkürzenderweise übergehen kann : wohingegen ich seine antike Herkunft in gewohnter erzählerischer Meisterschaft zu schildern weiß : folgen Sie mir nur stracks im Sauseschritt um 3309 Jahre an den mit Recht so genannten Oberen Nil, wo wir – was? was denn? – fühlen Sie sich nicht gut? : ich sehe Sie sich entfärben – und eile, Ihrem Beispiel zu folgen, indem ich mich von tiefempfundener Bestürzung ob meiner Säumigkeit erfassen lasse : wie konnte ich – ganz unverantwortlich! : zumal es mir selber eine liebgewordene Gewohnheit ist, an markanten Stellen meines Lebenslaufes einen stärkenden Schluck zu mir zu nehmen : Wasser des Lebens! : die Wirkung wird uns beflügeln : habe ich recht mit meiner These, daß der Mensch grundsätzlich gehalten sei, der Gottesgabe des Alkohols zuzusprechen? : man muß die Gedanken auf spirituelle Füße stellen, damit sie recht tänzerisch und hochfliegend werden : greifen Sie zu – Ihr Wohl! : wir wollen ein Vivat und Crescat auf unser Vorhaben ausbringen, auf das ich nun alsbald zu sprechen kommen werde, um Ihrer Wißbegier volle Genüge zu tun : sehe ich doch in Ihrem Innern die zahlreichsten Fragen brennen, ja lodern : ganz recht, ich sehe überhaupt – was sehe ich? : ein Päckchen aus braunem Packpapier – das aber gewiß den edelsten Inhalt umschließt : ein Gastgeschenk? – für mich? – ah, lassen Sie mich raten : doch nicht das – jenes – welches ich : nun – nein : Kurze Anleitung, wie Singe-Chöre auf dem Lande zu bilden sind – von A. H. Pustkuchen : ah ha, schön – ich habe selber vor Zeiten einmal einem Gesangsverein vorgestanden und betrachte die Wahl dieser Gabe als einen feinsinnigen Hinweis darauf, daß Sie an meinem Vorleben Interesse genommen haben : gewiß doch – fragen Sie nur : mein Wissen steht zu Ihrer jetzt- und jederzeitigen Verfügung : als wie mir selbst – was mich zu bemerken befähigt, daß mir die tiefere Bezüglichkeit Ihrer Gabe keineswegs unkenntlich ist : indem jener Pustkuchen, über dessen im übrigen wenig geglücktes Dasein ich gern nähere Angaben mache, nämlich den Vorzug genoß, die Lektüre des in Ihrem eigenen Dunstkreis wohnhaft gewesenen E.T.A. Hoffmann zu bilden und von demselben rezensiert zu werden : war es nicht 1811? – ich möchte es nicht verschwören, halte jedoch einen Irrtum gewohnheitsmäßig für ausgeschlossen : und möchte in meiner Zuversicht gar bis zu der Annahme vorgehen, es stehe der Benutzername des hohen Rezensenten selbst auf dem Vorsatz dieses schmucken Bandes : gehe ich fehl? – bitte – ah, ha und ja! : ein wirklich werthes Buch, das mir aus Ihrer Hand nun doppelt teuer sein soll : die Kunst ist das Zier- und Zentralblatt meines gesamten Lebensvolumens, welches aufzuschlagen uns beiden noch häufig Gelegenheit kommen wird : wobei auch Ihre zurzeit noch besonders hohe Neugier dann der Befriedigung zuzuführen wäre, welche ich im Moment jedoch – wie, ob wir – in Person? : wir uns – das heißt, Sie mich – gekannt? : ich stehe ratlos – 1929 –? : da war ich erst – wie ich, ich glaube, schon –: ich bitte, die Jugendlichkeit meiner Erscheinung nicht zu unterschätzen : da war ich noch im zartesten, wenngleich zu großen Hoffnungen berechtigenden Alter von 14 Jahren : ein Zeitpunkt, der freilich dem von Ihnen genannten Thema nicht ungemäß – Sie meinen in der Tat den Dichter von Schiller? : nun, nun, ein Idealist von förmlich atemberaubender Waghalsigkeit : der Ahnvater eines ganzen Jahrhunderts voller Dummheiten : ein durchaus angemessen stämmiger Spielgefährte für enthusiastische Zeiten : es könnte sein, was dennoch nicht so ist : ich muß bedauern – und darf grundsätzlich bitten, Vermutungen, welche der Bestätigung durch mein Wissen entbehren, getrost in den Bereich des Irrealen zu verweisen : als reine, vom Zufall zusammengeworfene Konjunktionen : so denn speziell auch hier – nein, nein, nicht daß ich wüßte : vielleicht ein – nun, ein Bruder? : immerhin – ich habe eine sehr weitläufige Verwandtschaft : ganz recht, auch unter dem Schönen Geschlecht, das ich nach Kräften adoriere : Geselligkeit ist, wie auch Ihnen gewiß schon empfindlich wurde, das Hauptstück meines Charakters, und ich darf mir schmeicheln, ein hervorragendes, ja prominentes Mit-Glied zahlreicher Vereinigungen zu sein : noch jüngst erst hat sich der Verband Deutscher Zwillinge werbend an mich gewendet, mit durchaus der Aussicht auf jenen Erfolg, welcher der Schlaraffia bereits zuteil geworden ist : in dieser letzteren führe ich übrigens den Titel eines meine Musikalität feiernden Großmetronoms von Manualien und Pedalien : ein Umstand, der mich daran gemahnt, daß uns bei unserem nunmehr bevorstehenden Gang zu Tische Musik akkompagnieren sollte : gestatten Sie mir nur rasch den dafür ausreichenden Knopfdruck : so – oder noch einen Schluck? : ich bitte meiner Gastfreundschaft mit einem Ausdruck der Befriedigung gerecht zu werden : Very Superior Old Pale : mein überaus werter Herr, Sie trinken aus dem Keller des Erzbischofs von Canterbury! : nochmals – Ihr Wohl : und das meine – nun, was hören wir? : erratbar schwer, dem Kenner jedoch wert – und eine Leckerspeise für jeden Ohrenschmauser : Regimentsmarsch General von Saldern, komponiert von Anna Amalia, Prinzessin von Preußen höchstselbst : ist Ihnen der Titelgeber im Gedächtnis? : Leuthen und Hochkirch, Liegnitz, Torgau – ah! : sein Werk über die Taktik der Infanterie ist noch heut einem jeden strebenden Geiste unentbehrlich und hat auch mir, als Leitstern – was? gewiß : wir wollen – werden – darf ich rasch voran? : ich möchte meine Bekleidung der neuen Aufgabe anpassen – welcher die Ihre leider in nur mäßiger Weise entspricht : sei es – bescheidener Glanz in meiner prächtigen Hütte : hä! – bitte : nichts für ungut – hier entlang –

am Rand einer wahren Halde von Tellern und Schüsseln – ich : saß auf einmal, noch ehe ich's mich versah : und war, ganz gegen allen Willen und Vorsatz, immer noch stumm und benommen vom unablässigen Hämmern seiner Stimme : die dabei gar nicht laut – nicht lärmend : eher ein federndes, sprunghaft akzentuiertes Murmeln – ein : gedunsenes Summen : das aber wie durch Poren mich selbst durchdrang – mein abgesondertes Denken : und das wie lullend – gellend leis – einlallend – : es hallte sogar noch fort aus seiner Absenz – und schwoll nur unmerklich an, als er dann wiederkehrte : in orientalischem Hausrock jetzt, mit Fez : sich setzte – saß –

und das alles hatte mich längst so verworren gemacht, daß ich ums Haar bereit gewesen wäre, den riesigen Hund, der ihm von nebenan vorausgekommen war, für eine Erscheinung seiner selbst zu nehmen : ganz recht – eine kurländische Dogge : Sie erblicken hier Rest und Reliquie meiner früher noch geprägteren Vorliebe für unsere vierbeinigen Brüder und Schwestern im Osten : mit denen dieses Exemplar allerdings nur durch die mütterliche Linie verbunden ist, während ich die väterliche direkt auf die Bernini-Kolonaden zurückzuführen mich genötigt sah : in welcher letzteren Umkreis das nämliche auch erworben wurde – im Tausch gegen einen reinrassigen, von mir persönlich gezogenen Schäferhund, den sein jetziger Besitzer, mir zum launigen Tort, auf den Namen Echnaton hören läßt : ein Ausfluß monsignoraler Scherzhaftigkeit, der ich meinerseits durch Taufung dieses meines mir nunmehr unzertrennlich gewordenen Gefährten auf den Namen Pius non papa Paroli geboten habe : nicht unüberzeugend, möchte ich nebenbei meinen – beachten Sie den so gut wie unfehlbaren Ausdruck in seinen ansonsten täuschend frommen Zügen : recht wundersam übrigens, daß er sich Ihnen, von mir unbegleitet, so ohne Arg genähert hat : Sie müssen ihm einen gleichso tiefen Eindruck gemacht haben als wie mir : o schöne Vorbedeutung – omen omnibus : wir werden die umfassendste Freundschaft schließen : in welche übrigens – ein weiteresmal, Verzeihung – der obgenannte Vorbesitzer eingeschlossen bleibt : Marquis Giovanni Battista Sacchetti, Ihnen gesagt : ein in allen Geschäften wohlerfahrener Mann, welchem die Gegenwart gehorcht, die Zukunft aber parieren wird : wie leuchtend steht er nicht vor meinem geistigen Auge! : als Forriere Maggiore der Heiligen Apostolischen Paläste nicht nur, sondern auch als Präsident des Banco di Santo Spirito – das ist verdolmetscht Die Bank des Heiligen Geistes : als Vorstandsmitglied des Mediocredito Regionale del Lazio sowie zahlreicher anderer, mir selber nahestehender Unternehmen : als Präsident auch der Opera Pia degli Infermi : als Sektionschef der Unione Christiana Imprenditori e Dirigenti : als Geheimer Kammerherr schließlich mit Schwert und Mantel : schwärmerisch schier möchte ich von ihm sprechen – und Ihnen sein ganzes weiteres Leben und Wirken ausmalen, welches er en gros wie en detail als Kapital in den italienischen Abschnitt unserer Gesellschaft bereits jetzt eingebracht hat : ein Mitglied, welches uns auf den nachhaltigsten Sukzeß auch im vergleichsweise trägen Süden hoffen läßt, wo ich – bin – war – Sie : *waren auch in Rom? :* Sie wissen es? : ein weiteres Zeichen des tätigen, da mit Nachforschung verbundenen Interesses, das Sie an mir nehmen – und das mit dem uns vorliegenden Festmahl zu ehren mich nun doppelt freut : wozu ich einleitend nur noch bemerken möchte, daß die Speisenfolge unter Entfernung des Personals von mir persönlich zubereitet, ja komponiert worden ist : im Mittelpunkt dieses leuchtende Bratwerk : ein Anblick, welcher selbst mir, dem Schöpfer, das Wasser die Lefzen hinunterlaufen läßt : vom ungeborenen Lamm : zart wie die Unschuld : dem Muttertiere lebend entschnitten : Fleisch eines ursprünglich in der Bucharei zum Dasein bestimmten, durch meine Prädestination jedoch auf diesen unseren Jubeltisch umgelenkten, nebenbei weiblichen Geschöpfes : weshalb ich auch zögere, die mir von der Frömmigkeit eingegebene Bezeichnung Agnus Dei darauf anzuwenden : nun ja, es soll uns gern auch so symbolisch sein : greifen Sie zu – hier Pilaw : den Sie kennen? : in Feigensud gedünstet, wohlgemerkt – unter Beigabe eines das Aroma hauchfein anfärbenden Stückleins Bockshoden, dem nämlichen Tiere entnommen, das mit der Erzeugung dieses unseres Lammes beauftragt war : Gott gibt – wir wollen schwelgen – immer nur zu! : und vergessen Sie nicht, von diesen nur scheinbar unscheinbaren, in Wahrheit durch geschichtliches Alter ehrwürdigen

Tonschalen Gebrauch zu machen : aus ihnen hat kein Geringerer als der Prophet selbst getrunken, was der Prophet verboten hat – Sie blicken ungläubig? : dann darf ich Ihnen hernach mein gesichert aus dem Jahre 1291 stammendes Zertifikat zeigen – und Ihre Erinnerung für jetzt nur rasch an die zugegebenermaßen metaphorisch verblümte Erwähnung verweisen, die der Dichter Mewlana Abd ar Rachman Ibn Achmed genannt al Dschami derselben getan hat : ja – in den Schewahid an Nubuwwet, geschrieben am Hofe des Beherrschers Hussein Behadur zu Herat, dem Charäwa der altpersichen Schriften, woselbst auch – ah, wie verschränken sich an unserem Tische die Zeiten! – jener geniale Mann, dem wir, geheim überliefert, das Rezept unserer heutigen Gaumenlust verdanken, bis zu seinem jähen und ohne weiteres unselig zu nennenden Ende gewirkt hat – was? ge – wohl, ein Wohl auf ihn! : Raki – zur feurigen Beförderung der Verdaulichkeit : als Leibkoch – Labgott – wie? gewirkt zur fei : goch, goch – was ich in –? : *ja, was Sie in Rom : Dottore Galland : alles gesucht, gemacht – meinethalben getrieben haben : möchte ich gern wissen –: die zweite Unterbrechung – und noch immer nur mit dem äußersten Aufwand an Kraft –:* Geschäfte – frommes Streben : die Knüpfung und Verknotung dauerhafter Fäden zwischen Mir und dem Ministerium des Inneren wie Äußeren : was? – sicher, ja – gewiß : im – auch im Vatikan – ich : würdige zustimmend die strenge Logik, die Sie von den heidnischen Reliquien, denen unsere Ehrerbietung vielleicht zu eitel zugewandt war, zum Hauptort der christlichen zurückzukehren anhält : zu-zu-zu-zu – ich bin gleichwohl verwirrt : was wünschen Sie beschrieben – ich, was ich –? : nun, eine schlichte Peregrinatio ad Petri Sedem : mein reiner Eifer für des Herrn Haus : nein, sagen Sie das nicht – mir gar nicht ähnlich? : Gott sei bei uns! – ist mir die Nottaufe anzusehen? : Sie verkennen meine Empfänglichkeit für den Liebhaberwert der uns vom Christentum gebotenen Schönen Gefühle : bereits in meiner Kindheit habe ich dieselben begierig in mir gesammelt, und noch heute lasse ich mich die tägliche Zwiesprache mit dem Allmächtigen viel Zeit kosten : tatsächlich, ja, mein Schild ist Gottes Wort, und sollte es sich notwendig machen, so bin ich ohne weiteres bereit, an dasselbe in tribus articulis zu glauben : man muß weitblickend sein – bedenken Sie die Aussicht! : so mich der Herr, was ich im Moment allerdings noch nicht von ihm hoffen will, eines Tages in seinen himmlischen Freudensaal abfordert, gedenke ich von der dortigen Herrlichkeit den ausgiebigsten Gebrauch zu machen : man soll sich da ganz ausgezeichnet befinden – Sie sind skeptisch? : da fällt mir die missionarische Aufgabe zu, Sie zu bekehren : soll ich Ihnen, in gewohnt lebhaften Farben, abschildern, in welcher Fülle des Glanzes und der Macht ich den obersten Diener Gottes, Servus Servorum Dei, sitzen fand? : ah, nein – dies Bündnis wird uns die allerreichsten Früchte tragen : lassen Sie es getrost in meinen geschäftigen Händen : Was ist uns unsere Religion? : ein prächtig gewirkter Deckmantel und Schirmschild, wie wir ihn uns hüllender gar nicht erwünschen können : eine wahre Bundeslade des heimlichsten Wirkens und Kammer der höchsten Vertraulichkeit : wie ich hier vor Ihnen stehe, hat mir Seine Heiligkeit, in Erneuerung einer früheren weltlichen Bekanntschaft, bereits das herzliche Du angeboten : ja, flüsternd will ich gestehen, daß mir vor kurzem der, unter Umständen von Gott selbst stammende, Gedanke zugeschwebt ist, vielleicht gar dermaleinst meine eigene Laufbahn mit der Besteigung des Heiligen Stuhls zu krönen : mein werter, hochverehrter Freund – Sie werden zu Ihrem Staunen schon bald erfahren, welche überaus empfindlichen Vorteile es bringt, zu meiner Rechten zu sitzen – Sie : sitzen doch bequem? : dann darf ich die grandiose Nach – aus – in? : aus weil Ge – welchen Grün – in welchen Geschäften –? : *er mit dem Ministerium – und auch im Vatikan – gewandelt und gehandelt – : mit leichtem Fingerklopfen auf den Tisch, das ihn, schon spürbar leichter, aus seinen schweifenden Redensarten riß – sein Gesicht : geriet einen Augenblick lang in Konfusion – in sich verdunkelnde Röte – seine Finger : tasteten fliegend nach Töpfen :* ah – nun – ja : die Finanzierung die : geldliche und handelsmäßige Grundierung : unseres zurzeit nur erst in Skizze vorliegenden, später jedoch in buntesten Farben zu malenden Kunst-Werks : dessen rein ethisches Sujet ausschließlich Ihre Gedanken beschäftigen möge, während die meinen auf die Beschaffung und Zubereitung der weitgespannten Leinwand sinnen : unmöglich, Sie mit so gegenständlichen und, ich möchte bescheiden sagen, niederen Aufgaben zu belasten : der Künstler gebiete der Materie und befehle dem fügsamen Stoff : nichts Schnödes und Ödes dringe in seine Kammer : kein widriges Geschäft, das ihm die Eingebung wirrt : und schon gar nicht das garstige Lied, das leider! mir zu singen gelegentlich obliegt – ah ja, Musik! : was soll uns jetzt erschallen? : ich möchte, zum Gedächtnis meiner gelungenen Pilgerfahrt, eine getragene Weise wählen : bewundern Sie die Technik : nur ein Knopfdruck – und meisterliche Klänge stehn bereit, dem lauschenden Ohr zu schmeicheln : nun, was ist's? : Pietro Mascagni – Lyrische Vision beim Anblick der Statue der heiligen Teresa von Bernini in der Kirche Santa Maria della Vittoria in Rom, Andante un poco sostenuto, mit freundlicher Genehmigung des Verlags Bote & Bock : ich bin ein Liebhaber der Tonkunst – viele tanzen nach meinem Pfeifen : obschon ich gestehen muß, daß sich mit eben diesem Werk die mißliche Erinnerung an eine Niederlage meines sonst schwerlich begrenzten Einflusses verbindet : habe ich schon erzählt, daß meinem auch Ihnen dienstbar gewesenen Adlatus und Chauffeur, just als mir nämliche Musik jüngst erklang, in der Vatikanstadt für verbotswidriges Abstellen meines Pilgerfahrzeugs fünf Ave Maria auferlegt worden sind? : Sie blicken grämlich – ja, gequält – was ist? : ah, ich vergesse mich – der Hunger – leicht zu stillen : indem wir jetzt zu der von mir bereits erwähnten, jedoch durch, muß ich sagen, Ihre eigene Schuld zurückgetretenen grandiosen Nachspeise gelangen – Sie : sind bereits gesättigt? – mäbada! : Katkuta – das zarte Küken : unter Begießung mit Rosenöl aus Schiras über einem Feuer aus hundertjähriger Palmenholzkohle geröstet : welch ein Genuß – er stimmt mich fromm und froh : fast fühle ich mich versucht, ein Tischgebet zu sprechen : Unser heutiges Brot gib uns täglich! : kaum zu glauben, daß ausgerechnet diese begnadete Rezeptur ihrem Schöpfer ein so klägliches Ende bescherte : indem er nämlich, nachdem es ihm unterlaufen war, ein durch die Mißgunst seiner Leib- und Magensklavin vertauschtes, mit ranzigem Kokosöl gefülltes Fläschchen zu verwenden, selber mit ranzigem Öle überschüttet und auf einem Feuer aus Kameldung dem Tode zubereitet wurde – auf Befehl des entsetzten Beherrschers, des Lichtes der Welt : nun, uns soll dies, nach derart mehreren hundert Jahren, den Appetit nicht verkümmern : Mitgefühl verdirbt das Herz : die Magenfreude aber ist dem Mut erhebend : was? – jetzt schon? sicher, Sie vermuten recht : mein Arbeitszimmer soll Stätte dieses lang erwünschten Vorgangs sein : ich eile, die – was, meine – was nicht gar : meine Garderobe –? : *aber der dünne Scherz hielt ihn diesmal keinen Augenblick mehr auf – er : stieß den Tisch vor sich weg : überließ die Reste auf den Tellern mit einer Handbewegung der sich mächtig erhebenden Dogge : und riß mich mit sich – an gepackter – die*

Zustimmung? Beifall? : ein sehr matter Ausdruck für den Enthusiasmus, der mich erfaßt hat – wie stets nach der Lektüre Ihrer werten Schriften : ein gleich mehrere Epochen machendes Werk –: wenn ich den erhabenen Grundgedanken recht gefaßt habe, halten Sie die Humanität für eine Erwerbung, welche dem Menschen nicht wohlgetan hat und seinem Unternehmungsgeiste hinderlich im Wege steht : wie wahr, wie wahr! : Ihr Wort ist meine Tat : wir werden den Anfang einer neuen Zeitrechnung setzen : die Zeit der Entfremdung zwischen Kultur und Politik geht zu Ende : die erstere erfasse in großer Gesinnung, mit jenem autonomen Ethos, welches Sie uns gepredigt, die Hand des Staates und werde – was? : ah, sicher – meine Brille : bereits entbehrt, doch in den besten Händen : Sie haben hindurchgeblickt? : in ihr vereinigen sich dem Auge so gut wie sämtliche Aspekte : der poly – was? : politische – wohl, auch : der Mensch ist das bekannte Zoon, welches –: *jetzt! : in seine schon beginnende Ermattung : und Punkt für Punkt nach dem vorbereiteten Konzept : die Legalität – die er in –:* aber gewiß : nachdem die nun, die Monarchie nunmehr abgeschafft ist und wir in einer Demagogie leben – hä! : Sie sehen in mir, wie ich hier vor Ihnen stehe, nicht nur eine juristische Person, sondern geradezu eine Körperschaft des öffentlichen Rechts, das ich jedoch als solche zu – nunja : jedenfalls werden Sie schon bald am eigenen Leibe spüren, wie bekömmlich die Vertretung unseres Volkes dem Vertretenden ist : alle Gewalt geht von demselben aus : ein ehernes Energie-Gefäß, von dessen Brodeln man nicht genugsam schöpfen kann : der Rahm der frommen Denkungsart hat in diesem Lande Zeiten des allerhöchsten Fettgehaltes vor sich, und davon wollen wir uns nähren und laben : was Ihre Erkundigung im Sinne einer freudigen Bejahung – oder? : was oder – sind Sie etwa gegen die : Demokratie? : die –: *Herrschaft der Schwachen Frauen und Unwissenden Weiber – wieso fiel mir denn das auf einmal ein? : von weither – sehr verwirrend : so daß sein laues Funkeln fast wieder die Oberhand gewann – nein, im Moment : bin ich nur sehr noch gegen die Kratie dieses Demos speziell – ich –:* leider nur zu wahr : eine wenig gesittete Nation von geradezu quadrupedischem Benehmen : welche als Bewohnerschaft eines Landes, in dem die Sonne zwar regelmäßig untergeht, aber nur unregelmäßig scheint, auch mit La Lumière ganz allgemein wenig Glück hat : doch soll dies unsern Patriotismus beileibe nicht erkälten : The people have nothing to do with the laws but to obey them – predigt uns Samuel Horsley, der bekannte Lobredner der Trinität und Schrecken der Unitaristen : wir dagegen wollen Gesetz-Geber sein : und ich hege begründete Hoffnung, Ihren recht eisigen Standpunkt, zum Deutschen könnten Sie selbst die verlockendsten Gerüchte nicht wieder machen, alsbald zum Schmelzen – wie? : in wessen – was? : *ins Ohr der Behörde, mein verehrter Herr : denn es ist nun einmal so, daß ich selber vor sechzehn Jahren dem Deutschen Reich die Zugehörigkeit aufgekündigt habe : und diesen sehr amtlichen Vorgang zu revidieren, ist mit Hindernissen verbunden, von denen –: das specksteinerne Gesicht hinter dem Tresen : auf Schreiben vom wird mitgeteilt : von wirrher – sehr erweiternd : ich bin zuversichtlich : daß Sie es –:* schon geschafft – ich bitte Sie! : Ihr Paßamt wird gleich morgen in der Frühe von einem meiner Winke erreicht werden : und schon am Nachmittag dürfte Ihrer glücklichen, auch mich beglückenden Rückkehr in den Schooß Ihres Mutterlandes nichts mehr widerstehen : ja, nur ein Wort von Ihnen, und der betreffende Beamte selbst wird in Person vor Ihnen erscheinen, um Ihren Speichel zu lecken : machen Sie nur die Probe darauf, was ich vermag : es ist dies hier, wahrhaftigen Gotts, das Allergeringste, und wenn Sie weiter nichts – nichts : wirklich nichts –? : *und auf einmal fühlbar stärker irritiert noch als zuvor – was : hatte ich denn gesagt? : kaum mehr als winzige Sätze : wachsende Einübungen des Unterbrechens – der Überwältigung? : mein Kopf wie torkelnd – überwellt – behallt : von hirnher – wirr erheiternd : wie er so – vor mir, nein, ich vor ihm : Lärm? Lachen? : nein, wirklich nichts : kaum mehr als – Kaufen? : hatte er Kaufen gesagt? : oder hatte ich selber : gefragt ge – ob er ge –: unklar alles – Leere :– aber wieso eigentlich nicht? : daß Beamte als unbestechlich gelten, ist ja sicher ein –:* nicht doch, ein häßlich Wort – ich darf sehr bitten! : meine Aufwendung besteht lediglich darin, daß ich den Hörer des Fernsprechapparates hebe : meine Stimme reicht weit – und wird allerorten dienstfertig vernommen : und gar erst im Vereine mit der Ihren – ah, Freund, wir werden ein Schallereignis in die Welt bringen, von welchem derselben die Ohren übergehen sollen : ich höre es bereits vor meinem inneren –: *vor seinem anderen – seinem wölfischen Lachen : was habe ich dir gesagt, wie einfach das geht : ich kaufe mir die, jawohl, euch kaufe ich mir noch, hab ich zu denen gesagt : na und, was hab ich gemacht – ich hab – ich habe –: gar nicht begriffen, was er – in dem ganzen Lärm : seines unablässigen Schenkelschlagens – seiner sich und uns überschlagenden Stimme : und weiter nichts –? : den Krempel – alles was du willst : am besten gleich das ganze Ministerium obendrauf : alles ist käuflich, was hab – he, hierher! – man muß nur Geld, nichts weiter als Geld muß man, merk dir das, Bengel, und wenn ich noch mehr davon – kaufe ich dir sogar den Ka ufe ich dir – sogar den Ka den – ah, den – ich – ich –:* Ich? : stets Ihnen untergeben, wie es sich geziemt : der Deuteragonist – devot, doch tätig : beziehungsweise, musikalisch gesprochen, die Subdominante unserer sich nunmehr prästabilierenden Harmonie : eines kompositorisch ungemein geschickten Jubelwerks von allerschönstem Einklang, welches ich –: *sehr fern jetzt – fetzenhaft : wie eine dünn verschlissene Decke von Schall über einem sehr dunklen Schimmer : in dem sich meine sämtlichen Sinne verloren – ich : sprach mit schwankenden Augen über ihn weg : mit schwachen – sprang mit : nein, ich sprang nur mit den Ohren weg über ihn : über sein unablässig sprühend gespreiztes Reden – ich : sagte kaum mehr als Sätze – leichter ist's : den gesamten Erdball mit den Waffen in der Hand zu erobern : als sich die Köpfe einer einzigen Stadt unterwürfig zu machen –: einmal, winzig – als letzte Widerwehr : Rest meiner Skepsis gegen – aber gegen denn was –? : er warf mir auch gleich die Quelle hin – als sei der Satz damit ins bloß Historische erledigt : sein ganzes Gesicht gerümpft – als apportiere er eine unendliche Bagatelle : treuherzig hündisch und Triumph zugleich –:* Geschäftsmann? : nun, nun, Unternehmensführer : auch Banken – wartend meines Winks : blühende Industrien : schier ungezählte Werke, welche Arbeit geben –: *und immer weiter weiter, Schall auf Schall : hirnwirr versteckend erstickend – alles deckend : und keins seiner Worte gab auch nur Spuren preis von dem, was es befragt besagte : war auch zu schlecht – war : immer schlechter zu verstehen war : in seiner Schlechtigkeit nicht zu – nicht – war nicht : war schlicht ein nur noch raschelndes Geräusch : vertuschend tuschelnd – witzelnd – lasch betatzend, was ich zuletzt –: aber auch das nicht mehr – ich : habe zuletzt wohl gar nichts mehr gefragt : mein Zettelkonzept – ja, war mir nicht mehr lesbar : die Korrektur der Statuten – die Sperrung der Mitgliedschaft im Fall von – war mir : fiel mir nicht mehr ein : verschwamm mir vor den – in – verwimmelte : in meiner Ohrenhörigkeit – unmeiner – seiner : in seiner alles überschwemmenden – Den –: un in Undenkbarkeit – zwischen den bis zum Reißen überdehnten Sehkun – ich : kannte ihn n ich : konnte ihn – zwischen den bis zum Rasen übertönten – nicht, Stunden – nicht – – nicht*

später in der Nacht –: wir saßen in seiner Bibliothek – in rötlich gedämpftem Licht : und wohl nach mehreren Stunden – in denen ich ihm mit wahrhaft letzten Kräften entrissen hatte, was mir an Antworten – Information –: ich weiß nicht mehr, was alles : saß dann dösend : in einem Schaukelstuhl, der ihn in langsamem Wechsel über mich hob – und wieder unter mir ließ – ich : konnte ihn deutlich sehen : unweit am Tisch : im Schlafrock jetzt und mit einer kanadischen Tuque : die eine Hand über Papieren – mit unternehmend winkendem Federhalter : die andere wies auf dampfenden Kaffee –: ich stand – ich ging sehr langsam an den Bücherreihen –

Aber gewiß doch! *: der Bach-Text :* warum nicht? : er wird unserer Tätigkeit den Schönen Schein der Kunstpflege verleihen : als wuchtiges Präludium pro organo pleno – hatten Sie schon Gelegenheit, meine Krawatte zu betrachten? : *Faksimile des h-moll : Amerika :* nun, sicher, es gibt Länder, in welchen der Geschmack durchaus geringeren Unbilden ausgesetzt ist : fast möchte ich mich nun der eigenen Bekleidung genieren : ich wählte sie in Würdigung der Gemütlichkeit, in der unser geselliger Abend zu Ende geht : will aber gern – was könnte Sie erfreuen? : Wilhelm der Zweite, Imperator und Rex, dessen Regiment meine Geburt sah, kleidete sich zur Aufführung des Fliegenden Holländer in die Uniform eines Admirals : ein Mann von seltenem Gusto, den wir wiederhaben sollten – dürfte ich nun? : *mir näher mit dem Papier : gleich – nur Geduld :* Sie haben tausend Mal recht! : auch ich verehre das mündliche Wort begeistert – möchte jedoch hier diese eine Abmachung gern beurkundet wissen : vielleicht zuvor noch – hier, Kaffee zur Stärkung : ich hoffe sehr, daß Ihr Erbleichen ein vorübergehendes war : oder Musik? – alsbald! : *huschte er langsamer? : mit schwerem –:* Seid umschlungen, Millionen : Walzer von Strauß dem Sohn : ah, köstlich, ja : mich übermannen volkstümliche Gefühle : wie klingt uns dies symbolisch, ja gleichnishaft : wobei ich freilich – bescheiden, doch unüberhörbar – anmerken möchte, daß wir auch jene Millionen schon bald nach Hunderten rechnen werden : mein hochverehrter Herr, Sie ahnen nicht im entferntesten, welches Ziel und Ende mir am Horizont meines Weitblicks vorschwebt : und Ihr skeptisches Auge müßte mir durchaus zur Kränkung gereichen, wäre mir nicht gegenwärtig, daß aus ihm die Erfahrenheiten eines Daseins sprechen, welches durch nur wenige Erfolge rosig gemacht wurde : ah, ganz recht – ganz : *doch nicht : eher wie wimmelnd auf einmal : oszillierend :* recht! – schon wandeln Sie auf meinen Gedankenpfaden : und ich möchte in diesem Zusammenhang nur rasch unseren Schöpfer zitieren, von welchem höchstselbst die Aufforderung stammt, uns die Erde untertan zu machen : es soll geschehen, wenn auch mit Bedacht : wir wollen voll zunächst nur unser Vaterland beglücken, ehe wir unser Wirken auf die umliegenden Völkerschaften ausdehnen und unserer Gesellschaft den internationalen Namen verdienen : ja, eines Tages – wie? : warum denn nicht? : *gar die Delegation der Staatsführung an die Philsophie? :* nur immer zu : mich beflügelt platonisches Gedankengut : und gerade unser hiesiges Volk ist im Moment ganz außerordentlich empfänglich für feinsinnige Gedanken : dieselben werden ihm von Ihnen kommen, indessen ich zur Mobilmachung seiner außergedanklichen Kräfte schreite, welche zurzeit aufgrund des enttäuschenden Ausgangs ihrer letzten Betätigung zwar beklagenswert geschwächt sind, doch nur der Erweckung harren : Sie glauben ja gar nicht, was da alles – was? : *die Bücher – die : Scharade meiner Imitation :* Sir Walter Scott, der bekannte Sheriff von Selkirkshire : ein kräftiger Mann, dem ich für manche Zerstreuung meiner allerdings nunmehr zurückliegenden Jugend verbunden bin : haben Sie selbst ihn nicht ein scharfes Genie genannt? : in wiederholender Anwendung freilich eines seiner eigenen, höchst remarkablen Ausdrücke, welchen auf auch noch andere Persönlichkeiten umzumünzen leicht Anlaß kommen mag : doch erst in Zukunft, wenn ich bitten darf : für jetzt sei mir gestattet, Ihr Augenmerk zu anderen Papieren abzuziehen – was greifen Sie? : *my alternative country : das ganze neunzehnte Jahrhundert :* ein ungemein sicherer Griff – Coleridge's Wallenstein : mit zahlreichen Zutaten des darob zu Unrecht getadelten Traduktors, von welchen diese Ausgabe sogar noch das Unikat einer handschriftlichen desselben birgt : ein wahrlich genugsam rares Stück und mir teuer : ich bin ein Verehrer des vielbesungenen Feldherrn, dessen geheimste Gedanken den meinen verbrüdert sind : *unedel und kalt : ein schwungloses Kolleg in Historie :* wußten Sie schon, daß diese werte Edition von ihrem stumpfsinnigen Verleger zum Altpapier gegeben wurde? : ein von den Musen gemiedener Tropf und Trauerbart, aus dessen gierigem Dasein ich Ihnen gern das eine oder auch andere –: doch wie gesagt, erst künftig, mit Verlaub : wir wollen uns für jetzt doch mit zusammengefaßter Konzentration –: mein sehr verehrter Herr, Sie entlaufen meiner Gedankenwelt : ich möchte Sie allersubmissest um größere geistige Nähe bitten : die Zeit geht uns dahin – es wird in Kürze schon dämmern, und meine – nun, ich – dürfte ich nun wirklich –? : *doch bleicher – sein mir nachwankendes Gesicht –: die anstoßende Galerie :* wohl, wohl – hier läßt sich weiden – sei es denn : mein Labsaal und Vergnügzimmer : heiter die Kunst : zur linken Hand erblicken Sie meine höchsteigenen Schöpfungen als Freitagsmaler : Damen en bloc wie en detail – das weibliche Geschlecht ist der Lieblingsgegenstand meines Pinsels : doch darf ich nun – ein andermal – recht wahr : ein ausgesprochenes Brustbild, dessen Betrachtung mir schon in vielen schlaffen Lebenslagen Auftrieb gegeben hat : wozu ich in gebotener Kürze noch anmerken möchte, daß sich – was haben Sie? – sich auch das Original : in meinem Besitz befindet – fin – befinden : Sie sich nicht wohl –? : *das Bild das : Bild von – er : zog mich v er : zerrte mich – mir –:* Finsternis! : ein jäher Kurzschluß – der uns allerdings nicht weiter molestieren soll : folgen Sie mir nur zum kerzenreichen Tisch zurück, wo unser nun eine entscheidende Aufgabe wartet : ich möchte vorschlagen, daß Sie das von mir bereitgelegte und wie auch alles sonst wohlpräparierte Werkzeug mit rüstiger Hand ergreifen : wenn's konveniert – ich bitte : oder noch einmal Kaffee? : die Nacht war lang, und Sie bieten einen leicht überanstrengten Anblick : *das eine Bild, mit dem ich nie –: war – ist –: mit ihren Augen – fühle mit –:* wie ich vernehme, ist einem Ihrer Mitbewohner im Hohen Hause das Lebenslicht erloschen : und mich erfaßt die nachträglichste Besorgnis : Sie werden doch – obschon an jenem Vorgang : die ewige Gerechtigkeit – ja, des Allmächtigen Rache : mitgewir – ist – war ist war – nun, war Ihnen : sein durchaus unwürdiger Lebensgang bekannt? : nicht doch – Sie müssen nicht – sehr kleingedruckt : ich –: *zwischen der Gesellschaft für – vertreten durch –: gehetzt – verworren :* Kröker – wie es sich trifft : mir merklich geblieben durch den Umstand daß : schier gleichen Namens mit : zu Jena einst – Der wohl anführende Mahler, welcher – ah! : mein Lehrmeister und Anleiter – Johann Melchior : zu Erfurt Candidat der Medicin, woselbst ich – das heißt er : er – werther Herr : ich bitte doch, die Tasse mit Fürsicht zum Munde zu heben : Aalporzellan – der fast der nämlichen Zeit : einundzwanzigste Dynastie – Mandschu, auch Tsing : vom Hof des Himmelsherrn selbst – Kaotsung-schün : auch Khian-lung – ich : habe – war – wo war ich? : Sie müssen nun wirklich nicht –: *durch den allein : geschäftsführenden Sekretär : Herrn Dr. F.A. – heißen Sie : Felix Adam –? :* bewahre Gott – das heißt, Verzeihung, nein : das Licht ist schlecht – nein, Johann Melchior : welcher curiöse Liebhaber lehret, wie man sich : zur Mahlerey zubereiten : mit Öl-Farben umgehen : Gründe, Fürnisse und andere darzu nöthige Sachen verfertigen : die Gemählde geschickt auszieren : vergülden, versilbern, accurat lacquiren – geht es? : geht's –? : *während ich unterschrieb : in rotem Dunkel –:* und saubere Kupffer-Stiche ausarbeiten solle : genug – ah, endlich! – herrlich! – spät gelungen! : ergriffenen Dank – Sie sehen mich froh bewegt : es drängt mich, einen Freudenbecher zu leeren : doch eile ich, ans Werk zu gehen, und : darf Sie um Ihre schleunige verständnis : volle Entwarnung – fernung – fernerer –: *blies Kerzen – drückte : der Chauffeur : Musik : dickfelliger Feldmarschschall :* würde mich hemmen – fernerer Verzug : um Ihre schleimige Endfirnung bitten : für nis und Widernis für Ungott wer : Sie wehren hören unsre Hörschaft für : wird für und für währ worden schon : Unbilde von mir herren : harren in Bäl : de von

die Rückfahrt dumpf – ich : schlief fast die ganze Zeit : und der Chauffeur blieb stumm wie eine bloße Funktion : saß böse unbewegt : und nur einmal, an einem Kreuzweg, zeigte er Unsicherheit, drehte sich halb, schien etwas fragen zu wollen – und ließ es dann doch : wir hatten uns wohl verfahren – fremdes Dorfgelichter : im Dämmern ein ältliches Schloß – ein : Feld voller Kreuze : auch Wald – versickernd im Nebel –: großer Gong des Winds –

es wird mir alles zuviel in seiner Undeutlichkeit –: dies huschend raschelnde Hantieren im Tausenderlei, dem immer mehr hinzukommt : Nebel aus Sachen – Qualm – wie Gas wie : atembenehmend : die ganze Umwelt hat die ganze Umwelt : hat etwas Erstickendes angenommen : zersetzt mir meine Stille – nein, verstopft sie : mit Myriaden von kleinsten schwebenden Teilchen –: der Kopfschmerz wohl daher auch : die ganze Woche schon – und migränehaft wie nie – ich : bin wie von innen angesteckt : wie irgendwo tief erkrankt : und werde nicht damit fertig : kann auch kaum arbeiten : kann auch kaum denken : das heißt – nichts ausden – nichts mir nichts zu Ende – aus all den –: habe jetzt jeden Morgen eine volle Stunde gebraucht – Konzentration und Selbst-Bewußtsein – um die bohrende Quälerei hinter dem linken Auge zu vertreiben : und war danach doch nur wie leer wie nichts : wie nichtig Un-Ich – nachtig – selbst unselbst : durchtuschelt von Kram, von krampfhaft wimmelnden Stimmen, von stumpfem Dümmeln, Stammeln, von – von : dumm von – stumm

der alte Mann, der tot ist – was hat er gesagt? : Galland – Gerechtigkeit – ja, des Allmächtigen Rache : und etwas von Unwürdigem Lebensgang – was in seinem Munde ein starkes Stück Ausdruck ist : was sollte es ausdrücken –? : Verbrechen zuletzt? – die Finger in allen dreckigen Geschäften, die sich nur denken ließen –: ich habe ihn nicht gekannt – das schlurfende, murmelnde Etwas : tief hinten unter mir : und längst schon ohne – aber ohne denn welches Schicksal? :– alles verrückt : und sein Allwissensgetue – Gs – desgleichen : gespreizt und albern : hirnabdumpfender Quatsch :– aber Kröker hat er tatsächlich geheißen – und zumindest J.M. : die Alte sagte es eben : und also hat er – G – ihn geka ge : aber wohl kaum ihn selbst : als Kröker, Schicksal, unwürdigen Lebensgang –: aber wenn nicht ihn selbst – als was denn dann? : ihn unten hinter mir – murrend und scharrend : ge ausgekundschaftet – als unter mir? : gar *mich* in ihm? – aus unerfindlichen Gründen : bespitzelt mich *durch* ihn? : bespitzeln lassen –? : ist alles ganz

sein Allmachtsgetue auch : gespreizt, verrückt – und mit doch etwas dahinter, was sich als bloße Albernheit wahrhaftig nicht abtun läßt – und mich manchmal geradezu ängstigt, dunkel wie es mir bleibt –: der Paß kam tatsächlich am Dienstag, nachmittags um vier – von einem Amtsrat in Person überbracht – und ganz wie er's angekündigt hatte : »Ich bitte, freundlichst den Verzug – Verzeihung –« : auch eine bloße Funktion, ein : knetgummihaftes Gesicht – um eine Tote Seele : »Also hat man Ihnen von München ein bißchen Eile gemacht –« sagte ich mürrisch – und brachte auch diesmal wieder keine größere Schärfe zusammen –: »Nein, nein, von Bonn, von : dem Herrn Innenminister –« sagte er – nicht ohne eine knappe Verbeugung auf dem siebten Wort

»– die Weisung ist schon vor 14 Tagen eingetroffen : doch hatten wir sie – Sie verstehen bitte –« : und ich winkte ihn mit einem Kopfnicken weg, zu jedem Verständnis bereit für den sich selbst verwaltenden Knecht : der ja mit Sicherheit inzwischen einen Bericht über den Vorgang an seinen Weisungs-Geber aufgesetzt hat – und eine Aktennotiz für den höchsteigenen Gebrauch dazu – die dann in hundert Jahren vielleicht zusammen mit ihresähnlichen durch einen gesonderten Verwaltungsakt und nach diplomatischer Abschriftnahme skartiert wird –: Untergebener von Deutschen zu sein, gehört fraglos immer noch zu den besonders widerlichen Schicksalsschlägen : aber wenn es nicht weniger widerlich wäre, ihr Vorgesetzter zu werden : bliebe am Ende tatsächlich nur übrig – Deutscher zu sein –? : eine gräßliche Alternative – ich : sah mir das pompöse Pappheftchen gar nicht an : tat's in den schwarzen Aktenkoffer, der immer noch auf dem Tisch liegt : weg zu dem Geld, das immer –: aber wieso denn vor 14 Tagen schon? – also noch vor Ostern : also noch vor

und ich muß jetzt wirklich aufpassen, daß mir nicht alles ineinanderwuchert – die Ur-Sache in die bloße Wirkung – wir : sind auch bei W gewesen inzwischen, in Nürnberg : und das war ja nun wirklich *nach*her – jetzt am Sonntag : der Schock der Geschichte mit Padang, die mir die Sinne noch turbulenter gemacht hat als jene andere, vielleicht ebenso nichtige Geschichte zwischen ihr und ihm – und die seither mit ihm und ihr zugleich unter einer dichten Decke von Lähmung verschwunden ist : könnte also leicht eine sensorische Fortwirkung sein : ein bloßes Verbindungsgespinst der überreizten Sinne – was hat er, G, ge – hatte er gesagt? : das Halstuch eines Ihnen nicht nur geistig, sondern auch leiblich nahestehenden sächsischen Dichter, dessen Namen und Geschick ich füglich – verkürzenderweise – übergehen kann : nur um dann wieder zu endlosen Antiquarien übergehen zu können : alles verrückt – verstopfende Schwebeteilchen : flüchtig gewölbte Luftgebilde – was hat er –? : das mit Madeleine – ich : hab mit ihr doch nicht – doch keinen So

fast kindlich – W – in seiner Geschamigkeit : weil er – vor einer Schlange von Gestalt –: aber ich bin jetzt selber wie gelähmt davor : kann's nicht in Ruhe festhalten – nicht beschreiben : später vielleicht, wenn's unverflüchtigt geblieben ist :– nur jene eine Frage, die ich auch ihm : vorstellen, daß ich – Ehrgeiz – daß ich ernstlich : mit dem Gedanken, mich demnächst von – mit : ›Herr Präsident‹ –? : und er sah mich nur einen Moment lang unsicher an – und schüttelte dann den Kopf : »Nein, ganz bestimmt nicht – Sie? : das kann ich mir im Leben nicht denken –« und machte ein derart erfahrenes Gesicht dabei, als hätte er das ganze Leben schon zur Verfügung – in seinen paar Jahren – ich : hab aber nicht gelacht – ich war ihm auf einmal ganz ähnlich : »– höchstens als Mittel zum Zweck – zu einem ganz anderen –« sagte ich – sagte er noch :

»Ich –« ich – dann noch später »–brauch's nur, um jemanden – etwas – nicht zu verlieren –« und verlor mich verstummt in meine Bedrücktheit, die ich mit nie : Geheimnis in fremde Hände – das ich mit niemandem

als sie um Geld bat – fragte –: damit fing es an – und schon *vor* meinem – vor Ostern : »– bloß bis Monatsende –« : und eben ja nicht – dumme Frage : ob sie mit dem Volksblatt-Salär denn nicht auskommen könnte : »Auskommen –? : ja, wenn ich von Wasser und Brot leben will, dann vielleicht –« : wäre es möglich, daß sie – nicht von – während –: und ich saß ziemlich finster entgeistert, während sie sich immer spöttischer erbitterte : »– das könnte diesem kulturbetriebsamen Pack so passen : daß man aus lauter Freude darüber, daß es sich manchmal noch Bilder anzuschauen geruht, auf alles übrige verzichtet, was ihm selber viel mehr bedeutet –« : und länger so noch weiter in der alten Litanei : wütend im Recht – und wütend, daß sie rechtlos blieb im Recht : »– ah, nein – ich will leben – leben –! und jetzt –!« : mit wild geworfenen Haaren : und ich ließ mich wieder so lange von ihr bannen, bis es fast richtig klang : hellstimmig stimmend : Arbeit zu Geld – damit aus dem Geld dann Arbeit –: aber es war etwas Falsches darin, das ich hörte und wieder verloren habe : »– Leben zu Geld machen, damit aus dem –« : so vielleicht auch – ich : weiß es wirklich nicht mehr : ich war nur momentlang erschrocken – verstört von dem Unterklang, den es hatte – ich : hatte

»Ich habe –«

sagte ich »– in München ein Bild von Ihnen gesehen –« : nur um sie abzulenken – es : war mir herausgefahren, ehe ich's mich versah : »Soso – von mir –« : das Unklare doppelt betonend : und wir gingen eine ganze Weile wie jäh getrennt – abwesend jeder bei sich : wichen umständlich Pfützen aus – spritzenden Wagen –: »– kann durchaus sein – warum nicht?« sagte sie : nach einiger Zeit »– ich kenn da verschiedene Leute –« und ging irgendwie verstockt : mutwillig dunkel verstörend : Mäzene – sehr reiche Erwerber – das Original in meinem Besitz –: »– wer *was* –?!« : wer sie denn unterhalte – die sehr gröbliche Frage : und nur mit dem gewählteren Wort vertuscht : »– also jetzt machen Sie bloß kein Gesicht, wie wenn Sie sich moralisch entrüsten wollten, mein Lieber –« und lachte schwebend – abseits – ohne Teil an mir und an meiner Verstörtheit »– nur weil ich gesagt hab, ich würde bei keinem Mann bleiben, der mich nicht aus nicht unter – nun, erhalten –?« kann – könnte –: gebückt – in der Hocke : spielend mit einer

Murmel : sah schief zu mir auf »– aber Sie machen ja wirklich –« und sprang jäh hoch, wie entschlossen, und klopfte mir mit der flachen Hand vor die Stirn : »– Sie Dummkopf – ach Sie Dummkopf : was denken Sie sich für Sachen! : gar nichts – bloß – bloß mein Bruder, der mich etwas unterstützt –« und offenbar nicht genügend – ich : brachte mich mit Gewalt – riß mich –: Geld, Geld : die Ur-Sache überhaupt : für all meine bodenlosen Entschlüsse : für jenen wie diesen jetzt auch, den ich wie ein – ja, wie? : wie eine alte Schuld – wie –: »– aber jetzt : erzählen Sie mir lieber mal, wie –« was? : wie *was* war –? : weiß nicht – ich bin

lauter

Fragmente – ich : war auf dem ganzen Spaziergang so verirrt in den finstersten Gefühlen, daß die Worte keine Ordnung mehr machen : ich weiß nicht mehr, was sie sagte : habe nur Splitter gehört : und ihre Augen gesehen – die mich wie lauernd, versuchend –: erst dann im Hain, wo es kalt war : kamen wir wieder zusammen : »Was sehn Sie mich denn so an – so –« : wie denn? auf der Bank an der Regnitz : Stockzeichen malend im Sand : »– so irgendwie komisch – find ich : wie gar nicht mich –« nicht sie : vergüldet – versilbert – accurat lacquirt : »Entschuldigung –« sagte ich schwankend »– ich hab Sie mir : nur eben vorgestellt – in einer Laube –« : erwirkte Flüchtigkeit : und ich schrak ganz fürchterlich aus mir heraus, als sie schallend die Hände zusammenschlug : »Na und? – wie seh ich aus –?« : sehr schön – sehr barfuß –: wegwischende Redensarten : wie eine alte Schuld : »Sie – sind eine große Versuchung –« später noch – und eher zerstreut : »Für Sie –?« : und ich redete Unsinn : ich weiß es eben nicht – ich : weiß eben das – nicht – nicht

»–mir lieber mal, wie es war –« : erst

Tage nachher : nach München – und über München : und erst nachdem ich selber mit keiner Silbe –: »Ich habe –« hab ich gesagt »– sehr curiös gegessen – wie lange nicht mehr – es : war überhaupt – wie –« nie wie : lange nie mehr –: und dann zog ich alles ins Närrische, was mir doch gar nicht närrisch war, und produzierte mich mit einer feixenden Imitation : »– Katkuta – das zarte Küken : unter Begießung mit Rosenöl aus Schiras über einem Feuer aus hundertjähriger Palmenholzkohle geröstet : welch ein Genuß – unser heutiges Brot gib uns täglich –: doch ein klägliches Ende – durch die Mißgunst seiner Leib- und Magensklavin : vertauscht – überschüttet – dem Tode zubereitet auf Befehl –« : bis sie mich schließlich mit offenem Mund anstarrte : »Das ist ja : unwahrscheinlich –« wahr und Schein »– was alles in Ihnen drinsteckt – also Sie sind : ja der reinste Stimmenimitator – ich bin –« *was?* »– jetzt richtiggehend erschrocken – kenn Sie gar nicht so –« : mich nicht – wie ich nicht sie : wie sie nicht ihn –? : und mir wucherte wieder alles ineinander – zum Bruchteil eines Schocks : »Solange Sie –« vertauscht »– das Original noch nicht kennen : sollten Sie mit dem Applaus für die Kopie lieber zurückhaltend sein –« : mit Mühe so hingesagt – ihr nur vor mich hin : ins Abgewandte, wo sie bei sich war : »– aber wenn Sie wollen, kann er Ihnen bald auch in Person bekannt werden –« der Redensartist – der allein geschäftsführende Sekretär – »– er will sich schon nächstertage wieder sehen lassen, auf einen längeren Abend, um mir angeblich hochdiskrete Papiere zu überbringen –: wolln Sie dabei sein –?« : wieder in Finsternis – des längeren Abends selbst – meiner bodenlosen Gefühle –: »Ich bin –« sie : nicht mehr wäre? »– bei allem dabei, was Sie wollen –« sagte sie irgendwoher »– Herr Präsident –« und kam mir aus dem Dunkel auf einmal so nahe, daß mir – und wieder mit Triumph? : Gewalt und Absicht : und hängte sich so bei mir ein, daß mir der Atem kurz wurde – und ich selbst, vor einer Schlange von Gestalt

bei mir : und mit endlicher Ruhe : über dem Thomaskirchhof-Blatt, das ihr schon weit gediehen ist – fast fertig –: »Aber nur fast –« sagte sie unwirsch – und wollte's mir gar nicht lassen »– der erste Zustand –« – so also nennt man das? : und ich habe ihr vielerlei Technisches abgefragt und vielerlei gelernt –: ihre Radierungskünste sind wirklich zum Erstaunen – und die Idee grandios : die Epochen wie Schichten zu synchronisieren : hinter dem großbarocken ›Kasten‹, wie die Leipziger später gesagt haben, dem Bau von 1732, grau schattenhaft das Schulhaus von 1553 – dahinter blaß, kaum sichtbar mehr, die Schola exterior des Stifts aus dem Mittelalter : »– und über das alles soll dann diese blöde Superintendentur kommen, von der Sie mir die Postkarte – hab ich mir gedacht –« mit völlig anderer Stimme : sachlich – professionell »– aber das hat noch Zeit – ich : brauch erst noch andere Sachen : zum Beispiel, was ist mit dem Brunnen? : wo stand er genau? : und was ist das für ein Getier – dies Gekritzel? : die Vorlage ist ja ein Dreck – erzählen Sie mal –« : der Steinerne Wasser-Kasten von 1722 : »Ach, das ist auch so ein Stückchen Kunst, dem kaum über 50 Jahre Lebensfrist beschieden war –« sagte ich abseits »– kaum mehr zu sehen – mir kaum erinnerlich : vom Rath erbaut – Senatus Lipsiensis : Aquas Has Salientes Hic Esse Curavit : als Steger Bürgermeister – warten Sie – Cos : die Inschrift lag abends im Schatten – also stadtwärts – Süd-Ost :

Consule Adriano Stegero : ein trocken gebildeter Mann – und nicht der schlechteste unter den Verwaltungsmagnaten : hat viel – auch für die *vor dem Peters-Thor – die Wasser-Kunst oder das Röhrhauß : allwo es in besondere Röhren abgetheilet und vollends in die Häuser* – ja, sofort : überall die gesundesten Quellen – vom frischesten was? *von den frischesten Wasser : und ist fast keine Gasse anzutreffen, auf welcher* – nun warten Sie doch – auf welcher man : nicht einige Brunnen – Bronnen – Borne – *Börner : antreffen solte – auf dem Naschmarckt – älter : mit Quatersteinen, wie er jetzo stehet : die schönen Zierathen und ausgehauenen Bilder – so Herculem mit einem Drachen vorstellen – insgleichen zu admiriren : nein, der nicht* – der vor der Thomasschule : war vorher ein simpler Trog : aus Holz – der *höltzerne Röhrkasten, welcher bei der Kirche – einen nicht geringen Übelstand – und der* dann noch eine Zeitlang neben dem neuen bestehen blieb : das können Sie auch bei Krügner – hier, den neuen *künstlich und zierlich erbaueten Springbrunnen : welcher in der Runde eine wohl façonirte Acht-Eck vorstellet und schön gemahlet ist : oben darauf ein aufgerichtet sitzendes Löwenbild, so mit der lincken Datze E.E. Raths Wappen, mit der rechten aber auf den Kopff eine Muschel hält, aus deren Mitten das Wasser aus Röhrgen in fünff Strahlen in die Höhe springet, und mit zerstreueten Tropfen wieder in die Muschel, und hieraus ferner durch verschiedene Rinnlein herunter in den Brunnen fället, mithin sowohl ein angenehmes Getöse denen Ohren, als auch eine Belustigung vor die Augen abgiebt : das habe ich viele Jahre – habe* – was? : nun – hat er, Bach, gut ein Vierteljahrhundert lang unter seinen Fenstern gehört : das zierliche Rauschen – und so etwas ist : manchmal – vielleicht – sogar : dann auch ein Ingrediens der Inspiration : und könnte in ihr wiederzufinden sein –: wird's Ihnen zu –?« : wieder zu ihrem wie angestrengt spähenden Gesicht : »Sie reden –« manchmal »– so, als hätten Sie : das alles selber gesehen – und das war doch alles –« vor Zeiten – einmal – meinen, aber meinen : und einmal sagte »Ich –« ich »– bin vielleicht –« viel älter, als ich alt bin »– manchmal –« als ich denke : habe ich das gesagt –? : ich hab's vielleicht ja wirklich alles gesehen – und auch schon einmal erzählt – ihr einmal beschrieben –: »– neinnein, mir gar nicht zuviel – ich möcht durchaus : gern sehen, was Sie sehen : bloß – es ist –« : und wir saßen dann ziemlich lange stumm, während sie notierte : »– es ist wahrhaftig keine Kleinigkeit : das auch für andere sichtbar zu machen, was Sie – wir –« nicht doch »– nicht –?« : für andere? : dies nicht, was ich – und nichts, was wir was

Regen : auf eine Weise endlos, daß einem uralt zumute wird : – aber wärmer ist es doch geworden, und Mäntel brauchten wir nicht : liefen verhakt unter dem Schirm, daß die Straße tanzte : silbergrau hell mit Veilchen –: das war gestern erst – mit der Alten unten an der Tür : »Schön –« heiser »– schaut das aus –« was? »– schaun Sie aus –« : mit der jähen Dialektfärbung, in die sie ganz selten gerät : und machte ein ganz ekelhaft verfallenes Gesicht dazu, als wäre ihr etwas gestorben : roch auch – schlecht : irgendein rübiger Dunst, der aus der Küche um sie herausquoll : »Relativ schön, Frau Simon –« oder hatte sie ›gut‹ –? : Wozzeck, Sie sind ein relativ guter Mensch – »– lauter vergilbte Reste –: wolln Sie noch weg?« : das handbreit blitzende Kattunkleid unter dem Ausgehmantel : sah elend lächerlich aus : machte das mich so wütend? : »Ach, bloß noch – ich dachte – ins Kino –« wie eine Frage : und sah dabei immerzu Lissy an – gar nicht mich »– man muß sich ein bißchen ablenken – stimmts, mein Fräulein?« : mit ›Königsliebe‹ im Lichtschau – mit ›Rosen in Tirol‹ im Apollo –: und dann kam ohne jeden Übergang die Geschichte von einer ›Heiliges-Herz-Kirche‹ in Pittsburgh, wo ein Geistlicher namens Coakley oder ähnlich seine Gemeinde eine ganze Nacht lang hatte durchbeten lassen, daß ›Rußland zum vernünftigen Einlenken bewogen werde‹ : und sie sah, die Alte, so pathetisch gedrückt dabei aus, als hätte sie die ganze Sorge um die Welterhaltung auf den Schultern – es : brachte mich sinnlos auf – und wir liefen ihr weg : »– nur zuviel Zeitung –« später – und immer noch wütend : ich kann's einfach nicht mehr vertragen, was – »– oder Sie –?« : was mich selber uralt macht – einsaugend endlos : und überhaupt nichts und niemanden mehr – »– außer Ihnen –« : hab ich das laut gesagt? : nicht laut genug : »Ablenkungs-Industrie –« rief sie tanzend – und längst davon weg »– na, ist das ein schönes Wort? – mir selber grad eingefallen –« und lief mir ein Stück voraus, um mir funkelnd entgegensehen zu können »– Sie schaun aber auch wirklich –« : wie denn? was? wie ich – »– Sieht man mir irgendwas an?« wie ich eckig unter der Nieselnässe dahergewandelt kam –: und sie schnitt mir eine blitzende Grimasse : »Mich vielleicht –« sie »– wie man mir Sie ansieht –« wie man »– die Alte : hat sehr scharfe Augen : haben Sie's nicht gemerkt –?« : was ich nicht merken wollte – und nicht will – und was doch sie –: »– dabei könnten Sie glatt ihr Sohn sein – so wie Sie –« : ich – jünger, als ich denke – als ich jung war : alles verrückt : flüchtig gewölbte Luft

»Wo haben Sie das denn her –?« : als mir ganz plötzlich – ich : war herumgefahren wie ein Narr, als der feine Laugengeruch so plötzlich auf mich zugeschwebt kam, und die große bläuliche Seifenblase platzte mitten auf meinem Gesicht : »Hab ich mir heute gekauft – nur so zum Spielen : ich hab das als Kind gehabt : fand ich immer sehr lustig –« und tauchte den gerändelten Ring wieder in das Schraubtöpfchen und blies : und lachte mich klirrend aus, wie ich wegwich vor den gläsern auf mich zutappenden Kugeln : »– ist gar nicht einfach, sie so groß zu kriegen –« : und ich saß ihr überhaupt wie ausgewichen in der Sofaecke gegenüber : matt lehnend – meiner selbst müde : und auch um ihr nicht dauernd auf den hochgezogenen Beinen herumstarren zu müssen : »– haben Sie eigentlich Kinder –?« ohne Übergang : mit Laune sprunghaft »– na, so sicher nein –? : auch keine unfreiwilligen –?« so sicher – ja : aber es hatte viel mehr Gewicht als eine bloße Kapriole der Neugier – und wurde schwerfällig noch im schwirrenden Ausdruck selbst – »– ich möcht nie welche – bffrrr –!« und ein Laut von Abscheu, der ihr das ganze Gesicht verzerrte –: darüber schob ich dann wieder brettsteif meine Prinzipialität : »Solange mir die Wissenschaften nicht beweisen, daß meine Art durch andere Umwelt-Konstellationen änderbar wäre, habe ich mehrere Günde, mich nicht zu duplizieren – gar zu vervielfältigen –« : mein Unglück nicht – und nicht mein die Welt nur störendes Glück –: und damit ging mir der ganze Rest des Abends in Stücke : Donnerstag – sackte mir weg : in immer dumpfere Trübheit : und ich verschwand bald

und ich kann ihren Enthusiasmus auch nicht mehr vertragen : die ungetrübte Beschwingtheit, mit der sie mir meine Zukunft einredet : mein »Wirken« – »– Chancen –« – »– eine Karriere –« : »– damals in Frankfurt : hab ich keine blasse Ahnung gehabt, wer Sie waren : auch nichts gelesen von Ihnen – eigentlich bis jetzt –« : und wer empfahl mich? – »Gehring –?« : und davor erschrak ich doch sehr – wie sie nur eine Sekundenbewegung brauchte, um ihn zwischen uns wegzuwischen : den Beneider ihrer Natur, der »Der –?« : fast verächtlich – über das bißchen Verstand, das sich ihretwegen verloren hatte : »– der muß immer gleich an seine Silberhochzeit denken, wenn er mich anfassen will –« und läßt es dann sein : sehr sonderbare Antwort –: und sie schlug sich dann selber die Hand vor den häßlichen Ton – und machte ihn spielend leicht zur bloßen Mutwilligkeit : »– ach nein – ein : alter Bekannter –« : Splitter – versuchende Augen –: aber da war ich längst – und wollte auch gar nicht mehr wissen, wer mich ihr – und wer nicht –: Dummkopf – was denke ich mir : gar nichts – bloß – bloß ein

»– bloß bis Monatsende : ich hab da ein paar Schulden, die

ich los sein will – bevor ich –« : die Große Szene : mein bodenloser Entschluß –: aber ich brachte's immerhin so beiläufig zustande, daß es nichts von mir verriet : »Nehmen Sie's mit – nein, alles – so wie es ist –« : den schwarzen Aktenkoffer auf dem Tisch –: und das verschlug ihr nun doch die ganze Sprache : der Anblick all der gebündelten Jahre Sorglosigkeit : »Wie – wieviel ist denn das? : haben Sie wen beraubt?« : nach erst geraumer Weile, in der ihr alles mögliche durchs Gesicht zuckte – ich : sagte großartig : »Mein ›Dispositionsfonds‹ plus ›Aufwandsentschädigung‹ : es sind einhundertundsechzigtausend –« Mittel zum Zweck : um etwas – jemanden – nicht zu verlieren »– was sollte ich wohl Besseres damit anfangen –« als diese alte Schuld – die : Ur-Sache überhaupt : vom Tisch zu – »– nun nehmen Sie's schon –« vom Tisch und mir aus den Augen : und weg auf ein Konto damit – ich : hatte von der ganzen Szene schon genug – und brachte nur wenigstens noch soviel Unleichtsinn auf, ihr die Bedingung mit den zwei Unterschriften –: »Nun – ich wollte den Haufen Kies –« Sand – Sand »– doch immerhin einmal in dieser seiner vollen Wuchtigkeit vor mir sehen –« : als läppische Begründung dafür, daß ich's in bar – daß er es mir in –: aber es war etwas Falsches darin, das ich hörte und wieder verloren habe – mir : wurde auf einmal ganz leblos zumute : erkrankend benommen : und ich machte, daß ich wieder allein –

Allotria – so gehen die Tage hin : und was ich wirklich mache, bleibt alles dahinter laut- und wesenlos : unwirkend : gehütet geheim vor meinen fremden Händen – die ich

der alte Mann : tief hinten unter mir : ganz heimlich hat er da vor sich hingewohnt – und mich bespäht und bespitzelt : der unwiderstehliche Lump : das gelbe Bleichgesicht : Feldwebel – Leutnant – Hauptmann der : in der Reserve : im Hinterland im – unten im Hinterhaus –: nein, nicht mehr über mir – nicht mehr – und nun und nie mehr über

den Text über die Stadt – hierher die Wiederher die : Rekonstruktion – das werde ich ihr jetzt machen : wie bei der Kripo – wo ein Zeichner aus den Zeugenbeschreibungen das Gesicht zusammenstellt, nach dem gesucht wird – ich : werde eine Großfahndung – eine alles wiederherstellende Recherche – ich : habe jetzt alle Hände frei dafür – für eine alles wiederfür für eine alles für

all unsere Redensarten : durchsetzt, durchzogen von Gier nach – aber nach was? : nach einer Ähnlichkeit, die ihr nicht ähnlich sieht – mein Schlaf : wird immer brüchiger – vom leeren Tasten nach ihr im immer

Leeren –: aber wenn sie bei Tage zum Greifen neben mir ist, macht's mir irgend ein Etwas in mir zum Spott auf mich selbst –: sie ist nicht, die sie ist – nicht, die sie war : nicht, die sie für mich sein soll – sollte – wollte

alt – ich bin alt – ich : starrte mich lange an : rechts an der Schläfe kommen schon graue Fäden : und auf den Handrücken sind winzig kleine Fleckchen entstanden, blaß violett – das bin ich

der verschiedensten Menschen mächtig – nur meiner selbst nicht mehr –: Narrheit, verrückt : ›– ihrer Haut : wie einer noch nicht angerauchten Meerschaumpfeife –‹ : Spott auf mich selbst – auch das bin

las sehr viel : Jean Paul – auch Cramer – Thümmel : wie tröstend nah – wie weit untröstlich weg –: ich

flüchtig noch einmal Schnee : leichenhemdsärmlig passando : stob gegen mich – ich : fror ich

selber – ich : unwirkend ein Stückchen Zeit : ein Ausschnitt Wiederkehr aus Gewesenem : ein

bloß ein alter Rest aus Jahr und Tag

20–4–50

Fragmente, Zettel, Blätter – und nichts fertig –: zum späteren Kapitel der Verwalteten Moral –: Versuch, die Verhärtung und Erstarrung im historischen Fortschreiten auch stilistisch abzubilden : in immer kompakterer, verfilzt erstickender Syntax : und mit sich gegenseitig zunehmend verödenden und verengenden Begriffen : die schließlich nur noch gebetsmühlenhaft um sich selber rotieren –: ist hirnschreiend schwer : und dauernd haarscharf an der Gefahr, in bloße Parodie abzurutschen : aufs verholzte Behördendeutsch : oder auf das der dogmatisierten Wissenschaften –: aber noch schwieriger – mir seelenwürgend schwer : daß ich den Ton des Anfangs nicht mehr finde : die freischwebende vegetative Bewegung : die Reine Sprache des Es –: ist mir verloren : bin – ich bin mir selbst : ver

Abendhimmel : schmutzgrau und sumpfig wie ein Putzlappen : roch stümperhaft, verpatzt – gibt es denn das? : daß die Sinne das Wirkliche nach einem Maß zensieren, das nicht dem Wirklichen selbst abgewonnen ist –? : mein ganzes Leben : ist ein Wirkliches aus mißlungener Unwirklichkeit : ein Desaster, das meine Seele wie aus weitester Externität besieht : verödet und verengt – wie eine Parodie :– aber auf was? : auf etwas, das nicht Nich-Ich – das Ich war : das mir verloren – nicht mehr – Nicht-Mehr-Ich

wie Zwangsarbeit auf einmal – was ich wie vorher doch mache : ist anders – nicht mehr wie vorher : treibt mich von mir weg – entzieht mich mir : und verzerrt mir das ganze Gesicht in skurrile Grimassen – heute : befiel mich ein solcher Gelächterkrampf, daß mir die Tränen über die Backen liefen : gleich früh, als die pompösen Briefbögen kamen : ›GIZ – Der Präsident‹ : es sieht doch zu albern aus – geradezu päpstisch dämlich : dieser Lettern-Ornat um meinen Namen : diese pampige Verkleidung in Amt und Autorität : wie Karneval wie : Krach und Maskenball : und beim Schreiben kommen mir schon die ernstesten Gedanken wie Büttenrhetorik vor : grinsend und schrill : ›Gesellschaft für Internationale Zusammenarbeit‹ :– aber es ist zugleich etwas dahinter, was mir Angst macht : eine Ermächtigung, die mich unterjocht – die mich

Homer : war wohl auch a man of genius, nicht wahr? : und baut auch in seiner ›Odyssee‹ einen Palast oder ein Boot so gut als der beste Architekt oder Schiffszimmermeister –: ob ihm aber die Amphiktyonen darum den Tempelbau zu Delphi oder das Kommando einer Flotte übergeben oder *er*, wenn *sie* es getan, sich dazu verstanden hätte –? : was meint der Herr Bruder –?

»Ey, ein bonus civis – und von der zitierbarsten Merckwürdigkeit!« sagte er plaudernd : im Finsteren hinter mir : und ich schrak weg von der verdunkelten Scheibe, als hätte er mich ins Zimmer zurückgerissen : »– wie ländlich und sittlich gedacht –: noch immer die nämlichen Grillen? : Sie sehen, Ihre gelehrte Anführung ist mir nicht ungeläufig : monsieur le confrère : allein –« behaglich brummend »– nun, nun – das Kommando : soll Sie ja doch verschwindend wenig belasten – Sie : schweben, wenn ich bitten darf, rein architektonisch und zimmermeisterhaft über dem Großen Ganzen : wohingegen die Führung der Geschäfte desselben ausschließlich meine Schultern drücken soll : welche dazu auch die weit bessere Eignung – ah, sehen Sie mich an! : Ihr Entschluß, mir das Ja-Wort zu geben, hat mich bereits auf die behendeste Weise beflügelt : und tätig werden lassen – schon über ein kleines Weilchen : werden wir die politische Arena auf zwar leisen Sohlen, doch mit gleichwohl äußerst rüstigen Schritten betreten : meine Werke sind groß und viel : ich habe das alles weislich geordnet : und zu allem Überfluß auch noch Gott unserm Herrn in einer dringlich gehaltenen Fürbitte nahelegen lassen, in den nächsten Wochen für die Gunst aller Umstände zu sorgen –: blicken Sie nicht so kleingläubig drein – ich komme soeben direkt vom Würzburger Oberhirten, welcher meiner Gedankenwelt sehr aufgeschlossen gegenübersteht, und werde nicht von hinnen weichen, ehe ich nicht auch der hiesigen Eminenz erschienen bin –: auf denn, elevieren Sie sich! : Ihr Antlitz erstrahle! : sollte der Allmächtige, was ich nicht für ausgeschlossen halte, auf Ihr Urteil etwas geben, so zeige dasselbe die festeste Zuversicht : ich darf also bitten, ihn nicht durch einen grämlichen Ausdruck zu irritieren : es läuft ohnedies alles, wie es läuft – gell, ja! – und die Aussichten sind schlechterdings die allervorzüglichsten : binnen weniger Wochen habe ich den gesamten Beamtenapparat unseres darin hochexzellierenden Vaterlandes in der Hand : und werde unserer Idee – nun, einen Tempelbau – Pilaster – Friese : aufragend – ah, rein metaphorisch gesprochen – auf –« und so länger weiter : raschelnd am Tisch : mit äffisch horchenden Ohren sich vermurmelnd : und mit den Fingern stöbernd im Manuskript : »– ah ja, es geht voran – der Geist ist tätig : ein Work in progress, wie ich es mir vorgestellt : wir werden überhaupt mit unseren Aufgaben wachsen und progrediren : und unsere Flotte – nun – rein metaphorisch –« : er unterbrach sich schnaufend : kicherte : sah auf : »– sehr flott und belustigend – Ihre Durchmusterung unseres völkischen Lebenslaufs : wenngleich wir, was Sie über die Verkitschung der Weltgeschichte durch das große Amerika schreiben, einstweilen auf die Bestätigung durch fernere Zeiten noch warten lassen wollen : ein vielleicht vorschnell bunter, der schlichteren Färbung würdiger Gedanke, in welchem der Toleranz ein größerer Platz –: nein wirklich, mein werter Herr – Sie können doch nicht ernsthaft die Ästhetik auf die Historie anwenden : ist denn die Wirtschaft eine Geschmacksfrage –? : gut, sei es – Duldsamkeit : die Zierde des Denkens und Lenkens : wobei ich nicht unangedeutet lassen möchte, daß ich selbst schon in Kürze im Pentagon ein gern gesehener Gast zu sein hoffe : weshalb ich – und auch Sie – Wir im Verein : uns solche Unzutunlichkeiten : solche durchaus beim Namen zu nennenden Inopportunitäten : solche Ausfransungen und Entgleisungen unseres taktsich strategischen Vorgehens, die einem neutralen Beobachter selbst als abgeschmackt erscheinen müssen : ja, als verstockt und stümpernd – lumpensäckisch – hirnrissig neckisch – blödianisch beknackt und bekackt – ah ! uns, so sagte ich : Sie mir – wir uns : zu leisten ein für allemal vermeiden wollen : wie zwischen uns im übrigen auch in Schriftform – vertraglich – bindend, ja kettend – ist das klar? : gewiß doch ist es dies – genug mithin : ich fühle mich verstanden – und bedarf der An er : an der – was –?« : wand sich verdutzt – kopfschüttelnd : vor der Abwesenheit, mit der ich saß und schrieb : und in der sein jäher Wutschwall wirkungslos wieder verebbt war –: seine massive Vergnügtheit : das selbstgesättigte Behagen, mit dem er sich erregt : »– bizarr und eigentümlich –« an der Wand : neugierig starrend vor dem kleinen Spiegel »– was ist denn das? : mein Gesicht ähnelt auffällig dem des Außenministers, den wir demnächst haben werden : ich bin höchstselber überrascht –« und blies sich probierend die Backen auf : verzog sie gnomisch »– nun, nicht wahr, nicht wahr? : ich sehe Ihre Augen in wunderlichem Glanze – der jedoch, wie ich erkennen zu müssen meine, nicht ausschließlich und allein meinem strahlenden Wesen respondiert : ah, nein – Sie haben dem Alkohol zugesprochen –« rief er bewundernd »– gar der von mir gewidmeten Mischung : in welcher außer dem Geist des Weines noch – pardon? : ich bin – ich –« und nun drehte er sich doch ratlos im Kreis, während ich langsam um ihn herumging, ohne ihn anzusehen : nein, ich, Herr Dr. Galland, bin – und er wich : verstummt auf einmal – verstammelnd – für einen Moment ganz blaß : »– wohl – ja – Sie sind –: ah, darf ich's uns erraten? : Sie sind verliebt –? : verliebt –! warum nicht gar –: ich darf in diesem, den Vollbesitz der geistigen Kräfte zwar schmälernden, dieselben jedoch auch angenehm berührenden Vorfall die Befolgung eines von mir selbst erteilten Rates sehen, ja das Gelingen einer ursprünglich unter Hintansetzung des Eigennutzes ins Werk gesetzten, nun freilich die Erwartung nachteilig vorteilhaft übersteigenden, vielmehr schon überstiegen habenden – was ist? : was –« sagen Sie was : haben Sie da gesagt –? : sein jäh verschrobenes Fuchteln : das erst nach einer Weile in lauernde Geducktheit überging : sich spähend verwahrte : »– was? – ich : nun, ich sinne : es stellt sich mir nächstliegender Weise die aus der rein menschlichen Teilnahme geborene Frage, ob die betreffende – ich darf annehmen, noch recht jugendfrische – Weibsperson auch Ihnen ihrerseits auf die ins Auge gefaßte rechte Art zugetan ist, die Ihnen meinerseits zu wünschen zwar – doch aber –: kurz, hat sie Ihnen bereits die Schöne Aussicht eröffnet, sich an ihren Schenkeln zu ergötzen –?« gierig erkundend – mit gedehntem Blick – was : reden Sie? ich bin – ich – »– nicht doch – ich : bin von der selbstlosesten Forscherneugier geleitet, indem ich in Sie dringe –« Sie – in sie? »– die menschliche Natur liegt offen vor meinem Auge : so auch die Ihre –« ihre »– gibt es gar – nun, eine kleine Problematik, welche Sie befürchten läßt, den auf Sie zukommenden Anforderungen nicht zu genügen? : in diesem Fall möchte ich eine mehr auf den inneren Werten aufgebaute, gleichwohl eng bindende, rein platonische Beziehung, eine den ja durchaus schätzbaren allgemeinen Altruismus leicht spezialisierende Nächstenliebschaft – nicht? ah – nein –?« : seine flatternden Finger – zur Ruhe : spreizten sich teigig : »– auch recht – nur zu denn – ich gebe meinen Segen : die Befassung mit dem weiblichen Geschlecht ist in der Regel ganz außerordentlich hinanziehend : und vollends die Mädchen des hiesigen Landstrichs genießen eine so hohe Rühmung, daß ich selber mir schon vorgesetzt habe, mich gelegentlich von deren Stichhaltigkeit zu überzeugen : ich hoffe nur, der Vorgang wird Sie nicht zu sehr echauffieren : sondern Ihnen im Gegenteil ein Auftrieb sein : und Sie dem Grabeston entreißen, welcher Sie genugsam in Besitz gehalten hat – nein, sagen Sie nichts dawider – ich : sorge für Ihre Verjüngung : wir werden den angebrochenen Abend mit einem Arbeitsfestmahl krönen, das nicht nur Ihre äußere, noch immer zu wünschen übrig lassende Erscheinung straffen, sondern auch Ihre Innenwelt zu Ruhe und Ordnung führen soll : so daß Sie in den Stand gesetzt sind, meinen unsere nächste Zukunft betreffenden, ungemein anfordernden Beschlüssen empfänglich zu werden : – abermals nein? nicht –? – was denn, ein Konzert?« : Zentralsaal, Keilberth : Paukenschlag und Metamorphosen : die Karten von Gehring : »– ah, das darf nicht sein! : das heißt – es dürfte eigentlich – nun ja : es würde können – könnte – wie Sie wollen : so will auch ich – ich : bin ein Monument der Fügsamkeit – und will mir denn gern auch versagen, der Ihnen erwünschten Abhaltung in den Weg zu treten : allzeit bedienstet – Ihres Winks gewärtig : Musik – ah ja! – wie könnte ich der Macht der Töne widerstehen –« : und nun ging er um mich herum : schleichend geschmeidig um meine schon wieder halbe Abwesenheit : machte kratzfüßige Gesten : »– ja, zumal Sie dies, wie es sich trifft, zugleich auch auf jenes parlamentarische Konzert vorbereiten hilft, welches ich in Kürze um uns erklingen lassen will : genauer und mit absichtsvoller Bezüglichkeit – zum Feste der Ausgießung des Heiligen Geistes : einen Kongreß und einstimmigen Gesang der Fördernden Mitglieder unserer Gesellschaft, die sich um uns versammeln, ja scharen sollen, um sich am täuschend echten Anblick unserer rein kulturellen, dem abendländischen Geiste verpflichteten und bereits als gemeinnützig anerkannten Ziele zu weiden : wobei ein solistischer Vortrag aus Ihrem Munde speziell die Notwendigkeit der stets wachsamen Verteidigung unserer uns ur- und altväterisch übererbten Werte betonen wie unterstreichen – und für die von mir vorgesehene freudige Gestimmtheit sorgen soll, Ihre Persönlichkeit unisono auf den bequemen Sessel des Präsidenten zu wählen –: gewiß, gewiß, es ist bereits geschehen : durch den allein geschäftsführenden Sekretär – will sagen durch mein eigenes Tatbestände erschaffendes Wort : doch wollen wir dem demokratischen Gedanken eine zusätzliche Huldigung darbringen – Sie : sprechen auch Bariton –? : ich würde für unsere Zwecke einer sonoreren Färbung Ihres tenoralen Organs den Vorzug geben : ein väterliches Timbre ist der Grundstock der Volkstümlichkeit und umgibt den Sprechenden mit der schönen Verkleidung der Amtlichkeit und Autorität : in welchen Zusammenhang ich vielleicht noch die Beobachtung fügen darf, daß Sie in letzter Zeit auffällig mit der Zunge anstoßen : dies zu beheben, sollte Aufgabe Ihres Zahnarztes werden : der außerdem auch Sorge tragen mag, daß uns Ihr unbedingt benötigtes Lächeln lückenlos zur Verfügung steht – ah, Sie bekleiden sich feierlich? : gehrockig bürgertümlich – musisch vermummt : sehr recht – sekret inkognito – ich lobe : wir wollen unsere Unternehmungen überhaupt im bescheidenen Gewand der Unauffälligkeit halten, wenn ich bitten darf : rein kammermusikalisch pianissimo : und ich möchte Sie bei dieser Gelegenheit nochmals erinnernd mahnen, die Ihnen überreichten Papiere prinzipiell so heimlich und heilig zu bewahren, daß sie dem unverständigen Auge des Laientums unter allen Umständen verborgen bleiben : vorab dem weiblichen Auge, welches da Laientum und Unverstand in geradezu, möchte ich sagen, reiner Form in sich vereinigt : schon gut – ich schweige schon – ich : trage Ihrem Zustande Rechnung, welcher Sie solchen Gedankengängen im Moment naturgegebener Weise verschlossen sein läßt : und verschließe mich selbst : enteile auf ein Weilchen : ölflüssig wellenflink – eulenhaft flieglich : auf bald auf : Zeilen später – Zeiten lang – ent –« winkt – er : wich verwischt ver : torkelte wankend zur Tiefe – ver : nicht mehr – wichtig : nichtig : Nicht mehr Ich –

machte mir Tee, saß, las noch, bis sie kam, in der Partitur der Metamorphosen –: die gläsern abstrakte Trauer, die das Zerstörte unendlich behutsam bedeckt : wie selbstbezwingend, selbstbeschwichtigend : eine vollkommene Geistesruhe der Betrachtung –: er hat ganz alt, Strauss, einmal am Ende erreicht, was ihm die Teilhaberschaft sonst immer verweigerte : jene von ihm lebenslang geleugnete Absolute Musik, die keine Gesellschaft mehr kennt als die eigene – und in sich von sich mit sich selber redet –:

: – notierte für einen Aufsatz – wieder ganz bei mir : und war so tief in die Unhörbarkeit des Stücks gedrungen, daß mir die Aufführung dann doch nicht mehr erträglich sein konnte –: Ks hausbackener Zugriff, noch im Zartesten täppisch und körperhaft derb : dazu der zäh strähnige Ton der Symphoniker – ich saß mit gereizten Nerven, hörte nur oberflächlich – und vertrug das abschmeckende Unwesen um mich herum schlechter als je : und sah auch sie nicht an – ihre abschreckenden Möglichkeiten – ich : zog sie nur wortlos nach draußen : weg – nur weg

»Hierher!« : aus der Finsternis hoch – seine bahnende Stimme : und wir gingen gebannt auf ihn zu durch die Menschengasse, die sich zwischen uns auftat : »– das also ist die Gefährtin – ah, ich bin entzückt : ein Ebenbild der Anmut und verständlich reizend : mein Kompliment – wir kennen uns ja bereits : aus den – auch Ihnen gegenüber, hoffe ich – begeisternden Beschreibungen unseres gemeinsamen Freundes : Fräulein – wenn ich so sagen darf – Elisa? beth?« : Lys, auch Lissy, Lisa – ganz wie man es nimmt : »– ein blumiger, ja blühender Name, volksetymologisch gedeutet : welcher die Einbildungskraft zu anmutenden Bildern der Langstengligkeit und Schöngefärbtheit lenkt : das ist – zu –« war zu war : denn doch zuviel : »Das ist –« sagte ich sprachlos »– der Doktor Galland, Lissy –« wie er leibt und lebt : und war nun völlig hilflos vor auch ihrem Gesicht : das seinem standhielt : »Ah, sehr wahr – so ist es –« und alles klang mir auf einmal, als kopierte er sich selbst »– ich habe mich nicht ohne Todesverachtung genähert : denn wenn wir eine Lilie finden, so sterben wir bald – schreibt uns der Dichter Jean Paul : je nun denn – unter dem Beding wollen wir gern und getrost dem Schicksal in den Rachen greifen : ich lebe, und Sie sollen auch leben : in welchem Sinne ich die Einladung aussprechen darf, den vielleicht allzu adagio begonnenen Abend in meiner beschwingenden Gesellschaft zu beschließen : steigen Sie ein – wir fahren nur ein wenig ins Auswärtige : ich selber lenke : also – wenn's beliebt –« : und parodistisch jetzt auch jede Bewegung, mit der er den Schlag neben sich für sie aufriß – mich hinter sich verwies – das Steuerrad packte : Krach, Maskenball – und wir glitten durch soviel starrende Gesichter davon, daß ich mich tiefer – fast in Schlaf in

schlief –

und fuhr auf – was : hatte er gesagt? : der Wagen hat einst *was?* : »– dem Führer Hitler zur Fortbewegung gedient : durch das Großdeutsche Reich, in welchem heute just, wie es sich trifft, an vielen Orten sein 61. Geburtstag begangen wird : in freilich gedämpfter Festlichkeit, begründet in der vielfach bedauerten Abwesenheit des Jubilars : von welchem einige wissen wollen, daß er in Südamerika eine neue Heimat gefunden habe – an der – in : nun, ein – Häuschen – warum nicht : sei ihm gegönnt –« und blickte gönnerhaft : in aber in so aberwitzig unverfälschtem Wohlwollen, daß ich – und ebenfalls sie : mit spöttisch verzogenem Gesicht : unüberwältigt kühl – ununterjocht : wie eine Herausforderung eher – die sich mutwillig scharf verengenden Augen : »– Panzerglas –« sagte er noch »– sowie kruppstahlharte Panzerplatten : die auch sehr durchdringenden Explosivstoffen Trotz bieten – und meiner Lebensreise ein gemächliches Gefühl der Sicherheit –« und wiegte sich opulent wie – opponent? : wie aufgelehnt gegen eine plötzliche, ganz kurze Unbehaglichkeit, die

»Aber ja – so gut wie anderswo : oder noch besser –« sagte sie mokant : sei hier zu leben –: und er spähte neugierig an den grau vorübertappenden Vorstadthäusern entlang : »Ah, ich erstaune sehr – mit Ihrer Erlaubnis : sind denn die Leute nicht recht ennuyant? : ich habe auf meinem, allerdings nur dem Geschäftlichen nachgehenden Wege eine so unverhältnismäßig hohe Zahl ochsenmäßiger Angesichter erblickt, daß es mich wunder nahm : ein vierschrötiges Geschlecht, welches sich psychologisch darwinistisch zweifellos leicht auf Das Urviech zurückführen läßt : nun, auch unserem Freunde Adams habe ich bereits vergebens zugeraten, diese von ihm rätselhaft gewählte Wohnstätte mit einer weniger schabenhaften zu verwechseln : will sagen, in größere Nähe zu meiner eigenen Residenz zu rücken : ein Vorschlag, dessen Scheitern mich in Ihrem Falle, muß ich bekennen, noch enttäuschter stimmt : ah, Caput Orbis –« rief er »– hat nicht so der Imperator Heinrich, zweiter seines Namens, die hiesige Ortschaft genannt? : sei's drum – es mag ein jeglicher seinen Wohnsitz für den Nabel der Welt halten – Sie : sitzen gewärmt genug –?« und faßte, ehe sie sich's versah, mit einer breiten Tatze an ihren Leib »– Verzeihung – reine Fürsorge : ich bin der geborene Nächstenliebhaber : und leide als Verehrer des Feurigen selbst unter jedweder Frostigkeit –: habe ich vorhin erwähnt, daß mein Rückzugs- und Ruhesitz schon jetzt im wärmenden Copacabana errichtet steht? : ein Domizil von geradezu epischer Breite und Ausgeladenheit, dessen jedoch einladende lyrische Schilderung ich Ihnen gern zu anderer, vielleicht bereits vertrauterer Stunde – ah, ist es Vorausschau, gar prophetischer Seherblick, was mich in just diesem Moment schon Ihre göttliche Gestalt in gleichwohl menschlichster Natürlichkeit durch meine Räume schreiten sehen läßt –? : was meinen Sie – was denken – nun?« : »Ich denke : es ist der Alkohol –« sagte sie spöttisch »– was Sie – ja, unvorsichtig –« werden – reden läßt? : mit kehligem Unterton – wie warnend : aber vor was? : »Ganz recht – Sie sagen es : doch jener, dessen Genuß uns in Kürze winkt – und dem mich keine Vorsicht verschließen soll : ich habe nur die Zeiten im Geiste vertauscht – und auch den Raum : ungewöhnliche Schuld meiner von Ihnen ungewöhnlich verwirrten Sinne : ich bitte tausendmal, mich loszusprechen : Adams – herbei als Fürsprech! : darf ich – ah, wir sind da –« : und ich hätte auch sonst, der Antwort nicht enthoben, keine Antwort herausgebracht : nachhorchend dem Nachhall – in mir – aus seinem federnden Geschwätz – ich : sah nur sie, wie sie langsam den Mantel über den Schenkeln zusammenzog – sie : hatte keine Miene verzogen : sah kalt geradeaus : und wartete, bis er

das völlig dunkel liegende Haus, in dem er verschwunden war : in einem Meer von Finsternis – »– nicht ernst – Sie : haben das doch nicht ernst –?« gemeint – genommen : und sie lehnte sich weit über den Sitz zu mir nach hinten und nahm meinen unglückseligen Wirrkopf zwischen die Hände : und fuhr mir wuselnd durchs Haar : »– ach Sie Idiot –« : fuhr mir durch alle Sinne : Chaos aus uns : Getümmel – wiedererkennend : »– das ist doch alles bloß eine Form der Impotenz, dieses aufgepustete Getue : und der Versuch, sich selber dabei ein bißchen zu amüsieren : obwohl er längst weiß, daß nichts mehr dabei herauskommt : na, was ist? – amüsiern wir uns doch einfach mit –« : wahr – unwar : ihr allzu rasch verwandeltes Gesicht : war unlängst – wußte, daß nichts mehr – mehr – ich: »Ich weiß – ich : weiß nur –« sagte ich unglückselig »– es ist hinter allen seinen – nun, Albernheiten etwas –« : ihr allzu rasch – weiß plötzlich – etwas tödlich Ernstes –: »– *was* ist –« : ein Schuß? : und ich starrte ihr nach durch die Scheiben : Wortwechsel drüben – hinter ihm in der Tür : war ein torkelnder Schatten aufgetaucht – hatte ihn angefallen – sie : hielten sich gepackt – rangen? – brüllten sich an : war aber nicht zu verstehen – nichts : zu erkennen – eine amerikanische Uniform? : und dann richtete er sich auf einmal riesenhaft auf : hob eine schlagende Hand : und stand wieder allein – einen Moment lang in völliger Reglosigkeit : und kam dann wie in Zeitlupe langsam über den Hof zu uns zurück : vom Regen verwischt – im treibenden Wind leicht schwankend : »Verzeihung –« wie gar nicht zu uns »– für den Verzug : es gibt – nun, es gibt Leute, die sich an meine Fersen heften, als ob es Achillesfersen wären : ich –« schüttelte leicht den Kopf – kalkblasse Backen »– ich hatte einen Augenblick des höchsten Überraschtseins zu erleben – der Überrumpelung, ja Übertölpelung meiner sonst unfehlbaren Fürsicht – der –: den wir nun alsbald vergessen wollen –« und winkte uns zu sich heraus – sperrte hinter uns zu – es : ist das alles wie ein

obskur und schemenhaft wie eine verblaßte Scharade – wie die Reprise eines kindisch veralteten Stücks : der Mond hing tief und sichelnd im Westen über dem First – von schlampenden Fetzen umtrieben : und wir gingen blind tappend in seinem fast schwarzen Schatten hinter ihm her : »– nur keine Ängstlichkeit – weiter – mein Wort : sei Ihres Fußes Leuchte und ein Licht auf Ihrem Wege : ich bitte den Unbilden der Witterung keine Beachtung zu schenken : wir wollen trotz des Tohuwabohus, das uns empfing, aufs göttlichste geistreich über den Wassern schweben : und uns sogleich von verbindlicheren Umständen umgeben und umfangen lassen : man soll die Feste fallen machen, wie man sie feiern will – finde ich Zustimmung?« : und länger desgleichen mehr : vielrednerisch nichts sagend – ich : hörte kaum noch hin, von unweit Anderem benommen – oder doch mehr als nichts? : gesagt – was : hatte er gesagt –? : Musik : ihrer Musik ihrer : distant verschwommenen Stimme – fremd, hemmend, unbekannt : zu ihm für : ihn –? : die Tür, spaltoffen – muffiger Geruch : eine rötliche Leuchtlache fiel vor die restlichen Schritte : treppab durch gewundene Kellergänge : in Lärm und Qualm, der uns entgegenquoll –

»Nun –?« leicht und lässig vor mir hinter ihr – er : faßte nach den Achseln ihres Mantels : zog ihn zu sich ab »– volkshimmlisch und zugleich diskret, nicht wahr? : so wollen wir es schätzen und benützen –« zog ihre Schultern an sich zu sich an »– die Möglichkeiten, die das alltägliche Leben bietet, werden häufig zu gering bewertet und gar der Ordinarität geziehen : sehr fehlerhaft und ungemäß – wohlan! : heute und hier sollen sie durch unsere Nutznießung geadelt sein – und uns zugleich das Lob der Bescheidenheit eintragen –« und seine Finger zogen eine kurze Linie über ihre nackte Halshaut – die einen Augenblick lang zurückgelehnt nachgab »– ich selber fliehe im Moment die rauschenden Vergnügungen : meine Freundin ist die Heimlichkeit : Dunkel umgibt meinen Wandel : hatte ich schon berichtet, daß vom Bundeskriminalamt ein zwar nicht auf meinen unbescholtenen Namen lautender, jedoch mit meinem Bildnis mißbräuchlich geschmückter Steckbrief ausgegeben worden war? : ich sollte darauf zur Untersuchung gezogen werden, bin jedoch nicht zu erlangen gewesen, und wurden daher alle Polizeibehörden auf mich aufmerksam gemacht und ersucht, mich im Betretungsfalle zu verhaften und davon schleunige Nachricht zu ertheilen : ah, kuriose Widrigkeiten blasen den Tätigen an : es hat mich – einstweilen – nurmehr belustigend unterhalten : jedoch mein idealistisches Gemüt auch von seiner Beschaulichkeit abgezogen und dasselbe nach dem widrigen Bläser forschen lassen : einem zweifelsfrei unbesinnlichen Menschen, welchem mein Gegenwind leicht das Lebenslicht zum Flackern bringen könnte : ich sage ›könnte‹ – meinte – nun, genug : der heutige Abend wenigstens soll uns sturmfrei verlaufen –« : und er gab ihr leichthin den Halt zurück, den sie einen Augenblick lang verloren hatte –: wie eine Botschaft – hatte wie eine – er : hat auch bereits getrunken : jetzt bei Licht ersichtlich : die Augen in zähem Glimmen : wiesen bunt herum : »– Wein? Sekt? – was steht zu Diensten?« : und wir schoben uns wieder in seinem Schatten durch die quirlend überfüllten, die

quer durch die matten Alfanzereien der Wandfarben : Kulissen auf Kalk : kleinbürgerlich laszių und dilettantisch – wir : saßen damals unter knallroten Schlangen : dem einzigen abstrakten Sgraffito inmitten der bemühten Gegenständlichkeit : auch war die Musik entfernt – nicht ganz so lärmend : Klavier und Stehgeigerei : wie tropfend nur – feucht und windhaft – ins hohle Scharren der Tanzpaare : die uns immer wieder den Tisch ins Schwappen stießen – was : tranken wir denn? : war ärmlich – falsch war

mit einem Arm voller Flaschen – während wir uns hölzern um einen Nischentisch drückten : »Herxheimer Himmelreich – ich empfehle die sonnige Pfalz : mit ihrer Hilfe wollen wir uns verklären –« lud ab und machte sich Platz »– zuvor jedoch : soll uns introduktiv die Seelenlaune moussieren : ah ja, ein großer Monarche : guckt' einst in den Pokal

– ich : mache mich anheischig, uns die sehr poetischen Perlen im Champagner aufzusagen – wiewohl dies Fabrikat hier der bezüglichen Originalität leider ermangelt – und eher gleichnishaft – Sie : kennen den Dichter Kopisch –? : August – unpassenden Vornamens : von seiner Frau Mutter Beate in nachtrauernder Wahrung des Angedenkens an ihren vorehelich frühen, nachmals ansonsten unerwähnt belassenen Deflorator ihm zugefügt : ein wispernder Mann und sehr behender Plauderbold, der uns zahlreiche sprudelnde Weinlieder nachgelassen hat – im Verein mit ebenso vaterländischen wie volksschwänkischen Poesien : hoch – auf sein Heil und Wohl – Sie sollten wissen : ah ja, was sollten Sie wissen – Adams, nun?« : und er schenkte schäumend aus : trank uns zu : schüttete nach »– was unserem Freunde, ich seh's, bereits bewußt ist –: daß jener nämlich überdies nicht nur der Erforscher der Blauen Grotte zu Capri war, sondern auch ein überall gern gesehener Meister des Pinsels, den er zeitlebens rührig führte : und wenn Sie mich, was ich für nahezu gesichert halten möchte, demnächst besuchen, so soll Ihnen der Beweis stracks zur Verfügung stehen : in Gestalt einer Ansicht der lukanischen Landschaft, in welcher einst die gottlose und sinnentaumelnde Stadt Sybaris gelegen war : ein Sujet nebenbei, das auch mich selbst zu etlichen, an das Phantastische grenzenden Meisterwerken der Pinselkunst vermocht hat –: ah, schon studieren wir die Neigen –« rein aus, doch keiner fund den wahren Perlen-Grund »– ich freue mich, mein Fräulein, Ihrer Mithalterschaft : und darf doch, der schlichten Verkürzung halber, den vertraulichen Namen Elisabeth –? : als Liebhaber –« mit gerieben sich faltenden Händen »– der Kunst : erstrebe ich stets die möglichste Intimität mit Genius und Genia : die hier, so dünkt mich, als bereits gegeben betrachtet werden kann : wessen ungeachtet ich unser Vorspiel jedoch um eine weitere Entkorkung verlängern möchte : wenn sich die Perlen lösen, ist's ein behendes Wesen : das will, bei mehrem Wein, scharf attrapieret sein : die Franzosen sind die Urheber gleich mehrerer gern benutzter Erfindungen –« und er leckte sich breit und wie nachschmeckend die Lippen »– wir wollen uns spätestens im Herbst ihrem Lande näher widmen und seine Vorteile an uns nehmen : Adams – ich hoffe, Sie beherrschen die dort im Schwange befindliche Sprache : sie soll aus Ihrem Munde durch den Äther – in alle welschen Herzen – und sie meinem : dringen und klingen – und sie unserem : völkerverbindenden Gedankengut – rein klanglich – drang –« und versank auf einmal in starrem Brüten – sein oberlehrhaft erhobener Finger : pendelte in immer kleinere Bewegungen aus : zuletzt in ein nachdenkliches Nicken, über das sein Gesicht sich senkte – er : sah nicht, daß ich mich ent – aufstand – ent

ferner – fast still : das verstimmte Dreiviertelgeklapper – ich : schob mich benommen durch die Enge – das sich selbst durchwühlende Gemengsel – ich : hatte Angst – war bange vor irgendwas : das mich aus diesen vor sich hinsaufenden Gesichtern bedrohte : Raum hinter Raum – dem Schild nach : immer leerer : schließlich nur noch das Mädchen an der – sagte man damals schon ›Bar‹? : hing schlaff und ausgemergelt zwischen ihren Ellbogen über der Theke und starrte in ihren Alkoholspiegel : eine verkommen schöne Person – ich : hob verstummt das Glas gegen sie : was denn – was hatte ich denn – ich : hatte gepfiffen wie im Finstern – der Raum : begann zu wanken – durch die farblose Flüssigkeit : schwammen die schlanken Augen auf mich zu : verzerrt über einer zotigen Bemerkung, die sie – die : wie aufgetriebenen Pupillen : trübe Lachen von Dunkelheit – von grau gerauschenden Dünsten – ich : hatte immer noch – und stand dann wie blöd mit dem Glas, das ich immer noch in der Hand hatte, im Gestank der Toilette : suchte lächerlich nach einer Gelegenheit, es abzustellen : stellte es schließlich mitten auf den Boden : und ließ es da stehen – lief es da – lief da

»*Da*von –?« das Forster Ungeheuer : der Ruppertsberger Taubenrausch » – davon ist wahrlich noch nie ein denkendes Haupt schwer geworden : Sie blicken ganz unangebracht belastet : auf! – Zuversicht und Ähnlichkeit! – Nacheifer und Exzitation zur gründlichen Herzensergießung! : gehe ich sehr fehl, wenn ich in Ihren Zügen Geiz gemalt erblicke? : unziemlich und überaus fälschlich – nehmen Sie mein Vorbild : Verschwendung entledigt aller sittlichen Unlüste : Ausschweifung aber bildet das hervorstehende, ja -stechende Merkmal der hinanstrebenden Persönlichkeit : ah, Augenblick! – uns gläsern erklingende

Stunde! : das Geld soll uns heute auf das vergeudetste von den Händen springen : ich zahle habituell – meine Honorierung war stets nobel : ich bin der – generös sogar, nicht wahr? – der Schöpfer des Salpeterspfennigs – rein kanonisch gesprochen : heben Sie nur die Karaffinen – ja, splendid! : verblüffend! : ich investiere in ein der Sinnlosigkeit nahestehendes Unternehmen : mein Ringfinger wälzt das Bruttosozialprodukt : bereits im zartesten Kindesalter hat mich der lebhafte Wunsch beseelt, einmal ein ebenso besitz- wie einflußreicher Mann zu werden : und siehe, ich ward es – bin's – ich : bin berichtet worden, Sie wollten die mir abgewonnene Vergütung bei einem Geldinstitut einlegen : Adams, merken Sie her : unwirsch und dümmlich – gimpelhafter Mißwachs – ich sage nichts weiter, gebe Ihnen jedoch auf : die Bayerische Staatsbank zu meiden : ein gottfernes Unternehmen, welches der Witwe das Scherflein nimmt : giebelhoch vorkrakend – ah, wo war ich : bitte! : ich will nur rasch ein Bein über das andere schlagen : noch weithin bis zu Ihrem vergnügten Tode : abermals neun – ich : elfe Bescheid zu tun : zwiewölfisch eilends – aalend – ah, ich –«

nein : ich saß am Tisch – ich : lauschte rückwärts in die mich umheulenden Stimmen : leicht abwärts auch – wir : saßen um Stufen erhöht : und die Fetzen aus tausenderlei saufblindem Geschwätz spülten mir wie Wellen um die Füße – und langsam immer höher an mir hoch : die sich zerlachenden Fratzen – lallend – sausend steif – ich : sah nichts mehr ich : hatte den Kopf voll von abirrenden Sachen : meine Rimbaud-Übersetzung? : die kleine Orgelkomposition? : fis – ais – gis – das : scheidend zwischen uns summende Motiv : Idée fixe : und meine Finger strichen es unablässig aus den Gläserrändern : die einzige, klamm kreisende Bewegung : aus zwei aus : drei – ? aus – was denn, aus drei G – ? : leise zuletzt – als sie – : war denn ein – wer war da – ? : Lasuren von Schmerz über allem – Schweiß auf Haut :– als sie mit dem

frech

linkisch an ihrem Ohr – tief und wie sichelnd : sein immer dünner geschliffenes Geschwätz : »– Essenzen und Irritanzen : Fehlschlag – groschengroß –« raschelnd verwischt ver : wispert : Haß – ? voll Hast – »– Selbstsucht –« Zucht? : sucht – sie : suchte nach meinem Blick »– soll anerkenntlich – auch gegen das unkurfürstlichste Verhalten : mir unverschwägert – in verhüllter Beeiferung : sarghaft bundbrüchiger Aufenthalt : firmamental verschwistert –« und endlos weiter Fetzen aus seinem Schatten : bis er sich auf einmal zu mir herumschob : so laut und schallend, daß ich auf – zurückfuhr : mein länger erloschenes Lauschen : »– oder Sie selbst –? : das aufgemunterte Vorrecht der Verjüngtheit wahrzunehmen? : in taktvoller Leibesbeweglichkeit –« und ein Schein von Bosheit : lief ihm durch die wie schartig gewordene Glätte der Stimme – über die Augen : war eine rotbläuliche Glasur geraten : »Sie – wollen mich zum Tanzen bringen –?« fragte ich matt »– nach solchen Pfeifen –?« horchend : nach der schiefmäuligen Dudelei der Schifferklaviere : »Sie –« rief er beräterisch »– will zum Tanzen gebracht sein –« Lissy »– gleitläufige Gegenlust : wenn ich nur halb ein Kenner heißen darf : die Stunde mystischer Union – botanisch gesprochen : doch will ich willig – sollig – dürftig müßig : mit Ihrer – stets bedienstet – Ihrer mich gütlich tuenden Permission : das Vikariat das : Amt der stillen Verdrahtung –« zwei Finger erhoben : schleichend sich stehlend in den schwarzen Widerwillen ihrer Haare : prüfend um einen dünnen, kaum noch sichtbaren Faden gespitzt »– aber naturgemäß nur mit Ihrer – unmeiner : puren Mission – das heißt –« verzwirbelnd : zog sie zu sich hoch »– wenn ich – ich : darf doch –? wenn ich darf – das heißt –« und seine Augen faßten nach ihren Schenkeln – er : sog sie zu sich nach : schlüpfte glitschig an ihren Arm »– wenn Sie – sie –« wand sich – wendete sich

Wind : klatschte das Flüstern im Kreis herum – durch schlagende, auffliegende Türen : ein Rechteck Wetterwand am Ende des Ganges – es : wurde von Reisen gesprochen : kratzend an Wolken – die schwer ge tief genug hereinhingen : rauh traufend unerträglich : in sich nähernder Nähe :– und der dünne Prospekt der tuschelnd gewandten Köpfe : trennt dünn genug : auch schlägt das rüde Amerikanisch immer lauter schräg durch jeden Tonfall der Deskription : gewimmelnd zischend im Tatztakt –: und die Bilder schwirrten greller banal durch mich hin : zu dritt zu : zwittrig – aber zäh zweideutig : auch dies – Paris : in zähem Zweivierteln gegen den rottierenden Lärm gestemmt – ich : rauchte und trank und tauchte und rang und wankte schwankte – schwierig, auch die Sprache : wird zweifelhaft – zwiefellig luftzerwittert : Une Nuit à Paris : lungernd munter – faul und feil : eine fast eine Kinderstimme – ein Stock : schlug greisig verschleppend in den Takt : einszwei vier teilend –: und alles bedarf der absonderndsten Traduktion : Des chalets de cristal et de bois – se meuvent sur des rails et des poulies invisibles : les vieux cratères ceints de colosses et de palmiers de cuivre – rugissent mélodieusement dans les feux : Lasuren von Schmerz über allem – Schweiß auf Haut : seine grapschenden Klauen auf ihrem geil tanzenden Rücken – sie : kannte ihn sie : hat ihn – ihn und ihn – geka ge : wand sich weg aus seinen fetten – des fetten Mondge – Sicht aus seinen Armen : des fêtes amoureuses – frech linkisch – sonnent sur – sur les

lässig zurück – sie : und er schwankte halb an ihr – Lisa : Koloß – »Sie : sprechen von den Kulissen?« : sur les canaux pendus derrière les chalets : »– sehr füllige Aussichten, wenngleich der Sittlichkeit ungenehm : die bergige Landschaft weidet die betrachtenden Sinne : ah, Wiedererkenntnis – magisch zauberwörtlich getroffen! : auch unter gunstlosem Himmel erblüht das Wunder der Reduplikation : was woll –« und stieß grollend auf – sie : hatte ihn scharf auf seinen Platz zurückgezogen : sah ihn starr te ihn an : und er verwahrte sich wieder mit Vorsicht : au-dessus du niveau des plus hautes crêtes – »– still – Hall und Heimlichkeit – wiesenhaft lust- und sündig : was wollte ich – ah ja, sehr große Warnung! : Sie gründeln, mein verehrter Herr, im allzu Unerfindlichen : Drangsal und Unwitz : hören wir Sie bald vernehmlicher murmeln? : namentlich nominal –« une mer troublée – par la naissance éternelle de Vénus »– das heiß ich mir trüblich parlieren – was – wen – wen?« : und er tastete mit immer spitzeren Ohren um sich : fuchtelte mit Backen : Wut – wieso Wut? : seiner unaufhaltsamen Ermattung – die sich für kaum noch Sätze raffen ließ in der fortmurmelnden Ohnmacht seiner Sprachlosigkeit : »– in genüßlicher Hinsicht – ich : verspüre eine starke Anregung der Vorlust auf das Sakrament der Ehe : welches mir unversagt zu lassen – lassen Sie – ich mir bislang versagt ver – nun, mir habe versagen lassen : haushälterisch – das Kebsweibische präferierend : so gehen wir fehl im Guten, doch konvertieren zum Bessern : winkende Schließung – Jubelschall und Trillern! : ich bin nicht ungewillt, mich noch in dieser, wiewohl ungünstig fortgeschrittenen Nacht mit Öllampen zum Lager geleiten zu lassen : das spielende Leben toastet mir zu – sursum pocula : Adams – verschreckender Bescheid : Sie sprechen Mineralgewässern zu? : schundhaft verlogen – handlegerisch angesteckt : nun, sei's – ich blicke beherrscht : mir soll sogleich – hierher! – Tokayer fließen : anläßlich – ah, kein Unlaß, sich zu wenden : Ohnlust voll Langens ohrenlästig leis : auch die diskreteste Union umfängt den lachenden Dritten –« : und er tuschelte feixend näher an ihrem Gesicht : Souffleur de Lis : mit standartenhaft flatternden Betörerhänden : linste aus Augenwinkeln – alles eitel Wahn – endwarnend mit

von Müdigkeit entfernt : der Glanz – das ganze Lauscheln, Läugeln, Lügen : fiel ab – in tiefere Schlaffheit hinunter – in halben Schlaf : die lasch die Zeit der Zeit – der Wachsamkeit : erlischt – ist er : loschen – war er schon hier? : mit ihr mit : gar mit mir – wir : hier wie dort :– auch das greise Wrack auf dem Klavierschemel – in der abgetragenen Uniform : deutsch ländlich liederlich grölend : über den zackig fuchtelnden Fingern über den Wimmertasten – war schon war : hier wie dort – es : drehte sich alles – gleichbleibend förmig mich um mich herum : und ganz zuletzt bin ich der einzige feste Punkt im All überhaupt : und alles Andere ist nur ein Schwirrwarr von Punkten gegen mich : luftschlüssig widerwirrend – gräberisch schattenhaft rottiert :– des châteaux bâtis en os : sirrend von dort zu dort : sort la musique – versickernd – inconnue –

»– ich – was? : ich kann ich : könnte –?« das gedunsene Summen »– mein werter Herr – ganz ungemessener Tadel! : Absenz führt leicht zum Verlust des Einklangs mit dem stets wieder originellen Weltlauf : Respektabilität! – ich singe zu hohen Ehren : das Vaterland über fast alles – Gott erhalte! : Sie lasen die Begebenheit noch nicht? : unseres Volkes Blatt – wie alt so immer neulich –« : gestern – vorgestern schon : und da hatte also der Dr. A zum Schluß seiner schlierigen Rede im Titania-Palast die Versammlung aufgefordert, gemeinsam mit ihm »– nicht wahr? : gemeinsam mit ihm –!« die dritte Strophe des

Deutschland-Liedes zu singen : und der gesamte Berliner SPD-Vorstand war, mit Ausnahme des OB Reuter und der Schröder, pathetisch aus dem Saal marschiert »– mit zugehaltenen Ohren – möchten wir uns imaginieren : welche ich selber jedoch aufs kunstgenüßlichste gespitzt hätte : spricht der begabte Greis uns doch nicht alle Tage im Liede zu –« und breitete sich behaglich weiter in der Geschichte aus : auch viel belebter jetzt wieder, fremdartig aufgereizt : »– leidig und garstig? – reichlicher Gewinn? : daß man nicht Kaiser oder Kanzler – ah! : und nein! – kunstrichterlich vorschnell, dieses Ihr sich abneigendes Urteil : hier sehen Sie, in förmlich symbolischer Konzentration, das Wesen unserer Volksherrschaft selbst am feierlichen Werke : frackbrüstig geschwellt, ja geschwollen – und aufs umständlichste mit der Pflege seiner Arglosigkeit beschäftigt : dabei verschmitzt und heuchelnd immerdar, daß man sich baß verwundert : ah, eine zu vielem befähigte Nation – ein wahrer Plumpsack, welcher unter uns umgeht : wir wollen seinen Melodeien für ein Weilchen unseren Applaus nicht versagen : doch abermals über ein Weilchen –« horchte sich sorgfältig nach – die Hände : hoben sich zäh von der Tischplatte : fuchtelten gedämpft : hingen dann schwer reglos in der Luft : zwei Waagschalen in Balance »– die Musikalität : wird sich gar – was? : gar herrlich offenbaren : sobald nur meine Konduktion dies sangesfrohe Volk – das heißt, die unsere – zum rechten Takt vereinigt : das heißt, das hängt von wesentlich von mir von sagte ich hängen –?« und ließ die eine Faust wie stürzen – jäh in einen Schlag »– ab – von mir ab – von : nun, von mancherlei Umständen, die ich uns günstig zu stimmen bemüht bin : brünstig bemähend – günstlinks unumständlich – fiat! : gewiß – was – was denn –« und faßte schwenkend das Glas –: aber schon wieder fern mir

nah – wir uns : im Gedränge des übertuschten Gewusels, durch das ich mich zwängte : traf mich auf einmal ihr Blick – zum erstenmal wieder seit Stunden : und hielt sich an mir fest – mich an sich ziehend wie nie – ich : versuchte darunter wegzuschlüpfen : wand mich unschlüssig durchs Gewühl : und kehrte doch immer wieder zu ihr zurück, die mir mit bannenden Augen folgte – ich : habe zuviel ge hatte zuviel getrunken : die Bilder taumelten – le Val d'Enfer : östlich – jetzt West jetzt : Südennorden : von jenem dauernd Fünften ganz zu schweigen – die Decke : schlug einmal flach bis fast bis auf den Boden nieder : auf wieder Gärten – Felder – Lilien auf dem Felde : vu de la Tour Paravelle – es ist hier alles : ganz unerträglich fränkisch geworden – seit ein schon einiger Zeit : und keine – keinige

jetzt keifend in der Nische neben ihr : gichernd und krachend : sein am Gewölbe hoch- und niederstiebender Schatten : kartenkönigshaft flach – aus seinem stechenden Gelächter – er : machte allerlei Kunststücke – von Buben und Damen umringt : zog hinter Eselsohren ein Blatt hervor : Zigaretten aus langen Nasen : und schien auch dreckige Witze zu erzählen – zum Schattenspiel, riesig, einer sich ruckend aussprudelnden Sektflasche an der Wand : und das Pack grunzte sumpfig herüber und schreiend vergnügt : prostete ihm unerschöpflich zu und ließ sich ›Runden‹ ausgeben : und dann brach's grölend und tobend los – aufdonnernd um seine feist taktierenden Finger : bien connue – »– un mor gähn die gahn zäh wählt –!« : das wahrhaft sangesfrohe Volk, dem dieser Ausschnitt hier ja wirklich auch immer noch heute gehörte – ich : wollte weg, war – Feuer? wieso Feuer? : war plötzlich wie eine Stichflamme vor ihm aufgeschossen – und trieb die Masse in ein Kreischen auseinander : dem jähe Stille – nur noch sein dröhnendes Kichern – dem jähe

still – ganz still : ihr Kopf an meiner Schulter – Haar an Haut – ich : will hier weg, sagte ich – »– möchte mit Ihnen – hier –« : wir mit uns – ein ganz geringes Schauspiel : fand Statt – der Raum : auf einmal fast leer – hab ich denn derart lange – ? : nur ein paar Laute von Schmerz noch : hingen welk an den Wänden : trieben anhaftend an Klang an : Wind : aus ringsum offenen Türen : trieb an der und er – trieb sie : im immer an der Wand entlang end : »Ja –« sagte sie unbeschreiblich »– ja doch –

ja –« : erblaßt und ernsthaft : und hatte den Mantel schon über dem Arm – wir

gingen überdrüssig noch einmal zum Tisch, wo er saß – jetzt ganz allein : »Aufbruch? – Sie wollen fußbaß – für – nach : Art der Apostel –?« hob langsam ein verlaufen geschminktes Gesicht »– asketisch sattsam – wohlweislich bekannte Art : ich verbleibe mit Nachdruck – auch in den mißmutigsten Zeiten : unneidlich – wenn auch leidsam – Schutz und Obdach –« und murrend noch weiteres mehr – ich : winkte es weg : »Sie haben jetzt einiges zu tun, um wieder zu Façon zu kommen, Galland –« sagte ich kurz »– trinken Sie etwas Kaffee – und schlafen Sie sich dann aus –« : er sah uns nicht : sah glasig durch uns hindurch : »Problem! : wenn ich Kaffee – kann – kann ich nicht schlafen –« und versuchte sich halb in die Höhe – torkelnde Salutation »– und wenn ich schlafe – kann ich nicht Kaffee – fee – gaff nicht – ich kann – falsch : ich – wenn –« und sank dann : starr gravitätisch weg – irgendwo hin : verworren zwischen Wand und Widerwand : wir sahen uns nicht mehr um

unter schartigen Windstößen – der Regen : trieb wie durch uns hindurch : und wir waren dann auch bis auf die Häute durchnäßt und verwaschen, als wir im Trockenen standen, unter ihrer Haustür, und uns wie zwei Verrückte ineinander – umfaßt anfassend – aber was denn – das : war später war : verfließend – war ja viel später : war – weiß nicht mehr : es war

dumpf schläfrige Dörflichkeit : kein einziges Licht : nur Stufen von Finsternis unter den treibenden Wolken –: auch Mond nicht mehr – wir : hatten uns heillos verlaufen – und liefen doch einträchtig weiter durch das Chaos : der zusammengewürfelt erstarrten Behausungen – Behältnisse Verkrochener – wir : redeten nichts : dachten unhörbar beide an das versunkene Gesicht zurück – zu

rückwärts im Sausen und Brausen : windsig – heiß? : nachäffend eisig zwischen Haut und Haaren : ohrgellend – hölzern klöppelnd – höher höchst in : fis – ais – gis : excelsis in – im hohen : im Höchsten Corps-Ton – und sank : fes – as – gesackt : versengt versungen in ver – inconnu – : j'ai seul la clef – de cette parade sauvage

noch bis ins heraufschwimmende Dämmern : da tauchte die Brücke auf – motorische Grimassen lärmten vorüber : leichenhaft blaß – das : ewige Lebenslicht der Pausenlosen – entfaltete seine Fahnen : flatternd uns voran : in Nebeln das stinkende Gähnen aller Auferstehung

und endlich zum Ende : seiner Unsichtbarkeit – ein Recht : wurde fertig – ein Mißtrauen : fallen gelassen – : ganz blaß nur noch sein Schemen – stumm – sein bübisch gespitztes Mundwerk : hängt nur noch – sagte er hängen – ? nur von mir noch – uns : nun nur von uns noch ab – wir

liefen uns dauernd entgegen :

V

. . . mehr vielleicht, immer mehr : – obwohl das alles zuletzt nur Marginalien ergibt : Spuren des Um- und Abwegs über den weißen Rand . . .

Im immer dunkleren Spätmorgen –: die Steine zuletzt wie ergraut unter den hinschleichenden Augenblicken – unter den trüb vom Gewölbe niederglimmenden Lampen –: ich stand weitab, auf der Seite unter dem Reiter, und zählte nur noch mechanisch das Scheppern der Glöckchen, das aus dem fernen Gemurr herüberdrang : es war auch kalt, roch klamm von durchnäßten Mänteln : ältlich, uralt – wie aus aller Zeit gefallen : und das dumpfe Scharren dazu, das sumpfige Stieren und Rascheln : lag mir wie eine Lähmung auf den Gedanken : ohnmächtig machend nichtig – ein lautlos schriller Gespenster-Konvent –: bis dann auf einmal doch alles zu Ende war : Geläut schlug stumpf herunter : Orgelton brüllte auf : und die Gemeinde schob sich zäh den Ausgängen zu, mittendrin die schwarze Masse unserer Abgeordneten, an deren Spitze er ging – nein, schritt – nein, unbeschreiblich sich fortbewegte : die Köpfe kahl überragend – ich : stand, blieb stehen, tiefer in den Mantel gehüllt : fror – trotz des immer noch anhaltenden Fiebers : es ist dies wirklich der Aberwitz selbst – auch daß ich selbst – ich

»Ich –?« er : plötzlich neben mir »– ah, mir : bekommt das alles ausgezeichnet : causes célèbres et intéressantes : Sie wissen, daß in diesem Land alle erhebenden Vorgänge von nachhaltigem Glockenschlag begleitet werden : so auch die uns erhebenden – darf ich Sie jetzt um Ihren möglichst wirkungsvollen Abgang bitten –?« : drängend halb hinter mir : die Halle war schon fast leer : Domdiener liefen : »Das –« sagte ich schroff »– verlangen Sie aber mal nicht allzu oft von mir, Galland : ich bin kein Schauspieler, dem Sie das Gesicht beliebig in Falten ziehen können : mein Vorrat an Grimassen ist –« verbraucht, erschöpft – ist nach all diesen Tagen –: »Nicht doch – Ihr unerschöpfliches Talent : ich rezensiere durchaus begeistert : und spreche die Hoffnung aus, daß Ihnen bei dem uns nunmehr bevorstehenden Empfang auch der besprochene Handkuß gelingen wird : die Tätigkeit auf den Brettern des Großen Welttheaters erfordert eine bewegliche Mimik, für deren Aufwand uns der Applaus entschädigt – hernach – schon bald –: im übrigen, mit Verlaub : wenn Sie mit Ihrer Frau Wirtin, der reinen Nächstenliebe zu Gefallen, zu Ostern dieses hochheilige Haus aufsuchen, so können Sie dasselbe zu Pfingsten auch mit mir – rein mir zu Liebe – gefälligst – klar? : ja – nein : das hier ist nun meine Rolle –« und spannte den Schirm über mir auf, unter dem leeren Portal : trat hinter mich – ging –

immer hinter mir

in der strömenden Nässe : der Platz geschwärzt von Menschen – bis hinüber zur Residenz : und der Regen hing wie graues Standartentuch hinein, in schwerfellig wehender Bewegung : senkte sich tiefer noch, als ich die Stufen hinabschritt : halbmastig – massig – albhaft –: »Was? – nun –« Yahoos »– ein hartgewähltes, wenngleich die Wahrheit kaum verfehlendes Wort : wir erblicken ein Publikum, auf welches die Ausgießung des Geistes eine leider traditionell geringe Wirkung geübt hat : nun, um so fließender wird die Begeisterung sich bei unserer Schlußkundgebung einstellen –« Bierzelt, im Hain, Musik »– da werden wir reüssieren –: gehen Sie jetzt bedeckt –« und stieß mir gegen den niederhängenden Zylinder : immer noch in der Gasse der schwarz vermummten Gestalten : einiges hatte den Hut gezogen – fast alles stand devot : und schloß sich dann derart wie zum Leichenzug hinter uns, daß ich für einen Augenblick – griff nach – mein Herz

und dann war auch das zu Ende – der hochsolemne Empfang : »– nur für die Fördernden Mitglieder –« hatte er gesagt – und das waren dann doch an die fünfhundert : der volle Kaisersaal, die Geistlichkeit nicht gerechnet : »– ein von mir mit Vorbedacht gemischtes Publikum, welchem man schlechterdings Alles bieten kann –« murmelte er neben mir »– die Anwesenheit der Metaphysik dämpft den kritischen Geist auf die willkommenste Weise : ich fühle mich selber schon staunenswert geistlich gestimmt : beachten Sie meine Gewandung –« und strich sich langsam mit Behagen über den chorherrenhaften Habit »– dreiunddreißig Knöpfe – in Würdigung der vermuteten Lebensjahre unseres Erlösers : deren Mühsal ich mir allerdings durch einen geheim unterlegten Reißverschluß habe erleichtern lassen – ah, geben Sie nun acht –« : und dann hielt er eine Ansprache, die mir noch die letzten Gedanken verschlug : ein metaphorisch quirlender Unsinn – *Freunde! Fränkische Genossen! Gesinnungs- und Gesanges- : kaum ein Jahr* – aber wieso denn kaum ein schon ein Jahr? : *ist nun verflossen, seit* aus edler Männer Mund *an Frankens Sängervereine* die Aufforderung erging, *gleich den Sängern in anderen deutschen Ländern* einen Bund zu bilden, um, weil nur gemeinsames Streben und einträchtiges Wirken *Großes schafft, hiedurch der Pflege des deutschen Liedes in Frankens Gauen eine höhere Weihe zu geben* und echtdeutsche Gesinnung in der Brust des fränkischen Stammes, eines Kernstammes unseres großen deutschen Vaterlandes, *stets rege zu halten : und seht! wie alles Edle stets vom Himmel gesegnet ist, in der kurzen Frist eines*

Jahres, getragen von der Zustimmung unserer allerhochwürdigsten Eminenz, steht nun dieser Bund, nicht wie ein schwaches emporkeimendes Reis, nein! wie eine mächtige Eiche, unter deren schimmerndem Dach *schon viele Tausende sich sammeln eins im Wollen, eins im Geiste und eins im Gemüt! : unsere schöne Frankenstadt Bamberg war die Wiegestätte unseres fränkischen Sängerbundes, und so konnten denn ihre Söhne auch nicht* auf die Ehre verzichten, den zum Manne erstarkten Bund zuerst in ihren Mauern festlich zu begrüßen : Ihr seid unserm Rufe gefolgt, zu Tausenden seid ihr hierher geeilt, und wie die Tore der gastlichen Häuser haben sich auch Aller Herzen euch erschlossen : *doch seid ihr nur hergekommen, um euch mit uns zu ergötzen an den Reizen unserer Stadt und Umgegend, zu feiern ein Fest, welches die äußeren Sinne erfreut? O nein! Das ist euer Zweck nicht! Gemeinsam wollen wir feiern das Höchste, das Edelste, was den Menschengeist emporträgt über alles Vergängliche :* Wir wissen, daß ein Gott mächtig waltet über uns allen, daß unauflösliche Bande ihn und uns umschlingen, und ihn vor allem werden wir preisen im erhebendsten Liede : *ein Gut aber ist nach seinem Gotte dem edlen Menschen das Höchste auf dieser Erde – es ist sein Vaterland :* und wer unter allen Völkern hätte mehr gerechten Grund, auf das seinige stolz zu sein, als der Deutsche? : *Schließt es nicht Alles, Alles in sich, was menschliches Verlangen ersehnen kann? :* Neid ist die Triebfeder der meisten Handlungen unserer Feinde : *die Zeit wird sie richten :* sie werden erlöschen : *atmen wir auf im frischen deutschen Mute,* in der Hoffnung auf die herrlichste Zukunft Deutschlands, *und wollen wir deutsche Männer,* weil wir Männer sind, *uns aber auch als Männer fühlen : ja, je mehr* der von der Zwietracht ausgeborene Sturm *die Zweige der Eiche durcheinander schüttelt,* desto fester nur wurzelt der Stamm, und groß und mächtig *steht dann der himmelanstrebende Baum in der erst der* – genug! : Erst der Gedanke, *dann das Lied und dann die Tat :* so reifte immer Großes früh und spat : *ja auch uns Deutsche wird das deutsche Lied* genug ge *dieser Reife näher bringen,* und darum rufe ich *euch Sängern zu* unseres Bundes schönsten Begrüßungsspruch: *›Lied hoch!‹* genug – ich : wagte kaum aufzusehen – mein Herz : schlug panisch in die lähmende Stille : zu viel – das : ging zu weit : das war nun die Katastrophe –: aber dann brach auf einmal der Irrsinn tobend los : »Lied hoch! Lied hoch!« : ein Veitstanz gestreckter Arme – quirlend sich schüttelnder Pfoten : er immer mittendrin, mit todernst funkelndem Gesicht –: »Façon!« wieder neben mir »– nun, was hab ich gesagt –?« : schlechterdings Alles – Alles : und ich wurde wie Stein : ließ Alles über mich hingehen – weg – ich : weiß nicht – was Alles ich dann selber noch ge – weg : die Erzeminenz –

sprach feierlich irgendwas : wenn wir – gerade heute – so wollen – auch fernerhin : unter dem Patronat des heiligen Josephs des Zimmermanns : sind wir doch Zimmerleute selbst – Bau unsrer Zukunft –: stand aber dann doch derart winzig vor mir, daß ich den Kopf –: in munterer Gebrechlichkeit – geläufig : schritt er zuletzt die lange Reihe ab : unserer befrackten Staatsbediensteten –: ich hörte nichts mehr – ging im Taumel – ganz taub –: der Aberwitz selbst – dieser Erste Hoheitsakt : es ist das

schließlich noch Gehring : drückte sich durchs Gedränge : »Herr Präsident –?« : aber ohne jeden Spott : nur haupthoch wichtigtuend – mit geschäftiger Notizenmiene : »Nein –« sagte ich schroff »– das mogeln Sie nur alles mit Dr. Galland selber aus, alter Freund : ich –« und ich sah ihn länger an : doch Ängstlichkeit auch – Spur nur – hinter der beschlagenen Brille? »– ich bin noch immer nicht – nicht ganz gesund, Gehring : lassen Sie mich jetzt mal : ich muß nach Hause –« weg von – wieder zu mir »– nein, auch nicht zur Pressekonferenz –« und auch nicht in den Hain –: doch – Angst jetzt – hinter den beschlagenen Augen : das Warnmal aller hier – was ist denn das? : oder sehe ich schon Gespenster – hinter all diesen Gespenstern? : »– ich muß von – wieder zu –« hilflos gewendete Rede »– lassen Sie sich wieder sehen – ja?« kältlich, urkalt – alter Freund

nicht meine Worte – seine – und auch nicht seine – ich : machte mir Tee und floh in die ältlichen Zettel : dieses irrsinnige Fest von 1914, das mir schon damals wie die Eingangsfanfare des Krieges vorkam – und es ja wirklich auch war, in einem ganz unheimlichen Sinne : *Schwertklirrendes, jubelndes Wort und melodisch schwellender Hochgesang, Glockenklingen und Orgelton, der Tenöre hell und froh aufsteigende Stimme, der Bässe tief und voll ausholender Klang in dröhnender Grundgewalt : so rauschet der Männergesang daher* – das : läßt sich gar nicht erfinden, das ist –: und auch die Physiognomien – dieses sangeswahnsinnigen Volks : ewige Wiederkehr – Geschichte wie eh und je : *Wie seiner Vereine stolze Banner wehen, in den markigen Sängersprüchen Kraft und Stärke, Eintracht und Macht sich prägen, so tönet mächtig der deutsche Chor und weckt der Begeisterung lohende Glut* – war es das? : was ihn zu dieser gräßlichen Probe aufs Exempel ge – oder das gräßliche Exempel selbst, das sich probt : schon wieder – noch und noch einmal : des unmerklichen Gleichen –? : *Und wie die Fahne gleißender Zier im starken Griff nerviger Männerfaust, der Wahlspruch eindringlich und kraftbewußt in mahnendem Wort und volltönender Harmonie des*

Männerchores Wesen deutet, so lehrt uns eben ja, die *die Geschichte, was uns sein Singen sagen soll* – Kopie : und schon weit jenseits auch aller Parodierbarkeit : als Parodie erst Wahrheit, Wirklichkeit selbst –: war's das auch heute morgen – einfach nur wirklich und wahr : im Scheinbaren auftrumpfend gegen den Schein –? : *Und als die große Zeit kam, da hallte es wider vom ehernen Schritt der aufmarschierenden Heere, schütterten die Waffen, wieherten die Rosse, jagte es daher wie wildverwegene Jagd – wie Sturmesbrausen in grollendem Mannessinn ein Volk – Nachhall in Wort und Ton, fortreißend wie* – und eben ja Vorhall zugleich, von nur wenigen Wochen : Vorhall auch jetzt –? auch heute für wieder morgen –? : diese vollendete Unschuld der Zweideutigkeit – wäre wie eh und je nur wieder eine Schizophrenie des Eindeutigen –? : *der Altniederländer reisige Marschweis, erhebend wie ihr inbrünstiges Gottvertrauen vor Schlacht und Sieg, und da die Wachtfeuer wiederum loderten ob blutgetränktem stummem Feld der Ehren : das himmelhoch steigende herzenentströmende Dankgebet siegender Krieger* – wie eh und je : irrsinnig kopierter Irrsinn : bliebe – woher kopiert –? : es steht ja noch nicht im fertigen Text, den er hat : ist alles erst mühsam der Erinnerung abgehorcht – und immer noch fragmentarisch : windig und plunderhaft : *einig – im einigenden – deutschen Lieds – im Zeichen : die Einigung durch – Blut und Eisen, doch : der Männergesang hat nicht zuletzt der vaterlandsfreudigen Begeisterung Flammen entzündet und geschürt :* ah, spioniert er mir in den Papieren? : liest er mir gar noch von den Gedanken ab, was ich – noch ehe ich – ich selbst sie –: aber die hirnrissige Syntax – ist ganz original – *stein meerumschlungen : ersang Alldeutschland, und zum grünen Rhein : erscholl der Ruf, brausend wie Donnerhall, der Deutschlands Heere gen Frankreich entbot* – ich : kann nicht mehr : noch etwas von *zwiefacher Art : Männergesang – auch in ihm – zart – paart sich : das Starke mit dem Zarten – seine obsiegende Kraft : gebiert – die in deutschen – wohnet – in deutschen Herzen : die helle Sangesbegei* – es kommt nichts mehr : bin dumpf – ich : Kopf mein – morgen – morgen weiter –

mein Kopf an der triefenden Scheibe – trommelnd – Fieber –: es wird nie Sommer hier – nie Wärme, die bis ins Mark dringt : nur immer dieser schleichend sich in die Ewigkeit einsickernde Regen, der alle Energie zu Boden zieht – schlägt – knüppelt –: der Inbegriff des Niederschlags schlechthin – des tiefdrückenden Verhängtseins : kann sein, die Ur- und Erstsache alles Tiefen und Niedrigen hier zugleich – was weiß ich – weiß nicht –: »– also weißt du –« sie : mit kurz mich durchwuselnden Fingern »– mußt du das –? : gleich immer so ein Katastrophengesicht dazu machen –?« : aber ganz lieb – und auch richtig : obwohl ja auch SF gemeint hat, ein einziger Stockschnupfen würde ausreichen, ihm sämtliche Unsterblichkeitsphantasien zu verleiden : »Doch – doch, ich muß wohl –« sagte ich irgendwann »– ich stecke – wenigstens im Moment – zu tief wieder in meiner Vorzeit –« geboren in Hitze und Sand »– in solcher Dürre : daß mir diese kleinen Sintfluten später immer wie – ja, wie Katastrophen eben vorgekommen sind : wie buchstäblich fatale Zusammenbrüche aller Grundruhe und -ordnung –« außernatürlich : über – wider – un »– natürlich : kann man darüber lachen – aber es sitzt mir doch –« sogar in den Sinnen – allen »– tief in den Knochen : und eigentlich –« das allerunseligste Wort »– fange ich erst ab 30 Grad überhaupt an zu leben –« : und muß – muß – müßte : hier wieder weg aus diesem unseligen Land : fliehen aus – auch aus den Zetteln, die's mir bewahren : dies ganz unsägliche – unrettbar fanfarende – dies Schund- und Schandge –: »Ja – ach ja!« wir müßten : gemeinsam weit weg fahren – reisen »– irgendwohin – nur weg –« : *after a summer sun* –

und dann hörte das Trommeln hinter dem Glas auf einmal auf – hinter seiner jäh aufstörenden Erscheinung : schon Spätnacht – »Nun –?« hochauf gerichtet in der –: und der betrunkene Blick rempelte sie derart an, daß sie ganz ohne ein Wort ins Neben –: »– ah – sie spürt : daß ich ganz sicher ein –« fett hinterher zuckende Achseln – und wieder »– nun –?« : mit Triumph aus voller Brust – ich : saß wie Stein – blieb weg, bis er verschw

bis wir in Dunkel und Erschöpfung allein waren –: und ich tastete lange nach ihr – fliehend in – frierend im Fieber : »– er ist ein – hat etwas –« einmal – sie : mehr zu sich selbst »– etwas Kannibalisches an sich –: gib ja ein bißchen acht –« : und mehr nicht mehr zu mir – doch Ängstlichkeit auch? : Spur nur – hinter dem sich schmiegenden Frösteln –: aber sonst ohne ein Wort – über den Nachmittag – über ihr Kommen und Gehen –: »Ich habe –« sagte ich ermüdet »– das alles fast in der Hand – ich : fest in der Hand –« : und da lachte sie leise und gellend – bis in den Schlaf

1–6–50

›Abschied‹ – das Zweite Buch –: ich habe gestern den Grundriß entworfen und die erste Durchnumerierung der Notizen versucht : vieles aus VII und VIII ist brauchbar – aber der Widerwille hat sich erneuert, hat sich ganz ebenso wieder eingestellt wie vor zwei Jahren, als ich's weglegte : das Ekle und Heikle zugleich – obwohl sich all diese gefährlichen Wahrheiten jetzt mit weit geringerem Risiko sagen ließen : mit souveräner Autorität – ist's vielleicht das? : was mir die Ängstlichkeit schon wieder in den Nacken setzt? : daß sie, die Wahrheiten, zuletzt doch sie, die Autorität, vernichten sollen, entwerten und zerstören, ohne die sie selber nicht zu sagen sind, und so mit ihr sich selber zerstören müßten – als letzte Wirkung ihrer Wirksamkeit –? :– ad fontes der gesamten Staats-Konstitution : ins Allerurälteste des Beginns – ins Archaische jeden Sinnes : dann in zwei Strängen durch bis ins Hier und Jetzt : Geschichte und Psychologie – Phylo- und Ontogenese : und schließlich – schwierigste Form, Engführung – der Nachweis von beider Identität –: vielleicht ist's ja gut, daß ich gezwungen bin – genötigt – nur mit freiem Willen : käme's wohl auch in diesem Jahr nicht zustande –: aber auch die LB : muß weiter – aus den Notizen heraus – und groß und rettend in den Mythos zurück, dem ich das Andere entreiße : es ist ja noch alles da, mir unverlierbar – und kommt allabendlich jetzt mit einer Gewalt herauf, daß selbst die Stenographie nicht mehr Schritt hält : nachhinkt : versagt – man müßte eine – ja : Polyphonie des Schreibens – mit zwei Händen –: wie mit zwei Hirnschichten auch – ich denke das manchmal wirklich : ich könnte wirklich zwei Bücher – und beide zu gleicher Zeit –: aber was hieße das dann noch – beide zu gleicher? und Zeit –?

und dieses irrsinnige Fest : das großspurig Urige all dieser Redensarten, die jede noch so böse Karikatur des Germanischen in den Schatten stellen : *Willkommen uns, Ihr Sängerscharen! / Sei uns gegrüßt, Du Sängerheer! / Zum Bundesthing kommt Ihr gefahren, / Germanen gleich mit Schild und Wehr! :* »– was, Angst? – ach nein : das eigentlich weniger –« sagte sie nur mokant – und später noch, ohne Zusammenhang »– ich bin das ziemlich gewohnt : und finde's auch nicht mal mehr komisch –: mußt du das wirklich – soviel Zeit dafür –?« : *Wohl Friedensklänge wir erküren – / doch, wenn der Sturm kreuzt uns're Bahn, / Kann uns're Faust das Schwert auch führen, / wie uns're Ahnen es getan* : die beiden Hälften der Schizophrenie – ganz kurz vor der explosiven Verschmelzung : wenn ich ihn, Dad, da voll zum Reden brächte, hätte ich den ganzen Deutschen Charakter auf dem Papier : *Dann mag der Feind vor uns erzittern, / es tobt der wilde, grause Brand, / dann schirmen wir in Ungewittern / das freie deutsche Vaterland!* : und eben so hat er's tatsächlich ja vor uns deklamiert – und gesungen und dirigiert : mit zackig fuchtelnden Fingern : und gleich aufjauchzenden Augs wie dann, als der Krieg erklärt wurde : »– doch, ja – ich muß das –« *tamtam Heerschau halten: / der Gott der Lieder führ' uns treu, / tatamtam tamtam segnend walten –:* »– das wirklich –: laß nur – laß –« *aufs neu aufs* – und bat sie weg

»Sie reisen –?« endlich weg : der Süffisant : der Immergrienende : »Nun, mit Verlaub : ich werde fortbewegt – ich : lasse mich fahren –« : und der Chauffeur sei noch »bei seiner Schwester« :– was hat mir diesen Satz dann nur so verwirrend gemacht –? : stand er nur deshalb so wartend – und gar nicht auf etwas von mir –? : »– nur Ihre Paraphe bitte – wenn ich höflichst – was? : Sie brauchen es nicht zu lesen – es ist rein offiziell –« : die Verlautbarung für die Presse : geschreihaft – gefälscht –: und ich hieb ihm das ganze Faszikel in die Hände : »Hier haben Sie's – und ich *habe* es leider gelesen! : kein Wort ist wahr – kein Wort ist Protokoll! : meinen eigenen Redetext haben Sie bis zur Unkenntlichkeit entstellt – und dafür den tollen Unsinn, den Sie hier zum besten zu geben beliebten, durch eine graue Maske von Polit-Jargon ersetzt :– *wenn ich, meine sehr verehrten Herren, ausführte, daß : der Sänger durch das Lied : der berufenste Träger und Pfleger : des Vaterlandsgedankens, der Vaterlandsliebe : ist, so dürfen wir : die heutige Gelegenheit : nicht vorübergehen lassen, ohne : auch jenes Mannes zu gedenken, der : nun an der Spitze unseres Staates steht : der die Geschicke unseres Bayernlandes* –: das ist nichts anderes, als was uns ohnehin täglich aus den Lautsprechern entgegenschwatzt : so immerwährend deutsch, daß man keine Parteien mehr kennen kann : so irrenhäuslerisch frech und ekelhaft – daß ich nicht übel Lust hätte, Ihnen den ganzen Kram hinzuwerfen : sehen Sie sich vor – und sorgen Sie –« : aber der Ton mißlang mir dann ganz vor seiner unbewegten Jovialität : und auch etwas wie Gleichgültigkeit : fuhr mir wie lähmend immer mehr zwischen die Worte –: »Ich *habe* –« sagte er behaglich »– völlig ausreichend vorgesorgt – und hege die Zuversicht, daß Ihr Unmut sich alsbald tranquillieren wird : recht rasch, wenn ich bitten darf : eilig – ich warte –« und streckte sich nun doch breit in den Sessel »– es gibt viel Mißgunst und scheeles Wesen : Neid ist die erbliche Triebfeder unserer Feinde : wir sind überein gekommen, uns einer verkleideten Sprache zu bedienen –« : *möchten sich doch : aus allen, allen Kreisen unseres Volkes : mehr als bisher noch kunstbegeisterte : wackere Männer finden, die von wahrer Liebe : zur Sache getragen, den Dienst im Reiche der Töne : freudig üben zum Heil : unseres deutschen Volkes und Vaterlandes :* »– und warum auch nicht? : ist doch besagtes Volk hinreichend dressiert, in jedem noch so narrenhaften Obrigkeitskostüm das Gottesgnadentum zu erspähen – wie Sie höchstselbst dekretiert haben : und niemandem wiederum als Ihnen höchstselbst verdanke ich den belebenden Einfall, als gleichnishafter Sangesvater und Liedmeister vor das hiesige Publikum zu treten : fand ich doch in Ihren das Vergangene, doch gleichso Zukünftige ergründelnden selbstbiographischen Studien das passende, ja mir geradezu hinreißend stehende allegorische Gewand : welches freilich, wie zu erwarten, nur mich selber aus dem Fundament belustigt hat : die allgemeine Verhornung des Gehörs hat in diesen Gauen zu einer Abnahme der Witzessinne geführt, die man beklagen müßte, ließe sich nicht der ausgleichendste Vorteil daraus ziehen : weshalb ich auch das Ursprungsjahr dieser sprechenden und in eins geheimen Metaphorik mit durchaus milderem Blick betrachte denn Sie – ist es zugleich dasjenige doch meiner selbst : ja, wahrlich, ich sage Ihnen – mich selber hat der Sängergeist gezeugt, welchen ich jederzeit in unabreißender Geläufigkeit aus mir reden lassen kann :– *alles, was uns bewegt, wenn wir des Deutschen Lieds gedenken : seine Ideale erfüllen und der Männer Gedächtnis auffrischen : die, Sänger und Helden zugleich, die vaterländischen Hochgefühle zu entfachen verstanden : das weckte in glänzender fortreißender Rede : der zweite Bundesvorsitzende : dem in freudigster Aufmerksamkeit : die Massen lauschten* –: Paroles remarquables, bons mots et maximes : haben Sie auch nur die geringste Verstörung oder gar Empörung wahrgenommen? – zu schweigen von Aufruhr und Auflehnung wider meine Regie –? : ah nein, mein lieber Herr – *diesen* Ohren dürfen wir schlechterdings *alles* zumuten : und selbst unsere Herren Bankiers und Ruhr-Gebieter, um deren Mienenspiel ich mich ein wenig besorgte, haben mit undurchdringlichem, allein von mir durchdrungenen Antlitz dazusitzen gewußt : das Wörtlein ›deutsch‹ ist immer noch eine allzeit entzündliche Nebelkerze, die alle anderen Ausführungen ringsum auf das wolkigste verhüllt : in solchem Dunstkreis läßt sich trefflich schwefeln : was? – ja – nein : schweifen – schwelgen – triftig –« : Schwafeln : *mit dem Gefühl der Genugtuung ob der vielhundertfältig geleisteten Arbeit und dem frohen : Bewußtsein der Vollendung des Werks, : war es nun : dem Leiter des Ganzen : vergönnt, allen, die : zum Fest gekommen, Gruß und Wunsch zu weihen mit folgender Ansprache, die : sich ganz besonders herzlich an die zahlreich erschienene :* »– trefflich – Sie sagen es : unsere zahlreich erschienene Beamtenschaft : die stützende Begleitung meines ursprünglich nur a capella gesetzten, doch nunmehr durch Pauken und Trompeten bereicherten Corps-Werks : ah, ich bewundere selber die Eingebung, welche mir Mittel und Wege wies, dieses Instrumentarium zu engagieren : mit dem schon gleich die erste Probe schier über alles Erwarten wohl gelang : der sozusagen harte Kern unseres musikbegabten Volkes – durch langjährige berufspraktische Schulung geradezu prädestiniert, die Winke meines Taktstocks zu verwirklichen : ich lege ihnen nur eine – wie ich freilich sagen muß, äußerst präzis komponierte – Stimme auf das Pult, und alsbald erklingt dieselbe ohne jedes Bedenken fehlerfrei vom Blatt : wahrlich – ich darf wohl sagen, daß mir ob dieser Erfahrung ein Begriff der Philharmonie aufgegangen ist, um die uns die umliegenden Völkerschaften mit jeglichem Fug beneiden : ja, deren Nutzung durch mich sogar das ähnlich reibungslos funktionierende Firmament bestaunt : *und nachdem nun Beethovens gigantischer Chor : Die Himmel rühmen : weihevoll die Übergabe des Bundesbanners : eingeleitet hatte, war es : ein erhebender Moment, als nach : vollzogener Übergabe aus Tausenden von Sängerkehlen der Wahlspruch des Bundes : Eintracht hält Macht : gleich Sturmesbrausen durch die Halle* – nicht? : was verschließen Sie sich das Ohr mit derart eiligen Händen? : ich will nicht hoffen, daß Sie meiner sonst allseits gewürdigten gleichnishaften Rede die künstlerische Anerkennung vorenthalten : ich habe einen geradezu symphonischen Höhepunkt meines tonsetzerischen Wirkens hinter mir, den Ihre momentane, leider übel zu nennende Gemütslage mir nicht vergällen – nicht ver –« : Gellen : Schellen : »– ah, mißlich, wir – ich : werde unterbrochen : wir müssen meinen Aufbruch sehn – was wollten : Sie noch, wenn möglich in Kürze, beantwortet – an Einwänden widerlegt – notfalls barsch abgewiesen –?« : nichts mehr jetzt : oder »Höchstens noch dies –« und ich suchte nach irgendeiner Geste, um meine Gleichgültigkeit aus dem Anschein der Fügsamkeit zu bringen »– warum Sie sich : bei derart aufwendiger Instrumentation : gegenüber den Presse-Agenturen so unmusikalisch gegeben haben –« : mißlungen aber – er : ließ sich gemütlich wieder in den Sessel zurücksinken : »Eine andere Metaphorik : wenngleich nicht weniger klingend und gesanglich : die allzeit bereite Verteidigung des Abendlandes beziehungsweise der Freiheit desselben : *tragen wir doch alle, die wir : lebendig begeistert sind für deutsche Art und deutsche Sitte : das Bewußtsein in uns, wenn es : erforderlich sein sollte, auch heut : wie einst vor hundert Jahren unsre Ahnen : bereitwilligst Gut und Blut : auf den Altar des Vaterlandes nieder : zu legen* – ah, die Politik ist das Schicksal –« rief er imperatorisch, die Hand behaglich zwischen Bauch und Weste »– das Schicksal aber bietet sich uns als eine Rührschüssel dar, in deren quirligen Teig wir in Kürze mehr als nur einen naschenden Finger steck stecken wollen – he, was fingern Sie dort selbst? : was tippen und tappen Sie zwischen meinen Zeilen –?« : die andere Metaphorik : »Nun, ich bin selber gerührt –« die Blätter quirlend »– mit welcher zuckerbäckerischen Zuversicht Sie einen so alten Teig zum Aufgehen bringen wollen, Galland –« : aber nur erst die ›Freundeskreis‹-Liste der Industrie : die Siemens-Schuckert, IG-Farben, Mitteldeutsche Stahl : Ilseder, Rheinmetall, Portland : »Ah, alt nur als Rezept –« sagte er launig »– ehrwürdig überliefert : in seinen Ingredienzien jedoch von allzeit tischfertiger Frische –: Sie wollen bei Ihren von geglückter Bildhaftigkeit getragenen Gedanken nicht unbedacht lassen, in welchem Maße der hiesige Mensch zurzeit entschlossen ist, vom Brot allein zu leben : ein ja reichlich begründeter Entschluß – in Sonderheit nach der in jüngster Zeit genugsam überzeugend ausgefallenen Erfahrung des Mißlingens einer gelegentlich versuchsweise unternommenen Gehirntätigkeit : welche seinen eigentlichen Appetit, ganz wie bei früheren und insgleichen gescheiterten Versuchen, leider ungestillt bleiben ließ : ein fraglos von der Vorsehung gefügter Umstand, dem auch wir Genüge tun woll – wollen – was, genügt –?« : ja : das genügt – ich : machte mich mürrisch – wischte den Kram beiseite : wie willig abgelenkt von der mich überschwemmenden Stimme : kein Wort zuviel jetzt – eher sehr viele zu wenig : »Nun, höchstens noch dies –« der Lemmer, Ernst »– ist das : der Goebbels-Journalist –?« : »Erraten, ja : jedoch seit dem Ableben seines Dienstherrn alsbald zum demokratischen Gedanken zurückgekehrt, welchem er auch zuvor schon als Abgeordneter gehuldigt hat : ich trage mich mit der Absicht, ihn über Viel zu setzen : ein unerschrockener Posaunenbläser und Trommelrührer, der nie aus dem Takt kommt : Sie waren – ah, gestatten Sie mir einen Blick in die Ihnen offenbar zum Studium vorliegende Partitur –« : grapschend – noch ehe ich –: aber er legte das Aktenheft nach nur sekundenlangem Blättern gefällig wieder hin : »– der Pester Lloyd, soso – Sie : waren ein Leser seiner packenden Artikel –?« : ich – Leser einer Zeitung? : und ich log : ich machte verstrickte Ausflüchte – und schließlich einen kleinen Fehler, um eben noch den größeren zu vermeiden –: bis er sich dann erhob : »Ich muß davon : das Orchester wartet meiner Stabführung –« befriedigt gemächlich »– nein, die Industrie : und am späteren Abend noch die Herrschaften von der Behörde – lasen Sie nicht die Rezension? : vorher erstellt, und von meiner selbeigenen Hand – ich : führe die Feder auf eine Weise, die vorbildlich genannt werden darf : rein sekretariell, gewiß – und stellvertretend : da es mir leider nicht vergönnt sein wird – *ist es mir leider nicht vergönnt, unsern verehrten : und hochverdienten Ersten Bundesvorsitzenden :* Herrn Doktor Adams persönlich heute bei uns zu sehen : doch verlasse ich Sie, wie ich sehe, moderiert – und die von mir eindrucksvoll bekannt zu gebende Unpäßlichkeit Lügen strafend : so recht – und hurtig denn fort : ich darf um den allergediegensten Fleiß bitten, den auch ich selbst an Tag wie auch an Nacht zu legen – stellen – setzen –« und er fuchtelte vielfingrig zwischen Tür und Angel » setzen Sie sich – ich –« schwarz vor meinen Augen »– und bleiben Sie kommod : ich kehre wieder –« : verhüllt schon – widerhallend – endlich still –

schlief etwas, bis sie kam : aber mit gellenden Ohren : und hin und her gerissen zwischen den beiden Sorten von tuschelndem Quatsch, die heraufgekommen sind : *beide Persönlichkeiten repräsentieren die moderne Rechtsanschauung des Nationalsozialismus :* dieser Lemmer im Lloyd über Thierack und Freisler : *sie stehen in dem Ruf, als Männer von großer Rechtserfahrung die erweiterte Aufgabe der Justiz des Reiches tatkräftig erfüllen zu können –:* was macht dieser gräßliche Mensch in meiner Nähe? : was treibt er sich zwischen den alten Redensarten herum? : dieses irrsinnige Fest : »– nein, warte –« und wandte mich ab »– laß – laß mich raten – *kolossalen Jubel : löste die packende Rede aus, und Deutschland : Deutschland über alles : war der starke Widerhall* – nicht? hab ich's nicht getroffen –?« : fast befremdet – wie sie mich ansah : schüttelte abwesend den Kopf : »Nein – nein, das ist erst noch – und hinter verschlossenen Türen : nachher – da werd ich nicht – ich : war bloß – war –« bloß auf der Volksbelustigung – *im direkten Anschluß : an seine meisterhafte Rede : händigte der stellvertretende Vorsitzende : Herr Rechtsanwalt* – »– wer –?« : ein Wort zuviel – und eher sehr viele zu wenig : »Ach, das sind bloß wieder meine untilgbaren Reminiszenzen : an jenes 12. Fränkische Sängerbundesfest im Juli 1914 : war es denn sehr anders –?« als in jener unsäglichen Offiziellen Illustrierten Festzeitung festgehalten : »Nein – nun – eigentlich nicht –« und immer noch abwesend – her und hin gerissen? :– aber dann brachte ich uns doch uns wieder näher, und wir warfen zusammen das ganze Einst und Ehemals durcheinander : »Also das glaubst du nicht, was die Leute so alles auf ihre Fahnen schreiben! : *die Nördlinger schritten stolz hinter einem Schilde, das den Sängerspruch ›So, Gsell, so!‹ trug :* na, ›schreiten‹ ist gut – du hättest die lärmenden Wänste sehen müssen! : *denn daß innerhalb der Vereine, besonders der ländlichen, nach alter Germanensitte das Trinkhorn nicht fehlte, ist so selbstverständlich wie die Tatsache vom alten Sängerdurst :* ich hab ein paar schöne Aufnahmen gemacht, wie da *vielen dieser Empfänglichen das Herz überwallte :* zeig ich dir dann – und erst der Begrüßungsabend! : *der Begrüßungsabend fand den weiten Raum dicht besetzt :* nämlich in der sogenannten Festhalle : *dem imponierenden Zeltbau in seiner leicht-luftigen Art und doch den stolzen Ausmaßen :* die Leute waren schon nachmittags so blau wie des Volkes wahrer Himmel : *und in die bedeutsame Kundgebung fügten die Biermaide in der kleidsamen Dirndltracht eine leichte Note, brachten die vollen und häufig geleerten Maßkrüge mit schäumendem Naß die süddeutsch-heitere Art :* ich fange tatsächlich doch an, deinen Blick zu kriegen – und auch deine Ohren : diese Musikkapelle! : *trug in den Pausen noch einige Stücke vor, von denen der Prätorianermarsch aus ›Quo vadis?‹ unter den gegebenen Umständen noch am besten wirkte :* d. h. gehört wurde : zu vorgerückter Stunde – mein Gott, ich rede schon selber so wie die : *war eben allmählich im weiten Saale eine Unruhe eingetreten, die sehr störend wirkte :* ach Lieber, du hast ja doch recht – komm, hab mich lieb : ich red dir auch bestimmt nicht mehr dazwischen : wie gestern – dieses Volk –« : ist tatsächlich seit Germanentagen unablässig besoffen von irgendwas – und man kann froh sein, wenn's zeitweilig bloß vom Bier ist : *mit beinahe atemloser Spannung folgt man den einzelnen Phasen des bisherigen Krieges, der nach der Niederwerfung Polens, nach der Besetzung des von den französisch-englischen Kriegsausweitungsplänen bedrohten skandinavischen Raumes schließlich auf den Schlachtfeldern Westeuropas einen unvorstellbaren – in diesem Tempo und Ausmaß – Triumph der deutschen Waffen –:* »– was hast du denn – was –« habe ich denn nun wieder – wie –: »Nichts – nichts gegen dich –« sagte ich gewaltsam – und griff ganz trostlos nach ihr »– das ist nur was von einem Irgendwem, den ich hier gestern wieder ge –« gehört – gesehen : »Für dein Buch –?« : das alles – »Ich muß –« im Durcheinander des ganzen Jetzt und Ehemals »– da jemanden zum Reden bringen, der dabei war –« und der – in dem das Ganze ist und redet – und redet – redet – »– mußt du denn noch weg –?« : bei Dämmerung – in den tiefrot geränderten Himmel –: schon gut – ich : frage ja nur ich : sage ja nichts

ich log ich : habe doch ziemlich ungeschickt gelogen :– »Wer hat denn Ihnen das –?« : die Archivmappe L –: und wahrscheinlich, weil er auf einmal mit so übergewichtiger Stimme gefragt – so zugespitzt lauschte : »– nun –?« kalt »– soso, Herr Gehring – ah, es ist : nicht Aufgabe unseres Pressesprechers, zu Ihnen zu sprechen : darf ich mich in diesem nicht unwichtigen Betreff wohl voll verstanden hoffen? : ebenso grundsätzlich wie prinzipiell – Ihr fragendes Wort : möge in unabweisbaren Fällen direkt mein Ohr zu finden suchen –« und noch dergleichen mehr : und mit derart hoher Nase, daß ich doch wesentlich schärfer, als mir vorgenommen – und fast ohne Vorsicht : »Nun, Ihr Hoffen, Herr Galland –« fast parodistisch auch »– soll gewiß nicht an einem Mangel an Bemühung meinerseits scheitern – ich : hoffe selber über kurz schon zu einem Verständnis Ihrer Grundsätze wie Prinzipien vorgedrungen zu sein, das über Ihre Wünsche noch hinaus –« : ein Fehler – aber der größere nicht – nun, gut : und ich übertreibe auch sicher, die Quelle noch so vor seiner gespreizten Allwissenheit zu verwahren – er : hat dann auch nichts mehr gefragt – erhob sich bald –

W hat jetzt Ferien und kann sich mit Pichenbach kümmern : der einzige vielleicht, dem zu trauen ist außer ihr – aber auch nur solange Niemand weiß, daß er – außer ihr – der einzige –: alles verrückt – wie vergiftend – ich : denke kaum anderes mehr : *Meine Herren! Es ist heutzutage nichts Kleines : einem Gesangverein anzugehören und : in Gemeinschaft mit gleichgesinnten Freunden : das deutsche Lied zu üben :* hat er das wirklich gesagt – der zweite Bundesvorsitzende, dem in freudigster Aufmerksamkeit die Massen lauschten? : sagt er's jetzt eben zur Stunde – oder einstmals irgendwann? : immer wie stets und je :– aber er hat sie alle in der Hand, auf irgendeine Art – das ist sicher : in Klauen – Pfoten – ich : muß sehr aufpassen auf W : daß er der einzige bleibt, den er nicht – nicht auch in seine – seine Klauen, Pfoten

wenn er sich nur nicht in seinen Eifersüchteleien versperrt –: fast kindlich in seiner Geschamigkeit : weil er – vor einer Schlange von Gestalt –: das habe ich auch noch nicht zu Papier gebracht – den Besuch in Nürnberg : mit dem ja doch die gräßliche Quelle zu fließen begonnen hat –: »– sei mal ein bißchen vorsichtig mit ihm –« sagte ich unglücklich – und sie lacht noch jetzt : »Du spinnst doch! : so ein Jüngelchen – ich habe –« : jaja, bloß ein bißchen gespielt – wie mit sich selbst : und ich wurde unwirsch vor ihrem Eigensinn : »Ich – was –?« ich selber eifersüchtig? : dummes Zeug –: aber ich darf auch wirklich sein Alter nicht überschätzen

– wenn ich ihn in all dies Ältere hineinziehe : »– er ist mein – ist so –« Schüler – ist mein ist –: Sohn meiner Empfindlichkeit – also was rede ich denn da – die

die Quelle – mich überschwemmend – *solange noch : die Kriegsfanfaren dröhnen, hat die deutsche : Leichtmetallindustrie nur eine Aufgabe und ein Ziel : worauf alle Maßnahmen ausgerichtet sind und sein müssen : Deutschlands Endsieg! :* dieser Westrick, Ludger – wie kommt der unter L –? : Lautawerk – VAW : ist dort 33 Generaldirektor geworden : Zwangsarbeit ausländischer Kinder und Greisinnen –: und in Gs Liste als ›V-Mann zum Wirtschaftsministerium‹ – ich : bekomme das alles nicht mehr aus dem Kopf – bin wie von Pest – »– ja, gleich –« : noch die Rundfunk-Nachrichten : 220 000 Jugendliche sind am Pfingstsonntag in Ost-Berlin vor diesem Tölpel Pieck aufmarschiert :– sie wäscht sich – irritierend : »– kommst du dann –?« : steht wassernaß, immer noch lachend –: und dann der ganze Schwall – vorher erstellt : von seiner selbeigenen

nein – gar nicht daß der Staat, und welcher auch immer, die Jugend zur Begeisterung treibt, ist der Dreck und das Übel : »– nein – das Übel ist : daß er sie nie für etwas anderes zu begeistern sucht und vermag als für sich selbst –« ihn selbst – Ihn –: das Jahrhundert der Kollektive : noch zu unsern Lebzeiten wird es sich zu seinem Extrem konstituieren : zu seiner äußersten Grausamkeit : zu seiner größten Summe von Einsamkeiten :– und im letzten Stadium der uniformen Sozietät wird schließlich alles verschandelt und verschwunden sein, was einzig Gemeinschaft sinnvoll machte – ihre Multivalenz –: dieser aberwitzige Schöne Schein und Wahn von Gleichheit und Brüderlichkeit! : er wird eine Konsequenz zutage bringen, die alle Heuchelei splitternackt macht : nur noch absehbare Zeit – und das Individuum – nichts mehr als das arithmetische Mittel von Masse

früh jetzt, fast morgens : schlief weit weg neben ihr ein –

– und fuhr so panisch hoch, daß ich mir betäubend den Kopf unter der Schräge anschlug : schweißnaß – es hatte ge : nein, nur geraschelt – und raschelte noch fort : die riesige Lawine aus zerknülltem Papier, die auf mich zu – mich über mich – »Der Karren!« : und »– los!« oder »– ist los –« oder »– laß –« : ihre fremd schreiende Stimme – von brennend weißen Gebirgen widerhallend –: nein, eisigen – wie ein Bergfilm mit den Alpen : und alles glatt – von Gletschern – glitschig – Spalten : und ich mußte den mit Papier beladenen Wagen den steilen Hang hinauf – ah, Karren, Karren : der dann auf einmal immer schwerer – und immer riesiger – und schließlich sich zu einem ungeheuren Papierknäuel selber verdrehte, der alles verschüttend zu Tal fuhr : wüst auf mich zu – und schmelzend? : es war fürchterlich heiß – wie von verbrennender Sonne : und meine Füße klebend – wie gelähmt : so daß sie noch immer schrie – fortbrüllend – als ich längst :– auf – aus dem Bett : aber nur lallend noch jetzt – ganz leise murmelnd, murrend – aus dem von mir aufgestörten Schlaf : »– laß – laß doch –« was – ich : fuhr wie rasend in meine Sachen – das Rascheln immer noch – und sprang zur Tür, riß auf –: und da hockte er vor der Tür auf der Matte, dürr, winzig, zusammengekrümmt, das Gesicht zwischen die Arme gesteckt wie – ja, wie was – ein Hund? : der wollige Pullover, darüber das struppige Haar – ich : war nicht bei mir, noch nicht wieder bei meinen Sinnen, ich : brüllte – »Junge –« mit ganz widernatürlicher Stimme »– was machst du da – was –« : und dazu der abscheuliche Geruch aus dem Treppenhaus : wischseifig – säufig – muffig ga schemenhaft : und untief unten schlug eine Tür zu – mein Herz mein : »Junge –!« und das ganze Getümmel in Bruchteilen von Sekunden : sein Auffahren, panisch hoch wie ich – wollte weg : wie fliehen – und wie angewurzelt – ich : riß ihn an mich, hielt ihn mit allen Armen fest : »– was machen Sie denn was : machen Sie bloß für Sachen –« : langsam, ganz langsam mich selber beruhigend mit ihm –: und wir gingen dann ins Zimmer, und ich setzte ihn an den Tisch, gab ihm zu lesen, machte auch Kaffee – es : war das alles ganz unsinnig aufregend : ein scharfes Bruchstück des Außer-uns-Seins, das mir erst jetzt erst – außer hier und jetzt –

und es war auch absurd früh erst – der abnehmende Mond : stand noch halbhoch im Westen über dem Dach : kaum sichtbar zeichenblaß in der wolkenlosen Bläue : in einer Kammer aus blauem Dunst – was Kammer, was sage ich – in einem Hof – mir schlug : noch immer das Herz wie rasend, und ich blieb länger am Fenster stehen, um zu Atem zu kommen : kurz nach vier Uhr erst und fast schon heller Tag : nur aus dem allertiefsten Schlaf schrickt man wohl derart wie von – aber nicht doch : »– ich wollte nicht –« was – lauschen? »– ich hab mich nur –« was denn – im Getümmel der Zeiten wieder »– ver –« was »– verfrüht – ich : wollte den frühesten Zug –« : aber es war ohnehin alles von seinem fahrigen Jungengesicht abzulesen, und er ließ den Satz mit einer hoffnungslosen Händebewegung in der Luft : die ganze Quälerei – die man nie wieder wie in diesen Jahren –: auch die Verlegenheit, mit der er sich abwandte, als sie dann träge aus dem Bett gelitten kam, sich mit langen Fingern den Schlaf aus den Schenkeln strich, sich gähnend streckte und schließlich aufreizend langsam mit den vom Stuhl gegriffenen Sachen hinter dem Vorhang verschwand –: »– laß – lassen Sie nur –« gegen seine hochroten Entschuldigungen »– ich – wir : wir haben Sie ja erwartet : und haben ein großes Pensum vor uns heute –« leer hin und her – zwischen klapprig verschobenen Tassen –: und dann gab ich's erst einmal ganz auf und ließ ihn für sich beiseite : und schrieb den Brief an TM zu Ende – zum Geburtstag übermorgen : die Luftpost wird's hoffentlich noch rechtzeitig hinschaffen, wenn sie ihn mitnimmt – Lissy ihn, den Brief –: ihr Pfeifen hinter dem Vorhang – quer durch die Carmen : die alberne Melodie :– aber ich ließ ihn nicht sehen, was ich da machte – die Zeit uns ihre Zeit uns zu vertreiben : hielt's hinter umzäunenden Fingern und legte's weg : nicht mehr – das nun nicht mehr – und ich habe ja zugestimmt : gut, mag's ihm gelingen, noch und noch einmal : großrächende Bataille – aber für sich allein : Pazifische Palisaden – Sieben Palmen – es : genügt, daß ich mit ihm – mit W – noch einmal durch die ganze andere Duplizität hindurch muß, um endlich an das Meinige zu kommen : »Haben Sie denn –« ein Bild nur »– die Bilder mit –?« : noch einmal noch »Alles, was da ist –« über die Zeiten geraten –: und das lenkte ihn nun doch von allem Anderen ab, und wir vertieften uns : die Große Reise des Alten, die ihm die Reise wert gewesen war – wie uns die kleine, den Besuch in Nürnberg, den ich ja auch noch nicht –: auch schon vor über sechs Wochen : am Sonntag, 16.4. – quasi modo geniti – wir : lasen das alles als Kinder – nur darüber sind es

»– aber eben damit noch mehr – ganz unabsehbar viel mehr –« als nur Kinderbücher : sind es darüber geworden »– und man kann bei jedem Schreibenden die Nachspuren lebenslang sehen – nicht bloß im Kostüm-Fundus seiner Motive, sondern im architektonischen Fundament überhaupt –« ich : hab das den beiden dann gern und ganz überlassen : die wogende Diskussion, in die sie durch Ps emsige Erkundigung nach meinen ›Lieblingsbüchern‹ gerieten : er, W, auch hier mit Eifersucht, um meine Lehrerrolle ringend – und unwirsch, als wir zu anderen Namen abirrten : vor Ps gezücktem Notizblock : »– Robert – Kraft – ah ja –« : den er, W, nie gemocht hat und von Titel zu Titel mit abschätzigen Floskeln eskortierte : »– Wir Seezigeuner – Nobody – Loke Klingsor –« : und ich verlor mich doch ein ganzes Weilchen in dem schönen Nachhall – sicher, gut, schon gut : »– wo Der überall rumgereist ist, hat mich nie gelockt zu erfahren –« sagte W patzig – und das ist ja ein viel tieferes Argument, als er wissen kann : obwohl eben auch Kraft – »– obwohl eben auch er den Globus seltsam genug umtrottet hat –« : auch im Orient – einmal zu Fuß von Port Said bis nach Assuan – und von Bombay bis nach Kalkutta : »– und im Fayum hat er ein halbes Jahr als Einsiedler gelebt – am Birket Qarun –« : was W geschickt zum Anlaß nahm, P den Baedeker hinzuschieben und die Abirrung loszuwerden : mit einem mich nur flüchtig fragenden Blick – schon gut – »– schon gut –« : eine skurrile Gestalt imgrunde – dieser Peter Pichenbach – mit seiner gravitätischen Beflissenheit : »– äußerst schätzbar und anregend : meinen besten Dank –« : bin ich das auch einmal so gewesen? : so wimmelnd ernsthaft bei gleich jeder Kinderei – bei

und mir ist doch wieder kindisch und schmerzhaft genug zumute geworden – wie die alten Bahnhöfe da vorbeischlichen auf der viel zu länglichen Fahrt –: wir hatten einen bummligen Zug erwischt, der nach N fast zwei Stunden brauchte, und die Zeit ging mir schlecht hin – ich : konnte mich schon vor Hirschaid kaum noch zum Reden bringen – starrte nur durch die von Nässe und fauchendem Rauch beschlagenen Scheiben – und fror auch sehr, fröstelnd bei ihrem Niesen : »Haben Sie sich schon wieder –?« : erkältet : »Ach nee, hoff's nicht –« : und eher nur allgemeine Ermüdung, hinter der wir uns voreinander verwahrten :– der schwere Himmel über den kahlen Ästen : es regnete auch immer stärker in die aschbraunen Äcker – den naß gesättigten Wiesengrund –: soviel Wege, die ich mit dem Rad vor –: lange vorbei

aber das sind sie, auf ihre Art, heute ja doch auch : »– Kulturkuriosa –« und Dokumente »– oder –?« : die Fotos der beiden Radfahrer in Beirut :

»Koegel und Schwiegershaus – also ich weiß nicht : daß Klara für die da eine Platte übrig hatte – statt lieber den Alten selbst –« : und der Alte selbst immerhin ein Widmungsgedicht für diesen Koegel-Gustav : eine allerdings ziemlich schrecklich gereimte Albums-Poesie : »– die Sportskerle wollten von da nach Teheran radeln – der eine über Istanbul, der andere über Damaskus : sicher, kurios –« : und aber doch auch ein bißchen dokumentarisch – ein : banal verkrümmter Fingerzeig ins innere Getümmel eines, der auf den Traumwellen seines ältlichen Karawanen-Orients reiste und eine nach der andern davon versickern sah : »Er schwebte –« ich – ja, doch : er »– schwebte buchstäblich in Lebensgefahr auf dieser ganzen langen Exkursion : dauernd am Rand von Absturz und Zerschellen –« an einer Gegen-Realität, die selbst so ein armseliger Weltrekordler ihm voll zur Anschauung bringen konnte : hab ich ihm das nun deutlich genug ge – »– eben! : und eben das wäre für uns auf seiner Spur nicht wiederfindbar –« diese wahre Erschütterung durch das Wirkliche »– auch wenn wir den Anblick sämtlicher Laster-Trecks des heutigen Wüstenverkehrs auf uns nähmen –« : weil er mich minutenlang in seine Phantasie eingesponnen hatte, man müßte – und tagesdatengenau – ihm eines Jahres einfach einmal nach-reisen, von Station zu Station : dem ganzen so magisch riesigen Weltausflug – ach nein : »Sie meinen –« : nein – denn es würde etwas vergegenwärtigen, was auch damals, um die Jahrhundertwende, nur Gegenwart war »– und der kleinste Teil des Ausflugs wie der Magie –« und selbst als Zeitreise

»– fahren wir da mal hin –?« : auf der freieren Strecke hinter Forchheim, wo sich der Zug halb geleert hatte : die glasgrau liegenden Tiefenzüge der Fränkischen Schweiz – von der Regenluft nahgerückt : »– im Sommer vielleicht – im –« Sonn-Meer – so nie mehr : Waldung, sie schwankte heran : Felsen, sie lasteten dran – ich : habe jenen August damit verbracht, Arabisch zu lernen, die Sprache der Seligen, ich : starrte schwebend in die trübe Unkenntlichkeit, die immer wirbelnder vor bei vor – : und vor dem Erlanger Bahnhof sah ich mich wieder als Studenten aus dem Zug springen : vor der – bei der sie – Lisa – ihre glitzernden – : da stieg auch der Vierschrot von gegenüber aus : sackig und träg – mitsamt seinem mulmenden Zigarrenstumpf : und durch die offengelassene Tür kam ein Schauer von Kälte und Nässe, daß ich vor

Pest überall – Quarantäne – : »– bei einer Gluth von 41 Grad Réaumur –« las er vor – und sah mich dann völlig entgeistert an »– meinen Sie das im Ernst? : Herr Doktor, das sind über 50 Grad Celsius!« : Massaua – der freilich ganz unmotivierte Abstecher : den er nüchtern genug zu erklären wußte : »– ach, bloß der Fluch der kleinen Bösen Tat – : da mußte er eigens hin, weil er den Zeitungen aus Kairo und Assuan, seinem südlichsten Nil-Punkt, geschrieben hatte, er ginge jetzt in den Sudan und von da quer rüber nach Arabien, Persien, Indien : und also fuhr er, nach der still gemächlichen Schiffspassage von Jaffa nach Port Said und von Suez nach Aden, seufzend hinüber in das afrikanische Hitze- und Fiebernest – bloß um wieder Postkarten zu schreiben –: eine reine Renommiererei!« : das renommierend selbst : sich produzierend – vor ihrem undurchdringlich zuschauenden Blick : hinter dessen kapriziöser Verträumtheit aber die kalte Langeweile lag – hab ich das da schon gespürt? : und ihn – bewußt und boshaft – nein, er lenkte ein : er war auf einmal – oder erst nach Weilen, die ich ver – Wellen, die – er : senkte den Kopf : »– doch alles nur äußerlich – all diese Kapriolen : groteskes Gefuchtel, um das Empfindliche zu verbergen, das mit ihm vor sich ging : die immer wundersame Selbstfindung –« die mich durchschwemmte – schwemmten – die mir über dem Kopf – »– ja, wirklich – wundersam –« sagte er blätternd »– diese Versenkung des alten Adams –« im Rothen Meer »– mit Schiffssteinkohlen, die ihn auf den Grund –: wer hat da wen –« wer – was »– ach nein, verzeihn Sie : was red ich denn – des ›früheren Karl‹, steht da –« im Brief an die Plöhns vom September – Ge Schiff Gera – Bab el Mandeb : der früh ge der früheren

Fürth – endlos stehend – verspätend : »– wer – was, Sie?« : ich – und fuhr auf aus dem Dösen : was sie sei –? : »– nun, Ihre Sekretärin –« Hüterin des Geheimen »– oder Ihre Ständige Begleitung vielleicht? alias Freundin alias –« was? : Lissy, die frühere Lisa – auf mich wartend : ihre glitzernden Laueraugen –: »Ganz wie man es nimmt –« dumm vor Verlangen – ich »– ich bin – ich habe : ich hab ihm nur einfach so geschrieben, daß Wir kommen würden –« und ließ mich dann weidlich von ihr auslachen : »– nein, das ist wirklich schon Nürnberg – vertrauen Sie mir nur –« dies eine Mal – so verspätet – und kaum wiederzuerkennen –: aber wir gingen dann doch noch vorher zu Edelmann in die Breite Gasse : Almas Buch über GM : und Kistner erkannte mich förmlich – ruhig, wie wenn nichts –: ist merkbar gealtert, hager – ging gebückt vor den

von einem wirbelnden Bilderschwall : gepackt – vor den beiden noch kleinen Bücherregalen : »Ein mittelältlicher, behend korpulenter Mann –« sagte ich abwesend »– der auch in der grellsten Hitze immer einen schwarzen Anzug trug –« mit feierlich schwebenden Schößen – Unglück – Vogel des Tods »– und vor dem Bauch eine schwer hängende goldene Kette : Zylinder – schwitzende Glatze – die Augen randlos verglast – schwarz – nadelkopfklein –« und drehte mich langsam und erwachend nach seiner Verblüffung um : wer denn – »– nun, der Bankier : an den, laut Ihrem Jaffa-Telegramm, die Briefe c/o gerichtet werden sollten –« encore une lettre au banquier Aden »– er hieß – hieß Thomas, Lucas – Luke : Luke Thomas –« und kam zum – wohl zum Bridge zuweilen –: »Stimmt!« mit einem Pfiff schließlich aus seinem sonst lächerlich offenen Mund »– ich hab den Namen hier auch : aber woher wissen –?« : nichts, nichts – ich weiß nichts : und ich wehrte ab : »Er hat das –« redete sie »– er redet manchmal so – als hätte er das alles selber gesehen –« : und sah sie alle nicht mehr – ich wehrte ab : »Laß – lassen Sie –« mich mühsam vergegenwärtigend »– haben Sie sonst noch Unterlagen über den Aden-Aufenthalt?« : keine – nur daß er, der Alte, im Hôtel de l'Europe »– fünf Tage – und nach Massaua noch einmal zwei –« im September 1899 »– und möglicherweise noch einmal ganz kurz auf der Rückfahrt –« : das im Dezember dann – unnütze Rechnerei –: und keinerlei Bilder – Karten – nichts pour souvenir : Gesichter – Namen? : »Höchstens dieser Küßler : der mit nach Assab fuhr –« : Kiesler – H. Kiesler : von dem Kaffee-Geschäft? – en gros wie en detail : ein hölzern finsterer Mensch mit geschwürig vernarbten Backen : verwischt – war nichts, war

mit schon dünnem Haar – und außerordentlich funkelnder Brille über sonst eher leblosen Augen – die obendrein noch von lykurgischer Sekundanerwürde gezügelt wurden – der strengsten, die es gibt –: dies also war »Herr Pichenbach bitte –« wie W selber steif genug –: »Ach was, ich heiß Lissy –« rief sie, während beide ihr den nassen Mantel entrissen, und nieste so sprengend in die Befangenheit, daß P gleich »– sehr geehrt –« ein Dutzend Pillenschachteln aus der Tasche –: ein unerwartet grotesker Beginn : auch wie sie zueinander Sie sagen – die beiden Mitschüler : und auch ihr –: riet mit wahrem Todesernst zu einem »augenblicklichen heißen Bad –« : »Das gibt es hier? Phantastisch!« : ihr sprühendes Vergnügen auf einmal –: und W verschwand dann ziemlich hilflos mit ihr hinter der Tür : und blieb weg – wir : hörten Wasser – Pfeifen – auch ihr

»– was –?« : auch seine eigene Mitgefangenheit von den See- und Regenbildern – als Mitbeweis : »Doch, das kann durchaus sein : daß dieses wochenlange Wasser-Dasein die Regression mit in Bewegung gebracht hat –« das unaufhaltsame Zurücksinken in die seelische Frühgeschichte – auf den Ursprung von Geburt und Katastrophe zu »– deren Nähe sich in der Traumsymbolik ja generell durch Wasserbilder ausspricht –« ich : saß längst selber in Träumen – und nicht mehr denen des exotischen Nachreisens allein : Schiffe, Strand und Meer : am 29.9.99 ist er, der Alte, dann von Aden weg – daran bleibt nichts zu bezweifeln – daran wird meine eigene Seelenrechnerei endgültig zum Wahn –: die Ankunft in Colombo ist belegt : »– da lief die ›Bayern‹ am 6.10. um 1 Uhr 10 in der Nacht vor Anker – ich hab das auch in den Schiffslisten des Norddeutschen Lloyd nachgeprüft –« sagte er abschneidend »– wieso fragen Sie derart hartnäckig darauf herum –?« : ob der Aufenthalt in Aden nicht doch länger – oder Ende November erneut –: »Nicht – ist nicht wichtig –« Wahn – ich »– nein, ich wollte nur –« ich mußte eher – unaufhaltsam zurücksinkend »– wohin weiter –?« : nach drei Wochen Ceylon : »– das er nun allerdings keineswegs ›mehrere Wochen lang durchstreift‹ hat, wie uns der Doktor Euchar Schmid glauben macht –« mit guter Wut gegen die produzierte Illusion »– bei diesen

Leuten müssen die Dokumente immer ihren Wünschen nachgeben – und in der Geographie sind die Kenntnisse mitleiderregend schwach : die durchstreifte Insel ist so lang wie von hier bis nach Breslau – und hat ein Hochgebirge mit mehreren Zweitausendern!« ja, sicher – weiter »– nein : er ist die ganze Zeit im Grand Oriental Hotel geblieben und nur einmal mit der Bahn nach –« : weiter – Point de

»Cholelithiasis – ich : bin Gallensteinträger –« erklärte er – P – und nahm düster Tabletten : drang dann aber derart mit Kaffee und fettem Gebäck auf mich ein, daß ich mir selber zur Abwehr die lästigsten Leiden zulegte : »Soso, Medizin – Pharmazie –« als Berufswunsch : Gral am Horizont seiner sämtlichen Leidenschaften – die Skurrilität : dauerte an, und wir tauschten wohl eine halbe Stunde lang die gewiegtesten Redensarten –: dann freilich auch dies : sein Vater – höherer Jurist : mit Zugang zu auch allen Nebenakten des Nürnberger Prozesses, wie W mir später dann – er : kam, W, spät – nach erst dieser halben Stunde : mit bleichem Kopf und lächerlich steifem Körper : sie strahlend hinterher : und P rühmte sich befriedigt seiner Ratschläge : das alles ist wie –: mied, W, meinen Blick : bis wir dann alle über den Papieren –: wie – quasi modo

weiter – »– wohin weiter –?« : sinkend – zurück – unaufhaltsam : »Von Genua an bis zu meiner Ankunft hier –« las er vor »– also sechseinhalb Monat lang habe ich nicht einen einzigen Tropfen Regen gesehen, nur Gluth, Gluth und Gluth –« und in Colombo nun der Südwest-Monsun mit täglichen zwei Wolkenbrüchen – ich : hörte kaum zu – blätterte abwesend in den Fotos und Karten : »– jetzt blauer, vollständig wolkenloser Himmel : plötzlich verdüstert er sich, doch ohne daß man massige Wolkenbildungen bemerkt : das Wasser stürzt förmlich wie ein ausgeschütteter See hernieder : dann wieder ebenso plötzlich heiterer Himmel –« : die durch mich hingewölbte Bläue – am Boden des un –: aber unklar längst – hinter der bloß der kümmerlich verblaßten Koloratur der Postkarten : »– nur ein ganz schwaches Bild von der üppigen Vegetation : Philodendren und ähnliche Pflanzen, die bei uns in Töpfen klein und elend hungern, tragen hier kopfgroße Früchte : herrlich, herrlich –!« : und auch das Rot – mir grellend über den Augen : schwand in ein – schwindelnd – wurde blaß wie Papier : die ›Tamil Lady‹ – Frauen der besseren Stände : »– ein herrlicher Menschenschlag, der aber durch : die sogenannte Civilisation : seine Herzensschätze verlieren –« : weiter – weiter : Schiffe, Strand, Meer – schwand in ein – Wasser und Wasser : »– nun, ab von Colombo am 28.10 – mit der ›Vindobona‹ vom Triester Lloyd – und dann fünf Tage lang ostwärts bis Pulo Pinang : wo er seltsamerweise ausstieg – nicht weiter nach Singapur –« : doch weiter – ich : blätterte weiter – schwamm ver : »– ›Coen‹ : am 4.11. nach Atschin – Kota Radja : drei Tage wegen der Militärstationen, wo angelegt – Edi, Telok und Segli –« : der Diamond Point – der

Goldberg in blauer Ferne : am Rand am : Boden des untersten Verstecks ver : schwand in ein – »– ein kleines Nest nur aus Holzhütten – Oleh-leh –« ein grau verfaltetes Gesicht – der ältere Mann »– aber nur eine Zwischenstation : nach zwei Tagen weiter : nach –« Padang – in einem Garten : grau in – Haus »– was – was er –? : weiß ich nicht : jedenfalls nach Padang –« im Tropenanzug, weiß, mit Tropenhelm »– am 10.11. – was : was haben Sie denn –« ich : hörte kaum noch – starrte »– ist denn mit Ihnen –?« windseensalzig – aus einem rinnenden Summen – hab ich »– Herr Doktor – ist denn –« Nässe – Nach t . .t,t . .

nach zwei Tagen erst weiter, in denen wir fast die Hälfte des Materials zu Papier gebracht haben : zu einer doch fast lückenlosen Chronologie – dem Äußersten des Erreichbaren –: so lange habe ich auch gewartet, um nach dem Bild zu fragen – »– nach einem Bild – haben Sie denn inzwischen einmal Ausschau –?« : ganz nebenbei – und hinter sorgfältiger Gleichgültigkeit versteckt – er : mißverstand aber – und geriet durch mein Ablenken in das, was für ihn nur Ablenkung war und von dem ich mich selber mit all dieser Arbeit abgelenkt hatte : »Ah ja – ganz vergessen : ja, ich habe das Blatt –« : und der Herzschlag fuhr mir in die Höhe – und sank wieder zurück, als er die beiden Gesichter vor mich hinlegte – ich : ließ mir nichts anmerken : sah trocken und müßig darauf nieder : »– und Sie hatten ganz recht : beide Bilder zeigen zweifellos dieselbe Person –« : das Halbprofil Gs aus der Frankfurter, das ich ihm mitgegeben hatte, ganz aus dem Umtext geschnitten – und das En-face auf dem Steckbrief :– werden daher alle Polizeibehörden auf ihn aufmerksam gemacht – ersucht, ihn im Betretungsfalle zu – und davon schleunige Nachricht –: »– greuliches Tätigkeitsregister : kannten Sie etwa den Mann? : das ist ja wohl ziemlich alt schon –« : das schon nach Wochen vergilbende Zeitungspapier – ich : ließ nichts merken – legte weg – »Nun – ja –« : und zwang ihn dann einfach in seine Schüchternheit zurück : blieb stumm und brütend, bis er still –: »Verzeihung : ich wollte nicht – es : war übrigens gar nicht so einfach –« das Blatt zu finden – stundenlanger Vergleich »– und schöne Grüße auch von Herrn Pichenbach senior –« oder doch fragend »– Sie : wirken gar nicht wohl –: ist Ihnen nicht – ich : war doch sehr erschrocken –« nicht – ist nichts

Arnika : das P natürlich bei sich hatte und alsbald aus seiner unergründlichen Jackenapotheke zog –: »Anzeichen einer Coronarinsuffizienz –« murmelte er auskennerisch und tastete befriedigt auf der schwachen Pulsfüllung und Tachycardie herum »– oder möglicherweise nur vasomotorische Dysregulation : darf ich vielleicht ein paar Fragen zur Anamnese –?« und andere Albernheiten mehr – er : hat schon jetzt das Gesicht des geborenen Kittelträgers :– ich wischte das alles weg : »– ist nichts – ich bitte –« : und bekam mich auch schnell wohl wieder in die Gewalt : »Goethe –!« als Autorität für das Hausmittel : »Ah – in der Tat?« : und völlig immun gegen alle Ironie :– aber doch rührend auch – der Schreck in der totengräberischen Miene, mit der sie alle um mich herumsaßen : »Sie haben ganz blau ausgesehen im Gesicht –« : W – wogenrot –

»Ach was, nichts – gar nichts –« und weitere Ablenkung : »– das hat schon Goethe immer verdrießlich gemacht – dies ewige Nachfragen –« ironisch autoritär »– nun, es sei einfach unverschämt, einen Menschen zu fragen, wie er sich befinde, wenn man weder die Macht noch die Lust habe, ihm zu helfen –« und noch unerträglicher die gewöhnlichen Beileidsbezeigungen, zumal wenn sie umständlich und jammerhaltig ausfielen »– nein, der Doktor Carl Vogel, sein letzter Leibarzt in Weimar –« in Hufelands Journal – und ich suchte ihm den Jahrgang 1833 noch eigens heraus – nur um nur wegzukommen von der – »– von der was –?« : »– von der Verwendung von Purinderivaten Abstand zu nehmen –« richtete er aus »– läßt Pichenbach Ihnen noch ausrichten –« achselzuckend – und zuckend noch mehr bei ihrem Lissys, grellem Gelächter von hinten –: »Er ist doch ein ziemlich komischer Mensch – Ihr Freund –« sagte ich mäßig – weg über das, was sie wohl reichlich maßlos sagen wollte »– auch die Ereiferung jedesmal – unsere Kunstdiskussion – die Anatomie als Kriterium –« : immer weiter weg – er : aber er antwortete *ihr* – und selber ereifert : »– das müssen Sie verstehn : man fühlt –« weg – schuldbewußt? »– zuerst nur etwas richtig, ohne es noch richtig sagen zu können : das kommt –« verfrüht »– dann –« später »– und aus dem Versuch, seine bloßen Affekte auf sachklare Gründe zu stellen, kommt zuletzt alle große Leistung : sogar Wissenschaft : freilich auch –« ganz verschwimmend – ich : saß weit weg : ganz abgelenkt auf einmal von dem fatalen Ton – bei den paar Jahren, die ich : meine, er ist : noch sehr – doch : jung – ich : hörte's nicht anders mehr : so siegend gönnerhaft : mit Großmut gegen die nie die – und sie sind : dann ja zusammen weg – sind : weg – ist

»– wegen dem bißchen Busen –?« bei den Selbstmorden der Lukretia : ob er etwa aus Prüderie –? : und er saß, P, ganz verdutzt vor dem unbegreiflichen Einwand gegen seine Realismus-Forderungen : »Ich denke rein anatomisch –« sagte er verweisend und setzte die Beanstandung nachdrücklich fort : an welchen ungeeigneten Stellen die Leute da manchmal den Dolchstoß angesetzt hatten : Cranach – Reni – Massys – selbst Dürer :– ich blieb davon weg : machte nur einmal zu schwierige Sätze über den Vorrang des theoretischen Augenblicks vor dem praktischen der Tat –: »– wo immer jedenfalls – die Lunge kollabiert sofort –« rief P schließlich – wichtig wuchtig und einlenkend zugleich : und beugte sich dann mit sichtbarer Resignation Lissys kunstrichterlichem Urteilsspruch über die Bestleistungen : Tintoretto – Bronzino – Giolfino :– alles weit von mir weg

und komische Menschen sie alle – ich : habe mich in diesen Tagen von mir selber abgelenkt – und bin damit auch allen Andern ferngerückt : auf eine fast beängstigende Art : sehe wie durch ein

Zerrfilter – die ganze Welt wie in Anekdoten zerfallen – leerflecken- und lückenhaft –: wie er was? : »– den Gedankenäußerungen anderer Leute prinzipiell mit einer Miene zuhört, als müßte er sich anschließend fachgutachtlich zu dem Vorgetragenen äußern –« : und sie lachten immer schallender zusammen : sich immer weiter von mir weg – auch er : der alberne Brustton der Maturität : »– ach, ein Potator – Hoffmann –« bei ihrer Werbung für einen Spaziergang im Hain »– man muß, wenn man einmal hier ist, ja nicht unbedingt auf seinen sämtlichen Wegen wandeln –« und nicht zu der Kneipe nach Bug? – ich : habe das nicht genau – ich hatte nur für den Bruchteil eines Augen –: und schließlich sogar auch die Reise : blickte mich fratzenhaft an – aus immer mehr Momenten : »– um das Haus Abrahams bei Hebron würdig zu betreten –« Haram Ramet al Chalil »– hat der Alte sich doch tatsächlich extra eine weiße Pilgerkutte schneidern lassen –: also Sachen gibt es –« : am 11.5.1900 : und auch das alte Foto, das Klara dabei gemacht hat von ihm, am Brunnen im Mauereck : ließ sich nicht mehr wie früher betrachten – ist durchsetzt von Skurrilität : dann der Ritus der Entsagung – Nikotin in Suez : »– nein danke – ich trinke nichts –« was : hatte sie ihn gefragt? : ihre leer spielenden Hände – waren es vielleicht sie? : die alles von mir ab –: »Ach nee, tatsächlich –?« : der ›Gruß aus Sodom und Gomorrha‹ – und das ganze Postkartenwesen überhaupt : »He! : seid ihr nun endlich fertig –« ich bin müde : ihr Gähnen – träge laut : es war einfach zuviel – und ich habe in diesen Tagen

dümmlich verdünnte Stunden : »Aqua am. am. –« sagte P verächtlich über der kurz berochenen Flasche und stellte weg : das war wieder eins seiner endlosen Kreuz- und Querworträtsel »– amygdalarum amararum : synonym für Balkenbrand –« : also mundartliches Pharmazeutisch – und ich fragte blöd : »Das stammt doch nicht etwa aus Ihrer eigenen Küche –?« : hilflos in der sich immer mehr ausdehnenden Verödung : auch als er schließlich sein »kleines kultiviertes Esen« auftischte : »Wieso – haben Sie Ihren Salat auf Agar gezüchtet?« : Sprüchbeutelei – wie beim Surius von der Mosel : »P_H = 4,15 –« mäkelte er – und definierte dann träge für uns Laien »– der negative Briggssche Logarithmus der Wasserstoffionenkonzentration – meine Zunge : ist auf zwei Stellen nach dem Komma genau –« und weiterer Unsinn von behäbigster Selbstsicherheit : mir alles

ich war müde, und es wurde mir jetzt alles zu platt – auch Sätze, auch Gedanken : brauchen eine zart gewählte Gesellschaft in Herz und Hirn, um ganz zu sich selber zu werden : man kann ihnen nicht jede Umgebung zumuten –: so lahm und leer der Abend – ich : mußte mich schließlich zwingen – und wartete bis zuletzt, um noch einmal nach dem Bild zu fragen : »– haben Sie denn inzwischen –« ablenkend »– nach einem Bild –?« : wir waren schon aufgestanden – unschlüssig über den kaltgewordenen Teetassen –: nichts aber – nichts : »Nein, leider : nur was ich Ihnen zeigte –« und in Kopie –: der alte – der ältere Mann – im Tropenanzug – nichts : auch keinerlei Briefe »– von später irgendwann? : mit jenem Namen – Sie wissen schon –« Geraldine –: aber das brachte ich kaum noch heraus – und konnte ihm das Foto auch einfach nicht mehr zeigen : das eine Bild in der Mitte, mit dem ich nie –: »Keine Spur –« und mit nur noch einem Nachhall der Irritation, die er in Nürnberg – »– in Padang : hat jedenfalls der seelische Zusammenbruch stattgefunden, für den in der Biographie die ganze Reise steht –« der Durchbruch der Lebensgefahr : die wahre Erschütterung durch das Unwirkliche »– und zwar in den sieben Tagen zwischen der Ankunft am 10.11. und dem 17.11., wo er darüber einen Brief nach Hause schrieb : den Klara vernichtet hat – nur der Umschlag ist noch da : und freilich eine Notiz von ihr zum Inhalt, der ihr dann später, nach Kenntnis der Jugendschicksale, doch wieder wichtig vorkam –« la veuve abusive –: aber das muß ich wörtlich haben, und er wird es noch schicken : »– sonst wirklich nichts : keine Eintragung – kein Zeugnis – nicht einmal eine Spiegelung in ›Friede‹ : es ist der einzige absolut ›leere‹ Zeitraum der Reise –« : der immer – nicht mehr – wun

verstummt zuletzt – in der immer wunderlicheren Gesellschaft : Ps felsenfeste Lebensverplanung : »– was – Leute, die derart hochprozentig verkaufen –« rief sie einmal hinein »– brauchen die auch noch ein Ethos –?« und freute sich am Gelingen ihrer künstlichen Verwunderung und derer beredten Folgen : die Rote Liste als Handbuch der Welterlösung : schon jetzt ist seine meiste Zeit Opfer verwickelter chemischer Passionen – ich habe mir einiges notiert –: und später brachte dann W noch, als Ps Tischgespräche längst beim »aufsteigenden Grimmdarm« angekommen waren, Anekdoten aus dem letzten großdeutschen Kriege : das unbeirrbare Heilkräutersammeln zur Sicherung des Endsiegs – und die Laubsägearbeiten zu Weihnachten 44 in der HJ, um die Ostfrontkämpfer zu erfreuen –: bei diesem Volk steckt der Teufel der Verrücktheit noch im kleinsten Detail

nicht mehr in dieser Umgebung : die immer wundersame Selbstfindung, die so nicht zu sich selber werden kann – ich : hörte nicht mehr zu, blieb achselzuckend : »– am 24.11.99 ist er dann zurückgefahren –« haarscharf vom Rand von Absturz und Zerschellen »– mit der ›Bromo‹ vom Rotterdamer Lloyd – und am 11.12. wieder in Suez angekommen –« : sei es – gut, gut – alles weit weg von mir : in Anekdoten zerfallen : »Ja, ich glaube auch –« : daß er aufbrechen müßte, wenn er den Zug noch –: verspätet : der Abbruch des ganzen Besuchs – und der ganze Besuch auch in N : zerfallen – leerfleckig – vor der Erinnerung zurückweichende Lappalien, in denen die Steuerung, die sie bewog und bewegte, nicht – nicht mehr – was : hatte sie ihn gefragt? : »Ich bring Sie dann noch zum Bahnhof –« gesagt – das Fräulein Lissy –: und seine rot wogende Verlegenheit wieder : sein fahriges Jungengesicht :– »Mach keine Faxen mit ihm –« einmal abseits zu ihr noch, und mit Schärfe – bevor sie vergnügt voransprang – die Treppe hinunter – ich : Vorsicht in letzter Sekunde – ich hielt ihn noch einmal fest : »– und zu keinem Menschen ein Wort – doch – bitte, sehr wichtig –« der Steckbrief – die Kriminalamtspapiere »– sagen Sie's auch Ihrem Freund –« : und auf einmal begriff sein zuerst – sein verblüfft unglaubendes Gesicht : »Es ist – doch nicht etwa gefährlich –?« : weiß nicht – das »– weiß ich nicht : jedenfalls aber –« für alle Fälle : zwang ihn in seine Schüchternheit zurück : »Verzeihung : ich will auch nicht –« und nochmals »– Verzeihung –« sein mich meidender Blick auf der Matte : »Man ruft manchmal nur aus dem Schlaf –« sagte ich abgelenkt und verschwimmend »– kommen Sie wieder –« : und sah ihnen dann aus dem Fenster zu, wie sie unten zusammen weg – am Rand von

»– nein –« nein, nun wirklich nichts mehr – keinen Satz, kein – nur noch : die kleine bunte Schachtel mit Nürnberger Lebkuchen, die ich stehen sah und mir kindlich ausbat : »Nicht empfehlenswert –« murrte P nach kurzem analytischen Kauen »– nichts als Stärkekleister und erheblich verseifte Glycerinester höherer Fettsäuren –« und machte eine gebieterische Bewegung rundum, die uns jeden weiteren Verzehr untersagte »– mit Eugenol als Geschmacksträger –: gute Reise!« :– er tauchte dann mit verkniffenen Armen noch oben am Fenster auf, um uns nachzusehen : »Ich bringe Sie noch –« hatte W gesagt, und wir liefen durchnäßt – und kamen zu früh : Verlegenheit, Fahrigkeit, nur noch Überdruß bei mir und Abwehr : so redeten wir gar nichts mehr, und er stand unglücklich stumm und abgehagert vor dem Abteil, bis der Bahnsteig mit ihm in der Kälte verschwand –

weg – alles verschwunden –: ›Adjeh‹ hieß das Hotel – dasselbe wie Atschin : wo sieht man so etwas nach? : hat's überhaupt einen Baedeker gegeben von Niederländisch-Indien? : nur grad ein halbes Jahrhundert – und alle Spuren von dem, was Leben war, stehen höchstens noch in Büchern : und das Leben selber grünt und graut darüber weg, bis Hören und Sehen vergangen sind –: meine Geschichte oder nicht meine – ich : werde nichts see nichts

nichts mehr zu hören – die zugeschlagene Tür : der knallende Klang unter der Tiefe – untief unten : ist jemand neu eingezogen, im Hinterhaus : ganz heimlich vor sich hinwohnend schon seit Tagen : und aber nie zu sehen – das : geht nicht an – das muß, ich muß von der Alten – Namen – Tätigkeit –

der ältlich verwitterte Windhimmel : blausauer geätzt und voll schleppender Wechsel –: das ist's vielleicht, was beim Altern am tiefsten drückt : nicht das, wie immer wachsende, Vergehen in einem selbst – sondern der wachsende Blick fürs Vergehen des Ganzen : die Dauerhaftigkeit dieses ohne Ende über Leichen gehenden Sich-Veränderns, das keinen Moment bei sich selbst zu Atem kommen läßt : zu bleibender Sichtbar – Hörbarkeit – ich bin : schon jetzt auf eine Weise atemlos, daß ich kaum noch

Ende August – und meine fünfzig Jahre sind um : neun Monate mit ziemlicher Genauigkeit danach – ich : habe wohl Stunden noch über den beiden Photos gesessen, mit schließlich verschwimmenden Augen –: der bräunliche Garten – das unscharfe braune Haus im Hintergrund : Holz – also wohl längst vergangen : wo – das Hotel? : oder beim Konsul vielleicht, den es da gab – auf beiden : aber fraglos dieselbe Person : obwohl die Züge – auf beiden im Schatten des Tropenhelms : und auf meinem dazu noch halb abgewandt – vom Bücken nach dem Kind – ich : nahm immer größere Lupen – bohrte mich hinein – und hatte zuletzt nur

lief noch und lief und lief, bis der Atem mir gänzlich ausging : zur Hainspitze – und hinüber bis in den Wald : lag unter Bäumen – länger in Grün und Gras –: und es ist warm geworden – es : wird nun endlich Sommer : heiß wie Feuer fast – die Stadt unter rotem Schein – ich : hatte brennenden Durst und trank aus einer Quelle : ich wurde von – von einem furchtbaren Weinen –: bis neun bis : nein, bis in die – in die Dunkelheit

unnütze Rechnerei – nur noch verschwimmende Flecken –: und alles steht und fällt mit dem einen Wort auf der Rückseite, das irgendeine Hand – nicht seine, ihre –: nur Schall – Padang – dad pang – dang papada dadapang –: Unsinn – ich : saß – las – saß : ließ schließlich – Schlaf auf alles –

11–6–50

– und meine Nerven sind wirklich schlecht – ich : vertrage selbst die Anflüge des Flüchtigsten nicht mehr – in dieser sich mir zumutenden, ungewählten Gesellschaft eines Hirns, das wie außerhalb meiner funktioniert – und, wenn es sich von sich abwendet, nur in eine heillose Gefühligkeit gerät, die auch das sich zuwendende Herz verhüllt bleiben läßt : Sentimentalität – selbst unzart verzerrend : irrt plärrend von mir ab : und stört mir alle Sagbarkeit des Unsäglichen, die jetzt an – unter mir –

habe auch mit dem Zweiten Buch weiterzukommen versucht – und mich gräßlich mit den Faktenreferaten verödet : 13–38 – das ist die bisher schwächste Partie : Jargon von Geschichtsschreibung – und nur haarscharf an der alten Methodenmode vorbei, die konstitutionelle Grundverwandtschaft der Polit-Täter als welthistorischen Kausalzusammenhang ihrer Tätlichkeiten zu –: die zunehmende Schwüle vielleicht auch : das sich verspätende Gewittern : könnte schuld sein – liegt drückend auf – auch auf der

auf der Lauer – albern lähmend auch das : ob irgendwoher seine Stimme –: irrsinniges Gerät – dieser Fern-Sprech-Apparat : vorgestern nun gelegt – aber der Eintrag unterbleibt : diese Adresse mitsamt Telefonnummer soll tatsächlich nur meinen engsten Vertrauten zugänglich –: bloß zwei verpfuschte Konnexionen bisher : der reine Inbegriff des Weltzusammenhangs : es schrillt – man beugt das Ohr – und hat jeden Unsinn im Zimmer : heute das Spätberufenenseminar Sankt Joseph der Oblaten des Heiligen Franz von Sales Post Konnersreuth bei Waldsassen Oberpfalz : eine undulierende Stimme, die mich Bruder Venantius nannte und derart unkorrigierbar auf mich einsprach, daß ich auflegen mußte : es ist das wahrhaftig alles –: aber das Absurde ist auch dies – daß sich im Schweigen des Sprechkastens das Schweigen meiner Kammer verdoppelt – und in eine Erwartung treibt, die mich – ich : warte auf etwas, das sich nicht zu – warte : auf eine Verbindung : die nicht zustande kommt : und alle finsteren Gedanken in der Schwebe

schwankend noch immer – aber fraglos dieselbe Person – ich : saß noch wieder lange über dem Steckbrief : verbohrt vor meinem finsteren Verdacht, der sich nicht zustande bringt : mißbräuchlich mit – mit – aber dafür mit einem ganzen Alias-Katalog : Dallinger, Rich. A. – und handschriftlich dazu ›AA; SD‹ : was heißt denn ›FMD‹? : Fandl, Erich Maria – ›SD Gal.‹ : Lindmaier, Ad.C. – ›SD Fr., Gal.‹ – aber ›HA‹? – in wieder anderer Schrift, wie vorher das ›D‹ : also Namen sind das ja alles

– wie Scheuerlappen : Lamdaich, F.D. – ›AA; Eins.Gr.Rld.‹ : eine wahre Personal-Union von Abscheulichkeiten :– aber ich werde sie zum Reden bringen – alle – ihn, nicht mehr nur ihn : den nur kläglichen Vor-Sänger und Frühberufenen – ich : habe den Kopf nicht eher wieder frei, als dies zu Ende ermittelt ist – und ich den Schluß

und auch da noch lange nicht den Schluß – LB – das Sängerfest : ich lenke mich nur beim einen vom andern ab und sitze weiter verzettelt –: einige kleine Porträts – zum Reden gebracht : der OberRegRat Hogenmüller, J. : »Mein Väterlicher Freund«, wie Dad sich immer rühmte : *seit 1909 Mitglied des Gesamtausschusses des Deutschen Sängerbundes, nahm er als 2. Vorsitzender des geschäftsführenden Ausschusses des 8. Deutschen Sängerfestes in Nürnberg 1912 hervorragenden Anteil an der großartigen Durchführung desselben, wie auch die glanzvolle Durchführung des goldenen Jubelfestes des Fränkischen Sängerbundes im gleichen Jahre zu Bamberg unter seinem Vorsitze sich vollzog* – und er denn 1. Vorsitzender überhaupt wurde : mit seinem stellvertretenden – Morhardt, M. : der auch zweimal im Haus bei uns war : Rechtsanwalt – Zwicker und Kaiserschnurrbart : *oft und oft hat derselbe inzwischen bei festlichen Gelegenheiten des Bundes sowohl als der Einzelvereine seine Begeisterung für das deutsche Lied und für deutsches Wesen kundgetan :* alles gar nicht erfindbar – dieses ganze Wesen in Wort und Schrift : diese sing- und redselige Unsäglichkeit : diese Vorzeitgenossenschaft der Zukunft –: der Kaufmann Eberhardt, J. noch – mir allerdings kaum mehr vor Augen : langjährig stellvertretender Schriftführer – dann II. Vorstand des Vereins : *in dieser Stelle hatte er Gelegenheit, durch häufige Verhinderung des I. Vorstandes, sich mit den Geschäften des Vereins vertraut zu machen :* – es wird eine groß schallende Phantasmagorie, in der sich das ganze Jahrhundert versammelt – und eine andere Geschichtsschreibung als jene – ich : bin

bin müde, völlig erschöpft – die Schwüle über den Dächern – dringt kleisterhaft überall ein : ist das denn früher auch so schlimm gewesen? :– sonst nur noch Briefe : Antwort an KH – mit einiger Verwahrung gegen den euphorischen Enthusiasmus seines Glückwünschens : auch nur eine Illusion mehr – seine Geistes-Aristokratie : und vollends fremd und seltsam die behende Zuversicht, mit der er sie über die Jahre gebracht hat : der im Vergreisen noch unbeirrbare Glaube an die Beweglichkeit der Welt – den ich selber nur noch wider das bessere Wissen –: aber sehr witzig wieder die neuen Anagramme, die er schickte : Enak Dauerdonar : Rhodotheseus : Attil Wurrblech – und Ehedrang im Tiger für den gräßlichen Heidegger – ich : suchte noch nach dem Heft der Prager Neuen Weltbühne von 1936, wo er die Großbanditen des Reichs geschüttelt hat – fand's aber nicht : die Folterhilda : Nero Magngehirn : Bob Eifelgosse –: haben dann auch in seinem Buch ›Profile‹ gestanden – Paris, zwei Jahre später : vielleicht hat er noch ein Exemplar –

– die Alte kam noch tappend, klopfte an : ich blieb aber still und schlief drei Tage allein mit mir jetzt – und immer mehr ohne mich –: diese ganzen Pflichtverrichtungen gehen mir nur noch von den Händen – im Hirn bleiben sie wie ein Dunst zurück : wie Qualm wie : Sengen und Brennen : und die unnachgiebige Hitze hier unterm Dach fügt ihnen eine Beklemmung hinzu, die sie vielleicht von sich aus gar nicht –: doch, von sich aus auch : die ›durch Kurier‹ gekommenen ›Gutachten‹, die ich paraphieren soll – ›zur Kenntnis nehmen‹ : und von denen mir die wirkliche Erkenntnis eher benommen wird : all dieser finsteren Zusammenhänge : albhaft allein schon in ihrem leimig verquollenen Stil – aber nicht nur im Stil –

Lissy nur einmal kurz : blaß – Kreislauf? : ohne viel Reden : ich mußte auch noch zu Gehring, da er zu mir nicht kommt – »– und mach das wohl lieber allein –?« : das schon im Aufbruch : und sie warf überdrüssig die Hände vor mir weg : »Ach, du mit deiner –« was? »– mit deiner –« wessen? : und »– fast verjährt –« : das höre ich wie gespenstisch : für sie für – nicht für ihn : »– ich hatte halt was getrunken : und hinterher hat er mir Bilder von seiner Familie gezeigt –!« : aber nur matt – auch ihr Mutwille : das ist ganz neu an ihr – und vielleicht ist sie wirklich krank? : »– bist du denn fertig mit –« was – meinen Pflichten? : nicht fertig – mit dem nie Verjährenden : nur manchmal von den Händen – von den

Findlage, Carl Ad. – ›IM; RSHA‹ – und wieder ›D‹ von zweiter Hand –: es sind alles Anagramme! : fraglos dieselbe Person – aber das sagt nun nichts : was nicht das Alias schon wüßte – Findlage, Carl : Findlage, Carl – ich : rief in Nürnberg an : P senior – und er sieht nach : und ich bat noch einmal um die allerdiskreteste Behandlung : es hängt tatsächlich über dem allen eine Gefährlichkeit, die ich mit niemandem – auch nicht mit ihm, mit Gehring –: kommt auf mich zu – unteilbar – muß, da ich

»– da Sie zu mir nicht kommen –« : und es war wie ein Abschiedsbesuch – endlos weit weg von aller einstigen Vertrautheit – sein Blick : wich aus – wand sich um Ecken – »– wie –?« : ja, sicher – die Plackerei – fag – Arbeitspferd : »Mein Mann ist völlig überfordert von den neuen Aufgaben –« sagte die immer noch Gnädige Frau : schon in der Halle – tadelnd, wie strafend fast : und ging mir empfangsdamenhaft voraus : »Schön haben Sie's hier –« die kühle Villenstille »– schön, daß wir uns auch einmal –« wie – wiedersehen : und andere Redensarten – prallten von ihr ab : der alte Hochmut – aber wie Schminke auf dem schlimm verwelkten

Gesicht : tot – kahl und tot, das Haus : und das wuchtig muffige Herrenzimmer, in dem er saß – eher hockte – sich sinnlos plackte, schund : »– wie –?« wie »– ja, sicher –« : und die peinliche Verknüpfung entfuhr mir zu spät bedacht : »– ich habe –« sagte ich »– grad heute morgen einen erfreulich hohen Honorarvertrag für Sie abgezeichnet –« gesehen eigentlich nur »– Sie müssen wirklich viel –« ›beraten‹ haben – ›publizistische Tätigkeit‹ : muß – wieso ›muß‹ er – »– viel um die Ohren haben –« : und wie alt er geworden ist – es zog mir für einen Moment bedrückend das Herz zusammen : »– geht's Ihnen nicht gut –« alter Freund –? : seine blaßweiße Hand : schob mir verlangsamt den Papierstoß hinüber : » nein – doch – entschuldigen Sie –« daß er nicht eher –: und das blieb dann alles verstummt in der Luft hängen, bis die Frau mir eine Teetasse hingestellt hatte und hinausgegangen war – ich : blätterte mich mühsam durch die lange Pause : die GIZ auf International – Statuten in endlos vielen Sprachen : Anweisungen – Regelungen – ein ›Beratungsmustervertrag‹ : »– was ist denn das –?« nein, nicht das Französische »– diese Schnörkel hier –« : er setzte die Brille auf : »Ich weiß es nicht : fernöstlich – Koreanisch –?« : eine Albernheit mehr : und ich wartete lange, daß er mit mir lachte : nicht – selber lächerlich – ist : »– ist das alles –?« was er mir vorzulegen, auszuhändigen »– was Sie mir –« mitzuteilen – alter Freund –: unsäglich steif – sein Blinzeln über dem glasputzenden Fingern : »Es ist nicht meine Aufgabe –« zu mir zu sprechen – sicher, gut, schon gut : in diesem nicht unwichtigen Betreff wohl voll verstanden –: »Ich hatte auch nur gedacht –« mit mir allein – ich »– hätte ganz sonst ganz gern noch einmal Ihr Archiv bemühen mögen –« Dallinger, Richard A. – AA »– ja – aber schon gut –« : und wir saßen den Rest der Stunde nichtssagend ab : mit leerem Gedächtnis – für uns, wie wir früher einmal –: »Erinnern Sie sich noch –« wie früher einmal »– an dieses irrwitzige Sängerfest von 1914 – wie wir gelacht haben damals –« auf die Frage : was ich denn sonst zurzeit – »– ich mache da : so allerhand : Rekonstruktionen zur Zeit –« mühsam, weil er nichts hörte »– ich bringe da : eine Sache an den Tag, die –« die direkt sein Ohr – soviel ist sicher : Grundsätze wie Prinzipien : und ein Fehler nicht mehr –: »– geben Sie bitte nur acht –« zu spät bedacht »– auf Ihre Gesundheit, mein Freund –« : endlos weit weg von mir : auch sein gesträubtes Erschrecken – er : brachte mich schleppend zur Tür, und ich drehte mich nicht mehr um –

Gesehen. Adams. – all das verrückte Zeug : sobald in diesem Land ein Mensch tätig wird, raschelt ein Heer von beamteten Gnomen um ihn auf, um ihm jeden noch so kleinsten Schritt vorzudefinieren : das zuletzt hat die Barbarei so funktionieren lassen, wie sie funktionierte : ›Verstirbt der Berater im Zuge seiner Beratungstätigkeit, so gilt diese als beendet‹ – ist auszudenken : zu was dergleichen ausdenkende Gehirne im Zuge ihres Funktionierens fähig sind? : auch Strafen überall – Bedrohung – Druck : ›– wer unbefugt zu Inhalt und Bereich seiner Beratertätigkeit gehörige Tatsachen sowie diese insgesamt als solche anderen Personen, als da sind . . . insbesondere aber auch Mitgliedern eines vom Beratungsvertragspartner mit anderweitigen Befugnissen ausgestatteten Beratungsausschusses eines Mitgliedslandes, sonstigen Ausschusses oder Rates, der nicht über die in § 12 Absatz 2 genannten erweiterten Befugnisse. . .‹ – heißt dieser ganze Unsinn : daß sich die Beratenden Mitglieder praktisch untereinander nicht kennen? : auch nicht zusammenarbeiten? : daß er praktisch der einzige ist, der die Befugnisbedingung erfüllt, alle zu Inhalt und Bereich der Beratertätigkeit gehörigen –? : dumpf und vergiftend – ich : rede schon selber so : Vorschriften aus dem Tollhaus – das werde ich

aber auch *mein* Erschrecken – gesträubt, überlaufene Haut –: ganz fraglos ist etwas dahinter, was nicht nur Tollhaus – dumpf –: soviel ist jedenfalls sicher : daß er, der allein Befugte, vor anderthalb Jahren in Polen vor Gericht gestanden hat – und auch verurteilt worden ist : obwohl der Steckbrief nichts davon sagt, daß er wegen Auslieferung gesucht –: das geht nun doch nicht mehr an – was ich zuerst dachte : ihm das Blatt mit zu den abgezeichneten Sachen in die Mappe zu legen – gesehen. Adams. : nein, das ist kein Scherz mehr – mehr als kein Scherz mehr – ist ein –: er muß her – hierher!

die Schwüle, die Schwüle – und diese Physiognomien! : der Drausnick, Michael : *Komponist des Willkommgrußes an Allfrankenlands Sänger : sein für das deutsche Lied hochbegeistertes Herz schlägt heute noch warm für die Sängersache :* oder der Hofrat Meyer=Olbersleben aus Würzburg – den aber immerhin Liszt gefördert hat : *seine Kompositionstätigkeit, die ursprünglich mehr auf dem Gebiete der Instrumentalmusik lag :* zu Inhalt und Bereich gehörig : *verschob sich mit der Zeit zugunsten der Gesangsmusik* – ich : muß zu Ende kommen mit dieser ganzen Verschiebung : anderes machen – und andere Musik um mich

die andere Metaphorik – 42 ff. –: wie in die Sprache des Volks, das immer brüchige, faselige, aus wenigen Worten zusammengewürfelte Idiom, sich der strenge Zug der erlittenen Herrschaft mischt : die Formelstarre der Verwaltung, die Titelsturheit der Behördenapparatur in alles Benennen : darin bekennt sich die Unterdrückung, die aus den Herrschaftstexten der Gesetze selber direkt noch nicht redet – nur vor sich selber hindöst scheinbar –: der demokratische Verfügungsstaat : ist der wahrhaft reichsunmittelbare Rechts- und Unrechtsnachfolger des diktatorischen zuvor – konsubstantiell mit ihm –: das morgen weiter – und besser : auch den verfluchten Übergang dann zur Kritik der Demokratie-Illusion

Spazieren, allein, ins Leere – auch das nur eine Aushöhlung mehr : wie man so täglich seinen kleinen Zielen zuläuft – und im Laufen schon weiß, daß sie nachher doch Nichts gewesen sind – ich : habe die meinen vor mir schon hinter mir : laufe selbst leer ins

in die Finsternis meines Verdachts – hinter mir vor mir : es ist alles noch weit schlimmer, als ich ahne – gewußt habe – erfahren werde – es : ist ein um fünf schon auf und weiter – mit einem Schluck Belebung : die Einfügung 52 – Geschichte als Ur-Sache – : wir wischen uns das Wesentliche ihrer Aleatorik dauernd aus den Augen, nur um unseren Staats- und Gesellschaftszustand als Wirkung auslegen und ausgeben zu können : das macht die Feigheit der Historiographie – zuletzt ihre immer schäbige ›Objektivität‹ – : wahrhaftig, ja – und keine Wissenschaft weist, für den Rückblick wenigstens erkennbar, in ihren Leistungen mehr Beamtentum und Kratzfußpflege auf als sie : ihre Subalternität ist geradezu das prototypische Symptom der zu Tode erkrankten, seit Jahrhunderten hinsiechenden Realitäts-Vorstellung überhaupt : ist eine – ist ein

war – ist das denn richtig –? : die Kausalitäts-Problematik wäre dann einmal mehr von den hochtrabenden Geschichts-Taten weg der Psychologie der Geschichts-Täter unterzuordnen – und deren Grund-Deformationen : die freilich eine Beschreibung brauchen, die mit bloßer Geschichtsschreibung noch weniger zu leisten ist als bei jenen :– unordentlich noch – die ganze Partie 17 ff. muß heraus und hier in den Anschluß : ist überhaupt verknorpelt und ohne Schwung :– aber doch richtig? wahr? war – oder wäre : es nur die optische Täuschung wiederum *meiner* Subalternität? : des antithetischen Hasses auf den Staats- und Gesellschaftszustand dieses unsäglichen Vaterlands, das seit Jahr

saß grübelnd noch bis fast Mittag und las ihr vergebens vor : »– versteh ich alles nicht –« : nur die vier Seiten : und es hätte wohl auch wenig Klärung gebracht, das jetzt mit ihr durchzureden : »– Micha – entschuldige – wirklich –« : ist schon gut – sie : ist auch elend dran mit ihrem flatternden Kreislauf : stand schwankend in der Tür – auch Übelkeit : »Du müßtest gehen – laufen –« meine mechanische Redensart »– dies Rumsitzen nützt dir nichts –« : als sie später dann saß und las : »– auch nichts –« was? – nützt – weswegen? : Murmeln vor sich hin »– und dir hilft das Grübeln nichts : hast du nichts andres zu machen –?« : mit einem matt neugierigen Blick auf den Umschlag, den – auf die beiden Umschläge, die ich ungeöffnet liegen gelassen hatte : auf einen – welchen – der beiden – : »Nein, das hat Zeit –« bis sie gegangen ist – gelaufen »– was liest du denn da –?« : Manuskript : »Ja, schau, was er mir geschickt hat – und mit einem richtigen naja einem langen Brief –« das Büchel gegen TM »– also das mußt du mal lesen : das würde dir kaum viel Vergnügen machen – was da so alles steht –« gegen *mich* und nur *über* TM »– obwohl es wirklich flott geschrieben ist : hätt ich ihm gar nicht zugetraut eigentlich –

dem Jüngelchen –« : aufwendige Produktion vor mir vor : nicht vor gar nicht vor ihr : und ihr spitz spöttisches Lauschen – über den wippenden Schenkeln : während sie weiterlas – die Zeit zu : *welche Zeit? – sich zu vertreiben? : zuletzt ganz einfach jene, die er jünger – die drei Paar Jahre, die sie älter* »– was –?« : was sie mit ihm – »Was hast du mit ihm gemacht –?« : das nie Gefragte – nie Gesagte – »In Nürnberg? : ach, bloß ein bißchen Spielerei – so mit Schwamm und Seife : und daß er mir dann das Handtuch halten soll und mich abtrocknen – du, das hat er auf eine Art gemacht : als hätt er's überhaupt noch nie –« gemacht – ihre Mache »– also nun sag du bloß –« nichtssagend – dummes Zeug : »Nein, ich meine – jetzt neulich, vor zehn Tagen –« : und innerlich mußte ich auf einmal ganz sardonisch lachen, als ich's mir vorstellte : wie sie das kleine Bißchen ungefügen Triebs aus seiner Schüchternheit herausgelockt hatte : all seine [.....] : »Das war eher komisch : all seine [.....] – stell dir das vor : er hat mir die Hand geküßt : ganz verehrerisch – so – wie ein –« wie der Pennäler, der er ja auch ist – ich : darf das nicht vergessen : er ist [.....] : »– weißt du : daß er Arabisch lernt? – aus Liebe zu dir!« und fand auch das nur komisch – die nichts für mich Lernende : die nichts von mir – und auch nichts über mich : hinzu – hin – weg : so bringen wir die Tagesstunden hin, ohne wirklich miteinander zu reden : das meiste nur Lärm – schrill knallig : »– unterschreibst du mir das –?« den schon vorbereiteten Scheck : was – tausend Mark? »– oder soll ich : vielleicht mal versuchen, ob ich deine Unterschrift nachmachen kann –?« : nur Mutwille – Kräfteprobieren : aber hat mich doch irritiert : so viel? »– ach, das reicht dann mal länger : und ich will auch zum Arzt : all diese Sachen –« : die wirklich beängstigende Blässe – der Schwindel : nun, gut : und ich machte die Gegenzeichnung, ohne weiter zu fragen : weg – was soll's –

weg alles – ich : stellte das Telefon wieder an, als sie gegangen war : wenn er mir endlich hereinredet, will ich allein mit ihm reden – ja, warum das eigentlich? : und ich geriet sofort wieder auf die Lauer – und saß unglückselig mit mir herum : machte dann die beiden Umschläge auf :– als ich vorhin nach unten ging, nach dem Klingeln, war der Postbote schon weg – und ein graumelierter Mensch stand da, meine Briefe in der Hand : »– ich habe mir erlaubt – Ihre Post – Herr Doktor –« : nein, unerlaubt – wie kommt er – oder ist er : der neue Mieter? – das muß alles geklärt werden –: unablenkende Sachen : von W die Fortsetzung des

Orients – und ein zaghaftes Skript ›Aphorismen‹ : von ihm, G, nur ein flechsiges Geschreibsel aus Paris – und über Paris : und Nörgeleien wegen der verloren gegangenen Vollmacht des Staatssekretärs Gumpert : gut, ist ja wieder aufgetaucht – und sie kann den Wisch nachher in den Postkasten stecken :– aber gestempelt schon vor vier Tagen : wo steckt er jetzt – wo : treibt er sich herum? : ›– eine mannigfach belustigende Reise durch die mittäglichen Provinzen –‹ : Unsinn – und über meine Geduld –: dummes Zeug das alles – diese banalen Geschäfte : Ankauf von Schrott –?

leimig verquollen – Qualm – all diese Gutachten : ›Über Möglichkeiten einer unmittelbaren Beendigung der Demontagen in der Britischen Zone‹ : was soll ich damit? : was soll die GIZ damit –? : und in der ›Kostenaufstellung‹ am Schluß demaskiert sich das ganze verfilzte Gefädel der ›Diplomatischen Schritte‹ als unverhülltes Bestechungsmuster : lauter sekundäres Amtsvolk – aber präzis in ›direkte‹ und ›indirekte Beeinflussungsziele‹ sortiert : ein Kalkulationsaufwand, der für eine bloße Kinderei denn doch zu – Murphy, W.? : ›für die Controll Commission for Germany (British Element)‹ und mit einem Fragezeichen : ein William Murphy steht in der Mitgliederliste als corresponding member – das ist wirklich seltsam : obwohl ein Alltagsname – und wahrscheinlich nur eine Koinzidenz –: nur Ruhe – Ruhe – nicht, es muß das gar nicht

Ablenkung beim einen vom andern – und aus allem treibt mich dieselbe Verödung wieder fort : was ist aus meinen Tagen geworden –! : versuchte am Nachmittag noch, wenigstens das Sängerfest vom Tisch zu bringen : Satyrspiel – Festwiese : der vorläufige Schluß des Unabschließbaren : *Stolz flatterten die 260 Banner der Vereine; forsch und straff, und doch wieder mit einer liebenswürdigen Ungezwungenheit zogen die singefreudigen Mannen Frankens, Thüringens und der Oberpfalz daher :* mir kommen immer mehr Zweifel, ob die Qualster dieser Festzeitungssprache sich wirklich so auf die Waagschalen verteilen lassen, daß die aberwitzige Komik vom Grauen nicht zum Sinken gebracht wird : *im Blütenflor weiblicher Jugend (Liederkranzdamen) folgte die ›Frankonia‹ (Arrangeur Magistratsrat Welsch) : festliche Gewänder und bunter Zierrat schmückten den Wagen, der auch das Bundesbanner hegte im Schutz von vielen holdseligen Jungfrauen :* die Gefahr liegt auch darin, daß die Wirklichkeit die Grenze nicht respektiert, die der satirischen Erfindung gesetzt wäre : *rauher waren dann schon wieder die Landsknechte (Turnverein 1860), deren Fähnlein mit Piken und Hellebarden einherschritten, Trommeln und Pfeifen führten im Marsch :* das muß alles schnell wieder aus der Episode heraus – und seine eigentliche Kraft als Wortmaterial in der symphonischen Durchführung entfalten :– ich verstehe mich –

meine Tage! – und verstehe dies immer weniger : ›Sofortprogramm erforderlicher Maßnahmen zur Freigabe der Stahlproduktion‹ – und dasselbe schachspielerische Geschiebe aus ›Spenden‹ und ›Darlehen‹ : sieht aus wie ein vertrackter elektronischer Schaltplan : und wäre auch sicher, so wie Regierungs-Administrationen gebaut sind, ein funktionstüchtiges Instrument – wenn die Prämissen zuträfen, vor allem die ›Verfügbarkeit‹ der ›notwendigen Investitionen‹ gegeben wäre, die absolut ins Hirnrissige –: wie kommt dieser Unsinn mir hier auf meinen Tisch? : denn so gewiß es ist, daß dieser ›Freundeskreis‹ sich nicht allein aus kulturpflegerischen Motiven etabliert hat, so wenig wäre doch den Bossen die Naivität zuzutrauen, sich ausgerechnet von der GIZ die entscheidende Vermittlung bei den Alliierten Regierungen zu versprechen – oder auch nur eine Fürsprache – eine –: aber was rede ich denn – Fürsprache – *meine* Naivität! : wo steckt er – er muß her –

und hin und her – ich : lief davor weg durch den Abend : an Gehrings Haus vorbei, das ganz ohne Bewegung lag : und wieder zurück in die Stadt – Domberg – zum Michel : es

an der Randmauer – es : brütet ein Licht über diesen Dächern, das die Geschichte, die sie decken, annulliert –: nicht auszudenken – über dem ganzen Land dieses Licht : vernichtend, annullierend – ich : bin am Ende der einzige, der ihre – seine G

und sie wissen alle nichts : nichts mehr von dem, was ich noch : und noch nichts von dem, was ich nicht mehr – nicht : W nicht und P nicht – und auch Gehring nicht :– oder weiß er, *weil* er schweigt – schweigt, weil er

hautschauernde Aussaat – Grausamen aus dem Gewolk : flogen schwül und flau erdabwärts und versackten in Luft und Staub : und fort wuselt drunten der Massentanz, das ewige Dacapo – man ist lebens : hungrig und durstig : freudig und lustig : gewandt und erfahren : tüchtig und offen : lang und länglich : ange

»– und immer verlangender – länger –« angekettet : rede ich zuviel –? : »– der Urheber : tat jedenfalls klug, sich die Mitwirkung durch Triebe für das Spiel zu sichern : man könnte es sonst – vielleicht – doch –« müde und satt : ihre träg sich entwindende Kühle : »Also du hast auch manchmal Momente – mein Lieber –« : Unseelenton – ich : saß versengt ver – versinkend : ich

hatte sie abgeholt, und wir liefen noch unter dem Schirmdach : »– rede ich dir zuviel –?« : all die älteren jünglichen Worte : »– nun, gut – ein paar Gesten noch – ein bißchen Text : wenn man Glück hat, sind's nicht immer nur Monologe : und schon kann man wieder abtreten : ein Spott nur noch – daß das Stück schlecht war – spottschlecht war : soll man's dem Regisseur zurlast legen – oder dem Autor –« : aber nicht einmal – das Publikum : schreit Dacapo – man ist lebens –: »Also du hast –« : so lange – so vordenklich länglich schon vor sehr längerer Zeit –: aber sie hörte, Lisa, hinter den gereizt gespreizten Mängeln des Monologs nie die wahre Angst : stellte sich nichts vor hinter der Vorstellung – sie : hatte selber nur Ängste vor

unseliger Augenblick – von einem Schwall Sommerregen konserviert und mir wieder zugeworfen –: und sie lief hastiger – geängstigt weg unter den böse brummenden Wolken : mit mir hinauf : »Nee, gar nicht – ich meine eher –« mit den Pulsen unter dem kalten Wasserstrahl »– du willst immer etwas sagen – was du vor lauter Reden nicht sagst –« : nicht sagen kann – oder vielleicht doch sage –? : donnernd hinter den Silben – Lärm – Gebrüll

und endlich das Schrillen – fast zehn – erst im ersten Dunkel –: »Endlich! : wo stecken Sie, Galland! : wo treiben Sie sich herum!« : und ich brüllte so unbeherrscht in den Apparat, daß die Scheiben klirrten : »Ah, endlich – so rufe auch ich : wenngleich mit gemessenerer Stimme, als der Erwiderung auf den Schall der Ihren zustünde – zu schweigen von der mir selber Unmut weckenden Enttäuschung, das Gerät, welches Sie mir stets erreichbar machen sollte, von Ihnen so häufig verlassen zu finden : wehe – Sie plaudern und tändeln, derweil ich Sie suche, damit Sie mein Wort hören : merken Sie auf – eine ungemein frohe Botschaft : wir werden –« : *Sie* werden, Galland : brüllend : sofort hier erscheinen! : Sie wissen, wo Sie mich finden! : also – wo sind Sie! : »– wo? – wie? : nun, tätig – schaffend nah und fern : lauschen Sie nur dem Klang meiner wahrhaft transatlantischen Stimme : ich bin – Sie sollten es wissen – raten – ah, was sollten Sie wissen, Adams? : ich weile mitten im Herzen der kolumbischen Entdeckung, an deren Gestade auch unsere weittragenden Schiffe in Kürze nun anlegen sollen : ein der Gottesfurcht wie dem unternehmenden Geiste bereits aufgeschlossenes Land – wir werden darin aufs bewegendste reüssieren : schon hat sich mir gleichsam von selbst die Möglichkeit eröffnet, im Weißen Hause aus- und einzugehen, und meine –« : *Keine* – nichts weiter! : Sie kommen hierher zu mir! : und werden mir Rede stehen über alle Ihre Unternehmungen, nicht nur die jetzigen –: »– alsbald – gewiß : es soll uns ein Festtag der Erzählkunst werden : doch erst in einigen Tagen, wenn ich bitten darf: der Vorsitzende der Vereinigten Staaten hat mich wissen lassen, daß ihm mein Besuch angenehm sei, und morgen zur Teestunde schon soll ich ihn sitzen sehen : auf leider nur ein Stündchen vorerst, wodurch ich gehalten bin, meine sonst nicht leicht kürzbaren Ausführungen auf die Länge dreier Psalmen zu drängen : sie sollen ihm aber nur desto eindrücklicher sein, und ich werde –« : *Nichts* werden Sie als zu *mir* kommen, Herr Dallinger! : sonst ist unser Vertrag zerrissen! : sonst lasse ich Sie her – hierher! – Sie holen! : sonst reisen Sie auf eine Art, die Ihnen das Reisen auf sehr lange Zeit – verleiden – ver – ver –: »– ah – nein – was nicht gar! : unlieblich und dröhnend – Ihre mich sonst wohlansprechende Weise : dem absolut Widrigen nahe – verstehe ich recht? : daß Sie mich durch Drohung mit einem empfindlichen Übel – mit gegenwärtiger Gefahr für Leib oder Leben – gar mit Nachteil für mein Vermögen –: Sie hören mich atemlos – sprachlos –: guten Abend –: ich komme –« : *Schluß! : her – hierher –*

mein Spiegelbild : unsichere Hände bewegend – Nichts umschließend : »– soso, das war das also –« raschelnd Papier hinter mir : die Umschläge – ihre Neugier – ja : nein – was?

Pest überall – Quarantäne : »– hast du das ernst gemeint –?« was – wann »– das mit dem Reisen ?–« : daß wir gemeinsam – weit weg –? : »Ach ja – wir müßten –« after a summer sun : das hatten wir vor der Reise ja einmal besprochen – nach Nürnberg – nein, auf der Reise : die Fränkische Schweiz : daß wir

und warum nicht – nicht auch in den Orient? : »– lies nur – es –« ohne mich umzu »– liest sich verlockend –« mich umzudrehen – zu sehen »– nicht –? : obwohl –« : obwohl die Magie dieses Weltausflugs sich sonderbar verengt, je mehr die dokumentarischen Lücken sich schließen : trotzdem – »– doch – doch : das tun wir – und wir werden viel sehen –« : nach-reisend, von Station zu Station – wie er mir das so einspinnend ausphantasiert hat, als wir gemeinsam die alten Fotos aus dem

unsicher – nichts um – meine alternden Augen –: »– er hat etwas mit dir gemeinsam – er : hängt an dir auf eine Art –« ohne mich umzusehen »– weiß nicht – die nicht bloß Verliebtheit : nicht bloß der Effekt deiner ungewohnten Verführungskünste –« nein, die auch etwas fast Schreck – was? »– etwas fast – Lys!« : ihr dunkles Auftauchen hinter mir vor dem Spiegel : mein Blick in ihrem – Schreck in ihrem – »– was hast du –?« : er – gar nicht er : ich habe

gar nicht – der andere Umschlag – sie : hatte mich die ganze Zeit mißverstanden – und ihn – Ihn –? : ernst gemeint – das mit dem Reisen : vorher am Telefon – auf eine Art –: aber wieso dann gemeinsam – hängt an dir –: und das nackte Erschrecken, das so jäh physisch fühlbar zu mir übergesprungen war –: »Ach nichts – du weißt ja –« gar nichts – ich : weiß nichts

und meine Sinne sind alt geworden : abgenutzt : überreizt : »– sei mal nicht – nun, nicht unzart –« sagte ich retuschierend – mit ihm »– mit dem kleinen Kerl – du : bleibst heute nicht –?«

das erst zuletzt dann, später – als sie sich anzog : beruhigt, daß ich beruhigt – gut, schon gut

und der Schlaf zog mich dann vollends in dumpfe Verzerrungen hinunter –: unabsehbare Scharen freudig blickender Leute – stocksteif in Betgebänk vor einem Geistlichen (Cokeley?) – der in fürchterlich langwierigen Begründungen G um Behebung des Gewitters ersuchte : danach spielte eine Orgel verödend Regers Strauss-Phantasie :– und meine Gedanken tanzten tot durch die Nachthalle : in Holzschnitten von Pleydenwurff : bis der Morgen einen Riß in die gedunsene

19-6-50

– bis ganz in der Frühe die ganze gedunsene Schwüle mit einem Schlag zerriß –: es trümmerte stundenlang vorher brutal und unterirden – von jetzt schon Tagen zusammengebraut : und dann schlug der Riesenkrach wie ein Hammer durch die gesamte Verspannung, und alles brach ein – wurde dünn und gegenstandslos :– »Endlich Fortissimo!« rief GM beim ersten Hören der Niagara-Fälle : wahrhaftig Tiefsinn und Wahrheit genug – dieser Durchbruch durch die – zuletzt durch eine Leib- und Seelenschranke selbst – ins in : Ns »Glück, das in lauten Tönen –« : ja, in das Innerste selbst – der Konsubstantialität mit dem Alles –: und ich fiel dann in einen Schlaf zurück, der die Seligkeit war : so rein und riesig wie Nichts : und erwachte erst, als das Feuer schon hoch herauf – und über den ganzen Himmel –

Der Sehr Große Sommer –!

und dreimal jetzt schon der gleiche Morgen : der weitesten Heiterkeiten : die sich immer neu aus der glasblauen Frühkühle ins Feuer hinauftanzen –: so zart geschnittene Reliefs der Luft! – von den leichtsinnigsten Windwischern klar und blank gehalten –: Epiphanie von Freiheit – machet die Tore weit : und die Türen in der Welt hoch! – ich : las in der Dritten Symphonie – und konnte mich nicht trennen von der riesigen Stelle im Kopfsatz : Zeit lassen! Zurückhaltend! : und Wieder vorwärts! Drängend! Sehr drängend! : Mit höchster Kraft! – das ist das Glück selbst : in das sich die Geste des bloßen Verlangens danach wendet : der Einbruch der elementaren Freude, die ihrer Unbändigkeit inne wird : ihr Durchbruch durch den Schein der Mimesis : und das Instrumentarium reicht bis in die Zellen der Spielenden – muß tief bis ins – in

davor fällt wirklich alles ab, was in diesem Land der ewigen Niederschläge sonst immer am Boden hält : und *der Leib* selbst schwebt über den Wassern –: all das schwarz rauschende Papier – seine Wüste und Leere – das Chaos all seiner Finsternis : ist auf einmal unter mir : ist von mir abgefallen : und fast wie Jahre fern – Licht-Jahre – wie länger als Leben –: nur Bagatellen noch – ein Inbegriff von Kleinstlichkeit, der wie Sand zwischen den Fingern – Anderes – Null und Nicht-Ich : weg – breitet man nur die Hand – und

auch die andere Musik : »Ist der denn wirklich so gräßlich?« : gestern – Sonntag früh – als ich den Traum erzählte und der Rundfunk uns mit Regers Feste-Burg-Phantasie dazwischenkam : »Das nicht –«

Kunst nie »– nur eben : mich verödend –« Nicht-Ich – und das Stück hat die feierlich vor sich hindahlende Banalität des protestantischen Kirchentums zuletzt noch kongenial abgebildet »– nihilistischer Bombasmus –« Schediasmata »– und er darf einem nicht neben dem anderen Zeitgenossen zu Gesicht kommen – selbst nicht an Straussens Hand : da zerfliegt er zu aufgeblasenem Staub –« : sicher, das muß genauer – und ich versuchte ihr –: aber nicht – nicht : trotz ihrer Geduld – nicht Sie : was davon Ich ist – war : Nicht Wir – wir

und wir haben jetzt schon drei Tage im Fensterfeuer gelegen : nackt auf Decken und Laken – langsam mit ihm wandernd –: meine Haut war schon am ersten Abend wie Sand – dunkelt – wird schwarz wie die ihre –: und immer neue Hitzenetze werfen sich tieffarben nach uns aus : in die wir uns willenlos verstrickt sein ließen –: Licht wie Luft wie Duft : wo hab ich das alles – sehr weit : weg – nah – und tatsächlich aus allen Poren : wie etwas Inneres, das nur unter einer unkenntlichen Bedingung nach außen kommen kann –

und das dort mühelos mächtiger ist als alles andere Äußere : »– hast du mein Bild gesehn in der Zeitung –?« : das Foto, das sie gemacht hat – von der Wiederaufstellung des Ludwigs-Denkmals im Hain : »– in aller Herrgottsfrühe am Freitag –« diebisch in der Nacht »– als ob die Kerls doch irgendwie wüßten, daß sie was Albernes machen –: du, ich hab mit dem Hektor Gesichter erwischt – sowas von Trutz und Feierlichkeit – du glaubst es nicht –« : doch, doch – und es sind dieselben, die im Wechsel zugleich dafür sorgen, daß Denkmäler auch immer wieder den deutschen Weg aller Bronze gehen : obwohl das hier – »– obwohl das hier ja diesen Weg mit Recht und Konsequenz –: oder ist es, was dem Weltlauf ähnlich sähe, überhaupt verschont geblieben –?« : wußte sie nicht – auch zuletzt ganz gleich : wir

soviel Wir trotz allem – berauschend über den Tag : und das Lachen zwischen uns – noch das Geringste, das keine Schwere zwischen uns –: das knisternde Geäst ihrer Haare, aus dem es heischend auf uns übersprang –: und es ist ja vielleicht auch das Schlimmste nicht, daß es sie zu kleinen Tieren zurückbildet – das wahrhafte Element : Gesicht und Glieder in zuckenden Ursprüngen : jung und bestial – und frei unter All-Augen –: und alles Alter an mir zerreißt unter ihren Zähnen und Krallen : fünfzig Jahre zu wenigen Min

Minutien und Quisquilien : »– geht das etwa auf mich –?« : ihr durchaus geschmeicheltes Vergnügen, als wir Ws ›Aphorismen‹ durchsahen : ›Wenn Frauen große Männer lieben, so ist das nur eine Variante ihrer Putzsucht. Aber es ist auch nicht widernatürlicher als diese; man soll sie gewähren lassen.‹ : [....] : »– also, ein bißchen herablassend find ich das schon –« aber gegen mich noch mehr als gegen sie »– was bringt er dir eigentlich?« : was – Verwechslung – wer? : Der Kleine – soll das nun sein Name zwischen uns sein? : »– na hör mal, du hast ihn doch selber so genannt –!« : der andere Umschlag – gar nicht – hab ich das? : »Ach, bloß ein paar Unterlagen – für eine historisch-politische Studie –« : leicht hin : »Quatsch, nein – ich meine : was hast du von ihm – an ihm –?« : wir reden verschiedene Sprachen : mein Schüler

aber wie Pergament schon – meine Haut : verträgt dies imgrunde nicht länger, dies Brennen in hellen Zellen : bei Seitenlicht schon leicht rauh – und von winzigen Runzeln durchzogen –: »Craquelée –« sagte sie einmal spottend – aber ganz lieb und achtlos »– soll ich dir einen Vortrag über Konservierung halten –?« : so viele Liebeslaute tief unter der Haut der Zeit : wie sie vergilbt – werden rissig – starren sich immer unerinnerlicher an : zuletzt in nur noch Rissen – Starrheit – nur : en Nur

Narrheiten – all das alles : »– also wissen Sie : da hat mich ganz blöd jemand angeredet unten – zu wem ich wollte und so : nein, nicht die Frau – es : war ein älterer Mann –« : als er am Nachmittag heute dann kam : mit aufgeregtem Gesicht – und glücklich über jeden Augenblick mit ihr, den ich ihm ohne Dreinreden ließ –: auch seine aufgeregten Nachrichten : »Kennen Sie das?« Malapartes ›Haut‹ – vom Heiligen Offizium auf den Index gesetzt »– und die Begründung wird bierernst und beflissen von allen Zeitungen nachgebetet : ›Er schildert die Kriegsgrausamkeiten, den Kinderhandel und die Prostitution in skandalöser Form‹ : – was natürlich ›Weise‹ heißen soll – das : können diese heiligen Kerls nicht auseinanderhalten – für die der Skandal erledigt ist, wenn sie ein Buch darüber erledigt haben : ich –«

länger noch weiter : aber ich war der jugendlichen Empörbarkeit auf einmal um Jahre fern, um jäh zu starre : Nicht-Ich : »Die Zukunft dieses Landes : ist die ewige Wiederkunft des Gleichen –« sagte ich nur einmal und blieb dann zurückgezogen : das war bei der nächsten Aufregung – über das erneuerte Verbot des Abraxas-Balletts : »– das bleibt also tatsächlich in Bayern weiterhin bestehen –! : und was glauben Sie, was dieser entsetzlich trübe Tropf –« Hundthammer – der Repräsentant christlichen Ordnungsprinzips »– im Landtag zur Begründung gesagt hat –! : diese Schweinerei passe nach Paris –!« : Narrheiten – alles : die unerschütterliche Selbstbehauptung des Unsinns auf Erden :– aber er wurde dann selber ganz unsinnig verlegen, als sie ihn um nähere Erläuterung ›dieser Schweinerei‹ –

fällt alles von mir ab – ist : alles von mir abgefallen dann – im sich bunt und glasklar verdunkelnden Abend –: wir aßen noch die herrlichen Kirschen aus einem Südland, die er mitgebracht hat : und saßen zuletzt dann doch noch einträchtig verstummt beieinander in der Fensterluft, die warm schwebend hereinkam : über den Bagatellen – den Kleinstlichkeiten – dem Anderen –: auch der Schluß des Reise-Manuskripts, den er mir – lese ich morgen –: und auch die Fahnen, die er für mich lesen will : können nächste Woche – irgend anderswann –: schließlich der letzte wahrlich hinterletzte Rest der Festwiese, den ich mir aus den Augen – Ohren – als sie beide weg –: *nicht nur ein malerisches Schauspiel – vielmehr auch* : der Gipfel der Infamie : das anektierte Erbe als Festdekoration –

ganz wunderbar stimmungsvoll der E.T.A. Hoffmann-Wagen (Männerturnverein) : Ingenieur S. Müller hatte den wunderlichen Mann zeitgetreu im Kreis seiner Freunde kopiert : in der Laube im Schloßgarten von Pommersfelden war's, auf dem Tischgrund lockt im Steinkrug die Bowle und läßt das allzeit bewegliche Temperament des Romantikers sich in geistvollem Plausch entladen –

und die andere Musik dazu – des ›Familien-Abends am Sonntag‹ : *ein flottes Reiterlied von Breu, das unter der temperamentvollen Leitung –: ›Hochamt im Walde‹, von der ›Eintracht‹ unter Herrn Spatz : und endlich ›Groß ist der Herr‹, den Herr Zemsch – Herr Musikmeister Heinlein : hatte ein sehr gefälliges Programm – das er mit seiner Ulanenkapelle aufs beste – so daß man : auch diesen trefflichen Leistungen reichen Beifall : zollen – nicht vorenthalten – dankbares Publikum*

En Nur, erinnerlich – der Große Pan : las fort, mit mir allein, bis in die Erzählende Liebe : mein Herzschlag ruhig wie Nie und schon wieder endend – verendend – es : lag etwas Leichenhaftes in der Luft, als ich aufstand : aas-süßlicher Geruch – mir war für Momente speiübel –: und nun ist die Schwüle wieder da : das Blau verbleit : und der Himmel drückt brütend auf die Dächer : ja, durch sie hindurch – durch alles – alles Papier : ist klamm und heiß : und klebt mir an den Händen –

dieses Lumpenzeug –! diese maulwurfsblinde Betriebsamkeit im Unterirdischen –! : er hat – er muß sie alle in der Hand haben, das ist sicher : in Klauen, Pfoten – und was mir an allen diesen Aufsätzen, Gutachten, Expertisen von Anfang an schon den Instinkt abgestoßen hat : ist eben das erpicht Beflissene – die geile Subalternität – das unerbittliche Parieren, das hinter der hölzernen Strenge all der Erörterungen grinst : ›Rechtsfragen der Wiederaufnahme als belastet eingestufter Personen in den Staatsdienst‹ : will sich das Pack, das den Untergang so reibungslos verwaltet hat, in aller Stille wieder komplettieren –? : das – nein, das kommt mir nicht in die Zeitschrift : das wäre, was immer sonst noch, eine entlarvende Blamage vor jeder auch nur halbgesitteten Nation, die sich – und könnte die GIZ am Ende sogar die Internationalität kosten : die Gemeinschaft mit den gesitteten Nationen, die dieses Volk ohnehin ohn'all sein Verdienst und Würdigkeit –: aber schon daß sich dergleichen, und sei's auch nur juristisch, zur Debatte drängt, *ist* die Blamage – nicht wäre : und nicht die Blamage erst, die ich vor meinem Tisch noch aufhalten kann : die Schande – *ist die Schande überhaupt* – die *sich* entlarvende : dieser ganzen Volksbeschaffenheit, die nichts dazugewinnt – erkennt – nichts lernt – es : ist eine – ist ein

abwesend, Brüten – zerriß : »– was machst du –?« : was – ja, was mache ich : wenn er nicht kommt –? : mit ihm in meiner Hand : »– du kannst ihn ja nicht gut anzeigen – bei irgend so einer deutschen Rechtsbehörde – von der du sonst sagst –« daß sie selber anzeigewürdig ist und bleibt : eben das ist die Frage – ob ich das – was ich kann : »Nein – ja – ach du, verzeih mir : daß ich dich gestern so angeschrien habe –« überanstrengt von dem Versuch, im Bündnis mit meinem Mißtrauen zu bleiben – und ihr die Papiere von P nicht zu zeigen : die ihr die halbherzige Apologie ja sofort –: »Klar – weiß ich doch : du wirst nicht fertig mit den – warst nicht – und ich habe –« nie mit den nie verjährenden Pflichten »– das ist schon okay –« : und ich habe dann länger und völlig hilflos noch geredet : »Er – seine abwechselnd die Lachlust und den Ekel herausfordernde Stimme –« apologetisch selbst »– ist ein – ja, ist so etwas wie die

Stimme der Ganzen Welt, die mich umheult – und ich suche darin nach Spuren einer Menschlichkeit, der ich mich wenigstens entfernt noch verwandt fühlen könnte –: wenn ich diese Suche aufgebe, gebe ich die Ganze Welt auf –« unklar – selbst ich : verstehe mich nicht »– verstehst du – es ist das : auf eine gräßlich geheimnisvolle Art : so etwas wie die Letzte Chance für mich –« von etwas, dem ich selber keine Chancen mehr gebe »– verstehst du – du ahnst : gar nicht – mit wieviel letzten Sachen : ich –« überanstrengt »– dauernd umgehe –« und machte eine abbrechende Bewegung –: aber sie war irgend anderswo und hörte nicht : »Okay – dann ist es ja gut –« zerstreut »– dann kannst du –« : irgendwas – was : selbst ich

in Pfoten, Klauen : was heißt das – ›Betr.: Exhumierungs-Aktion‹? : gezeigt nicht – und nicht verstanden : die Weisungen an ein ›Kommando 1005‹ – eines Paul Blobel, zu dem P vermerkt ›SS-Standartenführer, April 48 in Nbg. zum Tode verurteilt, sitzt noch in Landsberg‹ : alle gezeichnet Lamdaich – ist das seine Handschrift? : die Fotokopien sind schlecht – als hätten sie bereits ein halbes Jahrhundert Zeit gehabt zu vergilben : ähnlich das ›a‹ und das ›d‹ – aber das sind ja auch die einzigen übereinstimmenden Buchstaben : ›. . . die Ölzuteilung für die Eisenroste genehmigt . . .‹ : ›. . . der bereits vorgeschlagenen Verwendung einer Knochenmühle keine Bedenken gegenüber . . .‹ : um was hat es sich da gehandelt? : es kriecht zwischen diesen aalglatten Verwaltungszeilen ein Grauen, das ohne Umweg über Augen und Verstand direkt ins Herz –: könnte er das geschrieben haben? : natürlich könnte er – wie die fülligste so auch die leerste der Sprachen : Juristendeutsch, in dem jede Individualität sich auflöst in Null und Nicht-Ich –: aber jener Blobel steht wenigstens nicht auch noch mit in dem widerlichen Katalog : ›Möglichkeiten eines Straferlasses für verurteilte Amtsträger der NS-Verwaltung und sog. Kriegsverbrecher‹ – und das Wort noch in Anführungszeichen : Berger, Gottlob – SS-Obergruppenführer, Vertreter Himmlers im Ostministerium Rosenbergs : Best, Karl Werner – Reichsbevollmächtigter in Dänemark, Leiter der Deportationen im Oktober 43 : alle erst im letzten Jahr verurteilt – oder im laufenden : Boepple, Dr. Ernst – Staatssekretär Regierung Generalgouvernement Krakau, leitend bei der Umsiedlung der polnischen Ghettos : das Wort nicht in Anführungszeichen –: soll das etwa alles in die Zeitschrift? : absurd – ein irrer Irrtum – kann nur ein Irrtum sein : Verwechslung – warum sonst auf meinem Tisch? : ich weiß nicht – nichts – ich : muß das alles genau müde : mich unterbrechend, ohne es doch abbrechen zu können : »– was sagst du –?« – hatte ich etwas gesagt? : »Ach, ich muß weg hier wieder – dieses unsägliche Land : erdrückt – erstickt mich –« abbrechend aus sich selbst –: und ihre Antwort kam verblüfft und verblüffend zugleich : »Du willst tatsächlich dieses Palais beziehen?« : welches Palais denn? : »Lissy! – welches Palais –?« : ihre über sich selbst erschrockenen Augen : »In München das – du hast doch –« : nein, ich habe nicht : mit ihr über seine verrückte Idee gesprochen –: und da sagte ich denn doch nun, was ich mir mühsam vorgenommen hatte : mit beiläufiger Sorgfalt – überanstrengt : »Nein : ganz weg aus Deutschland – ich : ziehe meine Hände davon ab –« von all dem anklebenden Aliquid »– zum Jahresende vielleicht –:– nun, vielleicht nach Copacabana – was meinst du –?« : und sie blieb länger stumm – versteckt in der umständlich übergezogenen Bluse – war weit entfernt –: »Warum nicht – wo du hingehst –« ganz langsam wieder auftauchend »– da will ich auch hingehen :– fahren wir denn –?« sehr schillernd : am Monatsende – ja – sicher : und der Wagen wird morgen bestellt »– ah, das ist gut : und dann bin ich auch längst zurück – mein Bruder : holt mich und bringt mich wieder –« : ihr Kommen und Gehen : »Du gehst –?« : erwartet – schwer faßbar : »Ach ich muß bloß noch einmal weg – nach München – in –« wieder einmal wieder : irgendwohin – wohin – in Welt und Wegsein »– muß –« bloß noch einmal »– noch etwas erledigen –« : aus immer älterer Zeit – und nie erledigt : wo Ich war, wird Nicht-Ich überall und nirgends und nun und immerdar und von Ewigkeit zu Ewigkeit

Irrtum – Verwechslung : es ist alles noch weit schlimmer, als ich ahne – es : ist ein – eine – ja, wäre die Vorstellung nicht so kitschig, könnte man anfangen, an eine riesige Verschwörung zu glauben! :– aber mit welchem Ziel? : bloß dem der Re-Institution jener Bande, die hier vor 17 Jahren erfolgreich ein Verfahren demonstriert hat, wie man sich den Staat unter den Nagel reißt? : das wäre zuletzt Ziel und Verfahren ja nur jeder Partei – und nicht an ein Personal gebunden, das inzwischen ruinös falliert hat : und es müßte auch nicht derart umtriebhaft in die Internationalität greifen, wie das hier geschieht –: die Studie der Chatham House Group des Royal Institute of International Affairs : ›Verteidigung im Kalten Krieg‹ : mit ihrem spekulierenden Orakeln über die expansive Politik der Sowjet-Union – und ihrer faulen Empfehlung, Deutschland zu remilitarisieren : wie kommt das in meine Hände? :– das öde Papier häuft sich immer höher um mich auf : der Chauffeur als Kurier : kam mittags mit neuen Bündeln – und entzog sich wie immer jedem Versuch, ihn in ein sei's auch banales Gespräch zu verwickeln, mit einem bloßen Blick : auch meiner direkten Frage, wann er die Weisung von G – und wo sich G zurzeit – es : gibt tatsächlich Augen, denen man nicht standhält – denen man unterlegen bleibt durch ein Defizit an Gesehenem – und denen man ihre überlegene Seh-Kraft ansieht : sieht er, der bloße Bote, mehr als ich? –: diese unheimliche Studie, die nur den Titel ›NSC-68‹ trägt : mit ihrem paranoiden System-Entwurf einer globalen Bedrohung durch die SU : hat einen mehrfach top secret gestempelten und abgezeichneten Vorlage-Vermerk des Weißen Hauses vom 7. April – und eine handschriftliche Notiz des Truman auf Blatt 14 : das sind doch alles höchstgeheime Papiere – wie kommen die *mir* an die Hand? :– nein, nichts für die Zeitschrift, die allein meines Amtes wäre – soviel ist sicher : und das ganze Kultur-Getue liegt trotz seiner erdrückenden Masse nur wie ein trüber Firnis über dem Andern, in dem sich das Eigentliche verbirgt : nur Augenwischerei – Betrug und Täuschung –: Giovanni Amoretti – war er nicht früher Leiter des Kölner Petrarca-Instituts? : über seine neue Faust-Übersetzung, die im Herbst in Turin erscheinen soll : gut – sicher – eine eingehende Würdigung : aber die Biographie dann – dieser Maria Goretti, die Pius in drei Tagen auf dem Petersplatz heiligsprechen will : das kann man mir doch nicht ernstlich

Lärm, unterbrechend – meine Ohren-Empfindlichkeit : nimmt in einem Maße zu, daß ich zuletzt noch das Gras welken höre : der doch so Sehr Leise Wind : trug mir am Mittag den Geschützdonner vom Übungsplatz noch durch die geschlossenen Fenster zu – und betäubend in den Kopf : und später brach auf der Straße unten ein ballernder Radau los : revolvernde Kuhknaben – ein ganzes Bus-Rudel kostümierter amerikanischer Kinder : ich vertrage das nicht ich vertrage das nicht das : haarscharf schnappende Schießen – den knallenden Krach – die Ganze Welt : ist auf einmal voll davon : und die kleinen strammen Physiognomien drehten mir den Magen um : spatzenhaft dümmlich lümmlich – für einen Moment : sieht man das ganze infantile Gesicht des Nihilismus, der auf Europa zukommt : ein totaler Wildwest, gegen den der historische wie bloßes Hollywood wirken wird –: dieses Amerika hat im Hitler-Krieg Blut geleckt : und zuletzt wird Hitler an Folgeerscheinungen schuld sein, die ihn selber in den Schatten stellen – und die noch gar n – ich : lief wie unsinnig davor weg : durch Straßen – Schwüle –

unter dem gräulich verzinkten Himmel : der Verkehr nimmt zu, daß man bei jedem Übergang achtgeben muß : Krach überall – und überall Uniformen : wie früher wie : im Anfang – weg, ich : muß hier wirklich wieder weg : wo alles wieder anfängt : *Auswanderungs-General-Agentur* – wo kam mir das auf einmal her? : *Obere Koenigstrasse 37 – Friedrich Schirmer : Kolonialwaren & Landesprodukte en gros et en detail :* die überaus vielseitige Firma für den deutschen Bedarf : *Haupt-Agentur der Pr. National-Feuerversicherungs-Gesellschaft : der Pr. National-Transportversicherungs-Gesellschaft : der Lebensversicherungs-Anstalt der Bayerischen Hypotheken- & Wechselbank :* alles Unternehmungen des Spediteurs Leininger, der auch Dads Sachen damals – unseren Transport – und seine diversen sonstigen Bedürfnisse allesamt : *Lager in allen Sorten : Jagd-, Scheiben-, Freuden- und Sprengpulver :* und am Grünen Markt stob die knallende Bande zum drittenmal an mir vorbei – von einem ganzen Schwarm hiesiger Infanten gefolgt – bewundernd und neidisch – ich : nein, es wird ganz ernst : ich muß hier weg : sobald ich die LB zurückgetrieben habe – in den Großen Regen von 1905 – bleibt hier nichts mehr für mich zu suchen : und ich breche durch – ich : brenne alle Brücken hinter mir nieder – und fliege – fahre – weg ins – in das –: also das ist wirklich seltsam genug – ich : war in der Langen Straße stehen geblieben – überlegte, ob ich zu Gehring – und stand aber doch starrend vor der Fassade Nr. 10 : da haben wir später immer für unsere Fahrten – Ausflüge – *Telefon 484 : prompte coulante Bedienung :* aber jetzt leer : kein Schild mehr – Käst – *G. Kestel :* das erste Miet-Auto-Geschäft : *zuverlässige, sichere Führung : Vermietung auf jede Zeitdauer –:* welch ein Gedanke! – sich so aus dieser – aller G – ge –: nun, erst auf einige Zeit auf : Sieben Tage : dann aber ganz – auf jede –: »– nein, ganz weg aus Deutschland –« mit sorgfältiger Beiläufigkeit, wie vorgenommen – und so ohne Anstrengung diesmal, daß ich selber erschrak »– zum Jahresende vielleicht –:– nun, vielleicht wieder nach London – was meinen Sie –?« : aber er meinte nichts : er saß mit klebrigen Händen – mischte Firnis – Eröffnung eines ›Kulturraums‹ in der Dominikanerkirche : er wischte sich trüb die Augen »– ja – ja – warum nicht –« : und weiter war nichts mehr zu sagen –

der Lärm auch hier : Maschinen – ratternd – krachend : ich ging schnell –

und blieb, bis er kam, noch über dem neuen Unrat –: was ist denn dieses ›Büro Schwerin‹? : ›Zentrale für Heimatdienst‹ – etwa der Hitler-General? : und die Denkschrift ist von Adenauer direkt bestellt – das : ist das einzige daran, was mich nun nicht mehr wundert : Planungen für die ›Innere Sicherheit‹ – alles Betrug und Täuschung : ›Bundesbereitschaften‹ – ›Bundesgendarmerie‹ : der alte Kleisterkopf, in dem sämtliche Banalitäten der Welt kleben bleiben, hat kaum ein Jahr an der Macht genippt und seinen Rausch schon weg – er : will eine Armee – das ist alles : ›Sicherung gegen Subversion, Unruhen und bewaffneten Aufstand‹? : die einzige Subversion, gegen die man Polizei nötig hätte, ist jene, die er selber betreibt : und um den Bewaffneten Aufstand gegen das Grundgesetz über die Bühne zu bringen, wird er den ganzen Klüngel der von ihrer Pleite bloß in den Ruhestand versetzten Hitler-Strategen wieder ins Engagement nehmen – und vielleicht nicht nur den : und das Volk wird nach kurzer Weile schon bereitwillig jauchzen über die Tressen, die seinen Status quo wiederherstellen, – und das Käppi so hoch tragen wie andere Völker den Kopf –: Dieser Abgrund von einer Nation – dieses gräßlichste Kollektivum : das nicht einmal begriffen hat, wie die unnachsichtige Verfolgung seiner Täter eine Reduktion seiner Schuld auf Einzelne bedeutet hätte –: muß am Ende noch die zähe Arglosigkeit, mit der es dieser Verfolgung ausweicht, als Eingeständnis gewertet werden, daß eine solche Reduktion unwahr wäre, – ist es das bißchen Gewissen der Täter selbst, was sich da sträubt –? : diese Infantilität von einer Schmuddeligkeit, die sich nicht waschen will, weil sie's nicht nötig zu haben meint –! : wie trotzige Kinder stehen sie alle da, die mit gespreizten Fingern ›Ich war's nicht!‹ rufen – vor einer freilich nur noch imaginären Zuchtrute, die imgrunde niemand mehr schwingen will –: nein, niemand war's – das wird am Ende herauskommen : und dieses Herauskommen wird das eigentliche Ende der politischen Gesittung sein in diesem Land –

Marschierend – In einem fort –: ich habe ihm, W, dann zum Abschied die drei kleinen Philharmonia-Partituren geschenkt : und bin die Revelge mit ihm durchgegangen : in freilich nur abgebrochenen Sätzen – meiner Stimme nicht mächtig : »– seit fünfzig Jahren redet die oberste Musik nur noch von ihrem Ende –« und dieses Lied – mit dieser Stelle inmitten »– ist das Ende aller Lieder selbst – und aller Kammer-Musik :

ein Augenblick, in dem das Gedächtnis der zurückhorchenden Kunst sich ihrer Zukunft entsinnt –« : die Brüder, dick gesät, / sie liegen wie gemäht : »– unschätzbar für den, dessen Phantasie folgen kann –« Goethes Rezension des Textes in der Jenaischen Litteratur-Zeitung von 1806 – und seine weitsichtige Ausschau nach der ›wenn Gott wollte‹ Tonsetzung »– aber nein, das ist viel mehr als bloß ein akzidentelles Zusammentreffen von Künsten über den Zeiten – es ist : ein ganz kurz blitzender Reflex der Konsubstantialität selbst der Zeiten in der Kunst –« und wir lasen uns dann durch die Materialien wieder nach außen : Voß, der sich vor dem Wunderhorn hier blamiert hat wie »– ja, ganz recht : wie der große Fritz vor dem Nibelungenlied –« und vollends jener Falk aus Weimar mit seiner Tartarus-Alberei »– ein Salon-Literat – der in seiner polemischen Rührschüssel Wellen nur machte, um sie hernach ölig wieder glätten zu können –: nein, bloß nicht! – höchstens einmal eine halbe Stunde für seinen Johannes von der Ostsee –« und weiteres mehr, was mich immer mehr ablenkte : »Ach, die Kritiker –!« sagte er nur einmal – mit einem so wegschmeißenden Ausdruck für das Geschmeiß, als hätte er's schon Jahrzehnte auf sich erlitten : da holte ich ihm noch Herders Ossian-Aufsatz von 1773 hervor – mit dem schönen Enthusiasmus für die Fabel, die GM dann ›Lob des hohen Verstandes‹ nannte – auf eben auf »– die Herren, die so bürgerlich feist wohlmeinend achten, daß jener Titel und dieser Kragen doch das Ding verstehen müßte –« : und ich machte ihm das ziselierte Lied in den Augen hörbar – den transzendierend tanzenden Spott, der noch »– ja, der noch den gut gesungenen Choral und den fein innegehaltenen Takt in der Unmittelbarkeit des Gleichnisses zusammenschließen kann –« und den plumpsenden Bombasmus der Kunstjurisdiktion dazu »– wieviel Dimensionen höher reicht das als etwa Straussens Krämer-Spiegel –!« und als der quiekende Kerr sowieso –: er muß das lernen – wird es : Partituren zu lesen : Musik den Gehörs- und Gehirnnerven direkt über die Augen zuzuführen : »– Sie haben zwar heute den Rundfunk –« den kleinen Kasten : in usum delphini »– ich hatte das damals nicht : ich –« habe mir die ganze Große Töne-Kunst lesend bekannt machen müssen – und »– doch – es : *ist* erlernbar – und gewährt zuletzt ein Hören, vollkommener als vor jeder Reproduktion – mit ihrem meist peinlich zu tragenden Erdenrest –« und schon gar vor dem obersten Rang dieser Geist-Musik : deren materielle Gegenwärtigkeit das deutsche Unwesen wohl ganz unter seinen Trümmern begraben hat :– aber es gebe die Mengelbergsche Vierte noch bei Telefunken, sagt er, – mit Jo Vincent : die würde ich doch gern – Vergegenwärtigung : der Mittwoch im Mai 1920 : Gertrude Foerstel –

Die Andere Musik – ich : muß darüber arbeiten – die alte Arbeit, auch diese, zu Ende bringen : die Grammatik der Neunten Symphonie : ihr Redestil – ihr unendlich geheimes interlineares Sprechen –: und das alles wird mir weggedrückt von diesem Kram : »– umnachtet und zunichte von dieser wansthaft zudringenden Alltags-Ordinarität –« : erstickt von dieser lachlüsternen, ekelnden, mich pausenlos umheulenden Stimme –: »Müssen Sie denn das alles –?« : all das Lumpenzeug : ja, *muß* ich das? – wer *zwingt* mich? : *was* denn zwingt mich? : was *in* mir – außer bloß dem ordinären Außer-Mir-Sein? : »– ach, lassen Sie –« : zerstreut – und er fragte auch nicht weiter : ich zeige ihm nichts davon – nur flüchtig darüber weg : »– wußten Sie schon – daß dieser Oststaat drüben 60 000 Volkspolizisten unter Gewehr hält – militärisch ausgebildet –?« : er wußte es nicht : und schüttelte irritiert den Kopf : »Ja – nein – ja, glauben Sie etwa : die könnten im Ernstfall den Westen – so ein paar Mann –?« : Betrug und Täuschung : »Eben das aber glaubt unser Kanzler – oder will es uns glauben machen : um endlich –« genug – und er schwieg auch dazu – er : schweigt überhaupt viel – meist : und das tut mir wirklich wohl : diese lebendig aufnehmende Stille, in die ich sprechen kann, ohne daß etwas Laut wird außer Mir : [.....] : und ich habe dann später vor ihn wie vor mich selber hingesprochen : »– soviel das – all das alles – ach wissen Sie : ich möchte eigentlich gar nicht so unablässig schreiben – ich muß sowieso schon wie unsinnig aufpassen, daß mir die Worte nicht über die Wirklichkeit wuchern –: ich möchte passiv leben – bios theoretikos : wieviel – ja, soviel Schönes – meiner wartend –: aber das ist eben auch lebenslange Arbeit – sich empfänglich zu machen dafür : ›lesen‹ zu lernen – hören und sehen zu lernen –: die großen Bücher reden allesamt ihre singulären Privatsprachen – und einzelne sind so vertrackt und knifflig wie das Sanskrit : ach, das glauben nur die Ochsen – daß sie nach Feierabend so einfach in die Hocke gehen könnten und sich mit Wieland auf Wieländisch unterhalten –: es ist eine lebenslange Arbeit – für die das Leben fast zu kurz ist – ja : ich – ich bin selber ersten Ranges nicht : meine Produktionen sind entbehrlich für die Geschichte : aber ich bin – bin nicht entbehrlich für die Produktionen ersten Ranges –: ich spreche Sprachen, die sonst niemand mehr spricht – und die doch einmal ein großer Geist gesprochen – schon jetzt : gibt es Bücher – Bilder – Klänge – die nur noch ich : verstehe – kenne –: still! – nein, sagen Sie nichts : ich weiß, was Sie – was –« und länger noch fortgesetzt : immer tiefer in die Gewißheit, daß meine Stimme selber sich fortsetzen wird – über sich selbst hinaus : [.....] : mein Schüler – Spur von Glück –

und noch und noch einmal – die immer wundersame Selbstfindung :

»– ganz außen : muß man das wohl als Zeugnis für einen regelrechten psychotischen Schub lesen –« : Klaras Notiz zum Inhalt der beiden verlorenen Briefe : *auch aus Sumatra schrieb KM nach Hause, daß er einen Anfall jener schrecklichen, quälenden Beeinflussung –: er habe 8 Tage gegen diesen Anfall kämpfen müssen – und sich in dieser Zeit, wie ihm nachträglich klar wurde, wie ein Irrsinniger benommen : ein Zwang trieb ihn, alle Nahrung in den Abort zu werfen : er tat es und hungerte, bis endlich der Normalzustand siegte –:* Durchbruch der Lebensgefahr : »– nein, dazu wollen wir die Ärzte gar nicht erst hören –« und irgendwann später noch »– nein, es ist : so etwas wie eine Innere Emigration : nach – in –« abwesend »– zuletzt in ein anderes Universum – das haarscharf ›nebenan‹ liegt – neben dem Hier und Jetzt –« und in immer größeren Gedanken-Sprüngen weg davon »– in die Andere Möglichkeit, Wirklich-Sein zu konstituieren – wo die Eine versperrt ist –: kennen Sie Youngs Doppelspalt-Versuch –?« und die Überlegungen der heutigen Physik dazu »– das Wissende Photon –: schon gut – ich –« ich verstehe mich »– aber das geht auch schon einen Sprungschritt weiter – ins Warum –« und in die Kausalität der Seelenbewegung überhaupt : das Wissende Psychon – das –: »Ja, warum –« versperrt »– das ist hier immer noch die Frage –« sagte er eifrig – jäh zugreifend aus dem längeren Schweigen, das mir gefolgt war »– er muß, wenn Sie recht haben, mit etwas zusammengestoßen sein : was das ganze frühe Trauma wieder neu –: was aber war das – wäre das gewesen –?« zurückgeprallt besser – vor etwas : was ihm aus der frühen Verletzung bekannt war : vor einer Sperre – Gedächtnis und Erfahrung : wirken ja immer so –: und da gab ich ihm, nach ein paar müßigen Redensarten, die den Zusammenhang verwischten, dann doch die Kopie meines Fotos : »– nur daß Sie wirklich alles beisammen haben –« : das Kind – den älteren Mann : »Ah, schade – halb abgewandt –« gebückt »– wo haben Sie das denn her? – und wer ist die Frau neben ihm – das Mädchen –? sieht fast aus wie – wie –« : Familienbesitz – das : »Das ist meine Mutter« sagte ich undurchdringlich : aber es klang doch so fatal melodramatisch, daß ich gleich abwinken mußte »– lassen – lassen Sie –: und kommen Sie mir bloß nicht auf falsche Gedanken –« müßig – verwischend »– so einfach gibt's denn doch die Wiedergeburt nicht –: zufällige Ähnlichkeit –« mit ihr mit : nicht mit ihr »– die Seele phantasiert sehr unscharf – sozusagen halb blind – und hat einen engen Horizont, den sie sich selber oft unzulässig erweitert – um die Erscheinungen zu konnotieren – Zusammenhang herzustellen –: was ich sagen wollte –« : sagte ich nicht mehr – ich : verstehe mich – und ihn, der alles anders verstand – verlegen –: und wir schwiegen das dann gemeinsam verschieden zu Ende : ist schon gut

jedenfalls : bei ihm ist sie nicht, wenn sie weg ist – sie : war längst gefahren, als er kam : und er wird lange gefahren sein, wenn sie wiederkommt : wer weiß – vielleicht auch ich : weg – längst und lange : wenn sie wie – was – wann »– wann sie wiederkommt?« : arglos : »Sie hat gesagt, Sie wollen zusammen weg –« :

nichtig – nur konnotiert aus immer älteren Zeiten : »Ich weiß es nicht – das heißt – ja, am Monatsende : nur ein paar Tage Ferien –« anders verstanden : verschieden verschwiegen »– was ich noch sagen wollte –« : zum Jahresende – nein, ganz weg aus Deutschland : beiläufig – sorgfältig – wie : »– nun, vielleicht nach Aden – was meinen Sie?« : vor etwas fast Schrecklichem, das uns verschwiegen –: »Ach, wenn Sie mich da mitnehmen könnten –!« rief er auf einmal schrill : und in dem ganzen kleinen Gesicht zuckte es so unselig, daß ich –: schon gut »– schon gut –« ich – älterer Mann im Tropenanzug – gebückt nach einem Kind »– das sind alles so Phantasien –« unscharf – halb blind »– haben Sie einen Schirm –?« : für das Gewitter, in das er da mit Sicherheit geraten würde : die Schwüle bis zur Unerträglichkeit verdickt, als wir über die Brücke liefen : *Gluth, Gluth* – der Himmel schwer drückend – *plötzlich verdüstert : doch ohne daß man –* »– machen Sie mal rasch –« : schon höchste Zeit – und wir hetzten dann wirklich mit dem letzten Atem durch die Sperre : hinunter und wieder hinauf – er : konnte sich eben noch in das überfüllte Abteil zwängen, bevor alle Türen zugeschlagen wurden : und stand dann jenseits – zerrend wie wild am Riemen des offenbar klemmenden Fensters : und starrte so brennend zurück durch das verschmierte Glas : daß mein Winken ein Abwinken wurde – »– nicht doch – ich habe : ein ziemlich dickes Fell von Verstand über meiner inneren Gebrechlichkeit –« sagte ich lautlos noch diesseits – und »– schön, daß Sie so oft kommen –« tut mir wohl – holt weg : unaufhaltsam zurücksenkend – auch der Schwall von Dampf, der auf einmal mit stumpfen Puffen über mir niederschlug : wie damals – so kam ich an – *ganz klein an einer Hand : in strähnender Novembernässe – frierend und schaudernd : und stand wie aufwachend vor dem riesigen* dem winzig kleinen Platz, auf den die Hitze herabstürzte – *förmlich wie ein ausgeschütteter See : es regnete* in Strömen – gleißend – Glast : und für einen Moment sah ich – weit hinter dem flirrenden Vorhang : *die Droschken die : alten triefenden Gäule – ich :* spüre noch jetzt den, keuchte auch, den Druck auf der Brust : bin *ich bin hingefallen – die Polizei :* grüßte durch Anlegen der Rechte an den Mützenrand, als ich hinüber – drüben links : stand wieder *die alte Litfaßsäule mit der Pickelhaube : Henkel's Bleich=Soda – und Jo – in meinem – Joseph :* in meinem dünnen Man *Mäntelchen : Specialhaus für Herren= und Knaben=Garderobe : Josef Sulzbeck* – und um die Ecke bog kreischend *langsam die Linie 5, mit der wir bis zur* bis zur Luitpoldbrücke : Umklammerung von Schmerz – ich : lief zum – lief um *– die 2 zum Hain hinaus : die 13 zum Kaulberg : und die 8 dann von da zur Infanteriekaserne, von der er uns entgegen* – eine harte Hand : stieß mich – man muß : tatsächlich bei jedem Übergang – und überall Uniformen – an der *und an der Sophienbrücke : bin ich zurückgelaufen* zurückgelaufen : halb blind *nur zurück* zum Bahnhof – ich : hatte etwas – *als hätte ich etwas vergessen : quer durch die* triefende Hitze in die *in den Großen Regen : in meine Vorzeit – Amnesie in Stücke* – und wußte dann nicht mehr, was : bis – stand ganz leer in der Halle : *bis er mich eingeholt* – nichts – *Nichts : mich einge – Klauen, Pfoten – einge*

– holte mir noch den Karton mit der alten Arbeit – obwohl auf dem Boden eine Luft war, wie zum Ersticken : dazu die Tagesnotizen vom Sommer 15 – wo ich's zum erstenmal –: die Andere Musik die

die Andere Möglichkeit des Wirklich-Seins –: ging um – las – floh in : überall und nirgends : mit lauter letzten Sachen – flog in aber NS heißt nicht – heißt : National Security : Council – und ist ein – ist eine

schlecht – ich : sehe wirklich viel schlechter – auch die Augen : fangen an zu ergrauen

23–6–50

über dem Fluß lag Nebel, der spät erst verdampfte : so daß die Schwüle blieb – ich : war schon früh aufgestanden – kurz nach drei – und saß lesend im halben Licht : dem Heraufzischen des Tags um ein paar Stunden zuvorzukommen –: *nur noch Kleine Teile der Ganzen Zeit lassen sich souverän beherrschen : aber nichts davon ist mehr Allmächtig – schon nach kurzem : schlägt die Heißwelle herein – und alle Gedanken verkommen zu Kram zu : bloßem Schriftgestell – dürrhölzern und nur noch brennmateriell :–* das war ein sehr heißer Juni – 1915 – und mein erster in den Kammern hier unter dem Dach : daher wohl auch die pathetische Leidensmiene – das expressionistische Lamento : das sich fataler noch liest, als ich dachte –: *der weißglühende Ekel : benagt's mir bis auf die kahle Knöchrigkeit – und was in frühen Schattenstätten zum Leben gebracht war : bleicht gebeinen unter der gleißenden Tagmitte : im allzu immer leiser allzu leisen Schrei : Todt. .t,t. .! – in den Himmel hinein :–* gedunsen summend – und eine unangenehm aufgeblasene Jünglichkeit : aber da ist das rhythmische Motiv zum erstenmal – und die Beschäftigung mit dem Hauptsatz muß irgendwann um die Zeit begonnen haben – es : wäre gut, dies – las – das frühe Lese-Hören : noch einmal wie –: *bis dann die Stadt erschien : geschreihaft unter Lärm – in kreischendem Kreisen : geschäftig heftig – heiser machend – leer : und hitzig witzelnd : hämisch : hastig zischend –: verwischend – leiser : alle leisesten –:* aber nicht wiederzugewinnen – das : ist alles bloß noch Geräusch – und gibt mir den Untertext nicht mehr preis, den es einmal hatte :– und was weiß ich – nach einem weiteren Menschenalter : wird auch das Heutige bloß noch Ge – raschelnd blaß : und hülsenhaft : und t. .t,t. .

Dieses ungeheure Einbrechen des Todes im Kopfsatz –! : ja, aber nicht mehr in einen bloßen Roman mit Held und Welt, sondern in die Absolute Musik selber – in den Formverlauf der Durchführung – das : habe ich durchaus damals schon alles gesehen : sehr gut – *das Precipitato der Hörner : wiederholt* – nur in konstruktiv weit strengerer Durchbildung – *den panischen Schrecken der Dritten* – im Scherzo, ist wohl gemeint – *und enthüllt spät dessen Bedeutung –:* diese Zettelnotizen sind aber jünger allesamt – Wien 1924 : und da erst habe ich auch begonnen, die Burleske wirklich zu verstehen : *das Riesengeräusch der Gesellschaftlichen Rede – der in höchster Artistik konzentrierten All-Gemeinheit :* mit ihrem ja wahrhaftig in die Unterste Sphäre greifenden und doch immer haarscharf am Abgrund ins Symphonische herumgerissenen Material –: *das schäbige Daherkommen der Hörner* : wie heute noch spürbar der Schock bei Wiesengrunds Mitteilung – das sei das Hohlspiegelbild eines altmodischen Schlagers : In der Nacht / in der Nacht / wenn die Liehiebe erwacht –: *Große Erkenntnis!* – steht quer in Rot über dem Zettel : und unten – ach, was für eine Koinzidenz – das Datum des 23. Juni – ›im Café Imperial‹ : es hat mir ja auch wirklich das letzte Fenster aufgestoßen – in dieses Universum der höchsten Musik, in dem *schlechthin das Alles seine Eine Stimme –:* vollends beim Kollisionsfeld mit den aufgehobenen Schalltrichtern – nach dem Intermezzo, dem wahrhaften ›Inmitten‹ : *ein förmliches Ungeheuer von Stelle – an der das Weltgetriebe sich selbst durchträllert und durchbrüllt : da gewinnt die Vielstimmigkeit des um und in sich wirbelnden Satzes einen Zug albhafter Übermacht, die über die Sinnenwahrnehmung wegwalzt : kein anderer versetzt den Hörenden so in Ohnmacht und Überwältigtsein –*

Möglichkeiten des Lernens – Einsichten, wenn ich je welche hatte : imgrunde ist mir alles immer in diesen paar Monaten, Wochen, Tagen zugekommen – in den paar Augenblicken des Großen Lichts und der Großen Wärme, die dieses Land zu spendieren hat : stellt denn die Herkunft dem Leben wirklich derart rigide Bedingungen? :– aber es ist doch auch längst nicht so schlicht, wie es aussieht : *Feuerwelt – sengend auf die kreischend kreisenden Gedanken nieder : Glastglimmer – Schimmerlast :* hinter all dem lispelnden Lyrispeln dieser enthusiastischen Jahre steckt ja doch deutlich Abwehr : bekennt sich Geplagtsein – riskante Uneinigkeit : was heißt denn das? : bin ich immer nur rein abstrakt – geistseelisch – so licht- und hitzesüchtig gewesen : während alles Leibhaftige darunter nur litt –? : *das tobende Sonnengeschrei : gellbhallend unter der gewölbenen Blauraumkuppel : zu Massenklang geballt – die Luft voll Lärm : und der Windwicht tupfte aufs faulste darin herum : der Blindhinker : darin heran : taub pollend – der Lichtfall : wie eine Steinigung –:* tatsächlich ›pollend‹ – oder ›grollend‹? – ›gallend‹ –? : ganz tolles Zeug – und nicht lesbar mehr – auch die Handschrift : ist mir längst fremd geworden – die ganze pretiöse Expression : ist leer geworden, weil von Mir verlassen – zuletzt : kann man in der eigenen Metaphorik schon zu Lebzeiten das Eigene sterben sehen : und in der fremden Metaphorik ist das Uneigene ohnehin längst wie zu Grabe, wenn man sie erstmals sieht –: *Rechtschaffene Rechenschaft* – all diese Konsonanzen : sind das am Ende Residuen aus dem Depot der infantilen Grundsprache? : *une saison en Infer – ist zu Ende : außer Well* (?) *die gebellt* (?) *bedreckende Blitzfaust : nicht im Entfarntesten mehr herrbar der grollende* – also doch ›grollend‹ : der – *Tappschritt : der schwelend lallende Scheintyrann : ist gefa –:* ach weg damit – gibt nichts her – nur das eine ist sicher : ich habe unter dieser, innen so fliegend machenden, Hitze nur gelitten – immer wie jetzt : und die leibliche Sucht danach war immer nur eine sich selbst überredende Illusion – wie jetzt

aber das ist auch heute noch gut und brauchbar : die längere Aufzeichnung über *das Triviale als Metapher* – wenn auch wohl nicht so direkt als *Mitrede der Realität :* eine Besiegung eher – eine Machtleistung des konstruktiven Geistes, der noch – ja, der *noch das übermächtige Andere unter sein Strukturgesetz zwingt* und im Schund das Schäbige der Vernutzung auflöst, um ihm *gleichsam zu Reiner Bedeutung zu verhelfen :* ohne diese Bedeutung selbst aber in ihm aufzulösen – das : ist alles noch schief – und auch täppisch formuliert : aber läßt sich weiter hinausdenken : *kein Augenblick in Ms Musik, der selber trivial würde dadurch, daß er das Triviale einläßt –:* gemeint hat das auch, was Schönberg – so streng wie auch täppisch leider – immer lehrte : gegen die kreuzbanale Musikwissenschaft und ihr Verdikt – ich : müßte jetzt Wochen über der Burleske zubringen, um ihren ganzen Sprachduktus zu entziffern und in Interpretation zu übersetzen : *die Insel des Intermezzos, in dem das Ich* – und auch die abstrakte Struktur, die hier ihr Maximum an Konzentration erreicht – *ganz bei sich selbst ist, für unendlich ergriffene Augenblicke :* ehe dann, *gleichsam als werde die Abschirmung ringsum porös,* der Weltkrach von allen Seiten wieder eindringt – *schließlich überflutend mit der lärmendsten Gewalt –:* und auch das wäre aufschließend weiterzudenken – gerade im Blick auf die Vierte, mit der GM das Werk so seltsam verglich : der Satz *bestreitet – wie keiner sonst bei ihm – die Wandelbarkeit des Materials,* aus dem das Ganze ist : *die Fugenform versagt sich alle Künste der Variation und läßt die Themengestalten starr bei sich selber im Gleichen – in immer neuer, mühlenhaft sich drehender Wiederkehr –:* sehr wichtig das – und gegen Mengelbergs Unsinn vom »Galgenhumor«, der freilich nur ein Mißgriff in der fremden Sprache gewesen sein kann : auch was er töricht vom Intermezzo sagte – es sei die »Darstellung eines verschrobenen Ideals« : Notiz vom 18.5.20 – also wohl gleich nach dem Konzert in Amsterdam : er hat, wie alle Dirigenten, die Mittelsätze nicht verstanden – so herrlich auch der Kopfsatz geriet : *das schwerste Gehen – ein seiner Bewegung kaum noch mächtiges Andante* – nie wieder so langsam, so unendlich verweilend gehört – ich : müßte jetzt wirklich Wochen – Monate – und ganz damit allein –: und was hindert mich denn? : was zwingt mich, *nicht* jetzt einfach alles Andere hin – abzuw

Am Abend da es kühle war –: ging noch um zwei Karten für die Matthäus-Passion in der Otto-Kirche : übermorgen schon – Otto Matzerath : das will ich mir doch anhören :– und dann fiel mir ein, daß sie ja – ich ja – und ich schellte unten und gab ihr die eine : ich mußte lange schellen, bis sie erschien : »– Sonntag – wenn's Ihnen recht ist – wenn Sie mögen –« : und das alte Gesicht machte solche Freudensprünge, daß mir ganz jammervoll zumute –: »– ach, ich habe : liebe Frau Simon : in letzter Zeit so wenig Zeit für Sie gehabt –« sagte ich künstlich »– ich habe überhaupt –« so wenig – auch für mich selbst –: »Wir haben alle –« kaum noch – oder wirklich »– nicht mehr viel Zeit –« : hat sie das so gesagt? : klingt mir abscheulich im Kopf nach – ihr Gesicht : sah auch auf einmal ganz schlimm aus : durchscheinend wie trübes Glas – über einem : wie über einem hohlen – einem finsteren

nein, es gibt keinen Friedens=Schluß mit ihm – ob er nun kommt oder nicht –: der Graphologe Wörner – und er hat angeblich eigens zwei Würzburger Kollegen zugezogen – ist überzeugt, daß mindestens vier der Unterschriften von der gleichen Hand –: also auch die Weisungen für die Massaker von Simferopol – es : kommen nur noch Teile zum Ganzen, das keinem Zweifel mehr unterliegt :– ich räumte weg – warf hin – die endlosen Juristen-Listen : die sicher ein Grauen mehr sind – nur viel schwerer durchschaubar :– was heißt denn das – ›z.b.V.‹? : zu welcher ›besonderen Verwendung‹? : und wer ist dieser Globke, den er – weg – nur weg :– vielleicht im Juli – später :– oder nie

und räumte mir schließlich auch das aus den Augen – meine unleserlichen Jünglichkeiten : *lagen schwarzgebreitet liederlich im Weg – von schweißem Loderlicht gebrütet – pfeifend : das Schleifen der : auf der letzten Anhöhe : der Maschine das : Gellgeräder* – Gallgerede? : *Tapprappen* – Treppen? : *Geröll an teerenen Steppen* – Grollattrappen : *allgelbalbenen Schattenschotters* – Mattenmordes – *Madenmoders –:* wohl die Attacke – Herz – im Sommer 15 : am Stefansberg – als der johlende Trupp Uniformen vor der

– dieser Unfall von einem Volk – dieses Unglück von einer Nation –! : ich glaube wahrhaftig jeder auf Erden die Fähigkeit zu wachsender Einsicht – nur dieser einen nicht, der deutschen : sie lernt nun und in alle Ewigkeit NICHTS dazu :– und die übrigen Völker der Erde sollten bei ihrem Umgang mit ihr dieser geschichtlich erweisbaren Tatsache auf das vorsichtigste Rechnung –

und dann kam – spät in der Nacht, in der

kam auf der Treppe schleichend sein Sch

sein schäbig tatzender, schleichender Schritt auf mich zu

aber ich bin zu matt zu : viel zu um zu

morgen vielleicht – spä oder :– oder nie

24-6-50

Das Schäbigste Geräusch – Er : tatzte heran – er kratzte zuletzt an der Schwelle – raschelnd und lallend : und seine ragende Behäbigkeit, unten ein dicklicher Schall noch, war immer dünner geworden, je mehr er sich annäherte : am Ende wie ausgezehrt – leer und fast still : und nur das leichte Wehen der Blätter in meiner Hand – der schleichende Luftzug : zeigte an, daß die Tür sich wieder einen winzigen Spalt geöffnet hatte –: nun kommen Sie schon her, ich : Wind – sog heftig : ich habe wahrhaftig genügend auf Sie ge

Ah –! : *und wie papierdünn schlich er – Scheibenbild : halb seitlich – halb drunter her :* Sie müssen es dreimal –: *hierher denn – was : sein Schatten an – auf der Tür :–* dreimal – mit Permission – ergebenst – hochachtungsvollst –: *kroch langsam auf mich zu – wie ein schwarzes Laken : schlug pappig mit der Stirn auf – auf den – was : was machen Sie denn da : Galland! : was treiben Sie –? :–* dreimal – submissest –: *also her – hierher! : aber nun sagen Sie in Dreiteufelsnamen, was dies Getue – dies da – das Theater –:* Contritio et Poenitentia – geschamigster Diener : ich nahe äußerst zerschmettert, wie man wohl sieht : von der Last meiner Sünden geschmälert – ja förmlich platt : doch baue ich auf Ihr Wort und komme so wie gerufen : darf ich –? : *und hob sich halb : sein Blick voller Schlieren : schob sich mir ekelnd zu – in gallertartiger Glätte –:* Buß und Reu – Buß und Reu : knirscht das Sündenherz entzwei – wußten Sie : daß der Imperator Caligula seine Zähren in einem Augenwännchen zu sammeln pflegte, um sie der Verehrung des Volkes freizugeben? : ich verzichte auf die Benutzung dieses Reliquiums, obschon sich ein solches in meinem Besitz befindet, und bitte nur in dieser mir lästig kniefälligen Haltung, die meinigen möglichst alsbald zu trocknen : mit Ihrer Erlaubnis – gnädigst – bin so frei –: *und wischte sich mit meinem Ärmel das triefende Gesicht, noch ehe ich –:* Ich seufze, wie Sie hören : molimina hämorrhoidalia – äußerst unangenehm : doch mir in diesem speziellen Fall willkommen, da sie dem Ihnen vorzustellenden Ausdruck meiner Bußfertigkeit zu einem Gepräge der Ächtheit verhelfen – welche auch theoretisch gelingen zu lassen ich mir im übrigen Rat bei den Kirchenvätern geholt habe :

ungemein verständigen und lehrreichen Vormenschen – und Erfindern eines Verfahrens der Entsühnung, das vermöge seiner bequemen, den Lebensweg nur kurz von der Freudenbahn abziehenden Durchführbarkeit auch den schwerer darauf strauchelnden Sünder zuversichtlich stimmt : machen Sie sich denn gefaßt, meiner gegenwärtigen und, wie ich hoffe, überzeugend eindrucksvollen Zerknirschung in Kürze Bekenntnis und Genugtuung folgen zu sehen : Vorgänge, welche man mir als Bedingungen genannt hat, die Gnade vor GOtt zu erwirken – zu schweigen von jener vor der Menschengemeinde, als deren Vorstand und Aufsichtsrat Sie selbst, Herr Doktor, mich zur Rede zu stellen die – völlig rechtens, gewiß – die Absicht zu : zu haben – mir zu erkennen gaben : Verzeihung, ein unfreiwilliger Reim, welcher jedoch der Gereimtheit unseres Ritus wohl angemessen – wo war ich? : bei Ihrem fernmündlich meinem Wohlgefühl abträglichen, nahmündlich jedoch unserem beiderseitigen Wohlgefallen zuträglich sein sollenden moralischen Auf- und Anruf : einer Ermahnung – ja, Admonition – der ich nur um so eiliger – wenn auch : mit Weile mit – mit unvermeidlicher Verzögerung –: *weiter, Mensch, weiter : kommen Sie vom Fleck : und lassen Sie die Faxen – nur um so eiliger –:* ah, danke – nachgekommen bin, so wollte ich sprechen : als mir in Sonderheit nach einer vor zwei Tagen erst gelungenen, wenngleich seit längerem schon in dieses selbst von Kamelen durchschrittene Nadelöhr eingefädelten, ganz außerordentlichen Verbindung mit dem römischen Institut für die Religiösen Werke, in dem unsere Mutter Kirche ihre Ersparnisse verwaltet, die Pflicht zugewachsen ist, die allgemeine sittliche Aufgabe des Christen, das Taufsiegel rein und unzerbrochen zu erhalten, als eine höchstpersönliche zu betrachten : ah ja – warum auch nicht : sieht diese doch den Aufgaben der von uns selbst begründeten, somit leicht christlich zu nennenden, Gesellschaft zum Verwechseln ähnlich : wohl, wohl – so sehen Sie mich denn momentan im Stande des Schuldners und Schubiaks, den es seiner gelegentlich begangenen Taten notabene widert und gereut –: wahrlich, ich bin ein Knappsack des Unguten und ein Schnapphahn am Wege der Tugend : in Sünden bin ich empfangen – von wem, tut nichts zur Sache – und in Schanden hat mich geboren meine Mutter, die Welt : so ward ich selber ein Schandmaß und Unzuchtsmeister, wohl wert, tagtäglich – mit Ausnahme der Sonn- und Feiertage – mit der Strafrute gestrichen und abgestäupt zu werden : ein Sudeleber und Rübenschwein : ein schlimm vernagelter Lasterkasten : kaum mehr – bei allerdings nur flüchtiger Betrachtung – denn ein Geschrei den Völkern und vor dem Allerhöchsten GOtt ein Pfifferling : et cetera et cetera – so weit so gut –: auch sehe ich in Ihrer Hand bereits das von der weltlichen Gerichtsbarkeit ausgesandte Blatt, welches meine Verfehlungen der Gemeinde bekannt gibt : so daß ich vielleicht, in beschleunigtem Übergang, die weitere Ausschilderung derselben über – nun, übergehen – springen – überfliegen – was?« : *eben dies nicht, Herr Galland, eben dies nicht –! : sondern Sie wollen sich vielmehr dringend ersucht fühlen, mir über Ihre Tätigkeit in den vergangenen zehn Jahren die detailierteste Auskunft zu erteilen : und damit Ihr Gedächtnis mich nicht im Stich läßt, habe ich Ihnen hier – nur vorläufig erst – eine Sammlung von Dokumenten –: nein, Sie – Sie – nein : nicht das nur : das – und das : und dies hier –: Rede! Antwort! – haben Sie das geschrieben –? :* Confessio – zu Befehl : was werde ich sehen müssen? : eine Kollektion ältlicher Urkunden aus grauer Vorzeit – von mächtigen Behörden erlassen : von – was, von meiner –? : *ja, von Ihrer Hand! : und hier, um das abzukürzen, der Nachweis, daß sie von Ihrer –:* Graphologie? : dem Jüngsten Richter ein fraglos unstichhaltiges Beweismittel, einer jeglichen Berücksichtigung unwert – ah, lese ich da recht? : von Wesenlosigkeit und moralischer Leere? : ich – der ich, Ihnen bekannt, als Lehrer der Moral selbst tätig bin? : ich fürchte, ich muß dieses Gutachten, das eher ein Bösachten genannt zu werden verdient, auch in Ihrem Namen durchaus verwerfen : eine ganz und gar fälschliche Deutung und Interpretation meiner Beschaffenheit : eine Verwechslung des Erhabenen mit dem Lächerlichen : eine rein schein- und meineidige – leidige – peinlich verkleidete Blut- und – Gute Vorsicht!« : *das Haidlein-Dokument –: und das verschlug ihm nun doch für einen Augenblick die Rollenbehaglichkeit : seine Züge sackten – wurden wieder pappgrau –:* Wo kommt das her – wie fiel dies in Ihre Hände –? : Geheimnis! Höchstverrat! – ich werde an den

Sakramenten irre! : dem obersten Beichtiger anvertraut – und gleichwohl Ihnen ermittelbar geworden! : Wehe! – so muß ich rufen – Sie spähen und blinzeln! : Sie schleichen und fingern – und nehmen ins Unreine geschriebene Wortfolgen an sich, statt mein stilistisch durchgefeiltes Bekenntnis zu erwarten! : ich bin auf das Furchtbarste erschüttert – gleich werden weitere Thränen meinen Augen entstürzen, obwohl ich den Programmpunkt der Zerknirschung bereits erledigt glauben durfte –: so diene Ihnen denn zur beschämenden Mitteilung, daß man mich, als kaum das Kriegsgeschrei verklungen, aufgrund eben solcher, dem mißverständlichen Rohzustand noch nicht entrissener Unterlagen und trotz meiner die Künste der Interpretation und Redaktion nicht sparenden Aus- und Einreden zu Warschau, einer verödeten und der christlichen Ideale entwöhnten Stadt, vor ein Gericht gezogen und zur Erhenkung verurteilt hat –! : Skandalon kai Moria! – theologisch gesprochen : es ehrt mich, daß ich Ihre Pulse stocken fühle : ich war selber äußerst konsterniert – und mußte mich in unwürdiger Eile entfernen, obschon ich mit dem vormals prangenden, nun jedoch zur Volksherrschaft niedergestürzten Polenreich noch mancherlei große Dinge vorhatte : Sie sehen die Folgen meines Weichens allenthalben : Mißernten schwächen das Land – die Industrie liegt darnieder – Tölpel und Hänse sitzen im Regiment : ein Strafgericht, welches der Allmächtige nur zum Teil für den Abfall zu jener Irrlehre verhängt haben dürfte, die – schandbar genug! – nicht nur die unterschiedlichen Menschen, sondern auch das schier noch unterschiedlichere Eigentum gleichzumachen strebt : doch wollen wir auch hier auf die Barmherzigkeit bauen, und möglicherweise schon in wenigen Jahren wird – werde ich – ah, lassen Sie mir eine Minute der seherischen Meditation –: vielleicht in – schon in drei – vier –: *weiter – genug gefaselt! : Sie sind also untergetaucht – das weiß ich : wo und wie –? :* Im stillen Kämmerlein – in einer Zelle des großen Klosters der Franziskaner zu Rom, wo zahlreiche Leidensgenossen vor dem allzu gierigen Auge der Öffentlichkeit Zuflucht gefunden haben, bis ihnen die Reise nach Südamerika ermöglicht war – zur Aufnahme stiller überseeischer Missionstätigkeit : ist Ihnen der Bischof Hudal ein Begriff? : er sollte es sein – ein römischer, gleichwohl aufrecht deutscher Mann, der keine Bedenken trug, die ordensbrüderliche Verbundenheit auch an den vielverleumdeten und verfolgten Prioren der Schutzstaffeln zu bewähren : demselben verdanke auch ich die gastliche Aufnahme – will sagen die erwünschte Möglichkeit, in äußerst mangelhaften Zeiten selbst ohne Mangel und Abzug fortzuspeisen : sowie – jetzt wollen Herr Doktor aufmerken, denn meine Konfession klimmt ihrem Gipfel zu – sowie die Bekanntschaft mit einem rühmlich zu nennenden Kurienpater namens Benedetti, welcher meinem Streben nach möglichst rasch und zügig durchgeführter Läuterung den wahrlich allerhöchsten Absolventen geneigt zu machen unternahm – und mich ihm – mir denselben – in staunenswerter Kürze zuführte –: so staunen denn auch Sie : Exomologesis – abermals theologisch gesprochen : Ich habe keinem Minderen als der Heiligkeit des Papstes selber gebeichtet! : und diese hohe Person trug wiederum keine Bedenken, vermittels einer als vorbildlich zu preisenden scholastischen Interpretation meine zuvor im gottlosen Osten so fälschlich gewürdigte Tätigkeit im Reich der Reußen als kriegerische Unternehmung für die Mutter Kirche umzudeuten und mir unter Rückgriff auf eine im Mittelalter bewiesene Tradition hierfür den preisgünstigen Plenarablaß zu gewähren : die peccatorum remissio, an deren Wirksamkeit per modum summi suffragii kein Zweifel laut werden kann : ah ja, gefügte Schickung – sehr geschickte Fügung! : weshalb ich denn auch Sie nun ernstlich ermahnen darf, in mir nicht länger den Sündenknecht, sondern vielmehr den – sogar schriftlich beglaubigten – Gnadenträger zu erblicken, an welchem alle vielleicht irrtümlich noch erhobene Anschuldigung zergehen muß wie Schnee im Sonnenschein – wie? : mein – wie kein wie –« : *nein –! : und immer nur langsam, Herr Galland, alles nach und nach! : auf Ihre kriegerische Unternehmertätigkeit werden wir noch zurückkommen – verlassen Sie sich darauf – ich : mag sie nicht in – nicht in diesem Ton –: doch da Sie einmal dabei sind – vorwärts, den Rest! : Sie haben offenbar ein, auch von Andern gemachtes, Geschäft gemacht – dessen Abwicklung mich vor allem im Hinblick auf seine Spätfolgen heute zu interessieren beginnt : reden Sie, Mensch! – was hat es Sie gekostet? :*

welche Bedingungen –? : Satisfactio – zum dritten – Ihnen vertraulich gesagt : ich bin auf das gründlichste mit dem Sündenhobel abgesäubert worden, so daß selbst dem bewaffneten Auge kein Flecken auf meiner tadellos sitzenden Weste erspähbar sein sollte, wie ich – ich –: *weiter – weiter : nur keine so zaghaften Umstände! : was haben Sie sich die Sache kosten lassen? :* Kosten –? – nun – kosten –: weniger, als erwartet – und als mir aus zuvor beigezogener Lektüre befürchtbar geworden : ›Von der Leibcasteyung und Mortification durch Geißlen‹ – Sie kennen das schreckende Disciplinbuch Jacobi Gretseri, Societatis Jesu? : zu Ingolstadt im Jahre 1606 – eine in früheren Sündenzeiten gern benutzte Anleitung, mit Besen, Ruthen und Geißel das selbeigene Leder zu gerben und so den unbendigen Adamsball zu scopieren, zu businieren und in Dienstbarkeit zu bringen : bereits dem Lesenden dermaßen unbehaglich und zur Verinnerlichung hinführend, daß ich mich –: *sicher – daß Sie es mit der Lektüre haben gutsein lassen : nur weiter – sonst noch Bußen –? :* daß ich mich – Sie haben es recht geahnt – alsbald auf die dem Leibesbefinden weniger lastvollen, lediglich den fliegenden Geist belästigenden Tugendübungen geworfen habe : Handlungen der Genugtuung, welche, so ward ich berichtet, der Sünder dem erzürnten Gotte ersatzweise anbietet, als freiwillige Vorausnahme der Höllenstrafen –: und siehe da – der Allmächtige ist auf diesen Ersatz entgegenkommender Weise sogleich eingegangen, wie ich aus der sichersten Quelle weiß : und so blieb mir an Unbequemlichkeiten nur noch die – auf symbolisch stellvertretende Einmaligkeit gekürzte – Ausführung eines Ganges in Sack und Asche : zu welcher Bestimmung mir mein Leibschneider, ein übrigens theologisch ausnehmend unterrichteter Mann, den ich schon einmal erwähnte, einen ungemein härenen, wenngleich innerlich wohlgefütterten, Bußmantel anmaß, welchen ich – es wurde gewiß von Ihnen schon vermerkt – auch heute zum Gedächtnis jener läuternden Zeiten angelegt habe : sowie – wie sagte ich – an – un –: *an Unbequemlichkeiten : blieb Ihnen nur noch – ferner – heraus damit! : es wird doch noch –:* ah ja – die eigentliche Kasteiung : welche meine Sünden nun wirklich, mochten sie gleich blutrot sein, schneeweiß werden, und mochten sie sein wie

Scharlach, wie Wolle werden ließ : nämlich – merken Sie auf! – eine vierzig Tage beharrlich anhaltende Fastenzeit bei unfrisch gewordenem Knäckebrot und einem beängstigend einfachen Landwein, dessen Unbekömmlichkeit mir glücklicher Weise jedoch vom Abte des genannten Klosters, woselbst meine Bußfertigkeit vor sich ging, alsbald vertauscht wurde : einem denkwürdig dem Trunk ergebenen Manne, dem es auch gelang, nach dem Studium einschlägiger heiliger Schriften mein Anrecht auf einen billig so genannten ›Butterbrief‹ nachzuweisen, eine allerhöchste Dispensation, durch die mir der lindernde Genuß von Butter, Käse, Milch und Eiern eingeräumt wurde –: nun, ich verdüstere mich – wir wollen darüber weggehen : sei es denn abschließend genug zu berichten, daß das Entsühnungswerk gelang – und daß mich mein hoher Beichtiger, durch mein kunstreich ausgeführtes Seufzen überdies zu einem günstigen Urteil über meine Bußfertigkeit als Sünder gelangt, nach erneuter Vorführung und leider in letzter Minute noch auferlegter, gar nicht geringer Schmälerung meines Vermögens schließlich effektiv absolviert hat – ab omnibus censuris et peccatis : ein beiläufig hochinteressanter Vorgang wundersamer Verwandlung – zu dessen Beschluß Jener mir, an kunstgeschichtlich geweihter Stätte, zur endlichen Entschädigung ein winziges, durch Schmackhaftigkeit beileibe nicht auffallendes Gebäckstück reichte, während er selber das Geschäft mit einem kleinen, jedoch, wie mir versichert wurde, ungemein wirksamen Schluck Alkohol besiegelte –: genug der glücklichen Erinnerung : ich darf wohl hoffen, daß sie, in der nötigen Kürze, ihren Zweck erfüllt hat, mich auch vor Ihrem zweifelnden Auge nunmehr aufgerichtet erscheinen zu lassen : entsühnt und gesalbt – entbürdet und erhoben : also daß mir, vormals einem Traurigen zu Zion, nunmehr – wie der Prophet Jesaja sich diesbezüglich äußert – Schmuck für Asche, Freudenöl für Tristigkeit und ein Ruhmgewand für einen betrübten Geist gegeben ist –: sehen Sie denn in mir einen Baum der Gerechtigkeit – aufgepflanzt über den Gräbern der Vergangenheit – stehend vor dem : he, was – HErrn – was : höre ich Sie murren –? : *nichts – gar nichts mehr, Herr Galland, was nicht für mich allein wäre –: und was Sie betrifft – und einen Rechtfertigungsnachweis, dem ich quia absurdum vollen Glauben schenke : so wollen wir ihm und Ihnen gemeinsam Gelegenheit schaffen, sich auch vor einem weltlichen Richter zu bewähren : vor dem Sie ja sicher nicht weniger baumhaft stehen werden als jetzt vor mir – ich : habe einen Entschluß gefaßt : ich werde Sie zwar nicht anzeigen – so etwas liegt mir nicht : aber ich werde dieses Material – und es hat gar keinen Zweck, daß Sie die Hand darauf legen – es sind ja die Originale nicht, die –: –* die fraglos an sicherer Stelle – ihr entquollen –: ah ja, dies mahnt mich – ich bin wirklich verdutzt : und werde der Quelle nachzugehen haben, um sie unter meine Obhut zu bringen : ist sie doch Ursprung zugleich eines jäh aufgerauhten und erkälteten Tons aus Ihrem Munde, der mich für Ihre Gesundheit fürchten läßt und mich als Arzt auf den Plan ruft, helfend und heilend –: vornehmlich möchte ich eine Kränkung Ihrer Menschenkenntnis diagnostizieren, welche durch die so plötzliche Wissenserweiterung bezüglich meiner früheren, geschichtlich zurückliegenden, Taten ihrer Grenzen inne ward und an denselben schmerzhaft zerschellte : Sie liegen darnieder – die Wasser der Trübsal, über denen Sie sonst trocken und nüchtern zu schweben pflegen, haben Sie durchnäßt – es ist an mir, Sie wieder fliegend zu machen und therapeutisch für mich zu erwärmen : vertrauen Sie meinen Mitteln – sie sind vielfach bewährt! : namentlich die vorerwähnte Heiserkeit bedarf, so dünkt mich, einer baldigen Behandlung – könnte Ihre Stimme doch sonst, solistisch exponiert, wie sie ist, in unsere bevorstehenden Auftritte als Sänger-Corps und Pflegerschaft alten deutschen Liedguts einen Mißklang tragen, der im kulturgeschichtlichen Gedächtnis der auf uns hörenden Mitwelt nicht leicht zu tilgen und wiedergutzumachen wäre : ja, sollten Sie gar in Ihrer gegenwärtigen Verfassung sich hingerissen fühlen, vor kunstrichterlichen Ohren zu singen, so prophezeie ich einen schrillen Mißerfolg – ja einen Eklat! : knilchig und knödelnd! – saftsäckisch abgeschmackt! : dem fühlenden Gehör ein laffenhaftes Pfeifen! : geifernd! – verknallt und vergafft! – verschleimt und leimend! : Gekrächz! – Gekrüll! – Gebrälle und Gebräche! : ein alberner Hochhinaus! – bresthaft wühlend lästig! : Weste und Nest beschmutzend! – hetzend und wetzend! : astsägerisch klägerisch itzighitzig schräg! –: ah, wai geschrien – all dies : ist nur eine geringe Auswahl aus den Rezensentenworten, die auf Sie eindringen würden : ich breche ab – und verlasse, selber erschrocken, unser Gleichnis –: kurz denn – und in untropischer Rede : sollten Sie wirklich – faktisch und in der Tat – anzeigend ohrenbläserisch – denunziatorisch – feig – ehrpflichtvergessen – ah, fürchterliche Worte, die sich mir im Mund krümmen! : nun – jedenfalls – kurzum : respizieren Sie das Ende! : die Sitt- und Schicklichkeit einer solchen Unternehmung wäre tadelnswert klein – lassen Sie ab! : Ihre wie immer auch beredte Zunge würde hier wider einen Stachel löcken, der ihr leicht jegliche Beweglichkeit nehmen könnte, auf ewig und allezeit : auch müßte, nicht zuletzt, die Wirksamkeit als eine geringe, ja nichtige bezeichnet werden : denn Sie würden vor dem Hochstuhl der Rechtssprechung allüberall auf eine bemerkenswerte, will sagen von mir selbst bewirkte, Entscheidungshemmung stoßen, wie der geborene Jurist sich ausdrückt, und sollte diese einmal, wider mein Erwarten, nicht hinreichen, so würde ich beizeiten persönlich zur Stelle sein, um die richterliche Überzeugung mitbilden zu helfen : kurzum noch einmal – es liegt bereits allerorten verbindliche Weisung von mir vor, mich nicht zu verfolgen : eine vorbeugende Maßnahme, die vom Eigennutz weit weniger denn vom Staatsinteresse diktiert ist – was freilich, wie zumeist, das nämliche erbringt : also – ich mahne ab! – wie ich hier vor Ihnen stehe, bin ich der Erste Diener meines Vaterlandes, das sich in meinem Dienst rastlos – das heißt : in dessen Dienst ich – mir – mich restlos verzehre : erdürrend – ja, verdorrend – er – ver – ah, ich bin erschöpft : mich hungert – dürstet – schaffen Sie Nahrung heran : ich darf mich – dürftig – sitzen – dürfte ich : mich setzen – so sich – sich – si

das schäbigste Geräusch – er : hatte sehr lange gebraucht, um sich aus seiner spielerischen, erst nur skurrilen Devotion in die Höhe zu reden : und auch seine Leiblichkeit wuchs langsamer als sonst vor mir auf – und erreichte nur für Momente die gewohnte Prall- und Drallheit – sein Gesicht : blieb immerzu irgendwie flüchtig – wie auf dem Sprung – wie : wie nach Luft ringend – wuchtig und wichthaft zugleich – erst ganz zuletzt : als der erwartete Zerfall sich ankündete : ging dann so etwas wie ein Ruck durch seine Erscheinung – er : wandte sich ab – trank etwas – sank dann in den Stuhl : und aß in glasiger Bewegungslosigkeit, was ich ihm brachte – wohl eine stumme halbe Stunde lang –

Ah –! : *hohl erst noch – aus der vergilbten Stille : dann fülliger – gekräftigt :* Ah –! und Oh –! : *und sprang dann jäh aus dem Stuhl hoch :* Schöne Temperaturen – obschon zu so nachtvoller Stunde : *und warf den Mantel ab – in den Schatten beiseite :–* vielleicht, vielleicht : sollten wir uns den Luxus leisten, dieselben nach Fahrenheit zu messen : oder auch Réaumur – wie meinen – 41 Grad? : *lief hin und her – ein : mitteleältlicher, behend korpulenter Mann jetzt : der auch in der grellsten Hitze immer einen schwarzen –:* wie, ich? – zur See? – Matrose? : nicht daß ich wüßte –: *und blieb vor dem Spiegel stehen : betrachtete sich musternd :–* im Vorbeigehen darf ich erwähnen, daß eine – mir ebenso teuer gewordene als mich teuer gekommene – Freundin mir – mich – nun, mich verlassen hat : ich bin doch sehr verwundert –: *und seufzte schallend :* Mitgefühl bitte – blicken Sie teilnehmend –! : ich hatte mich, nach durchaus reiflicher Überlegung, entschlossen, zwei Damen zu dienen – und wurde dafür mit der Abreißung meines Hauptes und gar noch anderer, kaum leichter zu tragender Verstümmelung bedroht : ich muß – ich : werde doch – bei müßiger Gelegenheit –: *aber auf einmal weit weg – und viel nachdenklicher, als durch sein Geschwätz erklärt – sein anekdotisches Abschweifen –:* ah, ich verfüge über eine unbegrenzte Fähigkeit, die Feindschaft meiner Mit-Welt auszuhalten : doch was nicht sein muß, sollte auch nicht sein : und so ersuche ich Sie aus obgegebenem Anlaß, mein Nervenkostüm nicht an un in –: *ganz weg jetzt – nur mechanisch weitersprechend :* nicht zusätzlich in unanmutiger Weise zu fälteln – obschon – nun, trotzdem : gleichwohl will ich mich, nun da ich gesättigt bin, zu allerlei lebhaften Mitteilungen bereit finden lassen : fragen Sie dreist nur zu – was wollen Sie wissen –? : *vieles, Herr Galland – Alles! – jeden Schritt : den Sie bis 1945 getan haben : will ich von Ihnen erläutert haben – und womöglich dokumentiert –! :* ah, höre ich richtig? : Sie wünschen von mir die Schriftform – die meinem mündlichen Wort doch so unendlich unterlegen ist? : dies muß ich eine verkennende Überschätzung des Urkundlichen nennen, der ich mich –: *schriftlich – ganz recht! – zum Beispiel hier : die jüdische Barackenstadt – Nisko – was hatte es damit auf sich? :–* Nisko – nun – Nisko : ein von mir seinerzeit in das Auge gefaßter, jedoch der Verwirklichung leider entzogener, nicht voll zur Ausführung gelangter, wohlgemerkt rein humanitärer Plan, dem so vielfach umhergetriebenen israelitischen Volke eine Heimstatt zu schaffen – ein stilles Plätzchen – Haus und Heerd – ein –: *nein! – nicht – nicht in diesem Ton, Herr Galland – Schluß! : auch das will ich schriftlich von Ihnen – wie alles andere : wie jeden weiteren Plan, den Sie ins Auge gefaßt – ins Auge fassen – fassen werden – was : treiben Sie zurzeit? :* zur Zeit – zur Zeit –? : ich bin unternehmerisch tätig – ich : belausche die Pulse der Welt – und wirke im musikalisch Stillen auf ihren Gleichklang hin : im wohlverstandenen Interesse unserer moralischen Wiederaufrüstung – will sagen Wieder – will – wie –: *wo – Herr Galland? : wo rüsten Sie uns auf – heraus damit! :–* ah, mißverständlich, ja – nein : Sie verkennen mich : ich handle und wandle zurzeit im fernsten Osten : noch hinten weit weit hinter der Türkei –: *nicht in Amerika? ich dachte – Sie hätten dort –:* auch – auch – das heißt : vorerst noch lediglich vorbereitend : unsere spätere, wenngleich möglichst nahe zu wünschende, Ausbreitung präparierend : die leider im Moment –: *was heißt das – weiter! : sind Sie bei Truman nicht gut angekommen –? :* doch – aber ja – obschon –: zumal ich just zuvor eigens den Gideons beigetreten war, dem Verbande christlicher Kaufleute in seinen Staaten : und mich überdies auf die liebenswürdigste Weise bereit fand, seinem in kleinem – was sage ich – intim-privatem Kreis veranstalteten Pianoforte-Spiel zu lauschen : einer Handlung seiner Hände, die den Applaus der meinen wahrlich kaum verdiente – und mir den frühen, leider sodann bestätigten Verdacht eingab, es könnte ihm an der nötigen Musikalität gebrechen, um die Ziele unserer kulturpflegerischen Gesellschaft recht zu begreifen –: Walzer und Märsche – angeblich mir zu Ehren! : und dann doch – gleichwohl – hingegen –: *was denn – wieso? : er hat doch den Bau der Wasserstoffbombe freigegeben, oder? : soviel weiß ja selbst ich – der sonst wenig weiß : also –? :–* was – Wasser – wenig –? Ihre Miene : zeigt eine mich befremdende Undurchdringlichkeit – sprechen Herr Doktor ironisch? : er hat – hat – in der Tat : die Herstellung der mächtigen Gerätschaft in Auftrag gegeben : jedoch einem Unternehmen, das nicht das unsere – nicht – nicht in unserm Sinne – dem Geiste der Freiheitsverteidigung verpflichtet ist – der Bewahrung der abendländischen Werthe –: ah, Vetternwirtschaft – Greuel ohne Maß –! : ein ganz enorm törichter Mensch – eine sehr von sich stoßende Erscheinung : ein Dschingis-Kohn – hä! – bitte um Verzeihung : Treumann wohl ehemals – ein Hornrind und dumpfer Geist : möge er in den Winter gehen wie Cäsar in die Kurie! : wobei mir – ah, dies lenkt mich von – von dieser – von dieser mißlichen Erfahrung, die –: *die was, Herr Galland – was sind Sie auf einmal so schweigsam –? :* schweigsam? – verinnerlicht! : einer freudigen Aussicht nachsinnend – die anders als – als jene, welche – die –: ja – die, so wollte ich fortfahren, sehr im Gegensatz steht zu der biederen und treuherzigen Aufnahme, welche Unser Anliegen in anderen Ländern gefunden hat : vorab in jenen, von deren Obrigkeit das Wort meines großen Wohltäters und Generalabsolventen zu Rom gern gehört wird – sagte ich nicht schon : daß mir erst vorgestern daselbst ein außerordentlich frommendes Werk gelungen ist –? : ganz unter uns – wenn ich nicht sehr in die Irre gehe, dürfen wir uns in Kürze – ja, staunen Sie! – gar ein enzyklisches Lehrschreiben meines hohen Beichtigers erhoffen, welches von mir bereits aufgesetzt ist : es soll den Titel ›Causa nostra‹ tragen und in den kultiviertesten Worten, die heute zu haben sind, unseren Kredit bei GOtt und den Menschen befördern : vornehmlich auch bei – nun –: *wohl auch bei jenem hiesigen Menschen, der auf diesen Kredit hin bereits rüstig zu sündigen begonnen hat – nicht wahr –? :* zu sündigen? – der Sünde zu gebieten! : Sie denken, höre ich, an Unsern Kanzler : mit dem mich bereits gute Beziehungen verbinden, doch weitaus bessere noch verbinden werden, sobald er seine Herrschermacht weiter befestigt hat : ein vom Mantel der Christlichkeit wohlbedeckter Mann – dem wir zutrauen dürfen, denselben notfalls auch gegen den Wind zu hängen : ein zähes, nicht leicht wankend zu machendes Bollwerk wider die Gottlosigkeit, die aus dem Osten auf uns einbraust : lasen Sie, wie günstig ihm meine Hinweise auf die höchstnöthige Verteidigung unseres abendländischen Wertbesitzes bereits zu denken gegeben haben –? : *schriftlich, Herr Galland – all das präzise schriftlich! : damit ich es lesen kann –! : im übrigen – was : auch immer diesem schlauen Wirrkopf zuzutrauen wäre : die Kriegserfahrung werden Sie ihm – nach nur fünf Jahren – doch schwerlich schon haben austreiben können – oder –? :* nun, bei Greisen : ist das Kurzzeitgedächtnis dem für die Langzeit stets günstig unterlegen – und speziell hier : brauchen Sie die menschliche Abneigung, aus der Erfahrung Lehren zu gewinnen, beileibe nicht ängstlich zu unterschätzen : wir haben bereits gemeinsam beschlossen, daß unser Volk gewillt sei, an der genannten Verteidigung mitzuwirken und seinen vollen Beitrag zur Erhaltung des Friedens zu leisten : und ein von uns einvernehmlich auserlesener Beauftragter soll diese Gewilltheit, welche auch de facto herzustellen vordringlich die Aufgabe unserer Gesellschaft ist, demnächst vor dem Rate Europas zu Straßburg der staunenden Welt verkünden : woselbst – was, wie – was murren Sie da wider –: *all diese rüde Schläue – diese rücksichtslose Schleimigkeit – diese Partei : wird das ganze Streber- und Schieberpack ansaugen – und die Hälfte des braunen Drecks wieder unter*

Dach und Fach bringen – ich : werde – ich – ich –: Pfui! – eine garstige Verkennung! : gerade unser oberwähnter Botschafter verdient Ihre grämliche Verstimmtheit wahrlich nicht : ein zu Recht auf den Namen Eugen getaufter Biedermann und Doktor der Gottesgelehrtheit, welcher sogar dem Führer Hitler Trotz geboten hat : nein, nein – hier lasse ich mir von Ihnen nicht die Gefühle verargen : Sie sollten sehen, wie er an Leib und Seele schwillt, sobald er uns die von der Ostwelt drohenden Gefahren an die Wand malt – von den keinem Gotte dienenden, wahrlich asiatischen Horden – den sträflich machttrunkenen Bolschewisten und Maximalisten, welche das deutsche Volk zu schmälern und zu tilgen, zu expropriieren und zu exstirpieren, zu – zu –: *nur immer weiter zu – ich : kenne diese Vorstellungen – von jenem Hitler her, dem er hier offenbar den Trotz nicht über das Grab hinaus bewahrt :– irre ich mich in der Annahme, daß Ihr, genügend handgreiflicher, Begriff der Verteidigung und Friedenserhaltung generell ein Rückgriff ist, nicht nur auf die Hitlerschen Wahnideen, sondern auch auf die Hitlerschen Generäle –? : auf überhaupt – auf –:* ah, verdrechselt benannt : doch wohlerkannt imgrunde : ich erwidere freudig mit Ja! – und darf Sie auf unsere Statuten verweisen, welche die Vereinigung aller Kräfte fordern und ausdrücklich bestimmen, daß in unseren Reichen niemand um seiner Farbe willen Nachteil leiden soll : so auch die – zugegeben oftmals vom gewohnt Feldgräulichen ins Bräunliche verfärbten – Strategen und Heereslenker, deren Kräfte uns, nur kurz zum Brachliegen gedämpft, doch unverlierbar sind – und schier unschätzbar bleiben : weiß ich ja doch von ihnen selbst – von vielen –, daß sie sehr leicht heute als Sieger vor uns hergehen könnten, wäre ihr Ingenium nicht jenem – von Ihnen zu Recht oft getadelten – Feldherrn unterworfen gewesen, der sie in die Irre lenkte : dies aber wird sich nun nicht wiederholen – und heute sind sie – sind –: *Pack – Galland! – immer noch! : und bis ans Ende der Tage –! : eine Kaste von Geisteskranken, die im Stechschritt über Millionen Leichen gegangen ist – und die sich seit eh und je auf dem Planeten nur zurechtgefunden hat, wenn sie ihn vorher mit einem Gradnetz von Blutspuren überzogen hatte –: ich habe Ihre Listen durchaus richtig verstanden – Ihr ganzes ›z.b.V.‹, Sie – Sie – und ich sage Ihnen : Nichts wird daraus! – nur über meine eigene Leiche : wird dieser Bodensatz der Barbarei – dieses unterste Relikt der Urzeit – diese Homunkelzucht, der alles Menschliche fremd ist – dieser Klüngel von Feiglingen, dessen sämtliche Monokel vor dem stieren Blick eines Kurzsichtigen kuschten – dieser – dies –:* nicht doch – halten Sie möglichst bald inne! : mit dem Propheten Jesaja darf ich Ihnen erwidern, daß all unsere Gerechtigkeiten gleich einem unflätigen

Kleide sind – abstoßend zu schauen neben dem von Ihnen so unwirsch betrachteten Ehrenrock : zumal der letztere längst ebenfalls jene wirksame Reinigung und Entfleckung erfahren hat, welche ich Ihnen – eindrücklich genug – zu schildern unternahm : nein, wahrlich, mein werter Herr, Sie blicken allzu strafend und fegefeurig – hier ist Ihr Urteil hinkend und abstrakt – dem wechselvollen Leben unverbunden! : der Soldatenstand ist die Laufbahn großer Seelen, ruft uns der Dichter zu : eine Auffasung, welche sich mir erst jüngst bestätigt hat, als ich mit dem mächtigen General Hays konferierte – ja, mit dem gesamten Fünfeck, dem Tempel der Weltbeschützung –: wahrhaftig, ich darf von einer geradezu brüderlichen, mitmenschlich angenehm berührenden, kurzum ganz unblutigen Weise sprechen, in der man meinen Gedankengängen folgte – unseren Gedankengängen, wie ich doch erinnern muß : denn unser ist sowohl Rede als auch Widerrede – wie stets so in diesem Fall der Entzweitheit : und so werden wir denn gemeinsam Ihre – uns gleichwohl im allgemeinen wert bleibende – Anschauung auch fernerhin anfechten : notfalls mit scharfen Rapieren, wenn es denn – wann – was –

das schäbigste Geräusch – zu albhafter Übermacht gewachsen – ich : war jetzt selbst bei – fuhr mit letzten Kräften : auf – sprang – schlug auf ihn ein : Sie! – Hund – abscheuliches Untier! : und lauter kindisches Geschrei : gehn Sie mir aus den Augen – aus dem Sinn – verlassen Sie mein Zimmer –! troll dich –! verschwinde –! : ohnmächtig – überwältigt – und nur mit der äußersten Mühe : zurück in den kälteren Ton – den schärferen –: Schriftlich! : ich will das – Sie – Herr! – alles schriftlich von Ihnen! : und hören Sie mir ganz genau zu – ich sage's nur einmal –: wenn Sie mir nicht – nicht über alle Ihre Verbrechen – die einst, die jetzt –: und über das ganze verbrecherische Gesindel, mit dem Sie – einst – jetzt – alle Ihre Kumpane –: und über alle Mittel – die Kräfte – Mächte : mit denen Sie sie in der Hand –: so ziehe ich mich zurück – die Hand selbst ab : aber in aller Öffentlichkeit – mit aller Publizität : und dann – wir – werden wir sehen, ob Sie – wir –: an diesem Pranger – vor – vor diesem Gericht : werde ich Sie – als letzte Amtshandlung – mit allen Ihresgleichen – setze ich – ich Sie : werde ich Sie absetzen, Herr Galland – mitsamt Ihren Befugnissen : kraft meiner Befugnis als Präsident : Sie aller Ihrer Ämter – Tätigkeiten – Untaten – Sie entheben – werde Sie : mit – cum infamia deleg – relegieren –!

Ah –! : *fast gemütlich – satt zufrieden – breit : nahm einen Schluck aus der Flasche : hob wie belehrend den Finger :* Ein Einfall, stubenfliegenhaft grillig : worüber Sie meine bleibenden Vorwürfe haben –! : *aber doch ganz leicht zittrig? : auch sein Zorn – der trotzdem wie aufgepumpt – wie hochgeblasen –:* Mensch, was persekutieren Sie mich! – ich schreie : Zeter! Mordio! – und Wehe! : eine lästig hinzugefügte Beunruhigung – eine drohende

Ausfransung unserer Freundschaft! : ich sehe eine gutgläubig gehegte Erwartung zerstäuben –! : *und kroch auf einmal schief in sich zusammen – sah lauernd zu mir auf –:* Zudem : unratsam – diese Ihre Pläne : dümmlich zu nennen – ja, Lug und Backenkohl : Maulwerk und Zungenspiel – eine knirpshafte Ungehörigkeit gegenüber einem durchschauenden Denker : ah ja, ich sage es – durchschauend und –: *und machte sich vorwurfsvoll – väterlich mahnend :* Sie sollten wissen – ah, was sollten Sie wissen –? : Adams! – nun, was ich weiß – und was nicht jeder –: was vielmehr niemand – nie – und was nun ich –: Sie haben, sich vergessend, auch dies vergessen : was ich nun folglich – mit nur wispernder Stimme – in Ihr Gedächtnis rufe – flüstere : als Ihr verharrender Freund, der in –: *den ich : zum Gehen – zum Verschwinden aufgefordert –: trollen Sie sich – und kommen Sie nicht wieder, bevor Sie mir in –:* der in Ihrer Achtung, so wollte ich sagen, fester zu sitzen wünscht, als ihm aus Ihren gekühlten Worten empfindbar wird –: sieht er Sie selber doch vor seinem geistigen Auge in durchaus unwürdiger – ja, man muß sagen, sündig wichthafter – dem ethisch und moralisch Nichtigen keinesfalls ferner Haltung sitzen : bekleidet mit – ah, wie nicht sieht er Sie da – die fliegenden Zeiten durchschauend! : fliegend Sie selbst – und bekleidet mit eben jenem nämlichen Ehrenrock, welchem die Ehre abzuschneiden Sie vor erst wenigen Augenblicken sich erkühnten! : will sagen – mit einer Uniform der Königlichen Luft-Macht : schlecht sitzend, ja schlotternd, wie nebenbei nicht ohne Tadel bemerkt werden muß : um einen Schlotternden selbst, dem auch nur die geringste heldische Würde schwerlich zuzusprechen wäre –: ah, wie so durchaus unerhaben schweben Sie da über den Wolken! : mit ängstlich tränendem Auge – und geduckt auf eine Art, welche durch die Enge der zugegeben altmodischen Flugmaschine nicht erklärt ist : die wiederum auf wacker rüstige Weise ihrer Pflicht nachkommt, Tod und Verderben auf die schlafende Stadt Köln niederzuschicken –: *die Hampden – 42 – Nacht auf den 31. Mai –: Sie Lump – was soll das – ich : war Korrespondent! : ich war gezwungen – mußte – für die ›Exchange‹ : ich mußte diese ------ --- ----------:* nicht wahr, Sie erinnern sich? : ein Schauspiel – unvergeßlich in der Tat : ein Feuer- und Schwefelwerk, wie es sich dem weltbetrachtenden Auge nicht häufig bietet – das jedoch, wie ich weiter erinnern darf, dem Ihrigen fortan immer häufiger geboten wurde : ›– als flögen wir über einem in Tätigkeit befindlichen Vulkan –‹ haben Sie damals geschrieben : ein treffendes Bild – wenngleich der fragliche Artikel ansonsten den angenehm gewohnten Blumenreichtum Ihrer Sprache vermissen läßt, ja förmlich trocken genannt werden könnte : erbarmungslos sachbezogen – unmitfühlend – herzlos und technokratisch – unbeleckt von jenen Gemütswerten, welche der Leser aus Ihren Schriften sprechen zu hören wünscht – und deren jähes Fehlen ihn, käme dasselbe an den Tag, aufs äußerste entsetzen – ja, zur Abkehr von Ihrem Werk bewegen würde : von Ihrer Person dazu – von allem, was Sie sind und was Sie – was –? :

was unterstehen Sie sich – wie : reden Sie von mir! : ich bin ja, eben weil ich all die Greuel – – – – – – – – – – – – – –*: ich war ich : wurde gezwungen wurde : erpreßt! – weil ich die* – – – – – – – – – – – – – – – – – – – *in der* – *über die BBC : sonst hätte* – *dienstverpflichtet* – – – – – – – – – – – – – – – – – – –*:* sicher doch – gewiß : ich selbst bin, alles verstehend, auch durchaus zur umfassendsten Verzeihung bereit : ja, ich würde mich anheischig machen, unserem Vaterlande in einer flammenden Apologie Ihre Unschuld – den Notstand des Befehls, welcher sich apologetisch schon vielfach bewährt hat – die ringende Gewissenspein vor zu – zu – darzulegen : wären nicht – nun, Zeugen – gewisse Zeugen – falsche Zeugen, sicher : die Sie – uns –: *Feinde! Lumpen!* – *elende Erpresser! : der Major Woodcourt* – *hat mich* – *ein Sadist! : schemach schemau* –: richtig – zweifellos : doch heute General – und im Besitz eines für Sie höchst nachteilig guten Gedächtnisses : das ohne Frage der Öffentlichkeit zur Verfügung stehen würde, sollte sie sich danach erkundigen –: ah, welche Ihnen obschwebende Gefahr! – ich sehe Sie in Unehren ergrauen! : Wehe! – nochmals gesagt – Ihr Renommee! : ich fürchte das Schwanken und Wanken Ihres Rufes als Dichter und Denker! : Sie würden alsbald nicht mehr Ihre Schriften, sondern sämtliche Wege zu deren Publikation verlegt finden : Sie selber vertrieben über den Erdball irrend als wie ein ruheloser Ahasver – Ihr Werk im Nu ein Nichts –: *ich bin* – *ich habe* –*:* – – – – – – – – – – – – – – – – *kein* – – – – – – – – – – *niemals ein* – – – – – – – – – – – – – – – – – – –*:* wie fehlerhaft gedacht! : man würde Ihren Worten gar nicht lauschen! : nein, Ihre so rege Zunge, sonst durchaus das Wortmeer bewegend, ja aufrührend, hätte bald nur noch Gelegenheit, an fernem Gestade den Fischen zu predigen wie der heilige Antonius : als welchen ich selbst Sie zwar weiterhin verehren, doch vor dem beschworenen Schicksal nicht würde bewahren können : müßte ich doch, im Rahmen unserer das Rechte suchenden Gesellschaft, als deren oberster Gerichtsherr die hier erweiterte Aufgabe der Justiz tatkräftig erfüllen – und Sie als einen Fremd-Körper daraus entfernen – ja, als ein Krebsgeschwür, chirurgisch gesprochen, tief im Gesunden ausschneiden – merzen – brennen : gezwungen selbst – erpreßt, wie man sagen könnte, von der Eigenart und Beschaffenheit eines Volkes, das leichter noch dem tausendfältigen Mörder zugetan bleibt denn einem, der sein Vaterland verraten und wider dasselbe mit Waffen gestritten hat –: –: ja, ja – ich weiß – recht wohl : doch würde man dies

schwerlich unterscheiden : kann doch ich selbst mich eines sittlichen Schauders kaum erwehren, bedenke ich, wie Sie – im Gegensatz zu mir, der, ohnehin inzwischen im Stande der Gnade, bei seinen heute mißbilligten Taten den Schreibtisch nie verlassen hat – sich mit selbeigenen Augen am Unglück Ihrer Landsleute und Mitchristen geweidet haben : Skandal imgrunde! – fast nicht zu vergeben! : ich werde geraume Zeit brauchen, um die gerechte Empörung in mir niederzuringen – ich : werde – würde –: –––– ––– –––––– ––– ––––––––––
––––––––––– ––––––––– ––– –––––– –––––––––
–– ––– –––– –––– –––: nein, man würde Sie – mit Schimpf und Schande, mit Gepfeif und Geschrei – hinwegstoßen aus der Volksgenossenschaft – aus dem Verband der gemütlichen Menschen, welche –: ah, endlich! – höre ich Sie Reue knirschen? : kehren Sie um – ich rufe – Metanoia! : noch ist es ja nicht zu spät – und glücklicher Weise stehe ich selbst bereit, Sie noch beizeiten von dem Abgrunde zurückzureißen, auf den Sie leichtfertig zugetorkelt sind –: man würde, sagte ich – doch nur, wenn – falls : im Falle daß – vorausgesetzt – sobald –: doch wird man nicht – es sei denn –: –––––– ––––––– –– ––– ––––––
––––––––––– ––– –––– ––––: also nicht : sehr gut – das wäre erledigt – ich absolviere Sie : und was wir über Sie wissen, kann nun weiter ein unverbrüchliches Geheimnis zwischen Mir und meinem Beicht-Kinde, Ihnen selber, bleiben : Übet ein wahrhaftes Gericht und erweiset Güte und Barmherzigkeit einer dem andern! – spricht abschließend nunmehr zu Ihnen der Prophet Sacharja durch meinen Mund : lassen Sie denn, was Sie nicht tun können – so bleiben wir Herzensfreunde : und was Sie ferner –: ––– –––––– –– ––– ––––: nun, so bedaure ich, Ihnen mit festem Charakter erwidern zu müssen, daß ich in meinen Vorsätzen unbeweglich verharre –: gewiß, ich gehe schon –: ––––––: und weine auch bitterlich – falls Sie dies wünschen : der Morgen dämmert bereits – wir haben uns verplaudert : und bald dürften die Hähne krähen – was? : gemach – ich bin ja schon – selbst eilig – doch kehre ich wieder – ich : bin schon auf der Stiege – Gott befohlen!

–– ––– ––– –––––––– –––––––––– –––– –––..:
–––––– ––– – ––––:–––, ––– ––––– ––– ––––
–– ––– :– –––––– ––––––––– –––––– ––––––––
––––– –––––– –––– ––– ––– –––, –– –––––– :
––––––– ––––––––––– ––– – –––– ––––––
–––––––––– ––– ––––– –––––––– ––– ––– ––– :
––––– –––– ––– –––– – ––––––––––– ––– –––
– –– : ––––––––– –––– –– –––– ––, ––––––––
–––––– ––––– –––, –––– –––––– ––––––––––
––– –––––, ––––––––––– –––––––– ––––– ––– :
––––––– ––– –––––––––– – –––––––– ––– ––

_______ _______ __ _ _____ ______ : _ _ _
______ __________ ___

– in die Lähmung der brütenden Frühe : so blassen Anderntags

aber das Gewitter schlug nicht durch : blieb fern – die hallenden Salven : und auch der Feuerschein : nur flackend zu mir herauf – durch Dunst herüber : durch qualmend stickig – erstickende Dünn – durch dickste –: dicht Schichten Mulm auf mir – ich : erwachte aus einem Träumen, das ich in einem Traum, den ich in

hab ich das – habe ich : wie über einem in Tätigkeit befindlichen Vulkan : habe ich das geschrieben –? : gesehen. Adams. : aber seh's nicht mehr – ist irgendwo in den Kisten : sämtliche Aufsätze – und auch die wichtigen Sendungen über die BBC – von 42 – und die späteren : kunstvoll verlegt ver – all meine Heimlichkeit : die Kleinlich-Meinlichkeit, die

hantierte müde – suchte – was hat er gesagt? : mit General Hays konferiert – wäre das möglich? : daß der Stellvertreter hinter dem Rücken des Chefs – ja, gegen den Chef –: Pack – Dreck allesamt – Gesindel : Bodensatz der Barbarei – diese Militärs – ich : suchte und fand : die Zeitungen vom April – da hat McCloy erklärt, die alliierten Regierungen dächten nicht an die Schaffung einer westdeutschen Armee – nicht – nicht im Traum –

wie eine Fackel verglühend – St. Gereon –: aber er meinte in seiner Weisung den Dom – der Vizelump Baldwin : »– ja, diese Kirche da – mit den zwei spitzen Türmen : leicht zu erkennen – das ist der Zielmittelpunkt –« : ich muß das – gegen das alles – auch was gegen mich : bevor ich gegen ihn – G –: und 1943 : haben die US-Barbaren sogar Pompeji mit 150 Bomben

nachmittags dann die Passion – wir : gingen schleppend – und ihre Atemnot machte den Weg schweigsam und lang –: ich war auch noch wie durch wie überschwemmt – und fand ganz spät erst hinein, bei den Stechenden Falschen Zungen : dann aber kaum noch beherrschbar – beim Erbarme Dich : die Zähren – Herz und Auge – Pitzinger

der Weg lag still – das Haus – bis wir vor ihrer Etagentür –: »Ja – danke –« und das war jetzt auch genug – obwohl ich »Ja – schön, daß wir –« die Andere Musik »– das haben zusammen –« hören »– erleben können – und vielleicht : könnten wir noch ein bißchen –« wollte – aber da : kam auf einmal das Riesengeräusch durchs Treppenhaus wie aus einem Schalltrichter zu uns herunter : Ws schreiende Stimme – fistelnd – sich überschlagend : dazwischen trompeterhaft G – trällernd und brüllend – ich : ließ ihre Hand – sprang hinauf – stieß auf – was ist hier –? : und W ließ wie zum Schlag erhobene Arme sinken – sank atmend auf seinen Stuhl neben dem Radio – aus dem es kurzwellig in die jähe Stille fiepte –:

was ist hier los – was machen Sie hier, Galland! : er spreizte behaglich die Hände : »Dies und das : ich habe noch einmal frank zu inkommodieren gewagt, da es mir gestern – in der von Ihnen so unwirsch betriebenen Eile meines Aufbruchs – leider unterlief, meinen Mantel zu vergessen : welcher – Sie wissen es selbst – die wichtigsten Papiere birgt : ah, ein sehr lästiges und hinzögerndes Mißgeschick – das ich mit dem des Apostels Paulus vergleichen möchte, in dessen Korrespondenz wir davon lesen : doch freut es mich nun, da ich –« : was – was wollen Sie noch! : ich habe Sie dringend ersucht, nicht eher – nicht ehe Sie – Antwort! : »– nun, schlicht Ihr Antlitz sehn – in Ihre Ohren sprechen : welche sich mir leider äußerst uneilig genähert haben – doch, doch, ich weiß, wo Sie waren – ich : weiß recht viel – das meiste überhaupt, wenn ich mich einmal so ausdrücken darf : und kenne überdies ja Ihre Vorliebe für appassionierte Veranstaltungen, mein Lieber : hoffentlich nur ist Ihnen dort nicht zuviel Trübsal geblasen worden : ich brauche Sie bei Munterkeit – wie mich selbst : nun, macht nichts – morgen wieder lustick – was –?« : der Lärm – was Sie hier treiben – oder getrieben haben : Galland! – zum drittenmal –: »Forschung und Lehre! : die nötige Ergründung einer Quelle – und die Belehrung eines allzu überquellenden Gemüts : wir hatten, dieser junge Herr und ich, gerade ein kleines Collegium logicum miteinander, welches seinem künftigen Handeln und Wandeln eine neue Richtung gewiesen hat : und ich stand just im Begriff, ihn aufzufordern, mir noch sein Stammbuch zu überreichen, damit ich ihm zusätzlich ein kräftig Wörtchen –« : Chaos und Turbulenz : W – so noch nie gesehen – zitternd vor Wut : »Dies Ding da – dieser Herr : er muß verrückt sein! : er hat – Herr Doktor! – alle Ihre Sachen durchwühlt : er ist betrunken – vollständig betrunken –« : »Berauscht!« korrigierte G – und hob einen vergnügten Finger »– berauscht und stark beflügelt von Nachrichten, die uns alle tätig machen : wir erleben den Anbruch einer neuen Großen Zeit, von der –« : W – schreiend : »Es ist Krieg, Herr Doktor! : Nord-Süd – Korea : Osten-Westen – das heißt –« noch hinten weit weit hinter der Türkei »– ich habe grad versucht – im Radio – direkt : aber dieser Mensch hier – was sage ich – dieses Ungeheuer von – er : hat da Sachen gesagt – er redet wie –« : nein, was – was reden Sie, Galland – sagen Sie etwas! : Ihr Werk – Sie haben – wußten –: »Ich weiß nichts –« und er verzog, genüßlich verwundert, die Augen »– ich bin wie die leibhaftige Allegorie des Tags der Unschuldigen Kindlein –: Krieg – nun – nun, Krieg – gewiß : widrig – doch nützlich : dem handeltreibenden Menschen erträglich sowohl als ertragreich : Gewinn entschädigt für den Verdruß, den der Anblick von Leichen fraglos bereitet : hingegen aber zugleich – nun lassen Sie mich doch vollenden! – für unsere nicht auf Gewinn berechnete, sehr gemeinnützige GIZ ein willkommener Anlaß, sich lauthals hochmoralisch zu entrüsten – Adams! nicht wahr –?« : Proteste! ein Manifest! : ich schreibe das noch heute – halten Sie die erste Nummer auf! : wir müssen verhindern, daß – daß dieser Krieg – hier in Europa Anlaß – Vorwand – Galland! : »Ich höre – ja, ich habe bereits gehandelt : ich bin der Gegenfüßler jenes Ur- und Anfangslasters, welches da Müßiggang heißt : ich habe – und bitte um Applaus für meinen Weitblick – jenes gewünschte Manifest bereits meiner eigenen Feder entfließen lassen : einen aufrufenden Leit-Artikel, der den Völkern die Wege weist – und überdies wertvolle Ratschläge und Winke enthält, wie der anbrandenden Flut des Kommunismus dämmend begegnet werden kann –: hier dieser junge Mensch hat ihn, unernannter Vertreter der Jugend unserer Zeit, als erster lesen dürfen – obwohl er noch ein paar Stunden der Besinnung darauf wenden müßte, um ihn in seiner Güteklasse voll zu erfassen : entlockte ihm mein strategisches Lehrstück bisher doch lediglich die Frage, ob ich etwa mit dem Fliegergeneral des ehemaligen Führers verwandt –« : und – Frage! – sind Sie es? : »– auf die ich auch immer –« fuhr W hinein »– noch keine Antwort habe – auf diese Frage –« : aber mied seinen Blick dabei – und mied auch meinen Blick – er : war überhaupt ganz sonderbar verändert : wie aufgewacht verstört – verzerrt – erstorben : Unglück in seinen – ja, sogar in seinen verkrampften Händen –: was ist das – heißt das –? : »Antwort? – aber gern –« G – äußerst aufgeräumt und selbstbehaglich »– leider jedoch verneinend : ich bin nicht! : bedauerlicher Weise, wie ich hinzufügen möchte – darf ich mich doch ohne weiteres als einen Verehrer des glorreichen Lufthelden und Windmeisters bekennen : und in den Bezirk des Möglichen müssen wir immerhin ziehen, daß derselbe bei meiner durch mich selbst erfolgten Namensgebung vor meinem geistigen Auge vorübergeflogen ist –: was lauschen Sie – was spitzen Sie so unangenehm die Ohren –?« : in Stille jäh – das Fiepen : aus dem kleinen Kasten – der : knallende Klang unter der Tiefe der – sehr typisch : wie er den Hals – schräg in der Hocke davor – die Knie –: »Daiman bangwirul wihai Truman –« wiederholte W abwesend »– daitongryunge aihai pagyundoin mi je chil hamdainun onul –« : und G fuhr wie gestochen hoch : »Halt! – Einhalt! : eine Sprache, fluchwürdig unverständlich – wie geschaffen, den Unglauben auszubreiten :

was redet's denn – was sagt das Unsal da –?« : »Jetzt hab ich durch Sie den Rest nicht mitbekommen –!« wütend – und halb zu mir »– nur daß der Truman : heute die 7. Amerikanische Flotte : zum Schutz von Formosa –« : »Ah, zum Schutz von Formosa!« G jetzt mit bebendem Halsfett »– abermals Applaus! : ein Ratschlag von mir – und befolgt! : das muß ich sehr loben! : nun wird alsbald ein hoher Verbrauch an Explosivkörpern einsetzen, die unsere wirtschaftlichen und *die unsere : wirtschaftlichen und militärischen Ziele : nein, nicht unsere – es : hieß – hieß – gegen die : die gegen die wirtschaftlichen : und militärischen Ziele des Feindes eingesetzten –: Lüge und Heuchelei – auf beiden Seiten : Terror – es war nur Terror – Flächenbombardement : – weit über 1000 Bomber – vom schwersten Typ : Lancaster – Halifax – Stirling – auch Manchester : und von den kleineren Blenheim : Boston und Beaufighter : Havoc –: »Das nenn ich mir eine Flotte!« rief Baldwin in die Finsternis – beim Besteigen der Rolltreppe – Leiter – von diesem kindischen Stolz : ist dann die ganze Es – Eskalation* – zu immer größeren, gewaltig zu nennenden Erfolgen : sowohl auf wirtschaftlichem als auch mili – was? : wen hören wir?« : wessen Schritte vor der Tür? : Ws rot aufglühendes Gesicht : sie? – Lissy : »Ihr? – was macht denn ihr hier alle –?« : und sie stand – mit verwundert erhobenen Fingern – schloß dann langsam : W küßte ihr die Hand, und sie sah irritiert auf ihn nieder : »Es ist das Heil uns kommen her!« rief G »– welch eine göttliche Fügung, daß ich diesen Anblick noch erlebe!« : ihr freilich schamloses Kleid – unter dem leichten Mantel : das nur für mich – für : nein, nicht irritiert : künstlich – war eine Spur zu – wie die Verwunderung : Regie – was ist das – heißt –: »– das bringt mich auf – geben Sie alle Obacht! – die Feier meines Geburtsfestes, das in Kürze naht : ah, ich gedenke dasselbe mit vielerlei Pomp und Umständen zu begehen : nach alter Schelmenweise in Rondeau-Form und mit Großem Orchester : und Sie Alle sind dazu hiermit leutselig invitiert! – in Sonderheit Sie, mein Fräulein, das ich – zur möglichsten Steigerung des Festeslust – in der nämlichen Gewandung dort zu sehen hoffe, die uns heute erscheint : einem wahrhaft feierlichen Kleide, das Ihre Brüste in der, wie ich vermute, auch Ihnen selbst erwünschtesten Weise zur Geltung bringt – und überdies bei günstiger Beleuchtung, wie sie uns gegenwärtig zuteil wird, Ihr Schamhaar höchst anregend unter dem dünnen – aus Kaschmir stammenden? – wie wurde doch gleich dieses augenfreundliche Material im – ja, im – Adams, keinen Unmut! – dies ist ganz unanspielend gemeint wie gesagt – im Mittelalter – ah, ich verwirre mich : wo ist das Prädikat? – genannt : nein, nicht –« : »Serischer Stoff – wenn's beliebt –« sagte sie kalt in unser aller Sprachlosigkeit »– Gewebte Luft – spricht die Dichtung –« : »Ja – nein – Moment : abzeichnet! – oder hervortreten läßt! – so ist es –« und er reckte sich mit Behagen »– Gewebte Luft? – nicht schlecht – das will ich mir merken : Beifall! – diesmal von mir : mein Fräulein haben durchaus gut poetisch reden : es steckt in Ihnen, wenn ich einmal so sagen darf, ja manchmal geradezu ein echter Dichter – hä! : sehr gern denn nehme ich Ihre Beihilfe an, meinem Stil eine erhobnere Gestalt zu verleihen, welche demnächst –« : aber das war nun zuviel : W sprang – auf – auf ihn ein – ich : hielt ihn fest – ihn, W – Getümmel : »Sie betrunkenes Schwein! « außerhalb aller Fassung – außer sich und uns »– der Mann ist nicht bei Sinnen – er muß verrückt sein! : er – er ist blau wie das Firmament –!« : »Nun, nein –« G setzte sich vergnügt und zog die Flasche »– über die Hälfte stammt, wie so oft, vom Himmel : und nur der Rest aus Jamaika – ah, wie meinen –?« : »– ob Ihnen – Sie!« W »– schon einmal jemand gesagt hat : daß Sie ein fetter Mistkäfer sind – ein – ein –« : und setzte sich luftschnappend wieder nieder : faßte nach ihrer Hand –: »Abermals nein – bedaure –« sagte G und trank »– wohl muß ich gelegentlich abfällige Äußerungen hören, die dann der Verfolgung nach dem Strafgesetz überantwortet werden : doch Mistkäfer – ich kann mich nicht erinnern –« und jetzt ganz Herr der Narren – schellenverkappt : wandte er sich wie in unverfälschtem Wohlwollen W zu »– mein junger Freund : ich mahne zur Mäßigkeit! : ein demütiger Ausdruck mildert frappant die Züge – haben wir denn die unedlen Begierden immer noch nicht erfolgreich niedergerungen? : ich darf Sie, als Lehrer der Jugend, vor der geschlechtlichen Vermischung warnen : sie dörrt den Leib – sie verdämlicht die Seele! : das Weib ist, meiner maßgeblichen Meinung nach, ein Rührtopf des Übels und ein Klimperkasten – cave carnem! : eine blinde Kuh – eine die Bäumchen, ja selbst die ausgewachsenen Baumstämme verwechselnde Eule! : lassen Sie denn –« und auf einmal befremdend scharf – pathetisch befehlend – vor »– endgültig, wenn ich Ihnen gut raten darf, Ihren Finger von dieser Dame : sie ist zu Wichtigerem bestimmt, als Ihrem Schwärmen zum Gegenstande zu dienen –: bin ich verstanden worden – ist das klar –!« Vorstellung – auf dem Theater – aber für wen? : für mich nicht mehr – und auch für sie nicht – Lissy : für sie, die beiden – oder uns alle – für –: »– sehr gut – sehr gut –: dann wollen wir uns entspannen : ich genieße höchstselber meine Unausstehlichkeit – halten Sie einfach mit! : oder widmen Sie sich, in gelehrtenhafter Unauffälligkeit, erneut der bildenden Lektüre, in der Sie meine Epiphanie unterbrach – was hatten wir da doch noch? : den ›Endlich in der Schrifft gefundenen Päpstlichen Stuhl‹? : ah, nein – ein : peinliches Geschnörkel blickt mich an : mich überläuft's – verstehen Sie das zu lesen? : mein Kompliment – eine vielleicht, wenn Sie weiter herangewachsen sind, für mich brauchbare, ja nützliche Fertigkeit : – nun, wenn's beliebt – nur zu! – Mondlicht und was?« : und Licht für die nächtliche Reise : um zur Erkenntnis Allahs zu gelangen »– recht hübsch : ein ältlicher Autor vermutlich – soso – Abu Schama : ich stehe – vielmehr sitze – willig von Ihnen belehrt : und muß jetzt nur noch den geringschätzigen Blick zurückweisen, mit dem Sie mich betrachten : eine unvollkommene Anpassung an mein brüderlich versöhnliches Wesen : zumal ich – staunen Sie! – selber nicht ohne orientalische Beziehungen bin : ich habe schon einmal neben dem Großmufti von Jerusalem gestanden! : ich weiß mich gut mit West wie auch mit Ost : möchten Sie Datteln essen –?« und holte mit einer magischen Zirkelbewegung eine Schachtel aus der Luft : so jäh und entwaffnend, daß W zugegriffen hatte, noch ehe er sich's versah – »– sehr schön – so werden wir Freunde : nehmen Sie zwei! : eine dritte freilich muß ich Ihnen versagen – Sie würden nach so exzessivem Genuß aufgrund der speziellen Präparation dieser Ostfrüchte einen unguten Sinnentaumel erleiden und in jeder nicht allzu fest geschnürten Hüfte eine Haura des Paradieses er – Adams, was ist?« : der Zettel! der Zettel! – Dads Handschrift! : wo kommt das her –! : »– gemach : erblicken – nun, was? – hier dieser Zettel? : aus diesem Buche, das ich zur Kurzweil ergriff, mir eben entgegengefallen : zu Boden, wie ich hinzufügen möchte : von wo ich ihn, keiner Mühsal achtend in Ihrem Dienst, unverzüglich aufgehoben habe –: ein übrigens ohne Umstände schätzbares Werk – dieses Buch : an das ich, obschon es uns leider verkürzt ist, wie ich sehe, rasch eine Empfehlung knüpfen darf : The Life of Samuel Johnson abridged by James Boswell : hä! – witzige Leute, die Großbriten : man ist stets wieder überrascht, wie durchaus elefantenhaft und trampeltierisch sie für unsere anhaltende Munterkeit besorgt die stämmigsten *die minder wirr die stramm : die muntere Stimme des BBC-Kommentators am 16. Februar 45 : »In Dresden ist heute kein Porzellan mehr zu haben –« : zwei Tage nach der brutalsten Bombardierung der Kulturgeschichte, die je von Militärs –: aber Harris hat keinen Orden bekommen und keinen Titel für seine Demolierung von 300 Jahren Schönheit – wie Churchill kein neues Mandat : von einem Volk, auf dessen Geschmack zuletzt doch mehr Verlaß bleibt als –: er soll, auch noch enttäuscht – pikiert, in Südafrika leben – Harris : als grundsolider Geschäftsmann – mittlerer Klasse – der investiert und pro* einen rechten Profit: den wir bei nächstguter Gelegenheit gemeinsam verschmausen wollen! : doch nun, da wir des Schönen genug gesehen, darf ich wohlwollend bitten, dem eigentlichen Anlaß meines Besuches Raum zu geben : einer wispernd vertraulichen Unterredung mit unserem Herrn Präsidenten, welche den Stempel des Geheimnisses tragen soll –: hinaus denn mit euch beiden munteren Vögeln! : die Nacht bricht an – der Mond nimmt lockend zu : ein Hainspaziergang legt sich – ja, liegt bereits nahe : geht – lauft – bleibt stehen – sitzt – es kommt, wie's kommen mag : seid draußen mit dem Glockenschlag –: nun –?« : nein! – nicht, nicht – ich : will nicht, daß sie – er, sie : Neun! – er : hatte schon in die Luft gegriffen – grienend und sonderbar süffisant : Vorstellung wieder – aber für wen – und was? : und alle Uhren schlugen zum Fenster herein –: nein, bitte, wenn ihr – ganz wenig – nur einen Moment : im Nebenzimmer – es ist nur ganz wenig zu sprechen –: Narren wie – Schellen wie – marionettenhaft : wie – wie an Fäden gezogen : waren sie beide aus dem Zimmer – als hätte ich gar nichts gesagt : wo bin ich hier –? : »Adams – den Mantel – rasch!« : und er fuhr auf einmal mit einer so sachlichen Hast durch die Taschen, daß die Unwirklichkeit der Szene wie ein Nebel zerriß : ein – wie ein Tier auf einmal – seine geduckte Menschengestalt : richtete sich wie unter einer Zeitlupe vor mir auf : »– ich dachte es – ich : habe Sie nicht unterschätzt! : ah, welche Entwicklung – ich muß ich : muß mich bedenken –« halbleise das alles – und mehr noch : vielleicht über längere Zeiten : und murmelnd für sich – probierend – »– was machen wir nun –? : Sie haben, mein werter Freund, an meinen Geheimnissen weit stärker genascht, als ich vorgesehen – ah, sehen *Sie* sich vor! : gefahrvoll! – lebensriskant! : eine unerhörte Vernachlässigung der gebotenen Ängstlichkeit! : ich könnte Sie – ich : müßte Sie eigentlich –« und kreischend plötzlich : aufgereckt wie ein Baum »– Mensch, ich verbiete Ihnen dergleichen dreiste Erforschung meiner Geschäfte! : ich tilge Sie – ich werde Sie ersäufen! : ich werde Sie mit einem bloßen hauenden Schwert aus dem Leben treiben! : Verrat! – ein frecher Taschenspielertrick! – bundbrüchig eskamotiert! :– öffnen Sie das Versteck – geben Sie her –!« : ganz grau im Gesicht und bösartig : und ich war zum erstenmal so in der Übermacht, daß ich die kälteste Ruhe zustande brachte : was denn, Herr G – und welches Versteck soll ich öffnen? : und wollen Sie ernstlich andeuten, daß es das Verborgene vor Ihnen gibt –? : »Wohl wahr – unsinnig – es : muß ein Trugbild des Augenscheins sein, daß ich ins Leere greife : machen

Sie ihm ein Ende – her damit – hierher! : den Konstruktionsplan – die Studien – Chatham – die NSC-68 –!« : soso, das also – Sie erregen sich : und ich mischte aus dem Nichts etwas Vorwurf hinein und Ungeduld : fassen Sie sich, wenn Sie können, und nehmen Sie klippklar zur Kenntnis : daß ich, zum ersten, Ihren Mantel nicht angerührt habe : er lag – seit Ihrem letzten Abgang – hier auf dem Stuhl, und – ruhig doch, immer nur ruhig –! : »– was? – ja – richtig : Sie mahnen mich beizeiten – ich *bin* gefaßt : ich bin die Ruhe selbst – ich : könnte einem Maler als Stilleben sitzen –: hier auf dem Stuhl, sagen Sie? und nicht angerührt? : das ist – das : ist eine – eine überaus interessante –« und seine Züge wurden mit einer Handumdrehung schleichend und schlau »– eine wirklich zu denken gebende Wendung und Weiterentwicklung meines Verdachts : soll man das glauben? : ein Winds- und Kindskopf – ja, ein halbes Kind – will mich zu Fall bringen! : unbedarft anzuschauen – arglos geradezu – wie aus den Zeiten verblieben, als Rosegger noch der Waldbauernbub war : und doch schon ein wühlender Tücker und Taschenschreck : ein Siebensack und Sündling, der aufs Gebotswidrigste seines Nächsten Weibsbild betrachtet : ein Wortschwengel und Widerborst – ein Backenschlot und Hühnernichts : ein spatzenhaft pickender Grünschnabel, allzeit lauschend – – jawohl, ich hatte selber vorhin Gelegenheit, seine Gehörsmuscheln bis zur Langohrigkeit gespitzt zu sehen – dummhänselnd und mondschäfisch : ein Sudeltopf und Singmantau, welcher seine mir zuverlässig ungenehmen Frühwerke unter dem Pseudonym Pappe zu veröffentlichen gedenkt : ein die Nase gimp- und gipfelhaft hoch tragender Schnösel und Meinungsbold, den ich nun aber gewiß auf das empfindlichste dämpfen werde, indem ich ihm einen Stoß – einen todsicheren Stüber – ein – einen –« : keinen – gar nichts werden Sie! : diesen Jungen rühren Sie mir nicht an – so wenig wie ich Ihre Verkleidung angerührt habe, Herr Galland! : Ihre Fassung läßt wirklich sehr zu wünschen übrig – die Urteilskraft darunter ist klein : glauben Sie denn im Ernst, daß Ihre Entlarvung auf eine so läppische Weise zustande – zu – was rede ich denn da? : *wie* rede ich? in meiner – über meine – meine Übermacht : lag irgendwo außerhalb meiner – wie auch seiner : und redete fort von dort – zu mir wie – auf uns ein –: den Konstruktionsplan kann ich – kenne ich nicht : Ihre – nicht meine Sache : das erklären Sie mir später –: aber was die beiden Studien betrifft, die Sie nannten, so sind sie mir, zusammen mit dem anderen Listenkram, über den wir ebenfalls noch sprechen werden, auf dem ganz offiziellen Weg zugestellt worden, den Sie einzurichten beliebten : durch Ihren Kurier – über den wir ebenfalls –: »– durch ihren Co – durch meinen Cou – Kurier –« Vorstellung wieder – aber nicht für mich : seine blaß gewordene Stimme : sein immer leiser sich windendes Fuchteln und Stammeln »– Irrtum – Verwechslung – es : ist alles noch weit schlimmer, als ich ahnte! : man hintergeht mich – man treibt Gezisch und Getuschel hinter meinem Rücken – Mißtrauen greift um sich in meiner arglosen Seele – ich : muß ich muß : mich wirklich sehr bedenken –« und blickte schief und treuherzig zu mir auf »– der junge Mensch – Ihr Schüler – ich verschmerze : daß man mich ihm ganz offensichtlich nicht mit Ehrfurcht genannt hat – ich : werde schonen – gnadenreich – wenn Sie –« aber bedachte sich dann anders : wischte weg »– Irrlichtelierereі – die mich abgelenkt hat : unschlittig und schlierig – triefender Nasenschleim –« und verwischte sich selbst immer mehr : trank »– schnöder Schein : eine nur schattenfechterische Kecklichkeit – welche den Zweck – gerächtig – satt und schlecht –« und trank – und meine Ohren begannen zu schwanken »– Schnapphuhn – ich will ihn abtun – aus meinem Gedächtnis : muß auf, um – Nächtnis – auf einem – seinem – Sie : wollen nicht – nicht –?« die Studien? – Dynamit! : und also nicht für Ihre – wie nicht für meine : für keine seiner – seine : Hände – Hand : wand sich – fuhr gegen mich : an – an der

Ende –: sein feist gedunsenes Ge sichge – nicht : hatte sich nicht ge – senkte sich – sank mit mir : und saß auf einmal hander der – hinter dem Steuer : spähte wie – später viel später – über den Scheibenrand : Stunden spät unter mir : »– nun – gelegentlich –« : lächerlich lüglich – füglich angelogentlich : »– oder auch jetzt –« : und tatzte – ich händigte aus : ich will nur noch wissen – witzen – Mitwiss – witness –: »– Freundschaft! – Lied hoch! – das Hohelied der – was?« : nichts weiter – nur noch wissen – wissen : willig – was wessen – meiner – aller : »– Viktoria! : Sie werden es – Vertrauter – werden mein –« : seiner wie aller – er : fuhr an – bog um : winkte versingend – Mitternacht – Stunde Null : der Hammerklang aller Zusammenhänge : schlingerte dammentlang : »– Sie werden sein wie G – das Gute wissend und Böse –« : Nacht wie ge – nachgemacht : das Gekästel des Pflasters : wie nachge – sein wie – nicht wie

sie – all meine

29-6-50

sie waren beide längst weg – all meine – Alle

und alles seit Tagen nun schon – all meine Wirklichkeiten : verwischt – von mir nicht – nicht mehr wahr zu nehmen –: alles, weil ich sie alle – oder ich selbst? – nicht mehr wahr? : anders als sie – und ich selber : wäre ver – unwäre selber : unwisch – ein Stückwerk Unwirk

Unwerk – auf einmal alles, was ich mache : abstoßend – mich von sich – oder sich von mir? : versuchte – die Zeitschrift – weiter am Kapitel : die Andere Musik – blieb Nicht-Ich – ich : blieb irgendwo außerhalb meiner – schreibend fort von dort

die Andere Musik –: wie der Schluß des Adagios die Kontur der Himmlischen Höhen erschauen läßt – in erschauernd verwandelter Gestalt – ich : habe versucht, das Unsagbare – und erstickte fast an seiner Unsag

nichts sagend – ihr Zettel an der Tür : ›– noch einmal weg – zwei Tage höchstens –‹ : schon drei – und das dreimalige Warten auf den Abend hat mich um jeden letzten Rest von Kraft –: ich überwand mich – zu Gehring – aber er wollte nichts wissen : »– Hannover –?« – irgendwo außerhalb meiner wie seiner – ich : höre ihre Seele nicht – nicht mehr : wie – wie an Fäden gezogen – er, sie – wir drei? : marionettenhaft alle – aber wessen Ma

der Zettel – der Andere Zettel : ›Für Geraldine vergeudet –‹ : Deads Schandschrift – Scharlach – blutrot : und auf einmal schneeweiß und wie Wolle – das : stürzt mir das Alles um – die ganze LB : und ist, wenn nicht falsch – nicht Irrtum und Verwechslung – nicht gar nicht auszudenken jetzt : urböse Versuchung – ist ein – ist eine

all meine Wahrheiten – entdecken sich mir : wie böse ein – wie eine böse Versuchung : sie nicht mehr wahr zu – nicht mehr wirk – nicht – nicht mehr

wissen – ich will nur noch wissen –: wer hat das aus mir gesagt? : und war das die ganze Antwort – der Fernschreiber auf dem Flur? : vorgestern installiert – und steht da wie ein Ungeheuer : stämmig wie – wie ein Baum : wie ein – wie eine

daß ich dabei war – auch Dresden – ist das denn wahr? : gezwungen – erpreßt – my alternative country :– aber 45 dann haben sie sich zurückgezogen vor ihm wie vor einem Geisteskranken – und diese Scheu : ist die Noblesse einer Nation, die doch und doch

unwirk – un – undurchschaubar – wie tironische Noten –: Hanguck sang – sanggongesu bulujin chiyulhan : wo er den Sender stehen gelassen hatte : gongjungjunesu agunun gongsangunui gongguycke : Gong! Gong! die durchtötete Welt : daihai daijungwarul . . . :– aber das mit der 7. Flotte – er hat das schon vorher gewußt : vorher geraten – heißt das : daß auch er, Truman, es vorher – schon vor dem Angriff –?

müde an 60 ff. : über die Rationalitätsschrumpfung nach Zeiten kollektivkriminellen Geschichtsverhaltens : Kirchen, Sekten, alle Art Kostümfest und Karneval : die Proskynese vor ›Idealen‹ –: aber brach ab, auch dies – nicht mehr – nur Brocken

Erzbischof Kolb im Rundfunk – Katholische Feierstunde : ›Die Bischöfe, die Künder der Wahrheit unter der Leitung des heiligen Geistes‹ : an Fäden gezogen – marionettenhaft :– und der Planet rotiert auf eine Art, als drehte er sich bereits im Grabe herum

Tod – Tod in – tot in abgekrümmten Gedanken : aus grauem Haar – aus greislichem Verhärten : Wortschall – der leerste aller : mot – el mot..t,t..

bis abends mit ihr ohne sie – der : heißeste Tag – Juni im – des Jahrhunderts der – im Schatten : in München sollen 43 Grad

sinternde Mandeln, Sand – wie Sand im Mund : ich fühle nichts mehr

Samstag fahren wir

1.–3. Tausend, November 1982

Satz: LibroSatz, Kriftel
Druck und Bindung: Mühlberger, Augsburg
ISBN 3 251 00006 3